贾平凹研究资料汇编编委会

学术顾问（按姓氏笔画排序）

丁　帆　李敬泽　吴义勤　陈思和

陈晓明　孟繁华　谢有顺

主　　编　韩鲁华　王春林　张志昌

副 主 编　张义诺　张亚斌　杨　辉

总 策 划　刘东风　范新会　王思怀

编辑统筹　王新军　马英群　郭永新

贾平凹研究资料汇编

主　编　韩鲁华　王春林　张志昌
副主编　张文诺　张亚斌　杨　辉

《古炉》研究

弋朝乐　么　益　编

陕西师范大学出版总社

图书代号：WX22N0218

图书在版编目（CIP）数据

《古炉》研究 / 弋朝乐，么益编. — 西安：陕西师范大学出版总社有限公司，2022.3
（贾平凹研究资料汇编 / 韩鲁华，王春林，张志昌主编）
ISBN 978-7-5695-2727-8

Ⅰ.①古… Ⅱ.①弋…②么… Ⅲ.①贾平凹—小说研究 Ⅳ.①I207.42

中国版本图书馆CIP数据核字（2021）第271325号

《古炉》研究
GULU YANJIU

弋朝乐　么　益　编

出版统筹	刘东风　郭永新	
责任编辑	宋媛媛	
责任校对	马凤霞	
封面设计	张潇伊	
出版发行	陕西师范大学出版总社	
	（西安市长安南路199号　邮编710062）	
网　　址	http://www.snupg.com	
印　　刷	陕西龙山海天艺术印务有限公司	
开　　本	720mm×1020mm　1/16	
印　　张	24	
插　　页	1	
字　　数	350千	
版　　次	2022年3月第1版	
印　　次	2022年3月第1次印刷	
书　　号	ISBN 978-7-5695-2727-8	
定　　价	88.00元	

读者购书、书店添货或发现印装质量问题，请与本公司营销部联系、调换。
电话：(029) 85307864　85303629　传真：(029) 85303879

导言

自1978年《漓江儿女》引起当代文坛的关注，邓刚步入的被誉为最具海味的文学的行列，四十余年的历程。四十余年来，邓刚步入的被誉为最具海味的文学的作品力，持续在《漓江儿女》之后，邓刚陆续推出了一部一部中短篇小说，也已经汇入当代文学史上的一个经典。此外是一部历史的考查，邓刚步入的被誉为与对其的影响，走一种互为联系。正向的表现，自1978年5月23日《文汇报》刊发邓刚发表在关于邓刚作品的历代文学《迷走之路——献给步入的被誉为小说》之后，也有剥是《漓江儿女》之作，有关邓刚作品的研究与探讨，已经成为当代文学研究者所不能忽视的一个重要案例。当我们对邓刚作品与研究进行历史开发方面的考查时，不能忽略邓刚的文学创作，走量量步入的被誉为与中国改革开放四十余年，产生了一种较为密切的关联，从中可以揣摩到当代文学创新与邓刚研究的历史开发方向。

这并非是一种毫无利据，因为纵观当今四方各方的文学与当代文学现实的联系都是现在性与研究的历史开发方向。

当代文学研究者来看，资料文献的积累与研究，始终影响到当代文学史的重视。并且现代对邓刚对历代研究的深索，取得了显著的成就。当代文学研究的突破与总的研究的深索，也是一种历代资料研究的突破。有当代研究的充实，又丰富了许多资料文献，到了一定的积累，且彼此相辅重视的历代资料，是一种历代研究的充实，也是一种历代资料的突破。对当代文学研究的新发现的历代资料，沉淀了许多资料文献，到了一定的积累，且彼此相辅重视的历代资料，也是有所的历代研究，是一种历代研究的充实。

料来研究少数事情的真理,以期为少数事情的解决提供方案,不能奢望一部著作且尤其是这部著作要解决所有的问题。该书尤其注重实证研究和比较工作,通过充分的实证材料来梳理其中异同,无论是历时同时相应是共时是其中一项最为重要的特征。

于是,我们便有必要谈到了该书"跨少数民族文学研究史论"的意义。

跨少数民族文学研究,已经提出了一个且具有独特意义的跨文学研究领域。不仅跨研究者本身,而且跨及其范围且拓展了,体现出了作家及其作品的跨域与跨度,其间所发的问题,也是当代文学及其研究中所亟需解决的母题,可以说,跨少数民族文学研究已经构成了一部作家作品、史学研究家,也该著作家不等一个重要的课题。

从研究对象看来,跨少数民族文学研究确实有一个广阔而、丰富变化的历史对象,在其物体语言上、光看现实的跨少数民族文学研究的历史脉络。

跨少数民族文学研究,是以跨民族的研究对象的,不仅有少数民族文学间的相关研究,并且有及其相互类似的研究,我猜了重要跨民族研究的整合出现了一批研究成果。这些研究成果并不是很多,但并未涵盖与少数民族本身在起,而成就并连篇累。另外,体现的跨研究的作品,也涉及到了跨民族重要的跨小说研究,综观该与长篇研究,传播影响研究,形成了跨民族文学与大家之作,大的跨民族作品与论文,也涵盖了不少的跨民族文学创作。进入21世纪后,尤其是《秦腔》出版并获得茅盾文学奖之后,涌出的长篇历史经历诸多工作,这对跨民族文学创作性,更为显著上,推上了《秦腔》的长篇研究著作性的不断出版,这对于跨民族文学创作性就构造出一段长篇小说的研究,她有一批跨民族文学间的著作,而且其至大,关于跨民族文学创作性,或为跨民族文学这个几个重要的著作焦点,已证证是最好看,如长篇的跨民族的著作表现。20世纪90年代,重新可谓以《秦腔》之后,跨民族文学的长篇小说,这正是他们那一代作家在文学创作工上有跨文家,如跨小说的中篇当当时,并重要者是跨文中有着跨小说,待跨民族的文学也有,但还少。这也着与跨民族文学创作性蓬勃相关切的,更为跨民族文学创作性,这对于跨文学的研究,就对跨民族相关的关键度。这三个时代的时期,都当了分为期间,中期起就第三个时代,从具有部分这些看,跨民族的文学研究确有一个蓬勃化"发展,才算现代化的

关于是否能否跨少数性研究,可以以下几个方面加以动态发展。

贾平凹文学创作整体研究。这一研究，不仅着眼于贾平凹文学创作的整体特征，而且往往是将其创作置于整个中国当代文学背景之下加以论说的，从中可以看出贾平凹文学创作与当代文学历史建构的息息相关与内在关联性。不过，早期的研究文章主要以评论家的主观感受、心理映照为主，多侧重于贾平凹文学创作阶段的划分，厘清不同阶段的创作特色。近期的研究文章，则呈现出更加宏观和多元的研究视域，更为全面深入地从批评史的角度来讨论批评与创作的互动关系，不仅打通了贾平凹文学创作的时间关节，而且试图对贾平凹创作不断走向历史化和经典化的进程加以学理性的归纳探究。在这一背景下的研究中，需要重点提及的是陈晓明《穿过"废都"，带灯夜行——试论贾平凹的创作历程》一文。其梳理了贾平凹1980年至2013年的小说创作，勾勒出贾平凹三十多年来文学创作的风格、特色变化，肯定了贾平凹对当代中国"新汉语"写作的杰出贡献，对贾平凹的文学创作，给予了具有文学史意义的评价判断。此外，李遇春《"说话"与贾平凹的长篇小说文体美学——从〈废都〉到〈带灯〉》一文，以中国传统文学中的"说话"体小说为视角，从贾平凹小说创作对传统小说的继承、化用等方面，分析了贾平凹自《废都》至《带灯》以来的长篇小说文体美学特征，指出贾平凹对中国古代"说话"体小说的现代性转化及对中国传统"块茎结构"艺术的创造性转化，认为贾平凹在继承中国传统文学"史传"与"诗骚"传统基础上富有卓见地创造了以意象支撑结构的日常生活叙事方式。对于贾平凹以意象为其艺术建构核心的论说，笔者在《精神的映像——贾平凹文学创作论》，以及系列论文中有比较充分的论说，此处不再赘言。

贾平凹文学创作的艺术风格、审美特征研究。这方面的研究，已深入作家文学建构的潜心理层次。早期这方面研究，如丁帆《谈贾平凹作品的描写艺术》一文，指出贾平凹对作品人物的塑造是抒情性的，表现出对新生活的向往、对美的追求，其人物具有"姿""韵"兼备的美学特点，认为贾平凹的文学创作具有诗美特质及生活美感复现的特点。王愚、肖云儒《生活美的追求——贾平凹创作漫评》一文，对贾平凹早期文学创作的艺术风格进行细致、具体的探讨与挖掘，认为贾平凹创作的艺术特色在于着重表现社会变型期普通百姓的生活美和深居乡土的乡民的心灵美,具有诗的意境。刘建军《贾平凹小说散论》一文,开篇指出贾平凹小说的艺术特色在于汲取传统小说资源的同时具有强烈的表现欲和浓重的主观色彩,渲染着诗的意境和情绪,是散文化的小说,认为贾平凹文学创作的艺术实质在于真实和主观抒情性。笔者《审美方式:观照、表现与叙述——贾平凹长篇小说风格论之一》一文,以历时性的描述、分析、研究对贾平凹小说的美学风格作了比较准确、精当的界定,认为贾平凹的小说创作追求一种清新优美、空灵飘逸的美学风格,并从审美观照视角、审美表现方式、具体的叙述结构形式等方面详细阐释。

从整体上把握、宏观上研究的论文大多以文学史的发展为背景,出现了一批视角独特、观点新颖的评论文章。对贾平凹文学创作的内在美学风格的观照与作家审美个性、审美心理的把握作出精准的判断,则令始于90年代的贾平凹研究得以进一步深入,并使这种研究具有当代文学普遍意义上的阐发。

贾平凹文学创作的比较研究。这是指研究者将贾平凹的文学创作与东方文学中不同时代、不同作家的作品进行比较论说,或者是将贾平凹的文学创作与西方文学中不同时代、不同作家的作品进行比较探析。一般而言,贾平凹文学创作的比较研究大致可分为影响研究和平行研究两类。

影响研究又可分为三类:

一是中国传统文化思想对贾平凹文学创作的影响。如栾梅健《与天为徒——论贾平凹的文学观》一文,较为全面地论述了贾平凹文学观的形成原因,认为传统文化资源中的"天道"、自然观是形成贾平凹文学观的基础;而客观的地理环境和主观的个体生理条件、个人气质特色、家庭背景等因素均影响了贾平凹的小说创作。胡河清《贾平凹论》一文,从道家文化思想观念对贾平凹小说创作的影响切入,着重分析了传统文化中阴阳观、《周易》思想对贾平凹早期作品《古堡》《浮躁》《白朗》《废都》等的影响,认为在中国当代作家群中,贾平凹对阴阳观(男女性别)的观照最得中国传统文化色彩的熏染。张器友《贾平凹小说中的巫鬼文化现象》一文,从巫术、鬼神文化等对贾平凹小说创作的影响切入,认为巫术、鬼神等民间文化资源是贾平凹文学建构的重要组成部分,巫术、鬼神等文化现象参与、渗透于贾平凹笔下商州世界的独特人文环境、自然景观，并影响着乡民真实、真切的生活经历和情感变化。樊星《民族精魂之光——汪曾祺、贾平凹比较论》一文，从中国传统文化思想资源对汪曾祺、贾平凹小说创作的影响切入，指出汪曾祺小说世界中表露出的士大夫的幽远、高邈境界在贾平凹小说创作中得到了继承和发扬，认为虽然中国传统文化思想资源对汪曾祺、贾平凹二人的小说创作影响程度不同，但两位作家在复现民族魂、反观社会的多变性与复杂性上是相一致的，承续了中国文学的另一种文脉，对当代文学的历史建构具有特殊意义。

二是西方文化、文学传统资源对贾平凹文学创作的影响研究。有关西方文化、文学传统资源对贾平凹文学创作的影响研究的文章是双向的，也就是说，有的研究文章是从西方文化、文学传统资源对贾平凹文学创作的影响这一角度展开论述，而有的研究文章则是从贾平凹的文学创作这一角度来看西方社会对中国文化、文学的接受程度。21世纪以来，贾平凹的文学创作在欧美、日本等国家的影响力越来越大。《西方读者视角中的贾平凹》以及《欧洲人视野中的贾平凹》等文集中讨论了贾平凹的作品在欧美国家的传播。如韦建国、户思社《西方读者视角中的贾平凹》一文，认为贾平凹的主要作品在国外连获大奖、引起巨大反响的主要原因，是其作品展现了人类文明发展史必经的特定阶段，真实地描绘了社会转型时期人们的复杂心态。姜智芹《欧洲人视野中的贾平凹》一文，从三个方面探讨了贾平凹作品在英语、法语世界的传播：一是国外的译介与影响，二是国外的研究，三是传播与接受的原因。吴少华《贾平凹作品在日本的译介与研究》一文，重点介绍了贾平凹的小说在日本的翻译和研究情况。上述研究、评介文章是从贾平凹的文学创作这一角度，来看西方社会对中国文化、文学的接受程度。黄嗣《贾平凹与川端康成创作心态的相关比较》一文，从创作心态、气质、心理的角度，比较了贾平凹与川端康成在文学建构上的相似性。沈琳《试析加西亚·马尔克斯对贾平凹创作的影响》一文，认为贾平凹继承了马尔克斯作品中的孤独感，指出商州农村的建构与拉美农村存在相似性。笔者《特殊视域下特殊时代的人性叙写——〈古炉〉与〈铁皮鼓〉叙事艺术比较》一文，通过对贾平凹《古炉》与君特·格拉斯《铁皮鼓》的文本梳理，指出中国当代文学本土化、民间化叙事的确立与世界文学整体叙事中的当代性建构有着某种相似性、关联性，认为两位作家在文化差异的背景下虽然有着迥异的艺术个性，但都对人类的某些共同经历进行了有情书写。

三是中国文学思想对贾平凹文学创作的影响。具有代表性的研究如雷达的《心灵的挣扎——〈废都〉辨析》、陈晓明的《废墟上的狂欢节——评〈废都〉及其他》，他们都指出《金瓶梅》《红楼梦》《西厢记》等世情小说对《废都》创作的影响。而李陀《中国文学中的文化意识和审美意识——序贾平凹著〈商州三录〉》和李振声《商州：贾平凹的小说世界》，则共同指出贾平凹"商州系列"小说的艺术特质带有明显的明清笔记体小说的印痕。王刚《论贾平凹小说创作的审美视角与话语建构》一文，指出作家身上具有明显的现代作家（如张爱玲、沈从文、孙犁、川端康成等）审美意识的影响痕迹。

关于贾平凹文学创作的平行研究，多以同一国别、同一民族的作家为比较对象，从同一类型的文本出发，分析其艺术风格、创作个性等方面的异同。有关作家之间地域文化差异性研究，如赵学勇《"乡下人"的文化意识和审美追求——沈从文与贾平凹创作心理比较》一文，认为沈从文对湘西世界的建构是其审美理想的总体表征，含蓄朴素的文字风格、淡化人物的主观情绪及对意境的创造，是沈从文独特的审美追求；而构成贾平凹笔下商州的审美境界，是一个静达、高远、清朗的世界，其审美追求是对沈从文笔下营造出的古朴、旷达的湘西世界独特审美意蕴的发展与延续。李振声《贾平凹与李杭育：比较参证的话题》，从贾平凹小说创作对西部文化资源的承袭与李杭育小说创作对吴越文化资源的承袭进行比较论证，认为贾平凹、李杭育为繁荣、壮大地域文化书写作出了卓越的贡献。梁颖《自然地理分野与精神气候差异——路遥、陈忠实、贾平凹比较论之一》一文，对西部作家的杰出代表路遥、陈忠实和贾平凹的创作进行比较，指出三位作家所处的不同自然地理环境对其创作产生了不同程度的影响，认为路遥的小说建构带有陕北高原刚毅与悲凉的色彩，陈忠实的文学创作具有关中地区厚重与朴实的因子，贾平凹的文学创作则具有陕南地区灵秀与清奇的特色。李吟《莫言与贾平凹的原始故乡》，认为莫言的创作追求的是放纵的情感表露，由野向狂，追求狂气、雄风和邪劲，而贾平凹则是有所节制的吟唱，由野向雅，雅俗相得益彰。

有关贾平凹文学创作的研究，还体现出跟踪式研究的特点。而这一方面主要是对于贾平凹长篇创作的跟踪研究，相比较而言，关于《废都》《怀念狼》《秦腔》《古炉》《带灯》《老生》等的研究又比较集中。毋庸置疑，《废都》研究已经成为中国当代文学研究中一个标志性的案例。《废都》是当代文学，甚至当代社会，必然要重提的一个话题。无论谁，是致力于文本探析，或者工于当代文学史的建构，是对当代文学给予充分肯定，还是予以严厉批评，都难以绕过《废都》，也不能无视它的存在。倘若不是如此，恐怕中国当代文学的文本建构，就会留下一个明眼人一眼便看得出的空白，而进行历史叙述，也会留下一个令人惋惜的缺憾。所以，你赞成也好，批评也罢，甚或是给予枪炮似的批判，你都在阅读《废都》，都在审视《废都》。

整理包括作家作品研究在内的文学研究资料的价值意义，自不必多言。就现当代作家的研究资料汇编而言，已有几种丛书问世了。但是，就某位作家文学创作研究的资料整理来看，多为选编，全编性质的少之又少。而对于一位还健在的作家，对其研究资料进行整理、编辑和出版，似乎要更难一些。因为作家的创作还在进行着，亦有新的研究成果不断涌现，又何以给出定论的评价呢？但是，作家创作有终结的时候，而对作家作品的研究却没有终结的时候。当然，这一持续性的研究，是建立在作家文学创作所具有的文学史价值意义基础之上的。换一种角度来看问题，要对某位作家研究资料进行整理汇总，则要看其是否具有文学研究史料的价值意义。毫无疑问，贾平凹是一位具有文学史价值意义的作家，贾平凹研究亦是具有支撑当代文学研究史料价值的存在。

接下来要面对的问题是：全编还是汇编。从收集资料的角度来说，自然是尽可能全面地将收集到的资料，统统纳入，不论文章长短，见解看法深浅，以期给人一幅完整、全面的研究景象。如此下来，且不说那些见于报纸及网络上的浩瀚资料，更不说成百上千的学位论文和研究专著，仅就刊于学术期刊的文章而言，研究成果就已有五千余篇。单就字数来看，研究文字是贾平凹文学创作的数倍。鉴于此，似乎还是需要作出某种选择，而编辑一套研究资料汇编则更为切实可行。

故此，编者在对贾平凹文学创作研究及其与之相关联的学术研究成果，进行全面系统的收集、梳理基础上，又有所权衡取舍。原则上，各类媒体的新闻报道类文章不入选，有关贾平凹研究的博硕论文亦不入选，仅于研究总目中稍作体现，而研究专著，只作极个别的节选。遴选时，编者尽可能选择那些兼具学术严肃性和科学性的文章。无论学术上持肯定还是否定观点，只要是具有建设性意义的文章，都是对于学术研究、学术生态的一种积极建构，乃至对于作家的文学创作，也是具有积极意义的。学术研究的多元化与多样性，是学术研究应有的状态，只要是从学术层面研究探讨问题，言之有理有据的各种观点、思路方法，都应当受到尊重。即便某些文章在理论视域等方面有不成熟的地方，也没有求全责备，有一定的创新和开拓性即可。

最后，说明一下丛书的编选体例问题。大体上，按照论说对象进行分类编选，如创作整体研究、长篇小说研究、中短篇小说研究、散文研究、书画研究等。其中，由于长篇小说文章甚多，研究成果凡能独立成卷的，均独立成卷。各卷整体上按自述与对话、综合研究、思想研究、比较影响研究等几个大的板块进行编选，但是，具体到各卷，则在此基本思路下，根据具体情况进行增删调整。因此，丛书在总体统一的体例下，又保持了各卷的差异性特征。

对一位作家的研究作多卷本汇编，本就是一种尝试，由于编者学识有限，不足、不妥之处在所难免，敬请专家学人、广大读者批评指正！

韩鲁华

目　录

自述与对话

002　《古炉》后记 / 贾平凹

009　关于一个村子的故事和人物
　　　——长篇小说《古炉》的问答 / 贾平凹　李　星

018　一种历史生命记忆的日常生活还原叙事
　　　——关于《古炉》的对话 / 贾平凹　韩鲁华

033　悲悯的情怀，落地的文本
　　　——贾平凹《古炉》北京研讨会发言摘要

041　灵通天地的境界，藏污纳垢的叙写
　　　——《古炉》上海研讨会发言摘要

文本分析

048　贾平凹长篇小说《古炉》如何安放乡村中国的灵魂 / 孟繁华　刘虹利

053　作为历史修辞的"文革"叙事
　　　——《古炉》论 / 李遇春

067　人人都是历史推手
　　　——评贾平凹新作《古炉》/ 孔令燕

071 "差序格局"打破后的"文革"悲剧
　　——论贾平凹长篇小说《古炉》/ 王　童　杨剑龙

080 回忆与阐释　前世与今生
　　——贾平凹长篇小说《古炉》的信仰叙事 / 卢　冶

090 伤痛与救赎
　　——贾平凹长篇小说《古炉》研究 / 石　杰

101 日常生活视域下的"文革"叙事
　　——评贾平凹新作《古炉》/ 文　娟

111 民族记忆中不该被遗忘的存在 / 任葆华

119 "盛世危言"：一代人的忧与惧
　　——读贾平凹长篇小说《古炉》/ 郭洪雷

129 无力的完美叙事
　　——贾平凹《古炉》/ 黄德海

133 重回或重建乡土叙事与民间世界
　　——贾平凹《古炉》读后 / 赵冬梅

143 历史记忆与历史镜像
　　——论《古炉》中的"文革"叙事 / 张文诺

152 剩余的细节 / 南　帆

167 天使·魔鬼·"造反派"
　　——《古炉》人物刍探 / 李　星

178 一个村庄与一个孩子
　　——贾平凹《古炉》叙事艺术论 / 韩鲁华　储兆文

185 《古炉》的视角和超越 / 韩　蕊

193 论《古炉》的叙事艺术 / 李　震　翟传鹏

203 《古炉》的空间构形与心态结构 / 李　静

209 还原"存在世界"的"破碎之美"
　　——关于贾平凹《古炉》的叙事 / 杜连东

219 《古炉》中的疾病叙事与伦理诉求 / 姜彩燕

宏观研究

232　暴力叙事与抒情风格
　　——贾平凹的《古炉》及其他 / 王德威

238　伟大的中国小说（上）/ 王春林

253　伟大的中国小说（下）/ 王春林

264　落地的文本成就炉火纯青
　　——读贾平凹的《古炉》之随想 / 陈晓明

268　破碎如瓷：《古炉》与"文化大革命"，或文学与历史 / 黄　平

283　精英写作的悖论和特权
　　——读贾平凹长篇新作《古炉》/ 邵燕君

288　神圣忧思
　　——关于《古炉》式反思 / 王雪伟

293　"意境叙事"的实验及其成功范例
　　——贾平凹小说民族化范式的探索之路 / 邰科祥

比较视野

310　从"未庄"到"古炉村" / 孙　郁

317　历史深处的花开，余香犹在？
　　——《古炉》读札 / 金　理

328　从现象学看《古炉》的人性内涵及其世界性 / 储兆文　赵　娜

335　历史重建及历史叙事的困境
　　——基于《天香》《古炉》《四书》的观察 / 杨庆祥

347　特殊视域下特殊时代的人性叙写
　　——《古炉》与《铁皮鼓》叙事艺术比较 / 韩鲁华

361　附录：研究总目

自述与对话

ZISHU YU DUIHUA

《古炉》后记

贾平凹

五十岁后，周围的熟人有些开始死亡，去火葬场的次数增多，而我突然地喜欢在身上装钱了，又瞌睡日渐减少，便知道自己是老了。

老了就提醒自己：一定不要贪恋位子，不吃凉粉便腾板凳；一定不要太去抛头露面，能不参加的活动坚决抹下脸去拒绝；一定不要偏执；一定不要嫉妒别人。这些都可以做到，尽量去做到，但控制不了的却是记忆啊，而且记忆越忆越是远，越远越是那么清晰。

这让我有些恍惚：难道人生不是百年，是二百年，一是现实的日子，一是梦境的日子？甚至还不忘消灭，一方面用儿女来复制自己，一方面靠记忆还原自己？

我的记忆更多地回到了少年，我的少年正是上个世纪60年代的中后期，那时中国正发生着史无前例的"文化大革命"。

对于"文化大革命"，已经是很久的时间没人提及了，或许那四十多年，时间在消磨着一切，可影视没完没了地戏说着清代、明代、唐汉秦的故事，"文革"怎么就无人兴趣吗？或许"文革"仍是敏感的话题，不堪回首，难以把握，那里边有政治，涉及评价，过去就让过去吧？

其实，自从"文革"结束以后，我何尝不也在回避。我是每年十几次地回过我的故乡，在我家的老宅子墙头依稀还有着当年的标语残迹，我有意不去看它。那座废弃了的小学校里，我参加过一次批斗会，还做过记录员，路过了偏不进去。甚至有一年经过一个村子，有人指着三间歪歪斜斜的破房子，说那是当年吊打我父亲的那个造反派的家，我说：他还在吗？回答是：早死了，全家都死了。我说：哦，都死了。就匆匆离去。

而在我们的那个村子里，经历过"文革"的人有多半死了，少半的还在，其中就有一位曾经是一派很大的头儿，他们全都鹤首鸡皮，或仍在田间劳动，或已经拄上了拐杖，默默地从巷道里走过。我去河畔钓鱼的那个中午，看见有人背了柴草过河，这是两个老汉，头发全白了，腿细得像木棍儿，水流冲得他们站不稳，为了防止跌倒，就手拉扯了手，趔趔趄趄，趔趔趄趄地走了过来。那场面很能感人，我还在感慨着，突然才认得他们曾经是有过仇的，因为"文革"中派别不一样，武斗中一个用砖打破过一个的头，一个气不过，夜里拿了刀砍断了另一个家的椿树，那椿树差不多碗口粗了。而那个当过一派很大的头儿的，佝偻着腰坐在他家的院子里独自喝酒，酒当然是自己酿的苞谷酒，握酒杯的手指还很有力，但他的面目是那样地敦厚了，脾气也出奇地柔和，我刚一路过院门口，他就叫我的小名，说：你回来啦？你几个月没回来了，来喝一口，啊喝一口嘛！

那天的太阳很暖和，村子里极其安静，我目睹着风在巷道里旋起了一股，竟然像一根绳子在那里游走。当年这里曾经多么惨烈的一场武斗啊，现在，没有了血迹，没有了尸体，没有了一地的大字报的纸屑和棍棒砖头，一切都没有了，往事就如这风，一旋而悠悠远去。

我问我的那些侄孙：你们知道"文化大革命"吗？侄孙说：不知道。我又问：你们知道你爷的爷的名字吗？侄孙说：不知道。我说：哦，咋啥都不知道。

不知道爷的爷的名字，却依然在为爷的爷传宗接代，而"文革"呢，一切真的就过去了吗？为什么影视上都可以表现着清以前的各个朝代，而不触及"文革"，这是在做不能忘却的忘却吗？我在五十多岁后动不动就眼前浮出少年的经历，记忆汪汪如水，别的人难道不往事涌上心头？那个佝偻了腰的曾经当过一派大头儿的老人在独自喝酒，寂寞的晚年里他应该咀嚼着什么下酒吧。

我想，经历过"文革"的人，不管在其中迫害过人或被人迫害过，只要人还活着，他必会有记忆。

也就在那一次回故乡，我产生了把我记忆写出来的欲望。

之所以有这种欲望，一是记忆如下雨天蓄起来的窖水，四十多年了，泥沙沉底，拨去漂浮的草末树叶，能看到水的清亮。二是我不满意曾经在"文革"后不久读到的那些关于"文革"的作品，它们都写得过于表象，又多形成了程式。还有更重要的一点，我觉得我应该有使命，或许也正是宿命，经历过的人多半已死去和将要死去，活着的人要么不写作，要么能写的又多怨愤，而我呢，我那时十三岁，初中刚刚学到数学的一元一次方程就辍学回村了。我没有与人辩论过，因为口笨，但我也刷过大字报，刷大字报时我提糨糊桶。我在学校是属于联指，回乡以后我们村以贾姓为主，又是属于联指，我再不能亮我的观点，直到后来父亲被批斗，从此越发不敢乱说乱动。但我毕竟年纪还小，谁也不在乎我，虽然也是受害者，却更是旁观者。

  我的旁观，毕竟，是故乡的小山村的"文革"，它或许无法反映全部的"文革"，但我可以自信，我观察到了"文革"怎样在一个乡间的小村子里发生的。如果"文革"之火不是从中国社会的最底层点起，那中国社会的最底层却怎样使火一点就燃？

  我的观察，来自我自以为的很深的生活中，构成了我的记忆。这是一个人的记忆，也是一个国家的记忆吧。

  其实，"文革"对于国家对于时代是一个大的事件，对于文学，却是一团混沌的令人迷惘又迷醉的东西，它有声有色地充塞在天地之间，当年我站在一旁看着，听不懂也看不透，摸不着头脑，四十多年了，以文学的角度，我还在一旁看着，企图走近和走进，似乎越更无力把握，如看月在山上，登上山了，月亮却离山还远。我只能依量而为，力所能及地从我的生活中去体验去写作，看能否与之接近一点。

  烧制瓷器的那个古炉村子，是偏僻的，那里的山水清明，树木种类繁多，野兽活跃，六畜兴旺，而人虽然勤劳又擅长于技工，却极度地贫穷，正因为太贫穷了，他们落后，简陋，委琐，荒诞，残忍。历来被运动着，也有了运动的惯性。人人病病恹恹，使强用狠，惊惊恐恐，争吵不休。在公社的体制下，像鸟护巢一样守着老婆娃娃热炕头，却老婆不贤，儿女不孝。他们相互依赖，又相互攻讦，像铁匠铺子都卖刀子，从不想刀子也会伤人。他们一方面极其地自私，一方面不惜生命。面对着他们，不能不爱他们，爱着他们又不能不恨他们，有什么办法呢，你就在其中，可怜的族类啊，爱恨交集。

  是他们，也是我们，皆芸芸众生，像河里的泥沙顺流移走，像土地上的庄稼，一茬一茬轮回。没有上游的泥沙翻滚，怎么能有下游静水深流？五谷要结，是庄稼就得经受冬冷夏热啊。如城市的一些老太太常常被骗子以秘鲁假钞换取了人民币，是老太太没有知识又贪图占便宜所致。古炉村的人们在"文革"中有他们的小仇小恨，有他们的小利小益，有他们的小幻小想，各人在水里扑腾，却会使水波动，而波动大了，浪头就起，如同过浮桥，谁也并不故意要摆，可人人都在惊慌地走，桥就摆起来，摆得厉害了肯定要翻覆。

我读过一位智者的书，他这样写着：内心透射出来的形象是神，这偶像就会给人力量，因此人心是空虚的又是恐惧的。如果一件事的因已经开始，它不可避免地制造出一个果，被特定的文化或文明局限及牵制的整个过程，这可以称之为命运。

古炉村人就有了"文革"的命运，他们和我们就有了"文革"的命运，中国人就有了"文革"的命运。

"文革"结束了，不管怎样，也不管作什么评价，正如任何一个人类历史的巨大灾难无不是以历史的进步而补偿的一样，没有"文革"就没有中国人思想上的裂变，没有"文革"，就不能有以后的整个社会转型的改革。而问题是，曾经的一段时期，似乎大家都是"文革"的批判者，好像谁也没有了责任。是啊，责任是谁呢，寻不到能千刀万剐的责任人，只留下了一个恶的代名词："文革"。但我常常想：在中国，以后还会不会再出现类似"文革"那样的事呢？说这样的话别人会以为矫情了吧，可这是真的，如我受过了"5·12"地震波及的恐惧后，至今午休时不时就觉得床动，立即惊醒，心跳不已。

有人说过很精彩的话，说因为你与你的家人和亲朋在这个世上只有一次碰面的机会，所以得珍惜。因为人与人同在这个地球，所以得珍惜。可现实中这种珍惜并不是那么就做到了，贫穷使人凶残，不平等容易使人仇恨，不要以为自己如何对待了别人，别人就会如何也对待自己。永远不要相信真正，没有真正，没有真正的友谊，没有真正的爱情，只有美与丑，只有时间，只有在时间里转换美丑。这如同土地，它可以长出各种草木，草木生出红白黄蓝紫黑青的花，这些颜色原本就在土里。我们放不下心的是在我们身上，除了仁义理智信外，同时也有着魔鬼，而魔鬼强悍，最易于放纵，只有物质之丰富，教育之普及，法治之健全，制度之完备，宗教之提升，才是人类自我控制的办法。

在书中，有那么一个善人，他在喋喋不休地说病，古炉村里的病人太多了，他需要来说，他说着与村人不一样的话，这些话或许不像个乡下人说的，但我还是让他说。这个善人是有原型的，先是我们村里的一个老者，后来我在一个寺庙里看到了桌子上摆放了许多佛教方面的书，这些书是信男信女编印的，非正式出版，可以免费，谁喜欢谁可以拿走，我就拿走一本《王凤仪言行录》。王凤仪是清同治人，书中介绍了他的一生和他一生给人说病的事迹。我读了数遍，觉得非常好，就让他同村中的老者合二为一做了善人。善人是宗教的，哲学的，他又不是宗教家和哲学家，他的学识和生存环境只能算是乡间智者，在人性爆发了恶的年代，他注定要失败的，但他毕竟疗救了一些村人，在进行着他力所能及的恢复、修补，维持着人伦道德，企图着社会的和谐和安稳。

陕西这地方土厚，惯来出奇人异事，十多年来时常传出哪儿出了个什么什么神来。我曾经在西安城南的山里拜访过众多的隐在洞穴和茅棚里修行的人。曾经见过一位并没有上过大学却钻研了十多年高等数学的农民，曾经读过一本自称是创立了新的宇宙哲学的手写书，还有一本针对时下世界格局的新的兵书草稿，曾经与那些堪舆大师、预测高手以及一场大病后突然有了功力能消灾灭祸的人交谈过。最有兴趣的是去结识民间艺人，比如刻皮影的，捏花馍的，搞木雕泥塑的，做血社火芯子的，无师而绘画的，铰花花的。铰花花就是剪纸。我见过了这些人，这些人并不是传说中的不得了，但他们无一例外都是有神性的人，要么天人合一，要么意志坚强，定力超常。当我在书中写到狗尿苔的婆，原本我是要写我母亲的灵秀和善良，写到一半，得知陕北又发现一个能铰花花的老太太周苹英，她目不识丁，剪出的作品却有一种圣的境界。因为路远，我还未去寻访，竟意外地得到了一本她的剪纸图册，其中还有郭庆丰的一篇介评她的文章。文章写得真好，帮助我从周苹英的剪纸中看懂了许多灵魂的图像。于是，狗尿苔婆的身上同时也就有了周苹英的影子。

整个的写作过程中，《王凤仪言行录》和周苹英的剪纸图册以及郭庆丰的介评周苹英的文章，是我读过而参考借鉴最多的作品，所以特意在此向他们致礼。

除此之外，古炉村子的人人事事，几乎全部是我的记忆。狗尿苔，那个可怜可爱的孩子，虽然不完全依附于某一个原型的身上，但在写作的时候，常有一种幻觉，他就在我的书房，或者钻到这儿藏到那儿，或者痴呆呆地坐在桌前看我，偶尔还叫着我的名字。我定睛后，当然书房里什么人都没有，却糊涂了：狗尿苔会不会就是我呢？我喜欢着这个人物，他实在是太丑陋，太精怪，太委屈，他前无来处，后无落脚，如星外之客。当他被抱养在了古炉村，因人境逼仄，所以导致想象无涯，与动物植物交流，构成了童话一般的世界。狗尿苔和他的童话乐园，这正是古炉村山光水色的美丽中的美丽。

在写作的中期，我收购了一尊明代的铜佛，是童子佛，赤身裸体，有繁密的发髻，有垂肩的大耳，两条特长的胳膊，一手举过头顶指天，一手垂下过膝指地，意思是：天上地下唯我独尊。这尊佛就供在书桌上，他注视着我的写作，在我的意念里，他也将神明赋给了我的狗尿苔，我也恍惚里认定狗尿苔其实是一位天使。

整整四年了，四年浸淫在记忆里。但我明白我要完成的并不是回忆录，也不是写自传的工作。它是小说。小说有小说的基本写作规律。我依然采取了写实的方法，建设着那个自古以来就烧瓷的村子，尽力使这个村子有声有色，有气味，有温度，开目即见，触手可摸。以我狭隘的认识吧，长篇小说就是写生活，写生活的经验。如果写出让读者读时不觉得它是小说了，而相信真有那么一个村子，有一群人在那个村子里过着封闭的庸俗的柴米油盐和悲欢离合的日子，发生着就是那个村子发生的故事，等他们有这种认同了，甚至还觉得这样的村子和村子里的人太朴素和简单，太平常了，这样也称之为小说，那他们自己也可以写了，这，就是我最满意的成功。我在年轻的时候是写诗的，受过李贺影响，李贺是常骑着毛驴想他的诗句，突然有一个句子了就写下来装进囊袋里。我也就苦思冥想寻诗句，但往往写成了让编辑去审，编辑却说我是把充满了诗意的每一句写成了没有诗意的一首诗。自后我放弃了写诗，改写小说，那时候所写的小说追求怎样写得有哲理，有观念，怎样标新立异，现在看起来，激情充满，刻意作势，太过矫情。再读古代大作家的诗文，比如李白吧，那首"床前明月光，疑是地上霜。举头望明月，低头思故乡"，这简直是大白话么，太简单了么，但让自己去写，打死就是写不出来。最容易的其实是最难的，最朴素的其实是最豪华的。什么叫写活了，逼真了才能活，逼真就得写实，写实就是写日常，写伦理。脚蹬地才能跃起，任何现代主义的艺术都是建立在扎实的写实功力之上的。

写实并不是就事说事，为写实而写实，那是一摊泥塌在地上，是鸡仅仅能飞到院墙。在《秦腔》那本书里，我主张过以实写虚，以最真实朴素的句子去建造作品浑然多义而完整的意境，如建造房子一样，坚实的基，牢固的柱子和墙，而房子里全部是空虚，让阳光照进，空气流通。

回想起来，我的写作得益最大的是美术理论，在二十年前，西方那些现代主义各流派的美术理论让我大开眼界。而中国的书，我除了兴趣戏曲美学外，热衷在国画里寻找我小说的技法。西方现代派美术的思维和观念，中国传统美术的哲学和技术，如果结合了，如面能揉得到，那是让人兴奋而乐此不疲的。比如，怎样大面积地团块渲染，看似塞满，其实有层次脉络，渲染中既有西方的色彩，又隐着中国的线条，既存淋淋真气使得温暖，又显一派苍茫沉厚。比如，看似写实，其实写意，看似没秩序，没工整，胡摊乱堆，整体上却清明透澈。比如，怎样"破笔散锋"。比如，怎样使世情环境苦涩与悲凉，怎样使人物郁勃黝黯，孤寂无奈。

苦恼的是越是这样的思索，越是去试验，越是感到了自己的功力不济。四年里，原本可以很快写下去，常常就写不下去，泄气，发火，对着镜子恨自己，说：不写了！可不写更难受。世上上瘾东西太多了，吸鸦片上瘾，喝酒上瘾，吃饭是最大上瘾，写作也上瘾。还得写下去，那就平静下来，尽其能力去写吧。在功夫不济的情况下，我能做到的就是反复叮咛自己：慢些，慢些，把握住节奏，要笔顺着我，不要我被笔牵着，要故事为人物生发，不要人物跟着故事跑了。

四年里，出了多少事情，受了多少难场，当我写完全书最后一个字时，我说天呀，我终于写完了。写得怎样那是另一回事，但我总算写完了。

我感激着家里的大小活儿从不让我干，对于妻子女儿，我是那样地不尽责，我对她们说：啊，把我当个大领导对待吧，大领导谁是能顾了家的呢？我感激着我的字画，字画收入使我没有了经济的压力，从而不再在写作中考虑市场，能让我安静地写，写我想写的东西。我感激着我的身体，它除了坏掉了四颗牙，别的部位并没有出麻达。我感激着那三百多支签名笔，它们的血是黑水，流尽了，静静地死去在那个大筐里。

（选自《古炉》，人民文学出版社2011年第1版）

关于一个村子的故事和人物

——长篇小说《古炉》的问答

贾平凹　李　星

李　星　虽然早就知道你正写长篇，但能写出这样一部无论对中国文学还是你自己，都具有重大突破意义的六十四万字的长篇还是出人意料。作为一个已有近十部长篇写作实践的老作家，你是怎么估价自己的新作的？或者说你是从什么时候获得了对《古炉》的自信的？写作或构思过程中有没有遇到困难，甚至产生了对这部作品的怀疑？

贾平凹　《古炉》的内容我一直想写，但一直没有动笔，原因是十多年来写了许多长篇，都是现实题材，写起来停不下，更重要的是对于"文革"的认识在沉淀，如何写还琢磨不透。当《高兴》一书写完后，想对现实题材放一放，才考虑了《古炉》。这本书在心中酝酿太久，自信我能写出我的经见和认识，至于写出来能否得到认可，我还吃不准，因为对于"文革"可能各人有各人的解读。但我觉得我一定要写出来，似乎有一种使命感，即便写出来不出版，也要写出来。"文革"离得越来越远了，再过几年，经历的人更少了，对于人类的这个大事件，应该有人正面来写的吧。

李　星　你的许多作品发表后一直伴随着文坛的质疑和争议，有的还特别尖锐、激烈，属于根本否定一类，如《废都》《怀念狼》，有人因之认为你是"墙内开花墙外红"，有人甚至称你为陕西乃至中国文坛的"异类"，但是近年来却大有时来运转之势，好事不断，当上了省作协主席，《秦腔》获茅盾文学奖，由另类转成了主流。有朋友认为，处境改善了，你的心态也可能要变化，内心缺少了与现实的对抗和张力，担心你创作也可能走下坡路。你是怎样面对获大奖、当主席这些"好事"的？由"在野"到"在朝"你的心态有何变化？

贾平凹　说实话，对于质疑和争议，早些时候自己是不服气的，后来可能经得多了，随着年龄增长和对于文学的认识加深，我觉得质疑和争议没有什么，我是有些地方没有写好，但我坚持的东西我觉得没错。从另一个角度讲，也是我信自己，而又要证明自己，它反倒成了我写作的动力。现在所谓情况好点，其实在获奖或当主席的当时有些高兴，但几天之后就没感觉了，不存在"在野"与"在朝"的区分。我的写作，能获奖和当什么当然是好事，但目标并不是这些呀，如果那样，那也太小器了。

李　星　你和我一样，不会用电脑，六十四万字的《古炉》即使一遍写下来，也是个大工程，何况你还边抄边改过了几遍手，对于你这样一个已经年近花甲并有陈疾在身的人，需要怎样的决心和毅力？你内心的文学激情和动力是什么？

贾平凹　辛苦确实辛苦，可自己是吃这碗饭的，写作过程自有它的巨大乐趣。写作是我的饭碗，更是事业，我不否认我有我的追求和雄心，在为之奋斗着。

李　星　我想象不来，你是怎样处理工作和写作的关系的。据我所知，中短篇写作可以短期突击，如整几个夜，关掉手机、闭门谢客等等，但是如《古炉》这样的大工程，显然不能用短期突击的办法，不仅要合理分配时间，还要分配体力。在《古炉》写作期间，你是怎样安排时间、体力的，以至于小说写完了，并没有发生常见的"大病一场"或体力严重的衰竭？有没有"被掏空"的感觉？

贾平凹　写长篇是慢活，保持写作状态又要把握住节奏。我的杂事是很多，而我在写《古炉》过程中除了一些必须参与的会议、活动和家事外，我尽量拒绝一些可去可不去的场合，拒绝一些可干可不干的事。这些年里，六七次出国都谢绝了，一些必须去的大活动和会议我都带着稿子，晚上书写。在西安的日子，每早八点前必须到书房（我是有一所与家人分开的书房的），写到中午十一点，十一点到十二点接待来访人，中午睡一觉，起来写到下午五点，五点到六点又待客，基本生活规律就是这样。写完《古炉》，并没有"被掏空"的感觉，还有别的东西等着写呀。

李　星　整个的写作过程是心情愉悦为主，还是痛苦为主？在什么时候愉快，什么时候痛苦？

贾平凹　当然是愉悦为主。有时这一天写得很顺，写完后很兴奋，觉得有许多是神来之笔，一点都不累。有时这一天写得不畅，当然烦躁。为了解决能写顺的问题，我常常是这一天写结束了，把明天要写的内容提示写出来，这样不至于明天一上手就卡住。每天早晨起了床，是我思绪最活跃之时，我静静靠在那里琢磨当天要怎么写。尤其在全书快结束时，那是整夜做梦都是小说中的事，弄得很累。长篇最难是前十万字左右，每一部长篇我几乎都是重写，一旦顺利完成了十万字，后边就顺了。

李　星　《古炉》虽然写的是"一个村子"的"文革"，但实际上很有代表性，包括我当时所在的大学的"文革"，工厂的"文革"，一个县、一个市的"文革"，大致相似。你是什么时候动了写"文革"的念头的？研究了哪些资料，进行了哪些考察，做了哪些前期准备？

贾平凹　在写《秦腔》前就想写，但还未寻到好角度。在写《高兴》前我回商洛采访了许多当事人，又花了三天在档案馆翻阅"文革"中商洛武斗的史料。当然，更多的材料还是来自自己的记忆，是以我老家的村子发生的事来构思的。

李　星　虽然关于"文革"，中央早已做了正确的评价，称之是一场"动乱""浩劫"，但是"投鼠忌器"，这是一个对作家充满诱惑又充满陷阱的当代社会历史领域。现在看来，《古炉》分寸把握得很好，你回避了一些敏感问题，又确实再现了一个村子范围的"文革"起因及过程，通篇几乎连一句毛主席语录也没有。在写作以前你意识到了这些风险吗？你有没有如陈忠实写《白鹿原》时，给自己划定几个界限，制定几条原则？这些原则对其他关于"文革"的作品有无借鉴意义？

贾平凹　我不了解"文革"中中央高层的真实情况，所以我只写一个村子的故事，这样不牵涉别的问题。文学有文学的基本东西，那就是人性的展示，至于别的问题，不是作家的事，我也没那个兴趣。

李　星　中国实行改革开放一心一意搞建设就是从否定"文革"时的路线、观念、政策开始的。你通过对一个村子"文革"全过程的记忆重现，要告诉今天的读者什么？

贾平凹　告诉读者我们曾经那样走过，告诉读者人需要富裕、自在、文明、尊严地活着。

李　星　我也认为《古炉》的故事虽然是写"文革"，但就它对当时农村、农民生存状态的表现来说，又是乡土中国政治、经济结构和心理文化的缩影。

千百年来他们以土地为生，结成了以土地、家族为核心的封闭村社。在集体化运动中农民失去了对土地的自主权，一些年轻人淡化了对土地的主人感，如夜霸槽，强化了对权利的依附或对抗，但是如磨子等老一代庄稼人仍然能意识到庄稼的好坏与自己生活的关系。真应了那句"有恒产者则有恒业，有恒业者则有恒心"的老话。乡土中国农村从本质上说，从来不是政治的，而是邻里人情、血缘家族与生存利益的纠缠。即使如"文革"那样大规模的群众性政治运动，"政治"也是被悬置或被利用的。我很想知道，在《古炉》的写作中，你对乡村社会乃至整个中国有些什么感悟。

贾平凹　你说得很好，我也正是从这一角度看待农村和农村的"文革"的。只有这样的农村状态，才使"文革"之火在土地上燃烧，而燃烧之后，灰烬里又长出草木了，恢复原状了，一切又是如此。这就是中国乡下的现实，也是最要命的问题所在。

李　星　你写的古炉村的"文革"过程与以往同类题材小说的最大不同是，它的起因很复杂，是马克思主义经典作家所认为的"历史的合力"的作用。夜霸槽这个最早"造反"的青年农民原来也不是坏人，还很有人情味，如对蚕婆、狗尿苔等"黑五类"及弱势群体的态度，与队长女儿杏开的恋爱，等等，还是崇拜毛泽东的理想主义者；他最想推倒的支书朱大柜也不是个坏人，也很有人情味，只是习惯于个人说了算，家里生活比村人稍好一点，挨整了、靠边了，还关心生产和村民的生活。其他参与"造反"组织或后来也成立了组织的天布、灶火等人原本也完全是勤劳、守法的农民，就是这些普通农民，却随着两派组织对抗的激烈，杀人放火。你是怎样评价农民这个阶级、阶层的？他们怎么能走到这一步？

贾平凹　在我眼中没有谁是坏的，他们只是因时因地因事暴露出人性中的弱点罢了，尤其农民。贫困、不公平、不自由容易使人性中的魔鬼出来，而当被"政治运动"着，就集中爆发了。

李　星　我特别注意到，在《古炉》中你对所有的村民都深怀同情与悲悯。但也有例外：一个是"社教"中家庭被补划为地主的守灯，他有些文化，还想钻研青花瓷艺术，却被剥夺了可能会有所作为的权利，滋生了对社会的仇恨；一个是中学文化可算作村中最高学历的水皮，他一开始就站在了潮流和夜霸槽一边，死心塌地反对村支书，做了许多伤天害理的事。你是怎么看待如水皮这样受新中国教育成长的乡村知识分子的？他是否是我们教育的失败？

贾平凹　小说中的守灯这个人，他已经变态，是被历次运动后的结果。水皮也是运动后的结果，他随风倒，没骨头，有一些文化知识的人容易这样。

李　星　如果说对守灯、水皮你还有所理解，只是对他们的个性有所指责的话，对麻子黑和外来"红卫兵"黄生生你却好像毫无同情、理解之心，把他们写成魔鬼、恶棍，还让黄生生死得那么惨，从中读者也得到恶人受惩罚的快感。这是否是你人道视野中的盲区或偏离、失误？这与你的经历和人生体验有联系吗？

贾平凹　麻子黑和黄生生更多是人性恶的变异。毕竟有这么一些人，"文革"才在众多的小私小利小恩小怨的基础上发酵。这是我全书所写的下场最不好的两个人，是有原型的。现在看来，是对他们狠了一点，也简单了一点，再写得深刻些就好了。

李　星　队长磨子的女儿杏开不顾父亲的反对与夜霸槽恋爱并怀上他的孩子，但是她死心塌地爱的夜霸槽从一开始就对狗尿苔表示，他只是故意让看不起他的磨子他们难受，与她结婚不是爱的目标，后来果然又将情感转移到县上"造反派"的作战部女部长身上，很明显也是一时之情。你是这样认识男人的吗？看看眼下中国，有野心、功利心强、理想主义的男人，是不是都这样？

贾平凹　有野心的能干事又能干成事的男人往往是这样的，他们不是占有就是利用。钱穆说：依照中国人的观念，奔向未来者是欲，恋念过去者是情，不惜牺牲过去来满足未来者是欲，宁愿牺牲未来迁就过去者是情。夜霸槽是欲的，杏开则是情的。夜霸槽就是始终在为未来命运而奋斗，是欲，所以村人往往看不起他，主张安命、主张保守。

李　星　《古炉》始终伴随着还俗和尚善人给人们说病的情节线，在后记中你说，其观点主要来自一部叫《王凤仪言行录》的书，这究竟是一本怎样的书？善人的许多说法显然不离阴阳五行，是易、道的衍生物，你认为这些中国古老的精神文化遗产真的能治当代人的许多病，如贪婪、自私等，能使人与人关系由争斗而和谐吗？

贾平凹　《王凤仪言行录》是一本民间书，是我在庙里见到的，他是易、道、佛三者皆有，以乡下知识分子的口气给农民讲的话，所谓的治病，确实能治一些病，但大多的病当然治不了，他其实在治人心。他的言行在那个时期也是一种宗教吧,也是维系中国农村社会的伦理道德吧。这里边有善人的理想,也有我的理想。就当下来讲,维系农村社会仅靠法制和金钱吗?而且法制还不健全,财富又缺乏,善人的言行就显得不可或缺了。

李　星　善人确实是善的,是宗教的,他最后殉于自己的信仰,很悲壮,很惨烈。与善人同在的是蚕婆和狗尿苔,他们的处世姿态低得谁都不以为他们是威胁,是可以利用却无害的,最后却在那么失序的动乱中存留下来,尽管很艰难。你是在提倡一种不抗争的人生哲学吗?我怎么觉得相比于《秦腔》中的引生,狗尿苔更像更本质更内在的你,是非分明着,却因自卑而尽量逃脱是非,活自己的人,结果却常常以柔克刚,是这样吗?

贾平凹　应该是这样。狗尿苔不能说就是写我自己,但狗尿苔的人生哲学绝对是我的。他的身世与我的身世有相近处,生活在人境逼仄的环境里,他是自卑的无奈的,却也是智慧的光明的。

李　星　善人源于易、道、佛的哲学,狗尿苔婆孙的人生姿态,确实有东方人的狡猾或人生智慧在其中,尽管这种选择和生存方式是环境造成的,然而这种弱者的生存方式,处乱世以自保,本身就是一门生存艺术。其实,在中国人中固然有夜霸槽这样强刚进击的类型,也有蚕婆这样防守的类型,这是阴柔阳刚的区别,老子大概就是这种阴柔的人。在大范围的社会历史中,你怎么评价这两种人的意义和贡献,评价两种人生哲学?

贾平凹　夜霸槽这种人是向前型的,不满现状,积极追求,正如有本书上说的,这类人回顾人生,不免要自感渺小而且可厌,因此才发展成性恶论。狗尿苔和蚕婆属于向后型的人吧,只求尽其在我,感恩图报,发展出性善论。这两种人生哲学不能说谁好谁坏,有创造的有保守的,创造建立在保守上,保守又推动着创造,人类社会就如此前行着。

李　星　在强大的现实压力下,狗尿苔与蚕婆却内向地强大着自己对神秘的自然的感觉,蚕婆用剪纸艺术复活着飞禽走兽的灵魂与生命,狗尿苔能闻见村人的灾祸、死亡气味,还能与飞禽走兽对话,在别人看来这种表现方法是拉美魔幻现实主义的。但对从小在偏远乡村长大的我来说,却觉得这完全是中国式的东方的,因为在父母辈那里,我确实听到了许多太岁的故事、通灵的故事、毛骨神变形的故事,他们教育我珍惜世间万物生命,可以不信"神",但不能不敬畏"神",不能攻击它,这恐怕就是敬畏自然吧。但现在因为马尔克斯得了诺奖,一写魔幻,就是学拉美,实际上东方神秘主义早就是文化人类学家的共识了。你写了狗尿苔的通灵、与鸟兽对话,借鉴马尔克斯等拉美作家了吗?其本意何在?

贾平凹　说受影响,不如说受启发而关注了本民族的民间形态。小说中那些对待自然的事情,都是我小时候经历的或见闻的,当时农村的生活形态就是如此,其生活形态也培育了一种精神气质,当小说中大量书写了这些,它就弥漫于故事之中,产生独特的一种味道。

李　星　虽然也写字、画画,但你的主业却是文学,尤其二十年间有十部以上的长篇小说出版,国内文坛评价、研究你小说作品的文字,已远远超过了你创作的字数。我奇怪的是,在本书后记中你的艺术镜鉴依然是民间艺术、中西方绘画及理论。你看不看关于你的评论文字?印象如何?他们的肯定和批评对你有无帮助?

贾平凹　当然是看的,凡是我能看到的都看。我读众多的评论文章,肯定要在乎评论家是怎么说的:肯定的,要看他肯定了什么,可以给我自信;批评的,要看他批评了什么,这些都要思索,以调整自己。我喜欢看一些对写作有感觉的评论家写的文章,这样的文章无论说好说坏,都对写作大有启示。我在后记中谈到民间艺术、中西方绘画及理论,那是从写法角度上来谈的。最近,我读过好几位评论家出的专著,获益匪浅,又系统读王国维和钱穆的文集,真感觉读得太晚。不知什么原因,到了这个年龄,倒爱读哲学类的书了。

李　星　早在1982年你就在《卧虎说》这篇散文中觉悟到,用"中国传统的美的表现方法,真实地表达现代中国人的生活和情绪,这是我创作追求的东西"。多年来,你一直在朝当代小说民族化这个方向努力着,并且被纳入新汉语言写作这个理想命题,你的长篇除了《浮躁》《病相报告》外都可以被认为是成功的实践。《古炉》应该说是小说民族化最完美、最全面、最见功力和深度的文本。相比于《废都》《高老庄》《秦腔》《怀念狼》等,《古炉》让你满意,或者有怅然一泄的释放感吗?

贾平凹　我一直在做这方面的实践努力,到了《秦腔》和《古炉》虽没有怅然一泄的释放感,但很愉悦,基本上能得心应手。我之所以说基本上得心应手,是有时仍觉得还没有我预期的那种效果。走这条路子,其过程难以引起注意,曾被人不理解甚或讥笑,而我好的是坚韧,就一步步走了过来,并没过多想到它会是什么结果。

李　星　有论者说《古炉》是你的一部真正与世界文学接轨的作品，大概是指狗尿苔之于格拉斯《铁皮鼓》中长不大的小男孩，以及前面说的魔幻等等。我总觉得这不是事实，这倒不是因为"越是民族的才越是世界的"旧见，而是觉得《古炉》在写法上直接承续的是《红楼梦》《金瓶梅》日常化、人性化、平民化的写作方法。也就是说，你无视"五四"以来主流的法俄现实主义的写作传统（这并不表示你未从其中某些优秀作品吸收一些营养），直接回到兰陵笑笑生和曹雪芹那里，甚至包括曹雪芹的宇宙观、色空观念，他对人和人生的悲悯。尤其读到小说结尾部分，我产生了与鲁迅读《红楼梦》类似的感觉："悲凉之雾，遍布华林。"在写作过程中，你是否听到了如曹雪芹那里传来的深长叹息？《红楼梦》与《古炉》有多少联系？

贾平凹　毫不掩饰，我是学习着《红楼梦》的那一类文学路子走的。《红楼梦》也是顺着《诗经》《离骚》《史记》等一路走到了清代的作品，它积蓄的是中国人的精气神。我最近读《诗经》这方面的感受就特别多。

李　星　"五四"以来，中国小说语言受所谓翻译体的影响甚深，有些人反倒认为古汉语（包括白话文）是表达的羁绊，好像只有余光中说过现代中国语言受文言、白话小说影响甚多。你也一直努力在古汉语那里学习、继承，能再谈谈在《古炉》写作中，你的语言追求吗？

贾平凹　语言上我可能采用的是散文的那种吧。其实说散文的语言也不准确。为什么要分小说语言、散文语言呢？可能是传统的那种沉着、散淡、有意味吧。《红楼梦》的语言就是中国文学一路下来的呀。看看后来的小说语言就变了，而沈从文的、张爱玲的、孙犁的仍又是《红楼梦》的路子。这类语言貌似不华丽，不煽情，不新鲜，但味道长久。从《诗经》开始一路下来的文学，要研究其语言的内在结构，慢慢领会吧。关于语言我曾写过几篇文章，在这里就不多说了，我只说一句：当下纯正汉文学语言是重要的，如果没有了汉文学语言的纯正，汉民族的味道就没了。

李　星　《古炉》的故事和人物，是实存的历史，也是小说家言，但我总觉得你拒绝了"典型环境""典型冲突"这些现实主义创作方法的规则，几乎是用写散文的方法、语言在写小说，在密实中表现着广大的意蕴。用散淡笔墨叙事，在日常中显现着悲剧的必然，在群像中凸显着大事件中的几个重要人物，仍然如《秦腔》的鸡毛蒜皮、吃喝拉撒，但是因为题材本身的性质，情节的张力当然要比《秦腔》大得多。你在写作中，好像从来只考虑自己的艺术、艺术的"受活"，在中国怕只有你这样的几个作家还在坚守着自己艺术的纯粹。在创作中你心中有无读者这个概念，有无理想的读者群？

贾平凹 你说得好，点中了穴位一样。我可以老实说，我写作时心中没有读者这个概念，我不管读者要求什么，希望看什么，我只写我的，但我相信，我和读者都同时生活在当下，我的想法必然也会是他们的想法，我感应这个时代和生命，写出了我的感应，他们也会感应我的作品的。作家当然是读者越多越好，但你不要指望所有人都爱读你的书，看了你的书就理解你。读者和知音不是画等号的。

李 星 我读《古炉》还觉得它写的就是你的家乡，棣花寨、清风街，你写了它自然风光的美，自然风光的美与贫困、严酷的现实形成了鲜明的对比，但是你却说写的是中国瓷都之一的铜川。这种故事背景的变化有必要吗？原因是什么？

贾平凹 我没有说我写的是铜川的陈炉，这是一些记者误以为的，我仍写的是家乡事，只是借用了陈炉一些关于烧瓷的材料。我熟悉故乡商州那块土地，不熟悉的生活我无法写出味道。

李 星 记得善人死前告诉过想死的狗尿苔：你不能死，你的任务还没有完成，古炉村、杏开和她的非婚生子还要靠你……狗尿苔最后与杏开结婚了吗？改革开放后他长高了吗？你是否有写《古炉》续篇的打算？

贾平凹 没有写续篇的打算。现在的社会现象就是《古炉》的故事发展。古炉村依然生活着那些农民，可能一些人像夜霸槽一样出外闯世界讨好生活了，而大部分还在，起码老支书还在当支书，杏开和夜霸槽的孽子还不大，孽子长大了也要出外，蚕婆依然活着，狗尿苔没有长高，可能他也难以长高吧。

（原载《上海文学》2011年第1期）

一种历史生命记忆的日常生活还原叙事

——关于《古炉》的对话

贾平凹　韩鲁华

韩鲁华　你的长篇小说《古炉》复印稿，看完之后感觉非常好，阅读激动之情超过了《秦腔》。我首先对你完成这样一部蕴含着一种旷古之音的、通着人类某种精神心灵隧道的大作表示祝贺！我感到你是把创作当作生命来看待的作家，不论什么事情，一旦和你的生命发生矛盾冲突的时候，你就可以放弃一切。看了这部作品，这种感觉更加强烈。从这部作品创作的情况来看，《高兴》2007年写完后，在两三年的时间里，你就完成了这部六十多万字的大作。这部作品你写完初稿又修改了两遍，这样光抄写也有近二百万字。用手光写这么多字，也是一件苦差事。也许就因为这样，你才能一直在文坛上待下去，才能不断地给读者提供新作品，给人提供新的思考。

　　一个伟大的作家他总是在不断地思考、不断地超越自己。读了《古炉》之后，我的确有这种感觉。对这部作品，我有一个基本的评价：我认为这是目前我所看到的中国大陆有关"文化大革命"这类题材创作中，最独到、最深厚、最具有人类意识的一部作品。而且，在阅读《古炉》的时候，我是把我手头能够找到的获得诺贝尔文学奖的作品，放在一块进行阅读的，包括米兰·昆德拉的《不能承受的生命之轻》、福克纳的《喧哗与骚动》、马尔克斯的《百年孤独》、奥尔罕·帕慕克的《我的名字叫红》，后来又找到德国作家格拉斯的《铁皮鼓》，以及其他一些走红的作品。读了以后确实是非常震惊，感觉《古炉》和这些作品之间有着某些相通的东西。所以，我是怀着这种激动而又钦佩的心态来读这部作品的。这的确是我读你所有作品中最激动的一次。而且我得出的结论是，就我所了解到的世界文学来讲，这是一部可以和世界文学中的名作相媲美的作品。这次阅读引发了我诸多思考，正是因为有这样的思考，所以今天这么热的天，还是把你打搅一下，做一次对话。

一、使命感促使下写出过去的记忆

韩鲁华 就这部作品所写的内容来讲，"文化大革命"的确是个大题材，也是中国当代甚至中国历史无论如何都无法回避，也不应当回避的一段非常特殊非常重要的历史，所以，作家及其创作自然要面对它，这是一种历史责任。而且我知道，这么多年你是没有涉足过这段历史的，现在一写这个题材就非常特异地整出了个大作品。这十多年来，大概从20世纪90年代以后，对"文化大革命"正面写的人很少，大部分都是把当代社会历史拉通去写的，在当代整体叙述中夹着对于"文化大革命"的叙述，实际上是对这段历史叙事的消解。

贾平凹 首先感谢你对这本书的阅读，还有这么多肯定和赞扬的评价。从创作时间上来说，这本书实际上是《高兴》一写完就开始了。为什么要写"文化大革命"这段历史生活，我觉得这里面有个使命问题，这个使命也是自己给自己强加的，就是"文革"结束后，有人写过"文化大革命"。

韩鲁华 伤痕文学基本就写"文化大革命"。

贾平凹 对。但那个时候写"文化大革命"基本就是写怨恨、批判这类东西，形成了一种程式化。以后再写"文化大革命"就没有人专门来写，而是段落式地去写。而我产生要写这段历史生活的想法，就是一个过去生活的记忆，从记忆和观察角度来完成的一件事情，一个工作。在"文化大革命"的时候，你要说我介入，也可以说参与过；说我没参加过"文化大革命"，也可以说是没参加过。

韩鲁华 你可能比我参加得还多些。那时我上小学，你上中学。

贾平凹 我比你也大不了几岁，那个时候正上初中二年级的上半学期，"文化大革命"就开始了，学校就不上课了。学校整天是游行、辩论，但参加游行、辩论的基本是高中学生，初中三年级的也可能参加。我那个时候在班上是比较小的，个子也小，也跟着人家到街道去游行呢，但实际上是跟在人家后面跑。人家刷大字报，咱给人家拿个笤帚提个浆糊桶，辩论还没我的份。在"文化大革命"中，我基本上是观察者。所谓观察者就是虽然你没有进入其中，但一直都了解这个事情的过程，从头到尾都了解。后来回到农村后，在学校我是一个观点，在村上是另外一个观点。

韩鲁华 "文化大革命"中，造反派基本分为两派。

贾平凹 是的，分为两派。我在学校是一个派别，在村上是另外一个派别。所以，我回到村里就不能说在学校是啥派别了。这样，我就处于一种很特殊的境况，在学校属于一个派别，回到村上是另一个派别，两派斗争，这两派我都能进入，两派做啥事我都能说上话，就这样度过了"文化大革命"。这本书写的"文化大革命"发生在一个偏远的山区里，我拿眼睛看到的，记忆中基本上就是这样的。再一个，我的写作，小时候发生的那些事情，其他方面的生活，基本上差不多都涉及过了，就是小时候经历过的"文化大革命"这个事情，自己的作品从来没有涉及过。随着年龄增长，小时候那个记忆，越来越清晰，这是我写作这段历史记忆的根本原因。还有个使命感。觉得要么比我大的人不是作家不写，要么是和我年龄差不多的作家都写不动了，或者不愿意写了，或者停笔了，比我小的呢，还不知道"文化大革命"。到我这一年龄层，"文化大革命"已经很边缘了，再小一些的又不了解了，比我小两三岁的可能还有点儿记忆。

韩鲁华 像我对"文革"前期记忆就没有对后期记忆多。

贾平凹 所以我觉得再不写，就没人写了。中国的这一段历史，以后人写就没有感情这些东西了。不管写得好赖，总得有个人把它写出来。

韩鲁华 要写"文化大革命"，不论你回避也好，面对也好，都需对"文革"作出价值判断。有些人从社会政治层面来进行社会价值判断，还有一些人从人类的历史中去观察发现问题，进行价值判断。我特别强调这一问题。虽然这个事情是发生在中国的，但它可能不仅仅是中国的问题，它可能带有人类普遍性的一些东西。当然还有其他的一些思考，比如说可以从现实生活的角度去写，也可以从人性这个角度、从人情这个角度去写，等等。作为作家，是在进行文学艺术的创作，必然还是要从文学艺术这个角度来进行审视判断。正如你刚才说的，你是从一个村子的角度去写，将这个名为古炉的村子作为一个对象具体来写的，你是想通过一个村子来写"文革"。写"文革"，有许多人是从社会整体性上去写的，你不是，你完全是把一切都纳入日常生活，从日常生活这个角度来写，而把整个中国当时的总体社会历史背景放到背后去了，你在前台，叙写的是一个村子。还有一个看了以后令人很激动的人物就是狗尿苔。狗尿苔其实是一个特定的叙述视角，同时也是历史的见证人。这里你肯定是有着自己的思考。而且我还注意到，你的这个作品是按照冬、春、夏、秋、冬、春这个时间顺序来写的，那么这样算下来，从"社教"开始，基本上就写到1968年左右。我现在要问的是，为何于此结尾。我当时看到结尾处，的确是有一种意犹未尽的心灵震撼。但它就这样突然终止了。阅读时我有一个非常强烈的感觉：这个事情就这样结束了？就写完了？的确是有这么个感觉。而且还有一点，包括我看你的后记，实际上你在思考问题的时候，不仅仅是"文革"，"文革"前后你都在拉通，在做着拉通的思考，但在具体的叙述上，可就这么结束了。我想请你谈谈，一个是对"文革"你自身的一种价值判断，第二个就是你为啥在整体构思的时候把人一枪毙就结束了，这一点对我震动非常大。

贾平凹　对"文革"的评价，官方有官方的评价，专家有专家的评价，可能普通人也有普通人的评价，各种评价都可能存在。就我而言对它的评价，对"文化大革命"的认识，实际上都渗透到了我这个文本表达上。你说中国发生"文化大革命"，别的国家它也有所谓的动乱，也有乱起来的历史，这是人类的事情。当然具体到"文化大革命"，在我的观点里，首先有这么一个问题，实际上社会上的人，你要说是好人都是好人。苏东坡说过一句话，在他眼里，上至当官的，下至寺院里乞讨老儿，"没有一个不是好人"。但好人也能变成坏人，具体的事情上，在特定的环境下，人自己就发生变化了。你要说"文化大革命"，对农村来讲，"文化大革命"不知道怎么就发生了。但是运动对中国人来说，从1949年以后就成习惯了，运动是习惯了，过两天就是个运动，又是个啥运动来了。农村一般人运动来了还不积极。除过当时成分不一样，地主、右派、五类分子，他们也不积极，运动一来他们就得受批判，不是运动别人，是别人要运动他们。一般老百姓都觉得运动来了，上面让做啥就做啥，习惯性就做个啥，跟着就走了。整个"文化大革命"运动，尤其从农村这个角度，从偏僻小山村这个角度来看，它的存在，有价值、传统的道德的东西在里面。你说那个仁义道德，传统的这些东西，慢慢都在遗失，后来规范了好多东西，出现了新的好多东西，就把它记下，这是一个方面。再一个方面，对当时现实有不满，或者说是有压抑情绪，这种情绪也存在。再一点就是贫困，特别贫穷对人的行为影响是很大的。再一个就是基层的腐败现象。再加上村子里过去的小恩小怨，为个房子置了气了，或者鸡跑到院子你把鸡给打了，就这些小摩擦，平常积下了，人与人之间的恩怨吧。总之，各种因素都在起作用，有社会性的，有制度性的，还有腐败性的，整个构成了容易产生动乱的因素，然后上面一把火来，下面就乱开了。对那些大都市，"文化大革命"目的是明确的，要夺了谁的权，把谁打了。对农村基层来讲，它是盲目的，只是说一个运动来了，生活又穷困，干部又腐败，道德又缺失，然后是张家长李家短，最后必然就乱开了，打开了。这是必然的，整个人性必然发生变化。我觉得"文化大革命"就是这样产生的。

二、在日常生活中挖掘出事情发生的土壤

韩鲁华 对于"文化大革命"这样一段历史生活，已有的作品主要是从社会性、政治生活，以及人的命运和社会的命运这些角度来写的，当然也有从侧面写的。我记得 20 世纪 80 年代有个叫何立伟的人写了个《白色鸟》，就写村上开批斗会，一些小孩在地里玩，这是从侧面进行描写的。你是从人的日常生活去写，你把"文革"当作农村人的一种过日子式的生活，日子过着过着就乱了，打起来了。你是把这种时代的生活统统都还原了，还原成了一种日常生活，还原成过日子。实际上这也好像是一种生活流年式的写作方法。写得更多的都是一些农村的琐琐碎碎、吃喝拉撒睡、家长里短。这是一种生活还原的写法。

贾平凹 创作中对"文化大革命"为啥这样处理？先写了 1965 年的冬季，写了第二年一年，再写了一个春季，前后就拉成了一年多。为啥这样写？当时我的想法是不想一开始就写整天批判，如果纯粹写"文化大革命"批来批去就没人看了。如果那样，一个是觉得它特别荒诞，一般读者要看了也觉得像是胡编的；再一个就会程式化了，谁看了都觉得没意思。我就想写"文革"为啥在这个地方能开展，"文革"的土壤到底是啥，你要写这个土壤就得把这块土地写出来，呈现出来。正因为是这种环境，它必然产生这种东西。写出这个土壤才能挖出最根本的东西，要不然就会觉得不可思议，怎么能发生"文化大革命"这种荒唐事情？所以《人民文学》总编和责任编辑看了之后也评价很高，提出是有荒诞意味的一部大作。荒诞，我觉得书里面涉及的人和动物、植物之间的对话就是。因为我觉得"文化大革命"现在回想起来还是一个荒唐的事情。再一个，人物对话，比如咱看动画片，看少儿节目，有时动物说话。狗尿苔本身就是个小孩，他受了屈辱，没人让他说话，这种地位是适应的。当时我就觉得在一个山水最美的地方，一个各种动物特别兴旺的地方，人类却发生了很悲惨的故事，就是这样来写的。要挖掘社会最底层，就要老老实实从日常生活这个方面去写，这是个真的事情。现在大部分人不采取这种写法，大部分都是用另一种写

法。我上午还在看一部小说，它基本上都是翻译的那种调整过来调整过去的写法，不具体写些日常生活。这样的东西比较难弄，稍微弄不好就走形了。必须要有生活，平平庸庸、普普通通、很琐碎的这种生活里埋藏了各种种子。就像世界上有各种颜色，红黄青绿紫，实际上各种颜色都在土壤里面，只是用了庄稼、草把它表现出来。我感觉，"文化大革命"各种因素也都在日常生活里面，遇上土壤、时间就成熟了，就长出了红花或者黑色的草，道理就是这样的。

韩鲁华 我在思考一个问题，这个作品最独到、最醇厚的东西在什么地方？我一直在思考，刚才你说到的，包括生活也好，土壤也好，从文学艺术创作角度来看，这部作品，有啥可与世界名著相媲美的地方。好的作品都是直逼人性的，就是写在一种特定的社会环境下人性的表现，人的一种生存状态。你在具体写的时候，正是通过非常琐碎的事，包括生老病死，来透视人性光芒。看起来写得是不紧不慢，但是这种生老病死，我读后有一种透着冷气、寒气的感觉，我把它叫作平中透着一种峻，温中含着一种冷，直逼人心肺。你不是在写生活的表，而是在写生活的骨，而且我深深感觉到有一种刮骨之痛，所以你是在进行人性的一种刮骨考验、考量。这人性中也包含着民族性、国民性中的劣根性，你是把这种民族性、国民性，特别是劣根性融在一起进行剖析的。我就在想是不是从古到今，经典型的文学创作中，都有一些共同的东西在里头。这个问题我一直在思考，包括这次阅读《古炉》时也在思考这个问题。

贾平凹 开始把写作对象定在古炉上的时候，我就想起我小时候经历的好多事情，因为这本书大部分都是回忆性的，回忆我经历过的事情。我们经常说，中华民族是优秀民族。但具体到某些地方某些人群，让你有特别不好的那种感觉。"文化大革命"可以说是集中表现的一种东西。就像这里面写到狗尿苔说的话一样。它里面表现的是压在最底层的一个小孩。霸槽这个人，不屈服，你说他这种性格好，也不是好，你说他不好，也不是不好，反正他就是一心想弄事，一心想着在这地方待不成，就是这种人。这种人农村比比皆是，觉得谁都不适应他，他哪里都发挥不出作用来，就想折腾，他就是这种年轻人。

韩鲁华 就像本来是在地上跑的动物，总想飞起来。

贾平凹 飞得起来飞不起来总想飞。就像支书这种人吧，世故、老奸巨猾式的，还包括里面写到的守灯，他是地主的儿子，他基本上是变态的。地主右派、五类分子里有很多是很委屈的，也有那种长期受委屈造成变态的。而且村里那些一般的人，坏人谈不上是坏人，好人也谈不上是好人，有他善良的一面，也有他让人憎恨的一面，憎恨起来特别恨他，善良起来你觉得他勤劳，帮助邻居，这方面又都存在。所以，你把人性拨开，动刀子的地方决定以后，你开始刨这个肉的时候，你能在里面发现好多东西。人性的东西必然在那里，不是说故意在里面寻啥，不是矫情地故意想突出这一点，而不顾及另一点，要么是顾及他人性善的地方，不要他的恶，要么专门暴露恶不暴露善。我现在这样写，就是把这个人写活，因为人本身就是这个样子。

韩鲁华　在艺术表现上，涉及一个问题，就是艺术上的实和虚的问题。你在后记中也谈到了。包括《秦腔》在内的写作上都存在实和虚的问题。在这部作品中，有些东西，写得非常实，包括人与人的对话。也有些东西是虚的，你把很虚的东西，是用一种很实的笔法去写的。而且我感觉到，在这种很实的背后，深含着许多东西。和以往许多文学创作不一样的，就是读这个作品的时候，文本前台写的东西都非常实，总感到后面有些虚的东西，或者带给人一些思考的东西。你在写这个作品的时候，在处理实和虚的方面，是咋样想的？

贾平凹　这部作品和写《秦腔》总体的方法差不多。就是我表达一个东西，或者表达一种情绪，我要说的这话，要表达根本的东西，不是一句两句能够说清楚的，但是它弥漫着，总觉得里面有啥东西，这是表现出来的。我用生活化的东西来呈现，好像是见啥写啥，实际上也是经过周密思考的，啥东西能表现我那种东西，我才写这个层面。比如从人性方面说，我举几个例子。题目为啥要叫古炉，因为在我的意思里，古炉有中国的内涵在里头。中国这个英语词，以前在外国人眼里叫作瓷，与其说写这个古炉的村子，实际上想的是中国的事情，写中国的事情，因为瓷暗示的就是中国。而且把那个山叫作中山，也都是从中国这个角度整体出发进行思考的。写的是古炉，其实眼光想的都是整个中国的情况，写"文化大革命"这一段，实际写中国人的生活状态。中国人在那个时候就是贫穷，不停地被运动着，而且人们也习惯了被运动。还有那时人性的好多东西，中国传统东西就在丢失，为啥设置善人这个人物，他不停地讲中国最传统的仁义道德，人的孝道。古人提出人是以孝为本的，然后演化为中国传统的仁义忠孝这些东西。咱现在就没有了这些东西，"文化大革命"这一段社会形态里面就没有这东西，丧失了这种东西，才安排这个人出来，宁愿叫这个人物不丰满，宁愿叫这个人物不停地说教，只要他能说得有意思。这个人在作品的后半部分也被毁掉了。

韩鲁华 实际上武斗开始了，他就死了。

贾平凹 武斗开始了，他就绝望了。武斗结束了，后面有段很短的文字，大概三四万字，第二年春天的时候，就把这些领着武斗的人枪毙了。在我的生活记忆中，我小时候经历过人被枪毙，就是人后来武斗完了，"革委会"成立不久，国家把军队派到了各地，来了个清理。我为啥写到这里？写作品总有个结束，六十多万字总要有个结束。结束时为啥把这些人杀掉了？村支书还在，那个女的就是杏开还在，那个女的生的娃还在，狗尿苔还在。这就在说，一切并没有结束，霸槽虽然死了，霸槽的儿子留下了，娃是爸的复制品，娃在呢，支书打倒了还在，还在弄这个事情。社会还随着这个情况继续往前走着呢。想表达这种情绪，这种意思，这里面有好多话。文艺作品并不是议论文，话都不能明说，但意思都在里面了。

三、日常生活没有细节就不真实

韩鲁华 你这里面议论很多，尤其是善人这个人物，基本每一句都是议论。有人讲，一个好的作品，经典的作品，都把场景写得非常精彩。我觉得最难写的就是一种场景，《红楼梦》中的场景写得飞彩流华。这部作品你也写了好多场景，比如在麦场里剥花的场景，喂猪的场景，比如吵架的场景，还有最典型的就是评救济粮开会那个场景，都写得非常精彩。还有一个就是细节，你有好多细节，的确写得具有经典性。因为我也经历过这些生活，今天上午我还在看你结尾那部分，包括写喂猪，那个猪吃上两口不吃了，那就捏上一点麸皮。我喂过猪，我就知道这回事，这个细节写得非常逼真。但是这些细节都透露着许多社会时代的信息，所以我就想在这个作品中，你整体的构思和场景的安排，还有细节的处理这些方面，是有着自己的思考的。你是用场景和细节支撑着作品。

贾平凹 因为你是写日常生活这一路，如果没有细节来充实，就让人读不下去，它就会特别沉闷，就让人特别不爱看。有些作品就有故事情节，可以用故事情节来推动。如果没有故事情节你就要想些办法，日常生活没有细节就不真实，没办法真实。再一个，没有细节阅读起来就没有趣味。所以说大局上，因为在写作上你始终要把握背景和现场的这种关系，大的和小的的关系。"文化大革命"是全国性的，但是我写的是村子的事情，这个村子后面有个镇子，镇子后面还有个北京来的人。在写这个村子的时候，你不停地要渗透北京问题。北京有啥事情了，从县上传过来，蛛丝马迹传过来，这个你需要把握住，把握不住，你村子就没有个坐标，就不知道要飘移到哪儿去了。还有一个，就是写这些小事情，写这个局部的事情和这个大事件、大场面，这里面的小细节，这个要把握住，把握住就丰富了。这也不是一句两句说得清楚的事情。我小时候看一些战争片，战争片本来就是大队人马打仗的场面，说实话纯粹是打仗场面，都留不下来。大场面有时突然来个小细节，比如说《泰坦尼克号》里面就有大场面，其间又有一两个人的小细节，一下就让人把这记住了。但是我觉得这种细节比较难把握，不是说我写得多好，但是有个体会，就是你不了解这个地方绝对写不出来，写上一两句就没啥写了。再一个，叙述是以狗尿苔这个人物来进入的，通过这个人物我觉得能更好地表达作者的想象能力，应该能想象出他的一些怪想法，所以说这些把握，用话很难说，但我心里能体味出来。

韩鲁华 你说到了我的下一个问题，就是说在这个作品中，有几个人物很值得注意，引发人思考。而且这些人物都有着不同的表现和境遇。比如说狗尿苔，还有像霸槽、蚕婆、天布、善人、支书等等。但是在这些人里头，在这些人物中，我感觉最为特殊的就是狗尿苔、善人、蚕婆，这三个人和其他人的生活不同，不是完全陷在里面的。表面上看起来好像就他们几个清醒，一个是狗尿苔；再一个就是蚕婆，你看那个蚕婆，在关键时候脑子清醒得很；还有个善人，他的目的很明显就是殉道，是一个殉道者，他为了自己殉道的事情一直不断地在努力着。我想就是作为狗尿苔来讲，这个人物除了叙述故事外，他实际上是一种虚和实、幻和真、常和异的混合体，他作为全书叙述的视角，我们实际上都是透过狗尿苔来看这个古炉村的。有时感觉到他就像个幽灵一样，他就飘荡在这个村子里头，所以他好像是既连着人世，又灵通着自然的神性，比如说他和植物、动物之间的对话。他能感悟着自然，是天人感应的，他实现着人和动物的相通，与自然间存在着一个通道。反正我在读的过程中，就觉得这个人物很特异，很耐人寻味。你当时如何设置这几个人物，特别是这个狗尿苔和蚕婆、善人，请你具体再谈一下。

贾平凹 说到狗尿苔，他出身不好，当然这个很滑稽。他是他婆捡来的，他也不知道父母在哪儿，他的爷爷被拉壮丁去了台湾，后来说他是伪军的后代，出身不好，他又特别小，老不长，长得又特别丑陋，反正在村里被人欺负，政治上没有地位，力气上没有力气，形象上也没有个相貌。主要人物里霸槽对他好一点，但是他老跟人家，人家也不要他。这种人是很屈辱的，也是很可怜的，又让人觉得是很可爱的。而且在两派作斗争的时候，他还作出了很多很可敬的事情。又屈辱又可怜又可爱又可敬，他属于这种。比如作品里面写的，人都爱叫他拿那个火绳，当然这是个道具了。古人提到"守火"，是人族里比较可靠的人，才叫你整天守着火堆，离了火堆原始人就没有办法生活了，吃东西取暖防野兽。后来经过演绎，我觉得抽烟的人就是守着火堆的，就好像是古代守火人的变异。在农村那时火柴紧缺，没有打火机，就用火绳。别人一开始叫他拿火绳，后来他主动拿火绳，最后给大家点个烟，跑个路，就显得他还重要。这是他的心理，实际上在暗示人类要生存下去还需要这些人，守火的人。像狗尿苔这种人，很不显眼的人物，实际上是很温暖的、很光亮的一个人物，我们需要这种人，也就是在这种社会里，出现的很畸形的一种人。当然他奶就是那个叫蚕婆的，饱经世故，也不知道她活多大年龄，也是一直受批判，在生存经验上她肯定是有的，她也不关心别的啥事，只护着她这个娃，啥事都护着这个娃。

韩鲁华　只要涉及狗尿苔，她就不要命了。

贾平凹　平时她啥事都不管，应酬批判，其实她人很善良。狗尿苔小时候没自己的存在，他爷被打成"历史反革命"，人家谁都欺负他，不准乱说乱动，但实际上都在乱说乱动。蚕婆，我当时按照我母亲的很多东西来写这个人物，心眼好得很，平时啥都不管，只管这个娃。至于这个善人，他是来传教的，说教的。但是纯粹从语句上，这个人物太干枯了。他在讲的过程中就是说好多病的，他的整个故事是丰富的，他的言语是枯燥的，狗尿苔老听不懂。这是作者的主观意图，要把这个社会和谐起来，推动往前走，还必须要善人来做传统的那一套，倒不是说别的外来的一些主义，还是"文化大革命"兴的那一套，正因为社会当时走到这个程度，才需要善人这样的人。

韩鲁华　我现在再提一些细小的问题，你这个作品里头，人物基本上没有大名，作品叙述用外号的很多，所以读到这些，我觉得非常亲切，比如护院媳妇，我想你这个作品，和其他作品不一样的地方，全部都用的是外号就是一个方面。

贾平凹　当时想，就是要突出它的偏远，最基层最偏远的村子。用的人名都是日常生活的名字,用来强调它的最基层最偏僻。还有一个觉得这样起名字的话比较有意思,从名字里就能反映这个地方人的生活、生存状态是啥样子,就是从这个地方来考虑的。

四、思考问题不能脱离自己的生存环境

韩鲁华 还有,我在看的过程中,包括你的后记我都很认真地看了。你在后记中说过这样一句话:"正如任何一个人类历史的巨大灾难无不是以历史的进步而补偿的一样,没有'文革'就没有中国人思想上的裂变,没有'文革'就不可能有以后的整个社会转型的改革。"我觉得这句话说得很独特,就像作品中来买瓷货的人说的一样:特色。

贾平凹 "文化大革命"在大部分人感觉里,它是一场灾难、一场浩劫。但如果没有"文化大革命",我估计也不会有以后的改革开放。"文化大革命"对大多数人是一件坏事情,正因为这是一件坏事情,大家都在批判斗争,表示不满,这种情况是必然的。从此之后,他的思维发生裂变了,想法就变了。那个时候发生了"文化大革命",当然以后也可能发生,但人的想法就不是以前那种想法了。没有"文化大革命"也不可能想这个事情,改革开放,等等,从这个角度来看,所有的事情都有它的两面,有它不好的一面,就有它好的一面。

韩鲁华 这个作品,有人说很像获诺贝尔奖的德国作家格拉斯的《铁皮鼓》,我看了这个作品,的确感到里面的主人公和狗尿苔有相似之处。《铁皮鼓》中那个人物在他三岁的时候,有人让他到地窖里取东西,他有意识从梯子上摔下去,从此之后再不长个儿,一直到三十多岁以后,也就是从"一战"到"二战"结束,他就从某一天开始长个儿了。这个很相似,你看过这个作品吗?

贾平凹 《铁皮鼓》我知道,但我没有看过,知道写"一战"到"二战"的故事,我仅仅知道这些,其他具体的就不知道了。

韩鲁华 这个主人公有个特异功能,他一喊叫玻璃就碎了,而且不停地在敲铁皮鼓,我到现在没有思考明白。狗尿苔有闻到特殊气味的功能,狗尿苔不知道哪一天就闻到这个气味了,一闻到这个气味,就该出事了,这是有象征意义的。

贾平凹 我当时设计的狗尿苔这个人物,他是一个很平凡的很屈辱的这么一个人,他能感应好多东西,按我的想法,狗尿苔都不应该是地球上的人,因为

他全部了解这些东西,是星外来的,所以他能闻到好多气味,他一闻到气味,就会发生些大事情,就是这样定的。用这个来贯穿整个小说的故事,统筹这个故事,它有一些技巧方面的东西,也可以说这个人对整个社会的洞察,他的一切东西就是作者的一切东西。通过这种技巧,把前后贯穿起来了。

韩鲁华 而且你还谈到了你在创作上受到戏曲和美术方面的影响。这些能不能具体谈谈。

贾平凹 我主要从绘画理论上吸收中国美术啊,后来谈到了具体的中国画上的一些办法。就是写日常生活过程中,采取那些办法,有意识地采取那些办法,我写的时候当然追求写实,不能写的啥都是一塌糊涂的。中国画呢,泼墨要拿墨来染,一染一片,墨不是死墨,是活墨,它里面要分五色,所以要想些办法,都是受绘画上怎样皴、怎么揉、怎么泼的影响。但你要具体来谈,要用嘴来谈一时还难谈得很,它是一种领悟式的东西,然后在写作的具体中慢慢来体会,来把握。这是用嘴还没办法说的东西。

韩鲁华 这是写作的一种感觉。我在读这个作品的时候,也交叉读了其他作品,米兰·昆德拉的、福克纳的、马尔克斯的。读了以后,有个特别深的感受,就是在他们这些人的作品中,似乎存在着贯通人类的东西。你在叙事中,似乎也在探寻这种贯通的东西,这里面又好像存在着一种艺术上相通的地方。但又不是西方那种表达,其间融入了好多东西,整体是一种中国式的叙事方式。这里最根本的就是中国讲象,要把这个象具体的东西写出来。你一说我就明显感到受到其他方面的影响,包括你说的绘画上的,西方绘画的一些影响。

贾平凹 我举个例子,当时拍《野山》的时候,20世纪80年代,文艺思潮是最活跃的时候,电影界第五代电影导演基本上就是学西方的,强调所谓的先锋戏,强调主观东西,强调形式感,是用形式串起来的。再一个,一定要强调导演的存在、摄影的存在、摄影师的存在,比如说当时很有名的一些作品,《一个和八个》《黄土地》,包括张艺谋拍的、陈凯歌拍的,都是走这种路子。这种路子,让人把作品看了后,始终觉得,导演在给观众强调说这是我导的,这里面有我的思想,素材都是我编导的。摄影吧,强调摄影师的存在,这是我拍摄的,我愿意把这个人物放在门缝,强调这是我来设计的。米家庆导演把我的作品改成《野山》,拍《野山》时,他的观点是永远消失的导演,永远消失的摄影师,就是我给你呈现这个东西,叫观众看了之后就觉得我从现实生活中移了一部分过来，这一切与我无关，我只是呈现，让你看完就行了。他是这种导演，尽量埋藏导演和摄影师的存在。当然这种东西在中国，不说传统中，新中国成立以后就存在了，但是做得都不到位，做得不极致。当米家庆和颜学恕导这一部片子的时候，他们做到极致，一点不露痕迹。它和当时的先锋电影观念形成了两种不同的思路。这两种思路几十年时间过去后，我觉得都可以参考，但是必须做到极致，做到最好。之前大家没有这种观念，突然出现后，另外一种话语形式大家都觉得特别有意思，就大量采取这些形式，但是由于做不到极致，不伦不类，经常在作品中抒发自己的观念。再就是这里有个观念问题，文学作品观念是过时的，事实是永久的。永远不要阐述你的观点。你刚把这东西磨出来，它都是正确的，这个世纪是时髦的观念，用这个观念来解释这个东西，时间一长，又变了，观念是不可靠的。比如说当时有好多人改戏改电影，把历史上的故事颠覆，他之所以颠覆，就是希望用现在的观念来解释过去的事情。也许再过一百年，或者再过五十年，观念又变了，所以看不来这个东西。现在给潘金莲翻案，不管给谁翻案，你只要把故事放在那儿，会有人来解释的，你现在输送你的观点，再过几十年可能又变了，所以说观念靠不住。啥叫事实，就是生活，一堆生活，就是一堆事情，这永远不过时，所以在创作过程中，我基本上吸收的是后边这一种。为啥后面这一种更适用呢？因为自己从搞创作以来感受最深的就是以前那种，做得不极致，就是第三人称写法不极致，也不能跳出议论来叙述。但后面这个先锋类因素更多的作品，它对原来那些东西接受得不是很多，它一上手接触的就是西方文学，主要吸收的也是西方的。把自己思考的东西想办法在作品中露出来，就是不直接跳出来说，故意藏在衣服里面，现实有啥东西就露个啥东西。中国做得最好的，基本上就是传统的作品，比如《红楼梦》《西厢记》这些作品，你感觉就不是作者写的，好像就是天底下有这个故事发生，不露痕迹，这是人家做到极致的地方。五六十年代的作品，第三人称的作品，观念上不到位，再加上写法也不到位，就写得不具体，不真实，没有证明这是真的，看了后让人不相信，因为它本身选择的素材有些就是虚假的。

韩鲁华 我在读你这个作品时，也在读一些其他的作品，这实际上就涉及一个问题，从历史上看，"文革"是一种灾难性的历史事件，那么像苏联侵入捷克斯洛伐克也是一种灾难性的历史事件，《铁皮鼓》也是灾难性的事件，我想问的就是，你对人类的灾难有怎样的思考，你自己有什么看法。

贾平凹 咱思考一些问题，但不会脱离自己的生存环境，才能思考更多东西，对苏联也不是很了解，离咱比较远。就是新中国成立前的事情我也不知道，"文革"是咱经历过的。中国人口在地球上占五分之一，也是大的人群，发生这么大的事情，也应该回过来反思这场灾难是咋回事。"文化大革命"是一场大的灾难，也可以说是人类发生的重要事情。原来写作也想不到这个层面，后来写东西不管写的水平咋样，起码是在考虑这个题材的时候，思维、考虑的面就宽了。它得寻坐标，就要在全球寻坐标，把这个交叉点寻好。

韩鲁华 关于这个作品，我还没有完全厘清。我研究你有二十多年时间，过火的话你基本没有说过，这次我感觉是说得最狂的一次，至于别人怎么评价，社会怎么评价，那是别人的事情了。但毫无疑问，这部作品的确是把你的创作推到了一个很高的平台。这部作品不是完全按照当代、现代这样一种路子来写，也不是完全按照中国古代的路子去写的，我感觉你在这个作品中更多地在和世界上大师级的作家进行对话，创作的时候，在进行思考的时候，你是在做着大背景式的思考。把这部作品和《秦腔》相比较，《秦腔》当然也是一部非常优秀的作品，但很明显的是，你在《秦腔》中还有那种扣着社会，甚至意识形态的痕迹在里头。这个作品我感觉是写"文化大革命"，包括武斗全过程都写出来，但是在思考问题的时候，也许你当时没有想，也许是我们这些搞理论的人爱思考的缘故，总感觉里面蕴含着许多意味，你是拉开历史距离在思考的。我认为这是个非常了不起的作品。

贾平凹 《高兴》2007年出来后，基本上这几年断断续续就在写这个稿子，三年多近四年，等出版后看大家怎么看。《当代》分两期发，今年第六期和明年第一期，这是个双月刊。

韩鲁华 问点其他问题。在写这个作品时，你最为困惑的问题是啥？

贾平凹 其实作品中故事写的是一年左右的时间，要把这些事情都表现出来，毕竟牵扯着"文化大革命"，还不能太过火，起码让人知道这都是咋回事。还有在情节的安排上，到底日常生活里写哪些东西，开始怎么个落笔，人物在脑子里都活着呢，人物活着呢，就是没故事，故事还要安排怎么写，就是要把这个事情自自然然地传达出来，不能突然爆发，那就是胡编的，要自然，阅读起来气要顺。这个书比《秦腔》好阅读，毕竟里面还有些故事。

韩鲁华 写作中间，你有没有很激动的时候？

贾平凹 这两三年，基本上我天天都在写这个，每天早上就到了书房，晚上回去，一天到黑，有时写顺了就特别愉快。写不顺有各种原因，有时感到不知道怎么个写法了，有时不知道故事怎么延续，有时想不到好点的东西。后来在写的过程中，我都是写着抄着改着，有时感到很愉快，一天顺一天不顺也是常见的事情。写的时候也要有感觉，要是不顺这种现象多了，作品肯定就没意思。哪天味道不够，哪天写得特别有味道，这都说不来，有时也把握不住，突然有灵感就很愉快，一般一天能改好五千字，特别顺当就能写到八千字。有时就两三千字，太忙就放下。三年多，短的文章都没有写，快结束的时候，出去开会都带着，下乡也带着，老觉得这是个事情，每天早上起来脑子都要想好。六十四万字，写得人不停地上火。

韩鲁华 能不能谈谈这部作品的语言？

贾平凹 和原来差不多，写主人公和猫啊狗啊说话什么的，很有趣。

（原载《西安建筑科技大学学报（社会科学版）》2011年第1期）

悲悯的情怀，落地的文本

——贾平凹《古炉》北京研讨会发言摘要

2011年6月2日，由陕西省委宣传部、人民文学出版社、陕西省作家协会联合主办的贾平凹长篇小说《古炉》研讨会在北京举行。与会的国内著名评论家近三十人围绕着《古炉》诸多话题，进行了热烈研讨。现将部分发言主要观点摘录如下。

聂震宁 贾平凹是我们当代中国重要的作家，写中国当代文学史不能没有平凹。刚才看到《贾平凹研究》中讲到讨论《秦腔》在中国当代文学史上的意义，我认为更需要讨论《古炉》在中国当代文学史上不可或缺的地位，这是一位大作家的大作品。我从几个方面来谈：一、它是宏大历史叙事中的乡村文本，可以说是不可多得的宏大历史叙事中的乡村文本，是很独特的乡村文本，是文学期盼的文本，非常难得的文本。二、这是历史文化反思。他是用一种见微知著的方式进行历史文化反思。我看到孟繁华写的评论，他认为《古炉》是寓言性质的写作，我认为有寓言性质，但它是现实主义的作品，里面充满着作家个人的经历、体验、观察，有历史文化反思，不免就有寓言性质。三、它是有着天然大美意境的作品。阅读过程中，他那种工于对话、精于藏巧的大智，让我们深刻感受到平凹的写作到了炉火纯青的阶段。《古炉》深怀悲悯情怀，对狗尿苔是这样，对蚕婆是这样，对霸槽也是这样。这部作品到了非常高的化境，达到这样的化境是我们当代作家的骄傲。

李敬泽 贾平凹肯定是当代文学屈指可数的大家，《古炉》是大家的大作品，当之无愧。这些年来，他旺盛的创作活力几乎成为中国当代文学中的一个奇观。《古炉》是一个大炉子，老贾有扛鼎之力，放在整个当代文学，特别是三十年文学关于"文革"表现的书写谱系中，《古炉》是很强大的、很独特的。《古炉》的写法，是他在量子力学的水平上作出的宏大叙事。谈到这部小说的寓言性和写实性，我想当我们达到在量子力学上写实的时候也就达到了高度的对世界的抽象，也就达到了寓言性。《红楼梦》一个重要的叙事传统或者说一个重要的精神传统，它如此地具体，如此地微小，如此地固执和如此地实在，但它又是如此地虚，如此地空。能够同时达到这两个极端，这曾经是古典小说家在长篇小说艺术上达到的最高转变，在现代小说家中、当代小说家中，老贾从当年《废都》到《秦腔》《高兴》，直到《古炉》，都是在向这种方向迈进。到《古炉》可以说达到了相当高的境界。同时我相信，就《古炉》而言，放在三十年来文学的序列中，确实有很多很多的话要说，他在写那段历史，又是如此写，就给我们文学评论提出了文学究竟应该怎样进入历史，或者说历史究竟是怎样在文学中存在的挑战性的课题。

孙　郁　我读了作品后写了一篇文章——《从"未庄"到"古炉村"》，主要讲从阿Q的革命到古炉村的"文化大革命"。老贾的这本书非常丰厚，涉及中国农村文化的很多问题，比如中国农民离开土地或者在土地上游手好闲的情况，鲁迅先生写《阿Q正传》也是这个问题。老贾也许是无意当中进入历史这样一个话题里的，但他做得非常好，不仅涉及农民问题，而且把中国民间的一些信仰，残存在中国百姓间好的东西如何被破坏掉，他都很深切地表现出来。过去他的小说里也写到一些鬼怪、图腾等乡村的东西，多少还有点做作，《古炉》则非常成熟了，这是《聊斋志异》之后中国人写现象和鬼神之间，写人的希望，写人的梦想和苦难之间，找到的新的审美表达方式。这是《古炉》的一个重大贡献。从"未庄"到"古炉村"的变化有一个宿命，维系乡村人内心的文化因子慢慢都消失了。他写到问题的残酷，所以《古炉》是一部大的忧患之书，让人看完感到心灵的震撼。他的语言之好，作品意向之深切，他的悲悯情怀和鲁迅不似又相似，确实为当代文学贡献了一个珍品。《古炉》是我们当下精神的高地，我们要进入这个高地跟他交流并不那么容易，因为贾平凹有很多东西都隐含里边。"五四"以来很多作家的思考，特别是近三十年来人们对中国苦难的思考，他表达得最具诗意，最具文学感。

雷　达　这并不是一本好读的书，但它是一本非常耐读的书。花费精神是值得的，需要静下心去体会。他写出了那个年代中国人血液灵魂中最深藏的东西，所谓真正的中国经验、中国情结，中国人怎样活着。书上详尽写开会研究救济粮发给谁，如何传达文件，办班，两派怎样形成……我们原先以为的"文革"的血腥、暴力、残酷没有，而是非常平凡的，只是在最后溅了一些血。这个写法很深刻，就是最基层的叙述。他还原体味生活的自在性、完整性、复杂性、多义性和纠缠性，要让许多从未被文学照亮过的地方进入写作。这部小说不是靠情节、靠故事，也不是靠大起大落的架构，而以人物、细节、场景为主，特别是场景，看起来非常有序、有趣，令人感动。从《秦腔》《高兴》以来他的笔法基本一样，而《古炉》达到的境界更高。

阎晶明 我谈两点：一、《古炉》后记里有一个看法非常值得重视，他并不关注读者对这本书的态度，所以他的写作过程心里是没有读者的，他还提到"我不在乎市场怎么样，就按照我的写"。我觉得这非常重要，也是《古炉》能写成这个样子的一个非常重要的原因。现在很多著名的、不著名的作家，在小说的第一页、第二页就让人看到巴结读者的态度，太容易把握故事的走向，太知道故事可以改编成电视或者在市场上卖得好的原因，所以扭曲了自己写作的姿态。《古炉》的写作态度在今天非常难得。二、《古炉》是写"文革"的，我觉得"文革"是一个背景，这种散文性的、漫不经心的写作，在品格上有点像圣经式的写作。圣经就是一堆故事，你讲其中任何的道理，必须把这个故事讲完道理才能呈现出来。《古炉》不是那种直奔主题的写作方式，他的这种方式是文学的写作，只有文学家才可以这样写，不是电视剧作家和其他人可以写的。

贺绍俊 《古炉》是一次富有挑战性的写作。第一，他是对小说叙事的挑战。《古炉》的叙事跟平时我们看到的那种传统的、经典的小说叙事完全不一样，好像是非常日常性的、非常碎片性的叙事，这从《秦腔》就开始了，《古炉》做得更加彻底。《红楼梦》是日常生活的叙述，但那些细节是情节化的，是推动情节发展的，而《古炉》中很多这样的叙述，实际上没有情节性的叙述，而是有意采取这样一种方式来更好地呈现生活的真实状态。第二，他也是对"文革"思维的挑战。他要摆脱好像已经被我们公共化的"文革"叙事的模式。第三，他也是对当今阅读习惯的挑战。如果抱着读一个非常好读的顺畅的故事的目的的话，那会失望的；如果调整一下阅读习惯，却会从中读出别样的东西，体味到它的深意和美味。第四，他也是对自我的挑战。他的长处是不断地在思考，不断地怀着更大的心愿，不断地攀更高的艺术境界。

南　帆 我觉得细节的洪流把我们给淹没了，同时在想，首先这个细节不是情节或富有悬念的故事所控制的细节，完全是一种更为自在、更自由、更散漫、更纷杂的细节，它有很强大的传统，又摆脱了我们现有的为了一个故事的结局而读小说的叙事习惯。这样，我就觉得这种细节后有很多让我们思考的东西。《古炉》写了一场"大革命"与一个小山村的遭遇，如果深究，这场"大革命"跟这个小山村在形式上相遇，而在内在上是脱节的，所以"大革命"在这个小山村所发生的事就有了荒诞色彩。如果说无数的"大革命"是从外面而来的，那么乡村内部是什么？这部小说中便有了很多很复杂的书写。内在乡土的价值系统中，平凹很重视两个体系：一个是天人合一，狗尿苔能够不断领悟自然的信息，能跟大自然认真地进行对话，这是现代社会以来，人类逐渐消失或抛弃的一种情怀；而另一个是小说中的善人，对于人生的另一种理解，这种智慧的理解也是被现代社会抛弃的。"大革命"洪流中，这些观念必然是处于弱势的，同时也只能是阴冷的力量。这部小说我读得很慢，而汹涌而来的细节里透出的信息和各种复杂的感受是那么深刻。

陈晓明 迄今为止，贾平凹出版的作品数量之多与质量之过硬，在当今中国文坛少有人可与之比肩。《古炉》是一部怎么样的作品？在《废都》《秦腔》之后，贾平凹这个年近六旬的文学老汉还有多大作为？如果这不是让人捏把汗的事，那就要让人击节赞叹了。赞叹不只是对贾平凹，更重要的是对今天的中国文学。现在贾平凹已经不需要任何肯定和赞美，对这样的作家和这样的作品，我们需要具有文学史和理论性的眼光去理解它。《古炉》是落地的叙述，落地的文本。这就应了苏东坡的话"随物赋形"，不择地皆可出，常行于所当行，常止于不可不止。这就是浑然天成。但《古炉》确实又是一种粗粝，随物赋形，更像落地成形，贴着地面走，带着泥土的朴拙，又那么自信沉着，毫不理会任何规则我行我素。其叙述微观具体，琐碎细致，分子式的叙述，甚至让人想到物理学的微观世界，几乎可以说是汉语小说写作的微观叙述的杰作。这种叙述，这种文字，确实让人惊异，有些超出我们的阅读经验，却足以让我们感受到它不可名状的磁性质地。《废都》在美学上和叙事上的合法性，在21世纪初传统主义复活的语境中已经足够建立起来，这使《秦腔》的高亢难以压抑住《废都》的幽怨，这两部小说不只是平分秋色，更让人们想起这样的问题：假如《废都》当年没受到迎头痛击，贾平凹在传统美学道路上会走多远？会有什么样的古典美学大师在当代现身？《古炉》的出版，沿着《秦腔》的路数更为干脆地回到乡土，回到汉语，这就是"落地"了。从《废都》转向《秦腔》，是值得的，甚至是侥幸的，因为有了《古炉》，它并非必然之作，只能说是可遇不可求。它如此彻底地回到汉语,如此地随心所欲,如此地无所不能,这几乎是拿着《废都》和《秦腔》回炉,这才有炉火纯青。"落地的文本"当然不只是在美学的风格上和叙述方法上来立论,如果要开掘出作品文本的内在意蕴,那是历史的落地——那就是大历史,"文革"的创伤性记忆落在一个小山村;那是灵魂的落地——那就是这里面的人的所有的行动、反抗和绝望,都具有宿命般的直击自身内心和灵魂的意味。这部作品有着说不完的素材,精彩而锐利,直抵本质,不留余地。但是,对于贾平凹这样的作家,对于存在着的《废都》《秦腔》和《古炉》来说,更要紧的或许是说出三者的秘密关系,这就是贾平凹写作的秘密,就是《古炉》的秘密,就是半部中国当代文学史的秘密。

白　烨　如此从容,如此厚重,如此丰沛复杂,《古炉》是文坛新的高峰作品。贾平凹的创造力,后劲令人吃惊。这个作品确实充满了丰富性和多角度解读的可能性。让我最难忘的,是贡献了狗尿苔这个人物。在当代作品里能够看到这种人物的一些影子,但写得这么典型、完整、复杂,这么一言难尽的不多。我觉得在阿Q之后,人物形象上能够跟他比较接近的很少。这个人物可以拿来作为指认这个时代的符号。

李　星　我认为这不光是写"文革"的作品,还是一个乡土作品,它写出了"文革"的反思,更把乡土中国写得那么深刻。这种厚背景、全状态、多人物、多因果的小说理念和艺术表现方式,主要体现的是作者对乡土中国的文化与伦理恒常的哲学感悟,既有自己对人与乡土传统的理解,又暗合后现代思潮对于人在世界中主宰地位的消解意味。这样就决定了他的小说迥异于现实主义的表现型特征,也带来了他长篇小说叙事的革命性变化:如结构与人物关系的近乎原生态的自然生活逻辑流程,语言与叙述的散文化、意象化;对神韵、意境的诗化追求;重精神重情感气韵,抽象而丰富的人物意象,代替设计目的明确的典型环境、典型冲突下的典型性格。它的艺术精神无疑是现实的。但这种现实主义是由深厚的天人合一的宇宙观、生命观所决定的,而不是由特定社会的意识形态和发达的思想、技术所决定的。前者是源于自然生命的人类艺术本质,后者却是由可操作的名词概念和技术所肢解的被加工的现实。这就是贾平凹常常自述其小说多从书画艺术受到启发的原因,也是贾平凹小说遭到许多误解的原因。《古炉》里无论是对这场动乱的批判,还是对逝者无谓牺牲的生命的凭吊,都必须通过一个个具体而具有象征意味的人物形象来实现。也只有从人物的性格命运和象征性内涵出发，我们才能理解《古炉》主题的深刻和批判反思的力量。

蒋原伦 贾平凹在建自己的叙事风格和腔调，我觉得这是真正的"秦腔"，这个"秦腔"比前边的《秦腔》更加完善。就是因为腔调所以没有故事局限，最传统的叙事也反映作者的雄心，最日常的时间观能反映一切，不需要像曾经很流行的马尔克斯写的句式，比如"二十多年以后回想起当年的村庄"。他语言的独特性、场景的独特性最为明显，而其视角，很平实，甚至低调，这也形成重要特性。从《秦腔》到《古炉》所建立起来的叙事腔调，是值得好好研究的。

何向阳 一、《古炉》在文本上是向《红楼梦》致敬的作品。它的叙事，其意义还不仅是物质世界的现实复原这个层面，更是贾平凹式的对乡村人的独特审美方式的构建。五六十年来我们已经习惯对乡土中国的另外一种阅读和书写，即由一个具体的历史事件生发开来的对群体的农民人物现实主义的、传统的也是更加主观性的写作。而《古炉》是更加传统的开放式写作，这种写作把主观的东西放在后面，注重自然的、原生态的、客观的呈现。二、《古炉》在精神上是向鲁迅先生致敬的作品。小说中我们看到了20世纪60年代未曾具体展现的乡土真相，通过三个不同类型的人物，即善人、霸槽、狗尿苔，致力于对农民对乡村的研究。从世纪初到六七十年代，在边缘的小乡村里鲁迅先生所说的启蒙，所说的国民性的书写远未完成，《古炉》在"文革"中也并没炼出完整的瓷，最后我们捡到的只是一地瓷片，也可以说这种散沙式的结构其实对应了巨大的文化隐喻，我们所要启蒙的书写还在继续。这是一种情怀，我向这样的情怀致敬。

韩鲁华 我把《古炉》认真读了两遍，我认为这是贾平凹迄今最好的小说，是中国目前有关"文化大革命"这类题材创作中最独到、最激励、最人性、最有人类意识的一部作品，也是与中外经典大作有着文学本质、文学精神相通的作品。关于"文革"叙事，别人是把生活当政治去写，他是把政治当生活去写。狗尿苔是他用中国传统性的艺术审美来透视当代人的生存状态。他用细节与场景来构造作品的时候不是像现在这样盖楼房，而是如建窑洞一样，接着地气，同时靠一块块砖合理构成。他的创作已经达到炉火纯青的地步了。

邵燕君 这部小说我觉得非常难读，我想说说为什么是这样的一个阅读感受。这确实和贾平凹先生自觉的实验有本质联系，他在形式实验的时候故意剔除了读者熟悉的叙述模式,与其说是古典的不如说是现代的,与其说是传统的不如说是具有先锋实验性质的。为什么采取这样的写作方式?我觉得《秦腔》恰恰是因为它的现实题材,而且由于我们今天对现实处于迷茫的困境,其写作方式传达了这种困难,《古炉》应该是现代知识分子的精英写作,他要负载一个典型的启蒙的主题,却摒弃现实主义的写法,所以我觉得读者的阅读快感被阻隔。以贾先生的生活底蕴和写作功力,写农村过日子的小说应更有烟火气,应该有更让人放不下的人物。

王春林 小说好读还是难读的问题,也许各人体验不一样。《古炉》我从头到尾认真地读了两遍,没有感觉到进不去。我非常认同陈晓明先生说的"评价《古炉》,要把《古炉》放在当代汉语叙事的背景之下加以评价"。新时期文学,有了三十年的文化积累和文学积淀,已经到了一个出现经典作品、出现经典作家的时代,我们应该有勇气看到这一点,不要总是厚古薄今,总是看不到我们身边已经出现的伟大作家或者说伟大作品。2011年一部《古炉》、一本王安忆的《天香》,这两部作品可以看作是当代带有强烈的突出的经典意味的长篇小说。《古炉》好在什么地方呢?刚才大家讨论到底是不是写"文革"的作品,我觉得一方面固然是写"文革"的作品,但也不仅仅是一部写"文革"的作品。在书写"文革"的同时,他把笔触伸向了人性。借"文革"写人性这是非常值得注意的,他是借"文革"来表现人性的。上海有一个评论家说《秦腔》是伟大的未完之作,这一点在《古炉》当中得到了肯定,通过狗尿苔这个形象的塑造,非常明晰地传达出悲悯的情怀,这个悲悯情怀的传达是狗尿苔非常重要的地方。贾平凹作为一个作家创作主体,他对笔下所有的人物都是悲悯的、理解的、通情的,有这样一种情怀的当代作家在现实当中比较少见,能够达到这样的精神高度的作家也非常少见。我写了很长的一个评价文章,今天没有时间展开,只说一下四部分的标题:一、"文革"叙事读解。二、乡村常态世界的发展与书写。三、日常叙事。四、悲悯情怀。

李云雷 小说写的那些乡村生活特别丰富复杂,它像生活本身一样复杂,又像生活本身一样平常,这两点表现得非常好。刚才大家也提到将《古炉》跟《红楼梦》比较,我觉得贾平凹在创造一种新的中国小说美学,它不同于以西方为标准的评价模式,也不同于古典类小说,他在创造现代的有民族性的文学,这对我们文学评论提出新的要求,不能用既往的标准评价它,需要用一种开放性的、创造性的视点来看待它。

吴义勤 这部小说确实是在思想上、艺术上达到某种高度的作品，就这个高度我想谈几个基本层面：一是传统小说描写的能力被发挥到了极致。平凹是一个细节大师，描写的功力和能力已经到了化境。二是叙事的能力。以没有情节的叙事来推进小说，这种叙事的耐心以及从耐心体现出的自信和能力在当代作家中少有。三是他的这种叙事的经验，让我们看到中国乡土小说叙事的传统在今天被超越的可能性。我们过去基本上是把乡土空心化、抽象化，平凹以他对细节的描写，把这种被空心的传统又还给了小说本身，这是平凹特别重要的贡献。

（原载《延河》2011年第1期）

灵通天地的境界，藏污纳垢的叙写

——《古炉》上海研讨会发言摘要

继北京召开《古炉》大型研讨会后，近日复旦大学当代文学研究中心和《当代作家评论》杂志社又组织召开了以南方文学评论家、学者为主的贾平凹《古炉》和王安忆《天香》研讨会。现将《古炉》研讨会的部分发言摘要如下。

陈思和 这次会议是我倡导的。这两部作品经过近一年的时间沉淀，大家细读文本，对作品有了新的体悟。这两部作品都可以称为巨著，几十年都没有看到这么好的巨著。新时期文学一开始，他们就是文坛令人瞩目的作家，我们当时关注的作家远不止他们两位，但三十年下来，只有他们是最有资历的，日久增进，不断变化翻新，不断给我们惊喜和评说的价值，在新文学史上应该说是一个奇迹。平凹完全走民间的一条大路，将俗的路走到了极致，安忆走雅的路，他们代表了我们今天当代文坛最优秀的两极。

王安忆 虽然贾平凹跟我年龄差不多，但他在我心目中是我的前辈。他出道早，我觉得他是一个通天地的人。《古炉》里有一种"天地不仁，以万物为刍狗"的天地观，这种天地观是别人不太有的。他有一点很少见，就是能在一个非常非常小的范围里面看到的东西却很多很多。《古炉》的含量很大，是一部非常有魄力和有内涵的大作品。

王光东 《古炉》和《天香》的确是新时期以来中国当代长篇创作最为重要的收获。我们以前对新时期文学一直批评得多，认为小说创作是存在问题的，而这两部作品看完之后，我觉得中国当代文学中所缺失的一些东西回来了。《古炉》对当代文学的贡献是把原来的历史观念打破了，它直接面对的是天地的那个自然状态，面对的是一个历史生活的真相，因而复杂丰富，它所表达的对历史的理解体现了非常深厚又非常独特的东西。这部作品的确非常难得，非常重要。

王 尧 我的一个学生做研究贾平凹的博士论文，我说你可以把《古炉》

《浮躁》《秦腔》合在一起，这是个三部曲。他写的时候可能没这么一个很完整的构想，但三部完成后，可以看出他的文学野心，这三部书构成了中国当代文学史比较完整的书写。《古炉》让我想到革命与中国人的日常生活究竟发生了什么样的关联。长期以来我们比较关注政治史、全面斗争史等一些问题，从来没想过革命给中国人的日常生活带来了什么样的影响，如果不能把革命里的日常生活状况写好，就不能突出中国历史基本的元素，不能写出有质感的东西。《古炉》对革命的理解，对乡村的理解，在这个过程中对人性的理解，以及它可能给中国社会带来什么变化的理解，写得深厚大气，非常了不起。作为一个"文革"研究者，我向贾平凹致敬。

金　理　《古炉》很精微地描写了"文革"是如何嵌入这个乡村的，它在乡村发生时候的一些动因和特征，这是我在以前关于"文革"的作品中没有读过的，也没有思考过的。它突破了那种以外部或高层权力斗争直接侵入的写作模式，这是非常高明的。作品中有极丰富的细节，开始读时感觉有些琐碎，但写到了"文革"的开始，才发现这些细节如草蛇灰线一样，马上聚结起来，产生了张力。这种对"文革"的理解和进入角度，以及写作方法，才使《古炉》独特、丰厚、卓尔不群。另外，书中人物包括霸槽、狗尿苔和蚕婆等，没有脸谱化，都非常丰满生动，留下了精彩的形象。

徐德明　狗尿苔这个形象在当代文学里还找不出能与之对比的。他是这个世界的异己，同时又是这个世界的知音，他对这个世界有很大的恐惧，可是因儿童对成年人的世界充满了兴趣，这之间就有了巨大的张力。同时，这个人物的出现给小说的结构叙事带来了很大的变异。

陈树萍　初读《古炉》是一个"文革"叙事作品，但再读下去，发现它是一部直抵人心的作品，是关注最基层生活的作品。小说中的暴力叙写，其实在讨论着人类文明面临灾难的时候，人性当中的兽性与神性如何存留和互相并行。那么在这个作品里是什么支撑起古炉村承受革命力量的？一方面有善人的那个道，它包含中国几千年的伦理秩序怎样慢慢化为了民间的一部分；另一方面有蚕婆的神魔世界。这个村庄最后靠道和神魔这样一种向善的力量撑起了乡村承受了革命。

何　平　"文革"题材很多人去写，《古炉》为什么产生这么大的影响，《古炉》是怎么带上贾平凹的精神气质的？如果仅仅把意义抽离出来的话，这工作可能并不需要文学去做。我们要注重的是，去体验作家如何通过语言的方式把他个人的精神气质融合在作品当中。还有，《古炉》跟以前那种村庄叙事、家庭叙事的结构不同，这样一种新的结构方式给我们的长篇小说文体带来了怎样的一种变化和效果？再是，这个小说究竟是写实的还是写意的？它跟我们目前那一种叙述节奏快、故事比较单一的小说明显不同。为什么说《古炉》是大作品，当代文学的重要作品，这一系列问题都值得我们好好思考和梳理。

汪　政　《古炉》是需要长时间来阅读、把握和思考的，其意义还会在将来不断地得到呈现和发现。《古炉》从"文革"题材的过度关注中解脱出来了，呈现出更为阔大、深厚、丰富而自在的日常生活的有机组成部分。也可以说，只有以日常生活为背景，"文革"这样的特别事件才可能得到最终的解释。革命终将过去，日常生活还将继续，这也许是贾平凹以春夏秋冬来结构小说，并将其作为小说收尾的意义。它以状态的方式、细节的方式、缓慢向前推进的方式，完成了对我们习以为常的传统小说美学模式的一种修正。

张学昕　《古炉》有贾平凹的一种担当，是一部表达命运的最杰出的作品。它写的不是一个小小的村落，写的是整个中国；写的也不是农民，写的是所有人；写的也不是那时的"文革"历史，而是我们今天的中国。贾平凹和王安忆都是近三十年持续写作的作家，其旺盛的写作力、创造力，包括境界越来越阔大，不断给我们的文学增添新的元素，令人惊奇，可以说他们直逼汉语写作的一个至高点。贾平凹卓越的写实功力，在当代中国作家中极少见，不服气不行。我比较喜欢那种尖锋、现代的技法，但也非常喜欢贾平凹这种没有策略的策略，这种回到生活原点，那么自由和洒脱的写法，我觉得这可能才更是现代意义的小说。

杨剑龙　贾平凹的乡村写作有一种大俗，俗中见雅，而王安忆的作品以城市为题材，里面有大雅，但雅中见俗，他们代表着当代小说界的两个高峰。《古炉》有丰富的寓意，包括文化的、伦理的、社会的、人性的，所以读这部作品，我常常想到鲁迅的小说。鲁迅的小说多在场景中把人性内在的很多东西展示出来，而《古炉》中的古炉村让各色人等在那儿展现，看出人性的问题，看出国民性的问题。

宋炳辉　庞大是贾平凹一贯的风格，这部作品呈现着大量的细节、大量的日常生活，丰富浑然，阅读是一个很大的满足。《古炉》的叙写角度与以往此类题材作品不同，它写出了一个封闭的空间和外在世界的联系。以实写虚，有个扎实的底子在那里，而又寓意氤氲。结构于春夏秋冬又回到春，在时间的流动过程中，在和天地相通的过程中，将一个乡村的变迁，将世道人心写得那么深刻、生动、有趣。

季　进　我谈三点：一、写实与先锋；二、理性与疯狂；三、本土与世界。《古炉》对生活质感的渲染，对生活肌理的描摹，在一般作品中很难看到。这种实录性的写法，造成了真实与虚构之间的一个幻觉，确实有声音有气味有温度，触手可摸，但在他写实的同时，我印象更加深刻的、更想强调的是他那种先锋性，他在写作手法上、语言运用上，使用了很多先锋的东西。在写实性的东西中运用一些先锋元素不是容易的，但他做了非常成功的一个实践。其实还有他对传统叙事小说的一个巨大解构，以他独特的手法展开一种叙事。作品不仅充满了细节，更充满了很多隐语，如写到钥匙，写到疥疮的情节，还有整个结构上的隐语。理性与疯狂的隐语意义在作品中很好地体现了出来。实事求是讲，这部作品即使放到西方世界重要作品中，也毫不逊色。

王　侃　都谈到贾平凹写作中通天地，我觉得通天地不只是作家的感性，对世界的一种感知方式，更是一种内心的气象、认知世界的一种境界。我们在谈"地"的时候，旁边有一个"天"在安静地待着；在谈贾平凹的"写实"旁边，有很多"虚"的东西还没充分谈；在谈他那些直观的能看到的东西时，那些你不能看到的但能感觉到的东西还没谈足。这一点，我觉得要探讨的还很多。

陈思和　我喜欢平凹的小说有一个最大的前提就是它里边有一股浑然的气息，有一种"藏污纳垢"的感觉，清与浊、善与恶都混在一起。我把"藏污纳垢"提升到一种美学境界，这是一种很伟大的境界。文学最根本的一点就是写生命，写生命体验和生命境界，读《古炉》就像当年读《秦腔》，读了三遍，觉得句子与句子之间有很大的空隙，恰恰在空隙里透出气来，形成了大气息。读得快不可能读好这部小说，你改变了阅读方法，你就有一种大气磅礴的感受。中国文学从"五四"以后基本上是临摹西方文艺复兴以后的现代小说模式，这套模式已确立了许多原则，至今仍作为主流原则，比如要好的故事、好的主题，要考虑典型环境、典型性格，等等，很多理论阅读把我们全部封锁住了。王安忆提出"四个不"原则，不要典型环境、不要典型性格等，其实《古炉》全部做到了。再者，"五四"以来中国文学都是临摹借鉴西方现代小说那一套，而这些西方小说都是翻译体，在这之前中国文学使用的是文言文，那么，如何借鉴西方现代小说又写出的是中国式叙述，这个问题一直困扰着我们，努力在探索着，到了《古炉》，我觉得文学的中国叙述成熟和完成了。《古炉》比《秦腔》更精辟，《秦腔》里有因果关系，《古炉》里连这个也没有了。他看到的是一个圆，俯视这个历史。谈到通天地问题，说到底是他的生命能量大，他所感觉到了的东西，一般人感受不到，这才是这部小说丰厚、独特的原因。

（原载《西安晚报》2011年12月15日）

文本分析
WENBEN FENXI

贾平凹长篇小说《古炉》如何安放乡村中国的灵魂

孟繁华　刘虹利

乡村中国存在一个超稳定的文化结构，但这并不意味着乡村中国就是一部自然发展史。事实上，任何一次社会变革或变动，不仅表层地改变了乡村中国的生活方式，同时也在内部程度不同地改变着这个"超稳定"的文化结构。不同的是，历史是由历史学家叙述出来的，因历史观的差异便有了不同讲述的历史。对文学家来说也一样：历史观决定了他们在文学中如何讲述历史。"文革"结束后，关于这一段历史的文学叙述时断时续若隐若现。略显清楚的是"知识分子"的命运，是被流放的干部和知青在"文革"中的遭遇。"不幸"，是这些作品共同的主题。但是，作为那一时代中国主体的乡村是怎样的状况，文学的表达并不清晰。如果是这样的话，关于"文革"的历史讲述是有欠缺的，这个欠缺遮蔽的问题，除了历史之外，当然包括作家的历史观。

贾平凹的《古炉》讲述的是古炉村的"文革"。小说中烧制瓷器的古炉村，以朱姓和夜姓人家为主，原本山水清明、民风淳朴。支书经常给人讲起古炉村先人的故事：那时有风水先生想要弄明白古炉村为何如此兴旺，他去坟地看风水的时候，先人说等一会儿再去吧，因为坟旁边他家的萝卜地里，几个孩子正偷拔萝卜吃，怕大人突然去了，吓着了孩子。风水先生立刻明白了古炉村兴旺的原因。这则先人的故事，就是中国乡村伦理的一个方面。乡村伦理是乡村中国的"生活政治"，是支配、规约乡村生活的文化信条，它弥漫在生活的空气中并世代相传。当然，这也可以理解为是对乡村中国一种"历史性"的充满温情和诗意的怀想或传说。但无论如何，它都温暖人心，让人想象东方古风与传统的魅力。现实的乡村却面目皆非：20世纪60年代古炉村村民虽擅长技工，生活却极度贫穷，以至于村里人的名字大多跟吃相关。"贫穷容易使人使强用狠，显得凶残"：村子里人人都有偷拿瓜果蔬菜、在生产队弄虚作假的经历，不过这些小狡黠和小利己却还不至于影响人们的和睦相处，至少夜不闭户是没有问题的。但持续的运动带来深刻的变化，"人人病病恹恹，使强用狠，惊惊恐恐，争吵不休。在公社的体制下，像鸟护巢一样守着老婆娃娃热炕头，却老婆不贤，儿女不孝。他们相互依赖，又相互攻讦……他们一方面极其地自私，一方面不惜生命"。

"历来被运动着，也有了运动的惯性"的村民，熟悉各种政治口号和运动形式，在"阶级觉悟"上却并不合格：他们感兴趣的是把学习会上念完的报纸据为己有，评论着水皮念报纸文件的两片嘴，然后昏昏欲睡。1966年拉开序幕的"文化大革命"对他们而言自然更加陌生，这一词语首次进入古炉人视野是狗尿苔跟随霸槽去洛镇卖瓷货，他们在街上目睹了学生游行。霸槽看到"文化大革命万岁"的标语，他疑问道："这文化我知道，革命我也知道，但文化和革命加在一起是怎么回事？"霸槽的"革命"知识从公路上来来往往搞串联的学生那里逐渐丰富起来，通过不断地与更高一级组织接触，他掌握了"革命"行动的法则，但村民们却始终未能对"文化大革命"有清晰的认识，他们在最浅表的层面理解眼前发生的一切："文化大革命"就是砸屋脊上的砖刻泥塑，铲窑神庙里的对联壁画，收缴销毁旧书古董，开学习会批判会，发传单贴大字报，封窑查账分瓷货分存粮……没有人反对"破四旧"这种新的"革命"形式："道理似乎明摆着：如果霸槽是偷偷摸摸干，那是他个人行为，在破坏，但霸槽明火执仗地砸烧东西，没有来头他能这样吗？既然有来头，依照以往的经验，这是另一个运动又来了，凡是运动一来，你就要眼儿亮着，顺着走，否则就得倒霉了，这如同大风来了所有的草木都匍匐，冬天了你能不穿棉衣吗？"这是人们在运动中总结出的明哲保身的生存哲学，更是对长期流于形式的运动产生疲劳厌倦的表征。

夜霸槽组织的红色榔头战斗队忙于革命，无暇顾及农业生产，其有针对性的打砸行为引发朱姓人家的不满，他们针锋相对地成立了红大刀队与之抗衡，其最初用意也不过是想在农业劳动中求得公平。"古炉村有了两派，都说是革命的，造反的，是毛主席的红卫兵，又都在较劲，互相攻击，像两个手腕子在扳。"而在日常的摩擦之中，两派之间以至整个村子里人们关系渐趋紧张，冷漠、敌对、防备甚至仇恨的情绪滋长起来。"破四旧"本意是要"拥有人类最优秀的文化"，但人们的破坏欲望被煽动起来之后，这一理想主义诉求却演变成了帮派和姓氏之间你死我活、鱼死网破的较量。发展到极致，便是由围绕窑场而展开的伤亡惨重的激烈武斗。

如果说毛泽东最初发动"文化大革命"有其政治构想和诉求，那么可以说，这一构想最终被证明在当时的乡村社会难以实现。至少不识字的农民无法理解其中丰富的政治意涵，甚至夜霸槽的"革命导师"黄生生都无法解释为什么"北京会有两个司令部"，他说："党中央的事我说不清楚……你也用不着清楚，你记住，毛主席是我们伟大领袖和统帅，毛主席让我们进行文化大革命，我们就进行文化大革命。你不喜欢运动？"霸槽说："我就喜欢运动！"对伟大领袖的个人崇拜心理和急剧升华的力比多驱力成为"革命"的原动力。在古炉村，激进的政治实践最终被还原为日常生活中的利益再分配，而非理性的狂热情绪则使整个乡土世界变成了上演暴力和荒诞剧目的大舞台。小说逐层推进的繁密细节剥茧抽丝般地展示了人性"恶"的萌芽、生长与爆发的全过程：作品中令人印象深刻地写到霸槽和黄生生几个人在洛镇参加三四万人的庆祝集会，宏大的场面和热烈的气氛使他们受到感染，激动不已，"跟着人群，不停地呐喊，不停地蹦跶，张狂得放不下"；古炉村人也终于按捺不住了，在黄生生等"造反派"的带动下批斗公社书记张德章，人们从沉默到呼口号再到朝人脸上吐唾沫；更荒诞的是榔头队与红大刀竞赛呼口号的场景，以荒诞的方式展现了深陷集体无意识的群体狂欢的黑色幽默；而榔头队、红大刀、金箍棒、麻子黑等几路人马在村子里的混战，将荒诞的闹剧推向了极致。当六升老婆抱着六升的牌位愤怒地喊出"文化大革命我日你妈，你这样害扰人"时，"中国社会的最底层怎样使'文革'之火一点就着"的答案一目了然。这样的情节，生动地表达了政治文化怎样改变或破坏了中国的乡村伦理——那个"礼义廉耻"的乡村不在了。

古炉村农民的日常生活的呈现并不是为了给批判"国民性"提供佐证或理由——在这样的事件中任何对农民劣根性的指责都没有力量。当然，《古炉》也不同于伤痕文学、反思文学通过展露创伤来表达对"加害者"的控诉——它意在将完好皮肤上伤口从出现到溃烂的过程展现出来。一个小村庄折射出了整个中国底层社会的"革命"图景。贾平凹选择的是直面历史，他用丰富的细节完成了对那一时代民族‐国家的政治构想的形象处理。

一面是"古炉"中"革命"烈焰熊熊，一面是贾平凹以平静的心态审视着中国民众这段心灵的历史，并以客观的态度探索了极端环境下人性善与恶的边界。他的人物因此在遵循现实主义创作原则的同时，也具备了寓言的性质。作品中,作家视点聚焦于名叫狗尿苔的少年。这个被蚕婆收养的矮小、丑陋的小孩,一方面因为不好的"出身"备受歧视和作践,另一方面又因年纪小、个头小躲过了真正的政治批判。他有敏锐的"嗅觉",每当大事发生之前,总能提前感知;他能与动物、植物交流,与它们为伴,所以他善待每一个生命,这与吃蛇、吃麻雀的黄生生不同,与炸死灶火、砍倒百年古松的马部长不同,作者借狗尿苔表达了对宇宙万物的敬畏心情;他的心地极为善良,村民们要对付霸槽时是他通风报信,灶火秘密救磨子时也是他鼎力相助;他既有天真可爱之处,也有与年龄不相称的早熟的心智。"狗尿苔"这种不中看不中用的蘑菇正是他形象的写照,"两指来高,白胖胖的,似乎嫩得一碰能流水儿,但用手去摸,却像橡皮做的,又柔又顽"。他的可贵之处在于具备心灵变质的条件,却保有一份纯真和美好。他承受苦难最终化解了苦难。

另一个重要人物是霸槽。他上过学,资质聪颖;受到过不公正对待,因此成为一个愤世嫉俗、不服管教的浪荡子;他在小木屋主持粮食黑市交易,为了招来补鞋补胎的生意,在公路上砸玻璃酒瓶;他狂妄傲世,常常怨恨自己的才能得不到舒展;他志向远大,甚至愿意将恋爱作为革命前途的筹码;组织榔头队又充分显示了他的领导才能和"革命"创意。他养了一个太岁,卖太岁水。太岁无疑是霸槽的镜像。狗尿苔和他一正一邪、一丑一美构成了古炉村的善恶两界。他是一个复杂的人物,生逢其时,可称雄称霸;生不逢时,则为祸作乱。也许正是他的这种精神气质,才总是吸引狗尿苔向他靠近。像他这样志向得不到伸张、激情无处释放、性情之中又充满暴戾气息的人,成为"文革"中"破"的主力军。1967年的春天,他终于被押赴刑场。古炉村的"文化大革命"故事在从冬到春的季节轮回中告了一个段落。

激进的社会政治实践在乡村以一种扭曲变形的方式完成了,当人性之恶被空前地刺激起来,乡村中国的精神与物质都遭受"革命"洗礼、几乎化为灰烬之时,灵魂如何安放,乡村中国靠什么重生?不是传统——以善人为代表的传统伦理道德和五色杂陈的民间宗教信仰已然追随山顶那棵标志性的白皮松仙去;不是智慧——蚕婆也许是生活智慧的化身,然而她全然地聋了,又如此衰老。乡村中国的诗意叙事由《古炉》彻底终结了。贾平凹说:人活成精了,伟大了,都说的是人生哲言,又都是家常话。他用一种质朴地道的乡村土语,展现了乡村生活的原生态风貌。在无比丰富细腻的细节呈现之中,他的清丽、优美抑或诡异通通淡出视野。"我是偏爱我后来的东西……因为早起的东西都是读别人的书受启发而写的,而后来的虽没那么多起承转合的技巧了,写得复杂,似乎没了章法,但都是我从生活中、从生命中自己悟出来的东西,文章的质感不一样了。"在《古炉》之前,贾平凹从未停止形式上的实验和探索,写《秦腔》的时候,疯人引生的第一人称限制性叙事总是令人想起《喧哗与骚动》,而文本里的曲谱则有些后现代小说文本嬉戏的味道。到了《高兴》,其行文归于简淡,而以《古炉》这样广阔的历史视野和厚重的文化思考,又能将现代意识圆融于散点透视的叙事方式之中,也许我们可以说,是"古炉"把他的文字锤炼到如此炉火纯青的地步。大道至简,《古炉》的出现,从一个方面弥补了中国乡村"文革"历史的书写。

贾平凹一直密切关注当代中国的现实,他的每部作品都与中国现实有关。即便是这部书写"文革"的作品,也密切联系着他对待历史的现实立场。可以说,只有书写现实才构成了对作家的真正挑战。现实的不确定性也意味着某种不安全性,但是,也正是这种不确定性和不安全性才使得"当代"文学充满了魅力。贾平凹的真正价值也许更在这里。

(原载《文艺报》2011年1月31日)

作为历史修辞的"文革"叙事

——《古炉》论

李遇春

"文革"是当代中国的一段痛史。近三十年来,有关这段痛史的小说可谓多矣,但真正的优秀之作并不多见,至于堪称厚重的力作就更少了。我以为,当代中国作家的"文革"叙事之所以鲜见精品,一个很重要的原因就是他们普遍没有把握好历史与小说之间的关系,他们想当然地以为这种关系仅仅是所谓历史小说创作中需要解决的问题。而长期以来,关于"文革"的小说通常是不被看作历史小说的,而是被视为现实题材的小说,就这样,他们笔下的"文革"叙事写得太像小说了,故事和理念淹没了历史感。我们期待着另一种写出了历史感的"文革"小说,这种"文革"小说既有"历史小说"的历史性,又有"新历史小说"(作为"新写实小说"的变体)的写实性,因此有别于传统历史小说的宏大叙事。显然,贾平凹穷四年之力写就的《古炉》正属于这种类型的"文革"叙事,这部六十四万字的长篇小说中饱含了作者丰富的书写"文革"历史的修辞经验。

一、历史与记忆

贾平凹是"文革"的亲历者。他对"文革"有着自己的一套完整的记忆系统。这在他2000年出版的一部名为《我是农民》的回忆录中有着相当丰富的近乎实录的呈现。这部十四万字的回忆录的主体部分是作者关于"文革"的记忆:从初中时期不由自主地卷入红卫兵运动,到被迫中断学业回乡务农,成为陕南丹凤县棣花街的一名公社社员,再到目睹家乡所发生的不同派别的文斗和武斗冲突,以及父亲如何被打成了"历史反革命",自己沦为"可教子女",后又上家乡水库工地办战报,其间还穿插了作者在浩劫中暗恋与初恋的情感历程。一言以蔽之,这部回忆录可视为一个人的"文革"记忆。正如作者在这部回忆录中所说:"写关于回忆的文章我是一点也不敢虚构和扩大或缩小事实的"①。用历史学的术语来说,他在史料上是不敢有任何含糊的,写回忆录的贾平凹是一个有实证精神的史料学派的信奉者。

但贾平凹毕竟是一个小说家,他这一生中最钟爱的显然还是写小说,写字画画是他谋生的主要手段,写散文和回忆录不过是他的副业而已。迄今为止,贾平凹已经构筑了一个庞大的小说建筑群,矗立其中的长篇小说系列更是令人惊艳。但贾平凹的十余部长篇小说几乎都以"改革的中国"为背景,唯一的例外应该就是这部《古炉》了,它写的是"革命的中国"的故事。写"改革",贾平凹是现实的局中人,而写"革命"的极端年代"文革",他则是历史的过来人。一个小说家是以局中人,还是以过来人来写作显然是不同的,这不光是一个写作视角的问题,更是一个写作身份的问题。具体到"文革"叙事,局中人写"文革"小说,难免会陷入当时的激进政治思潮中不能自拔,著名者如浩然;而过来人写"文革"小说也并非就一定能摆脱现实的泥沼,"文革"结束后中国盛行一时的伤痕文学和反思文学,其中许多属于"文革"叙事,但控诉型的作品居多,或感伤有余,或批判激烈,而普遍忽视了对"文革"的客观历史还原,历史在这种控诉型的"文革"叙事中很大程度上被遮蔽了。走"现实主义"路数的作家在"文革"小说中沉醉于讲述悲欢离合的故事,而趋奉"现代主义"或"先锋派"的作家笔下的"文革"叙事又大多采取把历史模糊化的叙述策略,他们更多地借"文革"来传达个人的某种历史理念,如余华的《一九八六年》就是如此。对于"先锋派"作家而言,他们大多不是"文革"的亲历者,"文革"的后期他们才具备一点模糊的记忆,因此他们的"文革"叙事更多地需要借助想象和旁证,而对于贾平凹这样的"文革"幸存者来说,他的"文革"叙事摆在第一位的还是记忆的还原,他的所有历史想象和虚构都是建筑在个人记忆的基础上的,他唯一需要提醒自己的就是打破既定的"文革"叙事成规,不要怀抱怨恨去写作,而要时刻保持冷静平和的"旁观者"心态进入这段历史。应该说,贾平凹选择在自己逼近六十岁的时候来写这部"文革"大书不是偶然的,人到老年,他说:"我的记忆更多地回到了少年,我的少年正是上个世纪60年代的中后期,那时中国正发生着史无前例的'文化大革命'。"老年还乡,看见山乡村庄中的"文革"遗

---

① 贾平凹:《我是农民》,陕西旅游出版社2000年版,第118页。

迹，他的"眼前浮出少年的经历，记忆汪汪如水"，"而且记忆越忆越是远，越远越是那么清晰"。"文革"成了"一团混沌的令人迷惘又迷醉的东西，它有声有色地充塞在天地之间，当年我站在一旁看着，听不懂也看不透，摸不着头脑，四十多年了，以文学的角度，我还在一旁看着，企图走近或走进，似乎更无力把握，如看月在山上，登上山了，月亮却离山还远。我只能依量而为，力所能及地从我的生活中去体验去写作，看能否与之接近一点"[1]。

  如何把握少年时代的"文革"记忆，这对作家贾平凹来说是一道艺术的难题。毕竟记忆不等于小说，虽然小说离不开记忆。从历史学的角度看，记忆属于史料范畴，它提供的是史实，是历史事件，如何把记忆组织起来，把各种历史事件的来龙去脉和盘根错节融汇成一个整体，这是摆在史学家面前的任务。在这个意义上，记忆被预设为真实的，而历史是叙述的产物。由此，历史的科学性被剥夺，历史的虚构性或叙事性彰显出来。历史成了艺术，成了历史叙事，历史叙述的材料则来自记忆，既有个人的记忆，也有集体的记忆，个人记忆只有转化为集体记忆才能以历史的面貌出现。历史家的历史叙事尚且如此，小说家的历史叙事就更是如此了。对一个小说家而言，记忆是小历史，而历史是大记忆，只有立足于个人化的小历史才能揭示民族的大记忆。但小说家的历史叙事毕竟不同于历史家的历史叙事，历史家的历史叙事往往是根据重大的历史事件加以编排的宏大叙事，各类风云人物即历史英雄是这种宏大历史叙事的主体，而小说家的历史叙事往往被正统的史学家视为"野史"，或是历史风云人物的逸事，或是名不见经传的小人物的琐事，以此区别于所谓的"正史"。历史家的"正史"通常被认为是真实的，而小说家的"野史"则被认为是虚构的，连通常的"历史小说"都被认为是虚构的，更不用说一般的"非历史小说"了。当然，这只是认识问题的一个方面，另一方面在于，既然连历史的本质属性都被归结为文学和艺术了[2]，那么作为文学艺术的重要门类的小说，其本质属性也未尝不可归结为历史，因为一切小说都反映了人类历史的生活真实，只不过真实的程度有所不同罢了。所以，小说家的叙事大抵都是历史叙事，小说是另一种历史，由此，小说家的叙事应该追求历史性和写实性，应该写出不同时代的历史现场感，把小说写成另一种历史叙事。对贾平凹而言，长篇小说《秦腔》就是

---

[1] 贾平凹：《古炉》，人民文学出版社2011年版，第604页。
[2] 海登·怀特：《后现代历史叙事学》，中国社会科学出版社2003年版，第33页。

写他所亲见的中国乡村在"后改革"时代溃败的历史,是他为故乡树立的一座历史的纪念碑;而《古炉》是他为故乡建筑的一座历史的博物馆,中国乡村的"文革"史在这部长篇中尽收眼底,作家用不同寻常的缓慢叙述节奏讲述了他自己心中的一部"文革"史。这部"文革"史是写实的,也是虚构的,是作家立足于个人的真实记忆加以艺术性虚构和编排的产物。历史感是《古炉》的基本品格,而艺术性是它再现历史不可或缺的修辞手段,前者是实,后者是虚,虚实相生,才有了《古炉》的历史艺术。

如果我们有兴趣做一番索隐,将不难发现,在"文革回忆录"《我是农民》和"文革小说"《古炉》之间存在着高度的叙事关联性。比如地名,小说中的"洛镇"即回忆录中的"商镇",小说中的"古炉村",回忆录中叫作"棣花街",还有小说中的窑神庙、小木屋和白皮松之类,在回忆录里都有真实的地名或树名与之对应。再如人物,小说中的狗尿苔、蚕婆、夜霸槽、杏开、半香、来回、天布、麻子黑、守灯、水皮、老顺、迷糊、黄生生等人物形象都能在作者的回忆录中找到各自的原型,有的是直接采用生活原型,有的是综合若干生活原型的产物。又如情节,小说中榔头队与红大刀两派之间的派系斗争,直接取自回忆录中"临委会"与"筹委会"之间反复无常的斗争与联合,连榔头队和"刺刀见红"等造反派组织的名称也是回忆录中实有的。小说里水皮在文斗中因喊错了政治口号而受批判的情节也直接源于回忆录,还有马勺在武斗中被乱棍砸死、灶火被捆上炸药包在奔跑中炸死的情节同样在回忆录中可以找到相关故实,即令小说结局写到的政府公开在沙滩上处决武斗中犯了人命案的造反派的情节,回忆录中也有相关记载,甚至行刑时有一个名叫张引生的疯子抢死刑犯的脑浆蘸蒸馍吃的情节,回忆录中也有惊心动魄的记述。看过《秦腔》的读者一定明了,《古炉》结局中出现的这个疯子其实就是《秦腔》的叙述人——疯子张引生的原型。此外,小说中老顺在洪水中把女人来回打捞起来的情节,守灯为报复天布在深夜里割断他家门口全部藤蔓根的细节,迷糊叔在田间地头被妇女们把脑袋绑裤裆的镜头,生产队老水牛之死以及全队分牛肉的场景,造反派烧掉作为古炉村标志之一的白皮松的情节,无不在回忆录中有着或详或略的记述。这意味着,小说《古炉》源于作者的回忆录《我是农民》,前者是在后者的基础上虚构而成的,后者是前者的史料来源。

当然,作者的"文革"记忆系统是复杂的立体网络,回忆录《我是农民》显然并没有（也不可能）调动作者全部的"文革"记忆系统。和回忆录相比，作者在创作长篇小说《古炉》的过程中对自己的"文革"记忆做了更为真切细腻的描摹，尤其是对记忆中各种"文革"场景的逼真描绘，展示了作者心细如发的超强的写实功力。虽然作者这样写带有放慢叙述节奏和考验读者阅读耐心的风险，但必须承认，这样的原生态叙述增强了作品的历史感和现场感，使这部"文革小说"不是简单的宏大政治史的图解，而是呈现出一种真实的历史的混沌感，由此与那种关于"文革"的"现实主义"叙事成规区别了开来。不仅如此，读者如若把这些描述红色年代中国农村集体生活场景和事件的文字与20世纪40至70年代农村小说中同样性质的叙事（如《暴风骤雨》和《创业史》之类）稍作对比，贾平凹所追求的历史混沌叙事是一望便知的。这是一种类似于自然主义的历史叙事形态，它是对记忆的摹写，更是对历史的还原。

二、历史与隐喻

作为一部最宽泛意义上的"历史小说"，《古炉》在处理"历史"与"小说"的关系上表现了一种新型的"文革"叙事形态。《古炉》在书写历史记忆的过程中所隐含的历史修辞学是丰富而复杂的，这不仅表现在上述对历史故实的直接采用或者深度的历史场景还原上，而且还表现在作者对"文革"历史记忆的艺术编排中。这种记忆的编排所形成的小说文本结构更是一种历史的深度修辞，其中深藏的历史隐喻意味是格外绵长的。与回忆录《我是农民》相比，长篇小说《古炉》来源于个人的历史记忆，但又高于个人的历史记忆，因为作为回忆录的《我是农民》是作家个人的历史档案，而作为"历史小说"的《古炉》是作家贡献给我们这个民族－国家的一部历史寓言，其中隐含了作者对我们民族－国家历史的深刻思索。在我看来，《古炉》中存在着一个隐喻系统，作者对民族－国家的历史隐喻既表现在小说的线性循环结构中，也表现在小说家寓言式的思维模式中，还表现在小说文本有关疾病的隐喻系统中。总之，这是一个立体的历史隐喻系统。

从《古炉》对个人记忆的历史编排上可以看出，作者为这部长篇小说在外形上制定了一种类似于"编年史"的文本结构。小说总共分为六部：第一部名为"冬部"，这其实是整部长篇小说的序幕部分，全书大大小小二三十个人物形象纷纷出场，特别是夜霸槽与支书朱大柜、队长朱满盆之间的矛盾潜伏着历史的危机。第二部是"春部",主要写夜霸槽与洛镇的红卫兵运动有了联系,作为"文革"标志性事件的大串联影响到了古炉村,同时还写到了麻子黑因与磨子争夺队长职位而投毒药死了磨子的叔父。可见这是一个不寻常的春天,古炉村的内外矛盾进一步加剧,可谓山雨欲来风满楼。第三部是"夏部",主要写古炉村在外来的红卫兵头领黄生生和本村造反派首领夜霸槽的带领下开始"破四旧",他们砸毁了村庄里的古老石狮子和石碑,以及带有古旧色彩的房子,并成立了隶属于"县联指"的红色榔头战斗队。第四部是"秋部",写古炉村又成立了由天布和磨子领头的红大刀革命造反队,隶属于"县联总",作为"保皇派"与榔头队针锋相对,两派之间展开了一场场文斗的拉锯战,比如开批斗会、办学习班等。第五部是"冬部",古炉村的"文革"达到高潮,榔头队和红大刀分别在"县联指"和"县联总"的支持下,发动了一场又一场武斗,许多人在残酷的暴力冲突中死去。第六部"春部"很短,其实就是尾声,写霸槽和天布等五位造反派头目被人民解放军集体枪决。这是一个残酷的春天,笼罩着死亡的气息。值得注意的是,作者并没有在文本中明确地交代小说中所叙述的"文革"故事发生的具体时间,这应该不是偶然的,而是作者有意为之。作者这样做的目的在于,他想淡化小说中的叙述时间与现实中的历史时间之间的必然联系,因为他要写的是一部关于"文革"的历史小说,而不是"文革"的历史档案,既然是小说,作者就有权力按照自己的意图来编排记忆中的历史事件,让在不同时间段上发生的众多杂乱的历史事件在自己圈定的叙事时间内有序地展开。作者必须让记忆中的历史事件转换成小说叙事中的故事情节链条或者网络,从而形成一个关于"文革"的独立自足的文本世界。这个世界仿佛独立于现实的历史世界之外,它是虚构的,但又真实得令人震惊。

从作为序幕的"冬部"到作为尾声的"春部",中间经历"春部""夏部""秋部""冬部"四大主体部分,仿佛大自然亘古不变的四季更替模式,贾平凹心目中的"文革"史由此被艺术地建构了出来。他也由此写出了自己对于个体"文革"记忆的一种经验式的理解,"过去的感觉作为经验连续体的结晶"[①],在《古炉》的"文革"叙事中得到了鲜活而又深刻的体现。更为重要的是,对于作为个人"经验连续体"的"文革"历史,贾平凹所采用的这种近乎抽象或者形而

---

① 埃里克·霍布斯鲍姆:《史学家——历史神话的终结者》,上海人民出版社2002年版,第24页。

上的历史图式中隐含了他对当代中国"文革"史的理解，也隐含了他对我们民族-国家历史的一种类似于循环论或宿命论的解释。当故事的高潮和结局到来的时候，曾经在历史风暴中粉墨登场的各色人物大都在历史的暴力中死去，即令幸存者也是惊魂未定，或者疯癫，或者像支书朱大柜那样留下苍老的历史背影。作者没有采用严格的编年体来建构这部"文革"历史叙事文本，也没有借用通常"文革"史书中所划分的几个不同阶段来结构作品，而是创造性地运用了季节更替的"准编年体"方式让"文革"史在循环中有了重复的可能，这无疑是小说文本深层结构的历史隐喻之所在。这使我想起了海登·怀特的话："相同的事实系列可以成为悲剧或喜剧故事的组成部分，是悲剧还是喜剧要取决于历史学家对情节结构的选择，所选择的情节结构要最适合于那类事件的组合，以便它们组成易于理解的故事。"[①] 贾平凹不是历史学家，但他确实是把《古炉》当作"文革"的历史小说来写的，他为《古炉》量身定制的这套结构系统中显然隐含了他的中国历史观念。

事实上，《古炉》中的历史隐喻不仅隐含在文本结构的线性循环之中，而且还体现在作者的村庄—家族—国家所构成的寓言式思维模式中。贾平凹说："这是一个人的记忆，也是一个国家的记忆。"[②] 这意味着，作者构思的初衷，就是想通过写自己一个人的"文革"记忆来表现我们这个民族-国家的"文革"记忆。以小见大，窥斑见豹，以"我"表现"我们"，这正是人类运思方式中的一种古老的寓言模式。而詹姆森早就断言："所有第三世界的本文均带有寓言性和特殊性；我们应该把这些本文当作民族寓言来阅读。"[③] 这个断语似乎有些武断，但在《古炉》这里显然是适用的，而且在贾平凹的长篇小说创作经验中也常常是适用的，比如我们可以说《浮躁》是20世纪80年代中国的寓言，《废都》是90年代中国（知识界）的寓言，《秦腔》是新世纪中国（乡村）的寓言，而《古炉》往小的看是"文革"寓言，往大的看则是整个中国的寓言。正如贾平凹在《古炉》的封底上写的一段话："在我的意思里，古炉有中国的内涵在里头。中国这个英语词，以前在外国人眼里叫作瓷，与其说写这个古炉的村子，实际上

[①] 海登·怀特：《后现代历史叙事学》，中国社会科学出版社2003年版，第176页。
[②] 贾平凹：《古炉》，人民文学出版社2011年版，第604页。
[③] 弗雷德里克·詹姆森：《处于跨国资本主义时代中的第三世界文学》，见张京媛主编《新历史主义与文学批评》，北京大学出版社1993年版，第234—235页。

想的是中国的事情，写中国的事情，因为瓷暗示的就是中国。而且把那个山叫作中山，也都是从中国这个角度整体出发进行思考的。写的是古炉，其实眼光想的是整个中国的情况。"确实如此，《古炉》的封面除了汉语"古炉"两个字之外，还印有CHINA这个表示"中国"的英文单词，两者互为隐喻，暗示了作者的写作真相。然而，并不是任何一个文学意义上的村庄都具有中国隐喻的功能，一个文学村庄之所以能作为中国的隐喻，其必然具备中国形象体系的某一种本质性的特征或倾向。如《三里湾》就形象地书写了现代革命中国如何在传统乡土中国的宗法制社会基础上草创并建构的过程，赵树理笔下的三里湾由此成为革命中国的隐喻；再如《白鹿原》，这部长篇形象地书写了传统乡土中国如何在现代西方文化（包括启蒙文化和革命文化）的双重冲击下一步步走向崩溃的命运，由此，陈忠实笔下的白鹿原成为传统中国向现代中国艰难转型的一个文化隐喻。具体到《古炉》，贾平凹笔下的古炉村之所以能构成中国隐喻，就在于这部长篇小说形象地书写了作为现代宗法社会的革命中国的崩溃过程，小说中的四季循环更替过程正是这种崩溃过程的民族－国家隐喻。

作为一个当代中国村庄，古炉村的社会结构具有双重性，即封建宗法性和现代革命性。虽然古炉村有李姓等杂姓人家，但基本上只有两大姓：朱姓和夜姓。相传夜姓的祖先最先来到古炉村烧窑并发迹，后来接纳了从山西投奔过来的朱姓外甥，并传授其烧窑技艺。但夜姓后来人丁不旺，而朱姓则衍成大户，反客为主，成了古炉村的强势家族。在革命语境中，朱姓延续了在古炉村的强势地位，支书和队长的位子都被朱姓把持，由此带来了夜姓人家的不满。不难看出，古炉村的社会结构呈现出传统乡土中国固有的"差序格局"[1]，朱姓、夜姓、杂姓之间存在着宗法制的家族等级，维系古炉村的血缘纽带是有远近亲疏之别的。比如古炉村本来没有地主，但在"社教"中由于公社领导规定了地主名额，于是李守灯的父亲被支书朱大柜冤枉地打成了"漏网地主"。毫无疑问，李姓作为杂姓，作为弱势家族，在"文革"前夕的运动中成了政治祭品。朱姓不仅掌握着古炉村的家族"长老"权力，而且还把持着古炉村的革命政治权力，朱姓的掌门人集国家权力与家族权力于一身，由此带来了古炉村"文革"运动的复杂性和双重性。两大家族之间的显在政治斗争与潜在的家族争斗纠

---

[1] 费孝通：《乡土中国》，生活·读书·新知三联书店1985年版，第26页。

结在一起，难分难解。需要强调的是，古炉村的朱姓组织与夜姓组织分别隶属于县"联总"和县"联指"，而且还与洛镇及其下辖的其他村庄的相关造反派组织如金箍棒等有着密切的往来，最终还指向了中央高层"批刘批邓"的政治斗争，由此，作者在《古炉》中编织了一张严丝合缝的"文革"之网，从而达到了通过一个村庄的家族政治争斗来隐喻我们民族－国家历史文化命运的创作意图。

《古炉》中的历史隐喻还有第三个方面的表现，这就是文本中存在着一个特殊的疾病隐喻系统。古炉村是一个相当病态的当代中国村庄，这个村庄里的许多人都得了怪病，比如秃子金的头发是一夜之间全秃了的，六升的爹晚年夹不住尿，裤裆里老塞着一块棉布，守灯的爹和跟后的爹都是得了鼓症死的，连支书朱大柜也是老胃病患者……作者之所以如此设置和定位古炉村，显然是想设定一个疾病隐喻系统，以疾病来隐喻"文革"时期的中国全面陷入病态的疯狂。有意味的是，早在1978年，美国学者苏珊·桑塔格就在《疾病的隐喻》中注意到中国"文革"的"四人帮"已在中国政治话语里被隐喻为"中国的癌瘤"[①]。时过境迁，贾平凹当然不会再延续那种把民族灾难都归咎于"四人帮"的老观点。在他的文本世界里，不是某一个人有病，而是整个古炉村的人都病了，他们得了种种有名或无名的病，疾病充斥了整个村庄，也贯穿着古炉村的"文革"进程。其中有些疾病显然被作者有意赋予了特殊的象征意涵，如狗尿苔的鼻疾，他的鼻子经常能嗅到一种近乎死亡的气味。如果说狗尿苔的病是灾难即将到来的预言，那么他的祖母蚕婆的病就意味着试图超脱于尘世争斗的苦海，夜霸槽的痔疮则象征着"文革"是一场民族内火上升所导致的身体系统紊乱症，暗示着民族的难言之隐。当然，小说中最大的一场流行疾病是疥疮，整个古炉村参与派系斗争的人几乎无一幸免。这场疥疮的流行类似一场瘟疫，古炉村好斗的男男女女身上奇痒无比，疥疮在他们的身体私处和面部蔓延，有的还因此毙命。夜霸槽把疥疮暗中传染给了上级女性造反派头领马部长的情节，更隐喻着"文革"是一场民族－国家的政治传染病。病态的人、病态的村庄、病态的中国，这就是《古炉》的民族－国家疾病隐喻系统。善人郭伯轩只能通过说病来疗救病态的古炉村人，但他那融会了儒释道三教的传统文化药方已经无力拯

---

① 苏珊·桑塔格：《疾病的隐喻》，上海译文出版社2003年版，第74页。

救病入膏肓的古炉村人，所以他最后在山神庙的大火中死去的结局可谓死得其所。善人的死暗示着陷入"文革"瘟疫中的民族－国家将在浴火中重生。

三、历史与伦理

《古炉》是一部叙述"文革"的历史小说。对于"文革"那段民族痛史，贾平凹和大多数作家一样，也是坚持一种否定的评价立场，如把"文革"视为一场民族－国家的悲剧或者荒诞剧。但贾平凹毕竟是一位追求写实性的小说家，他在小说的叙事中不可能直接采取那种主观型的叙述姿态，如同伤痕文学和反思文学中的控诉型叙事那样，把作者对"文革"的批判立场和否定情绪渲染或者点染在文本的字里行间。恰恰相反，贾平凹在《古炉》的历史叙事中选择了客观型的叙述姿态，他主动将自己的主观历史情绪内敛起来，尽力恪守冷静平实的创作心态，从而达到了类似于韦伯所谓"价值无涉"的历史叙述伦理境界。

贾平凹在《古炉》的后记中说："我那时十三岁，初中刚刚学到数学的一元一次方程就辍学回村了。我没有与人辩论过，因为口笨，但我也刷过大字报，刷大字报时我提糨糊桶。我在学校是属于联指，回乡后我们村以贾姓为主，又是属于联指，我再不能亮我的观点，直到后来父亲被批斗，从此越发不敢乱说乱动。但我毕竟年纪还小，谁也不在乎我，虽然也是受害者，却更是旁观者。"[①]现实中的贾平凹，既是"文革"的受害者，也是"文革"的旁观者，这两种身份很难说在当年究竟哪一种更重要，至少我们从《我是农民》这部"文革"回忆录中分辨不出哪一种身份更重要。但有一点可以肯定，当作者在三四十年后再来回望那段早年历史时，他已经清醒而自觉地选择了旁观者的叙事身份，而把受害者的身份尽量加以淡化了。一个最重要的证据是，贾平凹并没有把父亲被打成"历史反革命"的家族往事投射到小说中的主要人物身上去，读者在小说中甚至很难找到作者父亲的影子，恰恰相反，作者似乎有意要淡化这桩家族恨史，而把作为自己影子人物的狗尿苔设置成一个找不到父母亲的孩子。狗尿苔的祖母蚕婆的身上显然有作者母亲的影子，这一点在小说的后记中说得很分明，唯独在回忆录《我是农民》中大写特写的父亲形象，却在《古炉》中被有意付诸阙如，这不能不与作者故意克制自己的主观叙述情绪有关。贾平凹很清楚，《古

[①] 贾平凹：《古炉》，人民文学出版社2011年版，第603页。

炉》是小说，不是自传，不是回忆录。如果过多地纠缠在父亲挨整的家族史上面，作者将很难保持客观的历史叙事伦理。

如果分析一下《古炉》的叙述人，那个名叫狗尿苔的乡村少年，问题将会更加清晰。狗尿苔这个人物无疑是作者有意设置的艺术替身，他的身上明显有作家贾平凹的身影。狗尿苔在"文革"风暴袭来后尽管作为"四类分子"的后裔受到过古炉村人的轻视和欺侮，但同时也得到了不少人包括夜霸槽的关照和庇护，甚至他还作为置身于"造反派"和"保皇派"之间的"逍遥派"周旋在古炉村的政治争斗之中，显得游刃有余。狗尿苔尽管是朱姓家族的人，但他的政治出身不好，爷爷作为"国民党反动军官"1949年去了台湾，他和祖母相依为命。古炉村的执政者无论是榔头队还是红大刀的首领，乃至于先前的"当权派"支书朱大柜等人，并没有把他和蚕婆列为重点批斗对象。所以，狗尿苔这个人物虽然心中有不满，但还谈不上刻骨的怨恨，甚至还表现出了许多爱心，比如他对杏开暗中的关爱就是一例。作者选择这样一个近乎被人遗忘的价值中立的人物作为叙述人，无疑是保持客观的历史叙事伦理的保证。有意味的是，《我是农民》中的"我"并不是一个历史的旁观者，由于当年"我"的语文好，是经常为造反派写大事记和大字报的人，这种历史的参与者身份被作者从狗尿苔的身上悄悄地抹去了。《古炉》中充当造反派文书的人变成了朱水皮。这当然是一种艺术的移置，其目的也是为了使狗尿苔做一个更加公正和称职的历史叙述人。不仅如此，狗尿苔还是一个发育迟缓、个子长得矮的病态人物，但他的病态其实是一种超强的甚至是超现实的感悟力，他能与自然界的万物生灵对话，有时候他也会犯疯犯傻。选择这样一个疯疯癫癫的人物作为叙述人，能使作者在叙事中游刃有余地在叙述时空中穿行而不受限制，甚至还会给读者带来一种真实的错觉，因为疯子的任何举动，包括他眼中变形了的世界，也会变得更加真实。用疯子做叙述人，贾平凹在长篇小说《秦腔》中已经用过，这次是故技重施，但也有不同之处，《秦腔》中的疯子张引生深深地爱着女主人公白雪，这使得他作为叙述人很难保持客观的叙述姿态，他对男主人公夏风的谴责与批判是强烈而深沉的，而《古炉》中狗尿苔对女主人公杏开的暗恋已经被作者克制到了近乎大爱无痕的地步，且其对男主人公夜霸槽没有明显的否定和批判倾向，故而狗尿苔作为叙述人比张引生显得更加客观，更加从容不迫。

《古炉》所追求的客观历史叙事伦理，在小说的两个核心人物的形象塑造上表现得至为明显：一个是造反派夜霸槽，一个是走资派朱大柜。夜霸槽这个典型人物形象是贾平凹的一个独特创造。翻检《我是农民》这部回忆录可以发现，夜霸槽这个形象并没有固定的生活原型，它是作者综合几个人而成的：其中有作者的小学同学安民，那是一个除了不会念书其他样样都会的能人，喜欢打架闹事，最重要的是会钉鞋子，这正是小说中夜霸槽的副业；还有一个是作者本家族的一个堂兄，爱跑动爱打枪，"文革"中"破四旧"十分张狂，最后得了牛皮癣，这与夜霸槽的性格和经历也不谋而合；再就是李三娃，他是作者少年时候的伙伴，作者那时经常窝在他的小屋里看书谈天，这大约就是夜霸槽的小木屋的原型。别忘了还有一个原型正是作者自己，一个证据是，回忆录中作者用老黑鳖从一个红卫兵光杆司令那里换了一顶军帽的经历在小说中被置换成了夜霸槽伙同狗尿苔一起抢了黄生生的军帽。如果说这个外证还不具备充分的说服力的话，那么还有一个更重要的内证，这就是回忆录中重点写到了作者的暗恋对象，那个女子正是夜霸槽的恋人杏开的原型，她在回忆录中把"我"称呼为小叔，而小说中杏开也恰好把狗尿苔称为叔；而且回忆录中的女子喜欢用指甲花涂红指甲，小说中杏开也有同样的嗜好。然女主人公是以作者早年的暗恋对象为生活原型的，那么夜霸槽这个人物身上不可能没有作者的影子，只不过和狗尿苔相比，作者投射到夜霸槽形象中的影子要更为隐蔽和模糊罢了。明了这一点很重要，因为作者这样处理小说的男主人公形象显然更加客观和理智，狗尿苔与夜霸槽之间就不再是简单的叙述人与男主人公之间的关系了，而是隐含着作者内在的自我观察和自我审视，狗尿苔看夜霸槽其实就是作者自己在观察另一个自己，所以更能达成叙事伦理上的客观和节制。

由于夜霸槽这个人物形象属于杂取种种生活原型而成，故而更加立体和丰满，作者对他的态度也不可能是简单的肯定或否定，而是带有更多的同情和理解。作为一个造反派人物，夜霸槽并非是那种让读者感到厌恶的人，相反，他的人生命运或者悲剧是值得读者同情的。夜霸槽不是一个想"平地卧的人"，他有野心，包括生活的野心和政治的野心；他读过书，在县城甚至省城见过世面，他对家乡典籍中记载古炉村历史的文言文字背诵如流，而且他能在造反的闲暇中体会古炉村自然风光所蕴含的唐诗意境；他不甘于在古炉村受人压制，即使没有"文革"风暴袭来，他也会反抗现实命运的宰制。所以他向村支书朱大柜和队长朱满盆的权威地位发起了挑战，他让队长的女儿杏开对他俯首帖耳，还公开与支书的老婆叫板，直至把村支书送进了学习班。夜霸槽的身上有一股子豪狠和霸气，他的野心中也内含着一种不服输的精神，这一点他还真有点像于连·索黑尔和路遥笔下的高加林。但他比高加林更为冷酷，他的性格中邪恶的东西更多，读者无法看清他与杏开之间的爱情究竟有多少是真的，有时候他对杏开表现了难得的妥协和关爱，有时候又高攀有政治地位的女人，他与马卓的厮混就是一例。对于夜霸槽，叙述人狗尿苔对他的态度是复杂的，既有同情之理解，也有批判性的审视。小说结局写夜霸槽等人被执行死刑，狗尿苔也去围观，他想最后看一眼霸槽，看见了霸槽，他不哭也不恨他，但对麻子黑却想唾一口。狗尿苔的态度正是作者的叙述态度，不哭也不恨，既意味着复杂难言，也意味着心如止水，平静地接受历史的结局。

　　如同对夜霸槽一样，作者和叙述人对朱大柜的态度也是复杂的，平静之中有理性。作者不仅写出了"造反派"的复杂性，而且也写出了"走资派"的复杂性。作为古炉村的支书，朱大柜长期把持着村庄的政治和经济权柄，他那披着大衣走路和端着茶杯喝茶的形象早就定格在古炉村人的印象里，不怒而威，委实就是一个"支书爷"。但作者并没有把朱大柜直接刻画成一个邪恶的"土皇帝"形象，如《古船》里的四爷爷赵炳那样，而是把他的种种不端行为含蓄地在不同时机泄露出来。夜霸槽起初是具有历史合理性的，但随着时间的推移，朱大柜被打成了"走资派"之后，他身上的历史合理性因素也在不断地浮现，拖着病体的他被派去经管水田，去喂牛，去上学习班，深受折磨，这让他赢得了不少村民的同情；而且村庄在没有了他的领导之后完全陷入了两派争斗，生产荒废，民生日艰，于是他在两派争斗的间隙里临时带领村民"抓革命，促生产"，这又为他的形象添了不少分，读者由此看到了一个复杂难辨的"走资派"形象，很难用好与坏的简单标准去衡量。对于作者来说也是如此地困惑，一个有意思的证据是，小说中有狗尿苔受支书老婆之托，去给关押在学习班的支书送东西的情节，好不容易打通关卡见到支书，结果支书只收下了烟包和衣裳，而拒绝了鸡汤，他回头看狗尿苔的那种眼神让狗尿苔深受震动，狗尿苔不禁黯然神伤地在大街上哭了起来。狗尿苔对支书朱大柜的同情在小说的后半部分相当有代表性，作者借此写出了朱大柜形象的复杂性。更有意思的是，我们在作者的回忆录《我是农民》中可以读到类似的情节和场景，不过人物已经换成了作者受母亲指派去探望在学习班中关押的父亲，经过一番对看守民兵的哭求，作者终于见到了囚禁中的父亲，但父亲没有收肉片，他只拿了纸烟就很快被人推进铁栅栏门。"我趴在铁栅栏门上，瞧见父亲在拐过那间矮屋墙角时回过头来看我，麻子脸推了他一下，他撞在了墙角棱上。朱自清的《背影》里写到他的父亲微胖的身子从车站月台上翻下的背影，我在中学时读了并没有任何感觉，后来每每再读，就想起父亲头撞在墙角棱上的一幕，不禁热泪长流。"[1]平凹能够在朱大柜这样一个性格复杂的"走资派"形象身上投射进自己当年对于父亲受难时的深厚感情，这不能不说他已经从简单的历史善恶分辨之中超脱出来了。

总之，在《古炉》的创作中，贾平凹尽力恪守着客观的历史叙事伦理，塑造了一群性格复杂、形象各异的"文革"人物形象。一方面，作者写出了一个历史时代的悲剧和荒诞，另一方面，作者也写出了那个历史时代中人的复杂性，并未作简单的道德评判。正如霍布斯鲍姆所说："解构披着历史外衣的政治和社会神话，长期以来一直是史学家职业义务的一部分。"[2]窃以为，贾平凹写《古炉》，正是为了解构长期以来中国当代文学话语中流行的关于"文革"的政治、社会和历史神话，所以他确实是一位有历史责任感的当代作家。

（原载《文学评论》2011年第3期）

---

[1] 贾平凹：《我是农民》，陕西旅游出版社2000年版，第108页。
[2] 埃里克·霍布斯鲍姆：《史学家——历史神话的终结者》，上海人民出版社2002年版，第317页。

人人都是历史推手

——评贾平凹新作《古炉》

孔令燕

一个少年，永远长不高却永远梦想着长高，相貌奇丑，被人嫌弃，却可与花木鸟兽对话，可以嗅到大事来临时特殊的气味。这样一位具有荒诞意味的乡村少年，就是贾平凹新作《古炉》的主人公狗尿苔。作家借助他的眼睛和心灵，用绵密丰富真实有力的生活细节，呈现出20世纪60年代中国最大的历史事件——"文革"的人性核心。

作者站在一个具有生命特质的孩子的角度写生活，写纷繁复杂的人物和斗争，颇有《铁皮鼓》的意味——那是用孩子的眼光看"二战"，具有了大悲剧的特质，是一部可以让人不断挖掘的作品。这是具有社会责任感的作家对那段疯狂历史的人文反思。

这一次作家挑战了一个很艰难的写作命题——"文革"。这是一个众所周知的难题，左右很难把握。但是他却选择了一个巧妙的角度，用一个孩子的眼睛呈现纷乱刺激的事件表象，直达事件核心。作品用艺术化人性化的方式，对惨烈宏大的历史进行了个人气质的人文解读，展演了一场自然生发在每个人心中的声势浩大的乡村革命。

小说以作家熟知的陕西偏远乡村为背景，从1965年冬天写到1967年春天。这是山雨欲来风满楼的三年。他用真实的生活细节和浑然一体的陕西风情，描述了古炉村从一个偏远宁静的小村落，在"政治"虚幻又具体的利益中，逐渐演变成一个充满了猜忌、对抗、大打出手的人文精神的废墟。作品中的人物就是现实人物的幻影，我们中的每个人，都是那段历史悲剧的始作俑者和参与者，因为悲剧的产生都源于这些人身上无法摆脱的民族性。

烧制瓷器的古炉村，偏僻却山水清明，树木繁多，六畜兴旺，村人勤劳又擅长于技工,却长期过着极度贫穷的生活。"正因为太贫穷了,他们落后,简陋,委琐,荒诞,残忍。历来被运动着,也有了运动的惯性。人人病病恹恹,使强用狠,惊惊恐恐,争吵不休。在公社的体制下,像鸟护巢一样守着老婆娃娃热炕头,却老婆不贤,儿女不孝。他们相互依赖,又相互攻讦,像铁匠铺子都卖刀子,从不想刀子也会伤人。他们一方面极其地自私,一方面不惜生命。面对着他们,不能不爱他们,爱着他们又不能不恨他们,有什么办法呢,你就在其中,可怜的族类啊,爱恨交集。"

对于那段历史,目前几乎所有的结论都是彻底批判和全面否定,仿佛如果历史重来的话,今天的所有人都可以理性地作出判断,选择最正确的人生路线。但恰恰相反,古炉村的现实告诉人们,疯狂的因子存在于几乎每一个人的血液当中,任何私利的攫取都会被冠以堂皇的标签被放大并理直气壮,你我都难辞其咎。如小说中参与"革命"的两派,红大刀和榔头队,是全国两派的缩影,"联指"和"联总"。他们冲突的根本原因几乎都是日常生活中琐碎的拌嘴和你争我抢,也许就是谁比谁多拾了一把柴火,多分了一块牛肉。"古炉村的人们在'文革'中有他们的小仇小恨,有他们的小利小益,有他们的小幻小想,各人在水里扑腾,却会使水波动,而波动大了,浪头就起。如同过浮桥,谁也并不故意要摆,可人人都在惊慌地走,桥就摆起来,摆得厉害了肯定要翻覆……古炉村人就有了'文革'的命运,他们和我们就有了'文革'的命运,中国人就有了'文革'的命运。"前天在微博上看到一段话:中国是个每个毛孔都需要自省的国度。你是什么样,你的省便是什么样,你的省是什么样,中国便是什么样。我们每个人对这个国家的生态,都难逃其责。乱世之不公,强加我们身上时倒是人人有份,也算公平。

也许这就是作品的主旨——力图去解释一个假设命题:如果时光倒流,"文革"事件还会重演吗?"'文革'结束了,不管怎样,也不管做什么评价,正如任何一个人类历史的巨大灾难无不是以历史的进步而补偿的一样,没有'文革'就没有中国人思想上的裂变,没有'文革',就不能有以后的整个社会转型的改革。而问题是,曾经的一段时期,似乎大家都是'文革'的批判者,好像谁也没有了责任。是啊,责任是谁的呢?寻不到能千刀万剐的责任人,只留下了一个恶的代名词:'文革'。但我常常想:在中国,以后还会不会再出现类似'文革'那样的事呢?"

作家要用文学和艺术的手段，挖掘和透视中国人的民族性，力图得出结论，深藏在每个国民血液中的遗传密码，即民族性，是解释一切历史事件发生发展的根本，是跨越时间和空间的恒定规律。

而且，小说命名为"古炉"，是明写一个小村落，实写整个中国和民族。因为这个村子是烧瓷的地方，"瓷"的英文是CHINA，亦为中国。从此也见作者写整个民族的宏大立意。古炉村的真实背景是陕西铜川的陈炉古镇，它是宋元以后耀州窑唯一尚在制瓷的旧址，其烧造陶瓷的炉火一千多年来灼灼不息，形成"炉山不夜"的独特美景，是古同官八景之一。现在的陈炉镇，还有用烧炉废料建成的"罐罐墙""瓷片路"等特殊景致。贾平凹为创作小说，曾经多次到过陈炉。之所以选择这个村子作为故事发生地，也取了"熔炼"之意。如他自己所说："在我的意思里，古炉有中国的内涵在里头。中国这个英语词，以前在外国人眼里叫作瓷，与其说写这个古炉的村子，实际上想的是中国的事情，写中国的事情，因为瓷暗示的就是中国。而且把那个山叫作中山，也都是从中国这个角度整体出发进行思考的。写的是古炉，其实眼光想的都是整个中国的情况。"

而且，在艺术方面，可以说，《古炉》不仅是作家自己创作的高峰，也是中国当代作家中少数能达到的高峰。

评论界总有人说贾平凹是中国文坛的独行侠，很难将他与谁归为一类。其实，从贾平凹的所有文学作品和书画综合来看，他是最得中国传统神韵的作家，也是将传统艺术技艺与当代现实生活结合得最为天衣无缝的作家。在创作中力图达到中国古典美学的最高境界，也许是贾平凹一贯的艺术追求，《古炉》可以说基本达到了这样的高度。

中国传统的书画诗文，最高的艺术境界就是"羚羊挂角，无迹可寻"，就是"大象无形，大音希声"，讲究天然去雕饰，妙手偶得之。贾平凹的《古炉》没有将"文革"生硬地理念化，而是用真实绵密的生活细节和场景，呈现生活背后的规律和逻辑。他采取的是贴近地面的写实的方法，极力让古炉那个自古以来就烧陶瓷的村子有声有色、有气味、有温度。他自己也说："年轻的时候讲究技法，年老的时候，讲究体验，语言变得很平实。"正是这种平实，达到了传统美学中的最高境界：看山还是山。

这部作品应该说达到了贾平凹应有的水准，既有职业作家对生命和现实的思考，又有他本来就擅长的唯美细致的笔调，六十几万字读来并不觉得乏味，比较顺畅且有滋味。难得的是越读到后面，作品越热闹，越惨烈，也越悲凉，越体会到美好世界被自己撕毁时的痛楚。

《古炉》应该是目前大陆作家写"文革"题材的作品中比较独到、深锐、人性化的作品。最起码，《古炉》是让出版者、读者、评论者都非常兴奋的一本书，因为它含义丰厚，只言难以穷尽，也许会超越时空成为当代中国文学史上举足轻重的作品。

（原载《光明日报》2011年02月15日）

"差序格局"打破后的"文革"悲剧

——论贾平凹长篇小说《古炉》

王 童 杨剑龙

在当代文坛上，贾平凹是一位勤奋踏实、不断探索的作家。继完成长篇小说《高兴》后，他把目光重新投向熟悉的乡土，怀着探究"文革"历史悲剧的强烈使命感，竭尽四年心血，写就长篇新作《古炉》。贾平凹以记忆中故乡小山村的"文革"生活为原型，以"密实的流年式"[①]的写实笔法叙写"文革"背景下古炉村村民的生活状态和心理心态。小说把古炉村作为整个中国的缩影，通过真实叙写古炉村的"文革"悲剧，冷静回眸整个中国的"文革"历史，深刻反思"文革"，反省人性和国民性，思考乡土社会和乡土文化问题，是一部真实朴质、发人深省的写实力作。

一、历史回眸和"文革"反思

著名社会学家费孝通认为中国乡土社会的基层结构是一种"差序格局"[②]，这种格局实际是一种"父子有亲，君臣有义，夫妇有别，长幼有序，朋友有信"的乡村伦理秩序，它以儒家伦理体系为根基。古炉村的社会结构就是这样一种差序格局。"文革"结束三十多年后，贾平凹以《古炉》冷静地回眸历史，理性地反思"文革"。小说叙写"文革"给古炉村带来的巨大变化，展现"文革"对乡村"差序格局"伦理秩序的冲击和破坏，揭示村民人性的异化和道德的沦落。

古炉村山清水秀却极度贫穷，全村有朱、夜两个大姓和一个烧瓷货的窑厂。狗尿苔是婆抱来的孤儿，他喜欢霸槽，但霸槽不安分、不合群，得罪了支书等人。"文革"爆发，霸槽纠集秃子金、迷糊等夜姓村民"破四旧"，支书定下计

---

① 贾平凹：《秦腔》，作家出版社2008年版，第518页。
② 费孝通：《乡土中国》，人民出版社2008年版，第32页。

谋准备收拾他，霸槽连夜逃脱。霸槽请来县造反派"联指"撑腰，成立红色榔头战斗队，以调查村干部贪污为由，封窑厂，查账目，打骂支书。天布投靠"联指"的死对头"联总"，成立红大刀革命造反队。榔头队与红大刀斗了起来，榔头队抢下窑厂，天布率红大刀围攻，善人、狗尿苔推下蜂箱搅乱了一场武斗。红大刀放火烧了榔头队总部，榔头队砸烂了窑厂，两派武斗死伤惨重，马部长带领县"联指"进驻古炉村，下令炸掉古炉村的宝树，善人万念俱灰自焚。天布、灶火营救被关押的红大刀骨干，混战中马勺、迷糊、水皮、灶火都丧命。解放军进村包围"联指"和榔头队，霸槽、马部长被捉。全村人参加公审会，霸槽、天布、守灯、麻子黑被判处枪决。

《古炉》细碎的情节背后蕴含着丰富的精神内涵。贾平凹在后记中说，《古炉》写的是记忆中故乡小山村的"文革"，"古炉村里的人人事事，几乎全是我的记忆"[①]。作家没有把目光局限在故乡小山村，也没有将笔触停留在对记忆的摹写上，而是将古炉村作为整个中国的缩影，通过形象叙写古炉村的"文革"悲剧，冷静回眸整个中国的"文革"历史，深刻反思"文革"，反省人性和国民性，思考乡土社会和乡土文化重大问题。

小说生动地叙写"文革"到来后，古炉村村民生活、精神以及人与人之间关系发生的巨大变化。"文革"兴起后，古炉村村民忙于造反，很少有人下地干活，大片庄稼荒芜；古炉村基层政权被颠覆，支书成为挨打受骂的靶子，队长沦为毫无作用的摆设；造反派变得极端冷酷、精神麻木，把他人之苦看成自己之乐，视人命如草芥；村民之间关系极度恶化，姓夜的和姓朱的彼此仇恨，榔头队与红大刀不共戴天……小说真实揭示"文革"引起的巨大灾难，反思整个中国的"文革"历史。

小说以"文革"为背景，深刻地反省人性的异化，深入探索国民性问题。在作家看来，"文革"是一个导火索，它打开了封锁着人性丑恶的潘多拉魔盒，使人性之恶泛滥肆虐。小说写"文革"对罪恶的诱引："文革"之火点燃了霸槽的恶，使素不安分的他恶胆包天，成为古炉村伦理秩序的疯狂破坏者。小说写人性之恶的步步膨胀："文革"给满腹怨气的守灯提供了泄愤的机会，他公然报复村支书，借造反之名抢劫信用社，打死营业员。小说写人性善恶的突变："文

[①] 贾平凹：《古炉》，人民文学出版社2011年版，第604页。

革"使老实巴交的牛路变得凶神恶煞，他不但残忍地虐待马勺，还对前来劝解的狗尿苔拳脚相加。小说既写人性丑恶的一面，又写人性美善的一面，但在那个异化的"文革"年代，善的处处被欺压，恶的始终占上风。作家以"文革"中的古炉村村民为典型，揭示国民性的病态。小说写古炉村村民的"落后""残忍""惊惊恐恐"和争吵不休，写支书的小农意识，写穷困的霸槽为建立自己说了算的古炉新秩序而"革命"，等等，这些都体现出作家对国民性的深入探索。

中国乡土社会是以"差序格局"为特点的家族社会，几千年来有着其独特的伦理秩序。小说以"文革"为背景，叙写"文革"带来的家族矛盾和伦理秩序的沦毁。古炉村的"文革"带有浓厚的乡土宗族色彩，榔头队和红大刀的争斗，更多地表现为夜姓和朱姓两个家族的争斗。小说描写夜姓家族在霸槽率领下挑战朱姓家族的统治：他们借"破四旧"打砸朱姓村民的房子，借清查账目打倒朱家的长者村支书，最终彻底颠覆了对朱家有利的古炉村差序格局、伦理秩序。朱姓家族则在天布领导下对抗夜姓家族的威胁：他们为报砸房之仇定计收拾霸槽，成立红大刀造反队和夜家的榔头队处处作对，为保住朱家的威势与夜姓家族流血武斗……"文革"之火，点燃了古炉村一直潜存的家族矛盾，使夜姓和朱姓家族拼死相斗不共戴天。

小说还探究"文革"对于传统文化的破坏，探索乡土文化的古老神秘。小说叙写"文革"带来古炉村窑业的衰败，反映乡间传统文化的消逝：以盛产瓷器闻名的古炉村，不仅再也烧不出艾叶青、天青之类的细瓷，就连残存的最后一口窑炉也被榔头队彻底砸烂。小说写乡土文化的神秘和诡异，表达对传统文化的痴迷：狗尿苔能和动物植物说话，能闻气味判断哪户人家有祸患，霸槽从土里挖出传说中的灾星"太岁"，蚕婆立筷子驱赶迷糊妈的鬼魂，善人劝走附在六升身上的刺猬精……小说以"文革"为背景，既写乡土文化的古老神秘，又写乡村社会的现实残酷，成为真实反映"文革"生活并且具有鲜明地方色彩和浓郁乡土气息的乡土史诗。

二、叙事视角和叙事风格

贾平凹在《古炉》后记中阐释其以实写虚的观念："在《秦腔》那本书里，我主张过以实写虚，以最真实朴素的句子去建造作品浑然多义而完整的意境，如建造房子一样，坚实的基，牢固的柱子和墙，而房子里全部是空虚，让阳光照进,空气流通。"①《古炉》在叙事上努力以实写虚、虚实结合。小说密实的流年式的叙事方式和冷静客观的场景展示为实,透过狗尿苔的复杂眼光的陌生化叙事为虚,如此虚实交织、以实写虚,既真实形象地展现出古炉村"文革"生活的复杂与荒诞,又含蓄地表达出作家对人性和乡土的思考,构成小说既细密又厚重、既明了又含混、实中有虚、虚实结合的特点。

作家不精心设计跌宕起伏的故事情节,而是努力把"文革"背景下古炉村村民的心理心态和所作所为琐琐碎碎地展现出来,使小说成为一幅如实勾勒乡村"文革"历史、细腻描摹乡村"文革"生活的画卷,这构成小说的叙事风格之一。小说情节没有经过作家的刻意杜撰和雕琢,情节线索若隐若现,呈现出生活本身的混沌、模糊和复杂。贾平凹说:"古炉村里的人人事事,几乎全部是我的记忆。"正因如此,作家对笔下的人物事件非常熟悉,什么人做了什么事,他了如指掌,于是,他"用具体的事情来展示人物"②,用密实的流年式的写实笔法,努力把记忆中故乡的"文革"生活,通过这种有血有肉、充满乡土气息的形式表现出来。小说叙写古炉村琐碎的家庭生活:缺衣少食、贫穷病苦、夫妻打架、婆媳不和、求诊问药、说病驱邪、怀孕生产、喜庆丧葬。小说描写接二连三的政治运动——"破四旧"、审查、批斗、造反、武斗;记录平凡日常的生产劳动——犁地、插秧、扬场、捉虫、磨面、烧窑;反映错综复杂的家族关系——姓夜的迷糊、秃子金对夜霸槽言听计从,姓朱的灶火、磨子唯朱天布马首是瞻,夜霸槽与朱天布水火不容,朱杏开却对夜霸槽爱恨交加。小说还描绘五味杂陈的情绪体验:分肉的欣喜、受气的愤怒、丧亲的悲痛、蒙冤的委屈、绝望的空虚、受难的苦楚;展示丰富复杂的心理心态:自私、狭隘、猜疑、嫉恨、博爱、宽容……作家把这些丰富芜杂的元素汇成生活的河流,用密实的笔法写出"文革"历史的原貌,用"生活流式的叙事结构"③叙写乡村生活的流动与变化,使小说有血有肉、真实厚重。

美国文学理论家利昂·塞米利安谈到小说创作时指出:"小说有两种写法:场景描绘和概括叙述。场景描绘是戏剧性的表现手法,概括叙述则是叙事陈述

---

① 贾平凹:《古炉》,人民文学出版社2011年版,第607页。
② 陈思和、杨剑龙等:《秦腔:一曲挽歌,一段情深——上海〈秦腔〉研讨会发言摘要》,载《当代作家评论》2005年第5期。
③ 杨剑龙主编:《中国现当代文学简史》,华东师范大学出版社2006年版,第275页。

的方法。"①从某种角度说,《古炉》更注重场景的展示。在描写古炉村村民吵嘴、开会、武斗等群体活动的场景时,作家主要采用客观冷静的场景展示手法,他似乎不对所写的事件做任何伦理道德的评判,而是"让人物直接站到读者面前,向他们展示自己的外部动作和内心活动"②。作家就像搭建了一个舞台,让古炉村村民纷纷登台表演"文革"大戏,自己则静静地坐在角落,不评价、不议论,使读者得以观摩审视这场"文革"闹剧。小说开篇就展示了一幕可悲可笑的生活闹剧,闹剧的主角是行运、护院老婆、狗尿苔、秃子金,配角是长宽、灶火等村民。闹剧开演,叙事者几乎完全消隐,这群活生生的古炉村村民则直接出现在读者面前,你争我吵,互不相让:山门前,护院老婆和行运为一元八角钱吵得不可开交,双双发下毒誓;杜仲树下,秃子金百般欺负狗尿苔,狗尿苔又气又恼,还嘴顶撞。贾平凹对这场闹剧的展示是成功的,颇像鲁迅的小说《风波》土场上"辫子风波"的展示,让七斤一家、赵七爷、八一嫂等村民在土场上演一场滑稽愚昧的闹剧。这种颇具"鲁迅风"的冷峻展示,在《古炉》中不时可见,比如,在叙述榔头队同红大刀流血武斗的事件时,叙事者冷眼旁观,读者则直面古炉村"文革"暴力的仇恨相残、人性丑陋。在描写群众性场景时,作家主要采用这种不动声色、冷眼旁观的展示手法,戏剧性地呈现出古炉村"文革"的混乱与荒诞,给读者留下审视和反思的空间。

"文革"爆发时,贾平凹只有十三岁,四十多年后,在《古炉》中,他更多地透过小孩子狗尿苔的眼光,通过狗尿苔的所观所感把自己当年的记忆和感触表达出来。小说总体采用第三人称全知叙事,但又依附于狗尿苔的视角,常常通过狗尿苔这个被人忽视甚至歧视的孩子的眼睛观察生活、叙述故事。然而,狗尿苔的眼光既纯净又混沌、既单纯又精怪,他眼中的古炉村真实中蕴藉含混、现实中夹杂离奇,使小说具有一种陌生化意味。首先,狗尿苔的眼光是纯净的,这个纯真善良的小孩子,虽然也是"文革"的受害者,但更是旁观者。作家利用狗尿苔的这种特殊身份,透过狗尿苔的纯净眼光,真实地再现"文革",客观地叙述古炉村的人和事。其次,狗尿苔的眼光还是似懂非懂、迷迷糊糊的,他站在善的角度看古炉村的"文革",却始终看不懂:人和人的关系何以越来越紧张?善的为何被欺负?恶的为何得不到惩处?老实巴交的村民为何变得凶神恶

---

① 利昂·塞米利安:《现代小说美学》,陕西人民出版社1987年版,第6页。
② 李建军:《小说修辞研究》,中国人民大学出版社2003年版,第154页。

煞？……作家站在善的角度，利用狗尿苔似懂非懂的眼光去叙事，为我们展示了一个黑白颠倒、善恶倒错的混沌世界，把"文革"的复杂性展现了出来。最后，狗尿苔的眼光又是精怪的，在他眼中，自然万物皆有生命，都能开口说话，有它们自己的喜怒哀乐：黑公鸡追求母鸡未果恼羞成怒；母鸡下了一颗蛋向红公鸡报喜；小猪为离别伤心流泪；被锯倒的桐树流出红红的血水……透过狗尿苔的眼光，我们看到一个神秘和谐的自然世界，这个自然世界与混乱残酷的人类世界形成鲜明对比，使我们强烈感受到"文革"的混乱、人性的异化。小说偏重透过狗尿苔的复杂眼光，叙写古炉"文革"的复杂与荒诞，使作品在陌生化意味中更加厚重蕴藉。

三、差序格局和人物类型

社会学家费孝通认为中国乡土社会是一种"差序格局"。"文革"爆发后，在同一块土地上生活的古炉村村民，面对同一个父子有亲、长幼有序的伦理秩序，表现出截然不同的态度，这就构成作家笔下的三种人物类型：乡村伦理秩序的维护者支书、善人；要打倒一切伦常秩序的颠覆者霸槽、麻子黑、秃子金；对社会秩序既无维护之力又无颠覆之心的调和者狗尿苔、蚕婆。

支书和善人都是乡村伦理秩序的坚决维护者。支书具有双重身份，既是党的干部，又是宗族长者。作为古炉村的最高领导，支书以精明威严"降服"村民，坚决维护乡村社会秩序。他精明强干，雷厉风行地抓生产、抓治安、抓社会风气。他严肃威严，"平日是个老虎，批评过这个也训斥过那个"，长期震慑了村里的不安分子。作为宗族长者，支书依靠道德伦理"感化"村民，努力巩固宗族伦常。他有人情味，操心开石的伤情，关心满盆的丧事，为村民树立了道德榜样。他爱护晚辈，村民欺负狗尿苔，他却对其关爱有加，叮咛他"不要惹事，乖乖的，爷就对你好"，显出长者的温和方正。从根本上支书还是一个不脱小农意识的农民，在制定政策、处理村务时，始终存有私心，比如他私买公房给儿子结婚用、偷吃应当分给村民的牛肉。支书对乡村伦理秩序的维护，多少带上几分利己色彩，因为作为古炉村的领导者，维护既定的伦理秩序，也就等于保住了自己的领导地位。如果说支书对古炉伦理秩序的维护尚存几分利己色彩，那么善人则是完全无私地为维护伦常尽心尽力。在小说中，善人是一种伦理道德的象征。他本是出家人，不属于古炉村，是作家把这位佛家子弟送到古炉村的。

善人不但能治病接骨，还会给村民们说病，这实际是对异化心灵的疏导和救治。善人说病，说的是他誓死捍卫的伦常道，讲的是他笃信不疑的善孝德。他用善和爱感化村民，努力维护古炉村的伦常秩序，竭力修补千疮百孔的伦常道德。善人喋喋不休地说病，不知疲倦地救人，可是很少有人理解他的良苦用心：霸槽嫌他糊弄人，支书批他装神弄鬼，秃子金恼他封建顽固……在那个人性异化、是非颠倒的年代，善人注定维护不了善，维持不了每况愈下的伦理秩序，保护不了日益颓败的"差序格局"。小说末尾，目睹传统伦理道德的沦毁，善人万念俱灰怅然自焚，从某种角度说，这是作家对异化社会、异化时代的深刻批判。

霸槽是乡村伦理秩序的颠覆者。似乎天生就具有造反气质的他，把古炉村的秩序、道德、伦常搅了个底朝天。霸槽野心勃勃，竭力颠覆社会秩序："文革"之前，我行我素的他拒不服从支书、队长的管理，不交提成不出工，干扰村务，引来一帮不安分子侧目；"文革"初始，野心勃勃的他把"文革"当成千载良机，借黄生生之威震慑支书，打砸抢烧破坏治安秩序；阴谋夺权的他借口瓷货账目有问题，拷问和诬陷支书，彻底颠覆"支书说了算"的社会秩序，正式确立唯我独尊的新格局。霸槽为所欲为，颠覆道德规范：为使自己的补胎生意兴隆，他竟然在公路上摔酒瓶子刺破过路的车的车胎。霸槽目无尊长，颠覆宗族伦常：面对祖父辈的支书，他不讲伦常直呼其名；他和杏开私下相好，让杏开未婚先孕，却目无尊长对准岳父满盆使强用狠。霸槽身上带有一股浓重的流氓气，让人联想起鲁迅先生笔下的阿Q。霸槽和阿Q，这两个所处时间相隔半个多世纪的农民，同样的落后和异化，同样在困窘难耐的时候，"英武"地喊出"革这伙妈妈的命"。然而若论两人最为相似之处，恐怕要数他们造反的目的：阿Q幻想"革命"后成为未庄主宰，杀王胡、打小D；霸槽期望通过颠覆古炉村的旧秩序，建立以自己为中心的新差序格局。阿Q、霸槽抱着同样的利己目的，革他人的命，进自己的爵，为我们表演了何其相似的"革命"闹剧。

狗尿苔是乡村伦理秩序的调和者。贾平凹以长在臭墙角或干大粪上的一种有毒蘑菇给主人公命名，因其生长地是狗常抬腿尿尿的地方，因此被冠名为"狗尿苔"，小说中的狗尿苔地位之低下就可想而知了。他既听不懂善人口中的伦常道，也不理解派系间的钩心斗角，但他依照良心行事，遵守着伦理道德，调和伦理秩序。狗尿苔只重视人、不在乎派，在他看来参加榔头队、红大刀的都是人，没有派系分别，没有高低贵贱，他用发乎天性的善良调和两派的仇恨：榔头队发现灶火把毛主席塑像吊在脖颈，密谋以侮辱领袖罪揪斗他，狗尿苔得知后火速通知红大刀，救灶火一命；红大刀、榔头队为争夺窑厂真刀真枪地对峙，他不顾安危放出蜜蜂驱散众人，化解一场恶斗。狗尿苔忠厚善良，本能地调和人与人的紧张关系：看见天布在霸槽祖坟钉木橛子泄愤，他悄悄拔出木橛子，免去祸根；发现守灯刀割天布家的藤蔓解恨，他静静地平息风波。狗尿苔发自内心地尊老爱幼、遵守道德，某种程度上修补了伤痕累累的伦理秩序：支书被榔头队斗倒，村民或看热闹或落井下石，他却始终把支书当爷爷敬，不是冒着危险送东西，就是省下粮食给支书当口粮。狗尿苔迷迷糊糊地调和派系的仇恨，缓和人与人的紧张关系，这种调和注定无济于事，因为在"革文化命"的年代，作为儒家文化一部分的传统伦理道德，势必被碾得粉碎，然而他从不计较得失，只是懵懵懂懂地做着利人利村的好事，成为异化社会一个充满人性光芒的"天使"。

"文革"的熊熊之火，"成就"了差序格局的颠覆者，吞噬了乡村伦常的维护者，困惑了伦理秩序的调和者。异化时代的劫难，将古炉村的伦理秩序碾得粉碎，"差序格局"彻底颠覆，也使古炉村村民本就落后、荒诞的人性变得更加异化和残忍。于是，古炉村像狗尿苔、善人、蚕婆一样人性健全的村民越来越少，而极其自私、争斗不休的异化村民却越来越多。这种人性的集体异化，正是那个异化年代的"杰作"。

贾平凹早期的创作受到过孙犁的影响，"用清新抒情的笔调描写乡村社会中人性人情之美，在情景交融中充满着诗情画意"[①]，抒发对乡土自然的热爱，表达对美好人性的赞美，体现出浓郁的乡土抒情风格。20世纪80年代以后，随着生活经验的积累和文学修养的提高，贾平凹发现"以往那些引以为荣的作品，是那样的如水般清浅，而社会生活和生活中的人也不是自己以往认为的那样单纯，那样美好"[②]。因此，他开始用写实的笔调叙写乡土，揭示乡村的丑陋和人性的丑恶，探索针砭国民性的病态，逐渐踏上鲁迅开创的乡土写实之路。在叙事方式上，《古炉》延续了《秦腔》以实写虚、虚实结合的写法，既以密实的流年式的笔法叙写乡村生活的原生态，又以似疯似傻人物的复杂眼光描述"文革"的荒诞性。《古炉》所揭示的人性丑恶和国民性病态，是作家亲身经历并已成为其

---

① 杨剑龙主编：《中国现当代文学简史》，华东师范大学出版社2006年版，第266页。
② 贾平凹：《贾平凹精选集》，北京燕山出版社2010年版，第9页。

刻骨记忆的民族灾难的写照。

如果从当代文学的发展轨迹来看，新时期的伤痕文学和反思文学，对"文革"的表现血淋淋的控诉多、理性的反思少。贾平凹在"文革"结束三十多年后，冷静回眸，理性反思，《古炉》用形象生动、富有乡土气息的笔触叙写出那"混沌的令人迷惘又迷醉的东西"[1]，从文化伦理的角度为我们提供了可咀嚼的反思。在《古炉》的创作中，贾平凹坚守自我、独立思考的创作方式，在这个迎合市场迎合读者的商业化时代，值得钦佩推崇。

《古炉》以细碎纷繁的生活故事、虚实结合的叙事方式、鲜活丰满的人物形象，叙写了一幕"差序格局"被打破后乡村的"文革"悲剧，成为一部真实朴质、发人深省的写实佳作。

（原载《当代作家评论》2012年第2期）

---

[1] 贾平凹：《古炉》，人民文学出版社2011年版，第607页。

回忆与阐释　前世与今生

——贾平凹长篇小说《古炉》的信仰叙事

卢　冶

一、回忆中的"古炉":"文学"—"文革"场域的建构

长篇小说《古炉》的创作缘起有二:一是情感的,一是理智的。在情感上,这是一部以少年的视角来描述"文革"末期陕西乡村生活的自传式小说。作者在后记中写道,他意识到自己老了,正是对回忆不可抑制的需要,才使他毕四年之功,三易其稿,不考虑市场和读者趣味,在家人支持下完成这部长达六十四万字的作品。因此,这是一部总结、怀念和抚慰之作,是记忆褶皱的一次铺展,也是对自身写作历史的巡礼——比之作者此前的长篇巨制《秦腔》和《高兴》,《古炉》更是一部内向自指的作品。事实上,自从在《怀念狼》里找到了"原生态"的叙述体之后,从《土门》《高老庄》到《秦腔》,贾平凹的乡土文学写作越来越强烈地呈现出消解叙事的倾向,这种"汤汤水水又黏黏糊糊"的散点经营,既代表了作者秉持的美学风格的完善,也是当代乡村日趋衰败的寓言。在一些评论者眼中,这种美学风格甚至是不无偏执的,而其新作《古炉》则以"回忆"的内在路径赋予了这种顽强的美学理念以一种生理上的合法性:一个意识到"老境"的人,回忆起自己的童年和少年时期,总有恍如隔世之感。"难道人生不是百年,是二百年,一是现实的日子,一是梦境的日子?"[1]

然而,这梦境中的西北乡村,彼时正经历着当代中国的梦魇——"文革"。这一历史事件,不仅是作者情感回忆的背景,也是要在理智上重新思考的问题。回忆童年与重读历史相重叠,衍生了同时在知识上阐释自我与阐释民族、历史、传统的需要。作者自述,"文革"对于国家对于时代是大事件,对于文学却是一

---

[1] 贾平凹:《古炉》,人民文学出版社2011年版,第602页。

团"混沌的令人迷惘又迷醉的东西"①。

作者的意图,与其说是以文学化的方式来书写"文革",不如说是建构某种"文学"—"文革"的场域。作为一个有情感的人,作者在鼓舞自己面对记忆中的重要事件时,也诱发了他以知识分子的身份瓦解主流叙述中概念化、凝固化、对象化的"文革"故事的冲动。而小说的背景陈炉古镇,这一宋元以后唯一尚在制瓷的古窑场所经历的现代劫难,无疑是思考当代中国历史与现实、进行建构和解构的最佳空间。

> 在我的意思里,古炉有中国的内涵在里头。中国这个英语词,以前在外国人眼里叫作瓷,与其说写这个古炉的村子,实际上想的是中国的事情,写中国的事情,因为瓷暗示的就是中国。

于是,这部在本质上以回忆、衰老和死亡为动力的小说,却开启了整体把握社会、历史和伦理的意图。贾平凹一向具有一种"文化国族主义"的态度,然而,其"中国性"却是一个特定时空中的理想乌托邦——强烈的"西北风"、传统文化意象群的经营、在土腔中偶见典正刚气之词的西北方言,其内视角和在地性,无不更加明确地指向那个秦唐时代的"传统中国"。这也许与上述引文中明显的西方主义视角有关。小说于是开启了一个问题:这样一个"传统中国"是如何开始瓦解的?"文革"是外来的"灾难",还是内在的"人心之坏失"所引发的灾祸?

回答这个问题的,也是小说真正的张力焦点,是共用一个"自我"的儿童与老人之间的对话。在小说的叙境中,主人公是鸿蒙未开的十二岁少年狗尿苔,也可以说是作者的"前生"。隐含的叙述者的从容态度与狗尿苔的天真烂漫构成了一种对话,与其说是巴赫金式的声音狂欢,不如说是声音(知识、理性、语言)回过头与"声前一息"(前语言状态)的交流。事实上,整个古炉村的村民,都处于某种"前表达"的状态,他们的生活充满了混沌的生机勃勃与散漫无序。而内在于这种无序的,是作者后设性的整理,赋予古炉以哲学与历史、知识和意义。小说于是显示了个人记忆与历史命名的时差,启蒙与前启蒙、被看到和体验的区隔,"保护回忆现场"的需要和设置解释系统的欲求,也饱含着诗(回忆、童年、抒情)对小说(叙事、体系、逻辑)的根本性抵触。

---

① 贾平凹:《古炉》,人民文学出版社2011年版,第604页。

如果说,《秦腔》的琐碎意味着对乡村当下状况的后现代式的"写生",而当这种描写法则被带到了"文革"时期的古炉村中,在"回忆"的光晕里,又拾回了作者早期"商州系列"的田园梦想和乡村抒情。那时,乡土虽面对着无形和有形的威胁,却仍是人们的家园。可以说,《古炉》就是增加了回忆-历史维度的《秦腔》,后者以一个疯子的多语症表现了一种乡村在当代的失语,而古炉村的孩子虽然同样是话语表达的边缘人物,却更多了希望的色彩。从这一意义上说,作者借古炉村谈论"文革",谈论中国,透露出既依赖伦理又超出伦理范畴的对生命的关切。

二、小说美学:信仰叙事的困境与超越

在小说的哲学理念层面,"文革"这一"非常态"的灾难,其根本原因在于人心的坏失。当脑后有反骨的村民霸槽在古炉村成立了造反派队伍后,村子的灾难已如台风压境。村民立柱问被迫还俗的和尚善人"咋看榔头队的事"。得了这个话头,一贯喜欢谈玄论道的善人"又开始讲他那一套":

> 我常说的,志、意两界是建设世界的,心、身两界是破坏世界的。用志做人就是金,用意做人就是银,以身、心用事,就是走上了黄泉路。志界人就像春天,专讲生发,意界人就像夏天,专讲包容涵养,使万物滋生繁茂,心界人就像秋天,只讲自私,多自结果不顾别人,所以弄得七零八落,身界人就像冬天,只讲破坏,横取豪夺。

造反派夜霸槽的成事,在善人看来,是以"心"成事,终要走上黄泉路。然而,这位乡村智者融合佛、儒、道的说辞不仅使村人难于消化,也令读者感到突兀。他的说教,在小说大量琐碎的乡村生活细节和村人的土语中形成了一个个醒目的"团块"。作者自知善人说的话与村人不同,"但我还是让他说"。如狗尿苔铰花花的婆、为村人说病的善人,这些乡村里的奇人异士,是作者在小说中设置的哲学"机关"。

"哲学"需要被读者看到,同时又要化身万物,消融自身,这显示了小说美学的两难。在中国现当代文学中,试图融合东方哲学和宗教的文学作品并不鲜见,却往往被归入如侦探推理小说一样的次生门类,难以跻身纯文学的行列。中国缺乏宗教传统,宗教题材的处境一向尴尬。凡涉及宗教元素的作品,论者

多名之为"信仰叙事"[①]，以符合实况。荆亚平指出，在中国当代文学研究领域，信仰通常作为一种形而上的理论话语形态，而不是"一种价值形态、一种构成文学作品的精神质素和思想资源"。事实上，这种情况不仅表现在研究上。在当代中国文学中，"佛教文学""道教文学"从来不是主流，但主流文学中却并不乏信仰的元素，只不过其"宗教性"必然要经过小说本体美学的过滤与转化，创造独属于小说的量度和法则。尽管通俗文学与严肃文学的分野已日渐模糊，这种潜在的划分标准仍然是有效的。撇开学界眼光的"洞见与不见"不谈，小说如何承受、吸收一个庞大的知识体系或世界观而不被压垮，将社会、历史与道德理念和小说本体美学合为一体，的确是作家面对的棘手问题。

在运用信仰叙事的中国作家中，莫言与贾平凹的作品中宗教因素的位置，似不具有北村和史铁生之神性与道德的"高度"，前者对佛、道思想的运用，态度总是放得很"低"，多取其伦理道德的维面和神话的瑰丽气氛，而入自身美学构图之彀。以《生死疲劳》和《古炉》为代表，其宗教理念，实际上涉及小说篇幅与小说美学的关系。莫言《生死疲劳》明以六道轮回为纲目，暗以家国历史为经纬，延伸百年人生，漫溢历史因果，其令个人与天地同寿的野心，同时也是对长篇美学的沉迷。莫作循环复沓的歌咏性质，不脱佛教敦煌谣曲的滥觞，结构也相对精致整齐。比之莫作，从《太白山记》《烟》《佛关》到《古炉》，以道家为骨、切片式地引用佛理的贾作，尽管同样借重笔记体和怪谈传统，却坚持写实主义的"还原"，仅仅描写古炉村所经历的头两年的"文革"。其逾六十万字的篇幅与哲学理念和创作条件之间有着更为复杂的纠葛。一言以蔽之，贾作以小说－记忆的方式来阐释"文革"，处理天道与人道、常态与异常的关系，如同以文字描述风过花开的全程，其预设的目标难度颇高。如《庄子》只能是寓言，而《古炉》却试图构建老庄哲学的小说形态。

小说第一节，一群古炉村人以取笑和支派"可教子女"狗尿苔"走小腿"（跑腿干活）为中心，闲聚在一起，看天看云，看邻里争吵、发毒誓赌咒，看路过的油滑青年水皮踏上了狗屎，看鸟儿下粪滴在狗尿苔头上，一只喜欢装狼吓人的狗追着它，人们才发现这只鸟嘴里叼了条鱼。

> 狗尿苔也往天上看，立即认为这是住在窑神庙院里的那棵柏

[①] 参见荆亚平：《当代中国小说的信仰叙事》，学林出版社2009年版。

树上的鸟，白尾巴红嘴，嘴里叼着一条红鱼。白尾巴红嘴鸟不待在柏树上，肯定是善人又出去给谁说病了，大家就都捡了石子往空中掷，秃子金还脱了鞋扔上去，全没有打中。秃子金说：今冬州河里的红鱼少得多了。他的话没人接，落在地上就没了。

水皮的经过和天上的鸟岔开了一场口舌，秃子金也坐下来挠他的秃头，但是，一切归于没事了，大家又彻底地无聊，拿眼睛朝州河那边看。州河上起着雾，镇河塔和塔下的小木屋已经在雾里虚得不完整，河面也不完整，隔一段了是水，水好像不流动，铺着玻璃片子，隔一段什么都没有了，空濛濛一片白。河边的公路上开过一辆车，一群狗撵着车咬。狗尿苔又闻到了那种气味。

构成这部长篇巨制的一个个场景，皆以引文中散点透视的方式连缀起来，云淡风轻的描述中，各人与他人、与天地万物相处方式的差异昭然，人与动物的乍惊乍怒、忽喜忽嗔、生聚不定的日常行为中，似有若无地涌动着天道的机锋。

然而，必须指出，这种散点图画，单幅虽美，看多了也会引起视觉疲劳。追求真谛与俗谛的圆融无迹，本是佛儒道共同推崇的境界，这种境界强调"佛在灵山莫远求，灵山就在汝心头"，但同时指出，求道如以手指月，见月则忘指。这两个禅宗常打的譬喻，似乎可以从不同角度印证小说与作者面对的困惑。作者写道，将自己的"文革"记忆文学化，如同登山追月，月仍然离得很远，却仍想尽力去接近它。长期以来，他像别人一样逃避这段记忆，有意不去看，不去听村中关于那段岁月的蛛丝马迹。问题在于，他究竟想面对的是手指还是月亮？是"文革"，还是分别以幼儿和老人的心态站在"文革"两端的自己？在叙境内部，也关涉着解读者的困惑：在全然放松的"无为"的写作状态下任记忆泛滥，是否就是一种对"常态"的印证？

为了体现"常态与非常""有为与无为"之间并不工整的辩证关系，作者进行了种种尝试，处处追求一种"天气预报"一样似是而非的效果，在象征与戏仿之间游移。如以四季循环划分小说章节，却不是"春夏秋冬"，而是"冬春夏秋冬春"；人物的姓名，有的就带着阴阳五行的记号，如"水皮""灶火""秃子金""开石"等，也的确带着几分五行的属性，却与"迷糊""满盆""半香""面鱼儿"这类敷衍了事的名字掺杂在一块,很快就面目不清。善人滔滔不绝的讲述,似乎也在一次又一次标明古炉村的八卦图,然而细察细看,却又如说书先生的遁辞般玄虚不明。小说的主线,是村人夜霸槽从村外带回了造反派学生黄生生,从而在古炉村掀起了轰轰烈烈的"文化大革命"。这场大灾难,以狗尿苔总是闻到那股气味(灾祸的气味)山雨欲来地开场,以为武斗中暴死的一大批小头目收尸这一阴郁的场景作结,似乎完成了一个完整的首尾呼应的悲剧故事。然而,不仅这一主线在小说前三分之一处才进入,综合来看,霸槽等人的死并不构成"最后的高潮"。无论是武斗、饥荒、争吵还是死亡,大大小小的灾祸在小说中的分布并无一定规律,如同"春部"与"夏部"之间并没有明显地透露出其"五行"的性相差异。而那些兔走乌飞、太岁动土的奇异征兆也并不像读者通常的预期一样,积累到一定程度,就在合适的时间和地点引发灾难性的后果,相反,小说中或充满了无果的征兆和无因的灾难,或灾难与征兆之间距离遥远而松脱了因果联系,或果与因干脆南辕北辙。小说一直在源源不断、重复率极高的信息中缓慢行进,其叙事节奏简直是在戏仿真实的时间。在灾变所引起的恐慌、激动和这些生活琐细之间,并无任何绝对性的分界。

可以说,哲学和伦理的目标,正是以无序的"量"的堆积实现的。如村中无风可扬麦,狗尿苔被村人拉去当"圣童"乞风的段落:

> 狗尿苔就这样做了圣童。满盆让狗尿苔站到场地中央了,说:圣童!狗尿苔没吭声。满盆说:我叫你圣童你要应声的。狗尿苔说:我是狗尿苔。满盆说:你现在就是圣童!场边的麻子黑说:他当不了圣童么,出身不好能当圣童?!田芽说:你见过天下雨有没有把四类分子家的自留地空过?

像田芽这句富于人情与哲思的意味深长的话语,在小说中俯拾皆是,一句两句地搭建着作者儒佛式的道德观:如太阳普照一切,无论善恶美丑,不同于"天地不仁,万物刍狗",应是天道无情即有情,而人也应遵行无条件的仁慈与宽恕。回到作者构建"文学"—"文革"的意图,讲述"文革"在古炉村的发生,在哲学层面上,也就是在以这种天道观经营"有为"与"无为"、"能"和"所"的关系。出身不好的夜霸槽,在一个要当个"特别人"的心念下,终于引来了黄生生这股"活水",在村中掀起巨浪,而麻子黑、秃子金、天布、满盆,乃至天真烂漫的狗尿苔,又何尝不以自己的"小幻小想""小仇小恨""小利小益"摇撼着这片处于前意识状态的古老、混沌的土地？这就是善人所说的"意、志、身、心"，心动则万象生。也即佛学所说的"种子"，它本就内在地藏于混沌之中，藏于手工艺者改造自然的技术中，迫使大地脱离其无意识的循环，最终，"无为"不觉间翻成了"有为"，"能做的"变成了"所做的"，古炉村被卷入巨大的疲劳、消耗以及种种人为的变化之中。归根结底，这一幅幅乡村画，是在涂抹各种形态的"种子"：朱姓、夜姓和杂姓之间的无形等级，种下了仇隙；霸槽的野心不得施、守灯的瓷活儿不得做，种下了阴郁；水皮和水皮妈的自私自骄，种下了恶意；动物被人在不经意间无情无心地虐杀，种下了狠戾；生产的荒废与突如其来的的武斗，则种下了贫穷和死亡；而蚕婆、善人、长宽、戴花等人，则在不知不觉间种植着点滴的善意。这些种子，有的在叙境内开花结果，而大部分却没有动静，也许，它们延伸到了作品之外——"冬春夏秋冬春"，毕竟只有短短的一年多。

可以说，《古炉》既破坏着又依赖着哲学与象征。我们期待斗争过去，平静到来，伤口将得到治疗，受惊的人群各自归位。小说结尾的确暗示了这种情形：在为霸槽等人入殓之后，狗尿苔和他的小伙伴牛铃、支书和抱着婴儿的杏开回村的路上，脚步悠长，狗尿苔忽然感觉，"碾盘与石磨那儿的牵牛花要开了"。狗尿苔与牛铃天真无邪地开着玩笑。春天确实到了，然而，一切远非那么和谐：长期被霸槽等造反派迫害、丧失了权力的支书，如今又把手背在后面（这是他支书身份的标志动作）了；霸槽的遗腹子在母亲杏开的怀中凄厉地啼哭起来，怎么也止不住。小说实际上终止于大规模的死亡之后暂时的愣怔之中，尽管善意的细流未断，混乱依然在延续。春天，不仅仅是希望，也是破坏，是各样的种子破土的时刻。

就此，小说打击了它所依赖的哲学系统的图示。后者明晰，但并不能让人满意。那些属于"记忆"的，反过来成了对哲学的更准确的诠释，然而，就作者"讲中国的事儿"的意图而言，他那"天道有情即无情"的理念却不能提供有效的说明。事实上，中国易学从根本上就排斥对"中国"概念进行非玄言的解读。或者，从看山不是山，到看山还是山，才是作者心中易学的精髓？

三、与"痛苦"拉开距离：乡村生活的神性与惯性

中国乡村与乡村叙述的关键词是"苦难"。同样是在"苦难"的笼罩下，贾

平凹的乡村里更多的不是呐喊，而是叹息。当"文革"苦难已经成为一种惯性叙述时，读者可能会对这种似痛非痛的琐屑叙述感到难耐。然而，贾作所体现的"天道"哲学正是要对"痛苦"进行说明：乡村生活的常态与异常，既生产又消解着痛苦，而传统的瓦解和现代的到来，并不是"内在"与"外在"的关系，它们统一运作在"道"之中。于是，乡村时空也体现为艺术和日常的嵌套场所：神性消失，惯性仍在。

  牛路觉得霸槽是真有些怪了，还看不起拾粪，你又能干了啥？说：霸槽霸槽，你不摔了？霸槽回了一句：我去买酒啊！什么地方就有了乌鸦呱呱地叫，牛路朝公路两边看，没有乌鸦，乌鸦在南山上的柿树上。柿树那么多的枝条都伸在空中要抓什么，抓啥呀，抓云吗，云从中山后一朵一朵往过飘，树枝始终没抓到。

  诗的还是小说的，叙事的还是抒情的，尽管已经成为可疑的分类方法，在这部小说的探讨中仍然需要暂借它们的力量，来分析笼罩在怪谈传统下的乡村书写。社群世界和艺术世界在古炉村形成一种套层关系，时而融合时而分明。到吃饭的时间，女人们跑回家做饭，男人则蹲在三岔口说长道短，这些颇富戏剧性的场景，指引我们细察小说对西北乡村日常空间的描摹。这里，隐而不显的另一端显然是当代生活的"城市空间"。与高度密集的城市生活相比，乡村空间的诗意恰恰来自最基本的生理需求——古炉村的日常，大多围绕着一张嘴展开：聚众吃饭、以食物贿赂父母官、隐藏食物、争夺食物、节省食物……无论天如何变，总要变着法儿弄出吃的，不知不觉就人歌人哭，鸟去鸟来。"文革"风吹到古炉村，村人的意气之争和革命激情里，也很少撇下对"吃"的考量。黄生生来到村里，以他的革命理论吸引了一批人，但人们很快就发现，聆听这些新鲜词儿的代价是赔上食物——革命，也是精神与肚子的较量。

  因为贫穷，古炉村人自私、贪婪，彼此嫉妒和怨恨，也因为贫穷，他们才没有彻底毁灭自己的家园。革命荒了人们的地，可自留地的嫩苞谷扳得差不多了，卸任的支书、队长也斗着胆重拾敲锣上工的重任，正当权的造反派们也就听了吆喝。尽管这更多地出于一种惯性，这惯性的根本，却是劳作与季节的关系，是乡村文明的源头。这种文明依赖于对季节和天气，而非对现代时间的关注。在某种意义上说，乡村生活的神性，就建立在这种关注之上。与动物接近、对话的，不仅仅是狗尿苔和婆这样的异人，古炉村的村民们或多或少都与自然保持着敬畏与亲近的关系。这种礼仪的核心是敬畏和谦逊，敬天地也敬万物。冬天，担过粪的人聚在一起，"像揭开了锅盖的一甑耙苞谷面馍馍，或者，是牛尾巴一乍，扑沓下来的几疙瘩牛屎"。这描写诚然把人压得极低，另一方面却也是出于对古老的农耕秩序和贫穷的尊重。在莫言和贾平凹的带领下，这种对乡村的感官崇拜式的描写，实际上已成为乡土文学的主流风格，它建立在与读者共享的对北方乡村的想象和认同之上，像小说的"书面体陕西方言"所显示的那样，这种风格假设读者可以认同北方乡村所代表的传统、历史和文化的价值。在作者此前的作品中，城市裸露在外，构成对乡村的典型或非典型的威胁。"城市"的功能在这部新作里的范围扩大了，它统称外面的世界、学生、"文化大革命"。就此，《古炉》取消了在《浮躁》《高老庄》那里更为明确的现实向度，而更加"玄化"。"文革"的确是一种失序，但它是在"中途"发生的，在它来到之前，乡村的衰败早已开始。与其说是现代性的到来所致，毋宁说，存在于乡村生活本身的神秘磨蚀——季节的变化越来越失去了节奏，而村民们对此有着不同程度的认知。霸槽挖石碑挖出了太岁，敢喝太岁泡的水，后来他领人"破四旧"，首先就砸了村中传说的守护神——石狮子的嘴。尽管支书请狗尿苔的婆用纸铰出一个狮子，戴在身上，却并没有阻挡住人们抢着去砸烂古炉村古老屋脊上残存的雕刻和山上瓷窑的停产：一个渎神时代已经到来。

然而，如上文所说，只要过去的某些本能人们还保留着，它就仍是古炉村的希望。田园诗已无，而田园仍在，大地自身就可修复生息。不管斗争如何火热，人们有病时仍会找善人说病，或找狗尿苔的婆驱邪，或求助于村里的技术工匠。当人们发现不能像往年那样按季吃上面条，恶劣的形势就可能缓和。而这种惯性，有时会突然再次闪现它的神圣性。在小说中，死亡本是常态，古炉村人的丧葬之礼，最集中地体现了日常与诗意的融合。全村人都为丧家帮忙，以烦琐的工序将死者迎入祖灵，前后忙上数日，而丧家则要好好款待帮忙的人。小说中有数次暴烈的死亡：被谋杀的欢喜，暴病的老队长满盆，被枪决的霸槽和秃子金等。当死亡过于密集和离奇地出现，人未免乱了阵脚，在丧葬中投入的情感与算计的比例也在发生变化。老队长满盆的死，正在古炉村的斗争形势最险恶之时，造反派与死者之一家的爱恨情仇纠葛其间，让这场丧礼办得起伏跌宕。正在这时，无论是熟悉、恐惧、哀伤还是麻木，都被一个有悖于日常的时刻中止了，这就是善人的开路歌：歌词里讴歌的是无常，却被赋予了生命的意义。善人的抒情蕴含着强烈的启示意愿，这带着庄严感的场景，这华彩的诗性段落如同闪电划破了琐碎、沉闷与痛苦的日常帷幕，却不像莫言作品中的反复咏叹那样，留下戏剧性的余音。它所显示的情感降服的力量并没有留存在小说中，作者仿佛要告诉我们：太近了会被灼伤。比之阎连科的紧张和莫言的弹性，贾平凹则是"松弛"，以惯性救赎神性，对于反乌托邦写作具有更深刻的意义，因为绝望会生出一种力量，而在贾作中，此力却无落脚之处。

鉴于作者对善人的哲人功能的强调，这种抒情可以说正是知识的、后设性的，它既指示了日常中的天启时刻，同时也具有相反的意图：让"文革"带来的非常态死亡再次归于常态，就像"黑五类""可教分子""残渣余孽"很快被转为乡村用语一样。在庄严和戏仿之间，传统的乡村社会的想象就嵌套在已经破败的古炉村之中，既引用又超越了那个符号化的"传统"。

怀着痛苦的乡人——他的前世有着无法厘清的爱恨情仇。作者立意营造一个真实的古炉村，在某种意义上，作者对乡村生活的原生态的"还原"是成功的，而小说是否达成了其知识上的目标——重讲中国、"文革"、乡村、传统，却是一个有待深入思考的问题。如果说，最"真实"的"文革"发生学、最贴切的易学阐释，必须依赖过密、过多的描写，才能予以还原和表达，那么如何处理市场、读者和小说写作的关系，也许并不仅仅是写作行为"外部"的问题。

（原载《解放军艺术学院学报》2011年第4期）

伤痛与救赎

——贾平凹长篇小说《古炉》研究

石 杰

从20世纪70年代中期到现在,贾平凹小说创作已经走过三十多年的历程了。这三十多年既是国家、民族在政治、经济、文化等各个领域全面改革、发展的三十多年,也是新时期文学从产生到繁荣、发展的历史时段。在这三十多年的时间里,文学变革的呼声一浪高过一浪,思潮、流派此起彼伏,其中虽然不乏探索的价值,也不能说没有盲目的冲动。尤其80年代以后,西方现代派文学以强劲的势头涌进中国,人们开始从另一种角度审视、评判中国文学,东方与西方、传统与现代、民族与世界等问题再次成为国人关注的焦点。不少作家也因此而动摇了创作的根基,迷失了创作的方向,而贾平凹则始终以其多年来形成的创作思想,坚守着"民族"这块阵地。贾平凹曾经这样阐述"民族的"与"世界的"之间的关系:"中国的儒释道,扩而大之,中国的宗教、哲学与西方的宗教、哲学,若究竟起来,最高的境界是一回事,正应了云层上面都是一片阳光的灿烂。问题是,有了一片阳光,还有阳光下各种各样的,或浓或淡、是雨是雪、高低急缓的云层,它们各自有各自的形态和美学。"[1] 只有将创作的河床坚实地凿在本民族的土壤上,努力独立并丰富本民族的东西,才能"穿过云层,达到最高的人类相通的境界中去"[2]。

什么叫民族的东西?我以为首要的就是对民族性格的思考和表现。中华民族是一个古老而复杂的存在,它固然有让国人引以为骄傲的历史和优长,也

---

[1] 贾平凹:《四十岁说》,见王永生编:《贾平凹文集》(第11卷),陕西人民出版社1998年版,第2页。

[2] 贾平凹:《四十岁说》,见王永生编:《贾平凹文集》(第11卷),陕西人民出版社1998年版,第3页。

有其顽固的劣根性以及由这劣根性生长出来的痈疽。因此，揭其病苦，引起疗救者的注意，就不仅是"五四"文学最宝贵的精神传统，也为新时期一些作家所传承。三十多年来，贾平凹一直以其冷静的目光和艺术家的敏锐，把握民族发展的脉搏，透视国人灵魂深处的波动，以其独特的思维方式和表现方法，凝固成一部部艺术珍品。完稿于2010年的洋洋六十多万字的长篇小说《古炉》，就是他借助乡村"文革"，揭示国民劣根性、表现民族历史和文化的长篇佳作。

一

《古炉》写的是20世纪60年代在陕西一个叫古炉的小山村里发生的一场"文化大革命"。小说从1965年春"文革"的风暴在村子里被酝酿写起，依次写到"文革"的发生，矛盾愈演愈烈，武斗在村子里大规模兴起，直至武斗中的凶手被押赴刑场。

"文革"是20世纪下半叶中国历史上的一场大的运动，三十多年来，以"文革"为题材的小说虽不算太多，但也不能说文坛对此做完全的逃避，新时期之初的伤痕文学就以现实主义笔触，对"文革"做了活生生的揭露。比如刘心武的《班主任》、卢新华的《伤痕》、冯骥才的《铺花的歧路》、从维熙的《大墙下的红玉兰》、王亚平的《神圣的使命》、竹林的《生活的路》、周克芹的《许茂和他的女儿们》等等。稍后的反思文学中的部分作品和部分作品中的部分内容，也对"文革"做了反思性表现。然而，或许是当时的写作时间离"文革"结束较近的缘故，人们对那场劫难记忆犹新，因此作品多集中在"文革"给社会带来的灾难和给人的肉体、心灵造成的创伤上。虽然反思文学表现出对"文革"根源的探索，也多是把笔触伸入"文革"前的历史断层之中，以此说明"文革"的灾难绝不是从"文革"开始的，即总结的是历史的惨痛教训。这就使贾平凹这部从21世纪初回眸"文革"的长篇巨著显示出鲜明的独特性。

诚然，《古炉》和此前表现"文革"的作品相比也并非没有相同之处，比如也把记忆延伸到"文革"前的社教运动对农村和农民的影响，也写到两大派系之间的血腥残杀。虽然手法不同，毕竟有着内容上的一致性。但综观全书，便很容易发现，《古炉》对"文革"的表现的确是个性化的。它不是侧重于个人和家庭的悲剧，而是整个民族的病态生存；不是致力于道德层面的善与恶，而是对国民整体性的同情和批判；不是展示现象，而是发掘根源。

在《古炉》后记中，贾平凹这样描述他笔下的古炉村："烧制瓷器的那个古炉村子，是偏僻的，那里的山水清明，树木种类繁多，野兽活跃，六畜兴旺，而人虽然勤劳又擅长于技工，却极度地贫穷，正因为太贫穷了，他们落后，简陋，委琐，荒诞，残忍。历来被运动着，也有了运动的惯性。人人病病恹恹，使强用狠，惊惊恐恐，争吵不休。在公社的体制下，像鸟护巢一样守着老婆娃娃热炕头，却老婆不贤，儿女不孝。他们相互依赖，又相互攻讦，像铁匠铺都卖刀子，从不想刀子也会伤人。他们一方面极其地自私，一方面不惜生命。"[①] 小说中的每个人物，几乎都为这种概括做着形象的注脚。

正如作家自己所说，贫穷在作品中的确一以贯之。故事开始于1965年冬，尽管当时人们刚从饥饿的生死线上挣扎过来，经济状况也有所好转，但是，饥饿的影子仍然紧紧追随着古炉村人。青黄不接时，人们吃的是柿子拌稻皮的炒面，喝的是稀汤寡水；家里死了人，连顿苞谷糁糊糊也招待不起；其他方面的物质条件就更不用提了。小说中，贫穷固然是被作为"文革"的根源出现的，但不管怎么说它只是人的一种外部生存状况。因而，与贫穷紧密联系着的人，才更值得我们注意。

霸槽是小说中最重要的人物，也是性格特点最突出的。他为人仗义，心高气傲，不甘平庸，有勇有谋。在公有的经济体制下，竟率先做起了修车胎的生意，而且敢于蔑视权威，拒不向集体缴纳资金，恋爱上也我行我素。应该说，在那个沉闷愚昧的年代和浑浑噩噩的群体中，这个人物是有其觉醒的成分的，他的存在为古炉村增添了希望和生机。作家通过狗尿苔这个天使般的孩子的视角，也毫不掩饰地表达了对霸槽的欣赏。然而，就在这种肯定中，小说又为我们展示了霸槽性格中的另一面：没有庄稼人的踏实本分；为了生意故意将酒瓶子砸在路上，扎破过路人的车胎；喜怒无常、目空一切；等等。因此，当"文革"的风浪以不可阻挡之势涌进乡村时，霸槽便自然而然地站在了风口浪尖，成了榔头队的领袖人物，最终断送了自己的性命。与霸槽形象有几分相近的是天布，这个喜欢背枪的古炉村民兵连长，惯于使强使横，最后也落得个葬身刑场的结局。还有磨子、灶火、秃子金、迷糊、马勺等等。可以说，整个古炉村的人都被裹挟进了那场运动。

---

① 贾平凹：《古炉》，人民文学出版社2011年版，第604页。

和中国大多的乡村一样，其主体是由一两个大户家族组成的，古炉村主要是朱、夜两大户，而且两大户之间还有着血缘关系，似乎没有理由走到势不两立的地步。但日常的生活习性和琐碎的矛盾积累已经播下了日后冲突爆发的种子，所以"文革"一来，便互相撕咬，你整我，我整你。比如土改分房时，霸槽家与灶火家结了仇，霸槽就借助运动让人砸灶火家的屋脊翘檐，惹起了朱姓人家的集体愤怒，要砸夜姓人家；霸槽屡次拆队长磨子的台，也是后来两派冲突激烈，斗得你死我活的缘由。这就是古炉村的"文革"，也是古炉村"文革"的根源。而中国农村的"文革"，又哪里不是如此呢？"文革"为人性中的昏昧落后提供了契机，人性中的昏昧落后又借助"文革"得到了张扬。芸芸众生"像河里的泥沙顺流移走，像土地上的庄稼，一茬一茬轮回。没有上游的泥沙翻滚，怎么能有下游静水深流？五谷要结，是庄稼就得经受冬冷夏热啊……古炉村的人们在'文革'中有他们的小仇小恨，有他们的小利小益，有他们的小幻小想，个人在水里扑腾，却会使水波动，而波动大了，浪头就起，如同过浮桥，谁也并不故意要摆，可人人都在惊慌地走，桥就摆起来，摆得厉害了肯定要翻覆。"[①] 从中可以见出小说对"文革"根源的个性化阐释。古炉没有像众多表现"文革"的作品那样，从时代和社会的角度去解释这场悲剧，而是从普通人性的角度，表现了"文革"悲剧的成因，甚至有一种"集体无意识"的成分。也正因为这种民族性格缺陷，于是，"古炉村人就有了'文革'的命运，他们和我们就有了'文革'的命运，中国人就有了'文革'的命运"[②]。由此可见，《古炉》这部反映乡村"文革"的长篇巨著，本质上仍然是贾平凹对人生、人性的审视和批判。

早在20世纪70年代末，贾平凹对人性的审视就已经开始了。熟悉贾平凹的人都知道，他是从陕南乡村走出来的，对农村有着刻骨的爱。也正是这种爱，使他伤痛于农民身上几乎与生俱来的痼疾。他对农民的感情一直是复杂的。写于七八十年代之交的《山镇夜店》《夏家老太》等一批短篇小说，就鲜明地揭示了农民的势利和冷酷。80年代中期以后以《古堡》和《浮躁》为代表的一批中长篇小说，对农民性格中的狭隘、愚昧、自私、保守更进行了淋漓尽致的揭露。《浮躁》中，金狗、雷大空的性格特征和《古炉》中的霸槽何其相似，就

[①] 贾平凹：《古炉》，人民文学出版社2011年版，第604页。

[②] 贾平凹：《古炉》，人民文学出版社2011年版，第604页。

连结局——雷大空遇害、霸槽被枪决，本质上也可以说完全一致。90年代末期以来的长篇《高老庄》《怀念狼》《秦腔》《高兴》，也无不涉及对农村和农民性格中落后一面的审视、同情和批评。纵观贾平凹小说创作，完全可以说，揭出农民的病苦，以引起疗救者的注意，同时寄予作家爱恨交织的情感，是贾平凹小说创作最重要的组成部分。他是新时期以来少有的真正与农村和农民血肉相连的名作家，"我是农民"，是他流传于读者中的几乎脍炙人口的一句话。即使承受了几十年城市文明的熏陶，也仍然无法改变他对农村和农民的情感。所以说，《古炉》虽然题材独特，其实仍然是他对国民尤其农民悉心关注的又一个文本。

二

《古炉》中，贾平凹不仅表现了国民精神上的痼疾和病态的生存状况，而且开出了疗救的药方。

这一点，主要体现在善人这个人物形象上。和古炉村人不同的是，善人在村里没有血缘根基，因而也就没有其他人那种盘根错节的复杂关系。他先是从寺里出来住在西沟川，后来到了古炉村，住在窑神庙。这种有别于世俗的生存状态，暗示着此人贴近宗教、贴近神性。善人平日喜欢给人说病，古炉村人病了，不是请医问药，而是让善人来讲病理，以扶正祛邪，治愈疾患。小说中，善人多次以说病即讲道者的身份出现，概括起来，善人讲的道主要有以下几点。

一是人不能执迷于尘世，要开悟。看星家婆媳吵架，善人讲道："人迷在什么上就受什么害，所以富的死在富上，穷的死在穷上，会水的死在水里，能上树的死在树上。"[1] "文革"中，一位外乡人来看善人，自称预感世局将有大变乱，整日惶惶不安，总觉得自己不是要遇到什么凶事，就是会得什么恶病。善人便给他讲四大界定位之道："说人有肉身，终究要死，生死当前，若能如如不动，一切没说，这样死了，便是志界。人死的时候，存心为公，乐哈哈地视死如归，以为死得其所，这样死了，便是心界。若死的时候，含着冤枉的念头，带着怨气和仇恨，这样死了，便是身界……"[2] 意谓人要看穿生死，选择好"界"。

二是明理见性。来回病了，老顺请善人说病，善人对来回说："理有四种，

---

[1] 贾平凹：《古炉》，人民文学出版社2011年版，第70页。
[2] 贾平凹：《古炉》，人民文学出版社2011年版，第546页。

有天理，道理，义理和情理，你只是一味地争理，哪能不病呢？你若想病好，非认不是才行，要能把争理的心，改为争不是，你的病就好啦。"①善人还给众人讲道说：人有三性，一是天性，二是秉性，三是习性。天性纯善无恶，秉性纯恶无善，习性可善可恶……②又进一步对病人说："人的性是天的分灵，呼吸地气才有命，身是父母的分形。因为人是三界所生的，才有超出三界的本领。人的天性本是善良的，因为受气禀所拘，物欲所蔽，才不明不灵了。心道地府，人心邪正，鬼神自知。心有私欲，便受外物引诱。人欲横流，无所不为，六神无主，邪祟满腔，就是鬼了。其实做人的道很简单，人能本着善良天性，在家孝父母，敬兄长，慈爱子女，自能勤劳苦做，就染不上吃喝嫖赌抽的恶习。存五伦之道，现能养心，恢复良知，去净私欲，借着行五伦之道，把性子练得一点脾气也没有了，就恢复了天性。"③意谓人要明理去欲，守住纯真本性。

三是业报轮回，因果相系。善人对打病牛的水皮说："身界的罪还得身界还。"④善人对狗尿苔说："种瓜就得瓜，种豆就得豆，人也一样，前世里给佛敬过花，今世容颜好；前世里偷过别人的灯，今生眼睛不光明；前世和猪争过糠，今生是麻子脸不光……今生是什么性，就知道前生是做啥的。今生是火性，前生一定是当官的；今生是水性，前生一定是生意人；今生是木性，前生一定是工人；今生是土性，前生一定是庄稼人。"⑤善人对关心六升病的众人说："人命不久住，犹如拍手声，妻儿及财物，皆悉不相随，唯有凶善业，常相与随从，如鸟行空中，影随总不离。世人造业，本于六根，一根既动，五根交发，如捕鸟者，本为眼报，而捕时静听其鸣，耳根造业，以手指挥，身根造业，计度胜负，意根造业。仁慈何善者，造人天福德身，念念杀生食肉者，造地狱畜生身，猎人自朝至暮，见鸟则思射，见兽则思捕，欲求一念之非杀而不得，所以怨怼连绵，辗转不息，沉沦但劫而无出期……"⑥意谓三界相通，应努力积存善因，以证善果。

四是五行相生相克之道。开石腿断了，善人给开石说病：日子要过得好，全靠五行定位。祖父母居的是土位，父居南方火位，母居北方水位，长子居东

---

① 贾平凹：《古炉》，人民文学出版社2011年版，第81页。
② 贾平凹：《古炉》，人民文学出版社2011年版，第81-82页。
③ 贾平凹：《古炉》，人民文学出版社2011年版，第545页。
④ 贾平凹：《古炉》，人民文学出版社2011年版，第114页。
⑤ 贾平凹：《古炉》，人民文学出版社2011年版，第115页。
⑥ 贾平凹：《古炉》，人民文学出版社2011年版，第356页。

方木位，其他子女属西方金位。土位人要如如不动，金位人要会圆情，水位人要能兜不是，木位人主能立。五行人各守其位，方能日子发达，家庭和睦。反之如果五行相克，必败家无疑。①善人又将五行范围扩大化，由家庭引入国家，引入现实社会、"文革"。天布病了，天布媳妇请善人说病，善人说：这世界有五行，国家有五行，家庭有五行，性界有五行，心界有五行。现在外边这么乱，依我看是国家五行乱了，国家五行就是学农工商官，这是国家的心肝脾肺肾。工人居木位，主建造；官居火位，主明礼；农居土位，主生产；学居金位，为人师表，敦品立德；商居水位，以运转有无为主。人要是存天理，尽人事，不论哪一行，都是一样的。哪行有哪行道。若是这行人瞧不起那行人，是走克运，国家元气准不足。如果各守自己岗位，守分尽职，是走的顺运，国家就必治。②意谓五行人应各守己道，以求安治，免败乱。

除此之外，善人之道还有一些，比如孝道、养生之道等等，因或已涉及，或不居于主要地位，故不多述。

善人在小说中出现有数十处，他一直在喋喋不休地说病，也就是开具医治人病和社会之病的良方。尽管依贾平凹所言，善人在现实生活中有其原型，但从最高艺术水准上看，我觉得这个形象的表现还是有些突兀感、游离感，没有达到水乳交融的艺术境地。然而若从作家的创作主旨上讲，这个形象又是缺少不得的。综观上述善人的理论，可以见出，善人的言说其实都是源自中国传统的儒、道、佛文化。儒家主张"天人合一"的世界观，指认"天"为抽象的法则或者说是精神实体，孟子即云："尽其心者，知其性也。知其性，则知天矣。"③儒家的人生观念、人格修养与善人的言论也有着密切的关系，如儒家对人生中的理欲问题的观点，儒家人格范畴中的仁、义、礼、智、信，中庸平和，忠孝节悌，都与善人的道有着完全的一致性，可以说善人的道是儒家伦理观念在现实生活中的应用。道家的"道法自然"、是非无定、参破生死、达观知命的精神与善人的理论也有着明显的相近之处，比如老子的"五色令人目盲；五音令人耳聋；五味令人口爽；驰骋畋猎，令人心发狂；难得之货，令人行妨"④，与善人的"迷什

---

① 贾贾平凹：《古炉》，人民文学出版社2011年版，第150-151页。
② 贾平凹：《古炉》，人民文学出版社2011年版，第184页。
③ 杜宏博、高鸿．《四书译注》，辽宁民族出版社1996年版．第491页。
④ 周思渊：《白话道德经》，花城出版社1992年版，第41-43页。

么便受什么害"的观点便如出一辙。至于佛教主张的自己造因、自己受果的因果论，自作自受、轮回流转的业报轮回说，与善人所论之道更完全吻合了。可以说，善人的明心见性、业报因果论就是对佛教义理的转述，是佛教义理在古炉村社会现实中的应用。可见，面对"文革"中社会现实的混乱和人性的不堪，贾平凹是转向传统文化中去寻找疗救之道的，尽管也有几分无奈。他在《古炉》后记中就这样解释善人形象："善人是宗教的，哲学的，他又不是宗教家和哲学家，他的学识和生存环境只能算是乡间智者，在人性爆发了恶的年代，他注定要失败的，但他毕竟疗救了一些村人，在进行着他力所能及的恢复、修补，维持着人伦道德，企图着社会的和谐和安稳。"[1]

以传统文化救世在贾平凹小说创作中已经形成了一条轨迹。早自20世纪80年代中期起，贾平凹小说中就开始显现出以传统文化救世的意向了。随着时间的推移，这种思想也越来越明确、坚定。比如《古堡》中的道长，《浮躁》中的和尚，《太白山记》中的禅思佛理，《废都》中的孟云房，《白夜》中的刘逸山、陆天贶，《土门》中的云林爷，《高老庄》中的迷糊叔，等等，都在不同程度上成为中国传统文化的缩影。尤其《古堡》中的道长和《土门》中的云林爷，与善人形象十分相像。《古堡》中的道长也时常讲道，面对光小的"商鞅是古人，读写他的书，能顶了我们挖矿"的质问，道长说："道可生一，一可生二，二可生三，三可生万物，万物则又归一。"[2]《土门》中的云林爷也住祠堂，看病，面对世事的变迁和众人的迷惘，云林爷也这样说："你从哪儿来就往哪儿去吧。"本质上也含有深刻的道家文化观念。我认为这不是简单的艺术重复，而是作家面对复杂的现实人生，执意要为困窘中的人们寻找一条精神出路。不过，儒道也好，佛禅也罢，出路的确是渺茫而虚幻的，在强大的社会现实面前，代表精神出路者总是显出无可奈何，直至失败，善人的结局就是又一个证明。然而贾平凹的救赎也是执着的。善人死了，心毕竟留在了人间，拯救的希望也就存在。这是作家的社会责任感，也是贾平凹面对纷繁复杂的现实的一种哲学思考和回应。

三

《古炉》中还有一个极有意味的形象设置，就是狗尿苔。狗尿苔是个年仅

---

[1] 贾平凹：《古炉》，人民文学出版社2011年版，第605页。
[2] 贾平凹：《佛关》，作家出版社1994年版，第320页。

十二三岁的孩子，个头矮小，相貌丑陋，身世孤苦，与其他人物有明显的不同。就是这样一个人物却从头至尾贯穿在小说中，比任何一个人物都更频繁地在读者面前闪现。掩卷之余，留给读者印象最深的恐怕就是狗尿苔跑来跑去的身影了。可以说，阅读《古炉》，狗尿苔是个绕不过去的人物。那么，怎样理解这一人物形象呢？或者说这一形象具有怎样的功用呢？这里主要就其思想意义进行阐释。

如前所述，《古炉》是写"文革"这一重大题材的长篇。面对混乱不堪的社会现实和病态的人生、人性，贾平凹主要通过善人这一形象指明了出路。然而，善人的"道"终归只限于理论层面，虽然有他自身的行为为证，到底还是显得简单、薄弱了些。狗尿苔形象的塑造则恰好与之对应，成了善人理论的注脚。

狗尿苔在古炉村是一个没有来处的存在。他不知祖籍，无父无母，只是与婆相依为命。婆的男人跟着国民党军队去了台湾，婆成了被管制的反动家属，狗尿苔也随之成了"狗崽子"。在通常的"文革"题材作品中，狗尿苔注定会是一个悲惨的形象，任人打骂，任人欺凌，但在贾平凹笔下，狗尿苔却显现出另外一种文化意蕴。村里人欺负他，麻子黑动辄对他动手动脚。狗尿苔虽然也心怀不满，且时不时地有些小小的反抗，但总体上却能安于自己的社会地位，在众人面前伏低伏小。狗尿苔给人最深刻的印象就是腰里缠着根火绳在人前跑来跑去，每个需要他的人都可以指使他，呼唤他，每个人又都拿他不当回事。总之，古炉村熙攘的人群中既显不出狗尿苔的存在，又仿佛缺他不得。

狗尿苔聪明精灵，善解人意，对婆极尽孝心，小小年纪，便懂得体贴婆，理解婆，尽量不惹婆生气。他知道婆生存的艰难，每每为婆的处境担忧。看着婆一日日地老了，聋了，拄拐杖了，"他的眼泪就流下来，再不让婆去地里干活，去泉里担水，去猪圈里喂猪，他都要更勤快地去干"①。

更难得的是狗尿苔还有一颗金子般的心。他讨厌村子里一些人的龌龊行为，看不惯霸槽对杏开的始而迷恋、继而冷淡；他本能地以他的童稚之心去看待世事人生；两派争斗，他也因偶然的原因被卷进去过，却并不偏执地维护某一方而损害另一方的利益。可以说，贾平凹塑造狗尿苔这个形象是有用意的。在那人性中的"恶"在特定环境下大爆发的年代，狗尿苔却以其"善"成了作品

---

① 贾平凹：《古炉》，人民文学出版社2011年版，第594页。

中的一个闪光点。

狗尿苔是一种菌类植物,民间传说是狗撒尿而生成的,可见其渺小、卑下。然而贾平凹却最喜欢在渺小中寄寓幽深、在卑下中发掘高大。狗尿苔的行为、心态,内在地显示出通达、知命、明理、尽责,是古炉村最有希望的存在,与善人的"道"一脉相承。善人临死前的预言,正预示着他的理想将通过狗尿苔得以实现。

狗尿苔还有一个重要特点,就是能与猪鸡猫狗对话,与禽兽世界沟通。而飞禽走兽们也乐于与他交流,成了他的知心朋友。比如狗尿苔夜里送天布、灶火和磨子逃走那一段,老顺家的狗便一直陪伴着他,给他们带路,并且不出一点儿声息,末了又一直等他回来,显示出一种心灵的默契。狗尿苔所到之处,皆能引起禽兽的欢欣,表现出人与动物之间的和谐。这固然是一种艺术笔法,即在作品的沉闷血腥中增添一种神秘、轻松的气氛,然而也有着更深刻的生命伦理寓意。写到这儿,我不由得想起了阿尔贝特·史怀泽的一段话。史怀泽终生关注伦理和文化问题,面对生命伦理中的各种现象,这位伟大的医生、哲学家曾经说过这样一段发人深省的话:"伦理就是敬畏自我自身和自我之外的生命意志。由于敬畏生命意志,我内心才能深刻地顺从命运、肯定人生。我的生命意志不仅由于幸运而任意发展,而且体验着自己。但愿我不要让这种自我体验消失在无思想中,而是充分认识它的价值,这样我就能领悟到精神自我肯定的奥秘。我意外地摆脱了命运的束缚。在我以为被击垮的瞬间,我觉得自己上升到一种摆脱世界束缚的幸福,它是不可言说又意外遇到的,我由此体验自己人生观的升华。顺从命运是一座前厅,经过它我们进入了伦理的殿堂。只有在深沉地为自己的生命意志奉献的过程中经历了内在自由的人,才能深沉持续地为其他生命奉献。"[1] 狗尿苔还是个尚未成人的少年,不可能进行这种哲学与神学性质的思考,但是,他的人生却客观地体现出了这种伦理境界。狗尿苔是体验到了生命内在的幸福的,他善良、善感、单纯、热心,所以,贾平凹说:"我也恍惚里认定狗尿苔其实是一位天使。"[2]

20 世纪末以来,贾平凹的长篇中几次出现这种神明般的形象,而且都是

---

[1] 阿尔贝特·史怀泽:《敬畏生命》,陈泽环译,上海社会科学院出版社1996年版,第26页。

[2] 贾平凹:《古炉》,人民文学出版社2011年版,第606页。

借助未成年人显现的。比如《高老庄》中子路与菊娃生下的那个残疾孩子、《秦腔》中的引生，都和狗尿苔一样，神秘而透明，构成了一个不同凡俗的形象世界。贾平凹意欲用这组形象，引出一片没有冲突和污秽的清明和谐的新天地。这是贾平凹的社会理想，也饱含着他对现实污浊的批判，同时也为沉重得近乎压抑的现实增添了一份想象的神秘。

（原载《渤海大学学报（哲学社会科学版）》2011年第5期）

日常生活视域下的"文革"叙事

——评贾平凹新作《古炉》

文 娟

沿用《秦腔》"法自然的现实主义"创作手法，书写从未触及的农村"文革"生活记忆，贾平凹历时四年推出了长篇新作《古炉》。小说通过侏儒少年狗尿苔的眼光来打量古炉村的细碎日常。随着他在村庄中的走动，古炉村自1965年冬至1968年春"鸡零狗碎的泼烦日子"[①]就缓慢有序地铺展开来。"文革"就在这偏远山村的细琐日常生活中从无到有，从微波到巨浪地缓缓生发、演变，"文革"的全程也在此得以展现。在"日常生活审美化"泛滥、"文革"母题不断被挖掘的当下，贾平凹的《古炉》应时却不新鲜。但亲历"文革"又富有才情的贾平凹绝不是甘做时代应声虫的普通作者，当他放弃宏大的历史叙事，用日常生活的视角来展现农村的"文革"生活时，并不新奇的写作范式、并不新鲜的写作母题便在文本中发生了奇妙的化学反应，建构了一种新的"文革"叙事——日常生活视域下的"文革"叙事。这一"文革"叙事的运用，不仅摹写了乡村"文革"生活的全景图，并且在不动声色的日常铺排之中展现出升斗小民驳杂而又坚韧的生存景观。在此景观中，政治权力宰制着人们的日常生活行为，甚至还异化着人性。人们也借用政治力量来发泄被压抑的愤懑情绪抑或谋求生存。于是，历史的本真就在规训与被规训、利用与被利用中自然浮现。

一、乡村"文革"生活的全景图

提及"文革"，人们脑海中会习惯性地闪现青春狂热的红卫兵、重重叠叠的大字报、政治口号震天响的批斗场、暴力充斥的武斗场等景象。"文革"的政治

---

① 贾平凹：《秦腔》，作家出版社2005年版，第565页。

表征如在眼前，但疑惑也随之而来，难道"文革"生活中只有惊涛骇浪的革命冲动与激情，不存在鸡零狗碎的泼烦日常吗？针对这一疑问，"文革"的研究者们早就作出了否定的回答。刘青峰明确指出："文革"时期人们的日常生活并未萎缩，反而多样、丰富。并在对"文革"日常生活细节进行挖掘的基础上，强调"文革"日常的重要性。这昭示着日常生活的彰显与"文革"叙事并不相互对立，日常生活中容纳着一切"文革"因子。正如列斐伏尔所言："日常生活是一切活动的汇聚处、纽带和共同的根基。也只有在日常生活中，造成人类和每一个人存在的社会关系的综合，才能以完整的形态与方式体现出来。在现实中发挥出整体作用的这些联系，也只有在日常生活中才能实现与体现出来。"[1]日常生活自身包含的内容极为完整和丰富，要讲述某一事件的来龙去脉及其复杂的人事关系，复原日常生活是最佳选择。任何事情的发生都必然是一个因对一个果的召唤，作为一个重大政治事件的"文革"之所以在古炉村发生，全赖于这里存留着滋生"文革"的土壤。关于这一土壤的全面勘察和刻画是《古炉》乡村"文革"生活全景图的第一个层面。

"仓廪实而知礼节，衣食足而知荣辱"，而填不饱肚子的贫穷则会让人变得委琐和残忍。古炉村偏远而又封闭，虽然自然资源丰富、人民勤劳且擅长技工，但还是一贫如洗。因为贫穷，村民之间常有猜忌和钻营发生，为了一根皂角、几斤粮食等便会使强用狠、争吵不休。村民间的小怨小恨在日常生活中逐日累积，渴望报复发泄的心理为"文革"暴力的风行提供了平台。基层政权的专制和腐败是"文革"得以生发的又一个诱因。老支书是党在基层政权的代言人，是古炉村绝对的权威。他借着不同的理由假公济私，如用公共财产瓷器向上级领导行贿、倒卖公房为自家拓展住房面积等，村民对此有不少揣测和讨论。贫穷、不平等以及基层政权的专制和腐败，使民众对现实产生不满，萌发压抑情绪。总之，贫穷、不平等、基层政权的专制和腐败、被压抑的情绪、村民间的小怨小恨等交织共存，堆积了"文革"得以发生的厚土。但这些仅是"文革"生发的表层诱因，根源却在于人性的自私和贪欲，以及几千年来中国传统文化中"宗族观念""官本位思想""顺民心态"等负面性文化基因的催发和型塑。

---

[1] Henvi Lefebvre, *Critique of Everyday Life*, London: verso, 1991, P97。

作为一场历时十年的重大历史事件,"文革"有着自身生发、演变的轨迹。贾平凹在对细琐的农村日常生活场景的摹写中,勾勒出了"文革"在古炉村发展的全过程。这表征着乡村"文革"生活全景图的第二个层面。新中国成立以来"一切以阶级斗争为纲"的政治宣传动员型塑了村民的思想意识和话语方式。政治运动的"口号""专有名词"以及"斗争对象"等已锚入村民的意识深处,并不时地外化运用于他们的日常生活。如秃子金在与狗尿苔发生口角时政治运动惯用语脱口而出,蚕婆每次开会都主动站在会场前,男娶女嫁看政治成分,发救济粮时先排除四类分子等,众多的细节均佐证着政治对于日常生活的规训和异化,村民习惯于运动和被运动,政治已然日常生活化。这样的村庄生态,使得霸槽发动"文革"的"破四旧"行动,没有遇到任何阻力,村民们都主动地交出自己家的"四旧"物品。在村民顺应、看热闹心理驱使下,霸槽的"破四旧"进行得颇为顺利。而挟带着个人私怨的猜忌报复,更使古炉村的"文革"趋向深入,由收缴焚烧"四旧"物品转移到对村民个人财产屋脊的砸毁上。参加"破四旧"的多是夜姓村民,砸毁的屋脊便多是朱姓人家财产,这导致了朱姓村民的愤慨,进而成立红大刀队进行反击。古炉村的"文革"演变成了夜、朱两大家族之间的宗族斗争。为了本姓的家族利益,双方不断地进行着生存资料和人力资源的抢夺,两派之间的矛盾愈演愈烈。当然,宗派之争中也掺杂着双方领导者为扩大和维护个人权力而蓄意煽动的夺权较量。家族利益与个人权力交互缠绕,派系斗争不断升级,惨烈的武斗将古炉村"文革"推向了高潮。在随后的抢粮抢钱暴乱中,所有的造反派全被解放军正法。古炉村的"文革"暂告一段落。

　　农村"文革"生活全景图的第三个层面在于《古炉》突破了时间截取与空间封闭的限制,摹写出了整个农村的"文革"日常生态,使得我们关于"文革"在乡村大地上的真实状貌有了一个较为完整、明晰的认识。从文本的叙述构架来看,《古炉》的叙事时间似乎仅限于1966年冬至1968年春,仅一年多的时间。但透过表层时间的制约,便可将时间的维度拓展至整个"文革"十年,甚至可以往前追溯至新中国成立初期。土改时期老支书行为的插述、社教中定四类分子的叙说、村民们对于运动的习以为常等都是叙事时间的延长线。文本四季循环的书写模式以及老支书的健在、霸槽儿子的降生等同样隐含着"文革"并未终止于1968年的春天,"文革"还会继续一如既往地前行。就叙述空间来看,贾平凹摹写的似乎仅是古炉村一村的"文革"日常,但依据文本中的众多细节,同样可以将闭锁的空间打开，波及的地理空间涉及周边的下河湾村、东川村等，甚至波及整个中国农村。如对洛镇书记张德章的批斗便在古炉村、下河湾村等分别展开，古炉村两派武斗时下河湾的金箍棒队便援助了红色榔头队，霸槽发动的大游行也到过下河湾村。由此可见，其他村庄的"文革"一如古炉村，这是一个由点到面、一粒沙里见世界的简洁描画。

发生于20世纪60年代中后期的"文革"，距今已四十余年。在时光的打磨中，"文革"的面影已变得黯淡和模糊，无论是"文革"时空中的真实生活场景，还是作为这一运动核心表征的大字报、批斗会、造反派、武斗等词语都在时代的风尚中逐渐褪色、剥落，真实的"文革"正面临着消失于民族集体记忆的危机。未曾经历过"文革"的"80后""90后"们，或者也应该包括在"文革"中还处于懵懂状态的部分"60后""70后"们，关于"文革"的记忆大多留存于一场政治动乱、浩劫，"'文革'历史深处的日常生活何如"已全然不知。而他们正是深入清理、反思"文革"历史的主力军，没有关于对象的真实印记，怎样厘清"文革"如何产生、怎样流转？谁该为"文革"的劫难负责？如何把历史的教训转化为民族思想进步的资源？重新镌刻"文革"日常生活的真实景象就显得十分必要和迫切。作为"活着的历史"的小说，便具有复原事件血肉的功能。贾平凹《古炉》所展示的农村"文革"生活全景图为我们直面"文革"并进行深度反思提供了知识社会学上的契机。

二、日常生活视域中的生存景观

穿越《古炉》展示的乡村"文革"生活全景图，可以感受到"文革"的政治色彩在乡村世界中基本淡化，村民对于"文革"的态度完全取决于其与生存利益的相关度。不管是"文革"这一运动的主动参与者、被迫卷入者，还是清醒的旁观者，都为了求取一己的安稳生活而与"文革"不断纠缠或者虚与委蛇。不管"文革"的风云如何变幻，对升斗小民而言，活着才是唯一目标和追求，为此可以顺从、可以反抗甚至从众作恶。在"文革"从无到有、从微澜到骇浪的变动中，古炉村的乡村秩序大乱，发出了死亡的喧哗和骚动。但在这变的常态之中，蕴含着一种亘古不变的情感体验，那就是普通村民过日子求生存的生之坚韧。

大部分的村民以安稳过日子为第一准则，对"文革"采取了主动顺应的态度。霸槽在古炉村"破四旧"发动"文革"时，村民们认为"这是另一个运动又来了,凡是运动一来,你就要眼儿亮着,顺着走,否则就得倒霉了,这如同大风来了所有的草木都得匍匐,冬天了你能不穿棉衣吗",都自觉地上缴与基本生存资料无关的"四旧"物品,没有任何人站出来反对。秃子金是最早跟随霸槽"破四旧"的积极分子,但看着其他搬运石头的村民能够记上比以往还多的工分时心就慌了,革命的热情顿消。工分与将来的口粮分配挂钩,粮食是农民的基本生存资料,其分量在村民的心理天平上远重于革命。天布、灶火等密谋赶走黄生生,以斩断霸槽发动革命的推手时,发动群众的杀手锏就是派饭。本就贫穷吃不饱的村民当然拒绝给黄生生提供免费的饭食,赶走黄生生便成了大家团结一致的目标。当"文革"火热,而稻田里的料虫成灾时,村民自发到田间挑虫子做农活。两派对峙之时,村中混乱一片,但因农村人靠庄稼生活的朴素观念支撑,磨子还是安排人把豆子、苞谷、稻子等收了回来。由于地里的农活依然堆积很多,两派的革命活动就少了很多,大家都抓紧时间干农活,"再和人有仇和地没仇呀"。总之,这一个又一个日常细节景象的切换,在将叙事向纵深推动时演绎着一个不变的民间信条:生存为王。

蚕婆、狗尿苔以及长宽等一些杂姓人是古炉村"文革"的旁观者,他们一直寻找着众多的借口拒绝参与到红色榔头队和红大刀队的争斗之中。但这种拒绝并不是出自对"文革"残忍本质的清醒认识,而是全面衡量自身处境后,为躲避灾祸、求取安稳生活所作出的委曲之策。狗尿苔在"文革"伊始极为积极,很想跟随霸槽"破四旧",然而因其四类分子身份总不能如愿,于是就自觉地游离在两派之外。当两派大字报都点了他的名,骂他是国民党伪军官的孙子,是阶级敌人时,他再也没了往昔的欢实,变得垂头丧气,连门都不愿出。蚕婆为给狗尿苔争取自由生活空间,带着他先后去给霸槽、天布等人磕头,澄清他没有参加任何一派,并不断地拿四类分子的身份作践自己,以换取两派确认狗尿苔不是任何一方的成员。蚕婆劝说狗尿苔要低就委屈自己:"出门在外,别人打你左脸,你把右脸给他,左右脸让他打了,他就不打了。"蚕婆和狗尿苔的自甘边缘和屈辱,目的仅在于保全生命、平安生活。长宽因秃子金的动员,萌生了参加一个组织的想法,便回家跟妻子戴花商量。他认为在大部分村民都有组织的情况下,自己不参加好像就成了五类分子,有不革命的嫌疑,不如参加某一个派别,以此来做靠山,免得被人欺负。戴花却有更为高明的见解,认为村中的两派之争是朱、夜两个大姓间的宗派斗争,作为杂姓的他们在村中向来不受重视,如今两派为壮大声势皆来拉他们入伙,现在不管是加入哪一方都会得罪了另一方,最终还是会受欺负。两派都不参加则最为安全,双方都把其作为潜在的争取对象,自己的重要性反倒凸显了。夫妻二人在陈述参与不参与派别的理由时,核心依据都是个体的生存境遇和利益。

村民的求生存本能牵制着"文革"在古炉村的逐步发展与升级。自红大刀队成立以来,古炉村两队造反派之间关于自身优势地位的相争就从未间断,双方势力的增长与消减关键看其是否做了对村民生存有利的事情。譬如,在红大刀队集资重新开始烧窑后,红色榔头队就慌了阵脚,先是叫嚷窑厂是集体财产不能独霸,在红大刀队放出窑厂是生产队的窑厂谁都可以烧的应对之词后,就想筹集自己的烧窑队伍,但在摆子拒绝之后,因无人胜任烧窑职责而作罢。榔头队在眼红红大刀队的同时,不时地思谋着为自己队伍谋取好处的良策,霸槽也一直担心:"红大刀已经控制了瓷窑,如果他们烧出窑,卖了瓷货,为朱姓人家分了钱,那是会涣散姓夜的和杂姓的人心。"经济利益的可能性倾斜为两派武斗埋下了火种。霸槽终于逮着机会,同样以现实的生活利益为诱饵煽动榔头队到窑厂揪斗守灯,这样做有一举三得之效:既灭了红大刀队的脸,又可以使瓷货难以烧成,还可以治疥疮。榔头队在第二天清晨上了窑厂,在揪斗守灯时出现了打砸碗坯等过激行为,仓皇逃回村中的冬生向天布和磨子汇报榔头队砸了大家集资烧的窑。这样的消息让为集资烧窑而倾尽所有的朱姓人家大为愤慨,暴怒的磨子喊道:"这是砸咱的锅,挖咱的坟,把咱的娃往河里扔么!到山上去,到窑厂去,谁砸了咱的窑咱就砸谁的狗头!"想到经济利益受损,红大刀队的人马很快就集合武装了起来,往窑厂赶去。双方武斗的序幕就此拉开。

不同派别的成立、相互间的气势之争以及惨烈的武斗都源于夺取更多生存资源,"文革"在村民那里如果与安稳的生存无关,就什么也不是。枪毙一干造反派头头的现场,出现了吃掬着热脑浆的馒头以治病的场景。这一细节的摹写让人不由想起鲁迅笔下华老栓购买人血馒头给儿子治病的画面。极端相似的场景在不同时空中再现,诉说的已不是革命者与群众隔膜的启蒙问题,昭显的仅是村民以"生存"为生活最高宗旨的残忍景观。

三、乡村日常与"文革"叙事的合谋

"文化大革命"是中国当代历史上持续时间最长、影响最为深远的政治运动，其在1976年就已终结，但关于"文革"的审判、清算和反思则刚刚开始。关于"文革"罪恶的血泪控诉和反思很快便在文学作品里得到了大量的书写，从伤痕文学到反思文学，再到知青文学，共同构建了"文革叙事"的第一次高潮。作者作为"文革"亲历者常以受害者视角切入叙事，使得这一时期的"文革叙事"呈现出同质化、表面化、空洞化的特点，仅以单向度的历史反思和价值否定方式来书写"文革"导致的精神创伤。随着改革开放进程的加快、市场经济的全面推进，改革文学、先锋文学、寻根文学、新写实主义等的更迭不断刷新着历史书写的范式，1990年以来"文革"渐渐淡出了文学的主流世界，作家仅将"文革"作为讲述故事的远景，实现对个体命运的关注，如李锐的《无风之树》、阎连科的《坚硬如水》等。新世纪以来，有关"文革叙事"日渐增多，并呈现出多样化形态，叙述视角和情感价值判断也趋向多元、客观，如余华的《兄弟》、王安忆的《启蒙时代》和苏童的《河岸》等。但这些作品大多以城市为叙述空间，将"文革"作为展示个体在大历史挤压下的悲惨命运的时代背景。贾平凹的《古炉》则将"文革"作为独立的叙事对象，详细展示农村"文革"日常生活。乡村日常与"文革"叙事的自然合谋，构建了新的"文革"叙事范例。这种日常生活视域下的"文革"书写，不仅意味着农村这一新的"文革书写"空间的开拓，也标志着一种新的日常化、细碎化"文革叙事"模式的建立，其在"文革书写"的文学序列中具有界标性功能。

"文革"是重大的历史事件，但"文革"自身不能被抽象地压缩为"十年浩劫"，因为"文革"不是空洞的政治事件，而是中华民族绵延征程中的一段生活史。政治性的"文革"事件在日常生活的流转中渐趋生发。唯有重现那段惨痛的生活史，才能真正地还原"文革"原初的"在"。经历过"文革"的贾平凹深谙此理，《古炉》便将乡村日常与"文革"叙事结合了起来。不管是农村"文革"生活全景图的摹写，还是日常生活视域下生存景观的刻画都灌注着"合谋"的笔法。此处仅以古炉村"文革"演变中的几个关键场景来分析乡村日常与"文革"叙事的自然合谋。古炉村偏远而又封闭，中央高层发动"文革"时根本不会直接动员这一村庄，古炉村"文革"的发动者霸槽对于"文革"信息的获得完全是日常生活中的一个意外。擅长烧制瓷器的古炉村要将瓷器卖出以改善村中的经济状况，所以有了霸槽开拖拉机到洛镇卖瓷器的经济行为。洛镇街头的学生游行便给了霸槽最初的"文革"洗礼，想参与"文革"的念头在其心中萌发。此后霸槽的抢军帽、"破四旧"、贴大字报等活动均与古炉村日常的细琐生活紧密相连。古炉村的两大造反组织分别为榔头队和红大刀队，其命名完全取自村民日常生活中的常用农具。更能体现日常生活与"文革"合谋的则是双方武斗发生的导火索。红大刀队成员为生计集资烧瓷窑，榔头队在眼红嫉妒时人心浮动。其领导人霸槽为平稳人心，率榔头队夺取窑厂，在混乱中砸毁了瓷窑。他们这一损坏日常安稳生活的行为激怒了红大刀队的成员，武斗成为必然。枪毙造反派众多头目的沙滩上，吃蘸热脑浆馒头以治病场景的出现同样凸显着日常与"文革"叙事的合谋。简而言之，《古炉》在二者的自然合谋中，将对"文革"的反思拉到了历史的本真现场，进行政治与人性的多重辩证思考。

贾平凹的这一细琐日常中的乡村"文革"书写，在细致展示偏远山村"文革"得以生成、发展的土壤的同时，也隐含着关于政治与人性的辩证反思，即国民性批判和政治性批判的相互支撑。国民性批判以政治性批判为前提，揭示出没有基层政权的各种腐败，人性恶魔的因子就不会被诱发。政治批判也未停留于对"文革"伤痕的控诉与指责，而是深入历史的纹理，对政权中导致伤痕的负面性因素进行抨击。国民性批判作为碎片化的乡村日常生活细节中自然隐含的主题意蕴，对其进一步挖掘，便可发现其对农民固有品性中狭隘、自私、记仇怨、擅报复等人性恶的批判建立在对农村基层社会中政治经济危机的展示和对农村社会中政权腐败的批判的前提下。就这一双重焦点的关照反思来看，贾平凹的《古炉》开创了"文革"书写的新路径，把对"文革"的反思从空洞的政治话语批判、虚幻大历史对个体精神挤压的模式化书写中解放出来了，直面"文革"本身，追究造成"文革"劫难的责任人，希求在思想史、政治史的脉络中清理"实有"，真正将历史的教训转变为前进的资源，在未来的路上杜绝类似事件的再发生。评价一部历史小说优劣的标准在于：历史观是否有新突破，文本是否呈现出独特的历史风貌。以此为标尺，《古炉》无疑是一部书写"文革"记忆的优秀历史小说。

农村基层政权日益成为威权政治的替身，成为各种腐败滋生的温床，这对农民日常生活中的物质需求和精神自由均构成了压迫。"哪里有压迫，哪里就有反抗"，以压抑为生活和情感主体特征的农村大地，正孕育着反抗的种子，并借着某场运动的风声迅速生长，人性中的魔鬼也会得以释放，失控的政治悲剧、人性悲剧、文明悲剧就会成为必然。历史并不是直线式的前进历程，在四季循环的时光流转中，曾经发生的也许就是现在上演的或者将会出现的，"文革"不能只作为一个恶的代名词被广泛批判，它赖以产生的土壤以及蕴含的政治文化批判为我们思考处理改革三十年后中国社会种种瓶颈问题提供了根性的思想资源。

四、结语

当然，乡村日常与"文革"叙事合谋的写作范式也有着鲜明的审美局限。抽离"文革"母题，《古炉》核心的创作手法为"法自然的现实主义"。"自然、真实、客观"是这一写作范式内在的审美标准，正如笔者所分析的那样，《古炉》从整体氛围营造到村庄日常摹写均遵从了这一审美规范。但沉入文本的细部进行解读，就会发现这一美学标准在《古炉》中并未得到自始至终的贯彻，在善人、水皮、黄生生三个人物形象的刻画中存在着不真实、欠客观的局限。

善人被迫从僧返俗，是村民中的异类，他大部分的时间都用于给村人说病。说病之时，主讲伦常人道，援用的话语资源既有儒家、道家又有佛教等，既有中国传统的仁义礼智信，又有西方的忏悔赎罪说，知识体系涉及文化哲学、宗教等，不仅广博而且精通。这样的知识结构如何形成，成为读者感兴趣的一个问题。但文本除谈及善人在寺庙中学过善书外，再无他论，问题自然转化成疑问，进而质疑善人的身份和他言说的意义，这样驳杂的哲学和宗教知识对很少受过教育的村民来说，很难理解更遑论接受。比如狗尿苔就多次提及无法理解善人的话语。再者善人还极为善良，志向广博，认为生命的意义在于呼唤人伦与孝道，不仅同情弱小，而且有众生平等观念，无论对何种人都会尽力为其说病，没有任何人性中的固有阴暗面，真乃一个"为天地立心，为生民立命"、度众生于大道的理想主义者。这样的形象根本无法与20世纪60年代的封闭山村相贴合。虚构虽是文学书写中无可厚非的技法，但人物同样要符合小说世界的物质发展逻辑。善人形象的虚假性又带来另一个问题：为什么贾平凹会在文本中安插这样的人物？善人的说教身份寄托着作者对中国传统文化中优秀精粹丧失的痛心和期待优良文化回归与重建的渴望。贾平凹在与韩鲁华的对话中谈到善人这一形象时提到："古人提出的人是以孝为本的，然后演化中国传统的仁义忠孝，这些在'文化大革命'这一段社会形态里已经丧失了，才安排这个人出来，宁愿叫这个人物不丰满，宁愿叫这个人物不停地说教。"[①]

与善人绝对的"善"相反，水皮、麻子黑和黄生生则是完全的"恶"。水皮在"文革"前对权力的化身老支书曲意逢迎，对弱小者如狗尿苔则常奚落欺凌，爱用政治话语曲解日常生活中的惯用语，给人戴政治帽子，充当不光彩的告密者。"文革"开始后他为霸槽鞍前马后，做了很多煽风点火的实际工作，山明水秀的村庄变成武斗场，他难辞其咎。麻子黑则是恃强凌弱、逞勇斗狠之徒，为了争夺队长这一"官位"，竟不惜投毒杀人。黄生生是狂热的"文革"信徒，是霸槽走上"文革"道路的领路人和帮凶，因得他的宣传和出谋划策，霸槽在古炉村展开了"文革"运动。简言之，他们的所有行为都充斥着邪恶和阴暗，与人性中善的力量完全绝缘。

这样彻底的"善"与"恶"，在日常生活中有多大可信度，姑且不论，仅以贾平凹写"人性本真"的审美理想来比照，悖论便自现。贾平凹认为：人性的东西是必然存在的，善与恶一体共生，要想写活一个人，就不能故意矫情地只写其善或恶的某一个方面。由是观之，这些人物形象的塑造是贾平凹越过叙述人身份，充当说教者和审判者的结果，体现的是一个写作者的良知。善人寄托着作家美好的理想，他期待着仁义礼智信在人心中长存，期待着为理想实现而不屈奋斗、为捍卫信仰而殉道的勇猛之士的出现。水皮、麻子黑和黄生生的邪恶以及他们的凄惨下场则昭示着作家对邪恶的痛恨。但是这违背了"法自然的现实主义"创作手法所强调的真实和客观，损伤了其美学上的完整性。与《秦腔》中不作任何表态性评判相反，贾平凹在《古炉》中对狗尿苔和蚕婆屈辱低就的生存哲学甚为赞赏，这也从另一个侧面表明他创建的"法自然的现实主义"写作范式还存有一定的局限性。要纯熟运用这一范式，并使其具有典范意义，他还有一段艰苦的路要走。

（原载《中南大学学报（社会科学版）》2011年第5期）

[①] 贾平凹、韩鲁华．《 种历史生命记忆的日常生活还原叙事》．载《西安建筑科技大学学报（社会科学版）》2011年第1期。

民族记忆中不该被遗忘的存在

任葆华

贾平凹是一位有着强烈美学野心的作家。继《秦腔》《高兴》之后，他不负众望，新近又推出了一部力作——《古炉》。该小说近乎原生态地写出了"文革"在一个基层乡村发生发展的历史轨迹，着力于日常生活伦理和人性的勘探，揭示了一种几乎被遗忘的存在。可以说，《古炉》是对"文革"叙事的一次重大突破，并且在小说形式探索方面取得了新的成就。

一

《古炉》书写的是"文革"题材。故事发生在一个名为"古炉"的山村，这里原本山水清明、民风淳朴，村人虽拥有烧瓷的传统技术，但依然贫穷落后。不过，大家的日子过得倒还宁静平和，彼此也相安无事。可随着1965年冬天的到来，动荡便开始了。古炉村里的几乎所有的人，在各种因素的催化下，各怀不同的心事，自觉不自觉地卷入了一场声势浩大的运动之中。先是村里以姓夜的村民为主成立了组织——红色榔头队，接着姓朱的村民为保护自己利益免受损害，与之对抗，又成立了红大刀队，他们分属"联指"和"联总"两个不同的派别。"正因为太贫穷了，他们落后，简陋，委琐，荒诞，残忍。历来被运动着，也有了运动的惯性。人人病病恹恹，使强用狠，惊惊恐恐，争吵不休。在公社的体制下，像鸟护巢一样守着老婆娃娃热炕头，却老婆不贤，儿女不孝。他们相互依赖，又相互攻讦，像铁匠铺子都卖刀子，从不想刀子也会伤人。他们一方面极其地自私，一方面不惜生命。"[1]起初他们之间只是相互猜疑，接着便是对抗，最后甚至反目成仇，发生械斗，酿成了一幕幕惨绝人寰的悲剧。

"文革"题材的书写，在之前的中国当代小说中始终没有间断过，但像贾平

---

[1] 贾平凹：《古炉》，人民文学出版社2011年版，第604页。

凹这样以一种密实流年式的写实手法还原和展现中国基层"文革"的历史轨迹的作品,似乎从未见过。"文革"刚结束时出现的伤痕文学,几乎全是在写"文革",但那时候表现"文革"的作品基本停留在控诉、批判的层面。虽然它们写出了"文革"十年中许多疯狂残忍、触目惊心乃至荒诞离奇的事件,写出了种种冤假错案,写出了人性扭曲与变异,但很少能使人对这场史无前例的历史悲剧的本质及原因得出某种清醒的了悟。用贾平凹的话来说,"它们都写得过于表象,又多形成了程式"①,因而没有写出造就无数悲惨故事的"文革",在我们中华民族历史上那是一种什么样的悲剧,是什么力量促成和导演了这场悲剧,它们为什么会在我们民族的社会生活中流行。尽管随后的反思文学对此也进行了程度不同的反思,但反思多是从单一的政治角度进行,几乎无一例外地把造成这场劫难的根源,简单归结为特定时期的极左政治。由于众所周知的原因,直接从正面叙写"文革"的作品,更是很少见到,而写到"文革"的,或只是段落式的书写,或写得极尽荒诞。像《古炉》这样以巨大的篇幅,不写高层政治斗争,而是近乎原生态地写"文革"如何在一个非常基层的乡村发生发展,写一群普通农民的日常生活,写他们在这样一个巨大政治运动中人性的善与恶、灵魂的高尚与卑劣,进而揭示"文革"发生的社会土壤,并对之进行深刻反思的作品,确为罕见。

作为一名作家,贾平凹无意对"文革"这样一个大的运动做具体评价,他更关心的是人和人性,以及人和人性在这样一个大的历史运动面前的种种表现。"文革"结束后曾有过那么一段时期,大家都是"文革"的批判者,都把责任归结为林彪、"四人帮"一伙人的破坏,而我们自己好像一点责任都没有似的。总是在审判别人,却很少低下头反省一下自身。我相信,读《古炉》,经历过那场运动的每一个人,或许都能从中找到自己的影子,因为作品中的人物就是现实人物的镜像。可以说,他们都是那段历史悲剧的始作俑者和参与者,因为悲剧的产生都源于这些人身上无法摆脱的民族性。

长期以来,简化的蛀虫一直都在啃噬着人类的生活,简化着世界的意义。因此,在许多中国人的意识里,"文革"常常被简化为几个历史事件,而这几个历史事件又被简化为具有明显倾向性的解释,甚至连那时候人们的社会生活,

---

① 贾平凹:《古炉》,人民文学出版社2011年版,第603页。

也被简化为政治斗争。说到"文革"的经验教训时,仅简单地归结为政治上的极左。贾平凹的小说《古炉》,只是用密实流年式的日常生活叙事还原了那一段历史,并没有直接明确地进行评判和议论。它是要告诉人们:事情远比人们想象的要复杂得多,并提醒人们注意这种简化可能会带来的危险,避免胡塞尔所说的"'生活世界'彻底地暗淡了,存在最终落入遗忘之中"的情况出现。他是在唤醒我们抵抗遗忘,让我们清楚地看到我们民族自身,乃至人类血液中存在的一种破坏力量,提醒我们人类注意进行自我控制;他是"要永恒地照亮'生活世界',保护我们不至于坠入'对存在的遗忘'"①。

小说最后有一个场景让人印象深刻。那就是当霸槽等人被枪毙时,附近四邻八村的人们像赶集一样来看热闹,把整个刑场挤得水泄不通。其中,有两个围观的人对一个手拿蒸馍的人叮咛道:枪一响你就往前边跑,边跑边掰馍,跑到跟前了就把脑浆掬在馍里,要趁热吃,记住了没?拿馍的人说:我吃不下去了咋办?一个说:必须吃!听话,吃了你的病就好了。记住,往第一个沙坑那儿跑,第一个是榔头队的队长夜霸槽,他脑子聪明。这一幕自然会让人想到鲁迅的小说《药》,想到华老栓为儿子买人血馒头的那个场景。鲁迅当年借此来批判国民的愚昧无知和麻木,贾平凹重叙这一场景,是不是在提醒人们,启蒙的任务还没有完成,一切没有结束。霸槽、天布、守灯等人虽然被处决了,但古炉村里依然生活着那些农民,支书也许还当着支书,杏开和霸槽的孽子已长大,也许会像霸槽一样出外闯世界、讨生活,其他人大部分还在村里,而他们的后人依然在为生计艰难地奔波着。小说《秦腔》里写的乡村人物生活现状,应该就是古炉村人如今的生存状态。不难看出,虽然时代发生了巨变,但"文革"发生的土壤依然存在。如果时机成熟、条件具备,它还有可能会再次发生。贾平凹试图用文学和艺术的手段,挖掘和透视中国人的民族性,揭示深藏在每个国民血液中的遗传密码,或许它才是解释一切历史事件发生发展的根本,是跨越时间和空间的恒定规律,是我们民族历史中不该遗忘的一种存在。

二

走进古炉村,到处是病人。支书患的是胃病,六升得的是肾病,来回患羊

---

① 米兰·昆德拉:《小说的艺术》,董强译,上海译文出版社2004年版,第22—23页。

癫疯，老顺疯了，马驹哮喘，跟后便秘，面鱼儿长有瘿瓜瓜，长宽他大半身不遂……几乎所有的病在古炉村的人身上都能找到。连村里的猪也染上了猪瘟，死了大半。而更令人惊奇的是，那些积极参加"文革"造反的人，后来竟一个接一个地染上了疥疮这种传染病。在我看来，这里的疾病，绝不仅仅是一种自然的生理疾病，而是有它的隐喻意义。在传统的政治修辞中，疾病常被看作是上天对人间的一种惩戒，也常被用来隐喻社会的失序和混乱。自从有人类文明以来，人们对社会的想象就常常与人体官能相关联，社会的健康稳定就像是一个健全的肌体，而社会的动乱失调则意味着身体的某一部分生了疾病。在文学这个充满隐喻的世界中，疾病就常常被写成一种对社会关系已经发生的偏离状况的表露，并且把这种偏离视作疾病的本源。作为生理学层面上的疾病，它确实是一个自然事件；但在文化层面上，它又从来都是荷载着价值判断的。《古炉》中大量的关于疾病的意象，就不单纯只是人物生理上的一种疾病，而是被用来表达作家对社会秩序的一种焦虑和不满，甚至被当作了邪恶的标志、某种将被惩罚的东西的标志。需要特别指出的是，贾平凹让霸槽等人染上疥疮这种传染性疾病，其隐喻意义颇为深刻。据医学书上讲，感染疥疮以后，全身皮肤可出现米粒大小的丘疱疹或红斑，特别是指缝、腋窝、腹股沟、外生殖器、臀部等皮肤比较薄嫩处多见，亦可发生在头面部。疥疮奇痒难忍，常使病人搔抓不已，乃至夜不能寐，痛苦万分，长时间挠抓可至皮肤破溃和继发感染其他系统疾病。小说中，最先感染此病的是榔头队的头目霸槽，因为他是古炉村"文革"的"先行者"。随后感染的是他的手下——榔头队的骨干成员。作为他们精神领袖的马部长，也因与霸槽的身体交往未能幸免。榔头队的秃子金又把它传染给了他的老婆半香，而半香因为与红大刀队的头目天布私通，又带给了天布，再由天布传给了红大刀的其他成员……最后热心参与"文革"造反的人，几乎无一幸免，全都染此疾病。只有狗尿苔、善人、蚕婆等几个社会边缘人幸免于此。贾平凹借小说中的人物秃子金之口曾说道："霸槽把革命传给了咱，把病也传给了咱……"[1]而当榔头队的人知道红大刀的人身上也染上了这种病时，迷糊则直接说道："这是革命病吧？"[2]其中的隐喻意义，很是明显。"文革"是一种"革命病"，它就像疥疮，具有极强的传染性，人们身处其境，很容易受到感染，许多

---

[1] 贾平凹：《古炉》，人民文学出版社2011年版，第437页。
[2] 贾平凹：《古炉》，人民文学出版社2011年版，第439页。

人就是在不知不觉之中身卷其中的。贾平凹采用这种传染性疾病，对霸槽、马部长、秃子金、天布等人物加以描绘，是在隐喻"文革"中人们身上的焦躁和狂热，同时他也把这种疾病看作邪恶的标志，某种将被惩罚的标志，其中隐含着作家自己的道德批判和价值态度。

此外，来回和老顺的精神发疯，也具有隐喻意义。一个正常的人在一个非正常社会环境下很容易发疯。他们的疯癫是用身体说出的话，是一种戏剧性地表现内心情状的语言，是一种自我表达，表达他们对社会失序和动荡的极度焦虑。如果说，来回、老顺的疯癫还只是一种医学范畴内的精神病，那么，霸槽、马部长、水皮和天布们的疯狂，应该是一种更为严重的"病"。帕斯卡说过："人类必然会疯癫到这种地步，即不疯癫也只是另一种形式的疯癫。"[①]霸槽们用至高无上的革命的名义所支配的行动，用一种非疯癫的冷酷言语相互交流和相互承认，在某种意义上，难道不是一种更为可怕、破坏力更大的疯癫吗？

与小说的疾病叙事相关，小说中还写了一个叫善人的人物，他一生热衷于给人说病，以达到医学所不能企及的疗效。在他看来，人之所以患病，就在于"志意心身、三界五行"之类出了问题。甚至社会的混乱，也源于此。其中许多说法虽然不离阴阳五行，是易、道、佛的衍生物，但善人的"说"确实能治一些病。他更多的是在治人心。"在人性爆发了恶的时代，他注定是要失败的，但他毕竟疗救了一些村里人，在进行着他力所能及的恢复、修补，维持着人伦道德，企图着社会的和谐和安稳。"[②]善人这个人物的设置，寄托了贾平凹的疗救病态社会和病态人性的一种理想。善人的许多人生哲学和理念，都是在倡导人与自然、人与社会和人与人之间的和谐，因此，它对于人类精神生态的平衡，对于建构和谐社会、和谐世界，无疑都具有极高的价值和意义。这也说明了贾平凹的小说已经具备了世界性的因素。

三

贾平凹将悲剧内容和喜剧形式交织混杂，表现世界的荒诞，表现社会对人的异化、对人性尊严的摧残，以及人类自我挣扎的徒劳，这使得小说具有一种黑色幽默的味道。小说《古炉》在许多地方用一种荒唐可笑的喜剧的形式来表

---

① 米歇尔·福柯：《疯癫与文明》，生活·读书·新知三联书店2007年版，第1页。
② 贾平凹：《古炉》，人民文学出版社2011年版，第605页。

现悲剧性的内容，让人哭笑不得，然而这一切又都是绝对真实的存在。小说在揭示"文革"中人们对伟大领袖的膜拜和神化时，多处使用此手法。如，水皮写的大字报，白天一贴出，晚上就被天布派人撕掉，为了防止对方再次撕掉自己的大字报，霸槽竟想了个办法，在写有大字报的那张纸的四边贴上毛主席的语录，对方便再也不敢造次了。更为荒诞的是，榔头队与红大刀竞赛喊口号，越比声越高，越比节奏越快，水皮竟错把"拥护毛主席，打倒刘少奇"的口号，喊成"拥护刘少奇，打倒毛主席"，结果被对方抓住辫子，说他是反革命分子，揪出批斗。灶火上街买了个毛主席的石膏像，因买的东西太多腾不出手来拿，便用绳索拴住，挂在扁担头上，结果被人发现，说他把绳子拴在毛主席的脖子上，是要勒毛主席，要让毛主席上吊。还有，村里的猪得了猪瘟，许多人家的猪都病死了，秃子金家的却安然无恙，他高兴地抱着自己家的猪说"万寿无疆"。万寿无疆的只能是毛主席，他说他家的猪万寿无疆，于是有人竟说他恶毒攻击毛主席，是反革命。武斗时，狗尿苔从墙上揭下一张领袖像贴在簸箕上挡在身前作为护身符，对方竟不敢出手打他。而更让人目瞪口呆的是，灶火因参加"文革"武斗，被对方点燃背上炸药包，临死前口里喊出的竟是：文化大革命万岁！毛主席万岁！所有这些，都让人感到既荒诞又可笑，而在荒诞不经之中又包含了沉重和悲哀、眼泪和痛苦、忧郁和残酷，让人们感知到了世界的荒谬和社会的疯狂。

　　小说中有一个情节，给我留下的印象颇为深刻。那就是当榔头队和红大刀队的人马在村里混战，天布他们逃进了六升家，先是要上房防守，遭六升老婆反对后，他们竟抬走了六升家的桌子和织布机作路障，后又把中堂上的柜子也抬了出去，这时，六升的老婆抱着放在柜盖上的六升的牌位愤怒骂道："文化大革命我日你妈，你这样害扰人？！"最初读到这段，我先是想笑，继而感觉很解气，但很快又被一种莫名的悲哀代替。我觉得，发自六升老婆肺腑的这一句国骂很传神、很给力，它犹如井喷，一泻千里，酣畅淋漓地喊出了当时人们久郁在胸的愤怒和怨气，它甚至超过了以往任何对"文革"否定的文字。

　　我注意到，《古炉》所讲的故事发生的时间段，是1965年冬到1967年春，仅一年多。而贾平凹竟用了六十四万字的篇幅来叙写，并且写得细密鲜活，生机盎然。应该说，贾平凹的写实功夫，在中国当代小说家中，能够出其右者恐怕没有几个。从《高老庄》到《秦腔》，再到《古炉》，贾平凹一步一个脚印，逐渐把写实做到了极致，做到最好。吃喝拉撒、家长里短、生老病死、鸡毛蒜皮，一应俱全。我很佩服贾平凹写作过程中对节奏的把握，有时甚至觉得他是在考验读者的耐心。不过，当你慢慢读下去的时候，便会觉得过去的乡村其实就是这个样子。小说叙事节奏缓慢，从细节到细节，从事件到事件，通过细节的堆积来创造情节、人物和弥漫一种意蕴，初看或局部看，只是觉得有趣味，但很琐碎，待到看完全书，回头一想，才发现这种写法，恰到好处地表现了过去中国乡村的那种很琐碎很无聊的日常生活，把人物心情、感觉写进去，而且把乡村生活的味道氛围写了出来。鲜活和丰盈的细节，使得古炉村的生活"有声有色，有气味，有温度，开目即见，触手可摸"[1]。这样一种写法，我称之为原生态的写实主义。王彪在与贾平凹的一次对话中，说小说《秦腔》"以细枝末节和鸡毛蒜皮的人事，从最细微的角落一页页翻开，细流蔓延、泥沙俱下，从而聚沙成塔，汇流入海，浑然天成中抵达本质的真实，从这个角度说，回归原生的生活情状，也许对不无夸饰的宏大叙事是一种'拨乱反正'？"[2] 其实这段话用到小说《古炉》上，似乎更为贴切。

当然，贾平凹并不仅仅局限于用写实的手法。受拉美魔幻现实主义小说的启迪，他还非常注意开掘中国乡野中的神秘主义，拓展作品想象的空间，使小说具有荒诞的意味。如小说主人公狗尿苔能闻见村人的灾祸、死亡的气息，能与鸟兽家禽对话；蚕婆能用剪纸艺术复活动物与家禽的灵魂和生命，以及用巫术给人治病等。这样的叙写，有助于作家在作品中建构一个虚构的世界，传达出现实世界无法表现的韵味。

贾平凹说："脚蹬大地才能跃起。"[3] 很显然，他的写实，旨在脚蹬大地之后的跃起。看得出来，贾平凹是一个清醒的有着自觉美学抱负的作家。就小说《古炉》而言，无论是在思想精神上，还是艺术形式方面，都已经跃上一个新的高度。米兰·昆德拉曾说："今天绝大部分的小说创作都是小说史之外的作品……它们讲不出什么新东西，没有任何美学抱负，没有为小说形式和我们对人的理解带来任何改变。它们彼此相像，完全是那种早上拿来可一读、晚上可

---

[1] 贾平凹：《古炉》，人民文学出版社2011年版，第606页。
[2] 贾平凹与王彪对话：《一次寻根，一曲挽歌》，载《南方都市报》2005年1月17日。
[3] 贾平凹：《古炉》，人民文学出版社2011年版，第607页。

一扔的货色。"[1] 以此来考量贾平凹的新作《古炉》,很显然,这部作品绝不属昆德拉所说的那种"小说史之外的作品"。因为它不仅讲出了"新东西",使我们对"文革"、对人和人性有了更为深刻的理解,并且在探索小说美学形式方面有了新的突破。应该说,《古炉》是贾平凹小说创作历程中一个崭新的里程碑。

(原载《小说评论》2011年第3期)

---

[1] 米兰·昆德拉:《被背叛的遗嘱》,余中先译,上海译文出版社2004年版,第18页。

"盛世危言"：一代人的忧与惧

——读贾平凹长篇小说《古炉》

郭洪雷

贾平凹长篇小说的出产很有规律，从《浮躁》开始，基本两年左右一部，其中《废都》沉潜较长，用了四年，出版后一时"洛阳纸贵"，出现了到处争说《废都》的奇观。这次《古炉》也用了四年，年近六旬的贾平凹拿出了自己最长的一部作品。《古炉》是写"文革"的，对于贾平凹而言，那段记忆"刻骨铭心"："文革"开始，他十二三岁，上初中时参加过"刺刀见红"造反队，毕业后回家当农民，曾写过"打倒朱德"的标语……那时他肯定体验过"造反"和"批判"所特有的兴奋。然而，也是在"文革"中，其父亲被打成"反革命分子"，开除公职，押送回村劳动改造，"封建残渣余孽"或"四类分子"那时所要承受的屈辱与歧视贾平凹也并不陌生。随着年龄增加，贾平凹感受到了那段记忆的纠缠，他要用自己的方式，给个人记忆同时也给民族的集体记忆一个交代。

一

毋庸讳言，在当下语境中，"文革"尚不能被自由言说，每当切近那段历史，你总会感受到有形或无形、直接或间接的抑制，长此以往，那段历史便渐渐沉入个人和民族集体记忆中"有意遗忘"的暗区。要想激活那段历史记忆，贾平凹的最大困难还不在于题材敏感，而在于自身经历的有限。他清楚地意识到，自己不可能全方位把握"文革"，他想要以小说的方式穿越"文革"，必须选取一个适切的叙述视角。

近十年来，贾平凹在不断探索着小说的叙述视角：《怀念狼》以作为记者的"我"为视角，在猎人舅舅陪伴下，为了保护狼而追踪、拍摄仅剩的十五只狼，然而事与愿违，最终却荒诞而又悖谬地目击了十五只狼被一一猎杀。在这一过程中,人性与狼性之间相克相生的惊人真相,使得"我"所代表的文明、理性和所谓的环保意识受到无情的嘲弄和颠覆。《病相报告》严格遵循视角一致的成规,采用纯粹第一人称,以"分进合击"方式,多角度还原一段刻骨铭心的爱情。但这样的尝试让贾平凹感受到了"不自在",很快放弃了此种技巧偏执。《秦腔》的视角以奇取胜,小说中引生看似疯疯癫癫,实则清醒冷静,表面是自慰、自宫的花痴,实则是忠贞执着的精神恋爱者。正是透过引生的眼睛,小说见证了现代观念冲击下古老秦腔无可挽回的衰败命运,见证了乡村世界被剥离土地后所引发的精神病相和生命扭曲。从该作的叙述看,贾平凹未能摆脱人物视角自身的限制,时不时倒叙、补叙,视角转换略显滞重,与其追求的"自在"尚有距离。《高兴》中刘高兴这一视角使贾平凹收获了特殊的叙述语调——超脱悲苦与激愤,以欢愉而又幽默的语调叙说底层故事。考察前几部长篇,不难发现贾平凹在经营叙述视角方面的特点和倾向:多采用内部聚焦的人物视角,且越来越倾向于从现实生活中寻找和发掘性格独异的叙述者,并透过这一人物视角传达自己的道德关怀和伦理立场。

我们知道人物视角有自身局限,受"视角一致"成规的影响,往往不能转换自如。但在贾平凹眼里,"视角转换"并不是小说能否成功的关键①,他深知中西小说思维方式不同,而"视角一致"深受焦点透视观念的影响,为了克服这一成规,贾平凹一方面承续传统,以人物视角为主,辅以全知视角;另一方面,吸收"魔幻元素",以打破"视角一致"的禁忌。贾平凹坦承马尔克斯、博尔赫斯、略萨等拉美小说家给自己的启示②,但他又深知一味拘泥于技巧借鉴,"启示"终会沦为"泥淖",自己所追求的"中国气派"更是无从谈起。故此,他在《古炉》中以童话置换"魔幻",同样起到了解放视角的作用。狗尿苔是贾平凹选取的基本叙述视角。他十二三岁,前无来处,后无落脚,既古灵精怪,又含屈抱辱,人境的逼仄使其幻想无端,在与动植物的交流中,收获了一个美丽的童话世界。狗尿苔身上有贾平凹自己的影子③,在小说中,他不仅是作者记忆的附着点,而

---

① 贾平凹:《我心目中的小说——贾平凹自述》,载《小说评论》2003年第6期。
② 贾平凹:《关于语言——在苏州大学"小说家讲坛"上的演讲》,载《当代作家评论》2002年第6期。
③ 贾平凹、舒晋瑜:《尽力写出中国气派——访作家贾平凹》,载《中华读书报》2011年1月19日。

且还是传达作者伦理立场的理想中介。更为重要的是，狗尿苔的童话世界，可以让作者在视角选择上突破"人"的限制，使叙述进入"万物有灵"的生命交响状态。童话允许贾平凹"以物观物"，自由选取聚焦者，最终使叙述视角的选择在生命世界中流转无碍、自在圆融。

贾平凹强调生活本身就是故事，故事里有它本身的技巧。在叙述视角的选择上，他善于利用人物自身特点，制定具体叙述策略，这在《秦腔》和《高兴》中已有充分体现。同样，在《古炉》中贾平凹利用狗尿苔的年龄和心理特征构筑了一个童话世界，打破了"视角一致"的成规；更进一步，他还利用狗尿苔的性格、身体特点和阶级地位，采取低位、旁观的叙述策略。狗尿苔长得黑，个头矮，肚大腿细，眼突耳夸，又是伪军属，在村里人见人欺。然而，狗尿苔是作者眼中的天使。他充满童心，生性良善，乐于助人，但又聪颖狡黠，还时不时发点儿蔫坏。在村里人人作践他，但又都信任他。他上山下河，穿门过户，没人注意，没人理会，他永远在人群的低处，只能做批判与武斗的旁观者。这样的人物作为聚焦者，使叙述本身获得了极大的自由。

值得注意的是，狗尿苔并不是一般意义上的少年，他心智成熟，幽默促狭，身怀异禀，颖异通天，携带着过量的成人经验和生命智慧，是一个寄寓着贾平凹道家理想的人物形象。贾平凹曾说是一尊明代童子佛将神明赋予了狗尿苔，但狗尿苔身上所蕴含的美与丑、善与恶、有用与无用的哲学辩证，具有鲜明的道家印记。金庸先生一再否认《鹿鼎记》是写"文革"的，但狗尿苔还是让人想到韦小宝——无论是身处于倾轧的朝廷，还是游走于险恶的江湖，都能周旋自如、游刃有余，并成为最终的受益者。只不过韦小宝收获的是娇妻美妾，狗尿苔得到的却是丰厚的"象征资本"——那粗粗的像龙一样的白皮松的树根、善书和善人不朽不灭的"心"。

二

贾平凹小说多产且多争议，他的《废都》被斥为反文化、反真实、反现代性的写作，《怀念狼》被视为消极写作的典型文本……他的创作可能存在诸多欠缺和不足，但贾平凹有一点值得尊敬，他的小说始终伴随着强烈的现实焦虑，即便是《废都》这样的作品，你在阅读中都能体会到一种难以排遣的当下隐忧。正因如此，贾平凹的小说技巧无论怎样花样翻新，内容无论如何奇幻诡谲，在整体上始终葆有现实主义本色。《古炉》的创作也不例外。《古炉》要激活"文革"这段历史，书写和反思人性在"革命"中的症候与病相，通过历史和人性去思考民族、国家的命运，而这一切的"结穴"则在作家的当下体验。在小说中贾平凹最感兴趣的问题是："如果'文革'之火不是从社会最底层点起，那中国社会的最底层却怎样使火一点就燃？"在某种意义上，《古炉》也是一种书写底层的作品、一种历史化的底层写作，贾平凹所关注的问题不只是底层生活的贫穷与艰难、底层情绪的愤懑与不平，更重要的是，"文革"使他认识到"贫穷使人容易凶残，不平等容易使人仇恨"[1]，凶残与仇恨是人性中的"恶"，而底层之"恶"对社会、文化的毁灭与破坏，使其成为中国历史最为重要的型塑力量，并最终左右整个民族的命运。

就政治而言，"文革"已有定论，但思想、文化方面的反思还远未穷尽。我们否认"文革"是革命，但在大批判、造反和武斗中，参与者表现出的情绪和精神症候又颇具革命特征。"文革"是中国历史的一块阴影，更是让人难于直面的人性"黑洞"。贾平凹是"过来人"，对于这一点感怀尤深。在他看来，"文革"发生原因虽有千种万种，但责任应该是大家的，我们每个人都是有罪的。"日日夜夜的躁动不安、慷慨激昂、赴汤蹈火、生死不顾，这里有着人自以为是的信仰，也有着人的生命类型的不同，这如蜜蜂巢里的工蜂、兵蜂和蜂王。"[2]各人性情、气质、禀赋不同，"革命"中所呈现的人性样态自然不同。贾平凹正是透过"生命类型"去勘探人性，甄检善恶，洞彻人性深处的隐微，在造反、批判和武斗中揭示"革命者"的情感症候和精神病相。

在《古炉》中，贾平凹刻画了四类"革命者"：第一类凸显了人性的邪恶与丑陋。如麻子黑、黄生生和马部长，他们冷酷、残忍、暴虐，权力的追逐和虚妄的信仰使他们的人性极度扭曲。第二类人物是"革命"的领导者，如霸槽和天布。他们是古炉村"革命"的领导者和传播者，但"革命"使他们欲望膨胀，最终堕入恶的深渊。第三类是被"知识"扭曲、遮蔽了良心的人，如水皮和守灯之流。此类人物多为乡村知识分子，但"知识"并未成为其改变自身心智和命运的力量，反而使他们失去了农民的淳朴和良善。第四类是"革命"中的"乌合之众"，如迷糊、跟后、秃子金、灶火等，他们是革命的主体和决定力量，在日常状

---

[1] 贾平凹：《古炉》，人民文学出版社2011年版。
[2] 贾平凹：《我是农民》，吉林人民出版社1998年版。

态,他们是被损害者、被侮辱者,他们具有天然的反抗和革命诉求,"革命"中他们是"跟后",是"迷糊",他们既可以"打破万恶的旧世界",也可以"助纣为虐""为虎作伥",加之中国乡村复杂而又根深蒂固的家族关系,使得他们既可以被轻易掌控,又可能瞬间失控,成为摧毁一切的非理性力量。

在众多人物中,守灯和霸槽二人值得特别关注。守灯是地主的儿子,村中每有"风吹草动",他便成为理所当然的斗争对象。他有知识,有文化,钻研瓷艺,本可成为忍辱负重的文化传承者,但长期的羞辱和压抑,使其成为品行扭曲、心理阴暗的"怨恨者",最终坠入恶障,为恶所噬。守灯这一形象是否可以填补古来文学人物的空白,不好简单论定,但可以肯定的是,这一人物源于现实,源于贾平凹对"被侮辱和被损害"者人性的独特省察。小说没有简单地"同情弱者",从而错过对人性复杂与灰暗的谛视,作者透过这个人物,让读者洞彻人性的幽微,震撼于现实雕镂人性之力的奇诡与苛酷。

与守灯恰成对照,霸槽可谓是天然的"反抗者","革命"的领导者,是应时运而生的"蜂王";他是古炉村最俊朗的男人,个头高,皮肤白,棱角分明,可以轻易俘获女人;他有文化,有头脑,有野心,被善人郭伯轩称为"古炉村里的骐骥""州河岸上的鹞鹰",就连支书也怵他三分;他渴望"运动",期盼"革命",谋求在乱世出人头地,特别是神秘的"领袖"体征,给了他强烈的心理暗示,当"文革"来临,他必然一展英雄本色。然而致命的欲望,近于本能的报复心理,加之"革命"激情的致幻效应,很快使其生命进入谵妄状态。如在改革年代,他可能成为另一个金狗,然而时世弄人,在变乱的"革命"时代,"当代英雄"最终沦为历史的丑角。

三

通过"生命类型"勘察人性,贾平凹意识到,在历史、文化和社会等因素之外,存在着更为深层、更为内在的"革命"动力,它隐匿于人性深处,是人性的"痼疾"。他要告诉你的是:"革命"从未走远,因为它隐伏在你生命的幽暗之处。然而,勘察人性之"病"只是贾平凹现实隐忧的一个方面,与此相关,《古炉》以"解剖麻雀"的方式,通过"瓷"与"中国"间的借代,征用巨型隐喻,书写了国家、民族的命运和历史——一种梦魇般的"轮回"。在小说中,贾平凹通过来去无踪的神秘人物(来回)、自然时序的流转(一年一度涤荡世界的大水)、政治权力的轮替(由土改得权的支书至武斗夺权的霸槽)等多个方面来感受、叙述中国社会与历史运行的永恒"轮回"。他要告诉你的是:"革命"不会走远,它会以各种不同方式卷土重来。无论愿意与否,你都会为"革命洪流"所裹挟——"革命,革革命,革革革命,革革……"①不管你是"革命""反革命"或者"不革命",最终难逃"杀人"与"被杀"的死局。

贾平凹不是哲学家,他不会像黑格尔那样,以思辨直面人性之恶,冷静地阐释历史发展的"恶动力";他也不是学者,于书斋中探究中国历史于"永恒轮回"中所呈现的"超稳定结构"。他是一个讲故事的人,一个在叙述中感受和思考的人。在《古炉》中他必须思考的是:"在中国,以后还会不会再出现类似'文革'那样的事呢?"②他想透过"文革"思考人性,于人性幽暗处得窥"轮回"的隐秘。然而,结果令人沮丧:一场躁动,一场激情,一场虚假信仰间的攻伐,一场欲望喷张、弃绝人性的武斗,以"革命"的面目出现,而"革命"的结果不过是走了一个"来回"——麻子黑、守灯、马部长、天布、霸槽被枪毙了,在枪声中,霸槽的孩子降生了,那孩子哇哇地哭,"像猫叫春一样悲苦和凄凉"——新的"轮回"开始了。

中国人对"革命"并不陌生,《易·革》:"天地革而四时成,汤武革命,顺乎天而应乎人。革之时大矣哉!"我们的先人知道,"革命"是大事,"革命"之"时"尤为重大,它须顺天应人方能获得合法性。然而,中国近代以来"天崩地裂",旧有"道德框架"被打破,国家伦理资源的亏空导致信仰全失、敬畏全无,一时间"革命"频仍,不知有多少罪恶假革命之名而行。也许旁观者清,正如彼得·汉森所言:"近百年来,中国在思想和行为方面与西方也许有许多相似之处,但自儒教退出中国社会历史舞台后,中国社会中心的道德真空一直未得到填补。"③自20世纪90年代以来,在所谓"后革命"时代,贫富、贵贱的分差日显,社会矛盾加剧,"怨恨"情绪再度弥漫。如何重构"可以公正地调和彼此的利益冲突"④的道德框架,如何填充社会中心的道德真空,不仅是文化、道德建设的关键,而且也是化解社会矛盾的根本所在。更为重要的是,"绝对价值"场

---

① 鲁迅:《小杂感》,见《鲁迅全集》(第3卷),人民文学出版社1981年版。
② 贾平凹:《古炉》,人民文学出版社2011年版,第605页。
③ 彼得·汉森:《20世纪思想史》(上册),上海译文出版社2000年版,第70页。
④ 殷海光:《中国文化的展望》,上海三联书店2002年版,第486页。

域的长期空置，会使它沦为政治投机的赌场，个人欲望和权力争逐，会在光天化日之下"借尸还魂"，使一场场新的"革命"动地而来。

20世纪90年代中期，刘小枫曾撰文认为，汉语世界的伦理资源发生了重要变化，拥有社会法权的政党伦理在现代化经济—政治转型过程中逐步衰微，精神伦理的社会化面临危机，在当时情境下，精英伦理要么走向纯粹个体化，日益丧失社会化功能，要么向既存大众伦理靠拢，削弱自身所谓"高超"的道德内涵。尤为关键的是，政党伦理衰微之后，汉语世界的国家伦理资源将进一步亏空，尽管佛教等教团型宗教有日益明显参与社会伦理建构的行动，仍不足以平衡民间型大众伦理的伸展力[1]。就全文而言，刘小枫情之所钟还在精英伦理，希望能固守并维护大学的人文领域；与此同时，他还践行精英知识分子的责任伦理，组织策划翻译西典，特别是基督教文化理论典籍。此举效果与影响如何尚不得而知，但对其行为有人质疑，认为刘小枫在以基督教归化中国人。[2]

落位西陲的贾平凹于文坛向有边缘意识，至于思想界就更是边缘的边缘了。不过贾平凹深信，认知的路径可有不同，对云层之上高远精神境界与价值的追求则可异路同归。从《古炉》这部作品看，在如何摄取合理伦理资源重构社会"道德框架"问题上，贾平凹"情有别寄"，他所认同者恰是近代以来逸出主流文化视野、一直与精英伦理处于结构性紧张之中，并在社会底层潜运默行的民间信仰和大众伦理——善书和善人的宗教与哲学。

四

细读之下不难发现，《古炉》由两条伦理脉络支撑：一条是躁动的、欲望的，它以"革命"为徽号，彰显着人性之恶。这是小说的主线，前面提及的诸多"革命"人物都是由这条线牵动的"玩偶"。另一条是沉静的、讲求伦常的，它以善人哲学为标志，昭示着人性之善。这是小说的辅线，善人、蚕婆、葫芦媳妇、三婶等人构成了这一脉络的主体。他们的生活也许庸常，但他们看似平凡的道德意识，却构筑了日常伦理的基底。其中善人是这一伦理脉络的引领者。我们从小说后记知道，善人是有原型的，一个偶然的机会，贾平凹接触到了《王凤仪

---

[1] 刘小枫：《这一代人的爱和怕》，华夏出版社2007年版，第293—294页。
[2] 参见高旭东：《中西文学与哲学宗教——兼评刘小枫以基督教对中国人的归化》，北京大学出版社2004年版。

言行录》，他读了数遍，觉得非常好，便将家乡村里的一位老者和王凤仪捏合成善人这一形象。贾平凹在后记中写道："善人是宗教的，哲学的，他又不是宗教家和哲学家，他的学识和生存环境只能算是乡间智者，在人性爆发了恶的年代，他注定要失败的，但他毕竟疗救了一些村人，在进行着他力所能及的恢复、修补，维持着人伦道德，企图着社会的和谐和安稳。"①

对照相关材料可知，那位村里的老者只为善人提供了"躯壳"，而善人的身世、言行和思想大多来自王凤仪和他的"言行录"，小说中许多善人说病的例子，亦由《王凤仪言行录》的记载改写而来。王凤仪是近代一位慧能加武训式的人物，说他像六祖慧能，是因为他是个有"奇迹"的人，除讲书说病外，一字不识的他却通过宣讲善书发展出一套人生哲学；说他像武训，是因为他广结善缘，于东三省及河北兴办义学四百余所。善人哲学的特点是以"孝"为核心，讲求"死心化性、万教归一"，其内容驳杂浑融，非儒非道非佛，亦儒亦道亦佛；其思想框架被概括为十二字："性、心、身"（三界），"木、火、土、金、水"（五行），"志、意、心、身"（四大界）……王凤仪人生哲学是实用的，而非系统的，其思想基础源于对"因果报应"和"感应"的信仰，而其思想本质，则深植于中国悠久的善书传统。中国的善书源于晋，兴于宋，盛于明清两代。近世善书以成书于两宋之间的《太上感应篇》为滥觞，其后《阴骘文》《觉世经》《劝善书》《了凡四训》《女训》《功过格》等纷纷应世，宋元以后刊印无数。明清两代善书又以宣讲明太祖《六谕》和清世祖《圣谕》为主，目的在于维护社会秩序的和谐。清同治年间刊印的《宣讲拾遗》，由乡间读书人采集百姓易于接受的故事传说纂集而成，是用以阐释明太祖《六谕》的善书。②从传记材料可知，王凤仪所讲善书即出于《宣讲拾遗》，只不过事例随世迁变，有所翻新，思想内容被进一步地系统化了。贾平凹接触到的"言行录"即由王凤仪弟子门人整理汇编而成。

贾平凹在《古炉》中让善人顶着村里老者的躯壳，讲病、劝善、度人、化世，又为其增添接骨之技，使其既能救人之"心"，又能治人之"身"。在古炉村，善人郭伯轩是智者，是人性之善的引领者，他讲病的方式和"贤人争罪，愚人争理"的思想，使其更像村人的"忏悔师"，他和象征古老文化传统的白皮松一样，作为传统伦理和高洁道德的象征，高居于窑神庙——古炉村的最高处。

---

① 贾平凹：《古炉》，人民文学出版社2011年版，第606页。
② 酒井忠夫：《中国善书研究》（下册），凤凰出版传媒集团2010年版，第510页。

作为主要人物之一，他与夜霸槽成为小说中善、恶两条伦理脉络的代表，他们与童心未泯的狗尿苔构成一个道德角力的三角。小说开始，村人都打趣、欺负狗尿苔，只有霸槽关心他，他喜欢霸槽，加之霸槽有文化，长得俊朗，做事有"势"，霸槽成了狗尿苔的"偶像"，狗尿苔则成了霸槽的"屁股帘子"——走到哪跟到哪。随着故事发展，霸槽——就像他的名字那样——"驴"性渐露，凭自己的魅力以霸道的方式俘获杏开，目睹一切的狗尿苔产生了朦朦胧胧的"嫉妒"；"文革"开始，霸槽抢军帽，夺像章，穿军装，背长枪……狗尿苔一时羡煞，但随着"文革"深入，"破四旧"，大批判，榔头队和红大刀队的武斗……心地良善的狗尿苔，在婆的护佑和善人的点化下，在心理上慢慢远离"霸槽哥"，渐渐走到"善人爷"一边，并最终得其衣钵，和葫芦媳妇一起，成为善人仙化后遗存凡世的善种。

在《古炉》中，白皮松被炸掉当了劈柴，连树根也被疯抢；善人神秘地死了，留下了他的善书。正如贾平凹所言，在人性爆发恶的时代，善人的宗教与哲学是注定要失败的。然而，通过贾平凹在小说中对讲病事例的大量改写、摹写，通过善人之口对王凤仪善人宗教与哲学的謄写、宣叙，以及善人故后使其善种得以薪火相传的处理可以看出，贾平凹对善人的宗教和哲学深寄厚望——通过善人思想的影响，在人性深处获取挣脱"轮回"命运的伦理支撑。但是我们应该看到，人性爆发恶的时代，不过是中国社会历史"轮回"式运行的一个环节，人性之恶的爆发，也不只"革命"一种形式。就笔者所知，当下王凤仪的善人宗教和哲学还在以不同形式流布民间，记述其言行的善书在不断刊印，其后人和门人也在不遗余力地宣讲传播。然而，作为大众伦理和民间信仰，善人的思想要想成为重构社会"道德框架"的有效资源，填充"社会中心的道德真空"，必然面对"社会化"的困境：一方面，就善人思想的历史渊源和本质属性看，它是主导政治力量的合谋者——协助后者维护社会的稳定和谐。然而，民间信仰向来不稳定，极易走向"教团化"，发育为新的社会力量。所以，主导政治力量对其总是心存戒备，往往恩威并施，既抚且控，使其在社会上难得伸展。另一方面，善人的宗教和哲学是依靠"奇迹"和"因果报应"来维系的，在小说中，此类描写可以被视为追求奇诡与神秘效果的艺术技巧，也可以理解为对"现代性"文化的重新"施魅"……但是，善人的思想一旦走出小说世界，必然遭遇常识、理性和科学的迎头"阻击"。此外，善人的思想依附于善书传统，而善书的功效往往是通过道德约束的内化和道德行为的自我量化（如各式《功过格》）来实现的。在这一传统影响下，善人思想非但不能走出传统伦理重德轻法的藩篱，反而会阻碍人类行为外在约束机制的发育，使社会、历史的运行难改旧辙。在重构当下社会"道德框架"的进程中，由于"社会化"困境和自身局限的存在，善人的宗教和哲学显然力不从心，难堪大任。

总体来说，《古炉》和《废都》均是贾平凹的用力之作，可以肯定，《古炉》不会像《废都》那样火，但它还是让人看到了贾平凹一如既往的现实关怀，看到一种基于当下的历史反思意识，一种正视人性幽暗的现实批判精神。当今时代被许多人目为"盛世"，那么《古炉》则堪称"盛世危言"。

（原载《成都大学学报（社科版）》2012年第2期）

无力的完美叙事

——贾平凹《古炉》

黄德海

《古炉》写的是毗邻中山的一个被称为古炉的小村子，历代烧瓷。村子里有朱、夜两大姓，另有许多杂姓。跟任何有人的地方一样，村子里演绎着爱恨情仇，不过因为法律、习俗和秩序的力量，趋于极端的行动力量大多被约束在合理的范围内，村庄也持续着较为平和的日常，虽然并非如乡村乌托邦者想象得那么完美。然而"文革"来了，先是缓慢，后是激越，约束的力量渐被摧毁，破坏的力量渐强，人心里潜藏的各类怪兽被唤醒，龙蛇起陆，天翻地覆，以朱、夜两姓的争斗为主，怨和恨在无序里被放大，终于演为武斗，窑场被毁，古炉村遂成一片废墟。

正如《古炉》的章次，贾平凹的叙述似时序转换，从容自然，细密周致。在大自然长养的气息里，跟随事件的发展，叙事节奏时而静水深流，时而浪急涛怒，让人莞尔的闲笔疏密错落地穿插其间。村子里所有看似互不相干的鸡零狗碎，都被纳入有效的叙事次序，各安其位，杂而不乱。顺带着，贾平凹的书写搭破了无数人的乡村桃源迷梦，因为村子里的人"落后，简陋，委琐，荒诞，残忍"，"人人病病恹恹，使强用狠，惊惊恐恐，争吵不休"，"一方面极其地自私，一方面不惜生命"。贾平凹也没有刻意展览乡村的落后和愚昧，他要写的其实是所有人，因为"是他们，也是我们，皆芸芸众生，像河里的泥沙顺流移走，像土地上的庄稼，一茬一茬轮回"。

如果书写只是技术完美度的展示，《古炉》几乎可以秒杀国内的各类小说奖项。然而，对一个写作近四十年的作家来说，技术虽不是最低的标准，却也不是最高的要求。何况，贾平凹也志不在此："在我的意思里，古炉有中国的内涵在里头。中国这个英语词，以前在外国人眼里叫作瓷，与其说写这个古炉的村子，实际上想的是中国的事情，写中国的事情，因为瓷暗示的就是中国。而且把那个山叫作中山，也都是从中国这个角度整体出发进行思考的。写的是古炉，其实眼光想的都是整个中国的情况。"

当把眼光移于整个中国的情况，疑问就来了——对"文革"这个久而弥痛的民族伤疤，贾平凹如何观测其整体，又如何找到微乎其微的突破困局的可能？从这个方向上看，贾平凹后记里的话太嫌轻易了："'文革'结束了，不管怎样，也不管作什么评价，正如任何一个人类历史的巨大灾难无不是以历史的进步而补偿的一样，没有'文革'就没有中国人思想上的裂变，没有'文革'就不可能有以后的整个社会转型的改革。"如果真是这样，那人类尽管放纵自己的邪恶和贪婪，只要耐心等待巨大灾难后的历史补偿即可，根本用不着反思，更用不着如贾平凹自己一样企图寻找原因，探讨责任。

退一步讲，就算认真地思考可以带来补偿方案吧，贾平凹设想的补偿方式又是什么呢？"只有物质之丰富，教育之普及，法制之健全，制度之完备，宗教之提升，才是人类自我控制的办法。"然而这方案不过是言辞的高调，实质却空洞浮泛，像极了官样文章，让人疑窦丛生。寻找人类自我控制的方法，探讨人群的各类改善方案，即使排比再多的好词，如不能一个一个解决逼到眼前的具体问题，都注定无效。

熟知小说的行家不免质疑，小说的所有问题不都应该在小说中解决吗，不是说作者未必是自己作品最好的解说者吗？如此纠缠于作者的现身说法，是公平的吗？那就来看小说。贾平凹说："古炉村的人们在'文革'中有他们的小仇小恨，有他们的小利小益，有他们的小幻小想，各人在水里扑腾，却会使水波动，而波动大了，浪头就起，如同过浮桥，谁也并不故意要摆，可人人都在惊慌地走，桥就摆起来，摆得厉害了肯定要翻覆。"《古炉》中，因为各种原因，不主动扑腾、洁身自守，并起到稳定作用的，是三个人物：善人、蚕婆和狗尿苔——这也是贾平凹在后记里特别提出的三个人，并借此提示了三条可能走出困境的路径。

善人常给村人说病（类似于现在的心理治疗），说的是纲常伦理、因果报应、性命之学，在过去是被称为"劝人方"的。善人也儒，也释，也道，其源在自唐代开始确立的三教合一的道教。但因三教合一的道教至小说的时代早已没有发展，因此善人能讲的也不过是旧话。当然，旧话仍有其功效，在小说中，这些说辞除了慰藉人心，还有安魂伏鬼的功能。然而鬼易伏，人难医，善人能安顿和抚平的，不过是村人浅层的心理浮沫，稍稍深入即功效全失。这固然因为村人冥顽不灵，也与善人的说病不能直抵要害有关。类似的"劝人方"固然有查漏补缺之效，但终于抵不住社会的大风浪。于是，在古炉村疾风骤雨的当口，善人自焚。灾难并未止息，善人只用自己的死完成了躲避而已。

因为丈夫被国民党抓了壮丁，并于1949年去了台湾，蚕婆成了伪军属，被划为阶级敌人。凭着自己治病、驱病、招魂的本领，蚕婆在各方斗争的夹缝里获得生存的空间。虽然每次"学习会"上都要陪站，物资分配时也受人欺负，总算还能艰难度日。有意思的是，蚕婆还是个艺术家，能剪纸、画画，神乎其技："她画着的习惯是盯着要画的地方，仿佛那里有什么可以见到的原形似的，然后用树棍或瓦片就从那儿牵出条狗来，拉出只鸡来。"蚕婆的剪纸也并不只为了供人欣赏，她也常剪五毒以驱灾，曾剪石狮子以救风水。蚕婆的这些本事——能治病，善通神，会艺术，正是古代巫的遗风。举凡专门研究过所谓的古代的巫能沟通人神，巫医同源，艺术起源于巫，在在可以看出蚕婆身上巫的影子。然而在起源意义上，每逢"大瘟疫，久旱不雨，敌人来犯，巫又是一族的领袖，千百只眼睛等着他"，"若遇节令，大收获，产子，等等，也都要真诚地祷谢"，这才能引人相信，危急时有效验，涣散时聚能量。而蚕婆的巫，早已被剥去了神圣的花衮，因此只能在人堆里做点应景的工作，用抽空了神圣色彩的艺术安顿自己都嫌艰难，要凭此走出当时中国的大困局，实在是勉为其难了。

狗尿苔是蚕婆捡来的孙子，因为蚕婆的身份，他随时可能被戴上"四类分子"的帽子。有点魔幻的是，狗尿苔个头矮，并且仿佛永远长不高。况且，已解人事的狗尿苔学会了八面玲珑，知道拎着根火绳到处给人点烟，从而赢得别人的好感，因而在历次的争斗中也未受到太多的冲击。更重要的是，后来狗尿苔做梦学会了一种逃避方式，并遵此安然度过此后的劫波："他的身子紧缩后就慢慢地静静地伏了下来，伏在了路边的一个石头旁。这情景就像空中飞下来的一只鸟，翅膀展着落下来，然后收拢了翅膀，一动不动，悄然无声。他感觉追打他的人看不见他了。"这一躲避方式，正是中国历来所谓的隐，而狗尿苔，学的是所谓隐士。然而"泰山崩，黄河溢，隐士们目无见，耳无闻"，只静静地躲避而已。这样的躲避于人无害，却也没能提示走出困局的可能。

不管是道，是巫，是隐，都是返古路线，只是这"古"失却了当时的鲜烈与能量,毫无成功可能,《中庸》所谓"生乎今之世,反乎古之道,如此者,灾及其身也"。据说,狗尿苔身上有贾平凹的影子,那么,四十年后的狗尿苔,就是现在的贾平凹了。前面谈到的贾平凹自己提出的解决方案,不就是长大后的狗尿苔所能提出的吗?于是,小说提示的三条可能路径和贾平凹设想的方案,都被立上了"此路不通"的标牌。这走不出的困局,也恰恰是贾平凹的困局。如此,再完美的叙事,都是无力的。

(原载《上海文化》2012年第1期)

重回或重建乡土叙事与民间世界

——贾平凹《古炉》读后

赵冬梅

凡看过贾平凹的《古炉》，难免都会与他的《秦腔》作比较，除了同是乡村题材外，在写作手法上，如作者自己所言："这部作品和写《秦腔》总体的方法差不多"[1]，仍是用"密实的流年式的叙写"；在人物设置上，两者之间也存在着某些对应关系，如作为小说叙事主体的《秦腔》中的引生与《古炉》中的狗尿苔、《秦腔》中的老主任夏天义与《古炉》中的支书朱大柜、《秦腔》中擅画秦腔脸谱的夏天智与《古炉》中擅剪纸的婆、两位同名的霸槽等。也有人从中国农村的发展进程，将《古炉》看作是《秦腔》的"前传"[2]，或认为《古炉》"不只是一次回忆之旅，某种程度上也是贾平凹'对治'《秦腔》中惶惑难安的当下生活的产物"，即面对《秦腔》中无法可想的泼烦日子，于是后退，"终究在曲终奏雅时提取出万象更新的'春'的时刻，借此重建'整体'，'给混乱的生活带来秩序'"[3]。无可回避，本文的写作依然会以《秦腔》为参照，所基于的不仅是两者之间的诸种关联，更是这两部小说在乡土文学创作中的重要意义。

一

众多研究者站在新世纪也即快速都市化的当下，回望 20 世纪中国文学时，仍然认为乡土文学是百年中国文学的主流，乡土文学的主流位置既受到百年

---

[1] 贾平凹、韩鲁华：《一种历史生命记忆的日常生活还原叙事——关于〈古炉〉的对话》，载《西安建筑科技大学学报（社会科学版）》2011 年第 1 期。
[2] 杨剑龙、陈永有、王童等：《历史责任与"文革"记忆》，载《周口师范学院学报》2011 年第 4 期。
[3] 金理：《历史深处的花开，余香犹在——〈古炉〉读札》，载《当代作家评论》2011 年第 5 期。

中国文学创作特性的影响,也与中国的社会现状——广大乡土社会的存在——密切相关。新世纪虽然仅仅走过十年,但在乡土文学创作中却呈现出许多新的特性,如有论者用"乡土乌托邦幻灭"来揭示中国乡土社会深刻的历史性危机,以及当代文化理想和社会理想的阙如状态[①],或用"'灵光'消逝"来描述乡土文学的美学裂变[②]。曾被视作"乡土中国的一曲挽歌""中国传统乡土叙事的终结"或"乡村叙事的整体性破碎"的《秦腔》,无疑也属于上述"新的特性"的谱系之中。

值得深思的是,当用"乌托邦幻灭""灵光消逝""挽歌""终结"等词语,来评价一部小说(如阎连科的《受活》、李洱的《石榴树上结樱桃》和《花腔》)在乡土叙事传统中的意义时,当贾平凹在《秦腔》后记中直言,自己在"充满了矛盾和痛苦"的写作中"为故乡树起一块碑子"时,是那么"惊恐"与不自信,不禁会引人追问:贾平凹以及当下中国的乡土叙事将如何继续?似乎不能免"俗",贾平凹在《秦腔》之后的长篇小说《高兴》中,让清风街的高兴也随着进城的农民工潮来到西安城拾破烂,从而被论者认为,《高兴》不但壮大了底层文学的阵容、提高了整体质量,也使对底层文学的讨论可以纳入新时期以来乃至鲁迅开创的乡土文学的脉络中来。[③] 也仿佛再次印证了丁帆曾指出的,既然作为乡土的主体的人已经开始了大迁徙,乡土的边界就开始扩大和膨胀,乡土文学的内涵也就相应地要扩展到"都市里的村庄"中去,扩展到"都市里的异乡者"的生存现实与精神灵魂的每一个角落中去[④]。那么,这是否意味着,乡土叙事无可避免地将主要关注那些在城乡之间的游走者,乡土将只沦为城市扩张的背景,或乡土文学将被底层文学取代?果真如此,《秦腔》等作品的确可以称得上是"挽歌"。有着伟大传统的乡土叙事是重新焕发生机还是就此终结?不得不说,《古炉》的出版让上述疑问有了进一步探讨的契机。

李欧梵曾经援引雷蒙德·威廉斯的观点,认为与20世纪欧洲现代文学以

[①] 吴晓东:《中国文学中的乡土乌托邦及其幻灭》,载《北京大学学报》(哲学社会科学版)2006年第1期。

[②] 梁鸿:《"灵光"消逝后的乡村叙事——从〈石榴树上结樱桃〉看当代乡土文学的美学裂变》,载《当代作家评论》2008年第5期。

[③] 邵燕君:《当"乡土"进入"底层"——由贾平凹〈高兴〉谈"底层"与"乡土"写作的当下困境》,载《上海文学》2008年第2期。

[④] 丁帆:《中国乡土小说生存的特殊背景与价值的失范》,载《文艺研究》2005年第8期。

城市为主相反，中国20世纪的小说似乎乡土感特别浓，他的推论是——是不是小说特别是长篇小说更容易描述和表现一个乡村式的背景，并由此提出了小说中的"乡村模式"：乡村模式不太重视主人公一个人的思想感情生活，而是写好几个人，或者把一个家庭的描写和一个村庄的描写混在一起，把人际关系和乡土关系联系起来；它的叙述模式基本上是模拟现实的，注重乡村生活的季节交替的规律，常常用春夏秋冬的意象喻指小说的感情状况；语言上，不管是小说人物的语言或是小说的叙述语言，都代表一种知识分子的作家尽量想要模拟和创造一个乡村世界的努力。[①]尽管李欧梵认为乡村模式的提法还很粗糙，但他上述的那些描述方法确是20世纪中国乡土叙事的一个主要传统，它们既形成了乡土叙事所特有的时空观及语言特性，如"把人际关系和乡土关系联系起来"的空间化描写方法，"注重乡村生活的季节交替的规律"所隐含的中国传统的循环史观等，同时，也形成了被论者作为乡土文学标志的地域文化色彩，描写了某个村庄或小城（李欧梵将沈从文的"边城"、师陀的"果园城"等都归入乡村里面）的生态图、地方志，塑造了一系列性格鲜明的村庄或小城形象。像鲁迅的《阿Q正传》、师陀的《果园城记》、沈从文的《边城》、萧红的《呼兰河传》、孙犁的《铁木前传》、王安忆的《小鲍庄》、陈忠实的《白鹿原》、孙惠芬的《上塘书》以及贾平凹的《浮躁》等，应都是每一时期乡村模式的代表作。

《古炉》同样也非常典型地体现了这一乡土叙事传统。如小说写了有着传统烧瓷技术的古炉村的历史，写了古炉村美丽清新的山水田园、四季风物，写了朱、夜两大姓的渊源及矛盾，写了狗尿苔、婆、善人、支书、霸槽、守灯、半香等众多形象突出的人物，写了村民生老病离死、吃喝拉撒睡等日常生活琐事，结构上直接用"冬部""春部""夏部""秋部""冬部""春部"作为每一部分的标题，并分别隐喻了该部分的内容，语言上则具有贾平凹风格标识的口语化、地方化、白描化。以上种种便创造了一个作者在后记中所希望的"有声有色，有气味，有温度，开目即见，触手可摸"的古炉村。而《秦腔》虽然在以夏家为首的众多人物的描写上，在"把人际关系和乡土关系联系起来"的描写上，在语言风俗等方面的描写上，与乡村模式或《古炉》相接近，但它却并不"注重乡村生活的季节交替的规律"以及其中的寓意，因此在作品中几乎看不到有关山水

---

① 李欧梵：《徘徊在现代和后现代之间》，上海三联书店2000年版，第115—116页。

风光、四季风物的"闲笔",结构上也不分章节,只是用分割符将四十多万字的小说分成一个一个片段。除了有关清风街历史的寥寥数语外,整篇小说几乎只有被"细节的洪流"淹没的当下,既找不到历史,也看不清未来,清风街便成了当下乡村的一个象征符号或缩影。

因此,虽然作者及论者都认为《古炉》延续了《秦腔》的写作手法,但两部小说却呈现出不同的风貌。《秦腔》整体上给人一种混沌之感,《古炉》却面目清晰,尽管写的也仍是枝枝蔓蔓、鸡零狗碎,但它有着一条基本的线索,即如作者自己所言的"'文革'怎样在一个乡间的小村子里发生的"。两部小说之间的不同,自然与表现对象、作者的创作心态等有关:《秦腔》写的是千头万绪、众声喧哗且将"出现另一种形状"的当下生活,而《古炉》写的是已经过记忆整理的过去生活;通过两本书的后记可以发现,同样是出于强烈的使命感,一个是"为了忘却的回忆",一个是为了"把记忆写出来"。如前所述,写了一年九个月的《秦腔》是作者在矛盾、痛苦、惊恐、不自信中完成的,而写了四年的《古炉》却是在相对从容的心态下完成的,所以作者在最后要感激家人、感激使自己没有了经济压力的字画收入、感激自己的身体和三百多支签名笔。另一方面,也可以用作者所谈到的令自己写作得益最大的美术理论来解释两部小说之间的不同。如贾平凹所言,他在写作中尝试将"西方现代派美术的思维和观念"与"中国传统美术的哲学和技术"结合起来,如"怎样大面积地团块渲染,看似塞满,其实有层次脉络,渲染中既有西方的色彩,又隐着中国的线条",如"看似写实,其实写意,看似没秩序,没工整,胡摊乱堆,整体上却清明透澈"等。[1]作者的这些思索体会,可说是对《古炉》艺术特色的最好诠释,而在《秦腔》的"密实"叙写或"大面积地团块渲染"中,却缺少了提升作品境界的"层次脉络"和整体上的"清明透澈"。

李欧梵在提出乡村模式时还曾指出,他所概括的一系列乡村模式的表现,最后可以归结到它们和写实主义、现实主义的关系,两者是互为因果的。他甚至认为,之所以写实主义会从"五四"变为30年代的批判现实主义、后来的社会主义现实主义,即把一种受西方影响的写作技巧变成了一种意识形态,都与乡土这个模式有关系。[2]如果依着李欧梵的思路,是否可以理解为具有乡村模

---

[1] 贾平凹:《古炉》,人民文学出版社2011年版,第607页。
[2] 李欧梵:《徘徊在现代和后现代之间》,上海三联书店2000年版,第117页。

式的作品只能用写实主义的创作方法，或者只有写实主义才能创作出乡村模式的作品？如果这里谈的是乡土叙事与写实主义之间的关系，答案自然是否定的，因为在80年代以来的乡土文学创作中，现代或后现代手法、意识介入或融入乡土叙事之中，已不是什么新鲜话题，这也包括前面列举的具有乡村模式的一些作品。但问题在于，加入了现代或后现代手法、意识的写实主义，是否还能称为写实主义？反过来，那些具有现代或后现代精神、风格的作品，遵循的也许仍是"写实的法则"：写实的时空架构、细节陈述、客观的人物心理描写等。[①] 其间的辩证关系，也许可以用上面提到的"看似写实，其实写意"来加以解释。

回到乡村模式，前面曾分析了《古炉》非常典型地体现了这一乡土叙事传统，但其写作手法却并非完全的写实，如狗尿苔的与动植物交流、与自然相通，善人的说病，等等，都属于写虚或写意。而与其写作手法相似的《秦腔》，却并不完全具备乡村模式的特性，如果《秦腔》被称为"中国传统乡土叙事的终结"，那么《古炉》便似乎可以依此称为作者对中国传统乡土叙事的"回归"或"重建"。但需要进一步思考的是，如果乡村模式并不必然与写实主义互为因果，那么还有哪些因素影响着乡村模式的形成？是作者写作手法的成熟与否？是前面曾分析的表现对象——当下与过去——的不同？还是现代或后现代在小说中的存在形态？不可否认的是，当现代或后现代技巧、精神成为小说主干时，不仅乡村模式无从形成，我们所熟悉的乡土中国与乡土叙事也将会面目全非，这也许就最终成了论者所谓的"灵光消逝"的"美学裂变"。从这个角度看，"以实写虚"的《秦腔》应是作者在社会巨变时期，感到"解放以来形成的农村题材的写法已经不合适了"的情况下，或许并不十分成功却有意义的一次写作尝试；《古炉》则是在其基础上的完善，正是因其完善，我们从中读到了废名、沈从文、汪曾祺等作品中经常出现的、与小说主干无太大关系的在山水风物间的流连忘返，也即汪曾祺曾引用苏轼的"常行于所当行，当止于所不可不止"所总结的"为文无法"。这也许才是真正意义上的"回归"与"重建"。

二

也许是由于贾平凹在《古炉》后记以及后来的对话中，特别强调了"'文

---

① 张诵圣：《文学场域的变迁》，台北联合文学出版社2001年版。

革'对于国家对于时代"的重要性,自己应该把"文革"记忆写下来的"使命"或"宿命",论者在分析《古炉》时,除了与《秦腔》作比外,也都会着重论述"文革"在古炉村发生的动因,"文革"来到古炉村后所引起的人与人之间关系的巨大变化,人性、心理的变异、扭曲、创伤,以及结尾的"春部"所可能隐喻的希望等。可以进一步辨析的是,上述由"文革"所串联并衍生出的一系列问题、由叙事结构中"春部"的意象所昭示的希望,所基于的都是由"密实的流年式的叙写"、由芜杂的日常生活细节所建构起来的一个乡村民间世界,因此,我们不妨先看看这是一个怎样的民间世界。

"文革"降临前甚至"文革"刚刚到来的一段时间内,古炉村可说是一个虽偏僻、贫穷、落后但生机勃勃的多元世界,这既表现在它的山水清明、树木繁多、六畜兴旺,也表现在作者对村中人物的设置上:支书、天布等基层干部代表着乡村的社会秩序;通过给村人说病而传播仁义道德的善人,代表着乡村的民间伦理秩序;婆和善人一样有着丰富的人生智慧与经验,但她出神入化的剪纸技艺,更是民间传统文化的代表;能够用鼻子闻出重大事件发生前的气味、与动植物可以直接交流的狗尿苔,无疑是民间性灵的代表;被论者称为具有"恶魔性因素"、将红卫兵黄生生带到古炉村从而也将"文革"带来的霸槽,代表着兼具创造性与破坏性的民间的原始强力;在男女关系上大胆越轨的半香、戴花,则代表着民间的性爱自由;孝顺贤惠、在善人准备自焚前和狗尿苔一起接受赠书的葫芦媳妇,则是民间美好的人性人情的代表。

除此之外,这个多元世界与善人、婆、狗尿苔等人物设置相关的,还有着必不可少的神鬼传说、禁忌报应:古炉村嘴含圆球的石狮子,据说是为了阻挡魔怪侵害村子由族长口含神仙给的药丸变成的;黄生生在武斗中烧伤后,被榔头队抬着游行示威时,竟被善人居住的窑神庙前白皮松上的红嘴白尾鸟啄瞎了眼睛,最后也是善人预言了他的死亡;善人自焚前说要把自己的心留给古炉村,狗尿苔后来在灰泥中果真看到了一块像是心的黑红疙瘩;婆为了保狗尿苔平安,经常剪一些老虎、狮子等猛兽或蝎子、蜈蚣等五毒让他随身带着避邪,古炉村中也只有她能给人收魂,能用筷子立在水中预测祸福、用刀砍筷子消灾;狗尿苔不仅能与动植物交流,还在善人自焚的晚上听到了天乐,在满盆的灵堂前看到了满盆然后浑身抽搐地昏了过去等。这些灵异传说,已不能简单地用曾对新时期文学影响甚大的魔幻现实主义来加以阐释,应该说这就是乡土中国、民间世界原有的形态，是钟敬文先生在《民俗学概论》中所界定的民俗信仰，即民众在长期的历史发展过程中，自发产生的一套神灵崇拜观念、行为习惯和相应的仪式制度。

同时，这样一个多元的世界又是有序的，人们既按照各人的本分结婚生子、照顾老幼，左邻右舍间平时相互搭把手、帮个忙，我借你一升面、你送我一把菜，又根据四时节令，在支书的调派下干农活、挣工分。这有序性尤其表现在人死之后的办丧事上，比如谁负责给死人净身缝寿衣，谁负责打纸钱写挽联，谁负责垒灶做饭，谁负责挖墓坑抬棺材，再加上善人唱的"开路歌"等，既离不开村干部的指挥张罗，又像是自发自愿的。这与《秦腔》中因精壮劳力都外出打工，夏天智的棺材勉强煎熬着抬到坟地去，形成了鲜明对比。即使是在"文革"到来后，地里一旦有急需要干的农活，针锋相对的榔头队与红大刀的人，仍会在队长磨子的安排下一块儿到地里干活，一旦农活干完，两派的革命活动就多了起来，最激烈、死人最多的武斗便发生在"冬部"，而随着死于非命的人越来越多，原本被村人极为看重的丧事也便都草草了事。因此，有序的古炉村并非废名、沈从文笔下宁静、悠闲、诗意的田园牧歌，因其多元，所以必然还有着负面的、恶的因素，如以支书为代表的少数当权者同大多数村民之间的不平等关系，村民的普遍贫困，朱、夜两大姓之间由来已久的矛盾，各家各户之间为些鸡毛蒜皮事积下的恩怨，迷糊、跟后等人的盲从，麻子黑、秃子金等人的恃强凌弱，等等。这些在日常生活中也许只是些小打小闹的负面的恶的因素，在外力的刺激下、在各种利益的驱使下，便逐渐演变成了疯狂、残酷、血腥的报复与武斗，它们既是作者所要写出的"文化大革命"爆发的"土壤"，也是古炉村这个多元世界的一个组成部分。

"文革"的到来打破了古炉村的沉寂，使人性中恶的一面暴露、膨胀，村民之间也因派系斗争失去了过去的亲密往来，但如前所述，"文革"并未完全打破古炉村的有序生活，古炉村生机勃勃的多元世界虽受到挤压，但也并未因此变成整齐划一的革命生活，善人仍在暗地里为人说病，完全失去听觉的婆仍在剪纸花儿，狗尿苔的灵性仍未被遮蔽，半香仍和天布在偷情，土根媳妇在遇到被追打的马勺时仍会伸手帮忙，当马部长决定要让灶火背炸药包自己爆炸时，村中不少人去求情，甚至连霸槽也不忍这样炸死灶火。作者在这里无疑写出了人性的复杂，从而也呈现出了"文革"在乡村的真实一面。在小说结束的1968年的春天之后，古炉村等广大的乡村将迎来上山下乡的知识青年，在十年后的知青小说中可以看到，那时的农村虽然贫穷落后，虽然也要抓革命搞阶级斗争，但促生产却始终是第一位的，因此人们的日常生活看上去仍是日出而作、日落而息的井然有序。在韩东写于新世纪之后的《扎根》中，对于从南京下放到三余的老陶一家来讲，比起城市里的文攻武斗，并未受到时代环境、政治形势太多影响的乡村生活显然是一种庇护。

古炉村之所以尚能保持多元而有序的生活，也许与村民的靠天吃饭有关，也许是因为极端的运动在村里持续的时间不长，权威（如支书）或被视作依靠的长者（如婆）还在，人心以及生活惯性的齿轮尚未损坏，而新的生命（杏开与霸槽的孩子）业已诞生。正是这样一个由日常生活细节建构起来的、真实可感的多元而有序的民间世界，托起了作品中所有的隐喻与象征，如叙事结构上以"春部"作为尾声，整篇小说又以杏开怀里孩子的哭声结束；如善人将心留给了古炉村，又在自焚前点明了狗尿苔的重要性；等等。如果没有这样一个民间世界的存在，不仅贾平凹所强调的"以实写虚"无从体现，上述的种种象征也将只是一些虚悬的符号，论者由此所强调的生机与希望也会经不起推敲。

比如小说虽结束于1968年的春天，但古炉村等广大的乡村真正迎来"历史重启"的春天，迎来贾平凹在《秦腔》后记中提到的"1979年到1989年的十年里，故乡的消息总是让我振奋"的局面，要等到"文革"结束后的改革开放，而这还需近十年的时间。这十年中还会有多少的灾难与苦难发生，都可以在新时期之后的乡土文学创作中看到不同角度的体现。被善人寄予厚望——传书给他并叮嘱"村里好多人还得靠你哩"、被作者寄予厚爱——"古炉村山光水色的美丽中的美丽""其实是一位天使"——的狗尿苔，果真能担负起肩上的重任吗？他丑陋的长相、矮小的身材，以及在小说中的独特功能，不免让人联想到韩少功《爸爸爸》中那个矮小弱智的丙崽。丙崽因天上偶然的打雷而被当作能指点迷津的神灵，受到鸡头寨人的顶礼膜拜，狗尿苔也曾因离奇的身世，在古炉村人乞风时被推作了"圣童"。丙崽普遍被看作是传统文化丑陋之处的顽固和难以根除的代表，有论者进而对寻根文学提出了疑问：寻根作家虽然试图"将西方现代文明的茁壮新芽，嫁接在我们的古老、健康、深植于沃土的活根上"（李杭育），但他们在作品中所描述出来的像丙崽这样的人物形象或那些"原始生命之根早已衰朽了"的文化，真的能够"重铸和镀亮民族的自我"、能够成为当代的文化与文学之根？虽然狗尿苔除了长相、身材外，是一个有灵性的少年，他扮"圣童"后也果然起了风，而不是像丙崽的"预言"未能灵验，使鸡头寨在"打冤"中惨败而归；虽然狗尿苔在接受赠书时告诉善人"明年我一定去上学"，但我们还是很难想象，一个生活在贫穷的乡村、十二岁时尚不识字、在学校教育已经瘫痪的情形下想去读书的少年，如果没有一个强大、多元的民间世界作为支撑，怎么去"延续乡间道德伦理的血脉"，做一个"救赎的天使"。

因此，从作品的意义结构上看，由于以"春部"结尾的叙事结构以及善人、狗尿苔等人物形象的隐喻太过明显，反倒成了文本意义的表层结构，而隐形的意义结构则是那个多元、有序的民间世界及其在文本中不可或缺的功能。问题是，当我们站在"乌托邦幻灭""灵光消逝"的当下，站在《秦腔》后记中"旧的东西稀里哗啦地没了，像泼去的水，新的东西迟迟没再来，来了也抓不住"的当下，来看贾平凹在《古炉》里建构的这个乡村民间世界，不禁要问，作者的深意何在，仅仅是出于"把我记忆写出来的欲望"的产物，还是试图通过对历史/记忆的重温，来探索重建当下多元而有序的民间世界的可能性？或者说这个曾经存在（于文本中）的民间世界，能否成为当下重建的可能？

不知道重视美术理论的贾平凹，是否看过保罗·克利的画《新天使》，但他站在当下的回望姿态——"把记忆写出来"，他将狗尿苔/自己（"狗尿苔会不会就是我呢？"）称作"天使"的良苦用心，他在《秦腔》后记中提到的将农民吹得"脚步趔趄，无所适从"的"四面八方的风方向不定地吹"，在《古炉》结尾处写到的"跑遍了整个古炉村"、将蒲草早早开了的小花吹成"粉红色的雾带"的风，总会令我们想到本雅明所阐释的"新天使"——"他的脸朝着过去。在我们认为是一连串事件的地方，他看到的是一场单一的灾难。这场灾难堆积着尸骸，将它们抛弃在他的面前。天使想停下来唤醒死者，把破碎的世界修补完整。可是从天堂吹来了一阵风暴，它猛烈地吹击着天使的翅膀，以致他再也无法把它们收拢。这风暴无可抗拒地把天使刮向他背对着的未来，而他面对的残垣断壁却越堆越高直逼天际。这场风暴就是我们所称的进步。"[①]

论者在引述这段经典的话时，通常都会强调本雅明对历史的深刻洞察，这体现在"新天使"或"历史天使"脸朝过去、背对未来却又被"进步"的风暴刮

---

① 本雅明：《历史哲学论纲·九》，收入《启迪：本雅明文选》，张旭东等译，香港牛津大学出版社1998年版，第253页、第254页。

向未来的姿态上,以及其中所蕴藏的丰富内涵。如果从"历史天使"的这一姿态上来看,狗尿苔所站立的地方,尽管是被称为"十年浩劫"的"文革"的开端,尽管他脚下的土地已堆积了满盆、善人、灶火、霸槽、天布、守灯等人的尸骸,但他的脸是朝向未来的,他也不是被"进步"的风暴被动地刮向未来,而是背负着众多的期望主动地迎向一片可知的未来——那由改革开放所开启的历史的春天。那么朝向过去的,显然是作者或作为读者的我们,当我们站在"乌托邦幻灭""无所适从"的当下,隔着由对现代化的热切期盼(如贾平凹的《腊月·正月》等作品所表现的),到对社会变革所引发的种种现象、问题的困惑、质疑(如《秦腔》所表现的)的一段时空距离,再看狗尿苔曾站立的地方,虽然可以看到一个多元、有序的民间世界,但我们已不能无视那些尸骸,无视那些与贫穷如影随形的乡村生活,所以,我们无法乐观地认为那个民间世界就是我们要重返的乌托邦。但它的多元与有序无疑又是我们在当下所眷顾的,诚如论者所指出的,怀旧"不但是一种对于过去的留恋与缅怀,而且确实也以'向后转'的方式表达了我们'向前走'的愿望",因为历史"在很大程度上规定了我们的未来"。①只是面对着无可抗拒的"进步"风暴,我们怎样才能或是否能够"把破碎的世界修补完整"后,再走向未来。贾平凹以从容的心态在《古炉》中所建构的那个民间世界,为我们提供了一个驻足审思的对象/空间,使我们在回看之后的重新出发,有了参照与依凭。

(原载《扬子江评论》2012年第1期)

---

① 张辉:《历史新天使与我们——本雅明的启示》,见乐黛云、钱林森编《跨文化对话》第28辑,生活·读书·新知三联书店2011年版,第140页。

历史记忆与历史镜像

——论《古炉》中的"文革"叙事

张文诺

对于经历过"文化大革命"的中国当代作家来说,"文革"已经成为他们的永恒记忆,为他们的创作提供了叙事资源和想象空间,并且影响到他们的写作姿态与写作方式。新时期文学是以"文革"书写为肇始的,并且创造了20世纪80年代文学的黄金十年。伤痕小说、反思小说等书写个体在"文革"中的遭遇,揭露了极左政治给个人、民族、国家带来的巨大灾难,在"文革"结束之后呈现了"文革"镜像,与国家意识形态对"文革"的政治批判达到了同构,在社会上引起了强烈的共鸣。不能否认的是,"它们都写得过于表象,又多形成了程式"[1]。往往把"文革"的责任归结为极左政治及其在基层的实践者,并对这些实践者做了漫画式的处理。"我们在《绿化树》《灵与肉》等小说中看到的'文革'记忆与《班主任》《伤痕》《芙蓉镇》等小说中的'文革'记忆并没有什么本质差别,小说依然没有突破对'文革'的政治批判和对苦难岁月的情感倾诉这一创作思维模式。"[2]贾平凹把自己对于故乡"文革"的个人记忆写出来,通过古炉这个小山村"文革"的爆发过程揭示了"文革"之火是怎样在中国社会的最底层燃起的。"我的观察,来自我自以为的很深的生活中,构成了我的记忆。"[3]作家一方面在记忆的基础上着力描绘真实的历史场景以表现历史的真实,同时对历史进行自由的想象与诗意的建构。小说《古炉》的"文革"叙述突破了对"文革"单一政治批判的叙述框架,呈现了不同于以往"文革"叙事的历史镜像。

---

[1] 贾平凹:《古炉》,人民文学出版社2011年版,第603页。
[2] 李新亮:《"文革"小说中的"文革"记忆的转变》,载《当代文坛》2011年第4期。
[3] 贾平凹:《古炉》,人民文学出版社2011年版,第604页。

一

初读《古炉》，感觉非常芜杂、混乱，一开头就是十几个人物蜂拥而至，没有中心人物，也没有中心事件，好像是信笔写来，把一个个生活片段不加选择地塞进小说中去。小说中充斥了各种各样的生活细流，读者可以在小说中感觉到古炉村的一丝风、一滴雨、一个声响，可以听到鸡叫、狗咬、蛙鸣、昂嗵鱼的喊声，可以领略古炉村的田间劳作、耕耘收割、邻里矛盾、男女情爱、基层矛盾等。慢慢读下去，却又感到小说的情调不同凡响，感到小说生活的无穷韵味。贾平凹从个体生命出发，用写实的手法写出自己对农村生活的记忆，按照农村生活节奏、农民的生活方式对农村日常生活琐事进行精细描写，抓住农村生活细节的神韵，把这些细节写得有声有色、饶有趣味，展示出一串串平静、琐碎的生活流，营造出风俗画、风景画的艺术氛围。

小说一开头写主人公狗尿苔去闻气味，不小心把油瓶子碰掉摔碎了，因为瓶子很贵重，婆拿扫帚打他；狗尿苔跑出家门来到杜仲树下，看到一群人在树下，旁边护院老婆在和行运吵架，还有唤狗的声音；树下的人无事可做，在那里昏昏欲睡，见狗尿苔跑来了，立马快活起来，秃子金开始拿狗尿苔逗乐。小说中描述的古炉村村民的生活状态，使我们想到鲁迅的小说，由此看来，贾平凹对于故乡乡村的态度走出了以前的那种膜拜，开始露出批判的锋芒。村民之间的几声争吵，或者是一声狗叫，都能牵动村中人的神经；即使是一缕炊烟，都能引起他们的兴致。村民们的生活一样贫穷、单调、无聊、沉闷，不得不以作践弱小者为乐，为灰色的生活增添调味品。

贾平凹十分注重对日常生活的精细描写，他不但展示了陕南农村一带的婆媳矛盾、父子冲突、夫妻不和、邻里纷争、情感纠葛、农业生产，也展示了他们的饮食穿着、丧葬习俗，而且还刻画了具有神秘色彩的巫术活动。像看星妈与看星媳妇的矛盾、面鱼与自己养子的冲突、秃子金与半香的不和、戴花对长宽的不忠、行运与护院老婆的争吵、霸槽与杏开的情感纠葛等，似乎有点琐碎，却也真实，仿佛在自己身边发生一样。作者按照人物的活动把这些生活画面展示在读者面前。这是未经过滤的生活，复杂、纷繁、混乱。小说对古炉村的丧葬习俗描写得尤其细腻、真实。小说通过马勺他妈、队长满盆的死描绘了古炉村的丧葬习俗：在马勺他妈死后，古炉村的人们不分同姓异姓，都来祭奠帮忙；灵桌上要摆上虚腾腾但不能开裂的大馄饨馒头，献祭的面片、面果子都有要求；给亡人洗身子、梳头、化妆、穿老衣，老衣穿几件、扣几颗扣子等都有规程；抬棺材出门还要唱开路歌；回来还要请客。除了丧葬习俗之外，作者还写了在农村广为流行的巫术活动：染布需要敬仙，否则就常常染得不匀；守灯在土里用刀割天布家的藤萝根，诅咒天布家断子绝孙；盖房子，后边的应稍高于前边的，天布家的房子高于牛铃家的，牛铃的娘害病死了；牛铃的大把屋脊加高一尺五寸并在脊正中嵌了一面镜子，以照着天布家让其倒霉；天布痛恨霸槽就在霸槽大的坟上钉木橛子以让霸槽断子绝孙；霸槽为了改变自己的命运，便请善人为自己禳治。这些细节为小说增添了浓重的神秘气氛与文化意味，具有民俗学与文化人类学的价值，是小说中最有魅力的部分。作者描写这些生活细节并非烘托自己故乡的神秘色彩，而是展示了小说中人物活动的文化环境，挖掘他们的价值观念与生活方式。贾平凹描绘了古炉村的文化习俗与文化景观，既表现了文化传统在规范人们行为方面积极的一面，也表现了这种文化传统对人的精神压抑的一面，有时可以化解人们的矛盾，有时又是矛盾的源头。正是因为天布的大不遵从农村盖房子的习俗，双方不得不竞相增加房子的高度，牛铃家嵌镜子来抵挡可能到来的厄运，引起了天布家与牛铃家的矛盾，以至于双方两败俱伤。农民都认为自己的房子比别人盖得高，自己家的时运就强过别人，因而拼命地偷偷摸摸地增加自己房子的高度。这是一种典型的损人利己的心理，没有什么科学根据，就是这种毫无根据的习俗导致了两家矛盾的逐步升级。

　　贾平凹展示了古炉村流动的生活细节，表达了作家对这块土地及在这块土地上生活的人们既爱又恨的情感。他不像京派作家那样把乡村想象成古风犹存、热情好客的世外桃源、人生乐土，也没有像知青作家那样把农村叙述为落后、愚昧、藏污纳垢的肮脏之地。贾平凹既写出了古炉村的优美诗情，也写出其丑陋闭塞；它是幸福的，又是痛苦的，饱受怪病、贫穷的折磨；既有繁文缛节，又能灵活处理。"从农民的角度说，由于普遍的赤贫，人们对于权力压迫的忍受力下降很多，人们开始对生活比他们好的人产生了普遍的敌意，整个农村社会，只要稍有一点火星就可能燃成熊熊大火。"[①]古炉村的人们生活古朴，他们还保留有古老的风俗、习惯，并按照习俗处理自己的日常事务，这样的生活安

---

① 张鸣：《乡村社会权力和文化结构的变迁（1905—1953）》，陕西人民出版社2008年版，第52页。

定、和谐，但也闭塞、落后。在古炉村这样古朴的山村，人们并不像沈从文的《边城》所描写的那样人心向善、与世无争，也有钩心斗角之徒，常见尔虞我诈之辈，在古炉村，村民之间有说不清、道不明的矛盾。"人人病病恹恹，使强用狠，惊惊恐恐，争吵不休。"①他们之间的矛盾不能通过正常渠道解决，便积在心里，但是这些矛盾往往成为"燎原之火"的"火星"，一旦时机成熟，很容易成为社会动乱的导火索。

二

在新时期的"文革"叙事中，叙述主体往往把"文革"的责任指向极左政治及其代表，的确，如果没有他们的推波助澜，"文革"是很难发动的，但是"文革"又不仅仅是他们的责任，如果仅仅归结为他们的责任，那就把"文革"简单化、模式化了。"这些小说的一个共同点是，总是简单而直接地把'四人帮'确定为历史的罪魁祸首，从而使一代作家获得重写历史和批判历史的权力。"②在这类小说中，叙述主体没有反思我们每个人在"文革"中的责任，这实质上是一种推卸责任、逃避审判的怯懦行为，把我们从道德的审判席上解放了出来。叙述者"面对劫难始终缺乏一种忏悔意识，个体始终没有把自己看成是罪恶与劫难的一部分，很少意识到在这场民族浩劫中，自己作为民族的一分子也有一份责任"③。这类小说在揭示"文革"苦难时，总是激情有余，反思不足，控诉多于自省，影响了小说的思想深度。灾难过去了，"总要人负责吧？怎么办？好了，有个生还者指控了几个人，那就让这几个人来接受审判吧。——这样的审判本身就是在推卸责任"④。当一场灾难结束后，总要寻找责任人进行审判，这是必须做的也是最容易做的，但是如果要从根本上避免灾难的再次发生，我们每个现代主体必须进行哲学与历史的反思。

伤痕小说、反思小说等"文革"叙事，在人物设置方面常常表现为一种二元对立的模式，总是把"文革"在基层的执行者设置为有道德缺陷、心理扭曲

---

① 贾平凹：《古炉》，人民文学出版社2011年版，第604页。
② 陈晓明：《中国当代文学主潮》，北京大学出版社2009年版，第244页。
③ 董健主编：《中国当代文学史新稿》，人民文学出版社2005年版，第411页。
④ 陈建光：《反娱乐化时代革命小说的人化身份》，载《中国现代文学研究丛刊》2012年第2期。

的恶魔化人物。像长篇小说《芙蓉镇》，作家古华把王秋赦、李国香二人刻画成品质恶劣、灵魂肮脏、好吃懒做的天生的坏人，没有去挖掘这二人变坏的根源。把责任归到坏人头上，可以减轻甚至消解我们内心对于"文革"的愧疚感与罪恶感。这样的人物设置有其合理性与真实性，呼应了新时期之初的主流政治批判极左思潮的要求，可以取得轰动性的效应。这样的叙事固然酣畅淋漓，但也流露出一种自怜心态，缺乏反省意识。"由于'伤痕''反思'小说的反'左'话语主要是对极左思潮所导致的社会政治实践进行批判，所以，它未能够深入反思极左思潮在'十七年'和'文化大革命'时期得以形成的复杂原因，亦未能够深刻探讨它和人类所固有的乌托邦冲动以及它和本世纪以来中国'左翼'力量现代性追求之间的复杂关系，这样，它对极左思潮的批评便只停留于简单否定的层次，从而，这也在一个方面限制了其历史反思的深度。"[①]新历史主义小说《故乡天下黄花》对"文革"的荒谬解释得非常深刻，揭示了权力斗争的残酷，但也消解了正义，小说成为对新历史主义创作方法的注解。贾平凹在小说《古炉》中突破了二元对立的人物设置框架，他没有把造反派头目夜霸槽、朱天布等当作品质卑劣、十恶不赦的坏人来写，而是写出了他们性格的复杂性、多维性。在小说中除蚕婆、善人、狗尿苔、麻子黑、黄生生、水皮、马部长外，作者对其他人物并没有作简单的好人／坏人、正面／反面的区分。

　　古炉村"文化大革命"的发起者夜霸槽，并不是一个千夫所指的简单的造反派首领。他是古炉村最俊朗的帅哥，他吸引了古炉村漂亮女人半香、戴花等的目光，然而他只钟情于守灯的姐姐及队长满盆的女儿杏开。他有正义感，不欺软怕硬，从不欺凌狗尿苔，没有把狗尿苔看作是低人一等的四类分子。他有文化，是古炉村知识最丰富的人，能把县志上关于古炉村的那段描写一字不漏地背下来。他父母早亡，单身一人，无牵无挂，所以敢于挑战支书朱大柜、队长满盆的权威——他钉鞋不给生产队交提成，而生产队却毫无办法；他不安现状，古炉村的农活拴不住他，他羡慕城里人的生活，也想做一个城里人。霸槽本想通过"文革"实现自己的梦想，推翻朱大柜、满盆等人对古炉村的控制，进而去洛镇、县城。他不同于一般的造反派，他有自己的目标，他也能领导古炉村进行生产生活；他斗争支书并非仅仅为了报个人私仇，他查出支书贪污事件后把

---

① 许志英编：《中国新时期小说主潮》（上卷），人民文学出版社2002年版，第126页。

支书投进学习班,并没有对支书下杀手。夜霸槽是一个不安现状、追求现代文明但没有找到正确人生道路的有梦想的农村青年形象,是那个时代的高加林,是古炉村的于连。夜霸槽一旦被卷入造反的大潮中去,他就被运动裹挟着不能自已。随着运动的开展,他不得不和对手作斗争,也要和自己作斗争,他不得不逐渐丢弃自己心灵中美好的但是不合乎斗争的一面,使强用狠。他的悲剧既是个人的悲剧也是时代的悲剧,他也是"文革"的牺牲品。杏开是队长满盆的女儿,是古炉村的美女,在狗尿苔的眼中,她是美丽、纯洁的化身;她敢于追求自己的爱情,为了和霸槽保持关系,不惜与自己的父亲争吵,与自己的族人对抗;为了爱,她可以走进霸槽的小木屋,她可以毫无顾忌地坐在霸槽的自行车上,摔伤了也毫不后悔;她有半香、戴花般的美丽,却有半香所没有的纯洁、戴花所没有的勇敢。她感受到了自身的生命力量并沉醉其中,为了获取这种力量带来的幸福与快乐,她可以无畏地面对一切、承受一切。

古炉村红大刀的首领朱天布是古炉村的民兵连长,虽没有霸槽那么英俊,却也个子高大、健壮、有力气;他家庭条件好,不欺负弱小者,很有男子气概;他好色,与半香关系暧昧;他没有霸槽的文化水平高,却颇有心计,比霸槽更狠,因而能成为红大刀造反派的首领与霸槽对抗,这是一个非常真实的农村干部形象。磨子的农活非常出色,有很强的领导与组织能力,但是比较急躁粗鲁。支书朱大柜是一个非常成功的人物形象,他在土改时起家,成为古炉村的管理者,长期的支书地位使他形成了不怒自威的气质;他领导古炉村进行农业生产,为古炉村制定了一些规矩,能成功调解村民之间的矛盾,保持了古炉村的和谐稳定;他也利用职权低价收购村内公房,给公社张书记送去大量瓷货获得连任,这是一个非常真实的基层领导者。守灯精通祖上的烧瓷工艺,被错划为地主分子,长期的压抑环境使他养成了阴险狠毒的性格。其他像灶火强悍异常、麻子黑天性凶狠、半香风流泼辣等,都个性鲜明。小说《古炉》塑造了非常生活化的人物群像,在生活中,并非所有的人都是那么复杂。既有性格复杂的,也有相对单纯的;有的人天性强悍凶狠,有的天性善良;有的软弱,有的坚强。这些人物集中在一起,演出了一幕幕的生活悲喜剧。

小说《古炉》中的人物塑造超越了二元对立的格局,写出了生活中人物的复杂性,写出了人物性格中善恶交织的一面,让我们认识到中国农民文化心理的二极结构。"中国农民是平和的,非常强调社会伦理关系的和睦融洽,为人处世以'忍'为上，以'和'为贵，尽可能地避免纷争冲突。然而同是这些农民，在宗族械斗中也会拼命地厮杀，以人命为儿戏。在动乱时期，其破坏性、残忍性能达到极其惊人的地步。"[1]如果他们之间有小仇小恨，那么一旦遇到适当的宣泄时机，他们就会疯狂地报复。每个人在"文革"中既可能是被迫害者，也可能是迫害者，小说《古炉》把我们每个人都置于道德与人性的审判席上进行拷问，指出我们每个人的历史责任，从而深化了小说的主题。

三

贾平凹在小说《古炉》中通过一个个细节展示了农村的生活流。在古炉村，保留着传统的文化习俗，一些古老的仪式、巫术、传说、神话依然在支配着农民的心理观念、生活方式、行为方式，农村的生活似乎是简单、原始、非理性、神秘的，如天布与牛铃家族矛盾的源起就是农村房屋建筑的惯例习俗，守灯割断天布家藤萝的根、天布在霸槽大的坟上钉木橛子等和巫术有关。在这样一个传统文化权力依然盛行的农村，政治权力似乎应该受到某种程度的消解、分化，然而事实并非如此。自从土地改革以后，中国共产党在农村完全驱逐了士绅、宗法、民间组织、巫术、宗教的权力，把他们的权力推倒在地，把农民彻底解放出来，让每个农民都具有了民族国家观念，真正实现了对农村的完全意义上的管理。在这样的时代，政治权力还可能利用传统文化权力使自己的地位更为巩固。狗尿苔见了支书总是称呼他为"支书爷"，"支书"因为"爷"显得亲切更具有合法性，"爷"因为"支书"更具有威慑力，这显然暗示了支书不仅拥有政治权力，而且也是宗法权力的代表，是宗法的制定者与执行者，他对古炉村形成了一种无形的控制。

读者在阅读《古炉》时，可能会对支书的出场印象深刻，小说这样描述：

> 支书还是披着衣服，双手在后背上袖着。他一年四季都是披着衣服，天热了披一件对襟夹袄，天冷了披一件狗毛领大衣，夹袄和狗毛领大衣里迟早是一件或两件粗布衫，但要系着布腰带。这种打扮在州河上下的村子里是支部书记们专有的打扮，而古炉村的支书不同的是还拿着个长杆旱烟袋，讲话的时候挥着旱烟

---

[1] 张鸣：《乡土心路八十年》，陕西人民出版社2008年版，第31页。

袋,走路了,双手后背起,旱烟袋就掖在袖筒里。

"披着衣服,系着布腰带"就像孔乙己的破长衫一样是支部书记们的身份象征,这身打扮的确让我们回忆起农村支部书记的形象。"披着衣服,背着手"说明了支书的唯我独尊、养尊处优,挥着旱烟袋讲话表现了支书不同凡响的气势。他的打扮、走路的习惯、讲话的姿势隐喻了支部书记在农村的权威、声势。他是古炉村的一号人物,掌握着古炉村所有公共资源的分配权、所有职位的任免权以及婚丧嫁娶的指挥权,无论是日常行政事务,还是求雨这些宗教事务,都不可能绕过支部书记。这显然暗示了政治权力在农村的无限扩张,政治权力把原来的士绅、宗法、巫术、宗教、民间组织对农村的控制压到最小乃至放逐。

在农村,政治权力驱逐了诸神之后,一个人完全可以凭借政权的强力支持号召、组织群众迅速掀起一场政治运动。当霸槽、水皮、秃子金等几个人在古炉村砸"四旧"时,竟没有一个人出来反对。经历过运动的他们都明白,霸槽的破坏不是个人行为,而是有来头的,这是运动,凡是运动一来,必须顺着走,如同大风来了,所有草木都得匍匐一样。因为要解决黄生生的派饭问题,支书、天布、磨子、灶火等人借用群众的力量驱走了霸槽等人;后来霸槽等人带大批援军来到古炉村并游斗公社书记张德章,游斗张书记的目的是告诉支书等人你们的后台已经被革命群众打倒了,谁要是镇压群众运动谁就是走资派,在政治上彻底击败了支书等人。斗争张书记的场面非常热闹、火爆,去地里干活的人越来越少,越来越多的人加入了村"联指",再后来需要申请加入,成员都要学会唱歌,把名字在纸上写了,贴在大字报栏上。他们每天都要活动,列队跑步、唱歌、学习毛主席语录、念传单、听霸槽讲话。"个体可以被整合进这个结构,但采用的是这样一个条件:个体会被塑造成一个新形式,并且屈从于一套特定的模式。"①通过一系列仪式活动,榔头队成员被培养起对"文化大革命"的忠诚,被灌输这样的观念:"文化大革命"是保卫毛主席的,谁反对"文化大革命",谁就是反对毛主席,谁反对毛主席,谁就失去了政治合法性。霸槽的榔头队在古炉村村民之间取得了合法性,支书被迫交出账本,天布、磨子、灶火等也不敢明目张胆地与之对抗,榔头队队员获得了更多的优势,越来越多的人加入了榔头队。政治权力在农村的无限扩张使得没有任何力量与之对抗,当霸槽取

---

① 米歇尔·福柯:《福柯读本》,北京大学出版社2010年版,第286页。

得县"联指"的支持时,"文革"在古炉村以不可阻挡之势愈演愈烈了。

"文革"这段不堪回首的历史记忆与民族浩劫,我们可以把它化为档案放到档案室里供后人研究,我们也可以把它作为民族与国家记忆时时反省,反省我们民族、我们每个个体是否还有"文革"的基因。贾平凹说他写的是他的个人记忆,"历史是已经发生的事情,而回忆则是人们相信发生的事情"[①]。把自己的记忆写出来,一是让读者分享自己的记忆,认同自己对历史的看法,二是为了自己对于难以忘怀的过去的忘却与摆脱,以获得心灵的安宁。回忆不是作家个人记忆的书写,因为回忆本身就意味着对材料的一种取舍、选择、排列,这种对材料的处理就暗含了一种眼光、一种观点。贾平凹对个人记忆的还原是对历史的一种重写,书写历史不但参与现实社会实践,而且在一定程度上也预示未来走向。小说《古炉》的"文革"书写不仅仅是提供真实的"文革"镜像,更是促使我们思考自己的责任,因为我们不仅是"文革"的受害者,也是"文革"的参与者或者是"文革"参与者的后代,我们是"文革"的审判者,更是"文革"的被审判者。

(原载《中南大学学报(社会科学版)》2013年第1期)

[①] 哈拉尔德·韦尔策:《社会记忆:历史、回忆、传承》,北京大学出版社2007年版,第21页。

剩余的细节

南 帆

一

根据各种迹象判断,《古炉》拥有举足轻重的分量,无论是对于贾平凹本人,还是对于中国当代文学史。若干年前,贾平凹的《秦腔》曾经由于奇异的风格而引起一片哗然。这部小说赢得的荣誉始终伴随了纷纷扬扬的争议。《古炉》的问世又一次证明,贾平凹不仅没有退却,相反,他变本加厉地再度跨出了一步。《古炉》是耗时四载的潜心之作。临近耳顺之年,贾平凹完成了这一部六十四万字的小说。"五十岁后,周围的熟人有些开始死亡,去火葬场的次数增多,而我突然地喜欢在身上装钱了,又瞌睡日渐减少,便知道自己是老了。"[1]对于贾平凹来说,这不仅意味了年龄的压力,同时还意味了思想的成熟稳定。从《秦腔》到《古炉》,贾平凹不再摇摆不定,四顾彷徨。

当然,争议随即接踵而来,争议的内容甚至包括当年《秦腔》尚未散尽的阴影。这或许不是坏事。正如文学史屡屡演示的故事那样,如果《古炉》没有在激烈的辩论之中訇然坍塌解体,葬身于一堆话语的废墟,那么,辩论之中的诸多观点将会成为这部小说巨大声望的组成部分。

当初,《秦腔》的确开启了另一种叙述学。"细节的洪流",这是我用于形容《秦腔》的一个短语。如今看来,《古炉》之中细节的堆积更为纷杂。细节数量的膨胀不仅增添了日常生活的厚度,同时大幅度提高了故事的分辨率。不论是风霜雨雪、田野草木、鸡飞狗跳,还是邻里寒暄、婆媳怄气、杀猪宰牛,古炉村的日常生活如同黏稠的流体缓慢地挪动。这些细节多半是一个又一个微型的生活单位,具有明显的个人烙印。三言两语写出一个

---

[1] 贾平凹:《古炉》,人民文学出版社2011年版,第602页。

小尴尬、小心眼或者小得意、小算盘,这是贾平凹擅长的。细节密度加大之后,人们可以明显地察觉到故事时间与叙事时间两者的张力。从第一年的"冬部"到次年的"春部",《古炉》内部的故事时间跨度大约一年多,然而,古炉村张家长李家短各种琐事纷至沓来,令人目不暇接。所以,《古炉》的叙述速度低于通常的平均数。许多人证实,这部小说的阅读远比预料的"慢"。

对于一个风驰电掣的社会来说,"慢"是一种令人不适的节奏,甚至令人窒息。有趣的是,人们用"难读"命名这种不适——许多人不约而同地表示,《古炉》是一部"难读"的小说,如同一个耗人心神的哑谜。贾平凹究竟企图说些什么?当然,贾平凹并未大量地使用冷僻的词语或者挑战汉语语法,"难读"的含义毋宁是——诸多密集的细节描述与人们的阅读期待脱节了。这些细节显示的意义无法轻松地锁入预设的框架,而是如同游魂似的飘荡在空中。多少年前,一些自命为"先锋"的诗人抛出了一大堆晦涩的句子,只有精通象征术、古希腊神话与西方哲学的批评家有资格破译。人们没有想到的是,鸡鸣犬吠、泥墙茅舍这些闲常的乡村景象居然使《古炉》成为一个支支吾吾、言不及义的文本。乡村可以沉滞、烦闷、死气沉沉,但是怎么可能读不懂?

研究表明,阅读并非被动的精神填充——阅读期待隐含了文学史和意识形态的训练。读者对于《古炉》的预期是什么?这再度涉及现代小说的文化使命。晚清迄今一个多世纪的时间里,由于梁启超等思想家的小说观念、鲁迅以来的现代小说实践,以及近期城市大众文化的强劲复兴,现今的小说阅读或隐或显地遭到两种期待的强大控制:快感与深度。

首先,多数人认为,小说即是一个精彩的故事。恩怨情仇,宛转起伏,读者经历了巨大悬念的愉快折磨之后缓缓地降落在称心如意的结局之上——小说的义务是提供这种享受。如果说,这种娱乐倾向赢得了消费主义的大力支持,那么,另一种小说阅读更多地追溯至启蒙主义的渊源:小说是历史的寓言,人物与故事犹如历史宏大叙事的生动证明,小说阅读即是理解历史。在"残丛小语""道听途说"之中索取微言大义,这显然代表了精英主义的追求。显而易见,《古炉》不存在眼花缭乱的紧张情节。贾平凹已经不屑于制造各种矫情的波澜取悦读者,博得一些浅薄的惊叹。他无疑倾向于认可后者。贾平凹在《古炉》的后记之中表示：这部小说不仅"是一个人的记忆，也是一个国家的记忆吧"[①]，"写的是古炉，其实眼光想的都是整个中国的情况"。"典型"成为众所周知的理论范畴之后，个人的故事通常在一个更大的社会单位之中证明自己的价值。这时，一个隐蔽的前提是，更大的社会单位——不论是阶级、民族、国家还是历史——是先在的，遵循宏大叙事的指定；个人的故事只能给予证实，而不能修改、补充或者再叙事。

然而，《古炉》之中汹涌的细节很快溢出了上述两个方面的阅读期待。某种气息四下弥漫，几个人的对话枝繁叶茂，一个情景栩栩如生地展开……许多时候，这一切并未构成后续情节的必然线索。它们并非因果链条不可或缺的一环。没有一个巧妙的悬念隐伏于诸多细节内部，第一幕挂在墙上的枪一直到最后一幕都未曾打响。乡村的日常生活纹理细密，但是，这些纹理仅仅具有带动情节的微弱能量。例如，《古炉》之中的狗尿苔不时可以嗅到某种特殊气味，这似乎是发生什么大事情的前兆。事实上，这个小小的悬念始终没有正式兑现。没有兑现的悬念丧失了前后的呼应而成为孤立的片段。类似的孤立片段如此之多，鸡毛蒜皮，飞短流长，读者吃力地跋涉之后突然发现，他们似乎没有进一步抵近结局。如果种种细节的职能不是铺设冲向终点的跑道，它们存在的意义又是什么？许多读者在这个疑问面前不知所措地停了下来。《古炉》的内部肌理与熟悉的文学标识如此不同，没有猝不及防的跌宕和惊险转折，没有令人嗟叹的结局，故事线索若有若无地埋没在重重叠叠的情景背后，他们终于迷路了。"难读"表示的是强烈的受挫感。

另一种"难读"的受挫感隐含了严肃的焦虑。无法顺利地在众多细节背后找到历史，这是人们心烦意乱的原因。爬到屋顶吃几个柿子，村子里的鸡鸭猫狗聚在一起庆贺生日，一只路过的狼在石头上拉下一堆白屎，两个农民打赌吃了二十斤冷豆腐……如果这些有趣的细节不是收编在一个统一的主题之下，如果小说无法展示一段主题完整的历史，启蒙的意图即将落空。通常，这是一个遭受屏蔽的问题：如此之多的细节无法归结为"历

[①] 贾平凹：《古炉》，人民文学出版社2011年版，第604页。

史",历史之外的一切又算什么?这时可以发现,许多人心目中的"历史"毋宁是预设的宏大叙事,即关于历史的认识、陈述、概括以及评价。他们无形地觉得,预设的宏大叙事远比具体的历史景象权威。文学的一个重要职能是,负责日常生活的去芜存菁。当处理过的细节、人物、故事与宏大叙事幸运地相互重叠之际,文学终于与历史合二而一。"典型"意味了最大限度地容纳细小与宏大之间的张力。

《古炉》显然破坏了这种张力结构。如此一幕多少有些出人意料:贾平凹津津乐道的乡村生活细节没有赢得宏大叙事的垂青。众多"剩余"的细节表明,两者之间出现了内在的分裂。这迫使人们不得不开始正视一个问题:真正的历史在哪里?历史是那些已有的表述和规定,还是凡夫俗子纷杂的庸常人生?精英主义通常倾向于前者。他们已经高瞻远瞩地绘就了历史蓝图;从世界潮流到民族的未来,所有的问题已经安排就绪,文学不过是填充这一张蓝图的某些不太重要的个案。然而,贾平凹不愿意在仰视"历史"之际割弃种种貌似鸡零狗碎的细节。在他看来,后者可能孕育了另一些历史意义——"平平庸庸、普普通通、很琐碎的这种生活它埋藏了各种种子"[①]。如果说,这些历史意义时常遭到宏大叙事的封锁或废弃,那么,清除遮蔽才是文学的真正启蒙。这时的文学不是尾随种种观念的事后证明,而是独具慧眼的发现。

二

现在,需要解释的后续问题是:为什么沉湎于细节的洪流?解除一种宏大叙事的遮蔽,有效的常见方式是倡导另一种宏大叙事。总之,用观念摧毁观念,针锋相对的尖锐令人一振。然而,《古炉》从容地铺开了庸常的乡村日常生活,各种细节密密匝匝,叠床架屋。尽管许多人立即联想到《金瓶梅》或者《红楼梦》的典范,但是,《古炉》仍然有必要解释,这种叙述的意图是什么。

贾平凹反复表示,《古炉》力图描述二十世纪六七十年代的一个重大历史事件:"文化大革命"。半个世纪之后,这个历史事件逐渐落满了灰尘,日复一日地锈蚀、解体。由于巨大的精神创伤,同时,由于分歧的评价,一代人对于这

[①] 贾平凹、韩鲁华:《就〈古炉〉对话贾平凹》,载《贾平凹研究》2011年第1期。

个历史事件的讳莫如深显然是整体性遗忘的一个重要原因。然而，这种回避负责任吗？我宁可认为，责任开启了贾平凹的记忆。

>我问我的那些侄孙：你们知道"文化大革命"吗？侄孙说，不知道。我又问：你们知道你爷的爷的名字吗？侄孙说：不知道。我说：哦，咋啥都不知道。

对于贾平凹来说，这显然是一种令人不安的状况。没有历史的未来是危险的未来，删除了记忆的民族无法避免悲剧的再度降临。时隔半个世纪，贾平凹决心打破禁忌，重返这个历史事件。

尽管如此，这一点仍然稍具争议：《古炉》多大程度地再现了"文化大革命"的历史景象？从万众瞩目的"最高指示"到形形色色的大辩论、大字报，从狂热的派系斗争到强大的无政府主义冲动，火药味十足的思想批判与充满血污的肉体折磨，"文化大革命"如同一场巨大的旋风呼啸而过，从繁闹的京城到冷清的边陲小镇无不处于剧烈的摇撼之中。当然，没有哪一本著作可以巨细无遗地描绘如此庞大而且如此芜杂的历史事件，每一个作者只能根据自己的视野和境遇记叙冰山之一角。人们可以在卢新华的《伤痕》之中回忆苦难，在张贤亮的《男人的一半是女人》之中感受如山的压抑，在王蒙的《蝴蝶》之中思索命运的沉浮，也可以在姜文的《阳光灿烂的日子》之中体验解禁的快乐。在我看来，《古炉》写出的是一场大革命与一个小村庄的相互遭遇——贾平凹如此解释他的叙述焦点："如果'文革'之火不是从中国社会的最底层点起，那中国社会的最底层却怎样使火一点就燃？"[①]

《古炉》的全部故事显明，这一场大革命不是从乡村内部涌现出来的。对于古炉村来说，"文化大革命"犹如从天而降。具体地说，古炉村之外的那一条公路接收到了第一批不同寻常的消息。这即是"文化大革命"的前锋。最高指示、毛主席像章以及各种政治口号，无不沿着这一条通道源源不断地输入村庄。古炉村内部的种种混乱乃至势不两立的武装冲突多半来自外部的唆使，而不是内部矛盾的必然产物。无论是"走资本主义道路的当权派"、破除"四旧"，还是"无产阶级造反派""革命委员会"，这些概念

[①] 贾平凹：《古炉》，人民文学出版社2011年版，第604页。

对于古炉村不啻一些极其陌生的异物。那些堂皇而又生疏的革命辞句无法与乡村的春种秋收或者五谷六畜衔接起来。因此，古炉村的榔头队、红大刀，以及双方的政治较量或者殊死拼杀，始终弥漫着不伦不类的荒诞气味。这显然是一个意味深长的历史症候。

中国现代历史表明，乡村曾经是革命的主角。农村包围城市是革命领袖根据本土的形势创造性地提出的战略思想。这种战略之所以成功，积极地回应广大农民的诉求显然是一个重要原因。二十世纪二三十年代的土地革命如火如荼地展开，打土豪、分田地与农民的生存息息相关。当时的革命领袖洞察到一个朴素的真理：普遍的饥饿状态可能转换为巨大的革命动力。乡村的大量饥民揭竿而起，他们很快就会认识到：压迫和剥削制度是穷苦大众食不果腹的首要原因，这种制度必须成为革命讨伐的对象。毛泽东在他的名著《湖南农民运动考察报告》之中生动地阐明，农民的贫困如何酝酿成声势浩大的土地革命。换言之，土地革命恰恰是当时的乡村生活孵化出来的。

相对地说，"文化大革命"与20世纪60年代的乡村主题距离遥远。1966年8月，毛泽东在他的大字报之中发出号召：炮打司令部。然而，这个号召从北京辗转传到古炉村的时候，激进的政治文化已经丧失了针对性。《古炉》的第一个"冬部"出现了很长一段乡村日常生活景象。波澜不惊的日子里，政治文化多半是一些无足轻重的表面文章。当然，当时的"阶级出身"已经作为鲜明的政治烙印干涉每一个人的生活，狗尿苔、蚕婆、守灯等人不断地因为家庭成分而遭受全村人的鄙视。尽管如此，贫困仍然是乡村亟待解决的首要问题，尤其是粮食的匮乏。种种深奥的政治术语仅仅是浮在生活表面的一层泡沫。劳作、闲话或者拌嘴之余，农民心目中的真正焦点依旧是口粮。《古炉》动不动就转到了"吃"的题目：吃辣萝卜，吃红薯，吃炒面或者炒蒸饭，人们想方设法填饱肚子，吃到了荤腥之物不啻人生一大乐事。这种情况下，救济粮分配是全村高度关注的重大事件，私下的粮食交易被定义为"资本主义"的遗迹。古炉村党支书利用职权谋取一些个人利益，最为明显的受贿行为即是收取一些充饥的小点心。霸槽是古炉村一个不驯的角色，他的叛逆之举首先是抛弃传统的粮食生产，在村口摆出一个小摊子钉鞋补胎。土地革命数十年之后，粮食的困扰远未彻底解除，许多人还游荡于饥饿边缘。相对于这种状况,"文化大革命"的纲领与目标显得格格不入。广袤的乡村无法给来自京城的巨型口号和政治理想配上适当的所指。黄生生充当了传达外部政治风暴的使者,但是,农民首先关心的是,他要到哪一户人家吃"派饭"。古炉村党支书是村里的首富,但是,他的财产无法与"资产阶级"相提并论,他对古炉村的治理与"资本主义道路"风马牛不相及。对于农民来说,他们的真正愤怒是因为窑上的瓷器遭到了窃取和毁坏——这意味着财产的损失。榔头队与红大刀势如水火,大打出手,然而,双方成员对于彼此的政治分歧懵然无知。投身于哪一个派系组织,多数农民的依据是眼前的蝇头小利。正如贾平凹在《古炉》的后记之中所分析的那样,贫穷而拮据的生活制造了普遍的猥琐、吝啬、自私乃至残忍。"文化大革命"形成的巨大动荡之中,种种蛰伏于日常生活底部的卑劣旋即沉渣泛起。这时,高尚的革命词句与混乱的革命实践之间产生了令人惊异的表里不一。相对于"文化大革命"的崇高目标,那些忽左忽右、随声附和的村民无异于一群乌合之众。这当然不是他们的错。土地革命的时候,革命目标是打翻土豪劣绅,再踏上一只脚。正如毛泽东所言,"农村革命是农民阶级推翻封建地主阶级的权力的革命"[①],他们手执大刀梭镖,竭力冲决种种罗网,自己解放自己。然而,"文化大革命"的目标是一些无法理解的口号。农民大汗淋漓地从田里收工,劈面与一堆抽象的政治概念相遇。他们只能始于茫然四顾,继而生吞活剥。《古炉》之中,农民亦步亦趋地敲毁屋脊上的砖雕木刻,组织革命战斗队,两大派别之间相互仇视、杀戮,甚至动用了枪支和炸药包,但是,没有哪一个人可以稍为完整地阐述"文化大革命"的意义。霸槽、马部长、天布等被枪决的六个家伙恐怕至死还不明白,他们为什么突然从趾高气扬的造反派首领沦为罪大恶极的死囚。如果说,农民可以在土地革命之中一马当先,充当英雄,那么,到了"文化大革命",他们只能犹犹豫豫地充当殿军。显然,这表明了"文化大革命"与乡村生活的历史性断裂。

这个时刻,《古炉》之中"细节的洪流"显出了特殊的意义。当"文化大革命"作为激进政治的标本提供改造世界的经验时,乡村无疑被视为一个

[①] 毛泽东:《湖南农民运动考察报告》,见《毛泽东选集》(第1卷),人民出版社1991年版,第17页。

等待覆盖的落后区域。从20世纪50年代开始，组织农民以及改造农民成为革命的重大任务。然而，《古炉》之中"剩余"的细节有力地表明，游离于宏大叙事的乡村并不是一个丧失了活力的干枯根茎。从民族、国家、政党的认同到行政组织机构的建立，乡村的重组已经基本完成，但是，无数细节组成的日常生活仍然是一个坚实而独立的存在。乡村仍然是一个顽强的文化空间，隐含了自身的习俗、传统、价值观念以及行为逻辑。20世纪30年代，费孝通在描述"乡土中国"时指出："我们说乡下人土气，这个土字却用得很好。土字的基本意义是指泥土。乡下人离不了泥土，因为在乡下住，种地是最普通的谋生办法。"①这不仅意味了一套生产方式，而且意味了悠久的乡土文化传统。迄今为止，人们仍然没有理由把乡村想象为一个文化的空无，一批奄奄一息地等待整编的古老故事。如果说，这些"剩余"的细节无法化约，如果说，"文化大革命"代表的激进政治无法顺利地格式化乡村，那么，历史是不是必须重估这个文化空间的意义？

这是《古炉》提出的问题。

三

摆脱快感或者深度的阅读期待，《古炉》终于从固定的意义约束之中解放出来。众多细节不再是悬念或者宏大叙事抛弃的多余之物，相反，是另一种历史存在。"文化大革命"试图调集"阶级斗争""无产阶级专政""造反有理"等话语叙述一种崭新的历史，《古炉》只能卑微地证明，这个村子的故事隐含了另一些传统。置身于这个村子，置身于各种日常生活细节，人们可能在刺耳的政治喧嚣底下隐约地听到乡土文化的轻声细语。

一些非正式的传说保存了若干古炉村的来历：一个风水先生想知道，朱家的先人当年为什么把古炉村治理得如此兴旺。这里似乎找不到钟灵毓秀的迹象。当风水先生要看朱家祖坟的时候，朱家先人说再等一等，几个孩子正在朱家祖坟旁边的菜地里偷拔萝卜，朱家先人不愿意吓着了他们。风水先生一声感叹——哦，他知道原因了。出土的石碑证明，古炉村是由朱、夜两姓联手经营的。村子里风气淳厚，家家户户门上的锁形同虚设——谁都清楚邻居的钥匙放

---

① 费孝通：《乡土中国·生育制度》，北京大学出版社1998年版，第6页。

在哪里。很长的时间里，这些古老的乡村习俗是维系一个共同体的基本形式。

　　当然，这一部小说开始的时候，强大的政治文化业已取代了朴素的乡土文化。政党与国家的架构铺设到遥远的穷乡僻壤，支书朱大柜与队长满盆、磨子作为基层管理者行使权力。"阶级"范畴的确立表明，政治共同体正式取代了宗族血缘共同体。与许多地区相似，古炉村的"阶级"脱离了财产与生产资料的占有而成为一种空洞的政治符号。狗尿苔与蚕婆、善人、守灯无不家徒四壁，但是，镌刻在他们身份之中的政治符号此生难移。蚕婆兢兢业业地积德与善人任劳任怨地说病都无法把自己从敌对阶级之中救赎出来。整个村子无不欣然接受他们的善意，尽管如此，阶级出身一铸而定，万劫不复。"文化大革命"开始之后，政治文化终于全面覆盖了乡土文化。古炉村出现了两次交接仪式。第一次交接仪式是，家家户户请回毛主席语录与祖宗牌位供奉在一起，现行的政治吞噬了宗亲血缘；第二次交接仪式发生于剑拔弩张的对抗气氛之中，朱姓与夜姓的宗族矛盾分别诉诸各自的政治组织——红大刀与榔头队。

　　当初肯定没有人料想到，首先向这种管理体制发出挑战的竟然是霸槽——一个无懈可击的贫农，一个一知半解的激进分子。这个土生土长的农民彻底厌倦了乡村的贫穷乏味，他迫切渴望各种异常事件颠覆不变的平凡与琐碎。霸槽曾经反复表示，但愿中国与苏联之间出现一场战争。战争可能摧毁正常的秩序，提供各种出人头地的机会。他的动机与其说来自无产阶级的政治觉悟，不如说来自冲击压抑体系的力比多。霸槽与古炉村多数人的差异在于：他不愿意遵循常规，一身汗一身泥地换取一辈子的生活资本。即使在穷困潦倒的时候，霸槽仍然对古炉村微薄的物质利益不屑一顾。他披着棉被大步流星地穿过村子，展翅欲飞的姿态犹如一种象征。当"文化大革命"开始造就某些乡村版的乱世英雄时，霸槽理所当然地成为古炉村第一个摇旗呐喊的造反派。他胸怀大志，自信十足，口诵政治咒语粉墨登场。至少在当时，霸槽的野心与政治文化一拍即合。他具有几分领袖气度，疯狂而又机智，可以毫不犹豫地因为政治投机而抛弃怀孕的恋人——"弄大事要有大志向，至于女人，任何女人都只是咱的马！"古炉村的多数农民安分守己，砍柴锄地，喂牛拾粪，回家的时候捡半块砖头砌猪栏。如此本分的乡土文化养育出天不怕地不怕的混世魔王，这不能不说是一个小小的奇迹。当然，霸槽并未走太远。"文化大革命"的发动者放弃了彻底的无政府主义策略时，霸槽很快成为转型的牺牲品。不论"文化大革命"的核心存有何种宏伟的意图，霸槽这些外围分子只能从事一场冒险的赌博。他们仅仅是飘荡在剧烈旋风之中的一片树叶。

旋风之中的树叶是无根的，霸槽厌倦地甩下了生长于斯的乡土文化。然而，《古炉》企图证明的是，乡土文化并未干涸。尽管"文化大革命"以摧枯拉朽之势破除各种传统，尽管"破四旧"的目标即是指向乡土文化的符号体系，但是，古炉村一息尚存。在贾平凹的心目中，善人与蚕婆分别是乡土文化的不同支脉。贾平凹说过，善人的原型是乡村的一个老者与清朝同治年间的王凤仪。《古炉》之中，善人以乡土智者的形象出现，他代表了传统的人伦道德。善人喋喋不休地为村里的农民"说病"，显然是以传统的人伦道德矫正他们的精神病态，例如贪、懒、恶、馋等等。重人伦，戒贪欲，多忍让，宽以待人，勤劳勉力，这即是善人的核心理念。相对于"文化大革命"的巨型口号，这些理念简明易懂，重要的是易于在每一个日常细节之中给予实践。如果说，善人的理念多少带有哲学与宗教的意味，那么，蚕婆身上隐含的是天人合一的主题。她擅长剪纸，剪刀之下的各种动物不仅惟妙惟肖，而且可以藏在枕头或者肚兜里暗中护佑主人。蚕婆犹如村子里的业余巫师，她知道染布的时候要供奉梅葛二仙，中了漆毒如何跳火堆，有时还用筷子"立柱子"治病。总之，乡土文化始终给鬼怪神灵保留一定的位置，这一切通常是大地、山谷、森林或者田野的想象性后缀。因此，乡村时常出没一些特殊人物，他们因为自己的异禀而充当了与魔幻、神秘进行对话的使者。当然，由于科学知识以及理性主义原则，尤其是在"文化大革命"的肃杀气氛中，善人与蚕婆仅能发出极其微弱的声音。乡土文化节节败退之际，他们自身难保。多数时候，"迷信"是一个通用的罪名。如果不是贾平凹利用写作特权，如果不是叙述角度的聚焦，善人与蚕婆的言行只能无声无息地淹没在滔滔的革命洪流中。不言而喻，他们声望的没落是与乡土文化的颓败紧密联系在一起的。

《古炉》之中，贾平凹写作特权的最大受惠者无疑是狗尿苔——许多时候，古炉村的各种故事通过这个小矮人的叙述角度展示出来。各种心智以及形貌异常的少年常常是文学垂青的对象。20世纪80年代以来，人们已经在中国的小说之中多次与这种人物相遇，例如莫言《透明的红萝卜》之中的"黑孩"、王安忆《小鲍庄》之中的"捞渣"、韩少功《爸爸爸》之中的"丙崽"、阿来《尘埃落定》之中的"我"。狗尿苔是这一份名单之中的新人。狗尿苔不愧在蚕婆身边长大,他可以无师自通地与村子里的牛、羊、猫、狗对话,任意召唤一只燕子停在手臂上,或者驱遣一条狗带路。从万物有灵到众生平等,这些观念始终若隐若现地盘旋在他的意识之中。当然,狗尿苔不可能具有善人的修养,这些观念都出自他的天性。狗尿苔是蚕婆收养的,他的出身是一个谜——没有人知道狗尿苔为什么肚大腿细,始终长不高。这个小矮人显然是贾平凹心爱的一个人物,他的畸形可以远溯《庄子》之中的畸人系列。庄子的畸人异于世俗而遵从大道,超然物外,秉承"无用之用"的宗旨。狗尿苔不可能阐述多少深奥的思想,但是,狗尿苔的自卑、与世无争、担惊受怕,以及对于整个世界的由衷善意,无形地塑造了他,从而使其成为古炉村的一个隐蔽的活跃人物。狗尿苔所能做的无非是替人点烟、传话、送饭这些琐事;有趣的是,他的善举阴差阳错地消弭了古炉村的许多灾祸。相对地说,守灯——另一个不断遭受屈辱的人物——产生的作用恰好相反。他的复仇收效甚微,最终把自己送上了不归路。诚如贾平凹与李星在对话之中所说的那样,蚕婆与狗尿苔属于阴柔的、防守型的人生姿态,以柔克刚是他们遵奉的人生策略。如果说,工业时代的大机器生产、炽烈的革命与战争、工具理性的精确与实利主义无不推崇进攻型的文化性格,那么,乡土文化之中的淳厚民风、敬畏自然、人伦秩序以及保守、克制的性格无不因为巨大的压力而逐渐瓦解。善人只能在烈火之中殉道,蚕婆因为耳聋而渐渐滑出了现实世界——这些情节无不暗示了乡土文化的悲剧性结局。可以想象,狗尿苔还可以按照自己的方式生活在古炉村,但是,这种为人处世方式得到的认可必然越来越少。现代性成为一种普遍观念的时候,乡土文化的沉没速度正在加快。

毫无疑问,贾平凹置身于这种历史潮流。作为乡村以及乡土文化的守护者,贾平凹忧心忡忡。《秦腔》已经强烈地流露出这种忧虑:乡村与土地正在席卷而至的商业洪流之中颠簸不已。如果说,《秦腔》力图与当代乡村对话,那么,《古炉》如同一次历史性的洄游。当然,贾平凹并未完整地考察"文化大革命"的来龙去脉,他更多地分析独特的主题:哪些文化性格狂热地卷入这一场政治运动,继而把某种政治构思改造为一个巨大的动乱旋涡;另一方面,还有哪些文化性格兢兢业业地守护这一片土地的悠久传统,这种传统有助于阻止人们迷失在毫无节制的疯狂之中?

古炉村是贾平凹选择的一个标本。这仿佛是所有村子不可避免的命运:吸附于某种宏大叙事,兴高采烈地加入历史大合唱。尽管如此,贾平凹还是耐心地察觉众多游移离散的日常生活细节。换一句话说,《古炉》力图显示出历史内部隐含的另一些能量。

四

日常生活与诸多细节隐含的浑厚质朴形成了《古炉》的冲击力。这显然是贾平凹的执意追求。他在《古炉》的后记之中说:"最容易的其实是最难的,最朴素的其实是最豪华的。什么叫写活了,逼真了才能活,逼真就得写实,写实就是写日常,写伦理。"[①]贾平凹当然意识到,逼真写实绝不是僵硬地复制世界。某一个特殊的时刻,纤毫毕现的表象突然拥有了如幻似梦的性质,坚实细密的风格顿时显出了轻盈透彻。浑厚与轻盈之间的回旋意味着高超的内在平衡。贾平凹在《古炉》的后记之中补充说:

> 写实并不是就事说事,为写实而写实,那是一摊泥塌在地上,是鸡仅仅能飞到院墙。在《秦腔》那本书里,我主张过以实写虚,以最真实朴素的句子去建造作品浑然多义而完整的意境,如建造房子一样,坚实的基,牢固的柱子和墙,而房子里全部是空虚,让阳光照进,空气流通。

因此,我愿意相信,《古炉》之中一个意象的反复出现并非偶然——我指的是粪便。我的记忆之中,《古炉》恐怕是最为频繁地提到粪便的小说,从爬满蛆虫的粪坑、掺水的尿窖到屙在裤子里的稀屎。粪便是乡土文化的重要组成部分,并且与"吃"相映成趣。两者的循环往复暗喻了某种人生辩证法。狗尿苔曾经无意地说出了一句至理名言:"甭说一个馍,就是吃十个八个,还不是一泡屎全屙了?"《古炉》的话语体系中,粪便具有多种语义:或者充当一个情节的词汇,或者隐含了某种奇特的隐喻意义。粪便的臭味是鉴定伙食质量的重要标准;狗尿苔犒劳一只狗的方式就是拉一泡屎作为点心;便秘的时候,霸槽独自蹲在野外拉屎,乞求灵感的光临;两派混战之际,可以把一担尿桶甩得如同一对流星锤,或者在一个如厕的女人掩护之下落荒而逃;当秃子金与半香打架的时候,秃子金飞起一脚把妻子踹入臭气熏人的尿窖……道在屎溺,这是庄子的

[①] 贾平凹:《古炉》,人民文学出版社2011年版,第607页。

一句名言。对于《古炉》来说，多义的粪便意象造就了小说的形而上学意味。

首先，作为一个秽物，粪便突兀地插入再度中止了明亮而诗意的抒情风格。中国当代文学之中，这种明亮而诗意的抒情曾经包括纯洁的爱情、崇高的理想以及悠长的田园牧歌。现在，各种一本正经的抒情正在后现代主义气氛之中凝固为矫揉造作的夸张姿态。神圣死亡、理想崩塌之后，夜莺一般的吟唱同时遭到了唾弃，更为通行的语言毋宁是无厘头的调侃。许多场合，亵渎正在发展为一种特殊的快感。冲出优雅的牢笼，放纵各种可憎的表情，无视传统的陈规陋习，制造持续的精神不适和恶心，这些强烈的美学策略开始盛行。

我曾经在《秦腔》之中发现，贾平凹精心地引入粗鄙成分之后，一个爱情故事的风格开始产生微妙的改变。忧郁、诗意、"执手相看泪眼"这些浪漫气质消失了，主人公变态的苦恋显得猥琐，甚至令人作呕。悲剧的庄严遭到了破坏，炽烈的痴情终于散发出不雅的气味。《古炉》再度拒绝了山盟海誓式的男欢女爱。霸槽与杏开的关系始终笼罩在虚荣与投机的不良气氛中，水生与半香的偷情以及秃子金的争风吃醋近于一场闹剧。这些情节过多地兑入了尘世的不堪，贾平凹再也无法忘情地心醉神迷。如果说，古炉村的爱情事件乏善可陈，那么，古炉村的政治生活已经与崇高的理想完全脱钩。霸槽、水皮、灶火、磨子这些农民一方面磕磕巴巴地模仿各种陌生的政治大词，彼此之间大打出手；一方面因为疥疮的奇痒而浑身乱搔，相互取笑。这种形象设计无情地瓦解了"英雄"的冠冕堂皇而产生了强烈的戏谑性。

贾平凹心目中，田园风光始终沁人心脾。以下这些描写表明了他对于田园景象的依恋：

> 树上没了红柿子，柿叶也全落了，柿树又像冬天一样只剩下桩和一股一股的枝条，枝条平衡摆列，斜斜地朝上展开，形成一个圆形，远远看去，像是过去东川村庙里的千手观音，一尊一尊地站在中山坡上……

> 芦苇园里的风有着大手和大脚，手往左推，芦苇就往左边倒，手往右推，芦苇就往右边倒，它的脚又从芦苇上来回走，芦苇就旋着笸篮大的窝……

> 他听见天上呼噜呼噜，雷是小跑着转了几个圈子跑到村东边的人家房上去了……

然而，至少在《古炉》之中，这些田园风光背后不存在"采菊东篱下"的雅兴，或者"把酒话桑麻"的情趣。除了自私、吝啬、阿谀权贵、恃强凌弱和充满了血污的派系武斗，密集出现的粪便更严重地败坏了悠长的牧歌情调。这不啻一场意外的美学叛变。由于粪便的臭味和可憎的表象，《古炉》的风格超出了严肃的正剧而增添了诙谐、讥刺、鄙俗和怪诞。这是"众声喧哗"的形成。

尽管如此，我仍然愿意考虑，乡土文化对于粪便是否保存了某种隐秘的肯定。作为个人身体的排泄物，粪便的意义的确令人纠结。首先，粪便是低级的，散发出恶臭，具有令人恶心的性质。"屎！"或者"狗屎不如！"——这是一声响亮的咒骂，"粪土当年万户侯"隐喻了可鄙的负面价值。然而，人们始终是粪便的制造者，人们的粪便厌恶不得不包含了些许愧疚："我顽固地去远离它，这却永远地确认了它是属于我的。"[①] 每一个儿童必须训练正确地排泄。这个科目的主要内容是，私人的排泄如何符合公共领域规范。排泄成为遮遮掩掩的私人行为之后，粪便的价值遭到了遮蔽。粪便如何从尴尬的暗角转移出来，在身体与自然的循环之中充当一个转折——如何从低贱之物转向有用之材？显然，充当肥料肥沃田地是粪便的神奇功能。这种信念扩展之后，一些人"将固态或者液体的粪便当作生命的本原、灵药、体液，甚至是化妆品，美人用此洗浴"。这时，某些粪便甚至具有了医药功能，例如童子尿。一些地方的人使用尿液清洁胡须和牙齿，或者增强视力。据说古罗马曾经对于粪便课税，"金钱没有臭味"，粪便与黄金之间的秘密联系终于浮现。西方文化甚至涉及一个奇特的问题：基督教把面包与红酒视为上帝的肉和血，尽管两种食物可能在人们的腹腔内部化为粪便，但是它们的神圣性质并未改变。[②] 这时，粪便的不良记录已经被悄然地改写。

从污秽和臭味到"生命的本原"，粪便的意义带来了哪些启示？我首先联想到了狗尿苔——至低至贱的人物。卑下的出身、羸弱的体魄、猥琐的形貌，狗尿苔仿佛仅仅是古炉村的一个笑料。然而，这个手无缚鸡之力、谁也瞧不起的人物无形地在古炉村扮演了一个奇特的角色，懵懵懂懂之间成为多方势力的交汇点。狗尿苔绝非人中之龙，他无法驾驭任何人；相反，他的存在意义恰恰是——被驾驭。《古炉》之中反复出现的情节是，这个软弱不堪的家伙居然一次

---

① 多米尼克·拉波特：《屎的历史》，周莽译，商务印书馆2006年版，第66页。
② 多米尼克·拉波特：《屎的历史》，周莽译，商务印书馆2006年版，第113页。

又一次地瓦解了村子里的仇恨和暴力事件。当然,熙来攘往、争强好胜的尘世之中,这种人物的左右逢源无异于一个神话。我宁可相信,这种文学想象背后隐藏的是贾平凹的怜悯之心。当然,所谓的怜悯并不是廉价地为苦难的世界贴上一些仁爱的标签,或者构思一个善有善报的大团圆结局。可以察觉,贾平凹的怜悯之心隐含了相当分量的道家思想。他所推崇的文化秩序之中,暴力、革命、强悍的铁腕权势并非世界的理想轴心,阴柔、谦让与节制才是主宰社会的崇高品德。"上善若水,水利万物而不争,处众人之所恶,故几于道"——许多时候,狗尿苔如同老子这一句名言的化身。"文化大革命"的政治口号如雷贯耳的时候,这种柔弱的人物形象意味深长。

提到《古炉》之中的粪便意象,结尾之际对"吃屎"的解读仿佛是一个无法推卸的任务。发疯的老顺用炒面疙瘩扮成一坨一坨屎摆在村子里的碌碡和树根上,牛铃与狗尿苔打赌谁敢吃屎,赌注是一升面。不知情的牛铃吃了一坨屎,狗尿苔出于应战也吃了一坨。牛铃总结这种结局的时候说:"咱谁也没有得到一升面,倒是吃了两堆屎么?!"从插科打诨、恶作剧式的调侃到不雅的美学趣味,人们对于这个段落的寓意阐释肯定见仁见智。我倾向于关注的是这个段落流露出的虚无意味。面与屎之间存在差异吗?机关算尽之后的一无所有才是最终的顿悟。经历了"文化大革命"的暴风骤雨之后,这个答案犹如贾平凹表情沧桑的感叹。

(原载《当代作家评论》2011年第5期)

天使・魔鬼・"造反派"

——《古炉》人物刍探

李 星

一

一般来说,《废都》及《废都》以后的贾平凹长篇小说创作与社会现实、历史时代的联系,主要是通过特定生活状态下人物的心理、情绪及环境氛围来实现的。这种厚背景、全状态、多人物、多因果的小说理念和艺术表现方式,主要体现的是作者对乡土中国的文化与伦理恒常的哲学感悟,既有自己对人与乡土传统的理解,又暗合后现代思潮对于人在世界中主宰地位的消解意味。这种独特的哲理性感悟,不仅决定了他小说迥异于理想现实主义的表现型特征,也带来了他长篇小说叙事的深刻变化:如结构与人物关系的近乎原生态的自然生活逻辑流程,语言与叙述的散文化、意象化。最突出的当属《秦腔》《古炉》在"吃喝拉撒,鸡毛蒜皮"表象下对神韵、意境的诗化追求,如以"重精神,重情感,重整体,重气韵,具体而单一,抽象而丰富"[①]的人物意象,代替设计目的明确的典型环境、典型冲突下的典型性格。他笔下的人物确实如他所倾心的汉代雕刻:其生命力量、精神气质或与古朴自然的石头的生命融而为一,或与砖石、金属材质的空间造型合为一体,具有一种弧线性的圆融型中和美。它的艺术精神无疑是现实主义的,但这种现实主义是由深厚的"天人合一"的宇宙观、生命观所决定的,而不是由特定社会的意识形态和发达的思想、技术所决定的。前者是源于自然生命的人类艺术本质,后者却是由可操作的名词概念和技术所肢解的被加工的现实。这就是贾平凹常常自述其小说多从书画艺术受到启发的根本原因,也是贾平凹小说遭到许多误解的原因——如神秘、晦涩、自然主义,如小

---

① 贾平凹:《贾平凹自选集》,作家出版社1994年版,第196—197页。

说成就不如散文成就,如可读性差、情感冲击力弱,等等,纯然是审美观念的差异造成的。这是一个执着地追求着自己所赓续的中国美学传统的艺术家所遭遇的现实尴尬。毕竟法俄文学的现实主义传统及其在革命中国所发生的演变,已经成为大众和部分专业人士心目中的文学正统。所以直到今天,还有人以没有留下几个为人们所熟知的"典型人物"而为贾平凹遗憾。

确实,《废都》中那个灵魂分裂的庄之蝶是当代中国文化人人格分裂的意象,《怀念狼》那个昔日辉煌而今日怯懦无比的老猎人是当今人类脆弱的心理精神象征,而《秦腔》虽然也塑造出了夏天智、夏天义、白雪、夏风、夏君亭等各式各样的人物,但核心却是他对"变化中的乡土中国所面临的矛盾、迷茫,做了充满赤子之心的记叙和解读",是笼罩全书的那声抑郁、深长的"喟叹"。

冯友兰先生在其《中国哲学简史》中,曾经这样论述中国传统艺术的美学特征:"富于暗示,而不是明晰得一览无遗,是一切中国艺术的理想,诗歌、绘画以及其他无不如此。"[①]又说:"道不可道,只可暗示。言透露道,是靠言的暗示,不是靠言的固定的外延和内涵……诗的文字和音韵是如此,画的线条和颜色也是如此。"[②] 这种不无复古意味的艺术理想及艺术精神,同样适用于贾平凹的新作《古炉》。早在读该书手稿复印件的时候,笔者就有如鲁迅当年读《红楼梦》的感觉:"悲凉之雾,遍布华林"。那些平时杀鸡、杀黄鼠狼也不忍的村民,竟然以革命的名义刀棍相向,互相杀戮,那些因此犯了人命案的头人和凶手,虽然在集体暴力事件中侥幸活下来,却难逃国家法律的制裁,仅古炉村一次就处决了霸槽、天布、麻子黑、守灯等四个人。而动乱平静之后的村民延续了鲁迅当年所批判的"国民性格",或围观,或拿着馒头准备蘸了死者的鲜血治病。然而无论是对这场自上而下所煽惑的动乱的批判,还是对逝者无谓牺牲的生命的凭吊,都必须通过一个个具体而具有象征意味的人物形象来实现。也只有从人物的性格命运和象征性内涵出发,我们才能理解《古炉》主题的深刻和批判反思的力量,理解他对乡土中国文化现实和人性现实的高度抽象。

二

如果从人物入手解读《古炉》,我们就会发现贾平凹为我们塑造了三组人

[①] 冯友兰:《三松堂全集》(第6卷),河南人民出版社2000年版,第11页。
[②] 冯友兰:《三松堂全集》(第6卷),河南人民出版社2000年版,第15页。

物。一组是蚕婆、狗尿苔、善人等以其信念、精神、行为超越了世俗争斗和现实苦难羁绊的隐喻性人物。他们的生存和行为方式或许是受环境压迫的另一种从精神上解放自己的生存、发展智慧，但其共同的是对自己及同类的悲悯与关爱，度己度人的努力。这是一些立足不幸的人生此岸，精神灵魂却向着神圣的彼岸的具有神性的人。诚如贾平凹在《古炉》后记中所说的："这些人并不是传说的不得了，但他们无一例外都是有神性的人，要么天人合一，要么意志坚强，定力超常。"从现实的乡村剪纸艺术家周苹英，到小说中的蚕婆，都"有一种圣的境界"。狗尿苔"前无来处，后无落脚，如星外之客，当他被抱养在了古炉村，因人境逼仄，所以导致想象无涯，与动植物交流，构成了童话一般的世界。狗尿苔和他的童话乐园，正是古炉村山光水色的美丽中的美丽"。所以，"我也恍惚里认定狗尿苔其实是一位天使"。天使在宗教中的含义，如基督教的耶稣，如佛教的释迦牟尼，在世俗生活中人们用来比喻天真无邪的儿童，所以以狗尿苔为视角洞察古炉村"文化大革命"的生活回忆，既是纯正无邪的儿童视角，又是如耶稣和释迦牟尼的大悲悯与大关怀。

当狗尿苔一次又一次穿行在浓雾弥漫、如白云一样舒卷流动的村巷中时，当他不仅能与鸟兽、树木对话，并且理解着他们的忧愁与欢乐时，当成群的飞禽鸟兽在他的率领下浩浩荡荡、旁若无人地从村人面前通过时，你不觉得这是天使在人间吗？当蚕婆虽然眼花耳聋、衰朽老迈，却能以一双灵巧的双手在一片片树叶上、旧报纸上、大字报残片上，剪出神态毕现的种种动物时，你不觉得她是化腐朽为神奇，赋万物以生命的神吗？当狗尿苔婆孙俩不断以德报怨，甚至给整过自己的人以帮助，多次以绵薄之力化干戈为玉帛时，你不觉得他们是止讼止斗的和平之神吗？至于善人，他原本就是被逼还俗的和尚，但是在纷争不已、争斗不已、烦恼不已、病患不已的古炉村，他仍履行着说病救人的佛陀意愿。

这不是贾平凹的无端夸张，也不是他的胡诌乱编，而是几千年来中华民族就具有的"和谐邻里""和谐自然"、天人合一的理想和信念。用余秋雨的话说，这就是自古以来"中华大地上千家万户间守望相助、和衷共济的悠久生态"[①]。这种古老的文化和精神传统，是苦难人生中的希望和灯塔，是中华民族牢不可破

---

① 余秋雨：《艰难的文化》，载《解放日报》2011年3月11日。

的精神凝聚力之所在。只是在曾经的"一分为二"的斗争哲学时代,在今天现代化的社会环境中,它被有意无意地遮蔽了。用秋风先生最近一篇文章中的话说,就是只要摘下有色眼镜,"就不会认为,中国人是另外的一个物种","古人和今人并非两个不同的物种。生活在这块土地上的人们,一直以来都在追求美好的生活",而不是成天在思考"如何出卖自己,毁灭自己"。① 即使在中国历史上最黑暗的时期,如"文革"这样善恶、美丑、黑白颠倒的时代也不例外。降低标准看,那些在动乱中为了不违农时,仍顶着压力坚持生产的村人,何尝不是追求和平美好生活的良知坚守者。那些听从内心的道德律令,坚持做人的良知和本分的人,无不是放射着神性光芒的人。

三

与蚕婆、狗尿苔的以柔克刚、以爱化仇,及善人的"我不入地狱,谁入地狱",拯救世人于水火的牺牲精神相比,麻子黑、守灯、黄生生甚至水皮则是一些恶魔式的人物。在作品中,四个人心理状态又是各不相同的。大字不识一个的麻子黑天性凶恶,常常无端欺负戴着"反革命"家属和地主帽子的狗尿苔、蚕婆和守灯,但因为贫农出身,成为村民兵连的一员,成为古炉村"阶级斗争"的急先锋,并因此而为支书朱大柜、民兵连长天布所用。这使他错误地估计自己,估计形势,以为自己有资格接替重病死亡的满盆出任生产队长。当发现磨子成为自己的障碍时,又对磨子下毒,毒死了他的叔叔,虽然阴差阳错却又理所当然地被关进监狱。正当人们等待着对他的严厉惩处时,"文革"爆发,他两次逃出监狱,并正大光明地与守灯成立了复仇性的造反组织,以焚烧自己家房子的破釜沉舟之举,抢劫、放火、杀人,与社会和人类为敌。至于守灯由研究制作青花瓷工艺,企图有所作为的回村知识青年,变为对古炉村及其村人充满仇恨的怨鬼式的恶魔,完全是社会环境所造成的。小说明确告诉人们,不仅他家的地主成分是错划的,他头上的"地主"帽子更完全是强加的,正是这顶帽子不仅使企图有所作为的他遭到歧视,动辄得咎,而且使他发明创造的雄心壮志化为乌有,从而使这个心高气傲的青年彻底绝望,并由绝望而生出对社会的深仇大恨。"文革"之乱给了他报复的机会,"文革"又断送了他的生命。守灯个人的人生

---

① 秋风:《走出概念牢笼,温情对待传统》,载《南方周末》2011年4月7日。

悲剧，是对无限扩大的"斗争"哲学和"文革"的强烈控诉！

笔者越来越认识到，对于黄生生这个在古炉村煽风点火的红卫兵，贾平凹的表现是有欠缺的，最大的缺陷是一开始就没有把他当作一个受"文革"意识毒害的青年学生来写，而当作一个从天而降的恶魔，阴险毒辣，凶暴残忍，正因为如此作者才将他的死亡痛苦写得那么长，又让他死得那么"不体面"。所以在与贾平凹对话中，笔者问他："这是否是你人道视野中的盲区或偏离、失误？"并大胆猜想这或许与作者痛心疾首的人生经历和体验有关——确实在每个人，特别是成功型人物的经历中，都有这种"不能原谅"的人和事，有刻骨铭心的伤害。好在贾平凹很快省悟了："现在看来，是对他们狠了一点，也简单了一点，再写得深刻些就好了。"但他也坦承，这个人物，包括麻子黑，都是"有原型的"[①]。水皮是一个常常令人不寒而栗的帮凶式人物，在我原来的阅读印象中，他好像是中学毕业，但重读《古炉》一书，才发现作者给他的学历是"小学毕业"，但从谈吐和写作才能看，他应该是除霸槽以外古炉村最有知识和写作才能最为突出的一个人。贾平凹说他与守灯一样都是历次群众性的"政治运动"的结果，不同的是守灯是被"运动"的对象，他却常常是运动的积极分子和受益者，就连他的母亲也因为有这个值得骄傲的儿子，而自以为高人一等，并以儿子的观点为自己的观点，成为一个老而不尊的恶婆。虽然只是一个村子的才子和笔杆子、智囊，但在他的身上却能看到从古到今许多自命不凡的、为了自己不惜告密陷害亲近的人的文人、士大夫的影子。所以贾平凹评价他"随风倒，没骨头，有一些文化知识的人容易是这样"[②]。话虽简单，却意蕴深藏，表现出对这号人物的鄙夷。他的死同黄生生的死一样，表现出柔韧内敛的作者内心世界中金刚怒目的一面。

四

借用印度教"三界"（欲界、色界、无色界）的说法，我们可以称如蚕婆、善人、狗尿苔等在曳尾于泥途的现实世界，从苦难之炉火中升华出了以大慈悲、大关怀为核心的精神境界的人，为"神界"；而麻子黑、守灯、水皮等却是在现实苦难之炉火中，灵魂出窍，失却人性，沉沦为以仇怨为生存之使命的恶魔式

[①] 贾平凹、李星：《关于一个村子的故事和人物》，载《上海文学》2011年第1期。
[②] 贾平凹、李星：《关于一个村子的故事和人物》，载《上海文学》2011年第1期。

的人，可称为"魔界"；而如夜霸槽、朱大柜、杏开、天布、秃子金、磨子、戴花、半香等古炉村的大多数人，则是生活在欲望界、为直接的欲望所控制的人，他们成份构成最复杂，也最为变动不居。在一种情况下，他们可以为善，让自己的思想和灵魂接近于"神界"；在另一种情况下，他们却可以为魔。前者如不顾外界舆论，执着于精神及带有欲望之爱的杏开、戴花、半香等，她们是不掩饰自己女性生理欲望的世俗礼教的反叛者，又是崇拜身体和能力超群的男性的爱神。尤其是杏开，她对为村人和父亲所鄙夷的夜霸槽的爱，堪比莎翁笔下的朱丽叶、中国传统爱情戏剧中的白素贞与祝英台，虽然充满世俗障碍，屡受挫折屈辱而九死未悔。后者如夜霸槽、朱大柜、天布、秃子金等人，则一度或最后离魔界更近一些。

这里着重分析《古炉》中古炉村"文革"的点火人和始作俑者、古炉村"联指"司令、武斗组织榔头队队长夜霸槽这个形象。

毫无疑问，夜霸槽的社会历史角色定位是古炉村造反派的头儿，这是一个在当时得到最高领导人支持，虽无体制内级别，却权力无边、风光无限的角色，如当时甚至替代中央政治局对全国发号施令的"中央文革小组"，当"文革"结束，并进而被明令否定之后，他们又承担了"文革"所造成的所有罪恶。如果有人统计一下，全国究竟有多少造反派领袖、骨干被逮捕判刑，甚至如霸槽那样被处决，这将是一个巨大的数字。因此，从最早写了"文革"并获得全国优秀中篇小说奖的路遥的《惊心动魄的一幕》，到戏剧名作《于无声处》，到后来余华的《兄弟》、阿来的《空山》、东西的《后悔录》等，几乎所有触及或以"文革"为题材的小说，造反派的领袖、骨干无一不是被写成地痞、流氓、变节者、劳改释放犯，至少也是挟嫌报复者、心怀不轨的野心家、恶棍等。而《古炉》中的夜霸槽却是一个没有被意识形态和世俗偏见污名化的更为真实的造反派领袖形象。

从小说第二节霸槽出现在村巷与狗尿苔的对话中，人们就不难发现这是一个为朱大柜所领导的古炉村现实秩序所压抑而不满，并且渴望变革的人，一句"古炉村快把人憋死啦，怎么就没有了（死亡）气味"，道出了他全部的内心苦闷。因为是贫农出身，又有文化，他是古炉村唯一敢于不顾禁令和规定，在公路边搭建小木屋补轮胎而又敢于不给生产队交钱的人，又是古炉村少有的几个不顾阶级成分而对狗尿苔及蚕婆，甚至地主分子守灯心怀善意的人。因为胸怀大志,有文化,又有英俊的相貌和强壮的体魄,并常常不掩饰自己的不满和内心欲望,心怀坦荡,他不仅吸引了狗尿苔这个长不大的捡来的孩子,更吸引了古炉村的第一美女杏开。孩子和姑娘们对人的感觉常常是最接近真实的。

"贫穷容易使人凶残,不平等容易使人仇恨",有道是"槽里无食猪咬猪",这正是不得人心的以"阶级斗争为纲"的群众运动乃至"文革"的社会经济基础和大众群体的心理基础。同样是人,为什么你生活得比我特殊(对村干部)?为什么你的先人比我有钱(对地主资本家)?霸槽因此而被村人非议着,又因为光棍一条,无家室之累,敢作敢当而被村人畏怯着。就连支书朱大柜,背地里虽然称他为"逛荡鬼",其妻甚至像防贼一样防着他,但朱大柜不仅竭力回避与他公开冲撞,容忍他在小木屋搞"资本主义尾巴",而且,从霸槽的种种"造反"行为中,他看到了自己年轻时斗地主、搞土改时的影子。小说一再强调霸槽与年轻时的支书性格、行为的相似性,不仅要强调这种不满现实的具有"造反"基因的人性内涵和深远社会历史背景,而且,并不因为它发生在后来被枪决的霸槽身上,就否定它的合理性和积极意义。贾平凹对此十分清醒,并且做出了理性的判断,他说:"有野心的能干事又能干成事的男人往往是这样的(指霸槽对杏开的三心二意),他们不是占有就是利用。钱穆说:依照中国人的观念,奔向未来者是欲,恋念过去者是情,不惜牺牲过去满足未来者是欲,宁愿牺牲未来迁就过去者是情。夜霸槽是欲的,杏开则是情的。夜霸槽就是始终在为未来命运而奋斗,是欲,所以村人往往看不起他,主张安命,主张保守。"[①]所不同的是,历史上的造反派,陈胜成了"王",刘邦成了"皇帝",项羽失败了,却成为史圣司马迁笔下的盖世英雄。古炉村土改时的夜霸槽——朱大柜也成功了,成为古炉村这个小王国几十年不变的支书,虽然支书在国家层级中是个最低的"官"儿,但他却自视为古炉村数十户几百人的家长,不仅说一不二,而且雕刻了象征自己权威的石狮子,让其蹲坐在村子最显眼的位置。与此同时,成功了的铁帽子支书朱大柜,却安命而趋保守了,成了不合理的现存社会、政治、经济秩序的维护者,用帝王的治人之术来降伏村民和霸槽这匹野马,因此他也就成了霸槽革命、造反的首要目标。有趣的是,当霸槽以造反组织的名义,对他进行诸如隔离关押、送公社学习班改造、转移至村庙关押甚至吊打之时,他并没

[①] 贾平凹、李星:《关于一个村子的故事和人物》,载《上海文学》2011年第1期。

有激烈反抗，而是采取了积极配合的态度，表现出些许的淡定和从容。特别是在自己的境遇如此恶劣时，他还始终不忘村子的生产、群众的生活，在激烈的群众性武斗中，他甚至想以自己的牺牲来避免群众的伤亡，表现出与他自诩的家长身份相匹配的另一种人生境界，正所谓皮肉遭罪，精神得道。我们可以认为这是一个共产党人的觉悟，但也不能不承认这是一个一家之长的家长的责任和胸襟，是"国难显忠贞"的传统文化的力量。

在动乱中攀上古炉村权力顶峰的夜霸槽，一方面不得不按照山外面的"文革"程序操作，"破四旧"、揪斗走资派和"黑五类"牛鬼蛇神，组织文攻武卫队伍；另一方面又不得不走上征服日渐坐大起来的对立面的道路：砸瓷窑、抢粮食、图生存、搬救兵，终于把古炉村导入血雨腥风之中。这里将他的行为说成"不得已"，不是为他开脱，而是为了突出"权力"的逻辑——征服"异教""异端"，甚至不惜从肉体上消灭他们之中的最顽固者。显示权力逻辑的，不只是征服敌人，还有对自己作为普通人的同情心、善念、柔软、犹豫、不忍的征服。不征服敌人，他们就会来征服乃至消灭自己；不征服自己，自己就会被以自己的造反思想武装起来的从众所抛弃，就会被人代替。权力是一匹疯狂的马，当它疯狂起来时，骑手也不得不随之而舞。所以启蒙主义思想家伏尔泰说：相比于牛顿等伟大的科学家，那些大名鼎鼎的政治家和征服者，不过是些"大名鼎鼎的坏蛋罢了"[①]。与朱大柜具有同样造反者、征服者基因的夜霸槽就是这样的"坏蛋"，他被依法处决了，这不仅是他个人的悲剧，也是历史及"文革"所造成的生命悲剧。斯威夫特说："一个人选择好适当的时机，跨过深渊，成为英雄，便被称为国家的拯救者；另一个人虽取得同样的成绩，但是选择了不幸的时机，他就被指责为疯狂。"[②]霸槽、天布等许许多多的"文革"中的造反派和"群众领袖"就是这样选错了时机的不幸者。那些许许多多的揭露和诅咒"文革"的文学作品，有谁能如贾平凹在《古炉》中所做的深刻！那些许许多多的"文革"造反派形象，有哪个比夜霸槽更真实、更人性，更具有巨大的历史和时代感！

人生目标远大，除了不欺老压小之外，在《古炉》中贾平凹还赋予了霸槽成大事的人物所具有的许多非凡的人格品质。他是古炉村唯一敢于挑战朱大柜

---

① 伏尔泰：《哲学通信》，上海人民出版社2014年版，第56页。
② 莫蒂默·艾德勒、查尔斯·范多伦编：《西方思想宝库》，吉林人民出版社1988年版，第50页。

权威，并蔑视现有政策秩序的人。谁都知道私自开修车铺挣钱、在小木屋开设换粮点、挖集体饲养室、养"太岁"卖神水，在当时是多么大的罪恶，然而他做就做了，还理直气壮地质问："没钱花谁管？"他又是第一个敢在支书的太岁头上动土的人，当众锯下支书家伸在他家院中被视为象征"五子登科"的树枝，破了支书的风水，支书只好忍气吞声，强忍羞辱，不仅不开罪他，反倒让他当了四轮拖拉机手，隔三岔五去镇上送瓷货。他的身份确是农民，但视角高远，眼界开阔，摆脱了一般农民的狭隘与自私。他鄙视秃子金、长宽们在"破四旧"中的挟嫌报复行为，而他对朱大柜的挑战，又非狭隘的个人恩怨、人身攻击，而是把他当作政治对手，一旦从政治上打败了，他就不再揪住不放，更没有想从肉体上消灭他，否则，十个朱大柜也不可能从"文革"活过来。在政治斗争中，他又是一个很有谋略的人，知道对方的薄弱环节在哪里，知道怎么反败为胜，知道什么时候该避其锋芒，什么时候该借力出击。杏开的父亲（前队长）满盆因气病而亡之时，正是他对珠胎暗结的杏开的冷淡期，但在满盆的葬礼上他却以一声痛哭流涕的"大"的哭叫，取得了自己在古炉村政治形势上的主动，打败了新任队长磨子，有力地震慑了朱大柜，以亡者女婿身份理直气壮地发出"这个时候朱大柜怎么不来？"的诘问，在以朱姓人物为主的灵堂上，鸣响了一声炸雷。他知道怎么识人，也知道怎么用人，深得"用人不疑"之古训，牢牢地将全村最大的笔杆子水皮笼络在身边为己所用，使水皮的朱姓族人徒唤奈何。黄生生、马卓（部长）本来在洛镇这个更广大的天地，但是霸槽却能设法将他们"引进"古炉村，奉若神明，发挥了本村人难以企及的作用。他是怎样请来黄生生的，我们不得而知，但对女部长马卓，他崇拜她的能力和气魄，她喜欢他的阳刚气质，所以才一拍即合，是惺惺相惜而非现在的"性贿赂"。爱他、知他的杏开对人说："他只是俯卧太久，有机会想飞起来"，所以她能理解和原谅他的一切，包括愤怒时打她的耳光、对怀孕的她的不忠。更有意思的是，就连乡村哲人善人也说他："你是古炉村的骐骥，你是州河上的鹰鹞。"初读这一句话时，笔者曾经怀疑它是否是贾平凹的失误，但仔细读完全书，你就会觉得这正是贾平凹借善人之口对他非凡能力和人格的肯定。

　　像一切出众的人物一样，霸槽也是心怀大志，野心勃勃，并认为自己是会干一番大事的，并善于用神秘文化来引导周围人对他的崇拜服从。如在不得志时，对狗尿苔说他的生殖器上有颗痣，像杏开这样的美女能与他睡觉，是她的荣幸；稍得志时，似乎觉得不雅，又说他脚心有颗痣，主腾达。他自我感觉前世是能鼓腮暴目在草叶上飞来飞去的青蛙，他的崇拜者狗尿苔说他是北极的超级动物白熊。因为自命不凡，他有着强烈的征服和统治的欲望，在不得志时，丑陋不堪的狗尿苔是为他点火、提尿盆、跑腿报信的"桑丘"（骑士唐吉诃德的马夫跟班），得意时长宽是给他扛大锨的随从。反讽的是，这仅仅因为他便秘，常常要去远山大便，长宽的任务就是用大铁锨掩埋他带血的粪便。但笔杆子水皮的任务就非同寻常了，他负责每日记录古炉村文革的"大事记"，实际上是霸槽每日的言行，作为日后他成为伟人后的历史资料。

　　霸槽的女性观，实际上是以男权为中心的家族家法制的女性观，他认为女人是茶杯，男人是茶壶，只能一个茶壶配多个茶杯，而不能一个茶杯配多个茶壶。但是却不能将他归入"好色"的男人。风流成性的半香、美丽如花的戴花，都曾明显地向他示爱，但他却丝毫不为所动。小说中让他动心的只有三个女人：一个是守灯的姐姐，但她却被父母嫁给一个城里人，他始终深以为憾；一个是杏开，他喜欢她，首先因为她是除守灯姐姐以外，古炉村现在最美的女子，其次他父亲是生产队长，他对她的追求和占有带有对在村子当权的朱姓的报复意义；第三个是原镇防疫站的干部，现洛镇"联指"的部长马卓，他与她的来往不可能是单纯的"色"，而只能是政治上的"结盟"。与封闭乡村社会的其他恋人偷偷摸摸不同，霸槽的性与爱无所顾忌，因而公开挑战现有乡村伦理观念和秩序。这让人记起学者张柠在《英雄的人格和语义》一文中的相关论述："英雄与美女的关系，是一个英雄与欲望关系的原型，也是英雄人性的隐喻。……英雄是能量无限的人。他们将能量的一部分用于对付自然和人间的敌人。他们的剩余能量常常转化为英雄与美女的故事。英雄与美女，将一种最刚强的形式与一种最柔美的形式结合在一起，使得那些既不刚强也不柔美的平庸状态黯淡无光。"① 它完全适用于在一定意义上可以以"英雄"称之的霸槽，他对杏开的占有是欲的、人性的，却不能判定就是爱情的，然而这种通常以喜欢为前提的"英雄与美女"的故事，确实将作品"文革"现实中刚强的形式与最具人性最柔美的形式结合在了一起，也确实突显了古炉村这段黑暗历史的丑陋与野蛮，并有了些许的亮色，也使霸槽的身上多了更多的人性色彩。

---

① 张柠：《英雄的人格和语义》，载《南方周末》2007年1月18日。

霸槽与朱大柜是"文革"运动中相互对立、你死我活斗争的两极，但他们又有着相同的"造反者"人格基因。笔者和贾平凹一样认为，有"造反"基因的人，是人类社会历史中最活跃的因素。正是因为有了他们，积淀已久的历史的陈腐和污秽，才会被荡涤，历史的社会编码才会改变，程序才会重写。但是他们身上反抗既定社会历史秩序的另一面，却是对他人的征服和统治，是对权力和荣誉的无限渴望与扩张，所以这样的人又易成为专制者、独裁者，或早或晚地走向历史的反面。现代人类社会已具有普世价值的自由、民主、人权、法治观念，正寄托着人们抗拒和防止造反派成功以后人格畸变、权力异化的美好愿望。所以不论夜霸槽，还是朱大柜、天布等的审美意义和文学价值，远远超出了"文革"历史所赋予他们的身份和角色定位，是高度抽象化的艺术典型。

（原载《小说评论》2011年第4期）

一个村庄与一个孩子

——贾平凹《古炉》叙事艺术论

韩鲁华　储兆文

不论从何种角度看,《古炉》对于贾平凹的文学创作而言,都是一个极为重要的收获,都是他的文学创作迈向更高艺术境界的一次极为重要的探险。甚至可以说,《古炉》之于中国当代文学的价值和意义,将是超越《废都》与《秦腔》的。我甚至认为,贾平凹的文学创作及地位,都可能因《古炉》而被给予更新更高的评价。

这一判断,源于比较性的阅读。

在阅读《古炉》的同时,我阅读着米兰·昆德拉的《不能承受的生命之轻》,君特·格拉斯的《铁皮鼓》,福克纳的《喧哗与骚动》,奥尔罕·帕慕克的《我的名字叫红》,马尔克斯的《百年孤独》,大江健三郎的《个人的体验》,还有村上春树的《挪威的森林》,以及略萨的《城市和狗》等。阅读这些作品时,我在追寻着一个声音,而且这个声音时隐时现地缭绕于耳畔,激荡着我的心灵。很显然,这些作品与贾平凹的《古炉》所叙写的故事、背景等,是完全不同的。即就是这些作品,其间的差异性也是非常大的。但是,它们之间似乎共同贯通着一个旷古的声音。于此,我强调的并不是《古炉》于艺术表现方式上与这些作品的相似,而是文学精神上所存在的相通性。贾平凹似乎是在进行着与世界文学艺术精神打通的探索。其实,他从《废都》开始,就进行着这方面的艺术探索。到了《古炉》,其间熔铸了更为丰厚的人性、人情,以及由此而生发的对社会历史进程的思考,更具有了人类化的意味,而这种跳出当代中国文学三界视域的探寻,建构着看似依然如故,但实质上并非完全依然如故的文学艺术精神境界。

一个村庄的"文革"叙事

《古炉》这部小说叙述的,是发生在一个名叫古炉村的故事。但作家所叙述的故事的内涵,显然已经超越了这个小山村地域空间的限定,而是在建构着20世纪中国或者世界的一个历史故事。也就是说,古炉是作为中国的社会历史映像而存在的。

《古炉》叙述的依然是商州的故事。当有人说古炉是以铜川的陈炉为原型时,贾平凹做了如此回答:"我没有说我写的是铜川的陈炉,这是一些记者误以为的,我仍写的是家乡事,只是借用了陈炉一些关于烧瓷的材料。我熟悉故乡商州那块土地,不熟悉的生活我无法写出味道。"[1]就作品的描写来看,古炉村从结构布局到周边的环境,毫无疑问,都是商州的。最多,贾平凹笔下的古炉,其外部形状借了陈炉的形,而其内在质地,依然是存活于商州的一个山村。

从贾平凹的创作意图来看,古炉这个小山村,虽然地理位置是那么偏僻,自然风景却是如此清秀明丽。"那里山水清明,树木种类繁多,野兽活跃,六畜兴旺,而人虽然勤劳又擅长于技工,却极度地贫穷,正因为太贫穷了,他们落后,简陋,委琐,荒诞,残忍。"[2]古炉因偏僻而山清水秀,也是因为偏僻,这里的人们承载了更多的中国村庄的乡土文化性格。

村庄,尤其是在中国这样的乡土社会历史文化积淀极为厚重的国度,成为解析乡土中国社会结构的一个不可或缺的单位。可以说,村庄,不论是从历史角度,抑或是从现实角度来说,都成为中国的一种映像。透过作家笔下所描摹的古炉村及其生存状态,可以窥探出中国的社会历史变迁。虽然贾平凹并不善于此,他自己也多次言称并不追求宏大的社会历史叙事,而是于鸡零狗碎的日常生活还原叙事中,状写当代中国人的生存状态和生命情感、精神心理结构状态,以及当代人的日常生活状态。

毫无疑问,《古炉》是在叙写发生在中国二十世纪六七十年代的"文化大革命"。问题在于,对于这段标以"无产阶级文化大革命"的历史,作家确实进行了如实的记述——从这场灾难的酝酿到发生、发展。但是,作家的深层创作意

---

[1] 李星、贾平凹:《关于一个村子的故事和人物——长篇小说〈古炉〉的问答》,载《陕西日报》2010年12月20日。

[2] 贾平凹:《古炉》,人民文学出版社2011年版,第604页。

图,似乎并不仅仅是对于这场运动本身的描述,而是将笔触深入生活、人性,以及人自身等的内在机理。这正如他在一次接受采访时所说:"其实对作家来讲,他不在于写任何大的事件,作家不是做事件的正确与否这个评价,他的兴趣点在于这个事件里边的人性的一些表现。任何时间它都是一个平台,都是一个背景,人的问题,人性的问题,这是作家最感兴趣的地方。"对此,你可以说贾平凹具有着非常敏感的时事性,但是从作品的实际来看,他所言也确非虚言。

《古炉》叙述了古炉村村民日常化的生活。这种生活不是意识形态化的,也不是社会政治化的,而实际上就是生活的原生状态。我曾用"生活漫流"来概括贾平凹自《废都》之后的叙事特征。李星先生也明确表示,贾平凹在这部作品中,"写人物群像,同时展现群像中鲜明的性格特征,但不是靠典型矛盾而是用日常生活中的自然流露表现出来的。因此开辟了小说美学的新时代。用散文来写小说,很成功"[①]。《古炉》可以说把乡村生活的方方面面都写到了,吃喝拉撒睡,油盐酱醋柴,婚丧嫁娶,孩子过满月,夫妻生活,邻里纠纷,等等,完全就是一幅经典的乡村生活风景图。它极易使人想到中国一幅经典绘画《清明上河图》。尤其是对于乡村生产、生活场景、生活细节的描述,足显出贾平凹的叙事功力,其间有不少场景、细节可以说是经典性的。有些场景、细节描写,我们只有从经典文学作品中方能读到。

如此写法,其实是作家长期艺术探索所形成的。生活中自然存在着许多故事,但故事确实消融在生活之中,而非超越于生活之外。现代尤其是当代叙事,则往往在叙事结构上,是超于生活本体原生态的,具有着更多的抽象的意味。贾平凹觉得"故事也很重要,写《废都》的时候,它里边有故事,写《古炉》里面也有故事,写《秦腔》的时候也有故事,但故事不是很强。对待故事,后来写作也不是特别强调,这都有,具体故事在里边都有。但是具体又要承担一些故事,情节化的我不喜欢。我总有一个观念,一部书写出来要别人看了以后突然产生一种好像这是真实发生的事情,一般不写作的人觉得这个太简单了,我也会写。经常让写作的人一看,这种写法哪种哪种。这种写法可以说是基本上成功了"。也正因为如此,发生在古炉村的"文化大革命"不是游离于生活本身之外,而是融于生活之中。或者说,古炉村"文化大革命"这一社会政治层面的生活,其实

---

① 张静:《李星先睹〈古炉〉感叹像看〈白鹿原〉一样激动》,载《西安晚报》2010年8月25日。

就是古炉村村民生活本身。于此,作品极大地消解了它的社会政治化的内涵,而还原了日常生活的本真状态。

唯有如此,方是一个活的生命。古炉这个村庄,在艺术创作上,显然是具有超越性、象征性、寓意性的。这里有着借尸还魂的寓意。古炉的炉,显然与我们现在所说的锅炉一类的东西相去甚远。关于古炉,贾平凹有过这样的说明:"题目为啥要叫古炉,因为在我的意思里,古炉就是中国的内涵在里头。中国这个英语词,以前在外国人眼里叫作瓷,与其说写这个古炉的村子,实际上想的是中国的事情,写中国的事情,因为瓷暗示的就是中国。而且把那个山叫作中山,也都是从中国这个角度整体出发进行思考的。写的是古炉,其实眼光想的都是整个中国的情况。"[①] 由此可见,古炉村的寓意就是中国。甚至可以说古炉村是中国村,而这个中国的村子,则是存在于世界的,亦是人类社会发展,在进入20世纪后半叶之后,历史地延展于中国的村庄,以及这个村庄所演绎的"文革"故事。

一个孩子的"文革"叙事

发生在古炉村的"文革"故事,是由一位孩子叙述出来的。确切地说,作家是通过一个名叫夜平安,而村人却称之为狗尿苔的孩子的眼光叙述的。

20世纪以来,异态或非常态叙事,成为许多小说家进行创新叙事的选择,从卡夫卡的《变形记》,到福克纳《喧哗与骚动》、马尔克斯的《百年孤独》、奥尔罕·帕慕克《我的名字叫红》等。自然不能说这是世界文学发展的唯一趋向,但是,我们应当承认,以一种非常态的叙事情态进行小说的叙事,则是20世纪以来小说叙事艺术的一大特征。这显然与列夫·托尔斯泰以及以前的现实主义或者说批判现实主义的叙事艺术,具有着极大的差异。也许,现代人生存的不确定性、尴尬性、困顿性、荒诞性,乃至虚无性,等等,致使20世纪的诸多文学艺术家,做着如此的叙事艺术探索与建构,以揭示现代人生存的内在精神状态。

在20世纪的小说创作上,特异的叙事视角的运用,成为叙事艺术创新的一个极为重要的方面。所谓的叙事视角就是审视和看待世界的特殊角度视野。对于世界及其生活的叙述,所选择的视角不同,所叙述出来的世界及其生活状

---

① 贾平凹、韩鲁华:《一种历史生命记忆的日常生活还原叙事——关于〈古炉〉的对话》,载《西安建筑科技大学学报(社会科学版)》2011年第1期。

态是大相径庭的。而叙事视角的背后，所隐含的则是文化思维结构与生命情感体悟方式等，因而也就势必隐喻着特定时代社会和人们的生存精神形态结构。当然，叙事视角的完成，最终自然是与作家所要叙述的故事建构达到完美的契合，体现出作家的世界观与艺术观。

于此，本文从叙事人物视角，以及与之相联系的叙事立场和态度等层面，对《古炉》进行分析。

先看叙事人物的选择。

贾平凹在这部叙述"文革"的作品中，选择了一个极为特殊的叙事人物。有人说《古炉》中狗尿苔这一特殊的叙事视角，与《秦腔》中的引生有着相通相似之处，是有一定道理的。这两部作品，都以一个在常人看来精神心理不正常的人作为叙述人物。引生苦恋白雪，是个"疯子"，具有着与常人相悖的思维和行为方式。而且，他可以变作苍蝇之类的东西，窥探到别人的隐秘。他就如上帝之眼，俯视着人世间的一切。别人均掉入现实世界的泥淖，唯独引生是清醒的。他既处于现实生活之中，又游离于现实生活之外，他就犹如一个来去自如的幽灵，游荡于清风街。就此而言，《古炉》中的狗尿苔在作品的叙事功能上，与引生具有相似之处。但是，如果说作为叙事人物，引生更具戏剧性，那么，狗尿苔则更为生活化，其戏剧性的因素要弱得多，融入生活的程度更高，他就是一个此在的叙述者。

狗尿苔是一个怎样的人物呢？

狗尿苔确实是在商洛山地生长起来的。狗尿苔给人的第一直感是：现实而神秘。

说他现实，是讲他就生活在现实生活之中，是一个活脱脱的现实生活中的人。他首先是一个孩子，他具有着商州山村孩子所具有的一切天性。比如说贪玩、好奇，天真纯朴、争强好胜，爱到热闹的地方去。在他的身上，充溢着孩童所具有的极为旺盛的生命活力。他就像山地上的一匹野马，整天奔跑着。不论是他与伙伴牛玲的种种行为，还是穿行于村子巷道，或者参加生产队的劳动，等等，都显现出一个孩子的生命状态。

从作品的描述中我们可以得知，狗尿苔是他婆捡来的。他的祖父在新中国成立之前，被拉了壮丁，据说随着国民党军队到了台湾，因而他成了"反革命"家属，他与婆相依为命。正因为如此，他是一个被人们歧视、侮辱的孩子，处于极为艰难的生活环境之中。"狗尿苔毕竟是有大名的,叫平安,但村里人从来不叫他平安,叫狗尿苔。狗尿苔原本是一种蘑菇,有着毒,吃不成,也只有指头蛋那么大,而且还是狗尿过的地方才生长。狗尿苔知道自己个头小,村里人在作践他,起先谁要这么叫他他就恨谁,可后来村里人都这么叫,他也就认了。"[①]为了生存,他不得不做着屈辱性的事情,甚至为了讨好村人,他经常跑小腿,替别人干一些事情,最典型的就是为抽烟的人跑腿寻火,以致干脆自己带着火绳。他是在极为艰难而残酷的生存环境的夹缝里,寻得存活的可能。因此,狗尿苔承受着本不应当是他这个年龄所应当承担的诸多社会重负。也正因为如此,在他的身上,具有更多的社会现实生活内涵。

而他的所作所为,都是根植于商州山地之中的。他的思维方式与行为方式中,凝聚的是这一片山地的文化血脉。他的一切行为,都是根植于他所生存的环境,立足于他所处的生存地位。作家的确在一定程度上,让狗尿苔承担了作家的文化精神,使其成为整个社会生活的审视观察者。但是,贾平凹极为深厚的生活积累和体验,使得狗尿苔几乎每一个生活细节,都是如此的真实,如此的原生态。

但是,狗尿苔又是那么的神秘,他的生存又是一个谜语。

他从何处来即身世是个谜,只知道他是蚕婆到镇上赶集抱回来的,究竟"是别人在镇上把你送给了蚕婆的,还是蚕婆在回来的路上捡到的"[②],作品并未交代清楚,我们也就不得而知。他的身世大概除了蚕婆其他人均不得而知,但蚕婆却从未提说过狗尿苔的身世。这虽然与阿Q有着某种相似性,但却又有所不同,阿Q据说还姓过赵,只是赵太爷不允许他姓赵。而狗尿苔究竟姓什么,是任何人都不得而知的。但他却有着现实的姓,因而也就成为了反革命家属的子弟,虽然他从未见过跑到台湾的爷爷。耐人寻味的是,阿Q是赵太爷不允许他姓赵,而狗尿苔却是只能姓他现在的姓,至于他原来姓什么,并无人去追问。因为狗尿苔现在的姓以及身份,似乎更能满足人们的发泄欲望期待。一个不知从何而来的孩子,在他的身上隐含着极大的具有神秘色彩的意蕴空间。

他是天上的来客。他有着特殊的鼻子,可以闻到一种特殊的气味:"怪怪的,突然地飘来,有些像樟脑的,桃子腐败了的,鞋的,醋的,还有些像六六

---

① 贾平凹:《古炉》,人民文学出版社2011年版,第4页。
② 贾平凹:《古炉》,人民文学出版社2011年版,第9-10页。

药粉的，呃，就那么混合着，说不清的味。这些气味是从哪儿来的他到处找，但一直寻不着。"[1]不仅如此，狗尿苔还能听懂飞禽走兽花草树木的话，并且可以和它们进行对话交流。也许狗尿苔自己也不明白，但他却有着一个与世界万物相通的秘密通道。他表面上并无特殊，但他又是无所不知的。既生活于现实的人群之中，又超于人群之外。他就像一个幽灵，游荡于人们的上空，透析着世人的心灵。

他是上帝之眼、宇宙之眼，也是人类之眼。作家贾平凹就是选择这样一个既现实又神秘的孩子作为叙事人物的。狗尿苔是一个现实生活的观察者，在相当程度上，甚至表现出旁观者的特征。很明显，作家是站在客观的立场上，来叙述这场"文化大革命"的。

在这部作品中，自然也有作家自己的价值判断，作者甚至参与到作品的叙事之中，发表自己的看法。比如善人这个人物，善人说病，所谈论的伦理道德，就渗透着作家贾平凹的思想，甚至可以说就是作家伦理道德观念的直接言说。但是，从整体叙事态度来看，作家是持一种客观的叙事态度。作家之所以采取这种叙事策略，一方面如他所说，那时他就是一个局外的观察者，并未深入"文革"运动的深层内里，另一方面，他有意识规避主观性叙事，尤其是主观性的价值评判，而只想客观地对这段历史给予原生态的呈现。

(原载《小说评论》2011年第4期)

---

[1] 贾平凹：《古炉》，人民文学出版社2011年版，第3页。

《古炉》的视角和超越

韩 蕊

贾平凹新作《古炉》的问世，使已经淡出读者视野多年的"文革"题材小说重新引起人们的关注。相较于以前伤痕文学及反思文学的控诉与揭露，《古炉》寓言式的写作更多地透露出作家本人对于"文革"、人生及人性的理性思考。文本以一个备受歧视儿童的纯白内心去关注整个古炉村所发生的"文革"，近乎童话般的世界让读者第一次从人性角度对当年"文革"的发生重新审视。像古炉这样一个偏远山村为什么同样也会遭受"文革"的灾难？原本和平共处的邻里乡亲转眼间怎么反目成仇甚至要你死我活？是什么使人们变得如此冷漠残忍？"文革"这样的运动以后还会发生吗？……这一系列问号不仅引领着读者的阅读兴趣，同时也构成了《古炉》写作上独有的哲理化特色，显示出作家独到的人文关怀。正是在这种哲理性视角关照下，小说通过对底层人生的叙写及立体人物的塑造，形成对"文革"的一种别样的日常哲理叙事，这不仅极大地丰富了"文革"小说的题材，对此类小说创作的整体推进亦厥功至伟，确值一议。

"文革"是文学创作中一个备受关注的话题，20世纪80年代最初书写"文革"题材的伤痕文学揭露"文革"给人们带来的伤害，描述知青、知识分子、受迫害干部及城乡普通民众在那个特殊年代的悲剧性遭遇。其代表作如卢新华《伤痕》，"反映人们思想内伤的严重性并且呼吁疗治创伤"[1]，随后，从维熙《大墙下的红玉兰》、冯骥才《铺花的歧路》、周克芹《许茂和他的女儿们》等系列作品涉及题材虽丰，但大都以朴实甚至有失单薄直白的形式，晾晒"文革"给人们造成的创伤，释放十年来积郁心头的强烈情感，具体表现为对极左路线和政策强烈的否定与批判意识，伤感、失落、苦闷和迷惘的情绪弥漫于作品之中。

相较于伤痕文学浓重的感伤情绪，其后的反思文学多了一些理性的思考。

---

[1] 中国文联理论研究室编：《新时期文艺论文选集》，文艺出版社1986年版，第277页。

90年代以后，文学处于无名时代，"文革"题材小说的创作虽不绝如缕，但基本延续反思文学的方法，如余华《活着》重点在于揭示老百姓在灾难面前的承受与隐忍，《马桥词典》《玫瑰门》《血色黄昏》等都是将"文革"作为展开故事或描摹人物的时代背景呈现，对于"文革"本身的思考则因为作家的回避态度而基本消散了。

《古炉》的问世，又使"文革"重新进入我们的视野。与以往"文革"小说不同的是，作者第一次从人性的深处追索挖掘"文革"的起因，在情节叙事背后，一条理性思考且带有某种预言性的线索隐约可见，常会使读者对照联想当下的现实。文本中，"文革"已经不仅仅是当事人的某种回忆叙事，而是渗透着作家以当下观念对这段沉重历史的理性思考。我们将这一与众不同的视点称之为"哲理化"。再次回望那一段蹉跎岁月，再次看到人们惨痛的付出，文本的哲理化视角更带给我们深深的思索。我们应珍视书中发生的往事，因为这不仅仅是作家一个人的记忆，更是我们民族我们国家的整体记忆。

一、追问人性本源，直击底层人生

开篇的古炉村还是一派宁静气象。人们遵照既有秩序生活、劳动、休息，虽然每个人心中的幸福指数并不太高，彼此间也存在一些矛盾冲突，但没有外来干涉的话，基本上还可以日复一日年复一年地平静生活下去。然而该发生的都按照它既定的方式发生了，从霸槽抢军帽开始，古炉村与"文革"发生了联系，后来成立榔头队、贴大字报、打砸抢、成立红大刀队、两派武斗、枪毙武斗指挥者都"水到渠成"地相继发生。"如果一件事的因已经开始，它不可避免地制造出一个果，被特定的文化或文明局限及牵制的整个过程，则可以称之为命运。"[①]事情的出现一定有它内在外在的原因，古炉村怎么就有了"文革"的命运？

古语云：不患贫，患不均。特别是这种不均是通过不正当手段造成的，表面的平静下就会潜伏危机，日积月累的高压到了临界点总会爆发。古炉村里早就存在不公正现象，因为地偏人贫，村民们年年要等上级发救济粮，而在大部分人家吃酸菜麸皮喝稀糊汤时，支书朱大柜家在晒点心、吃荷包蛋，特别是在

---

① 贾平凹：《古炉》，人民文学出版社2011年版，第604页。

被造反派打倒并关押后，其老婆每天要送一罐鸡肉。在位时，支书以权谋私的事情时有发生，为自己拉关系将公有财产送给上级，导致出窑的瓷货数与卖出的数目严重不符；儿子结婚，他用仅仅三百元买下队里的公房；等等。这些以往不为或少为人知的现象一旦公之于众，可以想见村民的义愤填膺。霸槽也正是利用群众的这种极端情绪达到了推翻支书自己取而代之的目的。

贫富不均还只是不公正的一方面，另一个重要方面便是人不能通过正当途径展现才华，获得其应有的肯定，"不平则鸣"，他们的力量就会通过其他渠道以非正常方式表达。霸槽可谓是古炉村最不安定的因素，他不满于现状，既不参加队里的集体劳动，还私自在大路上补轮胎，又不按规定给队里交钱。在阅读之初我们就明显感觉到霸槽总是跃跃欲试地想改变什么，一旦机会到来，他一定是风口浪尖上的人物。果然，从强抢黄生生军帽开始，历经组织榔头队、打砸村里"四旧"、抢占神庙古窑、结识马部长，他逐渐达到了自己人生的巅峰。问题是当反抗者获得想要的一切，特别是把被反抗者取而代之以后会怎样呢？

"人人爱当官，当官都一样"，中国的官本位思想早已积淀为集体无意识，掌权之后新一轮的恶性循环从头开始，反抗者会成为新的不公正者或压迫者。周大新的《湖光山色》正描述了这样一个故事，可以和《古炉》形成印证。昔日家里被称为"穷坑"的平头农民旷开田，在娶了暖暖后日子富了，又在妻子的支持下当选了村主任，特别是实景演出中扮演"楚王赘"使他在心理上完全将自己等同于楚王，直至最后成为楚王庄的土皇上。开田不再是过去那个朴实的农民，完全是一个自私贪婪暴虐的压迫者。人性的变化可谓惊心，只是因为全书的主人公是暖暖，开田虽然刻画最成功却是作为陪衬人物出现，这个充满张力的形象未能引起足够的重视。

与开田相比，霸槽更具主动性与进攻性，一旦掌权，就利用人们彼此间自私相斗的心理，发起了第一次的打砸抢。当年他与杏开的婚事一直不被杏开父亲——老队长满盆同意，就是因为他的"不务正业"，霸槽对此事是怀恨在心的，当他有了一定地位，不仅仅是完成过去的心愿，个人私欲的极度膨胀也使他变得和从前不一样了，抛弃爱他还怀着他孩子的杏开，另攀高枝与城里来的女造反派马部长相好。狗尿苔之所以一开始喜欢和霸槽在一起，一是因为自己喜欢杏开而他和杏开相好，另一个重要原因则是霸槽不因为他的怯弱欺负他，但后来霸槽也变了，甚至要利用狗尿苔让他做自己的"特务"，丝毫没有想到一旦被对方发现会给孩子带来的危险。

  人性中的自私与贪欲是这场运动兴起并迅速扩大的另一个重要原因。霸槽振臂一呼，为什么能迅速组建起榔头队？看一下榔头队组成人员，秃子金、水皮大部分是平日被轻视的、受压抑的不得志之人，物以类聚，他们大都是想借此机会改变自己的处境与地位；而对立派红大刀队的天布、磨子、灶火等都是村里以前的干部，他们维护老村委会，最终目的是维护自己的既得利益。霸槽开始的造反似乎在替民说话，但实际上是权力、利益之争左右着古炉村的一切。其他跟着跑的人则多是出于自保的缘故——作为群居的社会人，村民觉得自己总得有个归属，不孤立才有安全感。狗尿苔之所以委屈而自卑，就是因为哪一派都不接纳他——孤独是对一个人尤其是孩子的最大惩罚。

  对比伤痕文学与反思文学多将"文革"悲剧归咎于上层政治或社会时代等外在因素，《古炉》在探究"文革"起因时，直指人心，因为在事物发展中起决定作用的是内因。人性中的功利、自私与贪婪造成了村民们的争强斗胜，而未能完全摆脱的动物嗜暴性又使这场争斗愈演愈烈，人们打着革命的旗号做的是维护自己利益的事情。当彼此的私利发生冲突时，更激起加倍的贪欲，仇恨与报复最终演化为肉体的搏斗："古炉村的人们在'文革'中有他们的小仇小恨，有他们的小利小益，有他们的小幻小想，各人在水里扑腾，却会使水波动，而波动大了，浪头就起，如同过浮桥，谁也并不故意要摆，可人人都在惊慌地走，桥就摆起来，摆得厉害了肯定要翻覆。"[①]这浮桥便好似古炉村了。古炉村的运动，外来的政治因素只是导火索而已，悲剧的酿成完全来自村民们日积月累的人祸，来自劣根的人性，而这些或卑劣或残忍的性格特征，文本则通过对各色人物的准确刻画真切呈现。

二、小人物大命运，杂糅中呈动态立体

  《古炉》虽然处处孕育着哲理化的思索，但作者毕竟不是思想家，他的所有思考必须以文学的方式来传达，其意切情深是通过人物的丰富性表现出来的，这沿袭了作者一以贯之的小说风格。

  《古炉》人物形象塑造承继《秦腔》《高兴》等作品的底层写作特点，在真实

[①] 贾平凹：《古炉》，人民文学出版社2011年版，第604页。

性上还原生活本真，避免伤痕文学及反思文学中由道德完备意志坚定的老干部、处心积虑品德败坏的得志小人、心地善良同情弱者的人民群众组成的"铁三角"式的程式化写作，人物来自生活，作家在塑造丰满立体艺术形象的同时，揭示出人性的复杂与多变。

古炉村"文革"的始作俑者霸槽性格张扬彪悍，在造反之初他还有正义的一面，揭发支书的贪污、给村里得了瘟病的猪打针等，而最后的砸窑、武斗就已经走上穷凶极恶的歧途了。上文重点从官本位思想对其行为的前后变化作了分析，实际上，从人性的角度同样可以切入：反抗者在自身弱小时往往是谨慎的，容易彰显其人性中高尚的一面；当获得想要的一切，特别是把被反抗者取而代之以后，人物的性格发生了变化，或曰卑劣性得以充分扩张。人的欲望没有穷尽，当狗尿苔强调杏开是队长的女儿时，他说"要的就是队长的女儿"。可见他的爱情是掺杂功利的，当更有来头的马部长出现时，他立刻弃旧从新了。

天布开始似乎很像正面角色，但和秃子金老婆半香的相好就显得苟且，在与秃子金的冲突中又很是以强欺弱，直接导致了后者加入榔头队的反抗行为。所以无论是榔头队还是红大刀队，从霸槽到天布，从秃子金到灶火，很难以道德标准来衡量谁是好人谁是坏人，就是在传统"文革"小说中往往被塑造为正面形象的被打倒的老支书朱大柜，平日在村民眼中德高望重，在任时也有贪污和行贿行为，在给天布和秃子金断私通案时，又官官相护地偏袒天布。

支书、霸槽、守灯等人物形象矛盾而复杂，但人物塑造仍然有贾氏小说一贯的理想化特点。狗尿苔的形象使全书悲苦中带有生趣，暗淡中还有亮光，集中地显示了作家对于人类生存困境的思考，特别是对于弱势群体的悲悯同情。狗尿苔生无来处，因身材矮小被人轻视，原名平安除了蚕婆再无人使用，大家都用低贱的狗尿苔来唤他。弱小而委屈的他却有善良、争胜好强而又服低服小的心，被村人看不起，就靠跑小脚路来取悦他人，腰间总绕着一根火绳随时应和吸烟者的呼唤，不论派别不分亲仇能救的人他都救，在他那里没有什么政治界限，谁有麻烦谁处弱势他就帮助谁。因为不被他人重视，狗尿苔将注意力转向了自身，转向身边的自然环境。没人理他时，便与鸡牛狗猪交谈，拥有善良本性的他与动物们天然地接近。

人生来就是不平等的，但每个人都能够通过后天的努力达到平等甚或超越原来的次序是至关重要的。马斯洛的需求层次也早已告诉我们，每个人都有发展的需求，如果从出生到死亡，都是被定位的低贱人生，这个人物无疑是悲剧的，也是不合理的。在《古炉》后记中，作家表达在写作的时候，常有一种幻觉："狗尿苔会不会就是我呢？我喜欢着这个人物，他实在是太丑陋，太精怪，太委屈，他前无来处，后无落脚，如星外之客"①。狗尿苔既是作家的创作，带着很多他自己主观意念的痕迹，又是那样地真实和贴近生活，而恰恰是狗尿苔的存在，让读者感受到小说的一缕暖意，看到古炉村的一线希望，也许霸槽儿子在狗尿苔的带动与影响下，会涤荡人性中恶的部分，以善良来统一本心。

与狗尿苔一样有着善良美德的，古炉村就还剩善人、蚕婆、杏开了，他们却都是村里的弱者。作为古炉村道德象征的善人，总是用自己的思想为别人排忧解难，多少人的病被他"说"好了，最终他自己却烧死在屋中。善不在了，还有多少人在继续得病却无治呢？蚕婆战战兢兢而又坚强地活着，帮助一切她所能帮助的人，从不落井下石。就是这样一个具有地母象征的人物，最后却全然地聋了，完全沉浸在自己剪纸的艺术世界里，或许是她实在不愿再听见这人世间一切的争斗与烦扰。蚕婆是狗尿苔唯一的保护神，也是古炉村善良的最后守护者，在一切都卷入"文革"而混乱迷失的时候，毕竟还有未失本心的真正的人在。

三、哲理来源生活，深刻寓于日常

任何小说作品必须写出作家的思考，而且思考的独特性是衡量一部作品的重要标准，但关键是，这种思考必须不露痕迹地融于人物与情节之中。对此《古炉》作者有自己的看法：

> 以我狭隘的认识吧，长篇小说就是写生活，写生活的经验，如果写出让读者读时不觉得它是小说了，而相信真有那么一个村子，有一群人在那个村子里过着封闭的庸俗的柴米油盐和悲欢离合的日子，发生着就是那个村子发生的故事，等他们有这种认同了，甚至还觉得这样的村子和村子里的人太朴素和简单，太平常了，这样也称之为小说，那他们自己也可以写了，这，就是我最满意的成功。

后记中的这段话可以看作是作家的经验之谈，只有先相信了书中的生

---

① 贾平凹：《古炉》，人民文学出版社2011年版，第606页。

活,才会认可随这生活而来的思考与结论。考察贾平凹的创作轨迹,再看他的《四十大话》《五十大话》,我们会真切地感到作家日益洞明澄澈与慈悲宽厚,但这种大觉大悟也是要通过人物和情节来传达的。作家首先必须会讲故事,而贾氏小说历来是以人物和细节著称的,《秦腔》和《高兴》已经显示出作家书写日常生活炉火纯青、返璞归真的艺术技巧。

从生活琐事中去发现和书写哲理是《古炉》创作的显著特征。最容易的其实是最难的,与《秦腔》一样,《古炉》看起来也是鸡零狗碎的日子,只是有了"文革"的主题,有了武斗出了人命才显得血腥而揪心。村民们的吃喝拉撒、家长里短、下田劳动及后来的政治活动均是表现内容,而正是在这些平常的生活图景中,注入了作家的理性思考。譬如丢钥匙事件就写得极为有趣,虽然带有夸张性,却合情合理。如果说狗尿苔最早偷水皮家钥匙是为报复后者冤枉自己,所有人家都去用邻居的钥匙开自家的门并且一借不还而导致全村丢钥匙,这就是人本性中损人利己的表现了。另如文本结尾处安排了一个奇怪的情节,狗尿苔和牛铃打赌吃屎,情节看似荒诞,但因为有了疯子老顺摆炒面屎的伏笔,就显得顺理成章,狗尿苔与牛铃的吃屎也就寓意深刻,可谓是对全书的总结:榔头队与红大刀队在争斗中谁也没得到任何好处,两败俱伤,正像这两个孩子做的孩子事。成人不仅仅是年龄的划分,心智的成熟才是衡量的标准,我们什么时候才能真正地成人呢?

哲理生活化的另一个独到表现是善人的说病,他从自身经历出发的悟道,朴素中透露出中国传统儒道思想的光辉。他是医治人们心病的心理学专家,更成了古炉村道德的代表。走街串户的善人联系起几乎所有的村民,他们生活中的婆媳关系、邻里相处、生男育女、清心寡欲等无不是他最关心的,几乎磨破嘴皮的耐心劝说是他最有成就感的事情。善人的出现既符合古炉村地处偏远医疗条件落后的现实,更是小说中理想人格的一种象征,而他的最终自焚则是善的毁灭,古炉村真的陷入了灭顶之灾。作家的思想正是这样借助人物之口得以巧妙而自然地传达,这也是贾氏写作的一贯风格。

《古炉》能够将哲理融于生活,一个重要原因是作家自己就是这段生活的亲历者。海明威认为一个作家最好的早期训练是不愉快的童年[1],这里的童年

---

[1] 董衡巽编:《海明威研究》,中国社会科学出版社1980年版,第76页。

应扩大为早年生活。不愉快的甚至是不正常的少年经历使作家较同龄人早熟，养成了性格中内省的倾向，这种倾向使他们能够从自身的经历中提取更多的东西，进而拥有一份独到的人生经验。加之个人的聪灵早慧，这有限的阅历便转化为深度的人性体验，并以此为依托，形成其稳定的人生观和审视人生的独特视角。贾平凹正是如此，少年时期的他极少说话，但内心世界却丰富多彩，而恰恰是这种向内心的回归，发展了他细腻的观察力和敏锐的感受力。把《我是农民》和《古炉》对照着看，就会明白小说写得风生水起而又自然天成的原因，明白其中很多的人物和事件都是渊源有自，并且这些人与事给当时处于少年期的作家留下的印象是铭心刻骨和不可磨灭的。这里沉淀的不仅仅是历史，更有个体对于具体历史时段的那份独特情感。这一切构成贾平凹式的笔式文法，无人能够仿效，而正是有了这些日常生活的萦绕与渗透，作家那些哲理性的写作才不是条条框框，才显得与老百姓的日子水乳交融，也才成就了《古炉》的深刻与日常。

（原载《小说评论》2011 年第 3 期）

论《古炉》的叙事艺术

李 震 翟传鹏

从《秦腔》到《古炉》，贾平凹一直在延续着他博大而又细密的历史叙事。无论是被称为"农耕文明最后的挽歌"的《秦腔》，还是讲述"文革"记忆的《古炉》，贾平凹的历史叙事呈现出与其他当代作家迥异的气象。它就像一条看似静止的大河，用自己的沉默与平静，掩盖着体内每一个水滴的喧哗与骚动。这大河的静默与雄浑，应是那已然消逝的或正在消逝的历史，而这无数奔腾的水滴，便组成了作为一种文学的历史叙事。

一、"文革"历史：民间意识与审美关照

《古炉》被作者自己认为是他"迄今为止表现小说民族化最完美、最全面、最见功力和深度的文本"[①]。作为贾平凹第一次对"文革"历史的集中讲述，《古炉》的所谓小说民族化的努力，主要表现在其迥异于同时代作家的历史叙事。

"文革"叙事在当代文学史上有着一贯的传统，伤痕文学、反思文学、寻根文学分别从政治、社会历史、文化的角度对这段历史进行了反思与批判。这一传统在叙事模式和情感倾向上形成了两条截然不同的河流。对于相当数量的一批作家而言，描写生活的苦难、暴露"文革"的黑暗、反思"文革"的教训、凭吊流逝的青春，是他们表达的主要内容。另外一些作家则摆脱了个人情绪上的偏激，以较为冷静的目光审视那段历史，将"文革"记忆转化成一种审美资源，将理想主义色彩浸于其中。贾平凹探索的是这两条河流外的第三条河流。

贾平凹说他创作《古炉》的动机之一是："不满意曾经在'文革'后不久读到的那些关于'文革'的作品，它们都写得过于表象，又多形成了程式。"[②]《古

[①] 《贾平凹建议慢读〈古炉〉：纯看故事看情节没意思》，载《京华时报》2011年1月21日。

[②] 贾平凹，《古炉》，人民文学出版社2011年版，第603页。

炉》确实有异于先前任何同类题材作品,它既不同于那种义愤填膺式的尖锐批判,又不同于那种理想主义的集中展现,它以一种民间的立场书写着传奇式的历史,既非剑拔弩张亦非沉郁顿挫,而以一种静观的姿态娓娓道来,呈现出别样的风情。

《古炉》集中描绘了"文革"初期一个叫古炉的偏僻贫苦的小山村的生活斗争状况。"古炉"这一看似朴拙的命名实乃"大巧若拙,大辩若讷"(《老子》),按贾平凹自己的说法:"在我的意思里,古炉有中国的内涵在里头。中国这个英语词,以前在外国人眼里叫作瓷,与其说写这个古炉的村子,实际上想的是中国的事情,写中国的事情,因为瓷暗示的就是中国……"以古炉来喻中国,有多层含义:其一,古炉是中国的一个缩影,古炉的"文革"是中国"文革"的一个缩影,沧海一粟,窥豹一斑,其间深藏着空间的影子;其二,古炉之"古"与中国之"古"相得益彰,而古炉从以往能烧出精致的青花瓷到今天只能烧出笨拙的器皿之变,隐喻了中国近现代历史的变迁,古炉的历史是中国历史的缩影,其间深藏着时间的影子。韦勒克说:"文学的确不是社会进程的一种简单的反映,而是全部历史的精华、节略和概要。"[①]文学书写不是历史书写,以小见大往往能洞见真知。贾平凹对于农村生活无疑是十分熟悉的,对于亲历的"文革",无疑是刻骨铭心的,这两者促成了其叙事的出发点和落脚点。在这一叙事中,民间的立场与价值观念以潜移默化的方式融入其中。

作品以冬去春来又一春六章来完成时间建构,置于这浓缩的时空之上的,是文本充足而丰腴的内容。贾平凹将一个农村微缩社会的家常里短、矛盾纠纷,将普通黎民物质生活的饥寒交迫、精神世界的空虚和"精神奴役创伤",以潺潺细流般的笔触描刻而出,绪密思清,不刻意做主观批评,让人和事物呈现本原状态。文本对乡村的描绘是碎片化的,小说前三分之一的篇章虽略露山雨欲来风满楼之势,但火药味并不明显,作者将更多的笔墨用在乡土日常生活的描摹上。这种描摹是有血有肉、活灵活现的,呈现出民间生命、生存的有序、自然状态。即便是在"文革"的熊熊烈火燃烧进古炉村之后,这样碎片化的描摹依然存在,并不急不缓地向前发展着,这直接冲淡了"革命斗争"的火药味,消解了"革命"的严肃性与宏大叙事。因而,碎片化民间生活的描摹实为小说塑

---

① 勒内·韦勒克、奥斯汀·沃伦:《文学理论》,刘象愚等译,江苏教育出版社2005年版,第102页。

造人物形象、推进情节发展的内在动力。零散化、碎片化是后现代主义文化的题中之义，诚如詹明信所言："一种崭新的平面而无深度的感觉，正是后现代文化第一个也是最明显的特征。说穿了这种全新的表面感，也就给人那样的感觉——表面、缺乏内涵、无深度。"[①] 后现代主义的能指与所指链是断裂的，后现代主义艺术是不屑于分析、拒绝阐释的，然而，在碎片化历史建构的背后，《古炉》并不缺乏分析与阐释的空间。这种碎片化叙事，在文化血脉上，更贴近《水浒》《三国演义》等中国古典小说的叙事传统，而非西方叙事模式。

夹杂于碎片化场景描摹之中的，是作者对"文革"的记忆。贾平凹说："古炉村的人人事事，几乎全部都是我的记忆"[②]，"经历过'文革'的人，不管在其中迫害过人或被人迫害过，只要人还活着，他必会有记忆……我产生了把我记忆写出来的欲望。"[③] 贾平凹对"文革"有惨痛的记忆：父亲受到批斗，自己也沦落为"可教育子女"。这在作品中也有所体现，小说主人公狗尿苔身上有着贾的影子。众人的歧视与自身的自卑感，在社会和群体中边缘化的处境，弱小个体在革命风暴中的战栗不安与瑟瑟发抖，狗尿苔的这些情感体验是贾平凹"文革"记忆的一部分。在作者心中，经岁月淘去污垢之后，"文革"成了民间记忆与传说，留下了痛楚与纯真交织的存在，欲罢不能、欲说还休。这种观念浸润下的文本呈现出与传统"文革"叙事截然不同的面貌。其一，碎片化的历史消解了"文革"宏大叙事，革命所具有的崇高性与严肃性被家族间斗争取代，历史呈现出游戏性、隐私性、消费性的一面。其二，多具象征性的人物所秉持的历史观念不一，多元民间价值观念使历史叙述充斥着不同的声响。善人"相生相克""因果报应"观念中的历史与狗尿苔一知半解儿童视角中的历史截然不同，历史的面目变得斑驳陆离、模糊不清。其三，作者多以一种不动声色的态度来结构故事，虽借善人之口不断对社会、历史、人生进行着解读，但这种思索是形而上的，文本本身并无太多感情宣泄。兼之，作者以一种多元民间立场、民间情感来思考这些问题，而非知识分子话语殚精竭虑的思索，作者本身的历史观念并不确定，充满了多种阐发的可能性。最后，作者将"文革"的部分记忆内化成审

---

① 詹明信：《晚期资本主义的文化逻辑》，张旭东编，陈清侨等译，生活·读书·新知三联书店1997年版，第440页。
② 贾平凹，《古炉》，人民文学出版社2011年版，第606页。
③ 贾平凹，《古炉》，人民文学出版社2011年版，第603页。

美资源,即便是古炉村武斗的场景,读来虽令人有痛楚之感,但绝不像阎连科笔下"耙耧山""受活庄"中的"文革"那样惨烈、暴虐。文本呈现出较多的诗意,而非血淋淋的现实。

二、轻逸:从死亡王国向诗意王国的飞升

陕西文学推崇厚重,陕西文化的缓慢、深沉、低回起伏使生长于斯的作家们文风喜沉郁顿挫,感情好慷慨悲歌,叙事则以深沉阔大的文本蕴含厚积的情感,每每欲喷薄而出。贾平凹则是个例外,他不同于其他作家的沉郁顿挫,其作品在充满人文思索之余,"俨乎若高山,勃乎若浮云。质素也如秋蓬,摛藻也如春葩"(曹植《前录自序》),充溢着灵动之气,充溢着一种超尘脱俗的力量。《古炉》是作家以较为平和的心态静观万象、"以实写虚"的作品,"以情纬文,以文被质",烟水迷离,闲和严静,文采斐然,呈轻逸之姿。

"轻逸"是卡尔维诺在《未来千年文学备忘录》中提出的一个文学概念。卡尔维诺认为:"文学是一种存在的功能,追求轻松是对生活沉重感的反应。"[①] 人类的生活过于沉重,而"轻逸"是改善人类生活质量的必然需求与必要途径:"那些被人们视为生活的东西,诸如喧闹、寻衅、夹马刺、马蹄嗒嗒等等,都属于死亡的王国。死亡的王国就像一个堆放破旧汽车的垃圾场。"[②] 而文学所要做的就是像童话中的情节那样,能够从这样一个"死亡的王国","飞向另一个世界"[③]。这种飞跃性(轻逸性)在卡尔维诺看来是未来世界优秀文学作品所应必备的品质之一。

《古炉》以狗尿苔的儿童视角来结构故事,在这种限制性视角下,我们看到的是折射后的镜像世界,呈现为一种异样状态。通过狗尿苔的眼睛,我们看到古炉的一切似乎都是混沌的,包蕴着未知与不确定性,充满着新奇感。

> 在天布家门口的照壁前,那蓬牵牛花叶子已经脱落,狗尿苔遗憾着买瓷货的人看不到牵牛花开的景象呀:那所有的藤蔓上都生触须,上百个触须像上百条细蛇,全伸着头往上长,竟然能从那些竹棍里钻一个格儿往上长,钻一个格儿往上长,而所有的花

---

① 卡尔维诺:《未来千年文学备忘录》,杨德友译,辽宁教育出版社1997年版,第19页。
② 卡尔维诺:《未来千年文学备忘录》,杨德友译,辽宁教育出版社1997年版,第19页。
③ 卡尔维诺:《未来千年文学备忘录》,杨德友译,辽宁教育出版社1997年版,第19页。

都张着喇叭口,看着就能听见它们在吹吹打打地热闹。

在狗尿苔的眼中,牵牛花这么一个司空见惯的东西都充满着新鲜感。"遗憾"二字点明了小主人公对牵牛花的珍视;"呀"字使得遗憾之情油然而生;触须和细蛇的类比,惟妙惟肖,"伸着头往上长"写得意兴盎然;"竟然"一词道出了狗尿苔对牵牛花"钻"的能力的惊叹,这是对顽强生命力的礼赞;"张着喇叭口""听见它们在吹吹打打地热闹",将视听感觉融为一体,体物细腻、逸态横生。这正是卡尔维诺所说的"对有微妙而不易察觉因素在活动的思想脉络或者心理过程的叙述"[1]。孩子眼中的牵牛花无疑是美的,但这只是表象,更重要的是其背后惊喜、新奇的心理感受。这段描写,似透非透,以"空明的觉心,容纳着万境,万境浸入人的生命,染上了人的性灵"[2],呈现出一种"古镜照神"般的轻灵之感。

历经风雨,洗尽铅华呈素姿。民间的力量是无穷的,因为它拥有着许许多多像狗尿苔、像牵牛花一样顽强生长着的生命。"文革"破坏了农村的社会结构,破坏了古炉的物质和精神的双重生存环境,但人们向上、向善、向美发展的动力和信心不会消退。正如文本最后一段所说的:"狗尿苔突然有个感觉,感觉山门下,碾盘和石磨那儿的牵牛花应该是开了。"[3]

这几处对牵牛花的描刻,平淡中见警策,朴素中现绚丽,用语平常,描绘却活灵活现。牵牛花这不登大雅之堂之物,在贾平凹笔下具有了生命的质感与痛感,具有了向上飞升的翅膀和力量。这是一种轻逸的写作,也是贾平凹对沈从文、汪曾祺、孙犁小说传统的又一次延伸。沉重的历史、艰难的人生、惨痛的记忆都变成诗意的审美,"文革"的死亡王国变成诗意的王国,细细把味,久而弥醇。

作品对于云和风的描写也是如此。全文有五十一处对云的集中描绘,对风的描写更多。这成为推动情节发展、映衬人物心理、反映社会环境的重要动力。试举几例:

> 这一天,刮起了风,刮风的时候云总是轻狂,跟着风一会儿跑到这里,一会儿跑到那里。

> 是天上的云影落在碗里,一吹,汤皱了云也皱了。

---

[1] 卡尔维诺:《未来千年文学备忘录》,杨德友译,辽宁教育出版社1997年版,第12页。
[2] 宗白华:《美学散步》,上海人民出版社1981年版,第25页。
[3] 贾平凹:《古炉》,人民文学出版社2011年版,第601页。

>云一片一片往山神庙上落,像是丢手帕。
>
>抬头才看见南山岭上满是些白云,入冬后从未见过这么厚的白云,而且从山顶上像瀑布一样往下流。

我们惊异于作者对文字的把握能力。云的飘忽不定使我们捕捉起来相当困难。贾平凹对云的描摹,可能不是最好的,却是自成一体的,他有固有的手法与丰富的语料库。对云的这种描摹,清新、自然、恬淡,充满着情趣与鲜活生命力,充满着微风拂面般的质感,充满着大音希声般的美感与诗意,如同云自身一样,充满着飞翔的力量。

这种轻逸的语言俯拾皆是:

>回到小木屋的时候,差不多已是傍晚,镇洞塔上落满了水鸟,河里的昂嗤鱼又在自呼其名,远处的村子,绿树之中,露出的瓦房顶,深苍色的,这一片是平着,那一片是斜着,参差错落,又乱中有秩。哎呀,家里的烟囱都在冒炊烟了,烟股子端端往上长,在榆树里,柳树里,槐树和椿树里像是又有了桦树,长过所有的树了,就弥漫开来,使整个村子又如云在裹住。

远村、绿树、瓦房、烟囱,由远及近,层次清晰,这分明是一幅充满乡情的静谧的田园风景画。而炊烟的笼罩,又使这一画面充满混沌感,在隔与不隔中,无以言说的空灵感油然而生。画面中的"隔"是一方面,"更重要的还是心灵内部方面的'空'"[①],这种"空"却非一般人所能及,它需要透穿宇宙的大视野与跳出三界的大境界。可以这样说,《古炉》时代的贾平凹,艺术造诣日趋完臻,水到渠成,瓜熟蒂落。而这段风景描摹的背后,是如火如荼进行着的革命,重与轻、激情与空灵、庸实与高蹈、脚踏大地与随风而舞,描物叙事间的张力可见一斑。以如此大境界叙述历史,必定不会陷入就事论事的俗套,而是真正从生活的垃圾场飞升,飞向另一个诗意的王国。

三、神性写作:梵我合一与生死轮回

神秘书写是贾平凹的一贯传统。《废都》中牛月清母亲的"通神",那头著名的牛所作的哲理性思索;《土门》中主人公的"尾巴"与飞檐走壁的本领;《高

---

① 宗白华:《美学散步》,上海人民出版社1981年版,第26页。

兴》中的锁骨菩萨,等等,不一而足。贾平凹的写作资源更多的是来自商州这块神奇的土地。商洛地处关中、巴蜀、荆楚文化的交汇之处,巴楚一向是诗人辈出的地方,也是巫祝文化根深蒂固的地方,招魂、避邪、祈福等活动本就是巴楚文化的题中之义,贾平凹文本中的神秘性大抵源于此。

在作品的第二十三节,狗尿苔和霸槽的一段对话,两人以动物为喻,以因果轮回说臧否了古炉村里的各色人物,而他们是这样来谈论狗尿苔的:

> 霸槽说:狗尿苔,那你就真是狗尿苔转上世的。狗尿苔说:我是老虎。霸槽说:屁,说是老鼠还行。狗尿苔说:我才不是老鼠。……霸槽说:你长成这个样子也实在不容易,那就是从天上掉下来的一块石头?狗尿苔想了想,石头也好,守灯恐怕也是石头,但守灯是厕所里的石头吧。他说:那我是陨石!

这段描写值得好好体味。说狗尿苔是"狗尿苔"转世,源于二者的形似,狗尿苔的五短身材、草根性、边缘化位置和默默无闻,都使得他与房前屋后那矮矮的菌类植物极其相似。说狗尿苔是老鼠转世,源于二者的神似,作为斗争对象,狗尿苔像老鼠一样惶惶不可终日,像老鼠一样只能在阴暗潮湿的环境中艰难生长,像老鼠一样不断被人拿来说事,成为被凌辱、被损害的对象。说狗尿苔是"从天上掉下来的一块石头",则更富有戏剧性,我们可以将其看作贾平凹以一种游戏的方式在向《红楼梦》那样伟大的作品致敬。在成长过程中,由于备受歧视与伤害,狗尿苔幻想自己能变成一块石头:"他的身子紧缩后就慢慢地静静地伏了下来,伏在了路边的一个石头旁"[①],"身子越缩越小,谁也看不见他了。好像是过了一会儿,狗尿苔已经没知觉了,是一块石头了"[②]。石头平凡、不为人注意,狗尿苔想变成石头,是一种趋利避害、从革命洪流与旋涡中逃逸的本能选择,这是表层意思。狗尿苔是领养的孩子,其身份一直是个谜,狗尿苔自己认为他是像来回一样从水中来的,而奶奶说他是从石头缝里蹦出来的,凡此种种,而无论哪一种说法,他都是大自然幻化的结果。因而,往更深处考虑,其想变成石头的愿望,是对自身命名的一种焦虑,是返回本原的一种冲动,是向母体子宫执着回归的一种努力。变成石头的愿望与"陨石"之说相呼应,在这种逻辑下,狗尿苔这块陨石(而非贾宝玉般的顽石)也就有了神性,有了

[①] 贾平凹:《古炉》,人民文学出版社2011年版,第419页。

[②] 贾平凹:《古炉》,人民文学出版社2011年版,第458页。

与天地万物对话的逻辑起点。这种神性呈现为三个方面：其一是与虫鱼鸟兽对话的权力；其二是形形色色富含象征隐喻色彩的梦；其三是灵敏的嗅觉及"怪味"。限于篇幅，我们只就第一方面做简单分析。

狗尿苔能听懂各种动物的语言，能与他们自由地进行交流与对话，这是狗尿苔"怪"的一种表现。这种"怪"，成为文本中最生动、神秘和充满乐趣的部分，平添了文本的诗意与阅读快感。

> 这只苍蝇叼着米一高一低往前飞，还有一只苍蝇站在石头上在洗脸，说：呀，这么大的米！那只苍蝇就落在墙头瓦上，放下米，说：迷糊蒸米饭啦！石头上的苍蝇听了，嗡的一声往迷糊家飞去。

这段描写让人读来忍俊不禁。苍蝇竟能像人一样饮酒看花、追逐花草，描写可谓是画虎画骨。而作者写苍蝇的目的在于烘托写人的氛围，在于衬托狗尿苔和牛铃对于食物的渴望。这种描写暗含着众生平等的思想，人类并不比这些小动物高明到哪里去，都有相似的欲望与本能。这种叙事，反映了作家的某种宇宙观，天地不仁，以万物为刍狗，人与大自然的一切生物都是共生共灭、共昌共荣的。这是一种万物有灵、梵我合一的宇宙观。小说高潮部分写白皮松被砍伐："秃子金把树砍了七个豁口，七个豁口都往外流水儿，颜色发红，还粘手，有一股子腥味。"[①]这哪里是写树，分明是写人！古炉村本来就是人神共栖、万物共生、人与自然和睦相处的地方，白皮松的消失，是古炉神性的消失，缺少了白皮松的古炉还是古炉吗？

倘若说狗尿苔是能直接与自然对话的人，那么蚕婆则是能通鬼神的人，小说中多次描述了蚕婆"立筷子"驱鬼的场景。蚕婆是弃儿狗尿苔的抚养者，在她身上积聚了一个伟大母亲所具有的种种美德。她富有爱心与同情心，在来回头脑不正常之时主动施以援手，在杏开声名狼藉之时给予其最需要的帮助；她以德报怨，对任何人都敞开博大的胸怀，即便是对曾经斗争过她的人也不例外；她心灵手巧，朴素的生存智慧使她能比常人看得更远，利用手中的剪刀她能为白开水式的生活涂上一抹彩霞。她代表着一种至高的善和美。中国文学的"母亲"画廊因她又增添一幅新的画卷，这是文学层面上的意义。从人类学意义上

---

① 贾平凹：《古炉》，人民文学出版社2011年版，第557页。

来说，博大的胸襟、包容一切的气度，使她成为大地母亲的化身。她就像我们脚下这块坚实的土地一样，虽历经磨难，饱经沧桑，却依然以海纳百川的气度，呵护着生长于斯的生灵们。从神话学意义上来讲，诸种美好的情操使我们将其与女神自然地联系到一起。她的巧手能剪出惟妙惟肖的动物，且"一剪开了，又立即浸沉在了剪刀自如的走动中"[1]，"似乎这手把握不了剪刀，是剪刀在指挥了手"[2]，剪出的不仅是形象，更是灵魂。她就是关照着我们灵魂生长的女神。

我们提到贾平凹的神性书写，就不得不提另一个人：善人。在小说中，善人是作者形而上思考的代言人，作者借他之口表达了对这个世界的诸多看法。善人在小说中的主要活动是说病，不同于今天社会上流行的"把吃出来的病吃回去"的行径，善人不是利用绿豆汤治病，而是用类似于精神分析的方法，从精神的解剖入手，以根治人们灵魂中的瘤疾来解决生理上的问题。善人是"社教"中被迫还俗的和尚，应是佛家思想的代言人，但在他身上，有着诸种观念杂糅的迹象：

> 狗尿苔听到善人在说：你的性子是木克土，天天看别人不对，又不肯说，暗气暗憋，日久成病么。你要想病好，就得变化气质。要不化性，恐怕性命难保！……善人说：我常研究，怨人是苦海，越怨人心里越难过，以致不是生病就是招祸，不是苦海是什么？管人是地狱，管一分别人恨一分，管十分别人恨十分，不是地狱是什么？君子无德怨自修，小人有过怨他人，嘴里不怨心里怨，越怨心里越难过。

这是小说中出现的第一次"说病"，对象是"很高傲，和邻居们关系紧张，甚至连家人也处不和""肚里长了一病块"的护院。细绎善人的说病词，"性子是木克土"是中国传统的阴阳五行观念，最早出自《尚书·洪范》，后被中医理论借鉴；"苦海""地狱"等是佛家概念；"君子无德怨自修"，德是儒家所推崇的，古人就有"君子进德修业"的观念；而"不管人""不怨人"，则暗合老庄的"无为"思想。善人的说病词中杂糅了诸种思想，这在文本中并非独例。应该说，善人的思想（这未尝不是作者的思想）是披着佛家的外衣，带着诸多民间思想的一个大杂烩。而相生相克、因果报应、生死轮回等观念成为其中最重要的

---

[1] 贾平凹：《古炉》，人民文学出版社2011年版，第248页。

[2] 贾平凹：《古炉》，人民文学出版社2011年版，第295页。

因子。因果报应最明显的例证还是在白皮松的被砍伐上：作为古炉村风水和标志的白皮松倒了，善人因此大病一场，并自焚圆寂。这棵树不只是一个地方的标志，更是一个族群的精神象征，也是善人的灵魂寄托所在（有意思的是，我们可以拿白皮松和《高兴》中的锁骨菩萨做对比，同是灵魂的皈依所在，白皮松有一种羽化的轻逸感，而锁骨菩萨则不够饱满，缺乏这种飞升的力量）。白皮松消失后，古炉村的武斗在外力的干预下迅速结束。"革命"的两派都付出了惨痛的代价，领袖人物最终难逃法网，麻子黑等恶霸和守灯等道德败坏的人受到了应得的惩罚，砍伐白皮松的主谋更是被推上了断头台，故事在因果报应的大背景下戛然而止。值得注意的是，贾平凹对善人的描刻给人以"过度阐释"的感觉，作者将太多的急于表达的想法集于善人一身，过多的语言诉说反使其性格不够鲜明，或有"状诸葛之多智而近妖"（鲁迅《中国小说史略》）之弊。

倘若说生死轮回的观念在善人那里只是一种理念上的说辞的话，那么对来回来说，她的经历则为这一观念做了一个最生动的注脚。同狗尿苔一样，来回的身世也是个谜。因州河发大水，来回被洪水从上游卷下，并被古炉村收留。这种描绘是对创世神话和大洪水传说的呼应，是原始先民的种族记忆在作家笔下的再现。在《古炉》中，来回不是一个主要人物，但充当了重要的行动元，许多大的"历史事件"都与她有关联。更令人惊奇的是，来回如同其名字一样，来无影去无踪："老顺说：河里发水啦，来回坐着个麦草集子走了。"[①]这就是本文所呈现给我们的生命观：生命就是来回，循环往复，无止无尽。这是历史循环论，是前现代社会的主流历史观与宇宙观，是为现代主义所摒弃而为后现代主义所重新反思的观念。当我们联想到"分久必合、合久必分"和"好就是了、了就是好"之时，贾平凹与前辈传统作家在精神上和宇宙观上的暗合也就呼之欲出了。

（原载《小说评论》2011年第3期）

[①] 贾平凹：《古炉》，人民文学出版社2011年版，第561页。

《古炉》的空间构形与心态结构

李 静

在全球化的语境下，贾平凹是具有良好本土意识的作家，尤其是20世纪90年代以来的乡村小说致力于表现农村溃败的严峻现实，"乡村"的构形占有很重要的地位。重读《古炉》发现，穿越古炉村各个生活片段，我们可以通过空间构形来把这些片段重新结合起来，最终凸显出一个最能代表乡土中国特点的、真实可触的"心态群"。空间构形和心态结构使贾平凹乡村"文革"叙事具有了一种更深邃的品质。

一

首先需要引入一个概念，构形指的是象征性建构起来的"真实的"或者"想象的"城市或者乡村生活。构形需要具有认知和感觉行为，以便在一个地域环境中把握时间和空间。探讨城市或者乡村的"构形"认知、感觉、观念、表达的各种复杂层面，对今天研究中国文学是非常重要的，因为它可以让我们更好地理解"在不同的时间和地方，一种特有的社会现实是如何被建构起来的，以及人们如何看待它，如何向别人解释它"[①]。

反观小说《古炉》，贾平凹在小说出版的后记中回忆道："我是每年十几次地回过我的故乡，在我家的老宅子墙头依稀还有着当年的标语残迹，我有意不去看它。……当年这里曾经多么惨烈的一场武斗啊，现在，没有了血迹，没有了尸体，没有了一地的大字报的纸屑和棍棒砖头，一切都没有了，往事就如这风，一旋而悠悠远去。"可以看出作者对于故乡的老宅子墙头、废弃的小学校、巷道等形象的感觉和经验，不是一般单纯的地理学、建筑学认知，而是融合着复杂情感、少年记忆和"文革"历史的"空间构形"，是对空间体验的理性表达，

[①] Roger Chartier: *Cultural History*: *Between Cornell University Press Practices and Representations*, 1988: 5.

具有与文化、历史、社会等相关联的天然的复杂性、重叠性,因而古炉村的"构形"成为一个可以扭结各种社会关系的关键点,并赋予形象一种牵一发而动全身的关联性影响。因此本论文着重于考察作者如何对这个乡村构形,以及如何生成"心态群",进而促成了全民族的"文革"灾难,即作者是如何用文学的方式向读者传达个人化"文革"反思的。

时间和空间是人类感知世界的两种基本方式,从时间构形上看,《古炉》中的八十八节是按照冬—春—夏—秋—冬—春的循环顺时序来讲述古炉村"文革"早期的生活震荡的,在细读中发现标明时间的语词多是"那一日、这一天、春天、冬季"等模糊时间,直到第四节才用"人都说1965年是阴历蛇年"隐晦点出小说的准确叙述时间。古炉村的时间似乎是停滞的、循环的,村民基本上代代重复着同样的生命周期,可是山村恰恰就是被这永远停滞的神秘时间所笼罩、所控制,到处弥漫着懒惰、怯懦、无聊与残忍。

空间构形在《古炉》中占据主导地位。在含糊的时序中,给读者留下鲜明印象的是古炉村的房屋建筑、自然山水、农耕场地、街头巷尾、吃喝拉撒、鸡零狗碎等。这些正是作者在构形古炉村时所依赖的空间"形象"。小说把古炉村各户人家的衣食住行、生老病死、婚丧嫁娶、开会生产安置在树下、屋子、巷道、公路、会场、麦场等日常生活的实体空间中,构建了一系列的生产、生活和权力斗争场景。以第一个"冬部"为例,小说集中写到了"文革"政治气候尚未到来之前的各种日常生活场景。杜仲树下休息、吃烟、打盹儿、捏虱子、晒太阳,其间虽然发生了秃子金、水皮分别和狗尿苔关于戴帽子、革命不革命的富有阶级意味的矛盾插曲,但是一只红嘴鸟的飞过就轻松地岔开了一场口舌。写到在马勺家准备马勺娘丧事的场景,全村都要夹一刀麻纸祭奠,并帮忙料理丧事,砍树、缝衣、做饭、挖坟等,各司其职,有条不紊……从这些生产、生活的场景中可以感受到古炉村还是民风淳厚古朴仁义的,是一个相对封闭静止自足的乡村空间,形成世世代代以土地、植物、血缘为要素的家族人伦关系,但是不可忽视的是一股异质的气息在悄然渗入平静的日常生活表面。而后,古炉村村民的住宅、巷道、公路、公房、麦场、窑神庙等诸多日常生活空间场所的重新分配、组合使得村里人的生活方式和社会关系也随之发生改变:村里人可以凭借阶级出身的优势欺负狗尿苔;支书以权力之便给儿子买下公房;霸槽为了赚钱往公路上扔酒瓶;水皮给支书反映阶级斗争新动向;天布和半香在麦场调情;

全村的钥匙都丢了……这些暗流给表面宁静秀丽的村庄笼罩上一层动荡、紧张和不安。

二

在空间构形的主体中,贾平凹选择了夜霸槽,一个农村中常见的自命不凡、蠢蠢欲动、对世事处处不满的青年。在以他为核心的一系列阶级斗争空间建构、疏离和争夺中,古炉村以生产生活为主体的日常生活逐步政治化、阶级化、权力化,空间政治与日常生活的复杂纠结也进一步凸显出来。

墨镜和被子,是身体空间的构形。列斐伏尔认为日常生活中一些非工具理性和非功能主义的空间,诸如身体、感性、欲望等是反抗压制和异化的革命性力量。作品中夜霸槽最初空间生产的根源不是敏感于阶级斗争,而是不甘贫困落后"快把人憋死"的生活,要从生命的苟延残喘中挣脱出来,"要让这州河岸上村村都有丈母娘",要在古炉创造一个新的权力空间。而"位于空间与权力的话语的真正核心处的,正是不能被简化还原、不可颠覆的身体","身体抵抗着压迫性的关系的再生产"[1],于是夜霸槽给自己戴上墨镜,走路披上被子,"像是在飞,要飞上天了",喻示要挣脱地面的习俗束缚和权力规训。然后他在村边唯一的公路边建造一座小木屋,小木屋成了逃避政治权力控制的进行个体经济生产的空间场所。这在支书看来是一种与社会主义公有制格格不入的"资本主义的尾巴",必然要被割掉的,果然在分救济粮大会后,霸槽因为没有分到救济粮而离开古炉村。

小木屋,革命空间的构形。大字报、大辩论、大串联的狂热场景点燃了霸槽骨子里被压抑的权力欲望,于是在城镇和乡村的空间转化中,霸槽空间形象的价值差异发生转变,"自我以及自我的价值的重要指标之一是空间形象,不同的自我之间的价值差异最终要体现在,或至少要体现在不同空间形象的意识形态的差异上,也要体现在人对不同意识形态的动作反应的差异上"[2]。霸槽本能地感觉到顺应国家阶级斗争化的政治意识形态可以成就其自命不凡的理想,于是他又一次选取公路和小木屋为场所开始了新的革命政治空间的转化实践:小木屋成了留宿串联学生的地点,因为他们可以讲城外革命的事件;霸槽干脆

---

[1] H. Lefebvre, *Survival of Capitalism*, Allison & Busby, 1976: 89.
[2] 敬文东:《灵魂在下边》,河南大学出版社2009年版,第94页。

安置黄生生住在小木屋里"整夜不睡,坐在炕头听他说话"……从身体到话语实践,小木屋的革命空间完成初步型塑,其间古炉村村民的日常生活仍然围绕窑场、村落、家庭等场所按部就班地烧瓷、麦收、乞风、说病、家长里短。同时霸槽也不满足于仅仅在小木屋中憧憬革命的狂热,他要进一步把革命空间的生产深入村民的日常生活中,要把古炉村的每一个角落改造成"文化大革命"的空间。

　　古炉村,革命空间的全面建构。霸槽在古炉和洛镇、县城的空间转换中革命造反的神经彻底活跃,"任何一个人在其性格结构上都具有法西斯主义的情感和思想因素。作为一个政治运动,法西斯主义不同于其他反动党派的地方在于它是由人民群众产生和拥护的"[①]。小说细致写到霸槽回到古炉村后,"已经不是只戴个军帽的霸槽,而是一身黄军装,甚至脚上也是一双黄军鞋"的行头,而且霸槽也深谙政治革命空间建构的根本逻辑点和关键点就是"运动"。"每一次运动,总有人要跳出来充当反面教员",这正是革命性空间的明暗辩证法:"革命性空间正可以利用这些反面教材,来证明自己的正面教材身份;更重要的是,还可以通过摧毁这些黑色的反面教材,来反衬革命性空间的光明和红色以及红色和光明的战无不胜、攻无不克,并能以此确立革命性空间的意识形态的地位。"[②]于是小木屋也由过去革命空间的发起点演变为联络站,与外面的革命造反组织建立了广泛的联系,"联指"和"联总"的势力较量也在古炉村演变成夜姓和朱姓的宗族暴力,古炉村成为整个国家"文革"空间中的一个节点。至此,可以看到古炉村村民的日常生活中的精神信仰空间、私人空间、政治权力空间、经济生产空间、宗族空间都被纳入国家以阶级斗争为纲的"文革"空间建构中。日常生活虽然"显得特别纷乱和毫无方向,但体现在实践和意识形态之中的社会性,却只有在日常生活当中才能逐渐成熟起来"[③]。如上所述,在争斗、血腥、放纵的"文革"空间中,古炉村村民的各个日常生活空间被阶级斗争以内在隐形的方式潜移默化地扭曲,逼迫其就范于阶级斗争,而人的心态异化首先是日常生活空间的异化,于是善良淳厚的心态被扭曲,道德价值沦丧,人性丑恶的"魔鬼"完全被点燃爆发出来。

---

① 威尔海姆·赖特:《法西斯主义群众心理学》,张峰译,重庆出版社1990年版,第4页。
② 敬文东:《灵魂在下边》,河南大学出版社2009年版,第138页。
③ 卢卡奇:《关于社会存在的本体论》,重庆出版社1993年版,第643页。

三

从民俗学角度讲，时间、空间的构形可以提供一条直通人心的途径，也就是普通人"在其日常、非理论化、前理论化的生活中"[①]，如何看待、设想农村中的阶级斗争，并与农村生产生活发生互动。在《古炉》的普遍心态中，"文化大革命"历史事件和其他政治问题（如走资派、造反派和罪犯）远不如他们自己的日常生活程式重要。这些日常程式，是根据行为的仪式化模式组织起来的[②]，不管它们多么微不足道，却指出了"文化大革命"表面之下的心态结构。这些心态结构通过日常程式发生作用，在不那么自觉的层面（甚至有时是潜意识的层面），影响了村民对现实的感觉和建构。

《古炉》的心态结构包括很多方面，例如以善人、蚕婆和狗尿苔为代表的"神性模式"，力图用其体内的神奇性力量去构建或者召唤一个充满意蕴的日常生活。狗尿苔因为出身不好和花草、猪狗、鸟雀等自然界的生物对话交流，这是一个与自然和谐共处的生态空间；蚕婆虽然戴着四类分子的帽子，但她会用剪纸复活飞禽走兽的灵魂，这是一个政治生活审美化的历史空间；善人给村里人看"心病"，宣讲易、道、佛的伦理道德，构建出一个天人合一的神性空间。但是随着革命空间构形的一步步变异和戕害，最终，蚕婆聋了、善人殉道自杀了、狗尿苔依然丑陋孤单，他们经营的异于革命空间的神性空间、审美空间、理想空间都解体了。

第二种是古炉村村民普遍的古朴、凝滞、迷信的"混沌模式"。古炉是一个相对封闭静止自足的乡村，遵循"尚群尚和"的文化传统，并以此作为凝聚乡村力量、整合乡村秩序、抵御他者侵袭的文化武器。所以从心态上讲古炉村村民的交往不是政治的、革命的、阶级的，而是血缘亲情、邻里人情、生存利益的纠葛。即使在"文革"的全民政治运动中，作者也没有让"政治"硬性植入，而是如前所述——策略性地改造生存空间，以日常生活的仪式化方式潜移默化地渗透进去。

第三种就是"欲望模式"，以霸槽等为代表。三种模式关联起来看，前两种

[①] Peter L. Berger, Thomas Luckmann: *The Social Construction of Reality*: *A Treatise in the Sociology of Knowledge*, Anchor, 1966: 15。
[②] 郭于华：《仪式和社会变迁》，社会科学文献出版社2000年版，第338页。

即神性模式和混沌模式互为补充，第三种模式生成于前两种又与之形成对立冲突，三者共同组建了古炉村立体交织的心态结构。"以古炉喻中国"，贾平凹多次在访谈中提到这一点："与其说写这个古炉的村子，实际上想的是中国的事情……其实眼光想的都是整个中国的情况。"总之，贾平凹在《古炉》中采用时间和空间基本构形要素，以想象的古炉村来隐喻中国特有的乡村，体现了现代乡土中国很典型的一组心态。正是这些"心态群"及其各个方面，使一个虚构的地理结构的山村有了生气，使它具有了一种更深邃的品质，一种在当代文学一系列虚构的乡村空间中独一无二的洗骨悲凉。

（原载《文艺争鸣》2012年第7期）

还原"存在世界"的"破碎之美"

——关于贾平凹《古炉》的叙事

杜连东

一

贾平凹对当代文学来说，无疑是一笔伟大而又丰厚的财富。从开始创作至今，他的写作，在中国当代文学的土壤中，始终保持了一种持续增长的态势。我相信，这早已不是我个人的新锐之见，而是一个日渐获得认同的普遍的基本判断，当然，每一个评论者的描述和解说会不尽相同。

多年以来，贾平凹一直置身于属于自己的文学创作的语境之中，甚至在许多"动荡"的文学写作处境下，都表现出一个有责任感和使命感的作家的智慧和忠诚。他始终以坚实的脚步，印证着自己的有力存在。创作了长篇小说《浮躁》《废都》《怀念狼》《土门》《秦腔》《高兴》，中篇小说《腊月·正月》《鸡窝洼的人家》，短篇小说《满月儿》，散文集《爱的踪迹》等一部部影响中国乃至世界的文学作品。其间，他曾体验过登上巅峰的喜悦，也曾遭遇过坠入峡谷的低沉。面对中国当代社会的巨大转型，面对商业化的强烈冲击，他依然能够找准自己的位置，从心灵价值的维度，处理自己与时代生活的关系，并以自觉的社会关注，来书写当代中国社会存在的问题。这样的操守和执着，不单源自贾平凹是一位有良知、有才华、有耐性的作家，更源自他狂热与痴迷的文学精神和态度。在文学力量的驱使下，他能够在不同的时代发展的脉搏里，寻找文学叙述乡土现实的可能。写作，对于贾平凹来说，早已不是一种爱好，而是他的一项事业。

如今，贾平凹已经活跃于文坛的中心位置，而他那不断变化的创作，也已经引起了人们的持久关注乃至震撼。对文学的信仰和追求，使他与潮流保持着一定的距离。对这样一位作家近四十年的创作，进行总体性的评说，当然是相当不易的事情，因为他的变化实在是太大，总是让评论者难以琢磨，他总是在不断超越与否定，在嬗变中寻找自己在文学写作中持续发展的最佳状态。当然，他也是一位始终坚守自己写作立场、遵循自己艺术原则并永远按照自己的风格和意愿写作的作家。纵观他多年来的写作历程，他没有被一种固定的风格、模式、题材局限，这已经成为一个事实，这也许是他自己内心的一个愿望，却给当代文学批评对他的整体研究带来了难题。

对于一个作家来说，文学创作并不是饮酒、吃饭、打牌等率性而为的事情，当然也不是少数天才的写手肆意无羁的纯粹想象和创造，文学写作一定离不开历史存在这个强大的磁场。在这一时空中，在历史传统和现实存在的双重压力下，作家有感而发，在虚构、想象、灵感的作用下，摆脱自己与时代的某种错位和尴尬，来体验时间中的往事、理解中的历史以及当下的现实，进而为读者呈现真实质朴、平淡而庄严的神秘世界。

我在读完《古炉》之后，这种感觉越来越强烈。小说《古炉》讲述了一个烧制瓷器的古炉村发生的"文革"故事，原本偏远、宁静、民风淳厚的村庄，在时代的风浪中所有人都主动或被动地卷入了一场声势浩大的运动中。作品通过一个出身不好、相貌丑陋的名叫狗尿苔的男孩的视角，将一个山清水秀的村落如何逐渐演变为充满了猜忌、斗争、暴力的利益场的过程展现出来，打造了一幅纷扰杂糅的时代长卷。可以说，这部小说贾平凹仍然把笔触伸向了悠远、淳厚的乡土中国，与以往所不同的是，小说中的故事是作者记忆中的亲身经历，因而，小说具有明显的回忆、追忆品质，显得具有别一种"真实"。作者穿越时空的隧道，将记忆中的一幕，定格在了一个偏僻的小村落，重新拾忆起"文革"时期乡村"存在"的零散、破碎，进而呈现了这部史诗般的时代长卷。

可以肯定的是，在如今这样一个到处弥漫着功利、诱惑、喧嚣、浮躁的时代，如果一个作家能够放下自己已经获得的城市身份，或者远离某种条条框框意识形态的制约，而一心深入对乡土中国的文化想象，那么一定寄予了作家深厚的记忆、情感、良知和信仰，从而超越想象的疆界，向更为深广的未知领域探寻，在思考和体悟中获得真实的艺术直觉，最终抵达作家的精神彼岸。无疑，《古炉》的创作的确寄予了作者厚重的思考和记忆，一方面创作《古炉》的时候，作者已是知天命之年，少年时期的记忆刻骨铭心、历历在目，每当作者归乡省亲之时，曾经的"记忆如下雨天蓄起来的窑水一样，四十多年了，泥沙沉底，拨去漂浮的草末树叶,总能看到水的清亮"①。那一段不堪回首的经历确实令作者难以忘怀。另一方面,作者"不满意曾经在'文革'后不久的那些关于'文革'的作品,它们都写得过于表象,更多形成了程式",加之当前"对于'文化大革命',已经是很久的时间没人提及了,或许那四十多年,时间在消磨着一切,可影视没完没了地戏说着清代、明代、唐汉秦的故事,'文革'怎么就无人兴趣吗"?

所以,作者"觉得我应该有使命,或许也正是宿命"来完成这部作品,记忆中的自己那时"年纪还小,谁也不在乎我,是受害者,却更是旁观者"。因而为《古炉》的叙事找到一个记忆表达的契合点———"作者以冷淡、漠然、客观的态度"来处理一切,"作品中处处都应窥见作者的影子,但处处又看不见他的出现"②。

二

事实上,早在《废都》时期,贾平凹就已经创造了写作和商业上的神话,而进入新世纪之后,贾平凹再一次谱写了又一令人刮目的传奇之作——《秦腔》。《秦腔》的影响力,也再一次显示出一位杰出作家非凡的创造力。继《秦腔》之后,贾平凹又创作了反映中国城市化问题的《高兴》,可以说,《高兴》也是一部触及敏感题材的作品,它虽然没有像《秦腔》那样引起世界范围的"轰动",但也引起了不小的反响。当然,贾平凹的创作还不止如此,在经过时间的沉积之后,这一次,贾平凹终于打开自己深藏多年的记忆之门,经过一番思想上的挣扎之后,最终选择用小说的形式,真诚、实在地留住自己曾经难以泯灭的记忆,把这坛发酵多年的陈年老酒,拿出来与之最亲的读者分享,这就是《高兴》之后的《古炉》创作。

进入新世纪以后,贾平凹相继创作了《怀念狼》《病相报告》《秦腔》《高兴》《古炉》等五部长篇小说。在叙事形态上,其中的有些作品极为相似,尤其是《秦腔》和《古炉》,但更大程度上,体现出的是一种改变。在《秦腔》中,作者启用了"回归生活原点"的叙述形态,这种叙事形态,早在《高老庄》时期,就已经初见端倪。在那里,作者就已经描写了一群社会底层的卑微者,叙述他们蝇营狗苟的生活琐事,并试图凭借对生活、人物、存在的体验,建立起自己的文

---

① 贾平凹:《古炉》,人民文学出版社2010版,第603页。
② 利昂·赛米利安:《现代小说美学》,宋协立译,陕西人民出版社1987年版,第37页。

学写作维度。到《秦腔》的时候，作者的"写作姿态"和"叙述方式"明显发生了变化，在平静的叙述中，表现出一种对叙事的由衷敬畏和细致的叙事耐心。通过那十分密实的流年似的叙述，寄予了作者坚实厚重的情感担当，展现出生活和存在的"破碎之美"。在《古炉》中，这种原生态的叙述更为明显，而且相当成熟，并更具有艺术功力。作者依然选择绵密琐碎的叙事形态，并大胆地将人物的命运融入其中，更凝聚了作者强烈的情感在里头，凭借独特的文学结构、丰厚的叙事经验、简洁的文体形式，改变了传统长篇小说的叙述模式和套路，直接把笔触伸向简单而琐碎的日常生活，最大可能地回到生活本身，发现和展现生活的伦理和存在的逻辑，进而也见证了其自身的内在变化。

在文学中，我们常常看到"现实"与"存在"这两个概念，究竟如何区分，可能说不清楚。"存在是个人经验的产物，它似乎一直游离于群体经验之外。"[①]它作为一种尚未被完全实现的现实，是一种可能性的现实。作家在对存在世界和生命深入感知后自然生成的情结，必然对小说创作产生各种暗示和指引。小说《古炉》的创作，明显就体现出这一点，它以六十四万字的篇幅，来描写"文革"在一个村子里的发展情况。这里需要说明的是，小说中叙述的故事，曾经的确发生过，是真实的历史存在，正因如此，作者才尽力去还原故事的本真面目。因而，通过塑造这样的一个村落，通过细腻而又不厌其烦地对这种平静而琐碎的乡村岁月的描述，让人们的视野回到故事发生时古炉村的生活状貌和状态。因而，《古炉》在破碎之中呈现出无与伦比的真诚和毋庸置疑的真实。

关于"历史真实"的表达，对于一个作家来说，是需要煞费苦心的，强大的"历史磁场"承载着我们，却又制约着我们。在当代，小说已经担当起传承历史文明的重任，已经成为人们了解历史的途径之一，因为有些人不喜欢看历史，却喜欢读小说，后代人可能不知道"文革"是怎么回事，可一读完《古炉》，也能揣测出个八九不离十。故而，作家在处理"历史真实"的表达时，就应该慎重：如果过于虚构历史故事，可能就会误导公众的视听，从而会引起人们对历史真实的怀疑；如果不对历史故事进行加工，势必会失去了小说的味道，显得枯燥乏味。所以，如何处理"历史真实"与"虚构"的关系，成为当代作家面前的一道难题。

---

① 格非：《小说叙事研究》，清华大学出版社2002年版，第15页。

记得,当代作家阿来曾有过这样的一次经历,其《格萨尔王》中的"虚构"招致了果洛人们的质疑,他们觉得"阿来的虚构会破坏史诗《格萨尔王传》的真实性"。对于阿来这样的作家来说,一部《尘埃落定》,已经足以让人们领略其小说的结构能力,而《格萨尔王》的创作,就像苏童之于秀美的江南,把孟姜女重塑成《碧奴》,叶兆言把射日的后羿变成一个单纯的部落首领,李锐把经典的白蛇传重塑为充满哲思的《人间》,充满了想象和智慧。我想,对于读者而言,大可不必有这样的担心。

作为一部小说,虚构是必然的,也是必要的,"小说当然要虚构,虚构的能力也是想象力,也是一个写作者的看家本领"。"虚构小说描写的生活——尤其是成功之作——绝对不是编造、写作、阅读和欣赏这些作品的人们实实在在的生活,而是虚构的生活,是不得不人为创造的生活,因为在现实中他们不可能过这种虚构的生活,因此就心甘情愿地仅仅以这种间接和主观的方式来体验它,来体验那另类生活:梦想和虚构的生活。"[①]"一个孩子……大叫'狼来了',而背后果然紧跟一只大灰狼——这不成其为文学,孩子大叫'狼来了'而背后并没有狼——这才是文学……文学是创造,小说是虚构。"[②]"文革"是真实的,可古炉村是虚构的,作者的记忆是真实的,而狗尿苔是虚构的,但是,"文革"并没有因为古炉村的虚构而失去半点颜色,作者的记忆也并没有因为狗尿苔的虚构而变得虚假。因而,贾平凹的小说是成功的。

那么,小说究竟如何表现历史真实,作家因为碍于虚构文本有损于历史真实性就不去创作,或者不进行艺术加工、不去表现历史了吗?我想当然不是,也不能是。身为作家,如果单纯地讲述历史故事,那就与史官无异。这样,也就没有作家存在的必要了,因为不乏有史学家专攻历史。所以说,为了生存的需要,作家就应该放开想象,调动灵感,进行丰富的艺术构思,大可不必担心有损于历史的真实性而限制自己合理的构思和想象。因为,"每种艺术都只有在追求自己独特的前景时,它才能繁荣",而"艺术与现实的缝隙完全弥合,艺术就将毁灭"。[③]小说作为一个艺术门类,就应该按照自己的套路去存在、发展、繁荣。

---

① 马里奥·巴尔加斯·略萨:《给青年小说家的信》,赵德明译,上海译文出版社2004版,第7页。
② 纳博科夫:《文学讲稿》,申慧辉等译,上海三联书店2005年版。
③ W.C.布思:《小说修辞学》,北京大学出版社1987版,第11页。

如此看来，贾平凹的小说《古炉》，在处理"虚构"与"历史的真实"二者的关系上，表现得就非常成熟。我想，这不得不归功于贾平凹的叙事策略，他把"文革"这一庞大的历史文本，融合在一个虚构的古炉村中，通过无限的想象，还原"文革"时期乡村的彼时彼景，进而在当前的时代，追忆、思考古老中国的往事。这种琐碎的叙述方式，恰恰应和了乡村生活那种缓慢、沉寂的生活节奏，二者的浑然天成，呈现出巧妙细致的生活美感。在那种日复一日而漫无际涯的单调和重复中，累积出人世间的沉重与沧桑，通过表现一个村落的生死歌哭、风土人情来试图把握"文革"时的乡村、时代、人性以及世道人心，从而把完全真实的乡村"文革"状况展现出来。它所提供的人物情景、密实的生活流程，足以让我们当代人去感知、体验那一时期生活的结构状态，揣摩"文革"这一历史事件中人们的遭遇状况，从而对历史有一个客观公正的认识，而不是人云亦云。通过这种"叙述"来表达历史的方式，也为我们当代人呈现出一种对待历史的态度。在中国当代文学中，它完全不同于早期的伤痕文学，那种一味地对"文革"所带来伤害的控诉；也完全迥异于20世纪80年代中期的寻根文学，那种试图修复历史与现实的断裂，而执着于历史延续性的探寻；还不同于80年代后期的先锋文学，把目光投向对历史故事的构造，企图在历史与现实之间构建一种连续性，从而对历史理性进行怀疑。

小说中，贾平凹把目光直接定位到普通百姓那鸡零狗碎的生活琐事，在日常化的生活中演绎"文革"这一庞大主题。一切都回到了生活原点，这种琐碎的原生态叙述，弱化了小说叙事中的神秘色彩，在一种更为宽松的文化环境与更为自由的精神氛围中展现了人性的本真，流露了特殊时代匮乏的人间真情，将生活原生态中的"正常的层面上"的人性呈现在我们面前，从而"实现了其向古拙而本真的创作状态的回归，向民间的回归"。

《古炉》的创作，是作者用心完成的，尽管在叙述中我们不能直接体味到作者的愤怒和怜悯、悲伤与感叹，但是通过那密实的生活细节与纠缠于生活中的苦痛和无奈，在那简单而平静的文字背后，却始终散发着难以阻挡的生命气息，闪烁着一个伟大作家那充满良知的温暖情怀。

三

小说《古炉》，是"文革"题材的乡土化叙事，它的独创性在于，与以往的乡土叙事和"文革"叙事都截然不同。首先，在这之前的乡土叙事的小说中，文学对乡村和乡土的想象与表达都明显带有某种意识形态的烙印，无论是"十七年的史诗叙事、20世纪80年代有意识的对乡土文化的文学构筑，还是20世纪90年代以来对乡土的寓言化书写和后现代想象，它们在叙事形态上都表现出大同小异的叙事视角、结构形式、话语风格"[①]。其次，在这之前的"文革"叙事，包括早期的伤痕、反思、改革、知青，以及20世纪90年代至今的小说、影视等诸多文学形式，在表述"文革"这一主题时，字里行间都弥漫着一股怨气，在叙述中大都掺杂了作者强烈的爱憎情感，其描述知青、知识分子、受迫害的官员以及普通民众在那个不堪回首的年代的悲剧性遭遇，"表现祖国在动乱之中的巨大灾难，表现道德良心在悲剧时代里的沦丧，表现青春、生命在非常时期内所遭到的凌辱与毁灭，表现爱的痛苦与失落，表现人的非人遭遇，成了文学的神圣使命"[②]，因而形成固定化、模式化的套路。

而《古炉》就不一样了，它意在把记忆中的一段历史、一段感触至深的往事，在当前这样一个浮躁的语境下，真实清晰地展现出来，以此来安慰一个人乃至一代人的灵魂。同时，也在平静的历史叙述中，启发下一代对历史与现实的深重思考，因而小说采取了原汁原味的生活化叙事形态，用纷繁复杂的生活碎片堆积起庞大的叙述结构，用一个怪戾荒诞的旁观者的叙述视角来梳理小说的叙述脉络，而这一旁观者形象的塑造，恰恰又是作者本人的真实写照，只不过在小说中作者给这一形象赋予了神性，其在小说中无处不在、无所不知，甚至还能嗅出死亡的气息。这一旁观者就是狗尿苔。

狗尿苔，是一个相貌极其丑陋的侏儒，他跑来跑去、任人指使，因为其爷爷曾为国民党扛过枪、卖过命，因而在"文革"期间不招人待见，常受人欺负凌辱。可以说，这一形象是作者依据自己的经历来塑造的，当然在现实中他并没有那么邪乎，只不过作者为了达到某种预期的艺术境地，而在小说中专门赋予了某种神秘的东西在他身上，使他表面上成为故事的讲述者和叙述人，看上去无所不知、无所不能。这实则是作者设计的一种结构策略，虽然他是一个有别于常人的"弱势群体"，但他却有着常人无法达到的智慧境界。

这一叙述视角的出现，让我自然而然地想起了《秦腔》中的叙述者引生，

---

① 张学昕：《话语生活中的真相》，吉林出版集团有限责任公司2009年版，第152页。
② 席扬、吴文华：《二十世纪中国文学思潮史论》，时代文艺出版社2001年版，第268页。

可以说这两个人物有一定的相似之处，略有不同的是：《秦腔》中的叙述者引生的塑造，倾向于"零度焦点叙事"，而《古炉》中的叙述者狗尿苔则更倾向于"外焦点叙事"。鉴于小说所要表达的主题不同，两个人物也是不同的，但也足以说明两部小说叙述策略的相似性，在《秦腔》中，贾平凹也是塑造了一个大智若愚的人，而且所有的叙述可能性都是由引生这一角色来打开的，他就像作者的双眼一样，在文本中自由地穿梭着，全知全能地俯视着小说中的芸芸众生。与狗尿苔不同的是，在小说开篇不久，这一角色就自我阉割了，成为一个不健全的人。

由此，我们可以清晰地发现，无论是《秦腔》中对引生的构思，还是《古炉》中对狗尿苔形象的塑造，不仅是作者在小说叙述结构和策略上的需求，更寄予了作者对小说叙事甚至是对生命的暗示：小说叙事不论怎样完美，都会无法避免地在生活的刻刀下变得带有缺陷；生命虽然是不完美的，却是自由的，人生就像是向日葵一样，每天都向着光明和太阳，只有在黑暗降临后才低下头颅。

我想，这也恰恰给作者钟爱这种叙述方式，提供了充分的理由。康德认为："自由是唯一原始的人性权利。其实，生命的光彩在于生命个体自在自为的生存、人性的自由发展，然而，自由向来可望不可即。"贾平凹是自由的，因而能够一改之前的小说模式，采取自由自在的说话方式，因为在他看来："小说是一种说话，说一段故事，现在要命的是有些小说太像小说，有些又不是小说的小说，又正好暴露了还在做小说，小说真是到了实在为难的境界……给家人和亲朋好友说话，不需要任何技巧，平平常常只是真。而在这平平常常只是真的说话的晚上，我们可以说得很久。开始的时候或许在说米面，天亮之前说话该结束了，或许已说到了二爷的那个毡帽。"[①]

其实，从内容上看，小说和故事是紧密相连的。故事没有细节仍然是故事，而小说缺乏细节则难成小说。"细节，是缓慢的甚至是静止的，它捕捉声色光影，捕捉为日常生活所隐蔽的一刹那；情节，是流动的甚至是悬崖上跌下来的水，它是时间得出的结果，是一个个或大或小的悬念。"小说讲的就是细节，故事侧重的是情节，小说是存在于故事之中的。弗斯特在《小说面面观》中说："小说就是讲故事。故事是小说的基本面，没有故事就不成为小说了。"[②]小说必

---

① 贾平凹：《我心目中的小说——贾平凹自述》，载《小说评论》2003年第6期。
② 弗斯特：《小说面面观》，朱乃长译，中国对外翻译出版公司2002年版，第84页。

须依赖故事,小说无法摆脱故事的参与。当然,这不等于每一篇小说都要有一个完整的故事情节,有的小说只是故事的碎片。

现代叙事学将读者纳入小说叙事艺术系统,强调读者参与创造性的叙述的作用,而这一活动一般是在具体的阅读活动中实现的。在小说创作中,作者与读者是一种平等的对话和交流,这种交流是有讲究的:有的作者处于读者之上,将读者拒绝在叙事之外;有的作者与读者促膝交谈,从叙事的讲台上走了下来,与读者心平气和地进行情感交流,从而使读者不仅可以自由地参与叙述,而且也为小说留下较大的阅读空间。"通过将读者作为叙事情况的本质特征包括进来,通过将文学意义这一概念确立于叙述者与读者之间,这一模式意味着理解我们阅读时所发生之情况的新方式。"[①]这就是叙事的艺术。小说《古炉》的叙事,这种方式就非常明显,这也在见证着贾平凹叙事态度的改变。

莫言在谈到福克纳时说:"我编造故事的才能决不在他之下,我欣赏的是他那种讲述故事的语气和态度。"我想,这里所说的"语气和态度"就是作者的叙事形态,一个好的作家掌握的故事素材可能远远比不上一个说书人或是老农,但他可以用他特有的叙述方式,将普通的故事处理得不同寻常。由于传统的小说模式太注重故事的传奇性、戏剧性和冲突性,而且这样的传统小说"由于太习惯于用逻辑的方式理解生活,忙于为结果找原因,为行为找依据,为性格找特征,为心理找动机,为生活找故事,为故事找悬念,反而使得小说对生存的过程本身视而不见了。贾平凹的追求,似乎强烈地集中到一个目标上,那就是,最大限度地回到生活本身,最逼真地呈露生活的原色原味。技术的痕迹,构思的痕迹,组织的痕迹,中心意识的痕迹,何为主角何为次角的痕迹,全都消隐了,尽力回归到无主角、无故事、无始无终的生活,也即一种混沌状态"[②]。追寻这种笔法的缘由,在《高老庄》后记中,贾平凹给出了明确的答案:"为什么如此落笔,没有扎眼的结构又没有华丽的技巧,丧失了往昔的秀丽和清晰,无序而来,苍茫而去,汤汤水水又黏黏糊糊,这缘于我对小说的观念改变。我的小说越来越无法用几句话回答到底写的什么,我的初衷要求我尽量原生态地写出生活的流动,行文越实越好。"[③]于是,作者从记忆出发,通过写实的方式,"建

[①] 华莱士·马丁:《当代叙事学》,伍晓明译,北京大学出版社1991年版,第190页。
[②] 雷达:《思潮与文体:20世纪末小说观察》,人民文学出版社2002年版,第292页。
[③] 王永生编:《贾平凹文集》第17卷,陕西人民出版社1998年版,第261页。

设着那个自古以来就烧瓷的村子,尽力使这个村子有声有色,有气味,有温度,开目即见,触手可摸"。

的确,尊重日常生活是"一个社会走向人性化的重要标志","日常生活被慢慢恢复,人性也被慢慢恢复到正常的层面上,是健康的、适合人生活的社会模型。并非说,人一落到日常生活里就庸俗了,没有质量了。不是的!日常生活里也有革命"[①]。再者说,"历史的面目不是由若干重大事件构成的,历史是日复一日、点点滴滴的生活的演变","小说这种艺术形式就应该表现日常生活"。

对于小说这种文体的敏感和思考,使贾平凹从理念上不断地扩展小说的叙事空间,而在对于乡土中国的书写中,他能够放下自己已经获得的城市经验,能够以平凡而坚韧、深沉而内敛的文体叙事,在具体的写实的日常化生活演绎中,发现新的审美形式,磨砺深邃的思想利刃,切入人性的深处,探究人类的境遇与状态,建立起自己具有艺术穿透力的精神气度,将我们引向真诚、真实和美好。

回望贾平凹的创作历程,也许有人会说,他是一个善于变化的作家。我认为,正是这种不断变化,使得贾平凹的小说保持了不断生长的状态。透过贾平凹那质朴、通俗、蕴藉的叙述语言,我不仅看到了在经过岁月的沉淀之后,他面对历史的心态,更从他的叙述中窥见了历史瞬间人性的真相,甚至历史的真相。

从《白夜》至《高老庄》到《秦腔》乃至《古炉》,贾平凹这一路走来,我们看到的不仅仅是他叙事态度的改变,拨开那密实、厚重的文字,我们更能感觉得到作者隐含的深层观念的变化。可以肯定地说,贾平凹在为我们贡献艺术作品的同时,自身也正在经历着小说艺术的裂变,进行着自己艺术文化人格的重塑。他不与任何流派重合,也不与任何高手争胜,他是当代文学中艺术探索之路上的一位独行者。

(原载《文艺评论》2011 年第 11 期)

[①] 贾平凹、谢有顺:《贾平凹谢有顺对话录》,苏州大学出版社2003年版,第182—183页。

《古炉》中的疾病叙事与伦理诉求

姜彩燕

一般来说，生活中很多看似平常的事件或现象，一旦进入文学的空间，往往就会离开它的本义，被作家或读者赋予象征或隐喻意义。正如学者所言，疾病作为一种特别的生命现象，"一旦与文学挂钩，它便不再是疾病本身，隐喻的思维方式赋予它丰富的社会文化内涵"①。作为当代文坛"著名的病人"，对疾病的思考一直是贾平凹萦绕脑际的论题。在谈及作品《病相报告》时，他曾说："与其说我在写老头的爱情，不如说我在写老头有病，与其说写老头病了，不如说社会沉疴已久。"而《病相报告》的命名原因就是"时代病了，社会病了。而数十年的中国，各个时期有着各个不同的病"②。因此，将"病"与时代、社会的状态联系起来，赋予"疾病"以多重隐喻内涵是贾平凹创作中早已有的思路。读完《古炉》，我们发现它实际上是一部"文革"时期中国的"病相报告"。作品中的疾病话语不仅包含着丰富的民间文化信息，也成为一个民族历史、文化、政治气候的讽喻。

一、患病：民族精神状态的隐喻

詹姆森曾说："所有第三世界的本文均带有寓言性和特殊性：我们应该把这些本文当作民族寓言来阅读。"③这句话虽有武断之嫌，但用来形容贾平凹的《古炉》是比较恰切的。作者以瓷器的英文名称CHINA暗指中国，的确是一个"过于

---

① 谭光辉：《症状的症状：疾病隐喻与中国现代小说》，中国社会科学出版社2007年版，第281页。
② 贾平凹：《病相报告》，上海文艺出版社2002年版，第300页。
③ 弗雷德里克·詹姆森：《处于跨国资本主义时代中的第三世界文学》，见张京媛主编《新历史主义与文学批评》，北京大学出版社1993年版，第234—235页。

明白的隐喻"[①]。古炉村,这个以烧制瓷器为生的村庄的历史,就可看作是中国政治、经济和文化心理的微缩图景。这一点在《古炉》后记以及一系列相关访谈中已经得到反复确认:"写的是古炉,其实眼光想的都是整个中国的情况。"因此,从题目开始,《古炉》实际上建立起一个庞大的隐喻系统。作品中隐含的大量修辞都指向对时代、历史、人性的思考,这承续了晚清以来中国知识分子的写作传统。在中国现当代文学创作中,个人的疾病诗学常常被当作了解国家政治病原学的关键。[②]因此,在现代性民族国家的建构过程中,"'疾病'作为隐喻日益弥漫在中国知识精英的话语表达之中,并转化为一种文化实践行为"[③]。借文学写作来"揭出病苦,引起疗救的注意"就成为中国知识分子参与文化建构的重要途径。

《古炉》要揭示的是"文革"这段历史,以反思人性在"革命"中的症候与病相。小说透过一个畸形而又充满灵性的叙述人——狗尿苔展开故事,这和《秦腔》的构思一脉相承。文学作品中的畸形者往往暗示着社会对人的压抑和人的异化,因此,对叙述人的选择本身就预示着社会群体或个体人生的非正常状态。古炉村原本是个民风淳厚、充满古朴仁义之风的村落,但村里许多人都得着怪病:秃头、哮喘、腰疼、胃病、吐血、半身不遂、怪胎、羊癫疯等,不一而足。贾平凹借助小说中给人说病的善人,指出古炉村人的身体疾病与精神疾病其实是互为表里的。因此,他们身上潜伏的各种病症,就成为道德失范、伦理失序、危机四伏的信号。作品多处写道:"四乡八村的人都说咱古炉村风光景色好,这人咋就不精爽?""这么美的地方就是人多病。"以恒久的自然之美映衬人的残缺病态,这正表明中国传统的"天人合一"理想已经遭到冲击和破坏。于是,作者花费大量笔墨描写村人患病,蚕婆、善人的疗治和说病,借此对中国社会危机与传统文化走向展开思考。

在很多文学作品中,流行病通常被当作上天降罪或者描绘社会混乱的一种修辞手法。[④]《古炉》中,当不安分的霸槽将"文革"之火引到了古炉村,也把疥疮带回古炉村之后,原本已经相互对立的两派,在这种奇痒难耐的病症中,被

---

① 王德威:《暴力叙事与抒情风格——贾平凹的〈古炉〉及其他》,载《南方文坛》2011年第4期。
② 黄子平:《灰阑中的叙述》,上海文艺出版社2001年版,第153–169页。
③ 杨念群:《再造"病人"》,中国人民大学出版社2006年版,第6页。
④ 苏珊·桑塔格:《疾病的隐喻》,程巍译,上海译文出版社2003年版,第53页。

荒诞地、无理性地推至一场血腥武斗。这一场疥疮也就成了疯狂的革命力量的象征,使人性深处的邪恶被具象化为一种难以治愈的恶疾。这样,"文革"就成为古炉村人共同患上的病症:大家都是不幸的感染者,又是病源的传播者;大家都有罪,又好像谁也没有责任,都是时代的受害者。贾平凹正是通过对一场疫病的描绘,形象而深刻地表达了对"文革"的批判与思考。

所以,《古炉》中的疾病书写并非全是写实,在很大程度上是一种修辞手法。作品中的患病、疗病、说病所形成的叙述链条,实际上包含着作家对于中国历史、文化、道德、伦理问题的洞察与思考。

二、疗病:民间文化丰富性的表征

《古炉》和《秦腔》一样,采用了密实的流年式的叙述方式,其中所呈现的事实、经验、细节之丰富程度甚至比《秦腔》有过之而无不及。《古炉》是对中国20世纪60年代北方(尤其是陕南地区)民间生活的一次全方位记录。单就疾病话语方面来说,其描摹之细致程度简直令人叹为观止。作品中有大量关于治病土方的描写,几乎可以说是民间医药大全。其中写到杜仲能治腰疼,喝黄鼠狼血可以治疗肾病,抹鼻涕可以消肿止痛,用蜂蜇膝盖治疗风湿性关节炎,喝用金戒指熬过的水治疗偏头痛,熬绿豆汤治疗猪瘟,熬薄荷叶子水治疗湿疹,用柏朵燃烧火燎可以治疗漆毒,用鸡毛止血,用棉花灰疗伤,敷南瓜瓤子治刀伤,等等。我们很难考察这些土方是否真的有效,但它们融汇了乡间人们的生活经验,是民间生活的生动记录。作品中有两位民间"医生":蚕婆和善人。蚕婆以推拿、针刺、拔火罐等方式给人"摆治病",在这些都不起作用时,就立筷子驱鬼或为病人叫魂。这种描写本身带有鲜明的巫文化色彩,我们不能以"迷信"二字一言以蔽之,而应将其看作千百年来"医易同源"、医巫一体等思想观念在民间文化生活中的残留。这种思想使中国人的疾病观念带有浓厚的神秘主义色彩,给后来漫长的中国历史中丰富的疾病隐喻提供了深厚的土壤。《古炉》表现的是20世纪60年代的中国,从中仍可看出这种民间信仰的力量。

实际上,"五四"以后的中国,"经过对巫魅文化的批判、科学与玄学大讨论以及非宗教运动,逐渐形成了对中国本土神秘主义祛魅的文化语境"[①]。在这

[①] 方秀珍:《秘主义:祛魅与复魅》,苏州大学2005年博士学位论文。

种语境下,现代文学创作担负起了批判封建迷信思想与民间鬼神信仰的职能,其中尤以鲁迅为代表。在其作品中,对中医或者江湖郎中的讽刺渗透在字里行间。《药》中的人血馒头,《明天》中的求神签、许愿心、吃单方,《父亲的病》中"经霜三年的甘蔗""蟋蟀一对,要原配",还有"败鼓皮丸"之类的奇方,在鲁迅笔下一律显得愚不可及。鲁迅对中医误人的嘲弄,虽然因其个人经历的缘故不乏偏激之处,但他最终指向的是对中国文化中所包含的愚昧、迷信甚至荒诞色彩的批判。而老舍《骆驼祥子》中有关虎妞难产而死的情节,透过蛤蟆大仙的丑行,对中国人的迷信和愚蠢也有深刻的揭示。巴金《家》中被觉慧斥责的"捉鬼"闹剧,也是一次封建迷信思想和现代启蒙思想的正面交锋。赵树理《小二黑结婚》中对三仙姑一边下神给人诊病,一边关心"米烂了"的描写,同样是对乡间旧式人物"装神弄鬼"的嘲讽。

由此可见,在启蒙主义思想影响下的现代文学写作,出于对民族前途的焦虑,一边将患病的身体作为民族病状的隐喻载体,一边又在"赛先生"的引领下竭力为身体"祛魅"。而到20世纪80年代,中国文学渐渐从"祛魅"又走向了"复魅"。新时期文学尤其是寻根文学浪潮中,大量与鬼神迷信、民间信仰相关的书写开始出现在作品当中。而且这些描写不再是现代文学中那种愚昧可笑的丑态了,而是笼罩上一层亦真亦幻的神秘色彩。贾平凹正是这一"复魅"思潮的主角之一。其作品从《商州三录》,到《太白山记》《废都》《土门》《怀念狼》《秦腔》,一直到现在的《古炉》,大多笼罩着一种神秘气氛,他也因此被定义为一个具有"神话色彩"的作家。[①]这种神话色彩既源自贾平凹的故乡商州所具有的楚文化氛围,也与80年代以来广泛掀起的文化寻根思潮及拉美魔幻现实主义文学的启发有关,当然更重要的是作家本人的文化观念。贾平凹崇尚中国传统天人合一的境界,对天地万物心存敬畏,尤其是对一些现代科学还无法解释的现象有着浓厚的兴趣。这些都给他的文学写作提供了丰富的审美资源。

通过《古炉》的描写,我们可以看出在历经"五四"科学洗礼和一系列政治运动之后,中国的乡村社会虽然也有了镇卫生院这样标志着现代医学的机构,但仍然相当大程度上保留着与原始宗教、信仰、巫术杂糅的生活形态。因此,善人的"疗病"既包含着传统中医疗法,也掺杂一些善恶因果、鬼神迷信思

---

① 谢有顺:《贾平凹小说的叙事伦理》,载《西安建筑科技大学学报》2009年第4期。

想，同时又不乏现代卫生观念。作品中，贾平凹尽可能地呈现民间信仰的现实依据，一方面认为说病、巫术这些东西之所以在乡村有市场，跟贫困有关。比如，老顺的老婆来回让羊癫疯伤了脑子，老顺没钱去请医生，只好请善人说病，说明民间信仰是依托于人的生存处境而存在的。另一方面，也跟村民们对现代医学的失望或怀疑有关。作品多次写到村民们因到医院就医无效转而向蚕婆和善人求救的情节，这说明现代医学的功能有限，尤其是乡镇卫生院医疗水平低下，使得村民们在求医无效后，就想重新回到过去的民间生活经验和精神信仰当中，既寻求精神上的慰藉，也幻想着自然万物能以其神秘之力发挥治病奇效。于是贾平凹以他特有的"神性"眼光打量着古炉村的一切。作品中猫狗说话，树能流泪，甚至石头、半截子砖都有灵性，都有生命，正是天人合一、万物有灵的精神体现。2001年，贾平凹在写完《病相报告》后曾表示，他的新兴趣在"分析人性中弥漫的中国传统中天人合一的浑然之气"[①]。《古炉》的写作，标志着他的这一愿望已经实现。

因此，《古炉》这样描写的意义不是科学的、启蒙的，而是文化的、审美的。透过一系列有关疗病的话语表达，贾平凹逼真地呈现出民间社会的丰富原态，体现出对民间生活的深切了解和复杂态度。正如陈思和所言，中国的民间社会是"民主性的精华与封建性的糟粕交杂在一起，构成了独特的藏污纳垢的形态，因而要对它作一个简单的价值判断，是困难的"[②]。在对民间生活进行不吝笔墨的精雕细刻中，贾平凹几乎完全悬置了价值判断，以一种近似虔诚的态度，"爱恨交集"的情感，竭尽全力去描摹乡村民间的生活图案。在对神秘事象的迷恋和对唯科学主义的怀疑上，贾平凹与沈从文有相通之处。对于乡村民间藏污纳垢而又神秘美丽的复杂形态，贾平凹没有像"五四"时代的知识分子那样以现代、科学的眼光排斥它，而是以一种宽厚甚至仁慈的态度表现它。他笔下的民间生活于是呈现出一种"汤汤水水又黏黏糊糊"的混沌状态和丰富特质，较完整地保留着中国人的生活形态和精神密码。

三、说病：重建伦理秩序的诉求

《古炉》中的善人可谓亦佛亦道，亦巫亦医。他原本是洛镇广仁寺里的和

[①] 贾平凹：《病相报告》，上海文艺出版社2002年版，第304页。
[②] 陈思和：《中国新文学整体观》，上海文艺出版社2001年版，第123页。

尚,"社教"中强制僧人还俗,公社就把他分配落户到了古炉村,住在窑神庙里。他曾绝望于世间的污浊,想绝食自杀,但最终悟道,确信生命的意义在于"先孝顺老人,等到老人过世了再去劝化世人,才能改变世风"。他还俗之后不再供佛诵经,却能行医。他的行医之法一是能接骨,二是给人说病。善人认为身体疾患大多源自心病,因此,他的说病可谓"醉翁之意不在酒",在乎世道人心也。他对病因的解释主要是因果报应与轮回:"种瓜就得瓜,种豆就得豆,人也一样,前世里给佛敬过花,今生容颜好,前世里偷过别人的灯,今生眼睛不光明,前世和猪争过糠,今生是麻子脸不光。"因此,面鱼家人多病多灾,善人说是因为他曾在穷人身上刻薄的缘故。六升得肾病,背后又生了致命的大疽,善人说是因为喝过五个黄鼠狼子血,黄鼠狼要酬冤。而村里人之所以吃牛肉后的第二天大多犯了病,是因为那头耕牛有怨气要散发。善人说病的核心是伦常、孝道、仁爱。他说整个社会"就凭一个孝道作基本哩,不孝父母敬神无益;存心不善,风水无益;不惜元气,医药无益;时运不济,妄求无益"。因此,他所开出的药方是要孝敬老人,行善积德,不能怨人,而要责己,争罪,悔过。他从自身的经验得出"若能把自己的过悔真了,就能好病"。在他看来,"为天地立心,就是人得有天心地心""为生民立命,就是立住伦常",若能真讲伦常,就不犯国法,安居乐业,鸡犬不惊,天下自然太平。

善人将中国传统文化中的善恶、因果、五行,以及儒、道、佛等思想融入对疾病的解说中,企望借这种方式感化民众,教化世风。他是传统道德与文化的象征,是古炉村人性之善的引领者。然而,他毕竟只是一个看过几本旧书的乡村智者,不可能具有全盘现代的科学头脑,因此他的说病不免包含着许多陈腐观念。仅就把致病原因解释为老天对作恶的惩罚这一点来说,并无科学依据。虽然这种观念由来已久,现在仍有人信,但这基本上属于前现代时期的看法。这种观念实际上加剧了疾病的隐喻含义,给患者带来更大的痛苦。试想,如果一个身患重病的人,抵抗疾病本身已经苦不堪言了,再加上一层道德的压力,岂不是苦上加苦?而且随着现代医学的发展,人们知道致病原因除了环境、饮食之外,还有生活习惯、家族遗传基因等诸多要素,仅仅将得病看作道德问题,认为是作恶所致,显然对大多数病人来说并不公平。因此,贾平凹的这种叙述与其说是医学的,不如说是道德的或者伦理的。他通过善人那喋喋不休、口燥唇干的说病,企图唤起人们对基本人伦的重视,表达出重建伦理秩序的诉求。

善人这种布道式的说病常常处于自言自语的状态,周围人听了之后要么听不懂,觉得"没意思",要么就斥他为"书呆子",甚至说他散播"封建迷信""妖言惑众",因而他对人性良善、社会重归礼仪秩序的诉求只能落空,最终落得引火自焚的悲惨结局。他的不被理解包含着作者对传统文化衰微的痛惜与叹惋,透露出作者强烈的无奈与悲悯情怀。作者在善人身上寄寓了自己的理想,让他以说病的方式在一个人性爆发了恶的时代"进行着他力所能及的恢复、修补,维持着人伦道德,企图着社会的和谐和安稳"①。这正是善人形象所具有的文化内涵与现实意义。

四、诊病:政治批判与文化忧思

《古炉》是贾平凹第一次大规模描写"文革"的长篇小说,触碰如此重大的历史题材,任何一个严肃的当代作家都会有一种胆战心惊的沉重感。翻开《古炉》,我们意外地发觉贾平凹竟能以一种从容淡定、举重若轻的姿态,完成这部皇皇巨著。就像作品中的善人说病一样,在絮絮叨叨的日常话语背后,贾平凹正是借助《古炉》的写作为当代历史把脉开方,以一种历史的"后见之明"②完成了对"文革"历史的反思。

古炉村虽然是一个相对偏僻和封闭的村落,处于国家权力控制相对薄弱的边缘地带,但在20世纪60年代政治权力话语全面渗透的背景下,古炉村也不可避免地会受到冲击和影响。随着一次又一次政治运动的冲击,古炉村古朴自在的原始形态逐渐遭到破坏,于是出现了"四类分子""漏划地主""批斗会"等强烈政治色彩的词语。随着教育及现代政治意识形态的强势介入,古炉村早已不是铁板一块,而显现出文化的多元质素。蚕婆、善人、狗尿苔仍保留着乡村民间信仰和伦理观念,受过中学教育的霸槽、水皮等人则可以算是乡村知识青年,而古炉村支书朱大柜则集合了家族长者和党的干部双重身份,将政治权力与宗法制时期的长者威严集于一身。一个小小的古炉村也就有点类似于20世纪中国庙堂、精英、民间三分天下的文化格局。因为古炉村的封闭落后,乡村知识青年未能找到施展抱负的空间,基本处于失语状态,因而显得孤僻、焦

---

① 贾平凹:《古炉》,人民文学出版社2011年版,第605页。
② 王德威:《暴力叙事与抒情风格——贾平凹的〈古炉〉及其他》,载《南方文坛》2011年第4期。

躁和不安分。当政治浪潮逼近古炉村的时候，是霸槽、水皮这些知识青年率先投身其中。这样，古炉村实际上就剩下民间文化形态和政治权力话语两种势力的冲突和对抗。

霸槽、水皮等知识青年由于接受过现代教育的洗礼，都对蚕婆的治病和善人的说病表示不满，认为是"搞封建迷信"。而古炉村的支书作为党的基层干部，虽然起初对善人的说病予以默认，但实际上也并不支持。在作品里支书对待"病"的态度相对科学化。当开石媳妇难产，周围聚集的接生婆束手无策时，支书提议去镇卫生院剖腹产。当欢喜食物中毒之后，也是支书赶来送往镇卫生院，虽然为时已晚，无法救治，但这些描写说明支书比起一般村民有较为理性和科学的头脑。因此，在打破迷信、崇尚科学的理念方面，乡村知识青年与党的基层干部有相通之处。当"文化大革命"开始后，那些激进革命者如黄生生就说"破四旧不仅是收缴旧东西，脑子里的四旧更要破哩"，认为善人的说病是"整天神神鬼鬼地说些封建话"，要"专门整治"。秃子金原本并无多少文化知识，一旦参加以"革命"为名义的榔头队，就显出相当的"进步性"来，他批评善人："比书呆子还书呆子！'文化大革命'都到这一阵了你还在宣扬你那封建的一套，真是顽固不化的孔老二的孝子贤孙么。"从这里可以看出，中国的政治权力话语常常以现代、科学的面目出现，在某种程度上承继着"五四"以来的启蒙精神。这正是"革命"所呈现出的合法性面目，也是政治革命能够吸引现代知识青年的原因之一。但在乡村民间，"革命"却形成了对民间伦理秩序的压迫。支书说："善人，不瞒你说，我以往是不满你说病，你说病总是志呀意呀心身呀的，不让你说吧，你还真的把一些人的病治了，让你说吧，我这支书要讲党的领导，要讲方针政策，那群众思想就没法统一嘛。"这段话充分说明，由善人所代表的传统民间伦理与党的政治意识形态是相冲突的。

"文革"时期政治化、阶级化的观念与乡村民间道德化、伦理化的观念之间的冲突，集中体现在民间伦理与政治权力之间的此消彼长上。支书在位时不满善人说病，甚至批判他"妖言惑众"，而当他被榔头队批斗之后，突然很想听听善人说病。正是在善人的启发下，支书虽经多次批斗，甚至断腿、断锁骨，仍坚持喂牛、看水、尽责任、知天命，最终熬过艰难的时期。这种描写透露出善人哲学所具有的韧性和强大生命力。即便在"文革"那样的混乱时代，倘若真能遵从先哲们所指示的生存路向，仍可在严酷的政治斗争中保存自我。贾平凹试图向我们证明，乡村民间伦理观念中虽然含有很多封建性毒素，但也包含着不少熠熠发光的智慧因子，它是中国传统文化赖以绵延的根基所在。

当政治革命以科学、进步、现代、文明的名义进行所谓的现代性政治和文化革命时，存在于民间社会中朴素的仁义精神和传统社会的"差序格局"也同时被打破。当霸槽以革命的名义将象征乡村秩序的石狮子砸毁，敲掉屋檐上的砖雕，烧掉古书，竟然没有谁敢出来反对，是因为大伙都明白："如果霸槽是偷偷摸摸干，那就是他个人行为，在破坏，但霸槽明火执仗地砸烧东西，没有来头他能这样吗？既然有来头，依照以往的经验，这是另一个运动又来了，凡是运动一来，你就要眼儿亮着，顺着走，否则就得倒霉了，这如同大风来了所有的草木都得匍匐，冬天了你能不穿棉衣吗？"①这是人们在历经数次政治运动之后所获得的苦涩经验，它把个人在时代风浪面前的渺小与无助表现得一览无遗。这说明，在经过土改、四清等一系列政治运动之后，民众已成惊弓之鸟。他们对政治运动感到惧怕、厌倦与无奈，对政治权力强行介入乡村日常生活不敢怒更不敢言。于是，"革命"开始肆意妄为，只要以"革命"的名义，就可以砸砖雕、烧旧书，吊打支书，批斗老人，炸掉千年古树，肆意杀人放火……套用罗兰夫人那句话："革命，革命，有多少罪恶假汝之名以行。"暴烈的"革命"以消灭愚昧之名，却诱发更多的愚昧，这正是中国现代历史的一个悖论。

孟悦曾通过对《白毛女》的分析揭示："民间伦理秩序的稳定是政治话语合法性的前提。"②代表恶势力的地主黄世仁以其一系列行为不仅冒犯了杨家，"更冒犯了一切体现平安吉祥的乡土理想的文化意义系统，冒犯了除夕这个节日，这个风俗连带的整个年复一年传接下来的生活方式和伦理秩序"，因此他不仅是阶级政治的敌人，同时也是"民间伦理秩序的天敌"。③透过《古炉》的描写，我们发现古炉村民间伦理秩序的敌人并非守灯父子那样的漏划地主，而是无所不在的"政治"权力。善人诊断"文革"的根源是"国家五行乱了"，"学农工商官纷纷扰扰，不各居其位"。《古炉》则告诉我们，虽然"文革"的起因很多，但

---

① 贾平凹：《古炉》，人民文学出版社2011年版，第219页。
② 孟悦：《〈白毛女〉演变的启示——兼论延安文艺的历史多质性》，见王晓明主编《二十世纪中国文学史论》，东方出版中心2003年版，第194页。
③ 孟悦：《〈白毛女〉演变的启示——兼论延安文艺的历史多质性》，见王晓明主编《二十世纪中国文学史论》，东方出版中心2003年版，第194页。

其最根本之点在于国家政治权力与民间伦常相背离,因而这样的政治话语就失去了其合法性的前提。过去的古炉村虽然也有族姓之间的隔阂、邻里之间的利益纠纷、人际交往中的猜忌,但仍能保持一种素朴的生存状态,体现出一些田园情致,就是这个"风俗连带的整个年复一年传接下来的生活方式和伦理秩序"在发挥作用。然而随着政治革命的不断深入,"维系乡村人内心的文化因子慢慢都消失了"。政治权力对民间伦理秩序和民间信仰的粗暴侵入和破坏,不仅从形式上毁灭了古炉村的石狮子、砖雕,也从更深的层次毁坏了古炉村的古朴仁义,从而激发出人性的残暴、愚昧和仇恨,加剧了村落内部的分裂。正是在这个意义上,王德威将《古炉》与沈从文的《长河》并举,认为二者所内蕴的抒情气氛与批判精神有神似之处。《长河》中民众对新生活运动"来了"的恐惧与不安,在《古炉》中发展为对政治运动"来了又来"的厌倦与惧怕,其中所隐含的历史反思意识和现实批判精神,使《古炉》在某种意义上成了一部"盛世危言"[①]。

对传统伦理秩序遭到破坏的叹惋与悲悯,是贾平凹近年小说创作中贯穿的一条精神主线。倘若将《古炉》《废都》《秦腔》所反映的当代历史以编年的形式串联起来,将会得到如下印象:"在'文革'时期,乡村伦理受到了冲击,使得村社规范产生了动摇,最终在商品经济的大潮下,所有的一切都土崩瓦解,使得城市成为'废都',乡村成为'废乡'。"[②]这体现出贾平凹对当代历史的深刻洞察和深沉忧患。面对精神如此颓败的当代中国景象,是否应该从"现代"的历史进程中后退,复原理想的乡村秩序,成为贾平凹心中犹疑纠结的问题。需要指出的是,作为一个当代知识分子,如果对"文革"这样重大历史悲剧的思考仅仅停留在善人哲学的高度,将之归结为一种伦理秩序的失范,并企图以儒道佛、善恶因果来拯救,未免有点像是文化保守主义者的老调重弹。如学者所言,在全球化的时代语下,"善人的思想一旦走出小说世界,必然遭遇常识、理性和科学的迎头'阻击'",因而在重构当下社会"道德框架"的进程中,"显然力不从心,难堪大任"[③]。对于善书以及善人哲学能否成为填补社会道德真空的有效

---

① 郭洪雷:《盛世危言:一代人的忧与惧——读贾平凹长篇小说〈古炉〉》,载《成都大学学报》2012年第2期。
② 徐琴:《〈古炉〉:历史与人性的寓言》,载《延河》2011年第11期。
③ 郭洪雷:《盛世危言:一代人的忧与惧——读贾平凹长篇小说〈古炉〉》,载《成都大学学报》2012年第2期。

资源，贾平凹可谓既疑且信。在《古炉》后记以及相关访谈中，他反复告诉我们善人的说病其实效果甚微，在一个恶性爆发的时代甚至会"注定失败"。这说明他不是看不到这种凌空高蹈的道德说教的虚幻性，但凭着对传统文化的一腔深情，他仍然把重建文化秩序的理想寄托在善人身上，固执地在照耀着"废都"与"废乡"的一抹残阳中找寻一丝温暖，在《古炉》中为我们留下了一颗善人之心。然而，在这"知其不可而为之"的坚守背后，我们约略体察到些许苦涩与无奈。

作为文学家，贾平凹不可能通过一次写作就能成功地为中国历史与现实把脉开方，但在道德崩坏、人性沉沦的现代背景下，贾平凹通过《古炉》的写作，含蓄而又深刻地表达了他对现代政治的厌倦与批判，并苦苦思索重建伦理秩序、找回诗性人生的良方，企图为日渐沉沦的中国社会重续一丝传统的血脉，这种努力是可贵的。当然，如何才能完成"中国传统的创造性转化"，重建中国的人文传统与理性精神，这是一个令无数知识分子痛苦而且迷茫的话题，对贾平凹来说，亦当如是。《古炉》因而是一部深沉厚重的"忧患之书"。它不可能成为终点，只要迷茫犹在，思考和写作就不会停歇。

结语

《古炉》是日渐清晰的个人记忆与强烈的历史使命感驱使下的写作，体现出贾平凹作为当代知识分子的使命意识、道德关怀和文化良知。学者赵毅衡曾说："每当中国社会明白自己在做什么，'中国人病了'的讲述就处处出现，'东亚病夫'就成为中国人激烈的自我批判的武器；每当中国社会不明白自己在做什么，中国人就没有病了，中国文学也就不写疾病。"[①]可见，文学中的疾病话语实际上折射出知识分子的使命意识与民族自省之间的关系。对于民族病状的深入思考与自觉反思，是知识分子探索精神和担当意识的体现。贾平凹正是通过《古炉》中一系列与疾病有关的叙述，完成了对乡村民间生活的完整复现，表达了对重建伦理秩序的内在诉求，并以曲折隐晦的方式对政治权力话语进行了批判，渗透着对中国历史与文化的迷惘与忧思。

（原载《西北大学学报（哲学社会科学版）》2013年第1期）

---

① 谭光辉：《症状的症状：疾病隐喻与中国现代小说》，中国社会科学出版社2007年版，第2页。

宏观研究
HONGGUAN YANJIU

暴力叙事与抒情风格

——贾平凹的《古炉》及其他

王德威

"文革"叙事是当代中国文学最重要的现象之一。20世纪70年代末以来的文学风潮，不论"伤痕""反思"，还是"寻根""先锋"，"文革"的暴虐或荒谬都是作家和读者关注的焦点。面对"文革"，小说家一如既往，从虚构摩挲历史伤痕，并且不断反思政治和伦理的意义。我们因此可以想象未来研究"文革"最重要的资源不在史料或论述，而是在叙事。近年很多作家书写"文革"又有新一轮的贡献，细腻复杂处比起以往更有过之而无不及。只要看看阎连科的《坚硬如水》、余华的《兄弟》、王安忆的《启蒙时代》、姜戎的《狼图腾》、苏童的《河岸》、莫言的《生死疲劳》、林白的《致一九七五》、曹冠龙的《沉》、毕飞宇的《平原》等作，就可以思过半矣。

在这样的脉络下，贾平凹的新作《古炉》值得我们注意。贾平凹是当代中国重量级的作家之一，他的作品多半以他出身的陕南农村或现在定居的西安为背景，充满浓厚地缘色彩。80年代贾平凹的"商州"系列还有《浮躁》等作让他跻身寻根作家系列；90年代一部《废都》写尽改革开放后的社会怪现状，以情色始，以空无终，引起巨大争议。在毁誉交加中贾平凹再度出发，从《高老庄》《白夜》《怀念狼》到《秦腔》《高兴》等作，每一部都触及新的题材。不变的是他对家乡历经社会主义巨变的关怀，以及对现实、现实主义边缘现象——从俚俗风物到神鬼休咎——的探索。

在《古炉》中，贾平凹将焦点投注到"文化大革命"。创作多年之后，他终于以长篇形式——六十四万字——迎向这场历史事件。贾平凹的父亲是乡村教师，母亲是农民，这样平凡的家庭却在"文革"中遭受毁灭性的冲击，贾沦为"可教子女"。1972年，贾平凹因缘际会，离开陕南家乡来到西安，从此展开另一种人生。然而"文革"的经验如此刻骨铭心，必定一直是他创作的执念。问题是，太深的伤害可能让作家有了无从说起的感叹，而另一方面，历来"文革"叙事重复堆叠，甚至成为"祥林嫂"式千篇一律的控诉，又可能让作家有了不说也罢的顾虑。这里的挑战不仅关乎叙事伦理，也关乎叙事策略。

这也许说明了《古炉》切入"文革"的角度和风格。小说里的古炉指的是陕南一处偏远的山村。这个村庄千百年前曾是北方瓷窑重镇之一，到了现代却一蹶不振。僻陋的地理、浇薄的民风、凋敝的产业让古炉村成为不折不扣的穷乡僻壤，至今也依然翻不了身。

然而"文化大革命"爆发了，像古炉村这样落后的地方居然也跟上了形势，发生如火如荼的斗争。或者换个角度说，越是落后的地方反而越见证了"文革"铺天盖地的力量。村子里狂热分子、无赖帮闲、干部学生共同煽动一场又一场的运动。但暴力的真正核心来自村中两姓人家的宿仇。传统宗亲信仰、个人恩怨嗔痴纠结一起，终于酿成一场血腥屠杀。

这样的情节背景，坦白说，并不新鲜。80年代的寻根文学有不少作品都是以一个封闭的民间社会作为暴露"文革"灾难的场域。而贾平凹突出古炉村曾因瓷窑风光一时的背景，并以瓷器的英文名称"CHINA"暗指中国，似乎也是过于明白的隐喻。但《古炉》的重点毕竟不在写出"文革"期间的腥风血雨，也未必在敷衍什么中国寓言。细读全书，我们发现贾平凹用了更多的气力描述村里的老老少少如何在这样的非常岁月里，依然得穿衣吃饭，好把日子过下去。他以细腻得近乎零碎的笔法为每个人家做起居注，就像是自然主义式的白描。甚至"文化大革命"的你死我活也被纳入这混沌的生活中，被诡异地"家常化"了。

"日常生活"这些年成为泛滥学界的口头禅，仿佛有了"日常"两个字，一种属于民间的政治正确性就油然而生。相对以帝王将相为主的"大历史"，这当然代表有些学者批判的角度。但贾平凹要探问的是，在不正常的时代里，我们又如何看待日常生活。这里所隐伏的道德暧昧性，还有一触即发的政治凶险，让"日常"变得复杂无比。我们因此更可以寻思："文革"中古炉村的村民见怪不怪，到底是坚韧的"民间"底气使然，还是民族劣根性作祟？是逆来顺受，还是哀莫大于心死？

更让我们注意的是，小说描写的历史情境如此暧昧混杂，所用的语言却一清如水，甚至有了抒情气息。我们只要比较贾平凹《废都》以来的风格，就可以

233

看出不同。小说的主人翁狗尿苔是个被收养的弃儿，其貌不扬，却通鸟语，辨气味，从他的观点看出去，古炉村的一切，包括"文革"，就有了不同意义。这是怎样的一种生活？天地不仁，但天地又何其可亲可感；暴力既带来无以复加的伤害，却也像是地久天长的生存律动。于是在夏日，在狂热的"毛主席万岁"的口号中，传来知了间歇的"知了"叫声，关在牛棚中的反动分子昏然睡去。冬天又一场文攻武斗以后，一群狼"路过后洼地没有看到有人呼喊，连狗也没叫，就觉得有些奇怪。但是，这一支狼群没有进村，它们太悲伤了，没有胃口进村去抢食，也没有兴致去看着村人如何地惊慌，只是把脚印故意深深地留在雪地上，表示着它们的来过"。

贾平凹又渲染民间工艺和传统信仰等情节。收养狗尿苔的婆善于剪纸，又有善人四处说病，而且颇有话到病除之效。这些人物"成分"不好，在村里地位卑微，却传承了一套民间的审美本能和体用知识。贾平凹以往作品也经常流露对地方文化传统的眷恋，但在《古炉》中，我认为他的用心不仅止于怀旧。怀想"破四旧"的时代里残存的人事和器物不难，难的是借此呈现一种特定的历史视野和叙事风格。我认为贾平凹的挑战恰恰在于他企图以抒情的笔法书写并不抒情的题材。

贾平凹90年代因为《废都》暴得大名，也付出相当代价，新世纪里他则以《秦腔》证明他有能力超越自己所树立的标杆。这两部小说记录当代西北城乡的颓败，或浓腻，或沉重，充满贾自谓的"黏液质＋抑郁质"。就此我们可能忘了贾平凹曾经有相当不同的书写风格。特别是他早期的"商州"系列，同样是以陕南家乡为背景，却呈现一种素朴古雅的风貌。就算是写苦难不堪的人或事，表面也依然云淡风轻。在彼时情绪泛滥的"文革"叙事中，的确独树一帜。

批评家孙郁在一篇文章中指出，早期的贾平凹颇得汪曾祺的赏识。汪认为这位年轻的陕西作家写的小说犹如散文，还原了数十年来乡土叙事被压抑的梦魂与心影，"充满灵气"。汪对贾的期许其实投射了自己文字的况味，他是在为自己找知音。至于日后贾平凹作品的鬼气缭绕而且荤腥不忌，汪曾祺是否还能欣赏，我们就不得而知了。

孙郁又指出贾平凹早期风格也承袭了孙犁等人的传统。孙犁是"荷花淀派"写作的创始者。从40年代的《芦花荡》《荷花淀》到50年代的《风云初起》《铁木前传》，他笔下的一代农村男女参与革命竟像是谈笑用兵，再剧烈的风云变幻也都融入四时生活的节奏里。主流左翼叙事一般都是剑拔弩张,务以有血有泪为能事,孙犁(还有刘绍棠等)的作品难免予人避重就轻的感觉。但换个角度看,他们经营了一种革命即抒情的史观,未尝不可以说是举重若轻,透露出强烈的乌托邦自觉和自信。

然而贾平凹的《古炉》又比汪曾祺、孙犁所示范的抒情叙事更要复杂些。汪曾祺小处着眼,从历史缝隙中发掘可兴可观的生命即景,而孙犁最好的作品基本以迈向革命乌托邦为前提,将进行中的历史当作田园风景来看待。到了《古炉》的写作,当贾平凹蓦然回首,重提"文革",并且以抒情笔法直捣当年革命最不堪的层面,他的企图必定有别于汪曾祺或孙犁。

我以为写《古炉》的贾平凹的对话对象不再是汪曾祺或是孙犁,而是汪曾祺的老师沈从文。沈从文曾是乡土文学最重要的代言人,却因为种种原因在新中国的文坛声销迹匿,直到80年代才以"出土文物"之姿重现江湖。一般所见,沈从文的魅力在于他秀丽的抒情风格以及地方色彩,写来丝丝入扣却又仿佛尘埃不染。但我在他处已经多次论及,沈从文优美的文字底蕴其实充满太多的暴力与伤痛。他的名篇如《边城》《三个男人与一个女人》等莫不如此,而他往往拒绝作出简单的诠释。抒情和反抒情所形成的张力成为沈从文的魅力所在。

抗战期间沈从文避居大后方,开始写作《长河》。小说以沈从文的故乡湘西为背景,描写现代化风潮席卷中国后湘西所遭逢的巨变。按照沈从文原先的计划,小说将写到抗战爆发,日本人入侵中国腹地,并以湘西陷入万劫不复的命运告终。但《长河》没有写完。如今所见的第一卷在1947年出版,仅触及30年代"新生活"运动为湘西所带来的啼笑皆非的后果,还有地方民情的变化。即使如此,沈已经透过主要人物、情景投射出大难将至的征兆。他的风格依然故我,但不祥的气氛呼之欲出:一切越是看来风平浪静,越是显得危机四伏。

《长河》之所以未完历来有许多说法。客观因素之外,我们可以揣测沈从文在战争中已经明白了家乡被摧毁的必然,而战后国家乱象并未稍息,前景尤其晦暗不明。回顾湘西的过去和未来,沈从文没有丝毫乐观余地。他有了不能也不忍下笔写出《长河》终局的困境。

回到《古炉》,我认为贾平凹的书写位置和沈从文的《长河》有呼应之处,因为就像沈从文一样,贾平凹痛定思痛,希望凭着历史的后见之明——"文化大革命"之后——重新反省家乡所经过的蜕变,也希望借用抒情笔法,发掘非常时期中"有情"的面向,并以此作为重组生命和生活意义的契机。两者都让政治暴力与田园景象形成危险的对话关系。

不同的是,沈从文毕竟没有能够完成《长河》,就在《长河》首卷出版后的两年间,沈从文自己也卷入历史狂潮,而且几乎以身殉职。沈从文的遭遇说明了他的抒情方案在史诗时代里的失败。六十年后,贾平凹却似乎接着沈从文《长河》半途而废的话头"继续讲"。他就着现代中国另一场大灾难——"文化大革命"——写事件发生前古炉村的懵懂无知、文攻武斗时村民的你死我活。与此同时,春夏秋冬四时作息依然运转不息,古炉村的生老病死一如往常。

或许从这个角度来看,《古炉》的出现代表贾平凹对中国现代抒情传统的反思。20世纪末他曾经从汪曾祺、孙犁所示范的脉络逸出,而有了《废都》以降,以丑怪为能事的小说。而《古炉》则代表了他回归抒情的尝试,却是从沈从文中期沉郁顿挫的转折点上找寻对话资源。这样的选择不仅是形式的再创造,也再一次重现当年沈从文面对以及叙述历史的两难。与其说这是他们一厢情愿的遐想,不如说是一种悲愿:但愿家乡的风土人情能够救赎历史的残暴于万一。

徘徊暴力和抒情之间,《古炉》未必圆满解决沈从文所曾遭遇的两难。小说结束在1967年,曾经挑起运动的一干人等自食其果。至此古炉村已经元气大伤,但是"文革"仍然方兴未艾。小说里的首恶分子伏法以后,还留下一个婴儿:"哇哇地哭,像猫叫春一样悲苦和凄凉,怎么哄都哄不住。"

《古炉》的结尾因此像开头一样,并不承诺任何历史大叙事的起承转合。对贾平凹这样曾经身历其境的作者而言,"文革"叙事哪里能止于"四人帮"垮台或是伤痕文学的开始?历史留给共和国的"伤痕",日后要以最不可思议的方式出现在《废都》那样纵欲和虚无的男女身上,出现在《秦腔》那样绝望的后社会主义消费文化上。

尽管如此,贾平凹还是尝试为古炉村不堪回首的一页添上少许积极色彩。在小说后记里,他惊问当年席卷一切的人和事如今安在哉,也见证曾经不共戴天的死对头如今相携一起老去。"伤痕"或"反思"过后,更积极介入历史的方式是从废墟里重觅生机。而贾平凹的选择是回到文字:如果文字曾经是声嘶力竭的宣传和迫害工具,带来诱惑和伤害,文字就更应该被重新打造,用以召唤现实所遮蔽的吉光片羽,想象生命赓续的可能。

就此,贾平凹的抒情写作就像是《古炉》里擅剪纸花的狗尿苔婆一样。在革命最恐怖黑暗的时刻,婆却每每灵光一现,有了"铰花花"的欲望。她的剪纸不只是个人寄托,也成为随缘施法、安抚众生的标记。化不可能为可能,她卑微的技艺于是透露着某种生命的"神性"。

我不禁想起沈从文的话,"自然既极博大,也极残忍,战胜一切,孕育众生。蝼蚁蚍蜉,伟人巨匠,一样在它怀抱中,和光同尘"。沈从文是以自己切身的经验,应和前人的叹息。也是在这一理解上,沈经营他的抒情叙事:"在一切有生陆续失去意义,本身因死亡毫无意义时",唯有工艺器物——还有文字——所投射的图景使生命之光"煜煜照人,如烛如金"[①]。贾平凹也许未必企及沈从文的抱负,但《古炉》仍不失为虽不能至心向往之的尝试。

(原载《南方文坛》2011年第4期)

---

① 沈从文:《烛虚》,见《沈从文全集》第12卷,北岳文艺出版社1999年版,第10页。

伟大的中国小说（上）

王春林

说实在话，我对于贾平凹长篇小说《古炉》的阅读过程，自始至终都伴随着一种强烈的提心吊胆的感觉。之所以会提心吊胆，是因为我对于贾平凹的长篇小说创作抱有过高的期待值。虽然说，一个作家在其漫长的长篇小说创作历程中，要想长时间地保持一个高的思想艺术水准，是一件特别艰难的事情。虽然说，此前的贾平凹也已经为我们奉献出了一系列优秀长篇小说，尤其是其中的《秦腔》与《废都》两部，更是已经抵达了中国当代小说所能够企及的思想艺术高峰。但是，或许是出于对贾平凹超人艺术天赋过于信赖的缘故，最起码我自己，却仍然有一种强烈的不满足的感觉，我仍然期待着贾平凹能够百尺竿头更进一步，能够再次挑战自我，能够创作出较之于《秦腔》《废都》更为优秀杰出的长篇小说来。正因为对于贾平凹抱有如此强烈的期待心理，所以，阅读《古炉》过程中有一颗心始终悬在半空中，就是自然而然的事情了。实际上，也只有在读完《古炉》的最后一个字，轻轻地合拢书页之后，我那颗始终悬在半空中的心才终于落了地，我的审美直觉告诉自己，贾平凹一部较之于《秦腔》《废都》更为杰出的长篇小说，终于就这样诞生了，就这样成为一种无法被否认的现实存在。

由贾平凹的《古炉》，我居然不由自主地联想到了五六年前中国小说界曾经出现过的一场关于"伟大的中国小说"的文学论争。那场不无激烈的文学论争，缘起于美籍华裔作家哈金提出的关于"伟大的中国小说"的概念。哈金仿照"伟大的美国小说"的概念，提出了"伟大的中国小说"的艺术命题。哈金认为："目前中国文化中缺少的是'伟大的中国小说'的概念。没有宏大的意识，就不会有宏大的作品。这就是为什么在现当代中国文学中长篇小说一直是个薄弱环节。在此我试图给'伟大的中国小说'下个定义，希望大家开始争辩、讨论这个问题。'伟大的中国小说'应该是这样的：一部关于中国人经验的长篇小说，其中对人物和生活的描述如此深刻、丰富、真确并富有同情心，使得每一个有感情、有文化的中国人都能在故事中找到认同感。"[1]哈金的提法，不出所料地在中国文坛引起了激烈的论争，他的观点先后招致了批评家吴亮与作家韩东的强烈质疑。[2] 当然，有反对者就会有认同辩护者。这位认同辩护者就是牛学智。在牛学智看来，"伟大的中国小说"虽不见得是确定的实指，但也绝不是一个无边的虚指。所谓伟大，实际上意指着小说的一种艺术境界："视野的广阔、价值的普适性、审美的多义性等等，其中自然包括道德的维度。"[3]从我们的日常阅读经验出发，如果说，巴尔扎克的《高老头》与福楼拜的《包法利夫人》可以被称为"伟大的法国小说"，托尔斯泰与陀斯妥耶夫斯基的一些作品是"伟大的俄国小说"的话，那么曹雪芹的《红楼梦》又何尝不可以被看作是一部"伟大的中国小说"呢？在这个意义上，则哈金所提出的"伟大的中国小说"的命题虽有诸多空泛粗疏之处，但作为一种理论的构想，尤其是作为一位作家对一种小说的伟大境界的期待，也的确还是能够成立的。

　　之所以要由《古炉》而联想到哈金提出的关于"伟大的中国小说"的概念，是因为就我个人的审美直觉而言，我觉得，贾平凹的这部《古炉》，实际上就可以被看作当下一部极为罕见的"伟大的中国小说"。虽然我清楚地知道，我的此种看法肯定会招致一些人的坚决反对，甚至会被这些人视为无知的虚妄之言，但我还是要遵从自己的审美感觉，还是要冒天下之大不韪地作出自己真实的判断来。在我看来，"文革"结束之后，经过三十多年的积累沉淀，中国当代文学确实已经到了应该有大作品产生的时候了。在某些时候，真正的问题或许并不在于缺乏经典的生成，而是缺乏指认经典存在的勇气。不无巧合意味的是，就在我动手写作此文的时候，正好读到了青年批评家黄平关于贾平凹《秦腔》的一篇批评文章。在这篇充满批判锐气的文章中，通过对于小说文本中诸多分裂状态的精彩分析，黄平得出了这样一种结论："尽管《秦腔》的'立碑'近乎抵达了当下'乡土叙事'的极致，但是以一个理想的标准来衡量，《秦腔》离'伟大的作品'还有无法弥合的距离。毕竟，'今天的文学问题，不在于贾平凹所说的

---

[1] 哈金：《伟大的中国小说》，载《天涯》2005年第2期。
[2] 吴亮与韩东的基本看法，可分别参见吴亮《伟大小说与文学懦夫》与韩东《伟大在"伟大"之外》两文，均载《文学报》2005年9月1日。
[3] 牛学智：《"伟大"和"伟大的中国小说"的背面》，载《文学报》2005年9月15日。

理念写作已造成灾难,而是中国作家最缺乏的是自己的理念'。在这个意义上,《秦腔》是一部伟大的未完成之作,或者说历史的'中间物'——这是中国从未经历过的剧烈变革的时代,这是一个需要巨人也正在期待巨人的时代。"[1]结合《秦腔》文本来看,黄平的判断还是具有相当道理的。这就是说,从乡土叙事的角度来说,《秦腔》确实存在着叙述者引生与夏风之间的分裂问题。唯其如此,黄平才会作出这样的论断:"小说结尾,如同'分成两半的子爵','引生'对'夏风'的召唤,是无法叙述('阉割')的乡土世界对伟大的乡土叙事的召唤。只有'引生'与'夏风'弥合的那一刻,乡土叙事才将再次被激活。"[2]在我的理解中,此处黄平所谈论的"引生"与"夏风",具有着突出的象征意义。假若说"引生"在某种意义上可以被理解为一种乡土精神的象征的话,那么"夏风"无疑也就可以被看作是知识分子启蒙精神的一种象征。在这个意义上,所谓"引生"与"夏风"的弥合,也就可以被看作是黄平在呼唤着的一种新的融合乡土与知识分子精神的叙事理念。很显然,在他看来,贾平凹只有真正地拥有了如此一种叙事理念,方才有可能彻底实现对于自我的超越。如果我们承认《秦腔》确实是一部"伟大的未完成之作",那么,《古炉》就绝对称得上是一部"伟大的中国小说"。然而,我们之所以强调《古炉》是一部"伟大的中国小说",却并不是因为如同黄平所说的,"引生"与"夏风"实现了真正的弥合。在我看来,在《古炉》中,贾平凹当然有效地克服了《秦腔》中"引生"与"夏风"的分裂状态,但这并不意味着必然地实现了二者之间的弥合,并不意味着贾平凹再次引入了知识分子的启蒙精神。事实上,贾平凹的《古炉》之所以能够超越《秦腔》,一个非常关键的原因就在于贾平凹更主要地凭借着狗尿苔这一人物形象而引入了悲悯情怀这样一种新的可以统摄小说全篇的叙事理念。如果说《秦腔》最根本的一个艺术缺陷正在于寻找不到一种恰切的思想理念统摄全篇的话,那么,《古炉》的难能可贵之处,就在于贾平凹终于寻找到了悲悯情怀这样一种新的叙事理念。很显然,如果缺乏如此一种叙事理念的统摄与烛照,贾平凹笔端的古炉村就不会呈现出现在我们所看到的这样一种生存景观。正因为贾平凹在小说的写作过程中有效地克服了《秦腔》中的叙事分裂状态,所以,《古炉》才应该被看作是一部具有强烈经典意味的"伟大的中国小说"。

---

[1] 黄平:《无字的墓碑:乡土叙事的"形式"和"历史"》,载《南方文坛》2011年第1期。
[2] 黄平:《无字的墓碑:乡土叙事的"形式"和"历史"》,载《南方文坛》2011年第1期。

"文革"叙事读解

《古炉》，我们首先应该注意到这是一部典型的"文革"叙事小说。我们虽然不是简单的题材决定论者，但如果无视题材的意义价值，很显然也无助于我们更为深入地理解剖析贾平凹的《古炉》。我们注意到，在《古炉》的后记中，贾平凹不无感慨地写道："对于'文化大革命'，已经是很久的时间没人提及了，或许那四十多年，时间在消磨着一切，可影视没完没了地戏说着清代、明代、唐汉秦的故事，'文革'怎么就无人兴趣吗？或许'文革'仍是敏感的话题，不堪回首，难以把握，那里边有政治，涉及评价，过去就让过去吧？"实际的情况，较之于贾平凹的说法，略有出入。根据我并不完全的观察，仅仅局限于新世纪以来的长篇小说领域，诸如毕飞宇的《平原》、余华的《兄弟》、王安忆的《启蒙时代》、刘醒龙的《圣天门口》、东西的《后悔录》、阿来的《空山》、莫言的《生死疲劳》与《蛙》、苏童的《河岸》、虹影的《好儿女花》，等等，就曾经以全部或者极大的篇幅涉及了对于"文革"的描写。然而，虽然以上作品均涉及了关于"文革"的描写，但实际上，其中因为对"文革"的表现而特别引人注目者，其实是寥寥无几屈指可数的。在我看来，导致这种情况的根本原因，一方面固然可能是作家并未把主要精力放在对于"文革"的思考与表现上，但在另一方面，更关键的恐怕却是以上作品对于"文革"的透视与反思并没有抵达应有的深度和力度，并未达到令人震惊的地步。别的且不说，单就贾平凹在当下的文化语境中，能够打破某种无形的思想禁锢，能够以《古炉》这部多达六十多万字的长篇巨制对"文革"进行正面表现，能够艺术地书写出自己个人的但同时也是我们这个国家的"文革"记忆这样一种写作行为本身，就意味着一种写作勇气的存在。更何况，与"文革"结束后迄今为止出现过的其他"文革"叙事小说相比较，贾平凹的这部《古炉》，确实可以被看作是对"文革"的透视与表现最具个人色彩最具人性深度最具思想力度的长篇小说。以往，我们总是在感慨，与西方文学在奥斯维辛之后、在"二战"结束之后，对于奥斯维辛、对于"二战"，所进行的足称通透深入的艺术反思相比较，我们在经历了"文革"这样一场空前的民族浩劫之后，却并没有产生具有相应思想艺术力度的文学作品。贾平凹《古炉》的出现，我想，我们终于可以不无自豪地说，中国确实产生了一部可以与西方文学相对等的堪称伟大的"文革"叙事小说。

作为一部"文革"叙事小说,《古炉》首先一个值得注意的地方,就是格外真实地写出了"文革"这样一场民族苦难悲剧的惨烈程度。关于《古炉》的具体写作动机,贾平凹在小说后记中说得很明白:"也就在那一次回故乡,我产生了把我记忆写出来的欲望。之所以有这种欲望,一是记忆如下雨天蓄起来的窨水,四十多年了,泥沙沉底,拨去漂浮的草末树叶,能看到水的清亮。二是我不满意曾经在'文革'后不久读到的那些关于'文革'的作品,它们都写得过于表象,又多形成了程式。还有更重要的一点,我觉得我应该有使命。"在这里,贾平凹一方面强调书写"文革"乃是自己义不容辞的一种责任与使命,另一方面也鲜明地表达了自己对于其他"文革"作品的不满。既然不满意于其他的"文革"作品,那么,贾平凹自己所写出的又是怎样的一种"文革"小说呢?对于这一点,贾平凹在后记中,也同样有所揭示:"我的旁观,毕竟,是故乡的小山村的'文革',它或许无法反映全部的'文革',但我可以自信,我观察到了'文革'怎样在一个乡间的小村子里发生的。如果'文革'之火不是从中国社会的最底层点起,那中国社会的最底层却怎样使火一点就燃?我的观察,来自我自以为的很深的生活中,构成了我的记忆。这是一个人的记忆,也是一个国家的记忆吧。"正如贾平凹所言,这部小说所讲述的全部故事,都发生在这个名叫"古炉"的异常贫瘠的小山村里。这样,一个必然会招致的疑问就是,发生在一个如此不起眼的小山村里的"文革"故事,难道就可以被看作是中国的"文革"故事么?其实,关键的问题在于,如果离开了如同"古炉"这样的具体地域,我们的中国又在什么地方呢?这就正如同曹雪芹的《红楼梦》可以通过对于贾氏家族的表现而完成对于古代中国形象的揭示表现一样,既然曹雪芹的《红楼梦》已经得到普遍的认可和接受,那么,贾平凹为什么就不能够通过对于古炉这个小山村解剖麻雀式的描写表现揭示中国的"文革"故事呢?小说小说,就贵在其小,贵在它可以通过对鲜活灵动的生活具象的描写而达到揭示生活本质存在的写作意图。我们之所以在史学著作之外,仍然需要阅读《古炉》这类"文革"叙事小说者,其根本的原因恐怕也正在于此。实际上,在这里,一个不容忽视的问题是,贾平凹的《古炉》写作,乃是完全地建立在自己的个人记忆基础之上的。小说固然具有公共性的一面,但所有优秀的小说却又都是通过个人性才能够抵达所谓公共性的。正如同曹雪芹《红楼梦》的写作绝对忠实于个人记忆一样,贾平凹的写作也是忠实于个人记忆的。既然我们不会因为曹雪芹的个人记忆而否认《红楼梦》的公共性，那么，也就同样不能因为贾平凹的个人记忆而否定《古炉》的公共性。我想，贾平凹之所以刻意地强调《古炉》既是"一个人的记忆"，也是"一个国家的记忆"，根本的着眼点其实就在于此。实际上，对于作家所描写的古炉小山村的"文革"与中国"文革"之间的内在紧密联系，贾平凹自己就从词源学的意义出发，有过极明白的说明："在我的意思里，古炉有中国的内涵在里头。中国这个英语词，以前在外国人眼里叫作瓷，与其说写这个古炉的村子，实际上想的是中国的事情，写中国的事情，因为瓷暗示的就是中国。而且把那个山叫作中山，也都是从中国这个角度整体出发进行思考的。写的是古炉，其实眼光想的都是整个中国的情况。"

读罢《古炉》，印象最深的情节之一，恐怕就是贾平凹在小说后半部中关于古炉村武斗情形的鲜活描写。通过黄生生等来自外部世界的人们的宣传鼓动，"文革"自然也就在古炉村慢慢地蔓延开来。在县里分别出现了"无产阶级造反联合指挥部"（"联指"）与"无产阶级造反联合总部"（"联总"）之后，本来属于化外之地的古炉村也就随之形成了尖锐对立的两派。一派是属于"联指"的以霸槽为首的榔头队，另一派则是属于"联总"的以天布为首的红大刀队。面对着日益凸显的权力与利益，两大阵营渐渐地进入了一种剑拔弩张的争斗状态之中，以至于最后终于酿成了导致多位村民死伤的武斗。整部《古炉》的六十多万字分别由"冬""春""夏""秋"以及第二个"冬""春"六部分组成，其中第二个"冬"部所集中描写展示的，就是榔头队与红大刀之间惨烈到了极点的武斗故事。粗略计来，这一部分的字数差不多有十五万字，大约占到了小说总字数的四分之一。虽然在我一向的感觉中，贾平凹似乎是一位具有更多优柔品格的人，刚烈这样的语词殊难与他发生关联，但是在认真地读过《古炉》中关于武斗的描写部分之后，你却会不无惊讶地发现，原来，一贯优柔的贾平凹其实也有着极为刚烈的一面。道理说来也非常简单，若非性情刚烈者，是很难浓墨重彩地写出武斗这样真可谓血淋淋的惨酷场面来的。说实在话，我读过的"文革"小说也不可谓不多，但能够以其状况的惨烈而给我留下噩梦般的印象者，可能真的只有《古炉》这一部。"马勺仍是不松手，牙子咬得嘎嘎嘎响，能感觉到那卵子像鸡蛋一样被捏破了，还是捏。跑到拐畔下的人听到迷糊尖叫，跑上来，见迷糊像死猪一样仰躺在那里，马勺还在捏着卵子不放，就拿棍在马勺头上打，直打得脑浆都溅出来了，才倒下去，倒下去一只手还捏着卵子，使迷糊的身子也拉扯着翻个过。""灶火就往前跑，眼看着到了池沿了，咚的一声，炸药包爆炸了。支书的老婆被爆炸的声浪掀倒在地，一个什么东西重重地砸在她的身上，等烟雾泥土全都消失了，县联指和榔头队的人去察看现场，支书的老婆才爬起来，她看见就在她脚下有一条肉，足足一拃半长的一条肉，看了半天，才认得那是一根舌头。"我想，或许有批评者会以所谓低俗的自然主义之类的言辞来指责贾平凹如此读来令人震惊的武斗场景描写。但我以为，倘不如此，就很难写出"文革"、武斗给我们这个民族所造成的巨大苦难。实际上，在读到《古炉》中如此惨酷如此鲜血淋漓的场景描写时，我所惊讶佩服的，正是贾平凹面对惨烈的死亡场景时的冷静客观不动声色。在某种意义上，大约只有如贾平凹这样一种对于"文革"武斗场景的描写，才真正当得起如实写来绝无伪饰的评价。

从阅读的本能直觉来说，读贾平凹的武斗场景描写，所带给读者的感觉似乎是在榔头队与红大刀之间肯定有着不共戴天的深仇大恨。若非如此，本来同属于一个村庄的抬头不见低头见的他们，又有何必要非得打得头破血流你死我活不可呢。然而，实际的情况恰恰相反，以霸槽为首的榔头队与以天布为首的红大刀队之间，并不存在着什么大不了的矛盾冲突。虽然说这两个战斗队分别隶属于"县联指"和"县联总"，但说实在话，即使是这两派的为首者霸槽和天布，也根本就不懂什么叫作"文化大革命"，不懂得他们之间为什么会形成一种剑拔弩张的尖锐对立关系。某种意义上，《古炉》中两派之间的激烈争斗，居然能够让我联想起英国作家斯威夫特的《格列佛游记》来。如果说《格列佛游记》中的小人国两党争斗不已的原因是吃鸡蛋到底应该先打破大头还是打破小头，那么，到了贾平凹的《古炉》之中，两派之间的争斗甚至于连如何吃鸡蛋这样微不足道的理由都无法找到。一句话，毫无缘由地便互相纠缠混战在一起，正是古炉村"文革"武斗的根本特点所在。而这一点，正好可以用来诠释贾平凹在小说后记中曾经强调过的："我观察到了'文革'怎样在一个乡间的小村子里发生的，如果'文革'之火不是从中国社会的最底层点起，那中国社会的最底层却怎样使火一点就燃？"其实，在这段话中，贾平凹已经强有力地暗示着自己这部"文革"叙事小说的基本特征，正是要充分地揭示出"文革"究竟是怎样在古炉这个小山村中发生的，要告诉读者为什么古炉这样的中国最底层乡村就能够使得"文革"的烈火熊熊燃烧起来。就我自己的切身体会，在这里，贾平凹的特出之处，乃在于他非常深刻地揭示出了"文革"的发生发展与人性尤其是人性中恶的一面的内在密切联系。某种意义上，《古炉》既是一部真实书写"文革"历史的长篇小说，更是一部借助于"文革"的描写真切地透视表现人性的长篇小说。一方面，"文革"的发生，乃是人性中恶的因素发挥作用的结果，但反过来在另一方面，"文革"的逐渐向纵深处发展，也在很大程度上助长着人性恶的日益膨胀。能够以这样一种方式把古炉村其实也就是中国的惨烈"文革"面貌挖掘表现出来，事实上正是我们充分肯定贾平凹的《古炉》，把《古炉》看作是迄今最成熟最优秀的"文革"叙事小说的根本原因所在。

比如说，"文革"在古炉村的缘起，就很显然与霸槽此人存在着紧密的联系。如果不是他三番五次地去县城与洛镇，那么，如同黄生生这样外来的红卫兵就很难在古炉村发生影响，古炉村"文革"的发生自然也就不会是现在这样一种状况。那么，霸槽又为什么要三番五次地离村外出并与黄生生之流打得火热呢？根据小说中的描写，霸槽的行为动机大约也不外这样几个方面：其一，霸槽的天性中就有着某种不安分的因子，可以说他是古炉村中最具个性的青年农民之一。"文革"前，朱大柜可谓是古炉村一手遮天的支书，但霸槽却偏偏就没有把朱大柜放在眼里："霸槽说：朱大柜算个屁！狗尿苔惊得目瞪口呆了，朱大柜是古炉村的支书，霸槽敢说朱大柜算个屁？"仅此一个细节，就已经透露出了霸槽那不安分的天性。其二，霸槽虽然天性不安分，虽然很有一些能力，但在"文革"前秩序井然的古炉村，却有着英雄无用武之地的强烈感觉。"古炉村应该有个代销店其实是霸槽给支书建议的，结果支书让开合办了而不是他霸槽。……霸槽是个早就觉得他一身本事没个发展处，怨天尤人的，要割他的资本主义尾巴，那肯定要不服的。支书就说：让他去成精吧，只要他给生产队交提成。但是，古炉村的木匠、泥瓦匠、篾匠们却按时交了提成，霸槽就是不交。"其三，霸槽不仅与支书存在矛盾冲突，而且他和杏开之间的恋爱关系遭到了身为队长的杏开之父满盆的坚决反对。这就使得霸槽与满盆之间的矛盾，也变得空前激烈起来。由此可见，霸槽之所以要积极地投入"文革"的行动之中，成为古炉村里"文革"的急先锋，其根本原因正在于此。正因为自以为空怀一身能力的霸槽在"文革"中的古炉村长期处于备受压抑的地步，所以，一旦发现可以利用"文革"而得到权力，并颠覆古炉村的现存秩序，霸槽自然就会全力以赴地投入其中的。这样，通过霸槽形象的刻画，贾平凹就格外深刻地揭示出了"文革"得以在古炉村发生的人性原因。

那么，霸槽却又为什么空有一身能力却没有得到支书队长的重用呢？在这里，一个很重要的原因，恐怕就是家族之间的恩怨争斗了。古炉村主要由两大家族组成，一个是朱姓家族，另一个则是夜姓家族，朱、夜之外，其他的杂姓只是占了很少的一部分。由于长期一起生活在古炉村，这两大家族之间自然就形成了许多恩恩怨怨，一旦有了如同"文革"这样的契机，这些长期形成的恩怨自然就会猛烈地爆发出来。"文革"爆发前的古炉村，掌权的支书和队长都是姓朱的。霸槽之所以长期受到压抑不被重用，与他的夜姓显然存在着紧密的联系。正因为如此，一旦"文革"爆发，一旦古炉村分成了榔头队与红大刀队这针锋相对的两大阵营，古炉村所长期潜隐着的家族矛盾就会剧烈地发作起来。姓朱的，自然要参加到红大刀队的阵营之中，姓夜的，其归宿当然就只能是榔头队。因为榔头队成立在先，所以，一些姓朱的就加入了榔头队当中。等到红大刀队一成立，因为"红大刀队里都是姓朱的，榔头队里姓朱的就陆续又退出来加入了红大刀队"。在这里，贾平凹极其真切地揭示出了家族势力在中国乡村世界中的盘根错节与影响深远。以至于，古炉村的"文革"，表面上看起来是"联指"和"联总"之间的对立，实际上却是朱、夜两姓之间长期积累的矛盾冲突的一次总爆发。其中，只有个别的朱姓或者夜姓的人，加入了对方的阵营之中。突出者，便是水皮和半香。水皮本来姓朱，理应参加红大刀队，但因为榔头队成立在先，所以，他就加入了榔头队。因为他粗通文墨，会写大字报，所以自然就成了霸槽特别倚重的对象。红大刀队一俟成立，争取水皮反叛榔头队加盟红大刀队，自然就成了天布们希望看到的现实。但水皮却终归没有脱离榔头队，原因在于霸槽让他成了榔头队的副队长。在这里，家族利益与个人权力之间的相互缠杂制约，可以说给读者留下了相当深刻的印象。半香是秃子金的老婆，秃子金本来姓夜，而且是榔头队的核心骨干之一，照理说，半香绝对应该是榔头队的一员。然而，关键的问题在于，这半香，又与红大刀队的领头人天布，暗自私通着。所以，当秃子金自以为是地把半香的名字写入榔头队名单的时候，才会遭到半香的激烈反对。在这里，是否参加"文革"以及在"文革"中的革命立场选择，实际上就与男女之间的情感纠葛缠绕在了一起。就这样，隐秘人性对于古炉村"文革"所潜在发生着的巨大影响，通过水皮、半香这两个人物形象，自然得到了一种淋漓尽致的艺术表现。从表面来看，古炉村甚至于整个中国的"文革"，确实是自上而下，确实是由于诸如黄生生之类外来红卫兵的影响而发生的，但认真地追究起来，关键的原因在于，古炉村或者说中国早就为"文革"的发生准备了充分的人性与文化土壤。对于这一点，其实，贾平凹自己在小说后记中也已经说得很明白："如城市的一些老太太常常被骗子以秘鲁假钞换取了人民币，是老太太没有知识又贪图占便宜所致，古炉村的人们在'文革'中有他们的小仇小恨，有他们的小利小益，有他们的小幻小想，各人在水里扑腾，却会使水波动，而波动大了，浪头就起，如同过浮桥，谁也并不故意要摆，可人人都在惊慌地走，桥就摆起来，摆得厉害了肯定要翻覆。"贾平凹《古炉》中"文革"书写的独异深刻之处，就在于他对于这一点进行了极为充分的描写与揭示。大凡优秀的小说作品，都少不了对于人性世界的透辟理解与真切揭示。我们之所以指认贾平凹的《古炉》乃是一部伟大的"文革"叙事小说，一个十分重要的原因，就在于它从贾平凹自己真切的个人记忆出发，对于导致"文革"发生发展的人性原因进行了深入的挖掘与表现。

乡村常态世界的发现与书写

然而，尽管说贾平凹的《古炉》确实在"文革"的艺术书写上取得了突出的成就，真正地做到了在既有"文革"小说中的堪称独步，但是，无论是从小说的书写规模，还是从贾平凹的写作雄心，抑或从我自己的阅读感觉来判断，如果仅仅把《古炉》看作是一部透视表现"文革"的长篇小说，还是委屈了这部小说，委屈了贾平凹。这就如同曹雪芹的《红楼梦》，虽然成功地书写了贾宝玉与林黛玉之间的爱情悲剧，生动地描写了贾宝玉、林黛玉与薛宝钗之间堪称复杂的感情纠葛，但我们却并不能把《红楼梦》简单地看作一部爱情小说。在我看来，与其把贾平凹的《古炉》看作一部"文革"叙事小说，倒不如把它理解为一部对于中国乡村的常态世界有所发现与书写的长篇小说，要更为合理准确些。应该看到，自有中国新文学发生以来，对于乡村世界的书写，就逐渐成了其中成绩最为显赫的一个部分。从鲁迅先生开始，沈从文、茅盾、赵树理、柳青、孙犁，乃至于晚近的高晓声、汪曾祺、莫言、韩少功、张炜、陈忠实、路遥、李锐、阎连科、杨争光等，都从各自不同的角度，为中国现当代文学史的乡村书写作出过相应的贡献。值得注意的是，在这一系列从事乡村小说书写的作家当中，贾平凹的位置随着时间的推移，似乎显得越来越重要了。虽然说也曾经先后有过《废都》《高兴》等书写城市的小说问世，但严格地说起来，真正能够代表贾平凹这位自称"我是农民"的作家的小说创作水准的，实际上还是他的那些乡村小说作品。对我来说，读《古炉》，印象格外深刻者，除了作家对于"文革"以及潜藏人性的深入描写之外，就是他对于具有相对恒久性的乡村常态世界的敏锐发现与艺术书写。对于乡村世界，我的一种基本理解是，在时间之河的流淌过程中，有一些东西肯定要随着所谓的时代变迁而发生变化，我把这些变化更多地看作是非常态层面的变化。比如，鲁迅笔下民国年间的乡村世界，与赵树理笔下解放区或者共和国成立之后的乡村世界相比较，肯定会产生不小的差异，这些差异就被我看作一种非常态层面的变化。相应地，在自己的小说创作过程中，着力于此种非常态层面的描写，就可以说是一种非常态生活层面的书写。然而，就在乡村世界伴随着时间的长河而屡有变化的同时，也应该有一些东西是千古以来凝固不变的，某种意义上，也正是这些凝固不变的东西在决定着乡村之为乡村，乡村之绝不能够等同于城市。这样一些横越千古而不轻易变迁的东西，相对于非常态层面的变迁，就显然应该被看作是一种常态的层面。在自己的小说写作过程中，更多地把注意力停留在常态的生活层面，力图以小说的形式穿透屡有变迁的非常态层面，直接揭示乡村世界中常态特质，就可以说是一种对于常态世界的发现与书写。如此看来，贾平凹的《古炉》更加值得注意的一个方面，很显然就在于对乡村世界常态世界的发现与书写。具体来说，"文革"很显然是中国历史上一个短暂存在过的历史时段，贾平凹对于"文革"的描写与表现，自然就属于一种非常态生活的书写。但是，如果更深入一步，穿透"文革"而抵达所谓的人性的层面，贾平凹的描写自然就是一种对于常态的书写了。但是，请注意，作家对于人性世界的透视表现，仅仅只是《古炉》常态书写的一部分内容，相比较而言，贾平凹以更多的笔墨对于中国乡村世界中的人情伦理以及其神巫化特征进行的渲染和表现，恐怕才应该被看作是《古炉》常态书写中更为重要也更为核心的内容。

　　首先来看贾平凹对于乡村人情伦理的真切表现。这一点，最集中地体现在蚕婆这一人物形象的描写与刻画上。蚕婆是古炉村仅有的两个四类分子之一："因为古炉村原本是没有四类分子的，可一社教，公社的张书记来检查工作，给村支书朱大柜说：古炉村这么多人，怎么能没有阶级敌人呢？于是，守灯家就成了漏划地主……而糟糕的还在继续着，又查出狗尿苔的爷爷被国民党军队抓丁后，四九年去了台湾，婆就成了伪军属。从此村里一旦要抓阶级斗争，自然而然，守灯和婆就是对象。"善人本来是还俗的和尚，兼及行医济世，因为唆使霸槽去牛圈棚挖坑而无意间触怒了支书，所以后来也就被列为批斗会上批斗对象了。按照常理，既然是被批斗的对象，如同蚕婆、善人之类的牛鬼蛇神，在那个阶级斗争统领一切的时代被视为另类打入另册，就是十分自然的事情。然而，需要注意的是，贾平凹在描写蚕婆、善人他们被批斗的同时，却也还充分地揭示出了他们在乡村世界中不可或缺的重要地位。比如蚕婆，虽然没有什么文化，但蚕婆却很显然是乡村世界中知多识广心灵手巧的能人，除了剪得一手好窗花外，村里边诸如婚丧嫁娶之类的日常大事，也都少不了蚕婆的参与。"婆已经在马勺家待了大半天，她懂得灵桌上应该摆什么，比如献祭的大馄饨馍，要蒸得虚腾腾又不能开裂口子，献祭的面片不能放盐醋葱蒜，献祭的面果子是做成菊花形在油锅里不能炸得太焦。比如怎样给亡人洗身子，梳头，化妆，穿老衣，老衣是单的棉的穿七件呢还是五件，是老衣的所有扣子都扣上呢，还是只扣第三颗扣门。这些老规程能懂得的人不多，而且婆年龄大了，得传授给年轻人，田芽就给婆做下手，婆一边做一边给田芽讲。""蓼蓝草是来声货担里有卖的，但一连几天来声没来，三婶就出主意以莲菜池里的青泥来捂，而捂出来色气不匀，两人拿了布来找婆请主意。婆说：敬仙儿没？三婶说：没。婆说：现在年轻人不知道梅葛二仙了。……顶针欢天喜地，说婆知道这么多的！三婶说：你蚕婆是古炉村的先人么。顶针说：婆名字叫蚕？三婶说：你连婆名字都不知道呀？"必须承认，认真地读过《古炉》之后，你就会发现类似的描写段落，在小说中可以说是比比皆是。在古炉村几乎所有重要事件的现场，你都不难发现总是会有蚕婆的身影在晃动。同样的道理，虽然蚕婆在批斗会上常常处于被批斗的位置，不可避免地遭到了村民的歧视，但在乡村日常生活的那些场景之中，你却又可以强烈地感觉到村民们发自内心的那样一种对于蚕婆的尊重心理。善人的情况，也与蚕婆相类似。读过小说之后，善人这一人物留给读者最深刻的印象，大概就是他说病的那些情节、细节。别的医生是要给人施药治病，但善人却是在全凭一张嘴给病人说病。比如，善人是这样给弥留的六升说病的："人命不久住，犹如拍手声，妻儿及财物，皆悉不相随，唯有善凶业，常相与随从，如鸟行空中，影随总不离。世人造业，本于六根，一根既动，五根交发，如捕鸟者，本为眼报，而捕时静听其鸣，耳根造业，以手指挥，身根造业，计度胜负，意根造业。仁慈何善者，造人天福德身，念念杀生食肉者，造地狱畜生身，猎人自朝至暮，见鸟则思射，见兽则思捕，欲求一念之非杀而不得，所以怨怼连绵，辗转不息，沉沦但劫而无出期……"应该注意到，贾平凹的《古炉》通篇采用的都是带有明显方言气息的口语，唯独在善人说病的时候，采用的是古朴典雅的文言语词。不独如此，只要稍加留意，我们即不难发现，善人实际上一直在利用说病的机会劝善惩恶。在某种意义上，古炉村中的善人，非常类似于西方基督教里的传教士，他一直在孜孜不倦地利用一切可能的机会宣扬乡村世界所应该坚决秉持的人伦道德理念。如同蚕婆一样，一方面，善人是阶级斗争时代古炉村的被批斗对象，但另一方面，包括支书队长在内的古炉村人却都无法摆脱对善人的依赖，都曾经延请善人给自己说过病。在我看来，真正构成了乡村世界中那些普通村民精神支柱的，实际上正是如同蚕婆和善人这样的人。从某种意义上说，一向被称为十年民族浩劫的"文革"，前后存在的时间不过十年而已。虽然说，这十年对于古炉村人，对于每一个中国人而言，可以说都是空前的劫难，但是，在历史的长河中看，十年的时间终归短暂。一旦十年的"文革"结束，乡村世界很快就又回归到了一种生活的常态之中。这就正如同一条大河一样，"文革"不过是大河中非常态的政治旋涡而已，一旦这些政治旋涡消失，大河迅疾就可以回归到波澜不兴的生活常态之中。古炉村之所以能够以一种隐忍的姿态对抗并度过"文革"岁月，与蚕婆、善人他们的存在有着密切的关系。真正在精神层面上支撑着乡村世界正常存在运行的，其实正是如同蚕婆与善人这样多少带有一点乡村先知色彩的人物形象。从根本上说，是他们的存在，为古炉村民，为中国广大的乡村世界提供着一种切实可靠的乡村意识形态。很显然，只有真正地意识到并且在自己的小说作品中写出了这一点，方才能够称得上是实现了对于常态乡村世界的一种发现与书写。借助于对蚕婆与善人这两个人物形象的刻画描写，贾平凹的《古炉》，很显然已经相当成功地做到了这一点。

　　与乡村世界中的人情伦理表现同样重要的，是《古炉》对于乡村世界神巫化特征一种强有力的艺术凸显。只要略微有过一些乡村生活经验的读者，就不难感觉到，与现代化的城市生活相比较，乡村世界一个非常突出的特征，就是它始终笼罩在一种强烈的神巫化的氛围与气息之中。然而，实际的情况却是，就我们所接触的小说作品而言，那些真正能够有效地捕捉并表现出乡村世界神巫化特征的乡村小说是非常少见的。但贾平凹的《古炉》在这一方面的表现却相当出色。比如，古炉村的猪某一日突然接二连三地都病倒了，狗尿苔家的猪也出现了异常情况："婆熬了绿豆汤给灌了，猪趴在地喘气，婆开始立柱子，但用作柱子的筷子怎么也立不住。狗尿苔说：撞着什么鬼了？婆说：你去砍些柏朵，给猪燎一燎。"在这里，猪病了，不去请兽医，反而要"立柱子"，要给猪"燎一燎"。在"立柱子"和"燎一燎"的行为中，一种相悖于现代科学思维方式的原始神巫特征就得到了强有力的显示。再比如，"立柱说死就死了，十几年里古炉村死过的人从来没有像他死得这么截快。他一死，他妈的病却莫名其妙地好转了，他穿着给他妈买的寿衣入了殓，村里人都说他不该说要把寿衣留下他穿呀的话"。立柱的妈病了多年，本来是她早已经气息奄奄，以至于儿女们已经为她备好了寿衣。没承想，立柱兄弟仨却因为购买寿衣的钱而发生了争吵。立柱在争吵中，不无意气用事地说出了要把多买的寿衣留给自己的话。结果却是一语成谶，身强力壮的立柱截快地死了，立柱妈的病反倒是好了。这样的情形显然无法用科学的理性思维加以解释，所以，古炉村人也就只能用一种原始思维的方式来加以理解了。同样的情形，还体现在古炉村里时而正常时而疯癫的女人来回身上。莫名其妙地失踪了很长一段时间之后，来回突然出现在了古炉村，回到了丈夫老顺身边。怕来回再次走失的老顺自然就把来回关了起来，令人称奇的事情就发生在这个时候："就给狗交代着看守她，不让她再出门。来回一连三天在屋里。只要一走到院门口，狗就咬，她大声喊：水大啦，老顺，水大啦！这喊声让迷糊听到，迷糊给人说老顺一天到黑都在屋里日他的女人，女人的水越来越大。可是，就在这个晚上，州河里竟然真的发生了大水。"来回的预言，与大水的到来到底有没有内在的关联？来回的预言，与她自己此时此刻的精神疯癫状态是否存在着相应的关系？抑或是，如同来回这样的疯癫者，本身就已经具备了某种通神的超异功能呢？这一切虽然都无法找到理想的答案，但贾平凹通过此种描写成功地渲染出了一种神巫化的特征却是毫无疑问的。当然，说到对于乡村世界神巫化特征的传达，《古炉》中最典型的描写，应该还是与太岁相关的那些情节。人都说不敢在太岁头上动土，小说中的霸槽却在无意之间就挖了一个太岁出来。太岁本是民间传说中的一种神祇，在科学思维看来肯定属于荒诞不经的一类东西。然而，在更多地保留着原始思维特征的乡村世界里，如同相信神鬼的真实存在一样，类似于太岁这样的传说，也都毫无疑问地在人们心中具有其实在性。更进一步说，贾平凹对于太岁情节的设定，还带有突出的象征意味。《古炉》中，先有太岁的被挖出，然后才有"文革"在古炉村的发生，二者之间显然存在着某种内在的隐秘联系。在这个意义上，说太岁的出土，隐喻象征着"文革"灾难在古炉村的降临，就完全是可以成立的。

在这里，需要特别辨明的一点是，我们究竟应该怎样看待贾平凹在《古炉》中对于神巫化现象的描写。我知道，对于贾平凹的此类描写，根据既往的阅读经验，或许又会有人援引拉美的所谓魔幻现实主义而把它称为中国式的魔幻现实主义。这样的一种评价方式，在我看来，其合理性基本上是不存在的。首先有必要加以澄清的一点是，所谓魔幻现实主义，只是西方世界对于马尔克斯诸如《百年孤独》之类作品的一种理解命名。在更多地沉浸于科学思维中的西方人看来，《百年孤独》中的许多情节描写，都是现实生活中不可能真实发生的，乃是作家一种艺术想象的产物，故而就带有十分突出的魔幻色彩。但是，西方人的这种看法却并没有能够得到马尔克斯本人的认可。在马尔克斯本人看来，他在《百年孤独》中所描写的那些在西方人看来神奇魔幻的事物，在拉美人自己看来，却都是真实无疑的。作为一位作家，他所做的事情不过是把这一切如实地呈现出来而已。因此，在马尔克斯的心目中，与其说自己写出的是魔幻现实主义小说，倒不如把它直接看作呈现现实生活的小说要更准确些。同样的道理，贾平凹在《古炉》中所写出的种种发生在古炉村的那些神巫化现象，也应该做类似的理解。很显然，这些神巫化现象，虽然从现代人科学思维的角度看，肯定带有相当的魔幻色彩，但在古炉村村民们的心目中，所有这些，正是长期以来构成了古炉村现实的一个非常重要的部分。离开了这些神巫化现象，古炉村的现实反而就是不完整的。所以，从这个角度看来，贾平凹之所以在《古炉》中成功地写出了这一切，乃是因为他忠实地采用了现实主义艺术表现手法。我们与其把贾平凹的此类描写称作中国式的魔幻现实主义，倒不如干脆把它理解为一种对于乡村世界常态生活的发现与描写更恰当合理一些。值得注意的是，贾平凹在小说后记中这样写道："整整四年了，四年浸淫在记忆里。但我明白我要完成的并不是回忆录，也不是写自传的工作。它是小说。小说有小说的基本写作规律。我依然采取了写实的方法，建设着那个自古以来就烧瓷的村子，尽力使这个村子有声有色，有气味，有温度，开目即见，触手可摸。"我以为，贾平凹此处对于小说写实手法的强调，也在很大程度上佐证着我们以上观点的合理性。

（原载《小说评论》2011年第3期）

伟大的中国小说（下）

王春林

日常叙事

"文革"是20世纪中国历史上一个非常重要的政治事件，既然是重要的政治事件，那么，作家在对"文革"进行艺术表现时，把它写成政治小说就是十分正常的事情。以往，我们也读到过不少"文革"叙事小说，其中绝大部分都属于把政治作为中心事件来加以表现的宏大叙事类政治小说。那么，究竟何谓宏大叙事呢？"在利奥塔德看来，在现代社会，构成元话语或元叙事的，主要就是'宏大叙事'。'宏大叙事'又译'堂皇叙事''伟大叙事'，这是由'诸如精神辩证法、意义解释学、理性或劳动主体解放或财富创造的理论'等主题构成的叙事。"在王又平的理解中，不同的地域、不同的时代存在着不同的宏大叙事。现代西方曾以法、德两国为代表分别形成了解放型叙事与思辨性叙事这样两种宏大叙事。而在当代中国，"在中国当代文学的正史观念中，也形成了一套宏大叙事，它们以毋庸置疑的权威性和正统性向人们承诺：阶级斗争、人民解放、伟大胜利、历史必然、壮丽远景等都是绝对的真理，真实的历史就是关于它们的叙述，反过来说，只有如此叙述历史才能达到真实和真理。……中国当代文学中的历史叙述及叙述风格虽有变化，但从总体上说都本之于宏大叙事，它们也因此而在中国当代文学史的众多作品中居于'正史'的地位"[①]。然而，需要引起我们特别注意的是，同样是对"文革"的艺术表现，贾平凹的《古炉》所采用的却是与宏大叙事形成了鲜明对照的所谓日常叙事的艺术模式。

那么，又究竟何谓日常叙事呢？关于20世纪中国现代小说中的日常叙事传统及其显在特征，曾有论者指出："平民生活日常生存的常态突出，'种族、环境、时代'均退居背景。人的基本生存，饮食起居，人际交往，爱情、婚姻、家

[①] 王又平：《新时期文学转型中的小说创作潮流》，华中师范大学出版社2001年版，第329—330页。

庭的日常琐事，突现在人生屏幕之上。每个个体（不论身份'重要'不'重要'）悲欢离合的命运，精神追求与企望，人品高尚或卑琐，都在作家博大的观照之下，都可获得同情的描写。它的核心，或许可以借用钱玄同评苏曼殊的四个字'人生真处'。它也许没有国家大事式的气势，但关心国家大事的共性所遗漏的个体的小小悲欢。国家大事历史选择的排他性所遗漏的人生的巨大空间，日常叙事悉数纳入自己的视野。这里有更广大的兼容的'哲学'，这里有更广大的'宇宙'。这些'大说'之外的'小说'，并不因其小而小，而恰恰正是因其'小'而显示其'大'。这是人性之大，人道之大，博爱之大，救赎功能之大。这里的'文学'已经完全摆脱其单纯的工具理性，而成就文学自身的独立的审美功能。""日常叙事是一种更加个性化的叙事，每位日常叙事的作家基本上都是独立的个体，……在致力表现'人生安稳'、拒绝表现'人生飞扬'的倾向上，日常叙事的作家有着同一性。拒绝强烈对照的悲剧效果，追求'有更深长的回味'，在'参差的对照'中，产生'苍凉'的审美效果，是日常叙事一族的共同点。"[①]在这里，论者实际上是在与宏大叙事比较参照的意义上强调着日常叙事的特征。

如果我们在更为开阔的一个层面来理解分析贾平凹的小说，就不难发现，大约从他初涉小说创作的时候开始，他的小说就一直远离着所谓的宏大叙事。又或者，贾平凹的艺术天性本就不适合于宏大叙事，而是天然地亲和着日常叙事。在这里，虽然我们无意于对于所谓的宏大叙事与日常叙事进行简单的是非臧否，虽然我们也承认无论是宏大叙事还是日常叙事也都产生过优秀杰出的作品，很显然，如果《三国演义》应该被看作是宏大叙事作品的话，那么，《红楼梦》《金瓶梅》当然就应该被看作是日常叙事作品，但客观地说起来，我们还得承认，相比较而言，日常叙事的写作难度恐怕还是要更大一些。关于这一点，蒋勋借助于对《红楼梦》的谈论，已经有过极清晰的解说："第七回跟其他章回小说有很大的不同，几乎没有大事发生，只是日常生活中的小事情。写这种状况其实是最难写的。《红楼梦》第七回有一点像二十四小时里没有事情发生的那个部分，就是闲话家常。一个真正好的作家，可以把日常生活里非常平凡的事写得非常精彩。人们对《红楼梦》第七回谈得并不多，因为它平平淡淡地就写过去了。""《红楼梦》是一部长篇小说，不可能是一个高潮接着另一个高潮，

---

① 郑波光：《20世纪中国小说叙事之流变》，载《厦门大学学报》2003年第4期。

而是要去描绘几个高潮之间的家常与平淡,这是小说或者戏剧最难处理的部分。"[1]《红楼梦》本身就是一部日常叙事的杰作,蒋勋又是有着丰富创作经验的作家,由蒋勋从自己的切身体会出发,以《红楼梦》为主要凭据,强调日常叙事的重要性,强调日常叙事之难,其实是极富启示意义的事情。

具体到贾平凹的《古炉》,从小说的后记中,我们即不难发现,实际上,以日常叙事的方式呈示表现"文革",乃是贾平凹一种非常自觉的艺术追求。"以我狭隘的认识吧,长篇小说就是写生活,写生活的经验。如果写出让读者读时不觉得它是小说了,而相信真有那么一个村子,有一群人在那个村子里过着封闭的庸俗的柴米油盐和悲欢离合的日子,发生着就是那个村子发生的故事,等他们有这种认同了,而且还觉得这样的村子和村子里的人太朴素和简单,太平常了,这样也称之为小说,那他们自己也可以写了,这,就是我最满意的成功。""最容易的其实就是最难的,最朴素的其实也是最豪华的。什么叫写活了,逼真了才能活,逼真就得写实,写实就是写日常,写伦理。脚蹬地才能跃起,任何现代主义的艺术都是建立在扎实的写实功力之上的。"虽然故事发生在"文革"这样一个特定的特别政治化的时代,但贾平凹在写作过程中却并没有把自己的视点完全放置在政治事件之上,通篇扑面而来的都是古炉村里的那些日常琐事。可以说,贾平凹描摹再现日常生活场景的非凡写实功力,在《古炉》中确实得到了可谓淋漓尽致的充分体现。这一点,我想,只要是认真读过小说的人,就都会首肯。应该承认,贾平凹在后记中所表达的此种感受是非常到位的。我们一直在强调文学创作的原创性,在我看来,长篇小说的原创性实际上也正表现在作家以其非凡的创造能力成功地重新创造出了一个完整世界。《圣经》说,是上帝创造了我们所生存的这个现实世界。我要说,作家其实也非常类似于上帝,也在用语言形式创造着一个艺术世界。《红楼梦》当然极为成功地创造了一个艺术世界,自从有了《红楼梦》,那些生活在贾府中的人们就获得了别一种生命力,就一直与我们生活在一起。贾平凹的《古炉》也无疑达到了原创的效果,贾平凹在后记中所期待的能够让读者"不觉得它是小说了,而相信真有那么一个村子"的这样一种艺术效果,看起来似乎低调,实际上却是一种极高的很难企及的艺术标准。能够把"文革"这一重大的政治历史事件,以如此日常的方

---

[1] 蒋勋:《蒋勋说红楼梦》第2辑,上海三联书店2010年版,第222页。

式包容并表现出来，所充分凸显出的，也正是贾平凹一种超乎寻常的艺术创造能力。

前面我们曾经引述介绍过哈金关于"伟大的中国小说"的定义，我们注意到，在哈金的定义中，特别强调的一点，就是这"伟大的中国小说"必须是"一部关于中国人经验的长篇小说"。那么，到底怎样才算得上是写出了"中国人经验"呢？或者更进一步地说，这"中国人"的"经验"之具体内涵又是什么呢？必须承认，关于究竟什么是"中国人经验"，具体谈论起来肯定是一个言人人殊的抽象话题，很难形成一致的意见看法。而且，所谓"中国人经验"，也肯定是多元化的，不可能只有一种或者几种理解。但强调"中国人经验"本身的复杂性，却也并不就意味着这种"经验"是不存在的。就我个人的艺术感觉而言，贾平凹的这部《古炉》就完全可以被理解为一部充分表现了"中国人经验"的长篇小说。此种"中国人经验"，又可以具体分解为两个不同的层面。第一个层面，就是作家的"文革"叙事。正因为"文革"是20世纪中国独有的历史事件，所以，贾平凹的"文革"叙事所讲述的也就只能是中国人独有的一种经验。第二个层面，则是指我们在上一部分已经专门分析过的贾平凹对于中国乡村世界常态生活的发现与书写。很显然，无论是乡村世界中的人情伦理也罢，还是神巫化特征也罢，都可以被看作是中国乡土社会跨越漫长历史岁月长期以来形成的一种独有经验。说实在话，中国真正地开始所谓的工业化进程也还不到一百年的时间，更多的历史时间内构成了所谓"中国人经验"之主体的，实际上正是贾平凹在《古炉》中所充分揭示出的乡村常态生活经验。需要特别注意的是，如果说贾平凹的《古炉》是一部关于"中国人经验"的长篇小说的话，那么，这部小说的艺术书写方式也同样是充分中国化的。或者也可以说，《古炉》是一部在艺术上充分体现出了中国气势的一部长篇小说。在我看来，这中国气势主要就落脚在构成小说主体的日常叙事上。之所以这么说，关键的原因在于，作为"中国人经验"之主体的乡村常态生活，只有通过日常生活中那些点点滴滴的微小细节，方才能够得到有效的艺术展示。据我了解，很多人在阅读贾平凹《秦腔》《古炉》的时候，都曾经在开篇处产生过一时无法进入的强烈阅读体会。细究其因，我觉得其实正与作家那生活流式的日常叙事方式存在着紧密的关系。实际上，并不只是《古炉》，早在《秦腔》之中，贾平凹就已经开始采用这种具有中国气势的日常叙事方式了。"我的故乡是棣花街，我的故事是清风街，棣花街是月,清风街是水中月,棣花街是花,清风街是镜里花。但水中的月镜里的花依然是那些生老病离死,吃喝拉撒睡,这种密实的流年式的叙写,农村人或在农村生活过的人能进入,城里人能进入吗?陕西人能进入,外省人能进入吗?我不是不懂得也不是没写过戏剧性的情节,也不是陌生和拒绝那一种'有意味的形式',只因我写的是一堆鸡零狗碎的泼烦日子,它只能是这一种写法,这如同马腿的矫健是马为觅食跑出来的,鸟声的悦耳是鸟为求爱唱出来的。"[①] 什么样的思想艺术主旨便需要有什么样的语言形式载体,既然"写的是一堆鸡零狗碎的泼烦日子",那么小说便只能是这样一种写法,便只能采用这样一种语言形式,所谓"言为心声"的别一解大约也就是这样的一个意思了。通常的意义上,"言为心声"只应被理解为语言应该真实地传达内心的声音,但在此处,却应该被反过来理解为,具有什么样的内心想法就会同样具有什么样的一种语言形式,而且只有这一种语言形式才能够将作家真正的心声最为贴切地传达出来。贾平凹所谓"密实的流年式的叙写",实际上就是我们此处所特别强调的日常叙事。很显然,只有充分地借助于这样一种具有中国气势的叙事形式,才能够把作家所欲表现的"中国人经验"成功地传达给广大的读者。

悲悯情怀

阅读《古炉》,一个不容忽视的思想艺术成就,就是贾平凹对于若干人物形象的成功塑造。据不完全统计,小说中的出场人物先后多达一百人以上。这一百多人虽然不能说都写得很成功,但最起码,其中诸如狗尿苔、蚕婆、善人、霸槽、天布、秃子金、杏开、朱大柜、磨子、麻子黑、守灯、半香等数十个人物形象,都可以说给读者留下了深刻的印象。其中蚕婆与霸槽这两个人物形象,我们在前面已经有所涉及,此处自然就不再具体展开了。然而,如果说到小说中的悲悯情怀,那么,最不容忽视的两个人物形象,我以为,其实就是狗尿苔和善人。

先来看狗尿苔。正如同在某种意义上可以把《红楼梦》看作是一部成长小说一样,我们实际上也完全可以把《古炉》看作是一部成长小说。作为成长小说,《红楼梦》所集中表现的是贾宝玉的成长过程,而《古炉》表现的,则是狗尿苔的成长过程。在这里,需要顺便探讨一下小说人物的命名特点。读过小说之

[①] 贾平凹:《秦腔》,作家出版社2005年版,第565页。

后，我已经不止一次地听到有人说《古炉》中人物的名字有点太土了。我自己在刚刚开始阅读的时候，也产生过这样一种强烈的感觉。命名太土，这种感觉当然是正确的。但贾平凹为什么要刻意地追求土的效果呢？我想，这恐怕还是与作家刻意追求呈现一种原汁原味的乡村生活的艺术理念有关系。正如同表现贵族生活的《红楼梦》里的人物只能是什么宝、金、玉、凤、钗一样，"文革"期间的偏远小山村古炉村的人名，大约也就只能是贾平凹所写的这种样子了。既然曹雪芹笔下底层人物的名字不是刘姥姥，就是焦大、板儿，那么，贾平凹笔下的人物的名字也就完全可以是现在的这种情况了。需要注意的是，在这诸多的卑贱人物中，狗尿苔应该是最卑贱的一个。按照小说中的介绍，狗尿苔是被蚕婆抱来的："狗尿苔常常要想到爷爷，在批斗婆的会上，他们说爷爷在台湾，是国民党军官，但台湾在哪儿，国民党军官又是什么，他无法想象出爷爷长着的模样。他也想到父母，父母应该是谁呢，州河上下，他去过洛镇，也去过下河湾村和东川村，洛镇上的人和下河湾村东川村的人差不多的，那自己的父母会是哪种人呢？"既然无父无母，爷爷又远在台湾，狗尿苔就只能和年迈的蚕婆相依为命了。只能与蚕婆相依为命倒也罢了，更加让狗尿苔感到委屈的是，他不仅个子矮小永远长不大，而且还形象特别丑陋。小说中，贾平凹借助于秃子金的话语进行过生动的描绘："啊狗尿苔呀狗尿苔，咋说你呢？你要是个贫下中农，长得黑就黑吧，可你不是贫下中农，眼珠子却这么突！如果眼睛突也就算了，还肚子大腿儿细！肚子大腿儿细也行呀，偏还是个乍耳朵！乍耳朵就够了，只要个子高也说得过去，但你毬高的，咋就不长了呢？！"形象不佳也就算了，关键的问题还在于，狗尿苔由于受到远在台湾的爷爷的牵连，被看作是"四类分子"的后代而在古炉村备受歧视，以至于，几乎古炉村所有的人都可以对他任意驱使可以对他颐指气使指手画脚，好像狗尿苔天生就是古炉村村民们的仆佣一般。这样看来，虽然同样是小说中的主人公，但贾宝玉与狗尿苔的生存处境却可以说是有天壤之别。一个是高贵如花，一个却是低贱如炭。但这两位之间一个不容忽视的相似之处在于，他们不仅都在某种意义上承担着小说中视点性人物的功能，而且也还都是具有鲜明自传性的人物形象。

贾宝玉身上曹雪芹自身影子的存在，因为有了红学家多年的考证研究，早已是毋庸置疑的事实。需要展开分析的，是狗尿苔形象的自传性问题。在小说后记中，贾平凹写道："而我呢，我那时十三岁，初中刚刚学到数学的一元一次方程就辍学回村了。我没有与人辩论过，因为口笨，但我也刷过大字报，刷大字报时我提糨糊桶。我在学校是属于联指，回乡后我们村以贾姓为主，又是属于联指，我再不能亮我的观点，直到后来父亲被批斗，从此越发不敢乱说乱动。但我毕竟年纪还小，谁也不在乎我，虽然也是受害者，却更是旁观者。""狗尿苔，那个可怜可爱的孩子，虽然不完全依附于某一个原型的身上，但在写作的时候，常有一种幻觉，他就在我的书房，或者钻到这儿藏到那儿，或者痴痴呆呆地坐在桌前看我，偶尔还叫着我的名字。我定睛后，当然书房里什么人都没有，却糊涂了：狗尿苔会不会就是我呢？我喜欢着这个人物，他实在是太丑陋，太精怪，太委屈，他前无来处，后无落脚，如星外之客，当他被抱养在了古炉村，因人境逼仄，所以导致想象无涯，与动物植物交流，构成了童话一般的世界。狗尿苔和他的童话乐园，这正是古炉村山光水色的美丽中的美丽。"虽然总是闪闪躲躲，但从话里话外的意思来推断，说狗尿苔是《古炉》中的一个自传性形象，绝对还是能够成立的。贾宝玉既是王夫人所生，又是女娲补天时一块无才可去补苍天的顽石。狗尿苔则无父无母，他的来历无踪可觅，直如来无踪去无影的天外来客一般。因为具有自传性，所以，描写起来自然就会真切形象许多。狗尿苔这一人物之所以能够给读者留下至为深刻的印象，根本的原因或许正在于此。同时，也正如同贾宝玉既联系着现实生活中的红尘世界，同时也联系着太虚幻境这样形而上的玄妙境界一样，狗尿苔也是一方面脚踏着古炉村的大地，联系着古炉村的芸芸众生，另一方面也明显地寄寓着贾平凹一种形而上的深入思考。

  尤其值得注意的是，如同曹雪芹在贾宝玉身上强烈地寄寓表现着一种悲悯情怀一样，在《古炉》中，真正地寄寓表现着贾平凹悲悯情怀的人物形象，正是狗尿苔。只不过，究其渊源，贾宝玉悲悯情怀的生成，与他的天性高贵有关，而狗尿苔的悲悯情怀，除了曾经受到过蚕婆与善人的影响之外，则很显然与其自身的出身卑贱有关。唯其出身卑贱，所以他更能设身处地地体会到生命的凄苦悲凉状态，当然也就更能生成其悲悯情怀了。关于曹雪芹以及贾宝玉的悲悯情怀，蒋勋曾经进行过多次精彩分析。比如，在无意间发现茗烟按着小姑娘"干那警幻所训之事"的时候，"这一段把宝玉的个性完完全全写出来了，这就是他对人的原谅、宽恕和担待。他不但没有责骂她，没有得理不饶人，相反，他怕这个女孩子害怕，怕她受伤，怕她受了耻辱后想不开，他还要追出去再加一句。……宝玉追出来说的这一句话,不是好作家绝对写不出来"。比如,贾宝玉对袭人讲了这样一番话:"只求你们同看着我,守着我,等我有一日化成了飞灰,——飞灰还不好,灰还有行迹,还有知识,——等我化成一股轻烟,风一吹便散了的时候,你们也管不得我,我也顾不得你们了。那时凭我去,我也凭你们爱那里去就去了。""大家有没有觉得这是《红楼梦》最重要的调性,作者整个的感伤都在这里。生命最后是一个无常,所有生命的因果只是暂时的依靠,现世的爱、温暖与眷恋,到最后都会像烟一样散掉。宝玉的心底有一种别人无法了解的孤独,他觉得生命到最后其实没有什么能留住,就像灰一样,甚至比灰还要轻。"再比如,分析到贾瑞的人生悲剧的时候道:"从这里我们可以知道,作者在十二回是要我们同情贾瑞的,贾瑞虽然活得这么难堪,但其实是一个值得同情与悲悯的角色。""那残缺代表什么?代表他经过人世间的沧桑,受过人世间的磨难,所以他修道成功了,只有他才知道什么叫宽容。太过顺利的生命,其实不容易有领悟。他的意思是说当你有身体上的痛苦,才知道什么是真正的悲悯。这都是佛、道的一些思想。"①

说实在话,在中国当代作家中,真正具有悲悯情怀的,为数极少,但贾平凹却很显然是其中之一。在《古炉》中,贾平凹的悲悯情怀,更多是通过狗尿苔这个人物形象而体现出来的。比如,狗尿苔和善人一起抬蜂箱上山,走到半路上为了阻止榔头队与红大刀队火并武斗,他们就把蜂箱从山上推了下来。"既然善人没事,狗尿苔就要埋怨善人了,为什么要把蜂箱推下去呢,要推下去你推么,偏要叫我也一块推。善人说:要不推下蜂箱,你让他们打起来呀?!这不,他们都退了,蜇了你一个,救了多少人呢?"说到狗尿苔悲悯情怀的形成问题,我们在前面曾经强调过他对自身卑贱地位的充分体会,其实,除此之外,善人、蚕婆他们对于他的影响也是非常重要的。这里的蜂箱事件所体现出的,就是善人在向狗尿苔传授一种"我不入地狱谁入地狱"的自我牺牲精神。只要认真地读过小说,你就会知道,虽然狗尿苔其貌不扬,虽然他的个子似乎永远也长不高,虽然他被看作是"四类分子"的后代,但是,古炉村人在遭遇种种人生的苦难与不幸的时候,出面支撑拯救者却往往是狗尿苔。当支书被抓到洛镇参加学习班的时候,代替支书老婆跑到镇上看望支书的,是狗尿苔;当杏开有孕在身

---

① 蒋勋:《蒋勋说红楼梦》第2辑,上海三联书店2010年版,第53页。

分娩在即的时候，和蚕婆一起关照杏开的，是狗尿苔；当灶火因为不小心吊着毛主席像而要被打成"反革命"的时候，悄无声息地挽救了他的，也还是狗尿苔。尤其令人感动的是，水皮妈明明是古炉村最让人厌恶的一个人物形象，但在水皮因喊错口号被打成"反革命"之后，狗尿苔却忽然同情了水皮妈："狗尿苔突然觉得水皮妈有些可怜了，他要去拉水皮妈回家去……"当然，除了总是在承担拯救者的角色之外，狗尿苔悲悯情怀的另外一个突出表征，就是他居然能够听懂各种动物的话，能够与动物进行平等交流："从此，狗尿苔见了所有的鸡，狗，猪，猫，都不再追赶和恐吓，地上爬的蛇，蚂蚁，蜗牛，蚯蚓，蛙，青虫，空里飞的鸟，蝶，蜻蜓，也不去踩踏和用弹弓射杀。他一闲下来就逗着它们玩，给它们说话，以至于他走到哪儿，哪儿就有许多鸡和狗，地里劳动歇息的时候，他躺在地头，就有蝴蝶和蜻蜓飞来。"必须承认，以上这一段描写，肯定是贾平凹《古炉》中最感动人的文字段落之一，它之所以读来特别感人，就是因为充分地凸显出了狗尿苔当然更主要是贾平凹自己的一腔悲悯情怀。当然了，狗尿苔身上承载的悲悯情怀，在贾平凹的小说后记中也不难得到相应的印证："在写作的中期，我收购了一尊明代的铜佛，是童子佛，赤身裸体，有繁密的发髻，有垂肩的大耳，两条特长的胳膊，一手举过头顶指天，一手垂下过膝指地，意思是：天上地下唯我独尊。这尊佛就供在书桌上，他注视着我的写作，在我的意念里，他也将神明赋给了我的狗尿苔，我也恍惚里认定狗尿苔其实是一位天使。"唯其是佛是天使，所以，由狗尿苔来承载表达贾平凹自己的一腔悲悯情怀，就是十分自然的事情。正因为狗尿苔具有悲悯情怀，所以，善人在离世之前才会有如下的预言留下："善人说：村里好多人还得靠你哩。狗尿苔说：好多人还得靠我？善人说：是得靠你，支书得靠你，杏开得靠你，杏开的儿子也得靠你。说得狗尿苔都糊涂了，说：我还有用呀？"实际的情况也确实如此，虽然从功利的角度来看，永远长不大的狗尿苔似乎真的没有什么用，但正所谓"无用之用，是为大用"。在这里，贾平凹借助于狗尿苔这一形象，传达出的实际上可以说是道家的一种思想。

说到这里，我们就需要特别说明一下善人这一形象的重要性。按照贾平凹在小说后记中的说法，善人这一形象是有原型的，这原型就是撰写有《王凤仪言行录》的王凤仪。"善人是宗教的，哲学的，他又不是宗教家和哲学家，他的学识和生存环境只能算是乡间智者，在人性爆发了恶的年代，他注定要失败的，但他毕竟疗救了一些村人,在进行着他力所能及的恢复、修补,维持着人伦道德,企图着社会的和谐和安稳。"前边已经说过,善人是以一位善于说病的医者的形象出现的,颇类似于基督教中的传教士。其实,只要细细地琢磨一下小说中善人之乎者也地用文言语词所讲述的那些话,我们就不难发现,其渊源很显然就来自中国传统的佛道思想。然而,在强调善人形象对于作家悲悯情怀的表达具有相当重要性的同时,我们却也不得不遗憾地指出,贾平凹对于这一人物的设定与塑造,其实还是存在一定问题的。这问题主要体现在善人的言辞方式上。或许是为了更加有力地凸显出这一形象的先知色彩,贾平凹特意为他设定了一种明显区别于乡村世界日常口语的过于典雅深奥的文言语词。但正所谓成也萧何败也萧何,如果说,这样的一整套言辞方式,确实使得善人这个乡村知识分子形象区别于普通民众的话,那么,也正是这样的言辞方式,使得他根本无法真正地融入乡村生活之中,明显地被阻隔在了乡村日常生活之外。关于这一点,我们只要把善人形象与蚕婆形象比较一下,就不难得到一种真切的体悟和认识。非常简单的道理,善人虽然是作家寄寓相当深远的一位乡村知识分子形象,但他在日常生活中要想和村民们进行正常的交流,总是满嘴典雅深奥的文言语词,就肯定是行不通的。这样看来,贾平凹在善人形象塑造上的煞费苦心,其实并没有能够收到应有的理想效果。

　　行文至此,一个无法回避的问题就是,为什么说悲悯情怀对于文学作品就如此重要呢?要想充分地理解这一问题,我觉得,我们很有必要重温王国维先生在《人间词话》中的两段名言:"词至李后主而眼界始大,感慨遂深,遂变伶工之词为士大夫之词。周介存置诸温、韦之下,可谓颠倒黑白也。'自是人生长恨水长东''流水落花春去也,天上人间',《金荃》《浣花》能有此气象耶?""尼采谓:'一切文学,余爱以血书者。'后主之词,真所谓以血书者也。宋道君皇帝《燕山亭》词亦略似之。然道君不过自道身世之感,后主则俨有释迦、基督担荷人类罪恶之意,其大小固不同矣。"[①] 所谓由"伶工之词"变为"士大夫之词",用现代的言辞来说,王国维所强调的,其实是一种可贵的知识分子意识对于诗词创作的强有力介入。只有在这个前提之下,李后主才可能"以血"书词,才能够创作出《浪淘沙》《相见欢》这样的优秀词作来。而李后主的《浪淘

---

① 王国维:《人间词话》,上海世纪出版集团2008年版,第4页。

沙》《相见欢》之所以特别杰出，一个根本的原因在于，其中"俨有释迦、基督担荷人类罪恶之意"也！很显然，王国维在充分肯定李后主创作时所特别强调的"俨有释迦、基督担荷人类罪恶之意"，实际上也正是在强调创作主体一种发自内心的悲悯情怀的重要性。如果说，李后主的词作可以因为悲悯情怀的具备而堪称杰作的话，那么，贾平凹的《古炉》自然也就可以因为悲悯情怀的具备而获得我们的高度评价。正如《古炉》所充分描写表现的，"文革"确实给古炉村造成了巨大的现实苦难与人性苦难。面对这重重苦难，贾平凹不仅毅然直面，而且还通过狗尿苔以及善人、蚕婆等人物形象的精彩塑造表现出了如同释迦、基督那样突出的一种担荷人类罪恶之意。具备了此种殊为难得的悲悯情怀，《古炉》之思想艺术境界自然也就高远了许多。

最近一个时期，我一直在反复阅读蒋勋从佛道的思想渊源出发解说《红楼梦》的一部精彩著作《蒋勋说红楼梦》（在文章即将结束之际，必须指出的一点是，因为我们在文中多次提到《红楼梦》，或许会给读者形成一种贾平凹写出了一部当代的《红楼梦》的错觉。因此，有必要强调，我们之所以多次提及《红楼梦》，只不过是在一种比较的意义上凸显《古炉》的重要性而已。从根本上说，《古炉》绝对应该被看作是一部颇得《红楼梦》神韵的原创性长篇小说）。反复阅读此作的一个直接收获就是，我越来越相信了这样的一种观点，那就是，大凡那些以佛道思想做底子的小说，基本上都应该被看作是优秀的汉语小说。只要有了佛道思想的底子，只要能够把佛道思想巧妙地渗透表现在自己的小说作品之中，那么，这汉语小说，自然也就会具有不俗的思想艺术品位。令人颇感遗憾的是，在一部中国现当代文学史上，能够真正参悟领会佛道思想，并且将其贯彻到小说作品中的作家，实际上是相当少见的。写出了《古炉》的贾平凹，明显是这少见的作家中的一位。别的且不说，单就贾平凹名字中的"平凹"二字，细细想来就是很有一些禅意的。虽然我也知道，这"平凹"乃是由"平娃"演变而来的，但为什么演变出的居然会是这样的两个字呢？既然有了佛道思想做底子，那么，贾平凹小说的高尚品味也就可想而知了。我敢于斗胆断言，说《古炉》是一部当下时代难得一见的"伟大的中国小说"，与这种思想底色的存在自然有着极密切的关系。

（原载《小说评论》2011年第4期）

落地的文本成就炉火纯青

——读贾平凹的《古炉》之随想

陈晓明

迄今为止，贾平凹出版的作品的数量之可观与质量之过硬，在当今中国文坛都是少有人可与之比肩的。尽管试图批评或诋毁贾平凹的创作的大有人在，但只要实事求是，有起码的客观态度，有对当今中国文学基本的了解，对现代以来的文学发展潮流有比较公允的认识，对贾平凹的创作可能都会给予正面积极的评价。20世纪90年代初，因为《废都》，贾平凹遭遇了批评界群体性的批评，我曾经表述过：其实那未必是全然针对贾平凹或者针对《废都》，那也是知识分子在90年代重新出场的一次集体操练。历史选中贾平凹，只有他和《废都》堪当此重任，双方都没有必要觉今是而昨非，中国文学的历史就是这样走过来的，这就是当代的文学创作和批评的必由之路，谁让我们身处如此剧烈的转型和变革的时代？

2011年贾平凹出版《古炉》，六十四万字，开印二十万册，人民文学出版社的魄力和信心都值得称道，显然这样的行动不只是建立在"贾平凹"三个字上面，更重要的是建立在《古炉》这部作品上面。《古炉》是一部怎么样的作品？在《废都》《秦腔》之后，贾平凹这个年近六旬的文学老汉还有多大作为？如果这不是让人捏把汗的事，那就要让人击节赞叹了。赞叹显然不只是对贾平凹，更重要的是对今天的中国文学——对今天大多数人已然漠视麻木的汉语文学。

现在，贾平凹已经不需要任何肯定和赞美，对这样的作家和这样的作品，我们需要的是以文学史和理论性的眼光去理解它。因此，我们感兴趣的问题是要去追问：在《废都》和《秦腔》之后，《古炉》存在的理由何在？贾平凹这样的作家，为什么要写作一部这样的作品？这样的作品在他的创作中具有什么意义？仅只是前面几部作品的延续还是有着相当厚实的道理？厚实不是指这部作品的物理规模厚重，而是指它作为《废都》《秦腔》之后的作品所具有的独特意义。

只要稍有语言和文本的敏感，就可感觉到《古炉》与《废都》的美学风格相去甚远，而与《秦腔》接近，但又更加圆熟激进。说圆熟好理解，何以会激进？《古炉》是怎样的叙述？《古炉》是落地的叙述，落地的文本。这就应了苏东坡的话"随物赋形"，不择地皆可出，常行于所当行，常止于不可不止。这就是浑然天成。但《古炉》确实又有一种粗粝，随物赋形，更像落地成形，贴着地面走，带着泥土的朴拙，但又那么自信沉着，毫不理会任何规则，我行我素。其叙述之微观具体，琐碎细致，鸡零狗碎，芜杂精细，堪称分子式的叙述，甚至让人想到物理学的微观世界，几乎可以说是汉语小说写作的微观叙述的杰作。其叙述遇到任何地上的物体生物（石磨、墙、农具、台阶、狗、猫，甚至屎……）都停下来，都让它进入文本，奉若神明。这就是随物赋形，落地成形，说到哪就是哪，从哪开头就从哪开头。无始无终，无头无尾，却又能左右逢源，自成一格。如长风出谷，来去无踪；如泉源流水，不择地皆可出。随时择地，落地而成形。这种叙述，这种文字，确实让人有些惊异，有些超出我们的阅读经验，却足以让我们感受到这种文字不可名状的磁性质地。它能如此贴着地面蠕动，土得掉渣又老实巴交，但又那么自信地说下去，什么都敢说，什么都能说，真如庄子所言，屎里觅道而已。

因为《古炉》的出现，《秦腔》甚至都有点相形见绌。这并不是要在《废都》《秦腔》直至《古炉》之间建构一个贾平凹写作的无限进步史，贾平凹还有其他也称得上是力作的作品，但只有这三部作品在他的写作中具有历史的真实性，具有支点的意义、转折的意义。《废都》受到迎头痛击，迫使贾平凹搁笔而后转向。本来贾平凹自己可能会以为《废都》是一次转向，是对以往的山野风情、人性天伦的商州文化书写的转向，转向了传统的美文。在90年代初，他想从他的商州土地转向传统典籍，他在向传统美文致敬。一方面，他想对现实发言，想写作90年代初的中国知识分子的困境；另一方面他想在文学上关闭现实，他想用传统美文阻隔主流的美学霸权。于是庄之蝶具有所有中国传统文人的品性，他倒真是提前复活了中国传统文化，就这一意义来说，贾平凹又太超前了。他从山野风情一下子就跨进了中国传统美学，他想凭借着他的天才立即就抵达空灵之美，但即使抵达了也是枉然。真是"出师未捷身先死，长使英雄泪满襟"——这样纯粹的对传统美文的感悟是虚空的,甚至是虚脱的。如果《废都》写于《秦腔》与《古炉》之后,情形又将完全不同。《废都》没有乡土中国的现实与历史作依托和过渡,它一下子就跨入了古典时代,这是人们在美学上难以接受它的缘由。

确实,因为《废都》的夭折,贾平凹不得不转向,转向乡土中国土得掉渣的叙事。这下人们踏实了。《秦腔》几乎是毋庸置疑地获得了众口一词的赞赏,这与其说是对《废都》的绝情,不如说是补偿;与其说是补偿,不如说是回味。《废都》这些年几乎是在人们慢慢的回味中复活,那样一个"废都",原来姹紫嫣红开遍,似这般都付与似水流年。私底下也有人感叹:"悔不该酒醉错斩了郑贤弟!"实在令人意想不到,在80年代的现代主义运动之后,90年代初还有这等封建主义的迟暮之作!多年之后,可能人们才意识到,这不就是90年代中国传统全面复活的先声之作吗?谁会想到在中国当代,风水还会如此轮流转?

《废都》在美学上和叙事上的合法性,在21世纪初的传统主义复活的语境中已经建立起来,这使《秦腔》的高亢难以压抑住《废都》的幽怨,这两部作品不只是平分秋色,而且让人们想起这样的问题:假使《废都》没有受到迎头痛击,贾平凹在传统美学那条道路上会走多远?会有什么样的古典美学大师在当代现身?那会是一条真正接通了中国传统文学的捷径吗?真正是一个时代的捷径,因为贾平凹个人就把这条断了的文脉接通了。可惜还是半途而废,徒劳无功。贾平凹也不得不转向,回到乡土中国,回到最朴实的当下叙事。

但是,因为2011年《古炉》的出版,这条沿着《秦腔》的路数更为干脆地回到乡土,回到汉语,回到手写,这就是"落地"了。《古炉》不只是给《秦腔》一个理由,也是给《废都》致命一击。它使《废都》的空灵之美都显得苍白,它使《废都》的高妙都显得轻佻;同样,它使《秦腔》的朴拙都显得奇巧,使《秦腔》的"以实写虚"都显得缥缈。这才使人们想到,从《废都》转向《秦腔》是值得的,甚至是侥幸的,因为有《古炉》。它并非必然之作,只能说是可遇不可求。如果顺着《废都》的路,那必然是另一种景象。比较一下《古炉》的质拙和愚顽,这就是老树开花,这才算彻底地回到汉语,如此随心所欲,如此无所不能,这几乎是拿着《废都》和《秦腔》回炉——这才有炉火纯青。

其实,我所说的"落地的文本",当然不只是在美学风格上和叙述方法上来立论,如果要开掘出作品文本的内在意蕴,历史的落地——那就是大历史、"文革"的创伤性记忆落在一个小村庄；灵魂的落地——那就是这里面的人的所有的行动、反抗和绝望，都具有宿命般的直击自身内心和灵魂的意味。这些意蕴，就不是这篇短文所能涉猎的内容。

如此说来，已经不用去分析这部作品对"文革"惨烈历史的书写，也不用去分析狗尿苔那个孩子的视点如何还原那段乡土中国的独特"文革"史，它区别于迄今为止所有的知识分子的"文革"史，也不用去分析霸槽等形象被写得如此有质地，善人梦呓般的说病和自焚，也不用去读解诸如结尾处枪毙霸槽再吃人血馒头的有意重复鲁迅的细节，以及狗尿苔与牛铃就那样自作聪明地白吃了两坨屎……这部作品在这些方面有着说不完的素材，精彩而锐利，直抵本质，不留余地。但是，对于贾平凹这样的作家来说，对于存在着的《废都》《秦腔》和《古炉》来说，更要紧的或许是说出三者的秘密关系，这就是贾平凹写作的秘密，就是《古炉》的秘密，就是半部中国当代文学史的秘密。

（摘自《古炉评论集》，人民文学出版社 2015 年版）

破碎如瓷：《古炉》与"文化大革命"，或文学与历史

黄 平

一、"故事"与"反故事"

狗尿苔怎么也不明白，他只是爬上柜盖要去墙上闻气味，木橛子上的油瓶竟然就掉了。这可是青花瓷，一件老货呀！……眼看着瓶子掉下去，成了一堆瓷片。

这一段来自贾平凹《古炉》开篇，这件打碎的青花瓷，奠定了小说的文体。《古炉》写的是一个烧瓷的村落，瓷器这个隐喻实际上十分直白，小说封面还特意印上贾平凹的一段话，"中国这个英语词，以前在外国人眼里叫作瓷，与其说写这个古炉的村子，实际上想的是中国的事情，写中国的事情"。坦率地讲，"瓷器"这个整体性的意象并没有和小说很好融合，在小说中烧瓷换成其他副业并无不可，更多的是功能性地推动情节变化，比如引出支书的贪腐、椰头队与红大刀的武斗等。笔者感兴趣的，还是小说开篇，祖传的青花瓷碎成一堆瓷片，这个场景传神地概括了《古炉》这部作品的文体特征：破碎如瓷。

和《秦腔》类似，《古炉》不好读，小说前二百页，也即"冬""春"部，叙述得十分枝蔓，读者仿佛突然间被空降到 20 世纪 60 年代的古炉村，几乎没有人物介绍、背景交代，碎片般的生活已然汹涌而来。和笔者的感觉类似，赵长天细致谈道："读了几十页后，我开始感觉到阅读的难度。这不是一个短篇幅的散文，是一部长篇小说，众多的人物争先恐后涌了进来。第一节，短短七页，就出现了十五个人物，有狗尿苔、婆（后来说的蚕婆）、来声、田芽、长宽、秃子金、灶火、跟后、护院的老婆、行运、半香、牛铃、守灯、水皮、善人。第二节，从第七页到第十三页，又出现了十五个人物，有得称、欢喜、麻子黑、土根、面鱼儿、开石、锁子、支书（后知道叫朱大柜）、霸槽、天布的媳妇、戴花、开合、马勺、

牛路、杏开。仅仅不到十三页的篇幅,出现了三十个有名有姓的人物……这些人,假如他们慢慢进入,让我先认识三五个,再认识三五个,或许我会渐渐和他们成为朋友。可当三十个陌生人一下子站在面前,我不知道他们的身份,不知道他们之间的关系,再加上故事进展的节奏缓慢,便阻挡着我进入作家笔下的那个世界……最后,我选择了放弃。"[1]

值得申明,"好读"与"不好读"自然不是评判小说优劣的标准,这作为批评的常识无须赘述。《古炉》有明显的"反故事"的一面,但更值得注意的是,《古炉》在"反故事"的同时,又有鲜明的"故事性",这一点几乎所有研究者都略过了。小说二百页之后,"夏"部开场,黄生生来到古炉村之后,小说明显变得好读。就像好莱坞电影乃至于通俗小说常见的,两派斗法,文攻武卫,有高潮,有结尾,有尾声,荒诞滑稽,煞是热闹好看。笔者是借暑期彻底读完《古炉》的——当时恰巧在妻子故乡商州度假,隔壁住的一位朋友居然就叫霸槽——熬过前二百页之后,读到最后手不释卷,一口气读完。一方面或许是第一次在商州读商州,体验尤为不同;更重要的是,小说二百页之后,我们所熟悉的"故事"出现了:关乎"文化大革命"的意识形态叙述模式,隐隐浮现在"鸡零狗碎"的生活背后,日子不再"泼烦",变得紧张甚或残酷。

这一点还是和《秦腔》类似,《秦腔》在"反故事"的另一面,其实有着基本的"故事性","守土者"夏天义与"守道者"夏天智,勉力保卫着清风街的土地与秦腔,抵抗着大变动的来临。[2]《秦腔》读到后面,真正进入了清风街的世界,小说也很好读。故而,与其争论贾平凹是"反故事"还是"讲故事",不如把两者联系起来,反思贾平凹为什么把两者并行不悖地统一在他的作品里,这一点更有意味。

如果从头到尾读一位作家,读全集,读所有能找到的资料,作家自身写作演变的逻辑性很强。比如贾平凹,《古炉》式的小说美学,其来有自,可以追溯到《废都》,由《白夜》《高老庄》《秦腔》一路下来。贾平凹虽然不是学者型的作家,平时很少直接谈论小说观念,但是他骨子里很看重自己这一时期对小说观念的思考。在出版于1998年的《高老庄》后记中,贾平凹就抱怨过自己的文论

---

[1] 赵长天:《我所感的阅读的难度》,载《文汇报》2011年4月16日。
[2] 黄平:《无字的墓碑:乡土叙事的"形式"与"历史"——细读〈秦腔〉》,载《南方文坛》2011年第1期。

不受重视:"对于小说的思考,我在很多文章里零碎地提及,尤其在《白夜》的后记里也有过长长的一段叙述,遗憾的是数年过去,回应我的人寥寥无几。"①在出版于2002年的《病相报告》后记中贾平凹再一次抱怨道:"我不是理论家,我的写作体会是摸着石头过河,我把我的所思所想全写在其中了。但我多么悲哀,没人理会这些后记。"②

这些"没人理会"的后记中说了什么?贾平凹从《废都》《白夜》后记中开始,批评"有些小说太像小说"。且回顾"二爷的毡帽"这个例子:

> 现在要命的是有些小说太像小说,有些不是小说的小说,又正好暴露了还在做小说,小说真是到了实在为难的境界,干脆什么都不是了,在一个夜里,对着家人或亲朋好友提说一段往事吧。给家人和亲朋好友说话,不需要任何技巧了,平平常常只是真。而在这平平常常只是真的说话的晚上,我们可以说得很久。开始的时候或许在说米面,天亮之前说话该结束了,或许已说到了二爷的那个毡帽。过后想一想,怎么从米面就说到了二爷的毡帽?其中是怎样过渡和转换的?一切都是自自然然过来的呀!禅是不能说出的,说出的都已不是了禅。小说让人看出在做,做的就是技巧的,这便坏了。

"二爷的毡帽"这种风格,一直延续到《秦腔》的"打核桃":"清风街的故事从来没有茄子一行豇豆一行,它老是黏糊到一起的。你收过核桃树上的核桃吗?用长竹竿打核桃,明明已经打净了,可换个地方一看,树梢上怎么还有一颗?再去打了,再换个地方,又有一颗。核桃永远是打不净的。"③贾平凹的小说理念,从《废都》开始,一直反感"故事",推崇"自然"。这正如《废都》后记中谈到的,"好的文章,囫囫囵囵是一脉山,山不需要雕琢,也不需要机巧地在这儿让长一株白桦,那儿又该栽一棵兰草的"④。

这种"反故事",针对的是往昔《浮躁》所代表的写法,即社会主义现实主义对于生活的"预设"。贾平凹直言不讳地指出这是一种束缚:"我再也不可能

---

① 贾平凹:《高老庄》,人民文学出版社2008年版。
② 贾平凹:《病相报告》,上海文艺出版社2002年版。
③ 贾平凹:《秦腔》,作家出版社2005年版,第565页。
④ 贾平凹:《废都》,北京出版社1993年版,第519页。

还要以这种框架来构写我的作品了。换句话说,这种流行的似乎严格的写实方法对我来讲将有些不那么适宜,甚至大有了那么一种束缚。"[1]这种"自然论",推崇的是生活的本来面目,如《秦腔》后记中贾平凹的夫子自道:"只因我写的是一堆鸡零狗碎的泼烦日子,它只能是这一种写法"[2]。

然而,就近年来《秦腔》《高兴》这类作品而言,"现实"(目睹的农村情况)、"社会记录"、"历史"这类关键词,重返贾平凹的小说理念之中。对于《秦腔》贾平凹谈道:"我觉得自己渺小,无能为力。我把这一部分呈现出来,就好了……我所目睹的农村情况太复杂,不知道如何处理,确实无能为力,也很痛苦。实际上我并非不想找出理念来提升,但实在寻找不到。"[3]到《高兴》这里,贾平凹更进一步,"我这也不是在标榜我多少清高和多大野心,我也是写不出什么好东西,而在这个年代的写作普遍缺乏大精神和大技巧,文学作品不可能经典,那么,就不妨把自己的作品写成一份份社会记录而留给历史"[4]。

贾平凹小说理念的变化,再一次印证了:小说的"形式",不是作家完全决定的,归根结底是历史性的。内容与形式,无所谓谁决定谁,两者辩证博弈,最后残余的结果,我们称其为"作品"。当叙述人进入小说世界的那一刻,作家也无能为力,只能作为一个特殊的读者,目睹其娓娓讲述。内容与形式的平衡关系,构成了贾平凹90年代以来写作最为困惑的核心。笔者以为,做得最好的是《高老庄》,其次是《秦腔》。

回到新作《古炉》,这次题材的难度,是贾平凹三十年来写作生涯中最大的一次。"文化大革命"素来是意识形态的跑马场,形形色色的"叙述"(即是贾平凹讨厌的"故事"),烟尘滚滚,起伏翻腾。贾平凹的写法,面临双重危机:或者太散,鸡毛蒜皮,无法印证"文化大革命"的浩大劫难;或者太干,教条横行,无法还原"文化大革命"的细密纹理。任贾平凹如何警惕"故事",面对"文化大革命"这个当代文学六十年来最大、最复杂的"故事",如怪兽吞噬说书人,贾平凹还是被历史的旋涡,干干净净地卷进去了。

---

[1] 贾平凹:《浮躁》,人民文学出版社2008年版,第3页。
[2] 贾平凹:《秦腔》,作家出版社,2005年版,第565页。
[3] 贾平凹、郜元宝:《关于〈秦腔〉和乡土文学的对谈》,载《上海文学》2005年第7期。
[4] 贾平凹:《高兴》,作家出版社2007年版,第440页。

二、古炉村的"文化大革命":"革命"与"秩序"

读《古炉》,务请注意前二百页与后四百页的断裂。前二百页,作者"鸡零狗碎"地叙述着"文化大革命"前史,一方面不动声色地埋下伏笔(比如着力刻画霸槽的性格,暗示村干部的特权),一方面枝枝蔓蔓地引出朱家、夜家各家各户。由于前二百页没有什么贯穿性的事件,作者只能信笔由缰,勉力地"自然"呈现古炉村。很多时候,作者确实做到了"好的文章,囫囵囵是一脉山",文体混沌苍茫,无数琐碎的生活细节,穿插得熨帖平常;有的时候,作者也力有未逮,比如"偷钥匙"这个情节安排得就不自然,真实生活中绝无可能发生(一家丢钥匙了,偷了邻居家的,邻居再偷下一家的,结果全村如多米诺骨牌都丢钥匙了),太凑巧的、太有象征味道的情节,反而看出是"做小说"。

就前二百页这个小说开始部分而言,笔者觉得更值得讨论的是,小说时间发生在哪一年。作者以"冬""春""夏""秋""冬""春"结构全篇,以往复循环的四季轮换,给出"现代"线性时间之外另一种历史观(这自然也暗喻着对于"文革"的理解)。哪一年的冬天开始的?这道推理题似乎毫无难度,小说第二十四页,"人人都说1965年是阴历蛇年,龙蛇当值风调雨顺,虽然麦秋两季收成还好,但人人还是得吃稻皮子炒面才能勉强着吃饭不断顿"。之后,就是描写饥饿的狗尿苔偷萝卜吃。看起来,小说是从1965年冬天写起,"故事发生在陕西一个名叫古炉的村子里,这是一个偏远、封闭、保持着传统风韵的地方,以烧瓷货为生。1965年冬天,村庄开始动荡起来"。

然而,小说第一个春部(推论下来应该是1966年春),第一百六十五页,霸槽和狗尿苔开拖拉机去镇里,"街西头就过来了好大一群人,都是学生模样,举着红旗,打着标语,高呼着口号"。横幅上的字,作者借霸槽之口点明,"那写的是文化大革命万岁"。因为"镇中学推选了五个学生代表上北京,毛主席要在天安门广场接见呀,学校才游行庆祝哩"。由此,第一百六十八页,"洛镇成了最向往的地方","学生们都在街上贴大字报,或者辩论"。甚至于,还是同一页,"公路上,开始有了步行的学生,这些学生三个一伙,五个一队,都背着背包,背包上插个小旗子,说是串联,要去延安呀,去井冈山呀,去湖南毛主席的故乡韶山呀。都去的是革命的圣地……在讲着毛主席在天安门广场接见了几次学生了,而第一次接见的学生,那都是学校推选的,是保皇派,现在他们是造反派，是毛主席的红色卫兵"。

按照《古炉》的时间，这是1966年的春天。但是，回到现实中的"文化大革命"，"五一六通知"标志着"文化大革命"的发动；第一个红卫兵组织于1966年5月29日成立；《红旗》社论《无产阶级文化大革命万岁！》发表于1966年6月8日；毛主席第一次接见红卫兵是在1966年8月18日。以上是"文化大革命"的基本史实，洛镇、古炉村的"春天"，绝无可能提前发生这一切，更不必说这类闭塞的村镇，对革命消息难免后知后觉。

这个时间上的矛盾，目前笔者未见任何论者指出。本文道破之后，可以想见的一种辩护方式，即是强调小说不过是一门艺术，小说时间和历史时间毕竟不同。笔者读到有研究者谈道，"值得注意的是，作者并没有在文本中明确地交代小说中所叙述的'文化大革命'故事发生的具体时间……作者这样做的目的在于，他想淡化小说中的叙述时间与现实中的历史时间之间的必然联系，因为他要写的是一部关于'文化大革命'的历史小说，而不是'文化大革命'的历史档案。既然是小说，作者就有权利按照自己的意图来编排记忆中的历史事件，让在不同时间段发生的众多杂乱的历史事件在自己圈定的叙事时间内有序地展开"[①]。评论者自有其卓见，但这种说法对于纯虚构的作品有一定道理，就《古炉》来说不太适宜，一方面作者标识出1965年，明确地交代小说的具体时间了，另一方面作者在后记中强调这部小说是"记忆"，"经历过'文革'的人，不管在其中迫害过人或被人迫害过，只要人还活着，他必会有记忆"[②]。作为"小说的文化大革命史"[③]，小说时间与真实的历史时间对应的矛盾，势必伤害作品的真实性，以及记忆的可信度。

如果不是笔误而是有意为之，那么笔者能想到的解释是，贾平凹罔顾历史真实地压缩"文化大革命"的大事件，从"接见"到"串联"，让这一切像暴烈的种子一样在春天萌发，或许是想让"文化大革命"的冲突在古炉村的夏天、秋天集中爆发。随着小说中"文化大革命"的开始，贾平凹的爱憎一览无遗。进入二百页之后，"联指"（无产阶级造反联合指挥部）与"联总"（无产阶级造反联合

---

① 李遇春：《作为历史修辞的"文革"叙事——〈古炉〉论》，载《小说评论》2011年第3期。
② 贾平凹：《古炉》，人民文学出版社2011年版，第603页。
③ 金理：《历史深处的花开，余香犹在？——〈古炉〉读札》，载《当代作家评论》2011年第5期。

总部)的斗争,构成了核心的线索。

《古炉》对于"文化大革命"的呈现,没有回避"文化大革命"前夕乡村官僚系统的腐败,第一百四十页,支书以低廉的价格"买下"公房为儿子娶媳妇,"这样的结果没有出乎村人的预料,但村人再也没有说什么"。还有,支书与造反派霸槽第一次暗斗,把霸槽逼走后,作者随之安排了"分牛肉"的情节,支书、天布、磨子一伙的腐败暴露无遗,偷看到这一幕的狗尿苔和牛铃气得大骂:"我只说村干部为人民服务哩,原来狗日的也偷吃!"①霸槽打回古炉村,查支书的账,发现他白送过张书记几车的瓷货,霸槽毫不客气地点明:"你送瓷货才连任了支书吧?"②霸槽的"造反"行为,到此真正打中了要害,村民对此的反应是:"封了原先的公房,又要查瓷货账目,这都牵涉到了古炉村所有人的利益,多年来许多人有疑猜和意见却没敢说出口。霸槽这么干了,比他领人砸屋脊砸石狮子砸山门让人好感,暗地里又庆幸又担心。"③

同时,《古炉》的精彩之处,在于也写出了支书这个派系的"复杂":诚然有官僚系统腐败的一面,但同时也维持着"秩序"。对于霸槽的造反,支书的第一个反应是:"那还要秩序不?"④支书这一派,民兵队长天布焦急着"促生产":"天布在公房的院子里摔门踢凳子,骂:日他妈,咱就只能促生产,咱就不能抓革命,革命是他爷给孙子留的家产啦?!灶火跟着嚷:毬,庄稼荒了就荒了,荒的又不是一个人的!第二天,去地里干活的人就少。第三天第四天,干活的人越来越少。"⑤生产队长磨子"干农活是一把好手",颇具管理才能地以"数字化管理"的方式来提高生产效率:"他一心要领社员们好好干事,霸槽一伙不来又会影响大家出工的热情,于是,提高出工人的工分数。他到州河对面的山根下察看了一番,将每个石头以大小轻重定出数字,谁能将这些石头抬到背到渠上,谁就可以按石头上的数字记工分……把那些石头都用红漆标了数字,而社员们果然也积极起来,一个下午搬运的石头比过去两天搬运的还多。"⑥作为体制的既得利益者,支书的派系固然出于集团利益要维持稳定,但是秩序、生产、效率

---

① 贾平凹:《古炉》,人民文学出版社2011年版,第252页。
② 贾平凹:《古炉》,人民文学出版社2011年版,第313页。
③ 贾平凹:《古炉》,人民文学出版社2011年版,第307页。
④ 贾平凹:《古炉》,人民文学出版社2011年版,第221页。
⑤ 贾平凹:《古炉》,人民文学出版社2011年版,第297页。
⑥ 贾平凹:《古炉》,人民文学出版社2011年版,第223页。

的价值亦不容抹杀。

可惜的是,触及理解"文化大革命"十分重要的"腐败"与"革命"的关系时,作者没有继续写下去,笔端滑开来,从个人野心、宗族斗争的角度来解释古炉村。对于霸槽,作者浓墨重彩地多处写到这是一个疯狂的野心家,"现在形势这么好的,恐怕是我夜霸槽的机会来了,我还看得上当队长?"[①]"黄生生说:你不爱运动?霸槽说:谁不爱运动?!没有人不习惯了运动。黄生生说:这就是机遇,明白不?霸槽说:春上天一暖和,地里的啥草都起根发苗了。黄生生说:你是啥草?霸槽说:我是树,我要长树哩。"[②]甚至于,借村人之口,回忆起霸槽的童年,暗示野心家本色是霸槽的天性使然:"十年前我就看出那狗日的不是平地卧的……霸槽在拾粪,他不去劝,突然把粪筐往地上一丢,说了句:我非当个特别人不可!"[③]

与本村的霸槽相比,作者对于外来的革命动员力量,比如黄生生与马部长,更是毫不留情。黄生生在古炉村的第一次出场,作者就通过支书的眼光来叙述:"如果仅仅从鼻子以上看,绝对是硬邦帅气的,可他的嘴却是吹火状,牙齿排列不齐,一下子使整个人变丑了。"[④]"吹火状"的嘴,暗示着黄生生鼓动革命的角色,在作者笔下,这是十分丑陋的。而且,黄生生残忍、冷酷、变态、毫无人性,作者多次写到黄生生野兽一样的吃法:"狗尿苔把麻雀给黄生生,黄生生却把一个柴棍儿捅进了麻雀的屁股里,像是古炉村人插了柴筷子烤苞谷棒子,竟然也就在火堆上燎。麻雀还在动着,羽毛燎着了,还在燎,燎到黑了颜色气,就转着柴棍儿啃着吃麻雀肉。他这一举动看得所有人都呆了。"[⑤]"故意把蛇提到霸槽家,说:捞不到鱼,只有蛇!没想黄生生一下子喜笑颜开,竟然说蛇肉比鱼肉好,当下就剁了蛇头,剥葱似的剥了蛇皮,然后盘在锅里的米上,要做蛇肉米饭。狗尿苔惊得目瞪口呆。"[⑥]小说结尾处,作者寓言化地安排一群鸟三次飞下来啄黄生生的手、脚、眼睛,发泄般地折磨到他惨死为止。对于马部长,作者也是如此处理,马部长不仅像黄生生一样冷血(残忍地戳尸体,把灶火绑上

[①] 贾平凹:《古炉》,人民文学出版社2011年版,第192页。
[②] 贾平凹:《古炉》,人民文学出版社2011年版,第298页。
[③] 贾平凹:《古炉》,人民文学出版社2011年版,第305页。
[④] 贾平凹:《古炉》,人民文学出版社2011年版,第202页。
[⑤] 贾平凹:《古炉》,人民文学出版社2011年版,第241页。
[⑥] 贾平凹:《古炉》,人民文学出版社2011年版,第298页。

炸药包活活炸死),而且更疯狂、偏执到要伐掉古炉村的文化象征白皮松(善人就是为哀悼白皮松而殉道的)。更微妙的设计是,马部长和"十七年文学"中的"坏女人"一样,她同时还很淫乱:"马部长突然严声训道:掉的?你穿上这衣服到哪儿去了我可知道,这扣子是咋样掉的我也知道!霸槽赶忙说:这,这,这是我去故意气她的。马部长说:你不要给我说了,我可告诉你,你想要永远穿这中山装,你应该清楚你怎么办!"[①]

革命者们的"野心",点燃了乡村传统宗族冲突,这是作者认为的派系斗争的实质。小说反复提到红大刀和榔头队的斗争,是朱家、夜家的宗族之争:"磨子说:那你说咋办?灶火说:姓夜的文化大革命哩,姓朱的就不能文化大革命了?"[②]"红大刀队里都是姓朱的,榔头队里姓朱的就陆续又退出来加入了红大刀队。"[③]"行运伸伸腰,想抽烟,喊狗尿苔来点火,火点上了,他说:哈,今日来挑料虫的都是咱姓朱的和杂姓的人么,咱这些人咋都这么落后的就知道着干活?他这么一说,大家都抬头瞅,果然没有一个姓夜的。"在霸槽的造反纲领"十问"里,其中一条就是:"三问村干部为什么都是一族的人?"由此,从个人野心到宗族斗争,作者把古炉村的"文化大革命"视作一场传染病,对立双方都染上了疥病:"革命使我们染疥么!"[④]最后,"保守派"的天布、"造反派"的霸槽、来到古炉村指导革命的马部长、暴徒麻子黑,统统被解放军公审枪毙。

三、历史写作的难度

如同消灭一场瘟疫("染疥"),双方都被枪毙得干干净净。然而,以暴力掩埋暴力,是否可行?作者在结尾处,微妙地插入一个细节,"两个背枪的人"去找天布媳妇,让她缴"子弹费"。看到这一幕,"狗尿苔心里一紧,浑身一阵发麻"[⑤]。而且,"革命"也无法唤起民众,这部2009年写出初稿的作品,特意重写了一遍鲁迅写于1919年的经典场景——"人血馒头"。九十年过去了,围观者惦记的依然是"要趁热吃""吃了你病就好了"。[⑥]更有趣的是,似乎"闲笔",在

---

① 贾平凹:《古炉》,人民文学出版社2011年版,第564页。
② 贾平凹:《古炉》,人民文学出版社2011年版,第335页。
③ 贾平凹:《古炉》,人民文学出版社2011年版,第329页。
④ 贾平凹:《古炉》,人民文学出版社2011年版,第532页。
⑤ 贾平凹:《古炉》,人民文学出版社2011年版,第597页。
⑥ 贾平凹:《古炉》,人民文学出版社2011年版,第599页。

小说按常规来说十分重要的最后一页。作者突然叙述了一个有些"莫名其妙"的故事：牛铃和狗尿苔两个孩子打赌吃屎（实际上是炒面做的，牛铃被蒙在鼓里）。狗尿苔输了一升面，又赢回来一升面："啊哈，咱谁也没得到一升面，倒是吃了两堆屎么?!"[①]

20世纪中国的"现代"之路，对于古炉村是否可能？毕竟，古炉村的村民是"不识字"的："古炉村从来没有出现过这么多的纸张，所有的人凡是见了传单，就拾起来，他们绝大多数不认字，看了又看，上面的字像一片蚂蚁，就掖在怀里或折叠了压在鞋壳里。"[②]

回到"革命"的前夜，霸槽第一次跟随黄生生从洛镇回到古炉村，经由革命观念的洗礼，家乡熟稔的景色在造反派的眼中陌生化、客体化，可以拉开距离地仔细打量。由此，作者的笔触变得抒情，"文化大革命"的风暴即将到来，最后的古炉村焕发出唐诗一般的美：

> 回到小木屋的时候，差不多已是傍晚，镇洞塔上落满了水鸟，河里的昂嗤鱼又在自呼其名，远处的村子，绿树之中，露出的瓦房顶，深苍色的，这一片是平着，那一片是斜着，参差错落，又乱中有秩。哎呀，家里的烟囱都在冒炊烟了，烟股子端端往上长，在榆树里，柳树里，槐树和椿树里像是又有了桦树，长过所有的树了，就弥漫开来，使整个村子又如云在裹住。可能是看见炊烟就感到了肚子饥，由肚子饥想到回到家去有一顿汤面条吃着多好，开石就说他妈擀的面是世界上最好吃的面，而马勺就说，那不可能，世界上最好吃的面应该是他妈擀的，两人争执着，黄生生就咯咯地笑。霸槽却突然地说：狗日的水皮没来，要么让他背诵一首唐诗！黄生生奇怪着霸槽怎么说起唐诗，说：你还喜欢诗？霸槽说：喜欢呀，你瞧古炉村的景色像是唐诗里有的。听么，鸡也啼啦！果然有一声长长的鸡啼，接着无数的鸡都在啼，尖锐响亮，狗也咬，粗声短气，像在连唾沫一起往出喷，还有了牛哞，牛哞低沉，却把鸡叫狗咬全压住了。恰好，屹岬岭上原本很厚很灰的云层瞬间裂开，一道霞光射了过来，正照着了

---

① 贾平凹：《古炉》，人民文学出版社2011年版，第601页。
② 贾平凹：《古炉》，人民文学出版社2011年版，第276页。

中山顶，中山顶上的白皮松再不是白皮松了，是红皮松。霸槽还在说：美吧，多美！以前我还说祖国山河可爱，下河湾古炉村除外，没想古炉村美着么！黄生生一脸的不屑一顾，说：这有啥美的？革命才美哩！霸槽嘿嘿地笑了，说：革命会更美。

对于古炉村，贾平凹期待的，是从"现代"的历史进程中后退，复原理想的乡村秩序。这个念头至少从《废都》开始，始终在贾平凹心中犹疑纠缠、盘亘郁结，他小说中的人物一直在"城"与"乡"的张力中苦苦挣扎，延续到《秦腔》中"夏风"与"引生"的分裂。在《古炉》这里，这个三十年的"大分裂"终于被弥合了：无论霸槽的"革命"，还是支书的秩序，都是"现代"内部的分歧与斗争，两股力量在彼此消耗中归于寂灭，真正的"秩序"，是回到"现代"之前的乡村伦理。道成肉身，落实在小说中的人物，则是善人与蚕婆。

杨晓帆察觉到这一点，"其实《古炉》中的人物还是寄托了贾平凹对道德伦理的思考。像善人讲天命，讲人应该各司其职，各安其分，其实讲的是一种秩序"[1]。善人原本是洛镇广仁寺的和尚，被强制还俗，分配落户到古炉村，住在窑神庙里。每日里并不恭诵佛经，而是接骨、说病。所谓说病，是"以白话演述人伦"，基本上是以儒家伦理道德为主，混杂着佛教、道家的一些观念，以及民间传统的处世哲学，强调以德为根，顺应天道。且看一段善人的"道理"：

善人说：这要给你好好说些道理。跟后说：我不要你说道理，支书三天两头开会讲道理哩，党的道理社会主义的道理我听得耳朵生茧子了。善人说：我给你说人伦。跟后说：啥是人伦？善人说：人伦也就是三纲五常，它以孝为基本，以孝引出君臣、父子、夫妻、兄弟和亲友，社会就是由这君君臣臣父父子子夫夫妻妻兄兄弟弟亲亲友友组成的。我给你举个例子吧，比如你吃烟吧，你有了烟，你就得配烟袋锅吧，配了烟袋锅你就要配一个放烟匣烟袋锅的桌子吧，有了桌子得配四个凳子吧，就这么一层层配下去，这就是社会，社会是神归其位，各行其道，各负其责，天下就安宁了。

如果说，全书中善人近乎喋喋不休的"布道"，是以伦理道德为支撑的乡村

---

[1] 杨庆祥、杨晓帆、陈华积：《历史书写的困境和可能——〈古炉〉三人谈》，载《文艺争鸣》2011年第7期。

秩序的形而上层面，那么蚕婆（狗尿苔的奶奶）的日常举止，则对应的是形而下层面。王春林发现了这一点，"村里边诸如婚丧嫁娶之类的日常大事，也都少不了蚕婆的参与"①。比如他征引的这一段："婆已经在马勺家待了大半天，她懂得灵桌上应该摆什么，比如献祭的大馄饨馍，要蒸得虚腾腾又不能开裂口子，献祭的面片不能放盐醋葱蒜，献祭的面果子是做成菊花形在油锅里不能炸得太焦。比如怎样给亡人洗身子，梳头，化妆，穿老衣，老衣是单的棉的穿七件呢还是五件，是老衣的所有扣门都扣上呢，还是只扣第三颗扣门。这些老规程能懂得的人不多，而且婆年龄大了，得传授给年轻人。"

不过，"革命"终究要吞噬善人、蚕婆依托的乡村伦理。作者的同情，完全放在了善人、蚕婆这一边，面对"革命"的烈火，无论是善人焚书、婆婆焚剪纸，都充满了仪式感，剪成的动物在火焰里奔跑跳蹦。而且，无论善人对秉持的"道"的执迷，还是婆婆的耳病，都屏蔽掉了外界的声音。小说中这层寓意写得很显豁："婆是很多日子都没有剪纸花儿了，耳病折磨得又瘦了许多，直到聋了，世上的一切声音全部静止，她不需要与这些声音对话了。"②对于"革命"，善人认为黄生生这类人"天天吃喝，咥事斗扰"，搅闹这一方"男不忠者，女不贤者"，"他若能活着，还算有天理么"；③在婆眼中，武斗的双方则像狼群撕咬："婆孙俩看见这些人脸全变了形，眼珠子好像要从眼眶里暴出来，牙也似乎长了许多。狗尿苔说：婆，婆，这些人干啥呀？婆一下子紧张了，说：人家革命呀，头不要抬！"④

贾平凹在《古炉》后记中交代，善人和婆是有原型的，分别来自某寺庙善男信女编印的《王凤仪言行录》，以及陕北民间老太太周苹英的剪纸图册与事迹。这两个人物，倾注了作者真正的同情，比较起来，其他人物则程度不同地漫画化、概念化，最极端的也是最程式的，是外面来的黄生生与马部长。归根结底，《古炉》是一部以乡村伦理为核心的小说，貌似写"文化大革命"，实则以作为"现代"病灶总爆发的"文化大革命"反面印证乡村伦理。

合乎逻辑，以往贾平凹小说中承担文本价值指向功能的"知识人"全面退

---

① 王春林：《伟大的中国小说》（上），载《小说评论》2011年第3期。
② 贾平凹：《古炉》，人民文学出版社，2011年版，第524页。
③ 贾平凹：《古炉》，人民文学出版社，2011年版，第548页。
④ 贾平凹：《古炉》，人民文学出版社，2011年版，第456页。

守,被善人弥漫全书的"仁义道德"取代。"在贾平凹的作品中,往往有一类人物承担'意义'的功能,即从《满月儿》的'陆老师'、《浮躁》的'考察人'以来的知识分子。尽管《废都》《白夜》中的知识分子形象开始下移,但还是能够看出叙述人对这类人物情感上的认同。《土门》算是一个变化,尽管范景全指出了'神禾塬'作为'救赎'的可能,但是他的同事老冉的形象却相当不堪;《高老庄》中依然有知识分子的'声音',但是在复调叙述的框架下,仅仅是众声喧哗的一种'声音';《怀念狼》的高子明渴望找到拯救'现代人'的出路,但是最后自己几乎变成'精神病',只能在家人怜悯的目光中不断声嘶力竭地'呐喊'。某种程度上,考察人—庄之蝶—夜郎—范景全—高子路—高子明,知识分子的'功能'不断弱化,他们无法给出文本的意义。"[1]

由此,《古炉》堪为贾平凹成熟的作品,这里所指的"成熟",并不是说它是贾平凹最好的作品,而是说它是真正让贾平凹最核心的东西得以显豁的作品:乡村伦理的代言人,实至名归的"陕西气派"作家。诚如贾平凹为自传取的书名"我是农民",这可能是贾平凹一直埋在内心深处的最根本的身份认同。80年代初登文坛的《满月儿》《腊月·正月》之类,终究是"改革"潮流的结果,贾平凹从《废都》开始,一步步退到《古炉》,从西京城,经由清风街,回到了古炉村。贾平凹坦率承认,"这里边有善人的理想,也有我的理想","《王凤仪言行录》是一本民间书,是我在庙里见到的,他是易、道、佛三者皆有,以乡下知识分子的口气给农民讲的话,所谓的治病,确实能治一些病,但大多的病当然治不了,他其实在治人心。他的言行在那个时期也是一种宗教吧,也是维系中国农村社会的伦理道德吧。这里边有善人的理想,也有我的理想。"[2]

问题在于,将"文化大革命"指认为个人野心、宗族斗争后,凭借乡村伦理,或者大而化之的道德论,能否真正有效地应对中国的"现代"危机?贾平凹在《古炉》后记中曾经谈道:"我不满意曾经在'文革'后不久读到的那些关于'文革'的作品,它们都写得过于表象,又多形成了程式。"[3]然而,有研究者直言

---

[1] 黄平:《无字的墓碑:乡土叙事的"形式"与"历史"——细读〈秦腔〉》,载《南方文坛》2011年第1期。
[2] 贾平凹、李星:《关于一个村子的故事和人物——长篇小说〈古炉〉的问答》,载《上海文学》2011年第1期。
[3] 贾平凹:《古炉》,人民文学出版社2011年版,第603页。

不讳地批评道,"贾平凹的武斗叙述其实并未摆脱他在后记中所反感的程式化叙述"①。笔者觉得,以"个人野心"来解释造反派,依然有程式化的嫌疑,这一点与伤痕文学等相比并无突破。可参照对于"文化大革命"最权威的定论,《关于建国以来党的若干历史问题的决议》,"不可避免地给一些投机分子、野心分子、阴谋分子以可乘之机,其中有不少人还被提拔到了重要的以至非常重要的地位"。就宗族斗争而言,研究者也分析道:"事实上,在'文革'发生之前,族姓之间的隔阂、邻里的利益纠纷、人际交往中的猜忌、先辈传下的仇恨已经让古炉村鸡飞狗跳,而革命只是提供了一个宣泄的借口。我想追问的是,一场注定要发生的乡村械斗与'文革'有着必然的逻辑关联吗?换而言之,在这场乡村械斗的叙述中,'文化大革命'可以被置换成任何一场革命,甚至是非革命事件。"②

　　退回到民国之前,崇尚道德的善人,依奉乡规的蚕婆,懵懵懂懂的不识字的村民,小国寡民,安贫乐道,恪守阴阳五行,礼俗人心。这是否也是"乌托邦"?贾平凹也承认,对于黄生生这类外来的革命动员的力量,"是对他们狠了一点,也简单了一点,再写得深刻些就好了"③。不过,哪怕认识到善人的形象不丰满,善人是在不停地说教,还是要以善人为核心,因为他"说得有意思":"为啥设置善人这个人物,他不停地讲中国最传统的仁义道德,人的孝道。古人提出的人是以孝为本的,然后演化中国传统的仁义忠孝这些东西。咱现在就没有了这些东西,'文化大革命'这一段社会形态里面就没有这东西,丧失了这种东西,才安排这个人出来,宁愿叫这个人物不丰满,宁愿叫这个人物不停地说教,只要他能说得有意思。"④

　　这种对于乡村伦理的执拗,最深刻的困境是形式上的困境——召唤"讲故事的人"。《古炉》反对作为"现代"文类的小说,但苦于没有自己的方式来收束弥散开来的生活,细节肆意汪洋,对此作者只能以"自然"聊以慰藉——殊不知"自然"无法自行呈现。《红楼梦》这一经典浑然天成,离不开曹雪芹"批阅十

---

① 方岩:《古炉:"珍品"还是"赝品"》,载《文学报》2011年6月2日。
② 方岩:《古炉:"珍品"还是"赝品"》,载《文学报》2011年6月2日。
③ 贾平凹、李星:《关于一个村子的故事和人物——长篇小说〈古炉〉的问答》,载《上海文学》2011年第1期。
④ 贾平凹、李星:《关于一个村子的故事和人物——长篇小说〈古炉〉的问答》,载《上海文学》2011年第1期。

载，增删五次"所塑造的完美的叙述结构，开篇自悔的作者"我"、空空道人、石头、书中人物"曹雪芹"，这样精致的叙述分层模式，构成了"现代之前的世界文学中绝无仅有的复杂分层小说"[①]。比较而言，《秦腔》召唤出的自我阉割了的引生，《古炉》召唤出的十二三岁的孩子狗尿苔，他们身上都有一个悖论般的特征：早熟，又无法发育。这恰是贾平凹念兹在兹的传统道德在现代社会的倒影，贾平凹小说中的孩子除狗尿苔之外，更典型的是《高老庄》里的石头——既幼稚，又苍老。

就当代文学而言，历史写作的难度就在此处：形式上的突破，无法在形式内部解决，而有赖于思想上的突破、世界观的突破，对于世界的新想象。大作家和大思想家在此是同义的。由此回到本文开篇，也回到《古炉》开篇：狗尿苔在小说开场打碎了一件瓷器。在笔者写作的同时，新闻爆出，故宫博物院某工作人员失手损坏了国家一级文物宋代哥窑青釉葵瓣口盘。在宏大叙事解体后破碎而去的各种叙述，如何找到自己的形式？哥窑风格（"碎而不破"）的绝代名瓷，对于贾平凹乃至于当下的作家倒是一个提示：聚沫攒珠，宝光内蕴，周身密布碎纹，弥散且自足圆润，我们称呼这样的作品为艺术。

（原载《东吴学术》2012年第1期）

[①] 文一茗：《〈红楼梦〉叙述中的符号自我》，苏州大学出版社2011年版，第24页。

精英写作的悖论和特权

——读贾平凹长篇新作《古炉》

邵燕君

一

贾平凹的长篇新作《古炉》无疑是一部重量级的作品，其重量几乎是直观的——六十四万字的巨著拿在手里真如砖头一般沉甸甸的。当然，更有厚重感的是其题材——自觉步入老年的贾平凹终于在"控制不住的记忆"的逼迫下书写"文革"，这段当代写作一直回避的历史如今纠缠着少年记忆"汪汪如水"涌上作家心头，激起了一个文坛名宿的雄心：要写"'文革'怎样在一个乡间的小村子里发生的"，以一个古炉村隐喻整个中国的现实。这样的创作企图自然让人想起"红色经典"《红旗谱》(《红旗谱》就是通过讲述一个小村子革命的发生来论述中国革命的起源)，而其有意摈弃欧俄现实主义文学传统，直承《金瓶梅》《红楼梦》的日常化、生活流的写作方式更引人期待，期待看到一部"积蓄着中国人的精气神"的"中国故事"，看到这条贾平凹自《废都》《高老庄》起就自觉追求的写作道路如何经《秦腔》走向成熟。相比现实题材的《秦腔》，"文革"的故事更有经典意味，在全球化的时代，更能呈现"中国气派"，甚至开辟中国当代写作的新方向。

一部负载着如此重大写作意义的作品，对于任何一位当代文学研究者来说都是必读书。笔者正是抱着职业者的态度郑重阅读的。而一旦进入阅读中，笔者不得不承认，再度陷入了当年评论界戏言的"硬着头皮读《秦腔》"的痛苦之中。《古炉》是又一本难读的大书，这难读不是相对于商业性畅销小说而言的，而恰是相对于《红楼梦》而言的，甚至是相对于《红旗谱》而言的（该书一向被中文系的学生控诉为难读）。它重得让人翻不动，一目十行将一无所获，字字细读又所获不多,挑战的不是读者的智力而是耐心。于是,对该作意义的分析让位于一个更朴素的问题:贾平凹为什么把小说写得这么难读?

应该说,《秦腔》和《古炉》之所以难读,与贾平凹自觉的形式实验有着本质关系。在这种不以主题聚焦透视而以散点铺陈细节的写作中,贾平凹剔除了一切读者熟悉的叙述模式——不仅是西方现实主义小说的经典模式(如塑造典型环境中的典型人物、情节铺垫和高潮营造等),也包括一切通俗文学模式和章回体等中国古典小说模式,而后者正是革命历史小说为了吸引读者而刻意嫁接的,也是"中国气派"的实践努力之一。所以,贾平凹今日的写作路数,与其说是古典的,不如说是现代的;与其说是传统的,不如说是实验的。它故意和读者的阅读惯性拧着来,所有让叙述流畅起来的惯常通道全被堵死了,快感模式被取消了,深度模式被打散了,但以此为代价而突出出来的日常细节又不过真是一些鸡零狗碎的泼烦日子,没有什么太值得把玩之处,更不像现代主义小说细节那样具有深奥丰富的象征寓意。于是,读者的阅读期待,无论是传统的还是现代的都落空了。这是一棵没法爬的树,树干和树枝都被抽空了,只剩下厚厚堆积的树叶,它们片片不同又大同小异,要一片一片地翻完确实需要职业精神。

至于为什么采取这样一种写作方式,在写作《秦腔》时,贾平凹曾经表达过被动和困惑之意,他谈道,《秦腔》之所以与其以往的创作不同,是因为"解放以来农村的那种基本形态也已经没有了,解放以来所形成的农村题材的写法也不适合了","原来的写法一直讲究源于生活,高于生活,慢慢形成了一种思维方式,现在再按那一套程式就没法操作了"。[①]或许是《秦腔》带来的包括茅奖在内的巨大声誉使贾平凹更自信了,在《古炉》的创作谈中,他更强调选择的主动性以及多年的坚守坚持,并且已经达到相当程度的成熟成功,"到了《秦腔》和《古炉》虽不是怅然一泄的释放感,但很愉悦,基本上能得心应手"[②]。而事实上,如果说《秦腔》因为其题材的现实意义,使那种"密实的流年式的叙写"本身就有"实录"价值的话,《古炉》恰因为其题材的历史意义暴露了这种

---

① 贾平凹、郜元宝:《〈秦腔〉痛苦的创作和乡土文学的未来》,载《文汇报》2005年4月28日。
② 李星、贾平凹:《关于一个村子的故事和人物——长篇小说〈古炉〉问答》,载《上海文学》2011年第1期。

写法的软肋。

二

在《古炉》里，贾平凹对自己有期许，对读者有承诺，"在我的意思里，古炉有中国的内涵在里头。……写的是古炉，其实眼光想的都是整个中国的情况"。这种以一个村子写一个民族、以一个普通个体的逻辑推演普遍规律的写作意图，与《红旗谱》别无二致，其写作方法也只能同样是日常细节与意识形态的缝合。如果说《古炉》与《红旗谱》有什么不同，一个是意识形态具体内容的变更——在这一点上不得不遗憾地指出，贾平凹和绝大多数新时期以来的老作家一样，思想资源仍停留在20世纪80年代的主流价值观，代替阶级论的是人性论，将"文革"发生的原因简单地归结为人性恶，解决的方式也是朴素的人道主义启蒙："我们放不下心的是，在我们身上，除了仁义礼智信外，同时也有着魔鬼，而魔鬼强悍，最易于放纵，只有物质之丰富，教育之普及，法制之健全，制度之完备，宗教之提升，才是人类自我控制的办法。"[①]而落实到小说中，更退归为儒释道传统文化，设置一个善人喋喋不休地为人说病。另一个是，确立日常生活本身的独立价值，而不是将其仅作为实现主题的工具，而这一点，其实正是以人道主义反驳阶级斗争的意识形态在文学观念上的体现。也就是说，贾平凹《古炉》的写作是现代知识分子的精英写作，而不是古代士大夫的文人写作。他的悖论在于，他要小说负载一个启蒙的主题，却摒弃与启蒙思想共生的现实主义写作手法，该写作手法的作用不仅是引人入胜，更是使主题深入。《古炉》之所以难读，也不仅是读者的快感期盼被阻隔，更是深层的意义期盼的落空，即使是人性恶这样显得简单的主题，也没有能通过文学的利刃剖开历史的岩层，让读者的心灵得到震撼。

同时，由于背负着现代主题的压力，《古炉》的写作又有一种内在的紧张，它松弛但并不放松，这放松也正是相对《红楼梦》《金瓶梅》这样的文人小说而言的。那些看似鸡零狗碎的情节，其实是经过选择的，背后暗暗指向一个主题。人物也没能真正活起来，全书真正的主角其实是古炉村，它背后还有一个大大的中国。以贾平凹的生活底蕴和写实功力，一部写农村人过日子的小说应该更

---

① 贾平凹：《古炉》，人民文学出版社2011年版，第605页。

有烟火气,有更多让人放不下的情节和人物。想想《红楼梦》《金瓶梅》那些写日常的看家本事,人物的栩栩如生,语言的个性鲜活,细节的微妙传神……《古炉》和它追摹的样本之间确实存在着不小的差距,这差距恐怕不仅在功力,也在心态。

还有一个问题是读者意识。虽然是放松地写自家的日子,但曹雪芹等文人作者的心里仍有一个"看官",这"看官"并非因章回体而虚设,而是一个时时存在的交流对象。交流是小说的基本功能之一,交流对象的预设条件(比如与作者相似的生活经验、文学趣味)越少,要求小说内部的自足性越强。能让生长于"文革"期间贫困乡村的贾平凹等读者轻松自然地走进大观园并且以假作真,说明这个"看官"可以超越时空。这样的小说才是经典,它也实现了写实小说的一个重要功能——认知功能。

不能说贾平凹心里没有读者,但小说里却有一个过于强大的隐性叙述人。他有时寄身于显性叙述人狗尿苔身上,又经常超越他凌驾于整个小说之上。这个隐性叙述人就是作者自己,而且是正在步入老年的作者——指出这点或许残酷,但作品就是有年龄的,作者写作时的年龄,至少是心理年龄决定了作品的精气神。这个隐性叙述人的存在,使那个原本该由少年狗尿苔打开的世界蒙上了岁月的尘埃,也使"文革"题材内在包含的壮怀激烈趋于平缓,这种迟缓的节奏和气息,也是小说沉闷的原因之一。这个隐性叙述人的对话者是作者自己,他在相当程度上是自说自话的。因此,小说没有能获得作家所期盼的《红楼梦》式的写实成功,"让读者读时不觉得它是小说了,而是相信真有那么个村子",古炉村未能独立于作者而获得"自然"存在,要进入它需要读者有相似的生活经验引发共鸣,要相信这里发生的一切,需要读者对作家有信仰。

三

强大的叙述人是现代小说的产物,背景是上帝已死,作家自立为王。叙述人从"上帝视角"走出,获得了前所未有的特权,也深怀着更本质的谦卑。在中国当代文学的创作中,"宏大叙述"解体以后,叙述人在"个人化叙述"中强大起来。而当作家们又转向史诗性题材的创作时,这个叙述人却忘记谦卑,继续膨胀,于是我们看到一部部"一个人的史诗"。如果说,在《秦腔》里我们看到了叙述人的谦卑(从"叙述者"退为"记录者",不"叙述"只"描写"),在《古炉》里看到的则是其膨胀。作者在后记中承认自己在"文革"中始终是一个提着浆糊桶跟在高年级同学屁股后边跑的小初中生,一个旁观者,却自信"观察到了'文革'怎样在一个乡间的小村子里发生的","我的观察,来自我自以为很深的生活中,构成了我的记忆。这是一个人的记忆,也是一个国家的记忆吧"。一个人的记忆,多大程度上能够成为一个国家的记忆,确实取决于这个人的"深度":他参与核心事件的深度、当时观察感受的深度和事后的反思深度。可惜,在这几个方面贾平凹都没有达到他自以为的深度。旁观者的身份固然使小说超越了伤痕文学因"怨愤"导致的狭隘,却也限制了感受的强度,未能挖掘更深的经验,也未能提供更全面深刻的反思。读者的感觉始终是随着狗尿苔在各派重要人物之间跑腿,看着重大事件像龙卷风一样从自己身边卷过。甚至少年人的脚步还会把人带向"歧途",比如小说写村子里分牛肉的场面远比武斗吸引人。不是这种歧途上的风景没有价值,而是那属于个人化写作。在未经过充分历史反思的个人记忆的引导下,《古炉》更应该算作一部老作家暮年回首的追忆之作,而不是一部"直逼20世纪60年代中国最大历史运动"的"民族史诗"。

最后想说说"写作惯性"。《古炉》虽是处处逆着读者的阅读惯性来的,写作却一直顺着作者的惯性走。它在形式上冒险,写作本身却不是一次历险,而像是一场漫长的散步。作者在创作谈中自陈的朝九晚五的工作方式、以"愉悦"为主、没有"被掏空了"的整体感觉,都让人更理解了小说的匀质化叙述节奏。这样的"惯性写作"目前在仍持续写作的著名作家里普遍存在着,这或许是一种特权?然而,写作真是一项特殊的职业,读者如同债鬼,作者不痛,读者不快,真正经典的炼成常要作家以命相抵。在今天这个职业化的时代,或许也真是苛责吧?或许该苛责的只是职业批评家,应守住自己的职业底线,不惯性跟进,不妄言经典,不把特权论证为法权。

(原载《文学报》2011年6月2日)

神圣忧思

——关于《古炉》式反思

王雪伟

新世纪,《古炉》重写"文革",立意还是在"反思",用贾平凹先生的话说:"写这个古炉的村子,实际上想的是中国的事情……也都是从中国这个角度整体出发进行思考的。"可以说,站在时代的高度,对中国进行整体透视,成为这部小说的亮点。这部小说也曾被人以"新反思"冠之,并指出其"新"表现在三个方面:"底层写作",反思从政治转向社会,"没有找到社会层面制高点"[①]。也就是说,作品以底层意识写社会底层,使反思琐碎化,所以找不到所谓的制高点。以上观点受到一种"新反思"论的影响。有学者指出,在小说创作领域,一股新反思思潮正崛起于2009年,从整体走向琐碎是它的趋势,它以"底层视角"去"贴着地面写作",通过"细碎之言",去"触摸到大历史的脉搏"。不难看出,诸如"底层写作""底层意识""新反思"等说法,几乎都是从这种带有导向性的观点中套用的。即使是关于作品局限性的评价,也是基于"底层写作"一说给出的理论反驳。抛开"新反思"这顶帽子不谈,作者关于《古炉》的论断显然与"从中国整体出发进行思考"有一定距离,而作品也并非没有"制高点"。

一、鲜明的倾向性——审丑及审丑的背后

在《是高峰,还是低谷——评长篇小说〈秦腔〉》一文中,李建军先生曾指出《秦腔》的一种创作现象——"恋污癖"。李建军对"恋污癖"如此解释:"无节制地渲染和玩味性地描写令人恶心的物象和场景的癖好和倾向。"[②]李建军还列举了《秦腔》里大量与屎尿有关的情节场景,来证明自己的观点。在《古炉》

[①] 窦薇:《"新反思"的社会意思》,载《中国图书评论》2011年第4期。
[②] 李建军:《是高峰,还是低谷——评长篇小说〈秦腔〉》,载《文艺争鸣》2005年第4期。

中，这类情节场景同样大行其道，其中最典型的，莫过于对吃屎这种极其反常人类行为的反复渲染。李建军对《秦腔》大肆夸饰屎尿场景，持否定态度，认为作者"过高地估计了……本能快感的价值和意义"，"没有自觉认识到生理快感、心理美感的本质区别"。①在李建军看来，这种写作把人当成野兽，所以丧失了文明的底线。李建军忽视了《秦腔》这样处理的背后含义——批判，即作家试图通过审丑来达到艺术批判目的。我们知道，在西方现代派，包括我国新时期以来的文学作品中，审丑已经成为一种公认的艺术手段，这一点毋庸置疑。而《古炉》，便是通过夸饰"污秽"，来表达对"文革"的批判之意，作品把"文革"隐指为一场集体"恋污"行为。这种隐喻从到古炉村搞造反串联的中学生黄生生开始。作品暗示，这个代表了时代意志的像黄金一样珍贵的学生仔，只是被"文革"政治浆洗后生产出来的人类污物。就这种物事，在古炉村不仅大受欢迎，还如瘟疫般到处蔓延，使各种反人类、反文化和反社会的行为，在长时间里变得合法化和常态化，诸如榔头队和红大刀队残忍血腥的武斗、挖断象征民族之根的大树等。从写实层面看，《古炉》暗示贫穷、落后、肮脏和愚昧在古炉村具有普泛化特征，古炉村村民沉湎其中而不能自拔，极少数清醒者如善人，深陷其中自保且不暇，便只能选择"独善"与"苟活"。从象征层面看，《古炉》的污秽夸饰，与《爸爸爸》中的"脏话"炫耀功能类似，它象征了一种发生于现代社会的群体返祖现象，象征着兽道对于人道、野蛮对于文明的全面胜利。在作者自然化的然而又寓意深刻的笔法下，"文革"中的古炉村村民，整体成为一个贫穷、落后、肮脏、愚昧且内讧的群落，正如老舍《猫城记》中的国民。对于猫国国民，老舍是"哀其不幸，怒其不醒"，可谓忧愤深广。而这，也是贾平凹对闹"文革"的古炉村村民的思想感情。

二、整体性归因

一个返祖群落，不仅要为一场现代文明悲剧埋单，也必然是悲剧的始作俑者。古炉村的悲剧，是整体合力"怒其不争"的恶果。《古炉》中所谓的"时势英雄"，以霸槽为代表，此人心高志大且精力旺盛。他声称自己要搞就搞队长的女儿杏开，他和杏开做爱把炕板都能砸塌，当杏开满足不了他在性、脸面和政治等

---

① 李建军：《是高峰，还是低谷——评长篇小说〈秦腔〉》，载《文艺争鸣》2005年第4期。

方面的需求时,他又与领导马部长鬼混在一起。他说自己天生就是拉杆子闹革命当将军的料,可惜生不逢时,所以在"文革"前他感到活得很"不得志",他曾因此而跑出古炉村在外流浪。他进城流浪,当看到自己以前的同学、朋友过得都比他好,便非常生气,觉得社会对他不公平。他豪气万丈、信誓旦旦地宣称,古炉村迟早都是他的。小说中的这个"时势英雄"无非是一个充斥着原始邪恶秉性的"时势混子",唯恐天下不乱的政治投机者,正是这种混子,因所谓的"不幸",将古炉村"争"成一坑烂屎。与"英雄"相对的贫下中农,则是跟在"时势混子"背后的"乌合之众"。这群人愚昧而庸浅,他们长期处于半饥饿状态,没受过什么文化教育,又满脑子原始的封建迷信思想,常常为了一些鸡毛蒜皮的、莫名其妙的小事而争斗。如牛铃与天布有矛盾,原因是天布在牛铃家山墙外种杨树犯了牛铃家的忌讳,两家逐渐从暗战发展为明战,闹得不可开交。这群人还喜欢盲从,只要有人煽动、引导,他们便如过电般群起响应。多年来他们对革命和造反有一种吸毒般的乐趣,他们乐于集会、叫嚣、批斗和游行。随着霸槽和黄生生从镇里带回"文化大革命"的新消息,他们以一种近乎疯狂的热情投入批斗、夺权的事业中,新上任的队长磨子想了各种办法想让他们回到生产岗位上,非但毫无效果,相反愈演愈烈,竟而至于"咸与维新"了。除了"英雄"与"群氓",还有一些独特个体,他们各以自己的方式,翻卷进"革命"大潮中。如会计水皮的见风使舵,还俗和尚善人的"独善"与"苟且",政治家支书的复杂权变,狗尿苔的边缘参与,可以说所有古炉村人都直接或间接、阴谋或阳谋、边缘或中心、远观或把玩、清醒或迷糊地,共同促成了一场现代文明悲剧的大会演。小说中的一幕惨烈场景既耐人寻味,也很能说明问题:古炉村的象征风水树白皮松被炸倒后,遭到村民的哄抢,这是一种典型的由所谓全民"不幸"到全民"怒争"而导致的全民癫狂现象。有学者曾指出,"文革"并非某个个体或集团的单力行为,而是由社会合力因素促成[①]。作者虽主要从政治层面进行分析,但从更广阔的角度看,"文革"的出现带有族群的整体原罪特征,它既受到"时代英雄"的引领,也离不开"乌合之众"的拥护与跟随,再加上一些"无责任者"的漠视甚或参与。身处那个时代旋涡中的每一个人,都是时代旋涡的搅动者。从这一点说,无论是谁,都将被钉在历史的耻辱柱上,并将经受西绪福斯式拷问。

---

① 刘志建:《历史的合力是"文化大革命"持续十年的根本原因》,载《探索》1985年第2期。

三、深入怀疑主义精神

隐藏在强烈的批判意识和归因追思背后的，是作品穿透民性、文化和未来的怀疑主义精神。正是这种怀疑主义精神，将古炉村的族群命运，从时光隧道的来处，拉到现实，进而探向遥远的未来。首先，对于民性的怀疑。作品不只在展示污浊和丑恶，更以揭露民性的复杂性方式，表达对一些社会现象的怀疑。不妨以村支书这个"为人民服务者"的形象为例进行分析。他在大部分公共事务上，如发放救灾款、分牛肉等，都能召开全体村民大会进行民主决策，较好地做到了公开、公正。在安排拖拉机手的问题上，他对于送礼者不予理睬，最后的结果也让多数人心平气和。然而，他的私欲和权欲都非常强烈，他运用权力，把村公所卖掉，将其转成自己儿子未来的住房。在这个人物的灵魂深处，隐藏着另一种强烈的"霸槽意识"，以及被其羽翼所庇护的"恶性"的可能性蔓延。它已经或将来会导向何方？作品以隐晦却尖锐的方式提出问题。其次，对文化的质疑。民性的一大形成因素，就是文化。作品对民性的质疑，在更深层次上，转为对文化的质疑。在古炉村，文化以一种十分独特的方式存在着，一方面是显在文化的极度匮乏，体现为村民提升性知识的匮乏和思想能力的孱弱。村中绝大多数人是文盲，有些知识的少数人掌控权力和意识形态，其他人则被以各种方式造成种类繁多的"迷糊"。另一方面，也是更为重要的，隐在的原始的和封建的文化，在暗处普遍而有效地左右着村民的思想行动，民族的命运之路因之发生扭曲变形。首先是神化领袖现象，包括敬拜领袖像以及相关的物品，尊奉和迷信领袖话语等。封建集权传统造就了一大批迷信权力者。在权力的问题上，支书和霸槽表现得异常敏感。在古炉村，石狮子有辟邪功效，代表着权力和威严，所以不但支书喜欢石狮子，霸槽更是活学活用，一朝得势后，砸烂旧石狮子，用新的取而代之。权力迷信造就了一大批偏执而疯狂的"狮性"人物，他们将个人权欲强加于村民命运与社会进程，某时或许突然失控，造成极大破坏。还有原始巫术迷信：守灯对霸槽不满，便偷偷割断他家藤蔓的根，以便断其根本。种种现象说明，古炉村的文化，有着强烈的原始性和鲜明的封建色彩，村民们承载着这些"艳若桃花"的"脓疮"懵懂前行，甚至享受着作为继承者的乐趣，完全没有意识到自己的将来。再次，希望还是失望——未来隐喻。作品以预言方式表达了对族群未来的寄托与希望，可希望背后同样隐藏着极深的忧患意识。善人死前，对狗尿苔说了几句意味深长的话：

> 你要快长哩，狗尿苔，你婆要靠你哩……村里好多人还得靠你哩……是得靠你，支书得靠你，杏开得靠你，杏开的儿子也得靠你……

作品在善人和狗尿苔这两个人物身上都施了象征主义魔法。善人被赋予更多理想色彩，他是一个理想化的人格形象，是清醒、独立的知识分子历史意识的象征，是时代见证者、历史代言者和预言家。那么，善人为什么会把未来寄托在狗尿苔这个"四类分子"兼侏儒身上？如此处理，使作品不仅具有了历史意义，更增强了现实感。它实际在总结历史，追问当下：狗尿苔成了寄托，然而，那寄托终究是个发育不全的侏儒，它能走多远？支书和杏开的儿子这些狮子血统的承继者们，与狗尿苔存在罅隙与隔膜，这能促使狗尿苔再次发育并不断成长吗？……种种疑问令未来充满不确定感，善人临终前呼唤狗尿苔快快长大，是现实，更是希望，同时带出缕缕鲜亮的血丝。

结语

除了"高亮""琐碎"与"嬉戏"，文学还有"升华"，这是《古炉》告诉我们的。在文学领域，从"伤痕"开始，在短短几年时间里，我们的文学伴随着一路向前的歌声，向着"现代"猛进，丢下"文革"这道巨大的伤口，敷些黏土草草了事，可伤口往往会因为治疗得不彻底，而发展为暗痈。对"文革"，我国文学一直就没有给予过真正意义上的直面、彻底、深入、全面而鲜活的反思，相反，多数作家总在敷衍、隔靴搔痒和破碎上做功夫。这种情况，早在1988年的时候，就曾被李新宇先生指出过。新时期反思文学存在三大缺陷，历史的眼光、思想的武器和批判的深度，以及现代意识的理想人格[①]。纵观之后的创作，除了"历史的眼光"曾被人"煞有介事"地摆弄过，其他都处于严重的缺席状态，结果，缺了两个支点的历史眼光褪变成世故且琐碎的"知命感"、发展的循环论和冷漠的观照意识。正是《古炉》，打破了这种状态，它以厚重笔法锤出硬朗的肌肉，亮出强劲的冲击力，吼出精神的灵性。

（原载《文艺争鸣》2012年第11期）

---

① 李新宇：《对"反思文学"的反思》，载《齐鲁学刊》1988年第6期。

"意境叙事"的实验及其成功范例

——贾平凹小说民族化范式的探索之路

邰科祥

自觉实验"意境叙事"近三十年的贾平凹,终于借助《古炉》完成了他重铸现代中国小说范式的夙愿。意境叙事虽不是现代小说民族化的唯一出路,但意境叙事无疑是最有中国特色、最有难度的小说范式之一。意境概念是中国人对世界美学的独特贡献,它原本是抒情性作品的一个最高目标,却被贾平凹用来开展小说的实验,而且取得了成功。

贾平凹"意境叙事"概念的辨析

尽管贾平凹从来没有把"意境"与"叙事"连用,不过,他却在谈到小说的目标时多次使用了"意境"以及与之类似的"意象""境界"等字眼。

他在《浮躁》中说:"艺术家的最高目标在于表现他对人间宇宙的感应,发掘最动人的情趣,在存在之上建构他的意象世界。"

在《高老庄》中说:"我的初衷是要求我尽量原生态地写出生活的流动,行文越实越好。但整体上却极力去张扬我的意象。"

在《怀念狼》中说:"以后的十年我热衷于意象,总想使小说有多义性或者使现实生活进入诗意,或者说如火对于焰,如珠玉对于宝气的形而下与形而上的结合。"

在《病相报告》中说:"如果在分析人性中弥漫中国传统中天人合一的浑然之气,意象氤氲,那是我的兴趣所在。"

在《关于贾平凹的阅读》中答胡天夫问时指出,"我主张在作品的境界、内涵上一定要借鉴西方现代意识,而形式上又坚持民族的","我喜欢用'作品的境界'这个词"。

在《古炉》中说:"我主张过以实写虚,以最真实朴素的句子去建造作品浑然多义而完整的意境,如建造房子一样,坚实的地基,牢固的柱子和墙,而房子里全部是空虚,让阳光照进,空气流通。"

不难发现,在较长的一段时间,贾平凹更多地使用着"意象"的概念,直到最近,才出现"意境"的提法。但这不表明,他倡导的是"意象叙事"。准确地说,他之谓"意象"就是"意境"。他对胡天夫坦承:"如何将西方的抽象融入东方的意象,有丰富的事实又有深刻的看法,在诱惑着我也在煎熬着我。"可见,意象只是他创作思维的部分内容。如果比照意境作为"情景交融、虚实相生的形象系统及其所诱发和开拓的审美想象空间"[①]这一通用概念进行元素的对应,那么贾平凹的所谓"意象"只相当于意境中的"景"或者"以实写虚"中的"实"。

既然意象不是贾平凹的真实意图,他为什么较长时间内坚持用这个概念?在我看来,有两个可能:一是从字面上,贾平凹觉得意象与意境相似,也可以拆分成意与象两个方面;二是在性质上,他认为意象和意境没有根本的区别,可以混用。

实际上,"意象"与"意境"虽一字之差,本质却大相径庭。"意象"主要强调"象"的内涵,它的目的是寻找包含着特定意义的象,所谓观念之象或者抽象之象。从类型上说,意象是形象的一种,至于象与意的密附程度如何,意象并不讲究;而意境并非形象的种类而是形象的系统,它追求整体的效应,"情和景"是作者同时并重的元素,且情与景浑然一体,不可分割。

由此可见,意象确非贾平凹的本意,也与他的创作实际不相符,加之,意象主义或意象叙事主要作为西方现代派的一个分支,也是国内众多先锋派小说家的徽号,这与贾平凹自觉探索民族小说范式的初衷有点抵触,所以,尽管评论界已经有不少人用意象叙事来概括贾平凹的小说范式,我们还是主张改用"意境叙事"。

标举"意境叙事"的提法,不只是要正确地描述贾平凹小说创作观念和实践,也是想肯定他在现代小说民族化范式探索中的贡献。意境概念作为判别优秀抒情性文学作品的标志,被运用到叙事性文体的小说里,这应该是贾平凹的独创,是他近三十年孜孜不倦的追求,已经成为贾平凹区别于其他小说家的显

[①] 童庆炳主编:《文学理论教程》,高等教育出版社1992年版,第194页。

著特征。

意境叙事，顾名思义，就是用意境讲故事或者说用故事制造意境。其中，故事至关重要，也要求特殊。它不注重事件的线性延展，也不要求时间的持续长度，只要有共时性的特征并具有辐射性的兴发效果，达到故事与意味的水乳交融即可。

共时性的特征是相对故事本身的历时状态而言的。既然是故事就有时间的持续和延展，尤其是长篇小说的故事，一般持续的时间更长，少则十年多则百年，所谓史诗类的长篇小说大都如此。贾平凹的小说与之不同，他当然不能抛却故事，但是在故事的时间方面，他的确不追求数年的长度，最多一年半，最短几天。他主要追求故事的密度。《白夜》的故事时间是四个月，《土门》《病相报告》的故事时间只有几天，《怀念狼》的故事持续了二十多天，《高兴》是两天时间，《古炉》的时间稍长一点，一年半。谢有顺曾注意到这个现象：

> 在贾平凹几部重要的长篇里，对于时间的处理有着其他作家所没有的自觉。《秦腔》里写的生活时间是一年左右，《高老庄》大概写了一个月，《废都》里的时间差不多也是一年左右。一部大篇幅的长篇小说，只写一年左右的现实生活，而且写得如此生机勃勃、真实有趣，这在中国作家中是不多见的才能。中国作家写长篇，大多数都喜欢写一个非常长的时间跨度，动不动就是百年历史的变迁，或者几代家族史的演变，但贾平凹可以在非常短小的时间、非常狭窄的空间里，建立起恢弘、庞大的文学景象，这种写作难度要比前者大得多。

所以，贾平凹的长篇小说更近似于中短篇小说的时间跨度，他选择的是生活的横剖面，就像勘探工人选择一个典型的取样就能掌握整体的信息。这种写法类似于诗的思维，在很多机会，我都想说，贾平凹其实是用诗的精神来写小说，或者说，他的长篇小说就是诗小说。不过，这种诗小说不同于普希金的《叶甫盖尼·奥涅金》或者歌德的《浮士德》，《叶甫盖尼·奥涅金》是具有情节的小说诗，《浮士德》是用诗句写的剧本或者叫剧诗，而《古炉》等则是诗小说，具有诗的意境和思维的小说。如果说，普通小说的情节是线性发展的，贾平凹的小说就是核心辐射的。他的长篇小说故事走向不是朝一个维度延伸而是由一个点向四周散发，像水中的涟漪，一圈一圈，由内而外不断扩大。这种同心圆的辐射就是意境叙事的所谓共时性特征。这种特征强调故事的密度而非长度。

高密度的故事让我想到了浩然的《艳阳天》、王蒙的意识流小说《春之声》《蝴蝶》等。《艳阳天》把一个实际上发生了两天的故事演绎到二十五万字。浩然本人也说"《艳阳天》是一部'密度'较大而'跨度'较小的作品"[①]。"有人曾作过一番统计学的分析。小说中马小辫对'小石头之死'事件的策划,始于第一百零九章,而事件的最后昭白却在第一百三十六章,共迁延了约二十五万字的篇幅。而叙述的现实时间跨度却只有两天多。"[②]浩然把短暂的时间无限拉长的做法可以理解为一种艺术的延宕,不过这种处理除了让人惊叹作家的想象力之外,其真实性也让人怀疑。

《春之声》的故事时间只有几个小时,但生活时间却贯通了几十年。这种压缩被称为意识流,即生活的时间可以无限流淌但故事的时间却非常集中,因为人的意识可以在短时间中跨越千年。所以,这种压缩是真实可信的。

贾平凹的时间浓缩其实与两者都有不同,他既不是意识流也不是故意的延宕,而是典型的优选,即截取生活中最有意味的一个区间,近似于掐头去尾保留中腹从而让读者去补足头尾的做法,这样就可以保证小说简练而丰富的特点,达到意在言外的效果。

理论上一般把叙事的时间与叙事的节奏联系在一起。故事时间长于生活时间,叙事节奏就慢,如《艳阳天》;反之,故事时间短于生活时间,节奏就快。生活时间与故事时间等长的往往是人物的对话场景。贾平凹的长篇小说《古炉》两个时间完全一致,难道说这是一种场景叙事?如果是这样,意境叙事也找到了理论的依据。

故事的韵味是意境叙事的必然要求。不是所有故事都有韵味,大部分故事就是一个过程,是个载体,本身没有意味或意味不大。意境叙事的故事必须是有内涵的,而且要有多种蕴涵,换句话说有多义性或歧义性,要让读者从中自然地联想到很多类似的场面、事件、意义,所谓兴发功能。这种韵味是一种"永恒"或"原型",贾平凹很欣赏荣格的话:"谁说出了原始意象,谁就是说出了整个世界"。由此可见,他重视那种信息丰富、包容性宏大的意象。换句话说,这

---

① 浩然:《关于〈艳阳天〉〈金光大道〉的通讯与谈话》,见孙大佑、梁春水编《浩然研究专集》,百花文艺出版社1994年版,第187页。
② 叶君:《论〈艳阳天〉》,载《文艺争鸣》2007年第8期。

种对故事的意象或多义性的强调其实是意境叙事的空间要求。既然意境叙事不能也不愿通过时间叙事,那么就只能依靠空间的拓展。但是这个空间又不是现实的而是虚拟的,亦即,这种空间不是故事中所涉及的地域的变换而是读者想象的被激发和放大。也就是说,由小说的元故事联想到与此相关或类似的无数故事。说白了,这是意义的空间,所谓"言外之意""味外之旨""弦外之音"。

如果说,故事的浓缩还有先例可循,那么空间的辐射则是难遇同类,最多在诗中才能见到,这也就是我之所以把意境小说称为诗小说的缘由。是诗意小说不是诗体小说,并非要有诗的形式却须有诗的风神、意境或效应。

《病相报告》是要写一个人的一生七十余年,铺设开来,那得有四五十万的字数!如果四五十万的字数写一个爱情的故事,又要按着时间顺序一一交代清楚,那极可能使这个故事陈腐不堪。我于是重起炉灶。我之所以使文中所有的人物以第一人称说话,是要将一切过渡性的部分全部弃去,让故事更纯粹。之所以将顺序打乱是想让读者看得真切而又不至于局限于故事。

不局限于故事就是追求故事的韵味。把故事的韵味用简单的方式传达出来,这就是意境叙事的特征。

贾平凹"意境叙事"实验的轨迹

如果意境叙事只是作为一个口号永远停留在理论层面,那么其意义就要大打折扣。值得称道的是贾平凹不但这样思考和张扬,而且通过他三十多年坚持不懈的实验为之奋斗。在这个过程中,贾平凹经历了很多失败和艰辛。正像有些评论者所指出,他的小说中包含着很多悖论,看起来简单,真正要操作或者把这些悖论统一起来却很困难。

令我讶异的是,贾平凹一直想在自己的写作中将一个悖论统一起来:他是公认的当代最具有传统文人意识的作家之一,可他作品内部的精神指向却不但不传统,而且还深具现代意识。他的作品都有很写实的面貌,都有很丰富的事实、经验和细节,但同时,他又没有停留在事实和经验的层面上,而是由此构筑起了一个广阔的意蕴空间,来伸张自己的写作理想。[1]

---

[1] 谢有顺:《贾平凹的写作伦理》,载《西安建筑科技大学学报》2009年第4期。

贾平凹对意境内涵的认识经历了由模糊而逐渐明朗的过程，他的叙事理论与实践呈现出"白描传神""以实写虚""意象叙事""意境叙事"四个阶段，在这个过程中，他关于意境叙事的很多概念和提法不断在变化、更新。

1982年，在《卧虎说》中，他首次觉悟到，"以中国传统美的表现方法，真实地表达现代中国人的生活和情绪，这是我追求的东西。但是，实践却是那么艰难，每走一步，犹如乡下人挑了鸡蛋进闹市，前虑后顾，唯恐有了不慎，以至怀疑到了自己的脚步和力量。终于有幸见到了卧虎，我明白了"。明白了什么呢？这就是"卧虎"给他的启示："重精神，重情感，重整体，重气韵，具体而单一，抽象而丰富，正是我求之而苦不能的啊！""我知道，一个人的文风和性格统一了，才能写得得心应手；一个地方的文风和风尚统一了，才能写得入情入味。"尽管在这个时候，贾平凹没有明确地意识到这就是意境叙事的发轫，但现在回过头去看，它们实在是一脉相承的。其中还有很多具体的环节需要他慢慢揣摩和探索，所以这个时期只标志着贾平凹小说创作民族化意识的觉醒。

如何达到这种具体与抽象、单一和丰富的目标，贾平凹只是有了感觉，即像浮雕"卧虎"的手法一样，寥寥几笔却能传神。他把这种思维和方法称为"中国传统美的表现方法"，可以用"白描传神"来表示。这里潜藏着很多问题：小说怎么才能做到传神？如何才能使文风和性格统一？他所说的风尚是流行的时髦还是世界大师的境界？

在这之后，贾平凹发表了《鸡窝洼的人家》《腊月·正月》《小月前本》，出版了他的第一部长篇《浮躁》。虽然这些小说都受到了好评，但是它们的创作思维和套路似乎与他的追求不相协调。因为这些作品正是"五四"以后流行的现实主义思维，西化的味道太浓。于是，1986年《浮躁》刚刚写就，贾平凹就马上宣布他从此再也不愿用这种方法来写作了。

改弦易辙，正式开始试验"卧虎"的写法，这就有了1989年发表的《太白山记》，他称之为"以实写虚"，这是贾平凹认为实现"抽象而丰富"境界的一条新途径，不过，改"卧虎"的"以简求复"的套路为"以密达丰"。这种"以实写虚"的写法直接反对的就是"五四"以来或者《浮躁》等小说坚持的西方的"以虚写实"。显然，在贾平凹看来，传统的西方路子不通，但问题是"以实写虚"是否是中国传统的写法呢？

金吐双实为贾平凹的化名，在《〈太白山记〉阅读密码》中他说："形式之所以有意味,是思维上的变化。《太白山记》却是反其道而行,它是以实写虚,将人之潜意识变成实体写出而它的好处不但变化诡秘,更产生一种人之复杂的真实。气功的学说里有意念取物,观者看到的是物在移取,而物之移取全在于意念作用,《太白山记》正是这种气功的思维法。"①气功思维就是中国独有的神秘思维方式。在这里,"虚"指人的潜意识;"实"的解释还很模糊,好像是一种真实的描写或者一种杜撰的真实情景。

《废都》的实验恰恰深化了贾平凹对"实"的觉悟。"实"成为小说中的故事或事实。不过这个事实是一种特别的事实:"依我在四十岁的觉悟,如果文章是千古的事——文章并不是谁要怎么写就可以怎么写的——它是一段故事,属天地间早有了的,只是有没有宿命可得到。"②《废都》之所以引起了中国文坛的大地震,创造了中国文学史上前无古人后无来者的轰动效应,其创作秘诀正在于贾平凹觉悟到一个"天地间早有了的"故事——人类对性的迷恋和矛盾。但是这部小说同时引起了很大的争议,我指的是关于其艺术价值的争议,可以说,《废都》在"实"的内涵上获得了成功,可是由于对"实"的处理出现了某些错位,从而引起了读者的误读。

《白夜》写完后,他在后记中首次提出了自己的小说观念:"小说是一种说话,说一段故事。"这种观点其实是对"以实写虚"中"实"的含义的全面而完整的描述,也是对《废都》教训的矫正。如果说,《废都》强调了小说的"实"的内涵,那么《白夜》就进一步明确了"实"的形式:"真诚而平常地说话,说大家都明白的话。就像对着家人或亲朋好友提说一段往事。"

写作《高老庄》时期,贾平凹更加意识到"新的小说实验"的艰难:"我在缓慢地、步步为营地推动着我的战车,不管其中有过多少困难,受过多少热讽冷刺甚或误解和打击,我的好处是依然不调头地走。"③再次强调或明确"实"的形式:"原生态地写出生活的流动,行文越实越好"。实的内容为"意象",正式以"意象叙事"替换"以实写虚"的表述。并且在整个实验过程中,清醒地意识到自己在叙事上的最大失误是"形而上与形而下的结合部的工作还没有做好"。《高老庄》也确实存在这样的问题,尽管作者设计了很多"局部意象",如故乡

---

① 金吐双:《〈太白山记〉阅读密码》,载《上海文学》1989年第8期。
② 贾平凹:《废都》,北京出版社1993年版,第519页。
③ 贾平凹《高老庄》,太白文艺出版社1998年版,第415页。

的名字"高老庄"、主人公子路、西夏的名字、野人出没的"白云湫",包括具有通灵意识的石头等,但是这些局部意象缺乏整体感也不能与他的"虚"或境界——人类意识相通。

《怀念狼》的后记中,贾平凹对自己进行了十多年的小说实验做了简略的回顾,进一步探索《高老庄》中发现的"虚实结合不好"的问题:"十年前,我写过一组超短小说《太白山记》,第一回试图以实写虚,即把一种意识,以实景写出来,以后的十年里我热衷于意象,总想使小说有多义性或者使现实生活进入诗意,或者说如火对于焰,如珠玉对于宝气的形而下与形而上的结合。但我苦于寻不着出路,即便有了出路处理得是那么生硬甚或强加的痕迹明显,使原本的想法不能顺利地进入读者眼中心中,发生了忽略不管或严重的误解。《怀念狼》里,我再次做我的试验,局部的意象已不为我看重了,而是直接将情节处理成意象。"① 通过小说的写作,他觉悟到"越写得实,越生活化,越是虚,越具有意象",关于"虚"的特点,他含糊地意识到要讲求多义性或兴发性,但是究竟虚的内涵是什么,还没说清。

另外值得注意的是,他又一次提出了一个新的概念——"新汉语文学"。他说:"20世纪末,或许21世纪初,形式的探索仍可能是很流行的事,我的看法这种探索应建立于新汉语文学的基础上,汉语文学有着它的民族性,即独特于西方人的思维和美学。"② 究竟什么是"新汉语文学",他只点出民族性的思维特征,并没有做具体说明。

《病相报告》的出版正是对这两个问题的解答:"作品是武器或乐器,作者是战士或歌手,是中国汉民族文学的特点。"相对来说,西方现代文学"最主要的特点是分析人性",特别是"人性中的缺陷与丑恶","鲁迅好,好在有《阿Q正传》,是分析了人性的弱点"。在这里,贾平凹探索的主体发生了转向,民族性其实不是他要说的重点,因为这个问题也就是围绕"实"的表述,这个问题已经解决,现在的新困惑变成了"虚"的内涵,而关于西方现代文学特点的概括恰恰是贾平凹对"虚"的明朗化。他说:"我更觉得文学要究竟人的本身,人是有许许多多的弱点和缺陷的……"

他意识到:写人性的缺陷应该是他以后小说努力的方向,《病相报告》写

---

① 贾平凹《怀念狼》,作家出版社2000版,第270页。
② 贾平凹《怀念狼》,作家出版社2000版,第270页。

"爱情是一种病"正是出于这种考虑。不过我们不能这么简单地认识这个题旨，它其实不只谈爱情，还把爱情作为一种象征。人性有各种各样的弱点或特点。正是这个觉悟使他更进一步指出"小说的观念应该有所改变"[①]。

需要注意的是，贾平凹把人性的缺陷与民族的背景并置，这正是他探索了三十多年的命题："以实写虚"或"以中国传统的美的表现方法真实地表达现代中国人的生活与情绪"。也就是说，到此为止，他以为的"虚"或"现代人的情绪"就是人性的缺陷，"实"是中国汉民族的背景、思维、表现方法以及说话一样的真实的日常生活。

当"虚""实"的内涵和形式在认识层面完全解决以后，贾平凹的小说理论就开始从整体，即意境叙事角度言说了："我所感兴趣的是在中国民族背景下分析人的本身，即人性中的弱点和缺陷，这样的小说是简单的故事。必须有故事，但不在于故事本身，所以强调其简单。"[②]这里有两点需要注意：贾平凹一方面强调中国文学或作家面临的共同民族背景；另一方面指出了在小说意味层面要写人性的弱点。这两点恰恰是对"中西结合""虚实相生"的意境叙事范式的新的阐释。简单的故事是西方文学关于"实"的经验，"人性的缺陷"是世界文学大师关于"虚"的经验。这两点在中国文学中都能找到对应。但是，这个意识清醒得太晚，也太艰难了。

贾平凹分析中国当代作家落后的原因：一是年龄大的作家有这种意识的时间比较短而且只停留在意识到的层面没有去实践；二是一些年轻的作家虽容易接受新的东西往往又缺乏本民族的传统。他自我解剖："我当然在两方面都欠缺，只是在补课和试验。"

"西方的……生存经验即民主、自由，注意人，人的个性，同时，工业对人的异化，高科技使人产生的种种病相，等等。……他们的经验和我们的经验结合参照，我想应该是我们写作的内容……再是寻找一种语感……必须加入现代，改变思维，才能用现代的语言来发掘我们文化中的矿藏。现代意识的表现往往具有具象的、抽象的、意象的东西，更注重人的心理感受，讲究意味的形式，就需要去把握原始与现代的精神契合点，把握如何地去诠释传统。一部好的作品关键在于它从人心灵深处唤起了多少东西，不在乎读者看到了多少，在

[①] 贾平凹：《病相报告》，上海文艺出版社2002年版，第310页。
[②] 贾平凹：《病相报告》，上海文艺出版社2002年版，第310页。

乎使读者想起来多少。"①

　　这段话里对如何完成形而上与形而下的虚实结合,从中西文化的参照角度提出了具体的建议:不管是"虚"或"实"都要注意吸收中西方各自的优长而不是以往所说的"西虚中实";另外,还要有"语感"。语感很显然是从"新汉语"的角度去说的。在与韩鲁华关于《秦腔》的访谈中,他把这个意思说得很明确:"我的意思是在'五四'时期的基础上吸收更为鲜活的民族语言……就得把古文、'五四'时期的白话文、外文和民间话语结合起来。"②同时,他指出了这种叙事范式完全实现后的读者的兴发效果,会使读者想起很多。到这里,关于意境叙事的内涵,贾平凹可以说全部讲清楚了。

　　也正是在这种情况下,贾平凹着手创作了《秦腔》,企图以清风街这镜中花、水中月的"虚"来兴发故乡棣花街的"实",他把这种实的写法命名为"密实的流年式的叙写",把这种实的对象叫作"一堆鸡零狗碎的泼烦日子"。这部小说受到了高度评价,但中肯地说,评论界更多的是对其"流年式的叙写"给予了肯定和赞美,至于小说的"虚"其实是存在争议的。我个人觉得,从整体上,《秦腔》的"虚"与"实"结合得还算密附,但就是"虚"的人类意识或世界视野不够。

　　为此,《高兴》又开始倒腾。贾平凹听到很多读者包括专家对这种密实的写法有点不满,所谓读不下去,所以,他马上进行新的试验。这种倒腾就是要"故事特简单明白",当然"又要以故事和人物透射出整个社会"。由此可见,贾平凹的总体目标始终未变,不断变化的是意境叙事的最佳途径。《高兴》最终实现了阅读的轻快感,即让故事特简单明白,以简约写简单。然而,艺术总是存在悖论,故事简约了,"意义"也同时简单了。这当然就不是贾平凹的愿望了,他的本意是让简单的故事激发联想,意蕴丰富,使小说飞扬起来,但事与愿违。那么问题出在哪里?恐怕是"虚"的程度过于明朗和单纯。刘高兴这个人物与他的乐观态度这两方面的结合亦即虚实结合的密度不错,但意太简单就误导读者忽视了其他象征。

　　最后就到了《古炉》,贾平凹可以说吸取了以往多次试验、倒腾中的教训,终于找到了一个"意境故事"。在这里,虚与实已不是简单地相加而是虚中有

---

① 贾平凹:《病相报告》,上海文艺出版社2002年版,第310页。
② 韩鲁华主编:《〈秦腔〉大评》,作家出版社2006年版,第602页。

实或实在虚中的自然融洽。读者看到的故事既熟悉又简单，可是这个故事中潜藏着复杂的耐人琢磨的意蕴，而且这种意蕴的某些方面直接触及人类的共通话题，所谓人性的弱点。因此，贾平凹的意境叙事实验成功了。

贾平凹"意境叙事"的成功范例

借用贾平凹自己的话说，到了《古炉》创作期间，他才算是真正有了"宿命"，发现了一个"天地间早有了的"故事，所以也成就了他苦苦试验三十多年的小说梦想。不用说，这个故事一定是自成意境，也就是说这个故事既简单又潜藏着丰富的意味。的确，"文化大革命"作为意境叙事的内核再合适不过了，作者只需把这个故事完整地、活脱地加以讲述，必然产生辐射性的兴发效应。

《古炉》的意境描述起来非常容易，用一句话就可说明："文化大革命"展开过程中所集中引爆的人性恶。但是，《古炉》的韵味却值得我们反复咀嚼。我们可以说，"文化大革命"本身就是一个众恶共发的事件，也可以说群众的恶基因被诱发或无数个恶的累积导致了"文化大革命"的大恶。在这里，分析人性的恶之主观"情"与"文革"发动的客观"景"达到了完美的交融。

用贾平凹自己的概念来拆解这个意境，"文化大革命"是"实"，"人性恶的爆发"是"虚"；"实"完全是一个"天地间早有了的"故事，贾平凹终于抓住了这个"宿命"，故事中内含着复杂的、深远的人性话题——"虚"。"文化大革命"是中国现代史上一个巨大的、特殊的真实故事，是中国人用智慧、阴谋使凶斗狠的集中表演，是完全"东方的意象"；"人性的弱点"特别是众恶共发的情形在西方文学中一直是个热门的"抽象"话题；"文革"的叙写凸显了"中国的民族背景"，所谓中国人的政治情结；"说话"的小说观念深化了西方"让说者和听者交谈讨论的"说法。一句话，《古炉》的意境也做到了"虚实相生"。

需要指出的是，《古炉》这种"情景交融、虚实相生的形象系统"既实现了美学上"量"的"多样统一"，也达到了"质"的"难美"高度。"多样统一"包括"意象与抽象的融合""民族与世界的融合""传统与现代的融合"等；"难美"是指这种多样的融合并非符合逻辑的自然融合，而是违反逻辑的悖论融合。简单的自然融合比较容易，多样的悖论融合难度很大而且价值更高，就目前来说，小说家中能完全做到的屈指可数，贾平凹位列其中。

多样的悖论融合是指贾平凹既要坚持写实又要追求深远的寓意，既要保持传统又要有现代意识,既要民族化又要与世界接轨,种种这些既在理论上相互矛盾,又在实践上很难操作。可是,贾平凹通过三十多年的实验却找到了克服这些悖论的范式,这就是"意境叙事"。因为,意境是共时概念,叙事是历时的过程,因此,"意境"与"叙事"的概念组合同样成为一个悖论。如此,悖论借悖论来克服就成为一种必然也是唯一的选择。具体到《古炉》,主要有三点:

第一,选择形式简单而意味深长的事件——"文革",就做到了写实与高远的融合。正像我们前面所指出的,好的小说故事往往是简单的,简单让读者容易记住,也能启发读者的思考,但简单的故事中必须有蕴涵,简单不是故事内涵的简单明了而是外在形式的单纯和日常,即使日常也是人生的恒态。所以写出了日常就可能传达出永恒。贾平凹多次引用的海明威"面对永恒而没有永恒的场面"正是要指出:日常中有无限。但这种事件显然不是所有日常事件而是日常中的个别诗意事件。"必须有故事,但不在于故事本身,所以强调其简单。"贾平凹认为这种事件是可遇而不可求的,就"看作家有没有宿命得到"。这句话有点神秘,其实他要传达的正是这个事件的特殊性:"简单而复杂"或"事简意丰"。简单而复杂的事件本身就具有悖论性。

第二,坚持以日常琐事反映人类的共通意识。很多评论者说贾平凹是一个传统气息浓厚的作家,无论是他的古代文人的情调还是他的文学观念、他的文学语言都有士大夫的味道,可与此同时贾平凹的美学思想又很先锋,他的眼光一直紧盯着世界文学的潮流,他的文学目标是"奥林匹克",他一直在揣摩世界文学大师成功的规律,他找到了一条可以抵达世界文学顶峰的可行性途径,那就是:在日常中叙写人类意识。日常叙事是我国古代小说特别是《红楼梦》的传统,而复调叙述、人称变化是现代叙事的趋势。它们共同成为小说的表现方法,属于同一性质,融合不存在问题。

第三,在开阔的世界视野下完善民族化的小说范式。"民族化"是贾平凹几十年来倾尽心力探索的写作道路,到了《古炉》,这套拳路已经成熟、完备。概括起来有四个方面:整体的意境思维;日常琐事的描写对象;聊天式的叙事结构;现代口语中的雅言运用。"世界性"指全球作家共同拥有的人类意识和世界眼光。世界性是视野,民族化是方法,在范围上好像局部与整体不能兼顾,但在实质上并无矛盾。

《古炉》的意境必然在读者心目中产生无尽的兴发效果。"文化大革命"的叙事不只是让读者重温那段并不遥远的历史，更主要的是"唤起"读者对人性恶及其后果的反思。小说的整体意象是"古炉村的'文化大革命'的全过程"，但未尝不是中国'文革'的总体面貌，也许世界上所有的反动事件，如政治运动、战争、灾难等"大恶"莫不保持这种异质同构的特点。小说的整体抽象是揭示人性普遍存在的缺陷。套用列夫·托尔斯泰的句式：善是相似的，恶各有各的不同。《古炉》告诉我们：有一种恶，它的名字叫积怨。俗话说，众怒难犯，相应的，积怨难防。这种恶不是众人约定好的共同犯罪，而是长期积累不期然的大面积爆发，类似于近年来所说的"集体性突发事件"。这类事件起因往往是简单的一个民事口角，但结果往往成为一个大的政治变革。谁也不能确定，这种结果是某个个人所致。实际上，个人或具体的冲突只是一个导火索，炸药埋藏在所有参与者的心里。显然，这些推理和演绎都不在小说的文本之中而在文本之外，但又不是读者的牵强附会而是小说所选择、营造的意境自然引发的联想、想象。那么，这种"言有尽而意无穷"的"言外之意""味外之旨""弦外之音"不正是意境的兴发功能才可达到的效果吗？

面对《古炉》我们难道说，它只是中国20世纪60年代一场政治运动的回忆？显然，它有着更为多向的隐喻和象征，以上联想就是这种隐喻的部分描述。作者没有做任何的注释与引导，可有常识的读者都会产生这样的联想和想象，这也正是贾平凹多年来期待的小说"单一而丰富"的目标。成功的意境叙事并不要求面面俱到，所谓"意象和抽象"同时精彩，而是只要"意象"丰富，"抽象"就自在其中了。贾平凹说要"以实写虚"，根据我们的研究，把它表述为"以实蕴虚"恐怕更加准确。

有人可能会说，《古炉》中也大量地运用了意象，如"古炉""瓷""中山""朱夜两姓""薯屎""隐身衣""太岁""疥疮""石狮子"等，而且作者还很自觉，这难道不是"意象叙事"吗？的确，从表面上看是这样，但实际上《古炉》仅仅依靠这些意象是难以完成小说的整体使命的，因为独立存在的意象，就如散布在田野中的各色野花，虽摇曳多姿却互不相干。《古炉》中的意象之所以具有价值就是因为它们是一棵大树上自然生长出来的枝叶，是意境整体的有机构成。

贾平凹说："在我的意思里，古炉有中国的内涵在里头。中国这个英语词，以前在外国人眼里叫作瓷，与其说写这个古炉的村子，实际上想的是中国的事情，写中国的事情，因为瓷暗示的就是中国。而且把那个山叫作中山，也都是从中国这个角度整体出发进行思考的。写的是古炉，其实眼光想的是整个中国的情况。"在这里，贾平凹还是谦虚了点，应该说，他的眼光想的是整个世界、宇宙的情况更为准确。那个狗尿苔是外星人还是世界中的通灵一族？他怎么就能通过一种特殊的气味感知或预测生活中的灾难或不幸呢？是像蛇对地震的生物反应，还是人的一种超能力？生活中的未知领域很多，贾平凹很早就注意到并坚持记录和描写，这绝不是为了简单地浓化作品的神秘氛围，而是要探索宇宙的奥妙。

而村中朱姓和夜姓两族的名姓显然隐喻着红与黑的较量，他们各自成立的榔头队与红大刀队就是两个势不两立的组织。"薯屎"的比兴太高明了，这个情节既是迷糊精神崩溃后的错乱，也是两个小孩互相捉弄的游戏，更主要的是作者对派别斗争的荒诞、愚蠢的讽刺。不是榔头队战胜了红大刀队，也不是红大刀队击败了榔头队，而是解放军收拾了两派。谁"吃屎"了？都吃了。为什么要吃屎？是狗尿苔捉弄牛铃还是牛铃报复狗尿苔，抑或是有一只看不见的手在操纵着这一切？

隐身衣一般是自我保护的工具，但在一定情况下也会成为高智商者作恶的技巧，不管什么情况，前提都是相同的。那就是存在着一种对个体的生命和安全具有威胁与伤害的力量。这个力量是什么？在《古炉》中，那就是"成分论"。就是这个虚幻的但在那个年代非常重要的"公民证"给不少人造成了莫大的伤害与恐惧，使他们不但没有正常人的尊严，还要提防随时到来的打压、挤兑、排斥、批斗。所以，狗尿苔的人生理想很简单，他并不是首先考虑增长个子，免受奚落和屈辱，而是卸去自己头上那顶看不见的帽子。这个帽子使数以百万计像狗尿苔一样的"可教子女"蒙受了长达数年的人生冤屈，失去了多少正常人应有的发展机会，使他们的心灵受伤以至扭曲。守灯性格的变态就是典型，他本来是多么有才华的民间艺术家，青花瓷的工艺可能在他手里复活，可是没人给他机会，反倒处处打压，绝望的他最后走上了报复的道路。因此，隐身衣是他们最基本的人生需要，是保护自己生存的工具。这种极度压抑而又祈求保护的心理很自然地使我们联想到卡夫卡《变形记》中格里高利变作"甲虫"。如果说格里高利为了一个生存的职位在努力，狗尿苔则是为生命的尊严而奋斗。

不难发现，这些意象虽有各自具体的寓意，但是，它们又都指向一个中心，对人性恶或造成恶的根源等的多向阐发，所以说，贾平凹的《古炉》已经不是以往批评家们概括的意象叙事,而成为整体的意境叙事。两者的差别就在于"局部"与"整体":如果是依靠局部的意象来完成小说主旨"有"的传达,那就是意象叙事;而用整体的意象混沌地端出存在之"无",那就是意境叙事。这一点,在2000年《怀念狼》写完后,贾平凹就明确觉悟到了。"当写作以整体来作为意象而处理时,则需要具体的物事,也就是生活的流程来完成。"[1]遗憾的是,《怀念狼》没有实现这个意图,因为小说的"物事"或"生活的流程"带有相当的虚拟和象征意味。到了《古炉》,"生活的流程"才原原本本地、真切地得到呈现,这也正是《古炉》获得成功的关键所在。整体的意象不是借助人工的赋形,而是自然天成。"如果说,以前小说企图在一棵树上用水泥做它的某一枝干造型,那么,现在我一定是一棵树,就是一棵树。"[2]

三十年,对一个人的生命来说是一个不短的历程,对一个作家来说也许就是他的全部。而坚持三十年,始终不懈地探索中国小说的民族化范式,就更不容易了,这期间《废都》引发的轩然大波,曾经冲淡了读者对意境叙事的关注,若非《秦腔》的好评如潮,意境叙事的成功恐怕还得一段较长的时间,庆幸的是,《古炉》终于走完了这条漫长的民族小说范式的探索之旅。

(原载《文艺评论》2011年第11期)

---

[1] 贾平凹:《怀念狼》,作家出版社2000年版,第270页。
[2] 贾平凹:《怀念狼》,作家出版社2000年版,第271页。

比较视野
BIJIAO SHIYE

从"未庄"到"古炉村"

孙 郁

杜亚泉在论述游民文化的时候,看到了其在特定时期的破坏作用,认为游民"凡事皆倾于过激,喜破坏,常怀愤恨,视当世之人皆可恶,几无一不可杀者"。游民概念的引入,对理解中国史颇有参照价值。王学泰作《中国游民文化与中国社会》一书,亦多引用其观点作为参证,并因此涉猎鲁迅关于国民性问题的思路。晚清后的文人讨论流寇与暴民现象,不乏对历史轮回的忧虑,鲁迅在言及中国社会的衰败史时说,有两种力量对社会的破坏巨大,一是"寇盗式的破坏",二是"奴才式的破坏"。这两种力量给社会的洗劫或对民间风气的摧毁,在明清文人的笔记里都有记述。晚清民众已不大能够理解唐宋人的内心,那是专制下的统治尽毁前朝文明的缘故。辛亥革命前,章太炎、梁启超谈民风、民俗的重建,其实是有感于民间文化的单调,杜亚泉后来对游民文化负面因素的警惕,不是没有道理。

辛亥革命后,鲁迅作小说多篇,写乡下人的变化,涉猎的也有类似的问题。我们现在了解那时候的国民心理,《阿Q正传》《头发的故事》《风波》都是不可多得的感性资料。他笔下寂寞的乡间,诗意的存在寥寥,破败与灰色把人的世界罩住,一切如旧,民心几乎没有什么变化。阿Q的命运表面与辛亥时代的氛围有关,细看起来却是历史惯性的延续,那一切不过是游民存在的新式形态,只是罩上新的革命时代的词语罢了。

关于辛亥革命,鲁迅与周作人的言论都显得平平,不及章太炎、孙中山的思想那么系统。稍早于周氏兄弟的前辈,排满的思绪早已辐射在社会与学林,引发了世风的变动。周氏兄弟的笔,只是记录了那时候的感受,多形象的画面。即以鲁迅的小说而言,写的也不过陈年杂记,对那场革命对民间文化的影响,却力透纸背。革命刺激了社会阶层的变化,但对古老的乡下而言,竟是游民的狂欢,未庄的革命似闹剧,泛起的却是历史的沉渣。

"五四"那代人，对辛亥革命抱有敬意，但也对其未能改变国民的灵魂而无可奈何。阿Q式的革命，不过"我要什么就是什么"，是自我的膨胀。他借着社会的巨变，表达的还是那点可怜的夙愿，与美的心灵生活没有关系。愚弱的国民，在奴性十足的时代，要改变自身的时候，多是"奴变"的冲动，严重者如李逵的那种心理：杀到东京，夺了鸟位。最终还是奴才的样子。

辛亥之后，中国有抗日战争、国共内战、土改运动与"文革"，一个革命接着一个革命。变化不仅有文化的转向，重要的是乡下的民风，岁时、礼仪里的古风早已散如云烟，不见踪迹了。这个变化在20世纪80年代的小说里偶有涉猎，但都是社会学层面的表述，关乎世道人心者不多。人们对那段生活，似乎还不能加以历史化的处理。

鲁迅之后，小说家写到乡下生活，不自觉地延续着国民性审视的命题，阿Q相也时隐时现着。《爸爸爸》《陈奂生上城》都是，杂文家如邵燕祥、牧惠等也有鲁迅遗风。阎连科的《受活》早已含有对民众的无奈，反讽与盘诘中，有自痛之处。对比一下"五四人"的心态，上述作品总有些相似的地方，也可以说是鲁迅意象的折射。来读贾平凹的《古炉》，见其写陕西乡下的生活，也有意无意地延续了鲁迅的余脉，似乎是《阿Q正传》的另一种放大的版本。作者一改过去的体例，写实与梦幻相交，从乡土里打捞着历史的余绪，百年间乡村的人的苦乐之迹，于此历历在目矣。

《古炉》的笔法，是传奇式的，内涵比以往的乡土作品都要饱满，审美的维度也宏阔。鲁迅写《阿Q正传》，用的是旧小说的白描和夏目漱石式的讽刺手法，贾平凹则有古中国志怪与录异的味道了。他们都不是一本正经地叙述故事，人物是怪怪的。阿Q的形象是搞笑的，有旧戏小丑的一面，也多西洋幽默小说的痕迹，给人的整体印象是超然于社会的上帝的笔意。贾平凹则是另一番隐喻，好像找到了中国式的魔幻，对悲剧的理解厚重了。他们的反雅化的文本，对中国历史的解释有了另类的视角。

未庄作为一个意象，乃中国古老村镇的缩影。那里人的古音与俗调、主奴结构、非人道的生态，都是鲁迅的审美存在的外化。他以此为舞台，写人间的众生相：王胡、小D、假洋鬼子、赵太爷、老尼姑、吴妈等，乡村世界的一切都有隐含。未庄的革命是阿Q搞起来的，对村子里的上层与下层人都有触动。造反自然是大的买卖，自己的价值随之攀升，地主豪绅惶惶不可终日。但那革命则是利己的表演，转瞬间就被消灭掉了。鲁迅看到了游民文化心理的劣根性，对那样的造反有冷冷的嘲讽。阿Q走到街上高喊口号的样子颇为可笑，作者对这样的革命有着自己的警惕在——那是一场没有灵魂的造反，其实与游民的暴乱很是相似。鲁迅写到此处不惜用笑料为之，落了个反讽的效果。贾平凹也是这样，他也嘲笑，却用魔幻的手段。古炉村里的人生，是多样的，用作者的话说是让人爱恨交加。贾平凹说："烧制瓷器的那个古炉村子，是偏僻的，那里的山水清明，树木种类繁多，野兽活跃，六畜兴旺，而人虽然勤劳又擅长于技工，却极度地贫穷，正因为太贫穷了，他们落后，简陋，委琐，荒诞，残忍。"小说中许多片断，是人性恶的因素的显现，让我们觉得不像是人间。那些互斗中的杀戮，与晚明的"民变"无甚区别，也正印证了杜亚泉当年对农村社会的精妙之论。

若说《古炉》与《阿Q正传》有什么可互证的篇幅，那就是都写到了乡下人荒凉心灵下的造反。这造反都是现代的，自上而下的选择，百姓不过被动地卷入其间。贾平凹笔下的霸槽与鲁迅作品中的阿Q，震动了乡村的现实。当年鲁迅写阿Q，不过是展示奴才的卑怯，而贾平凹在古炉村显现的"文革"，则比阿Q的摧毁力大矣，真真是寇盗的洗劫。乡间文化因之而蒙羞，往昔残存的一点灵光也一点点消失了。这里有对乡下古风流失的痛心疾首，看似热闹的地方却有泪光的闪现。中国乡土本来有一种心理制衡的文明形态，元代以后，战乱中尽毁于火海，到了民国，只是微光一现了。《阿Q正传》的土谷祠、尼姑庵与《古炉》里的山神庙、窑场，乃乡土的精神湿地，可是在变动的时代已不复温润之调。到了60年代末，只剩下了蛮荒之所。中国的悲哀在于，流行文化中主奴的因素增多，乡野的野性的文明不得发达，精神之维日趋荒凉了。但那一点点慰藉百姓的古风也在"文革"里毁于内讧，其状惨不忍睹。中国已经没有真正意义的民间，确乎不是耸人听闻。从鲁迅到贾平凹，已深味其间的苦态。

霸槽这个形象，是农民造反者的化身。他的流氓气和领袖欲，潜伏在民间久矣。一旦环境变化，便显出大的威力来。《古炉》写到百姓对他的感受，是流寇的再现。他的造反，全无人性。先是烧书，毁掉文物，山门里的石刻、绘画、木雕没有幸免者。再是对异己者的酷刑，对弱小者的迫害。最后是全村卷入武斗之中，民不堪命的场景处处可见。在贾平凹看来，霸槽、开石、黄生生、秃子金等人，大概比阿Q更蛮横、无知和凶残。阿Q没有杀人的冲动，对古老的文明虽然无知，却无摧毁之意。而霸槽的选择是摧枯拉朽，一切旧的依存都烧掉砸掉，将历史置于空无之中。难怪村民说："狗日的霸槽是疯了，闹土匪啦！"

这样大规模书写乡村社会革命负面的作用，在小说中不多。中国社会的农民问题，是个根本的问题。农民与土地的关系，有历史的文化积淀。那个脆弱的环节一旦被瓦解，灾难就降临了。考察霸槽与阿Q的关系，前者野蛮，后者狡诈。阿Q的革命不过是改变自己的命运，没有做大官的欲望。霸槽就野性极了，希望有权力与位置，而且一身痞气。他说希望各村都有自己的丈母娘，乱世可以谋一官半职。"要是旧社会，就拉一杆枪上山"，"弄一个军长师长干干"。他戴着军帽，领着水皮在村里急匆匆"破四旧"的样子，与阿Q当年"我挥起钢鞭将你打"的神态，庶几近之。阿Q之举有些可笑，并不能主宰人们的命运，而霸槽等人则不仅下流，重要的在于改变了乡下的生态，那些神圣口号下的激进的选择，一度成为乡村的主旋律，这也是阿Q所办不到的伟业。

鲁迅对百姓哀其不幸、怒其不争的时候，文笔有肃杀的韵味，哀怨是深藏在句式里的。也因此，背景一片冷色，他的笔下几乎没有温情的余晖。所以后来虽然加入"左联"，但对革命队伍新的主奴关系，不是没有警惕。贾平凹对此亦有体验，作为"文革"的受害者，其内心是苦楚的。不过随着年龄的递增，反倒消解了个体的恩怨，能以苍冷的笔墨反观那些无奈的存在，含义则斑斓多姿，有神意的幻影在。《阿Q正传》的背景是灰暗模糊的，儒道释的因素似乎是游移不定的。《古炉》则多是聊斋式的遗响，人与神鬼、上苍之间的对白都映现于此。他们画了一个苍老的古村，看到了民众的灵魂，比如无我、自欺、自恋和奴性。从这两个村子的对比里，我们看到了底色互相关联的部分。

无疑，现当代文学中是有鲁迅的传统的。台静农、许钦文、聂绀弩都带有鲁迅之风，莫言、张承志、刘恒的鲁迅语境也是深的。贾平凹得其一点，又自寻路径，后来形成了另一种风格。不过中国作家的宿命在于，一旦深入社会的母题，鲁迅的影子便时隐时现。这是一个民族的关口，我们一直没有迈出去。贾平凹不再满足于鲁迅的肃杀，却多了哀凉后的禅意。在人鬼之间、天地之间与生死之间，筑一精神的园地，替那些已死未死的灵魂苦苦地超度。凄凉的乡村生活因了这样的笔触，拥有了一种新造的美色。但是我们细心品查就会发现，他在远离了鲁迅的地方，却与鲁迅的苦境相遇了。

《古炉》的人物众多，涉猎问题亦杂。这是一部寓言式的新作。小说对"文革"乡下的描摹，写实与魔幻相见，怪诞和实景为伍。大凡经历了那样的生活的人，读之都有呼应的地方，仿佛也是我们这个年龄的人相同经验的释放，没有做作的痕迹。作者写人事之危，夹着乡情，悲情流溢不已。最纯粹的人性与最黑暗的欲望的碰撞，指示着我们民族的隐痛。狗尿苔是个善良可爱而长不大的丑孩，这个形象在过去很少看到。可以说是继阿Q、陈奂生、丙崽后又一个闪光的人物。一个可以通天地、晤鬼魂的小人物，夹缠在紧张的革命时代里。他的童真的视角映现着现实的悖谬，也有泛神精神提供的逃逸之所。在《阿Q正传》里我们看到了鲁迅的无望的喘息，《古炉》在极为惨烈中给我们带来的是黑白的对比，乡下人善良的根性使古炉村还保留着让人留念的一隅。

阿Q相在《古炉》里一再显现，是作者与鲁迅暗通的地方。狗尿苔在两个对立的造反派之间的游弋，在他是一种节日般的满足。悲剧前的喧闹，竟给孩子以快慰，作者写于此处，一定是哀凉的。派性斗争、偶像崇拜、从众心理，把乡下人的心搅乱了。小说结尾处，写到枪毙人时的场景，人血馒头的章节，岂不是鲁迅记忆的再现？一方面是看客的眼光，一方面乃李逵式的革命的表演，在霸槽这类人物那里，李自成、洪秀全的影子也未尝没有。中国社会的造反与革命，一旦在民间展开，留下的是更为惊人的荒漠。而那境况下的民众，是无法摆脱看客的宿命的。

不过贾平凹绕过了鲁迅式的隐喻，他大概不愿意像鲁迅那样决然，心中还存有一丝幻影。鲁迅在未庄写到了人心的荒漠，小民是没有一点存活的曙色的。即便写到迎神赛会的背景，却不深谈那里的意象与人的灵魂的关系。在鲁迅看来，古老的图腾对愚弱者是无力的存在。《古炉》在情感的底色里有着精神的谶纬式的涌动，作者似乎喜欢对图腾的寻找。作者不惜在最血色的恐怖里，安排了乡下文明的象征者——善人。这个人物写得颇为传神，他身在乡下，对天文地理、世道人心，都有精微的道理，像古炉历史的见证者，精神透明而灿烂。善人的精神是维系古炉村精神生活的一个脉息，在其身上甚至有种佛老的意味，不妨说也有巫祝的遗风。布道、行善，诗文与医道皆通，乃古中国文化的象征。贾平凹这样写他，大概心存一种梦想。那就是在乡下文化中，图腾和周易的传统不可以迷信视之，它们维系着山乡脆弱的文明。连这样的存在都消失的话，中国乡村的命运真的就万劫难复了。《古炉》写到善人对噩运的态度，写施爱之举，都揪动人心。善人临终前，说唯有狗尿苔可以救村民，其语真是庄子之声。我读到此处，觉出贾平凹的苦心，他在其间布满了自己的期许。在最残忍的画面里，还有温润的梦想在，与巴金的《海底梦》《雾》里的温柔的憧憬颇为相似。只是前者过多文人的乌托邦气，后者则有古老道义的回响。

在贾平凹笔下，功利之徒都听不到上苍的声音，唯有那些内心宁静者才可以与神灵对语。蚕婆、狗尿苔、善人，在山水与花鸟间可以翩然游走，乃自由的存在。而被世俗欲望缠绕的人，目光里没有颜色。鲁迅笔下的乡民多是麻木者，快慰者极少。贾平凹却在内心保留了一块圣地。他在丑陋之地看流云之美，于污浊里得莲花之妙。这样的美学意念，给人以微末的希冀。作者不忍将小说变为荒凉之所，少的也自然是鲁迅的残酷。小说以怪诞和梦幻的美来对抗苦涩的记忆，也恰恰看出了作者的一个苦梦。

关于中国乡村的生态，梁漱溟、周作人、费孝通等人都有各样的描述。不过他们都还是学理式的。作家中沈从文是个例外，他以原生态的民风嘲笑都市文明，文字里是生命意志的闪动。而贾平凹则是周易与巫祝式的玄想，比沈从文更为复杂和多致。他让一个怪人与花鸟草虫对话，和动物互感，万物有灵，人亦神仙。在人祸不止的革命年代，那些无用的小人物，却得以与上苍自然互往，乃乡下性灵不死的象征。此乃中土哲学的延伸，我们在此读到了菩萨心肠。宇宙广茫而幽复，凡人的喜乐又何关焉？在无数冤魂野鬼之间，总有明烛闪耀着，照着俗世的苍白。贾平凹不再像先前那样灰色中有宁静，而是有了神灵护法的冲动。在没有宗教的地方，呈现了他信仰的天空。善人的心在黑夜的闪动，给无望的古炉村以活的姿态。

这不能不让读者浮想联翩，好似看到了审美的另一扇门的敞开。自从蒲松龄的人狐之变大行其道，我们不太容易超出他的范式。汪曾祺晚年写了系列聊斋式的笔记小说，总体不出其格。但到了贾平凹那里，一个全新的审美意象出现了。鲁迅小说的背后有一股鬼气，那大概是儒道释的怪影，不涉自然性灵。在贾平凹那里，人与鬼，与神，与草木、鸡狗牛羊，都有心灵互感。枯燥的山野间，万物可以舞之蹈之。狗尿苔在一个灰色时代的位置，比阿Q多了精神的善意的幻境。这个残疾丑陋的小孩子，不乏童心的暖色。读者从他和几个可爱的人物中还能够感到乡村社会隐性的美。古炉村比未庄要苍老许多，神秘的地方一点不逊于江南乡下的古风。较之未庄，少了含蓄与雅致，可是多了不是宗教的宗教，不是谣俗的谣俗。这个人造的幻影，也许是作者精神逃逸的象征。他的确不愿意单一地停留在鲁迅式的黑暗里，把一个缥缈的梦拿来，不过是一种苦涩的笑，自我的安慰也是有的吧。

  应该说，这是作者对乡土文明丧失的一种诗意的拯救。鲁迅当年靠自己的呐喊独自歌咏，以生命的灿烂之躯对着荒凉，他自己就是一片绿洲。贾平凹不是斗士，他的绿洲是在自己与他者的对话里共同完成的。鲁迅在抉心自食里完成自我，贾平凹只有回到故土的神怪的世界才伸展出自由。《古炉》还原了乡下革命的荒诞性，但念念不忘的是对失去的灵魂的善意的寻找。近百年间，中国最缺失的是心性之学的训练，那些自塑己心的道德操守统统丧失了。马一浮当年就深感心性失落的可怖，强调内省的温清的训练。但流行的思潮后来与游民的破坏汇为潮流，中国的乡村便不复有田园与牧歌了。革命是百年间的一个主题，其势滚滚而来，不可阻挡，那自然有历史的必然。但革命后的乡村却不及先前有人性的温存，则无论如何是件可哀的事。后来的"文革"流于残酷的人性摧毁，是鲁迅也未尝料到的。《古炉》的杰出之处，乃写出了乡村文化的式微，革命如何荡涤了人性的绿地。在一个荒芜之所，贾平凹靠着自己生命的温度，暖化了记忆的寒夜。

  从未庄到古炉村，仅半个世纪。我们从中得到的启示岂能以文字记之？阿Q的子孙，代代相传，还快活地存活在我们的世间。贾平凹无意去走鲁迅的路，他们气质与学问都各自不同，情怀亦存差异。可是我们读他们的书，总有一种联想，似乎大家还在阿Q的路上。一面自欺，一面欺人，有时不免残存着"寇盗式的破坏"和"奴才式的破坏"。倘若我们还不摆脱这样的窘况，那连先前的未庄、古炉村也不易找到了。

（原载《读书》2011年第6期）

历史深处的花开，余香犹在？

——《古炉》读札

金 理

一、生活之流

有时候难免会遭遇一些——借毛姆的话说——"对文学研究者来说是重要的"，"很需要有点毅力也需要花一番功夫"的小说作品，"读它多半是出于一种责任心，坚持读完后，才不由得松了口气"，"但我没法从心底里说，我读这本书是种享受"。① 最初掂量着《古炉》单行本的厚重时，很担心会面临毛姆所说的冗长而乏味的阅读之旅。幸好《古炉》不在此列。

写的是"文化大革命"，一个我们理应去触碰的题材。之前的伤痕小说在激情控诉浩劫时有掩饰不住的概念化、粗浅化，此后若干"反思"作品迫切于对历史和现实作道德与政治的裁决，寻根文学每每以原始自然、淳朴美德来抚慰社会与人生的挫折。然而总体来说，面对"文化大革命"这样影响深远的历史事件，我们似乎缺乏巴尔扎克、左拉意义上的"小说的文革史"，通过细致入微而又波澜壮阔的社会风俗、世态人情的描写，来呈现时代动荡、政治权力的嬗变。

贾平凹书写"小说的文革史"的途径是师法自然的现实主义。② 这是延续自《秦腔》的写作技法。贾平凹在尝试这一技法时，心中肯定有不满、意图反拨的对象。雷达曾这样评价《艳阳天》："假若没有贯穿的动力线——阶级斗争，浩然是很难把生活夹袋中的各色人物吸摄到'东山坞'这口大坩埚中的，他的创作也很难从狭局走向浩阔；反过来看，由于这一贯串矛盾终究带着人为夸大的痕迹，处身矛盾漩涡的人物就又都在真实生命之上平添着各种观念化的光

---

① 毛姆：《毛姆读书心得》，刘文荣译，上海文汇出版社2011年版，第4页。
② 陈思和：《当代小说阅读五种》，复旦大学出版社2010年版，第93页。

晕。"①《艳阳天》代表着一种集束强光式的写作，为了集中光照、提高强度，不惜图解、观念化，而将更多自然状态的细节推到光圈之外的黑暗中。说到底受制于传统的现实主义文学观念，在贴近生活的同时要求解释生活，往往把生活本质化和意识形态化。贾平凹法自然的生活流试图反抗的正是以上对现实主义的机械看法。相反，对如下的观点，想必他有所会心："文学作品是由细节和变奏曲构成，而不是由主题和主旋律构成的——伟大的作品尤其如此。"②"在小说提供给我们的东西中，我们越是看到那'未经'重新安排的生活，我们就越感到自己在接触真理；我们越是看到那'已经'重新安排的生活，我们就越感到自己正被一种代用品、一种妥协和契约所敷衍。"③当然，贾平凹的现实主义也出于文学的虚构，无法做到让"'未经'重新安排的生活"彻底呈现。不过，集束强光式的写作与法自然的现实主义终究有所不同，后者尽量悬置意识形态和倾向性很强的主观判断，拆解掉我们在自然状态的生活流与抽象本质论之间用自以为是的逻辑搭建起来的联系脉络。比如，《古炉》第一百四十二页至第一百四十五页，不算长的篇幅，写暴雨，写雨势的凶猛及窑场上各色人等"乱了一锅粥"，然后是霸槽和支书老婆吵架，众人围观，接下来是狗尿苔等人偷偷吃肉……这一路写来，场景、人事、声色，每一笔都舍不得轻易放过，"总要披拂抚弄"，"随时随处加以爱抚"，一波未平一波又起，但转换之间又没有因果逻辑。其实生活本身难得环环紧凑，倒常常是有一搭没一搭，好比没有"行程的主脑，但除去了这些也就别无行程了"，生活之流也就这般"若无其事地流过去吹过去"——这几处意思借自周作人谈废名，用来评价《古炉》的行文倒也贴切："好像是一道流水，大约总是向东去朝宗于海，他流过的地方，凡有什么汉港湾曲，总得灌注潆洄一番，有什么岩石水草，总要披拂抚弄一下子才再往前去，这都不是他的行程的主脑，但除去了这些也就别无行程了。"④

---

① 雷达：《旧轨与新机的缠结》，见孙大佑、梁春水编《浩然研究专集》，百花文艺出版社1994年版，第214-215页。
② 杨鼎川：《1967狂乱的文学年代》，山东教育出版社1998年版，第109页。
③ 杨鼎川：《1967狂乱的文学年代》，山东教育出版社1998年版，第112页。
④ 周作人：《苦雨斋序跋文》，河北教育出版社2002年版，第111-112页。

二、历史认知：动因、特性、嵌入

贾平凹在后记里说，每年十几次地回故乡，墙头依稀还有当年的标语残迹，"有意不去看它"；曾经开过批斗会的小学校，"路过了偏不进去"；当年武斗中分属不同派别、如今满头白发的两个老汉，趔趔趄趄地相扶持着走路，"那场面很能感人"。甚至"有人指着三间歪歪斜斜的破房子，说那是当年吊打我父亲的那个造反派的家，我说：他还在吗？回答是：早死了，全家都死了。我说：哦，都死了。就匆匆离去"。这是现在中国人面对"文化大革命"时常取的态度：回避着、遗忘着、尽量不去触碰、"过去就让过去吧"……记忆真的就如此轻易地放过我们？前些日子看过一则报道：父亲在"文化大革命"中罹难，儿子在三十三年后刺杀了如今七十一岁、当年武斗中的杀父仇人。[①] 读《古炉》的时候，眼前常常浮现这位复仇者拔出剪刀的那一刹那，三十多年来，从童年到中年，他一直盘算着向那个不复存在的年代复仇。"只要人还活着，他必会有记忆"，贾平凹终于动笔"把我记忆写出来"。对于我这样的"80后"读者而言，《古炉》首先具有的是历史认知的价值。我很认同这样的说法：长篇小说应该凭借丰富的知性因素，即"客观的、历史的、物质的与知识的品质"[②]，来组成呈现其硬度的骨骼，这是长篇小说与短篇小说的一大区别，这提供了小说基本的说服力和作家对世界的观察能力。在《古炉》中，丰富的知性因素表现为贾平凹对"文革"如何嵌入乡村，"文革"在乡村发生的动因、特性的精细描绘。中国革命深深地植根于乡村之中，革命对乡村的进入、革命要获得乡村的支持，必须对乡村的观念习俗、伦理秩序以及深藏其中的乡土理想取一种尊重或妥协的态度。孟悦通过《白毛女》个案的分析揭示，地主黄世仁不仅作为阶级政治的敌人而存在，同时也作为"民间伦理秩序的敌人"而存在。在《古炉》中，善人代表着民间伦理秩序的传道者、维护者。有一回他给跟后说病，跟后表示不要听说教，"支书三天两头开会讲道理哩，党的道理社会主义的道理我听得耳朵生茧子了"。善人则答复说："我给你说人伦。"这里显示的，是秩序的伦常化。用这样的视野来观察，善人诊断"文革"的根源是"国家五行乱了"，学农工商官

---

① 周华蕾：《老男孩的复仇》，载《南方周末》2011年1月20日。
② 范小青、汪政：《灯火阑珊处——与〈赤脚医生万泉和〉有关与无关的对话》，载《西部·华语文学》2007年第5期。

纷纷扰扰，不各居其位，"走克运，国家元气准不足"。因与民间伦常相背离，善人判定了这场运动的反动性。"文化大革命"对民间伦理秩序的冒犯还体现在其加剧了村落共同体内部的分裂、散沙化。古炉村曾有过人际之间的合作、互惠、信任。比如有一段写道："开石说：你狗日的参加什么红大刀，你大病重的时候，我们也去看过，也帮过你种地，你倒和天布麻子来打我们？六开儿子说：你家盖房我帮过没帮过活……"类似例子想来不胜枚举。然而随着"文化大革命"的搅动，逐渐出现无组织化：干部不管事、"干活的人越来越少"。出现对峙的利益团体：小说第三十七节写到偷分牛肉一幕，显示出由支书、磨子、天布构成了利益共沾的集团，而霸槽那一派系，"参加的都是对支书、队长有意见的人"。以上几种原因交相纠缠，地方的分裂、散沙化让暴乱乘虚而入，而"文革"又进一步削弱了乡村社会内部的互信与凝聚。

山水清明的村落滋长出猜忌、对抗、武斗，贾平凹显然关注到了这一过程中个体性格的变异，尤其这一性格变异与突发事件互相推波助澜。"每一个个体除了具有某些惯常的精神状态之外，还具有一些变动不居的性格：前者一般说来，只要环境不发生变化，它就是稳定的；而后者则有各种各样的可能性，它往往由突发事件引起。"[①]当环境、传统、法律的约束被打破，正常情况下受到压抑的情感开始爆发，野蛮的原始本能、恶魔性被放纵（尤其体现在霸槽这种过去一直受压制、不得志的人身上），点燃了长期积淀在村落社会中的各种利益冲突。在社会动荡的表象背后，贾平凹勾画了性格变异的诡谲波澜。土改、农业合作化、人民公社、"大跃进"、"文化大革命"……无不试图渗透到乡村生产与生活过程的每一个环节中去。这一场场运动所造成的乡村人物关系的重组，尤其是精神心理的变异、创伤（贾平凹所谓"历来被运动着，也有了运动的惯性"），应该成为文学深刻发掘的课题。

阶级斗争的系统理论、政党的修辞术语要降落并嵌入乡土日常生活中发生效力，必须借助村落社会中内生的小传统或方言俚语、习惯心理等地方形式。在《古炉》中，张书记走资派的身份与形象，超出了古炉村村民的认知范围，无从打动他们；真正引发大规模抵触情绪的，是张被检举揭发出贪污古炉村瓷货。在农村生活普遍贫困的年代，部分人的富足、分配中出现的不平均现象都会引

---

① 古斯塔夫·勒庞：《革命心理学》，佟德志、刘训练译，吉林人民出版社2004年版，第51页。

起人们的不满;"在农业生产资料归集体所有并实行农业集体经营的年代,农民特别愤恨少数干部利用权力侵吞集体财产的行为"[1]。正是借助了这一习惯心理,借助对"有朝一日古炉村就被他们挖空了"的敏感与恐惧,霸槽在村民中打开了扳倒支书的缺口。"霸槽说:你送瓷货才连任了支书吧?霸槽这么一说,院子里的人就沉不住气了,支书平日是个老虎,批评过这个也训斥过那个,只说他是支书哩,代表了党,要给村人谋利益哩,没想咱都穷得叮咣响,他却把瓷货那么大方地送别人,给别人送了黑食才连任了支书呀!所以,迷糊一喊:打倒贪污犯朱大柜!也都跟着喊:打倒!打倒!"上述对地方形式的"借助",或许正是"革命"发生的真相之一。政治运动的主张并不可能彻底替代农民自己对"敌人"的确认逻辑,"在一个地方革命刚刚开启的时候",当政治运动上层发动者的标准与农民自身固有的标准不一致,或运动的旨求超乎农民的认知范围时,前者的标准与旨求,"在实践中大多还是无形之中迁就于革命农民的情感和利益考虑,转而尽量寻找与农民有关'敌人'的叙述结构相吻合的对象作为革命组织的'敌人'"[2]。这一"寻找"过程,正为霸槽之类蠢蠢欲动者大开方便之门,这也是"文化大革命"的最终目标与民间欲望之间、上层权力集团的意识形态与下层民众社会之间发生关联的途径之一。所以我们也发现,《古炉》中那些看似散乱一地的日常细节,无不密密麻麻地牵连着村民们的"情感和利益考虑",诸如邻里冲突、不同姓氏不同家庭之间的摩擦、本地人与外来人的宿怨等等,即刻又草蛇灰线般汇聚在一起,共同扭结成"文化大革命"暴乱在乡村中点燃的导火索。《古炉》写"文化大革命"在基层的发生,我以为其中最精彩也最能体现作家识见的地方正在于,贾平凹没有遵循"外部"世界冲突、高层权力斗争"直线侵入"原本宁静村落的习见图式,该图式中深藏着一种巨大的断裂感——"文化大革命"之前的社会、生活与"文化大革命"开始之间的断裂。其实在灾难过后,人们的创伤记忆中总不免有这样的断裂感,将灾难发生看作巨大的断裂,看作"他者"的罪行对"无辜"的"我"公正、美好生活的打断。这里未经省察的是:灾难是从天而降的吗?"我"能自外于灾难发生吗?之前的生活中是不是也存在不那么公正、不那么美好的事物呢?贾平凹的高明之处在于,

---

[1] 张乐天:《告别理想:人民公社制度研究》,上海人民出版社2005年版,第139页。
[2] 陈德军:《乡村社会中的革命: 组织、敌人与控制》,见《近代中国的乡村社会》,上海古籍出版社2005年版,第155页。

以大篇幅、流水账的笔法来铺陈"文化大革命"前那些看似鸡零狗碎的冲突、摩擦、宿怨。对于古炉村而言,"外部"世界确实提供了导火索,但为这导火索堆积起可燃物的,正是平静表面下长期积聚的利益纠纷、村落内部关系秩序中的不平衡,以及这一不平衡对人性的潜在扭曲。

三、各人在水里扑腾

贾平凹很自信,"我观察到了'文革'怎样在一个乡间的小村子里发生的,如果'文革'之火不是从中国社会的最底层点起,那中国社会的最底层却怎样使火一点就燃?"[①]《古炉》要呈现的正是:历史性事件如何降落到乡村家常世界里;不同利益代表者如何各怀心事又集体投入浩劫中;以远大革命为目标的框架体系,如何与农民深陷其中的对当下生活的即刻关注,尤其是他们的"情感和利益考虑"发生耦合。但这种呈现并不只服务于历史认识论,其自身是一种文学的形式,这两者在《古炉》中有着浑然的融合。比如上文提及的那些生活之流中密布的细节,往往埋伏着"文化大革命"发生的导火索。而就文学来说,看似散乱一地的细节,倒也并非"细节肥大症""一摊泥塌在地上"而"就事说事"。其实只要是日常的、出自作家的真切感受的,便是自然的、真实的,这样的细节哪怕鸡零狗碎,也多少暗藏着时代剧变的信息。《秦腔》《古炉》能够将日常生活细节和历史、社会生活的真实贯通起来。

《古炉》对"文化大革命"历史的揭示,是通过师法自然的现实主义、形散神聚的细节展现、众多人物形象的塑造等文学语言的中介来呈现的。说到小说中的人物,让人过目难忘的首先是霸槽。从人物形象而言,他可被看成混混、痞子一类,平日里无所事事在村里游逛,时间、精力和兴趣并不被土地劳作完全束缚,在特定时期利用了混乱的群众心理,煽风点火,进而激起群体暴力行为。但霸槽也能被归入"革命盗火者"的形象谱系:未成家立业的青壮年农民,富于反抗精神,平素对地方上的领袖人物(如支书)多有抵触,由于外来者(黄生生)的动员,甚或离开村庄到外面受到熏陶,再回乡建立组织(榔头队),点燃"革命之火"。从性格来说,霸槽与周遭守旧静态的乡村世界格格不入,他身上似乎总蓬勃着一种不可遏抑的生命力(村民们都觉得霸槽"厉害")。这种

---

① 贾平凹:《古炉·后记》,载《东吴学术》2010年创刊号。

力量根植于人生命的原始冲动,有创造性,一旦爆发出来又对世界构成巨大的破坏,正是陈思和界定的"恶魔性因素"。霸槽身上具备既邪恶又有正义感的一面,比如与村民相比,他能更公平、亲和地对待狗尿苔。霸槽和支书及天布的争斗,很容易被写成路线政策或人格品质的冲突,《古炉》中却借人物之口一再表示霸槽、支书是同一类人。政治的道德化、人物形象的脸谱化是很多反思"文化大革命"作品中根深蒂固的观念,然而止步于此恰恰限制了对历史反思的深度,也轻松放过了对这场政治灾难性质与根由的探寻。贾平凹拒绝作"道德归罪"。所谓"归罪"是指"依教会的教条或国家意识形态或其他什么预先就有的真理对个人生活作出或善或恶的判断,而不是理解这个人的生活"[①]。其实文学试图要做的正是展示、理解"这个人的生活":他心灵深处的委屈、遭遇压迫愈显反抗的生命冲动、恶魔性因素的爆发以及最终与此爆发一同被碾碎的过程……通过这样对复杂人物生命经历的具体展示,我们对历史的反思,就不是将霸槽定性为承担全部罪责的恶人,而是去追问:如何警惕每个人心中(而不是只有恶人心中)都可能潜存的恶魔性,社会如何发展才能为人性寻觅到健康舒展的空间。

一般来说,人物众多往往是小说写作的大忌,但也是考验作家笔力的标尺,那些塑造大规模人物群像而又"叙一百八人,人有其性情,人有其气质,人有其形状,人有其声口"者,大抵都是传世经典,比如《水浒传》《红楼梦》。《古炉》中出场的有名有姓的人物众多,初看给人头绪纷繁之感,但细思之下可能也藏有作家深意。泰纳曾宣称历史学家以样品为材料,处理的是类型,而非个体:"十八世纪的法国是什么?两千万人……两千万根交织构成了一张网的经纬线。这张有无数结节的大网,不是任何人靠记忆或想象能就其整体清楚地掌握得住的。说实话,我们能有的只是碎块断片……而史学家的唯一任务,就是把整张网恢复原状……幸好,古今无二致,社会包括了团体,各个团体由彼此相像的人组成。他们生在同样的状况中,由同样的教育所塑造,关切同样的利益,有同样的需要,同样的口味,同样的习俗,同样的文化,同样的生活基础。见到了其中一个人,无异于见到了他们每一个人。在每一种科学中,我们都是借选取来的样品而研究一类事物的。"[②]史学与文学在再现历史时各有专擅和怀

---

① 刘小枫:《沉重的肉身》,上海人民出版社1999年版,第158页。
② 贺照田主编:《并非自明的知识与思想》,吉林人民出版社2003年版,第355页。

抱：前者心无旁骛于"大网"的整体，这"不是任何人靠记忆或想象能就其整体清楚地掌握得住的"；后者恰与此相悖，它仔细打量"大网"的罅隙里每一处盘根错节的脉络，执着关注特定空间中的"每一个人"。尤其当遭禁忌的话题板结成统计学的数据、知识之后，密切关联着具体性、感官性、现场性的文学记忆如沸水融开坚冰，让单一的历史叙述变得复杂可感。掩藏在"公意"代码后的抽象的"人民""民众"往往成为限制反思深入甚或自我赦免的策略、借口，"抽象是记忆的最狂热的敌人。它杀死记忆。因为抽象鼓吹拉开距离并且常常赞许淡漠"①。而文学记忆由于其具体性、感官性、现场性注定了是同抽象相抗争的最好方式，它"逼迫我们去直面，而只有通过这种直面才可能真正把我们引入历史原初情境"②：特色时空中具体的人如何参与这场运动，他们的意愿、心态与行动，如何扭结成历史行进的力量，"古炉村的人们在'文化大革命'中有他们的小仇小恨，有他们的小利小益，有他们的小幻小想，各人在水里扑腾，却会使水波动，而波动大了，浪头就起"③。《古炉》精彩之处，正在于真切、精微地展现了各色人等带着其鲜活多样的性情、气质、形状，"在水里扑腾"的情形。只有写出原初情境才能产生惊心动魄的切身感：设若"我"身处其中，该如何选择？也只有这种扪心自问才能使我们明了：历史并非如烟远逝而与当下不发生具体关联的抽象存在，突发事件中的性格变异以及恶魔性因子，依然潜伏在我们身边，甚至就潜伏在你我心中。这需要时时刻刻加以警惕，避免悲剧重演。

勒庞曾这样描述"乌合之众"的心理特征：一方面，大众听凭感情的冲动而非理性的指引；另一方面，他们轻信领袖的煽动而将感情与意志全然交付。勒庞诚然是社会心理学的大师，但以上断言其实也有武断之处。"人民""大众"并非如铁板一块，倒是贾平凹的叙述，尤其是他坚持以"有名有姓"的方式赋予每个个体不同的表现和尽可能多的选择自由，让我们充分看到了民众的多层次和具体面貌。贾平凹既呈现了时势对人的控制、催逼与异化，也写出了紧急时刻人的"抗争的自由"。以《古炉》中蚕婆、狗尿苔、善人、葫芦媳妇、面鱼儿、土根老婆的表现来看，他们甘冒风险地作出趋善的选择。当然，这样的"抗争"是有限度的，但这些人确以实际行动昭示：即便在困难的境遇里，人还是可以

---

① 吴晓东：《从卡夫卡到昆德拉》，生活·读书·新知三联书店2003年版，第55页。
② 吴晓东：《从卡夫卡到昆德拉》，生活·读书·新知三联书店2003年版，第56页。
③ 贾平凹：《古炉·后记》，载《东吴学术》2010年创刊号。

选择的，而这样的选择，决定我们成为什么样的人。在霸槽、天布等"破坏性的大众行为"之外，我们看到了由上述人所代表的不被暴乱侵蚀的民间温情与伦理，这也是"文化大革命"后人心修复的起始与基础。

四、知，不知

狗尿苔是个什么样的人物？他卑贱，受各种人欺侮，但又不是阿Q，当善人死后被胖子作践时，他不顾自身弱小挺身而出。狗尿苔受尽委屈，完全可能像守灯一样趁暴乱来发泄旧恨宿怨，但他持守住善良本性，在缝隙中挣扎向上。小说中狗尿苔与善人关系亲密。"善人是宗教的，哲学的，他又不是宗教家和哲学家，他的学识和生存环境只能算是乡间智者，在人性爆发了恶的年代，他注定要失败的，但他毕竟疗救了一些村人，在进行着他力所能及的恢复、修补，维持着人伦道德，企图着社会的和谐和安稳。"[1]善人临终前特意"传书"给狗尿苔并且叮嘱其"村里好多人还得靠你哩"，也就意味着，善人的"宗教"和"哲学"，以及具备的"恢复""修补""维持"的能力将一并传授给狗尿苔，同时狗尿苔也声明："我给我婆说了，明年我一定也去上学。"以上几项合观表明：狗尿苔将学习现代文化知识，并延续乡间道德伦理的血脉，他似乎只是一个可怜的孩子，但也是天将降大任、不可或缺的人物。自然，狗尿苔身上流注着作者的认同感："狗尿苔会不会就是我呢？我喜欢着这个人物，他实在是太丑陋，太精怪，太委屈，他前无来处，后无落脚，如星外之客……狗尿苔和他的童话乐园，这正是古炉村山光水色的美丽中的美丽……我也恍惚了认定狗尿苔其实是一位天使。"[2]

韩少功在《爸爸爸》生死争战后唯独留下了丙崽，余华《活着》中一波又一波的风暴打击过后，剩下了孤老福贵和一头老牛。但在《古炉》描绘的浩劫之后，呈现的却是一个不乏乐观的历史主体，或者说，救赎的"天使"，站在"文化大革命"收束的当口，向历史未来的展开投去温情的一瞥。《古炉》的末了，尽管"风是跑遍了整个古炉村"，尽管"杏开怀里的孩子哇哇地哭"，贾平凹却刻意写到狗尿苔对花开的感悟："狗尿苔突然有个感觉，感觉山门下，碾盘和石磨那儿的牵牛花应该是开了。"与这个特殊人物对时代风气转换的惊人预见相对应，小说终章"春部"暗示着一个冬去春来、阴极阳复的时刻。贾平凹袭用了中

---

[1] 贾平凹：《古炉·后记》，载《东吴学术》2010年创刊号。
[2] 贾平凹：《古炉·后记》，载《东吴学术》2010年创刊号。

国古典小说中常见的"季节性的结构框架","随着天时的变换,人间热闹与凄凉的情景之间也发生相应的更迭"①。大千世界的荣枯盛衰交错流转而生生不息,现在,一个"春暖花开"的时刻降临了……

我以为,《古炉》不只是一次回忆之旅,某种程度上也是贾平凹"对治"《秦腔》中惶惑难安的当下生活的产物。也就是说,面对《秦腔》中无法可想的泼烦日子,于是后退,后退到一个众所认同、历史重启的"春天"——还记得"掀开新时期第一页"的作品里,刘心武借笔下人物的抒情么:"现在是一九七七年的春天,这是多么美好、多么幸福的春天啊。"无法找寻到对现实的合理解释,那么沉潜到历史记忆深处去求得抚慰,似乎也是自然而然的选择。有点像卢卡奇所谓通过赋予"过去"以意义、通过"对时间的浪漫遐思"来转换小说展示的"不和谐声音":"时间无止无息的流转能把每一个异质的碎片的棱角磨平,再把它们整合为同质的一体。虽然这个整体未必是理性的,或是能够给予清楚表达的,但是时间给混乱的生活带来秩序,给它一个自发繁荣的多样的有机生成的表象。"②当贾平凹面对现实生活中满地"异质的碎片"时,他潜入时间之流,将感情投注在记忆上,尽管这一记忆图景中有压抑、屈辱,甚至血腥、杀戮,但终究在曲终奏雅时提取出万象更新的"春"的时刻,借此重建"整体","给混乱的生活带来秩序"。

这种倒退、回溯,既抚平了现实的焦虑,又召唤出对未来的希望。这是"追忆"的力量还是妥协的"移情"?《黍离》中的一唱三叹"知我者谓我心忧,不知我者谓我何求",在独具慧眼的"知者"与懵然无知的"不知者"之间画出了一条界线,后者只看见一片青葱的黍子,而前者为湮灭的废墟及其衰败的历史而黯然神伤。③借用这个说法,凭借后见之明的"知",我们已然触目惊心于"旧的东西稀里哗啦地没了,像泼去的水,新的东西迟迟没再来,来了也抓不住,四面八方的风方向不定地吹",此时的"知者"还能闭上双眼、沉湎于记忆中,而强作天真的"不知者",去感受那青葱的黍子?

历史深处的牵牛花开,即便余香犹在,又是否能驱散现实颓败在人们心头

---

① 浦安迪:《浦安迪自选集》,刘倩等译,生活·读书·新知三联书店2011年版,第124-125页。
② 陈子善、罗岗主编:《丽娃河畔论文学》,华东师范大学出版社2006年版,第176-177页。
③ 宇文所安:《追忆》,郑学勤译,生活·读书·新知三联书店2004年版,第26-27页。

郁结的迷雾？我深信文学原该具有生机勃发的力量，然而从《古炉》结尾的温暖如春到《秦腔》中的无所适从，这已是既成的历史事实，此时在坚硬的现实逻辑面前，文学是逆流回返，抑或焕然而出另有一番作为？这是我读完《古炉》最大的困惑。也许，这已非小说的问题，而是我自身的问题吧。

（原载《当代作家评论》2011年第5期）

从现象学看《古炉》的人性内涵及其世界性

储兆文　赵　娜

贾平凹的《古炉》把"文革"融化在古炉村的生活里，极力回避主题先行的先验预设，让"文革"在小说的生活里自然长出，让人性在"文革"中自动表演。贾平凹力图拂去覆盖在"文革"上厚厚的意识形态灰尘，深潜到事件的根部——善恶无解的人性，以强大的写实功能，努力进行表象还原，回到事实本身。他无意于揭过去的伤疤、审判过去，他关心的不仅是古炉村或中国的灾难时代的现场，还有与人类的本性和普遍性紧密相连的人为灾难的发生机理。

现象学是20世纪一场规模宏大的世界性思潮。现象学的基本主张是：只谈论直接给予我们的东西，放弃一切偏见、成见、习惯看法，即放弃一切有关存在的判断，"回到事情本身"[①]。

现象学理论力主"悬隔"意义，"回到事情本身"，就是要最大限度地减少主观的干扰，因为现有的一切主观判定都是片面的、靠不住的，都是带着某种"遮蔽"的一孔之见。对于文学来说，现象学给我们的启示就是：最大限度地还原事实。我们不是不要意义，而是把意义留给未来的全知，全知只存在于未来。因为未来不能回到已发生的事实，而变形的事实，会让意义出错，还原的事实，意义会在未来自动呈现。存在主义作家有"意在言外"的共同特点，卡夫卡、萨特、加缪的作品都可以当作"寓言"来阅读，贾平凹的《古炉》也有必要当作"寓言"来阅读。寓言所扩充的是人的存在的普遍意义和境遇，而不是暂时的、局部的意义。

一

"文革"，这场波及中国每个角落、每个领域、每个阶层、每个人，持续十年

[①] 倪梁康：《现象学运动的基本意义——纪念现象学运动一百周年》，载《中国社会科学》2000年第4期。

的大事,其最初的燃点有哪些,其目的是什么,最后结出什么样的恶果,产生什么样的影响等,对这些问题,政治家、理论家、历史学家已经有诸多论说,文学艺术上也有诸多展示,但贾平凹的《古炉》无意于此,小说中几乎没有此方面的笔墨。以至于读者在阅读小说时,与此前看到的出版宣传或小说封面的提示语时("贾平凹首次直面20世纪60年代中国最大历史运动""十年浩劫,民族史诗"等)所产生的阅读期待之间有了很大的反差,甚至有人发出了贾平凹这部小说是不是在写"文革"的疑问。

"文革",是一个大事件;中国,是一个大题材;六十四万字的作品是一个大部头。贾平凹没有采取与之相适应的宏大叙事,而是依然沿袭他自《废都》《秦腔》以来的细密的写实风格,把叙述的边界牢固地限定在山高水远的偏僻的小山村,用一个古、远而小的村子,用没有炸点的细碎而混沌的生活,来承载"文革"这个大事件、中国这个大题材。

《古炉》极力回避主题先行的先验预设,这比《秦腔》进了一步,《秦腔》似乎没有完全做到这一点,《秦腔》似乎还留有主题先行的嫌疑。贾平凹《古炉》写"文革"所属意的是:"'文革'之火不是从中国社会的最底层点起,那中国社会的最底层却怎样使火一点就燃?"[①]

因此,《古炉》要写的是"瓷",却从"泥"写起。这样可以有效地避免用已成的"瓷"的解剖,来得出其质地坚硬的结论的弊端,而忽视坚硬的"瓷"是从柔软的"泥"而来的复杂过程。

贾平凹所写的古炉村的"文革",深嵌在古炉人的生活中,它一点一点地来,又一点一点地去,像种子一样,在冬里孕育,在春里开花,在夏里生长,在秋里结果,又在冬里死后而孕育。贾平凹要写的是古炉村的"文革",但他没有像大多数写"文革"题材的作者那样去剪裁素材,只保留与"文革"有关的生活。他所写的几乎是古炉村人们生活的全部,"文革"就像盐溶化在水里一样,融化在古炉村人的全部生活中。所以,小说的第一部分"冬部"里,我们几乎看不到"文革",在第二部分"春部"里,也只能隐约地看到"文革"的一些苗头,在后面的部分里,"文革"的分量才逐渐增加,但其他的生活内容还在继续铺写。

火能否燃,燃成什么样子,取决于柴的属性,如果点火者面对的是一堆阻

[①] 贾平凹:《古炉》,人民文学出版社2011年版,第604页。

燃的湿柴，火就很难燃烧起来；相反，如果点火者面对的是一堆易燃的干柴，那么火必一点就燃。同理，"文革"能否发动，发动成什么样子，取决于人的属性，即人性。贾平凹悠然地深潜到他熟悉并悟彻的生活里，深潜到大事件、大题材的根部。对于《古炉》来说，这个根部就是——人性。

人性，从来就不是抽象和孤立的存在，"文革"是中国的"文革"，《古炉》中的人性首先自然是中国人的人性，即国民性。人类历史上诸多疯狂的时代或事件，无论其发生时有怎样复杂的背景，但都无法遮蔽其背后深隐着的人性的善恶交错。

二

人性的善恶，正如世界的来历，至今依然无解。无论中外智者思辨得如何深邃，最终都难免陷入鸡生蛋、蛋生鸡的逻辑循环。但人类是具有反思自身能力的唯一物种，对自身禀性反思的冲动一刻也没有停止过。仅就中国而言，在春秋战国的动乱年代，关于人性善恶的争论便开始。

孟子的性善论和荀子的性恶论都只说明了人性的一面，而忽视了其复杂性。[①] 人性是使人之所以成为人的规定性，"性"是存在之所以"存在"的法则。人性是人存在的自然表现，但人又具有能动性，即能动本能，能动必然和目的与手段相连，目的与手段之间的复杂关系，造就了善与恶的分野，能动的发挥提供了无限广阔的活动空间，提供了可以创造辉煌的无限机遇，同时也为人犯下各种错误准备了形形色色的陷阱。

康德认为"人自身便是目的"，并将此作为他最高的实践原则。黑格尔宣称"各人是他自己命运的主宰者"，并在辨析他的自由观时说，"自由乃是于他物中发现自己的存在，自己依赖自己，自己决定自己的意思"。费尔巴哈要建立爱的宗教，认为"爱可以使人从中找到自己感情的满足，解开自己生命的谜，达到自己生命的终极目的"[②]……中西哲人对于人性的探索成果丰赡，而且从未停止。

探讨人性的目的在于：如何更好地解释、激发、引导、组织人类行为，如何更好地实现人类存在。

---

① 蔡陈聪：《孟、荀人性论比较及其当代意义》，载《云南社会科学》2003年第6期。
② 庄锡华：《人性、人道主义与二十世纪中国文艺理论》，载《学习与探索》1998年第1期。

"文革"是一场社会灾难，也是人性的灾难，在这个特定时空里，人性的复杂性和可能性得到了尽情的表演。灾难之后，只要人的生活还在延续，只要人的生存还需要意义，人类就必须"修补世界"[①]。"文革"后的"拨乱反正"以及文学领域出现的伤痕文学、反思文学、知青文学等都是灾难后"修补世界"的不同表现。但是，控诉和审判成了"文革"题材文学的主旋律，其背后所遵循的依然是延续了"文以载道"的社会政治的评判路线，其意义是重大的，也是不可或缺的。但其深刻性、现代性和世界性显然是不够的或缺乏的，尤其是对"文革"灾难在原本正常的普通人中何以"一点就燃"的根性的揭示几乎付诸阙如。

仅有控诉和审判而不从人性去揭示其产生的根由，容易导致一个不可自圆其说的悖谬，即被控诉和被审判者是灾难责任的承担者，灾难与控诉和审判者无关，而事实上，控诉和审判者也是"文革"的参与者，不管他是受害者、加害者，还是袖手旁观者。从这个意义上说，"文革"人人有份；从这个意义上说，控诉和审判的对象就是我们自己。正因为如此，巴金老人"文革"后对"文革"的随想是真诚和深邃的，受到人们的崇敬，体现了人性的光辉。

贾平凹把"文革"融化在古炉村的生活里，同时，"文革"又只是一个面具，面具背后活动着的是善恶无解的人性，是人性在社会关系中的表演。

"文革"已然发生，已然过去，甚至已然有了事后诸葛式的结论，但小说要再现"文革"，最大的真实就是还原"文革"。贾平凹已经不满足于通常意义上的还原，他试图要将这些"已然"从脑子里剔除，就当"文革"还没有发生，从土壤、空气、温度和水等写起，让"文革"在小说的生活里自然长出，让人性在"文革"中自然表演。这是《古炉》对"文革"书写的艺术刷新。

所以，对《古炉》中的人物，我们不能以今天的是非为是非，但这又往往是小说家和读者不由自主的思维惯性。贾平凹力图打破这种惯性，所以，《古炉》中的人物很难以完全的善恶来排队，但贾平凹的这种努力不一定能在读者那里得到响应。拿霸槽来说，贾平凹努力在还原一个人性的霸槽，"文革"对于霸槽来说，没有意识形态方面的自觉，他的所作所为都是他这个具体的人的本性的自然显现，以及他在那样的现实生态和文化生态中所形成的社会性的自然反应。从他自己来看，他做的一切都是他那样的人应该做的，杏开喜欢他，狗尿

[①] 徐贲：《见证文学的道德意义：反叛和"后灾难"共同人性》，载《文艺理论研究》2008年第2期。

苔不满他又羡慕他，甚至有点崇拜他，村子里的人怕他，有时又要依赖他，很多人都跟着他，黄生生、马部长需要他，等等。小说中其他人对霸槽的善恶是非的认定是混乱而矛盾的。但读者很容易以后来或今天的标准将他看作坏人、恶人。是的，最后霸槽被枪毙了，但他的对立面红大刀队的天布也被枪毙了。这是贾平凹跳出具体无解的善恶、超越到大善恶的智慧的处理，这本身也是真实的还原，是"文革"十年后能够结束的基础，但善恶在霸槽身上的纠结并没有结束，霸槽有了孩子，像霸槽这样的人依然生生不息地活在世界上。假如霸槽活在今天，他可能是一个腰缠万贯的企业家，或其他类似的成功者。这才是人性的真实而复杂之所在。

三

古炉村人对"文革"是茫然的，对运动的走向以及村中好坏是非的判断来自外在，而这些外在的消息只有指向、没有理由。信息的不对等造成一层对事件谜一般的遮蔽，没有人思考，也不可能思考，人们只是跟着走，并根据几乎跟运动没关系的村中已有的恩怨情仇行事。对于什么是走资派、为什么要打倒刘少奇拥护毛主席，他们不清楚也不问为什么，两派的对立是按姓氏划分的，两派都竞相高喊打倒刘少奇拥护毛主席，胜负在于谁的声音更高，并不存在你打倒的我就拥护的对立。水皮慌乱中喊错了口号，两派都认为他犯了大罪，要受惩罚，至于喊错了口号为什么有罪，水皮是有意的还是无意的，是真想拥护什么反对什么，还是他根本就不知道拥护的和反对的有什么不同，这些没有人会去辨别，甚至连想都不会想，水皮自己也是这样。因为这与古炉村本身的恩怨无关，对古炉人的利益没有伤害。对这些本来是运动的大是大非问题没人会去想。而对你家盖房子我帮过忙，你媳妇生不下娃我也去了，你曾少给我记了三分工，你借我二元钱没还这些小的积怨却记得分明、争得死活。《古炉》里写道，有一个人偷了邻居的钥匙，邻居怀疑是他的下一家偷的，于是他偷了下一家的钥匙，而下一家又偷了下下一家的……这样一家偷一家不断传递下去。本来村子里只是第一个偷钥匙的人是恶的始作俑者，结果全村都成了小偷。恶，就这样像传染病一样笼罩了全村，造成轩然大波。而除了第一个，后来的偷钥匙者，他们本不想作恶，他们是恶的受害者，最终却成了恶的加害者。"文革"及其灾难发生并扩散的机理，与此多么相似。

遮蔽是普遍存在的，人性的弱点很多来自遮蔽。人的认识总会受到遮蔽，有来自空间的，有来自时间的，有来自智力的，有来自情感的，有来自利益的，等等。这种遮蔽不仅古炉村人有，中国人有，世界人有，我们整个人类都有。总体来说，我们每一个人都是井底之蛙，因为我们每个人都受到各种各样的遮蔽，我们的认识总是有局限的。只是遮蔽的程度有不同，认识的高下有差别。"我们放不下心的是在我们身上，除了仁义理智信外，同时也有着魔鬼，而魔鬼强悍，最易于放纵。"[1]

文明的进步、人性的提升在于不断地"解蔽"。人类的一切努力在于达到人类的理想，理想之所以是理想，就在于它受到现存的种种蔽的限制，引导人类拆除来自自然的蔽，拆除来自人类自身的蔽，探索的路径就是要指向未来、指向理想的。

文学的世界性不在于题材或故事的世界性，而在于给人的感知和思考的内涵的世界性。《古炉》所写的"文革"是古炉村的"文革"，但给人的感知和思考超出了古炉村，它是具体而微的中国的"文革"。而具体"文革"虽是中国所独有的，但类似"文革"这样的事件却是世界共有的。

《古炉》写"文革"跳出了意识形态，不仅小说中人物的冲突不是意识形态上的冲突，而且作者对冲突也没有作意识形态上的评判，贾平凹所做的就是努力"回到事情本身"。

但"回到事情本身"是很难的，几乎是做不到的。小说中的事实总是主观的产物，但主观介入的程度是有差别的。贾平凹在《古炉》里最大限度地把自己隐藏，试图做到"以物观物"，事件自动演化，人物自我表现。贾平凹无与伦比的强大的写实功能，给他"回到事实本身"的努力提供了有力的支持。

许多在后来看来明晰的是非，在当时却是一笔糊涂账。现在，对于"文革"来说，从已然的结论去回溯当时的情景，从中找证据来讨伐它的阶段早已过去。那么，类似于"文革"的事件再次到来时，我们会不会重蹈覆辙呢？这是一个很难预测、很难给出肯定或否定结论的问题，正因为如此，未来没有答案，与其从已然的结论出发，不如从事件的根本出发，从人性出发。

马丁·波普说，人的存在不是孤独的自我，而是"我与你"的关系，个人

---

[1] 贾平凹：《古炉》，人民文学出版社2011年版，第605页。

所患之病，往往会成为集体之疫①。因此，个人的苦难有了集体的意义，中国的苦难也就有了世界的意义。从人性切入，从事件的根部切入，正是一切伟大作品具有世界性意义的根源之所在。"文革"灾难不仅是直接受到残害的个人的灾难，其造成的最深远、最持久的伤害是对共同人性的扭曲和败坏，是人类和他们的共同人性的灾难。贾平凹引领文学在人性与文明的路径上探寻，坚信灾难之后人类可以在共同人性的废墟上重新站立起来，其探索的意义是理想主义的，是指向未来、指向世界的。正是在这一点上，《古炉》体现了它的世界性意义。

(原载《文艺争鸣》2013 年 11 期》)

---

① 徐贲：《见证文学的道德意义：反叛和"后灾难"共同人性》，载《文艺理论研究》2008年第2期。

历史重建及历史叙事的困境

——基于《天香》《古炉》《四书》的观察

杨庆祥

经过20世纪叙事学和新历史主义学派的理论阐释后,历史与小说之间的界限变得越来越模糊。即使小说家努力通过"形式""修辞"等相对"文学化"的方式为小说的本体地位进行努力,但是几乎所有的小说家都不得不服从这样一种规则,即任何伟大的小说都指向一种历史。这并不是说小说就是历史的附庸,而是说,小说本身的宿命已经决定它必须与历史纠缠在一起,它从历史中起源,以历史为对象,最后创造历史并成为历史的一部分。也正因如此,我们发现一个很有意思的文学史现象,大凡对自己的写作有一定追求的作家,最后都会回到一种或朴素或芜杂的历史写作上来。这一现象在中国近年来的写作中得到了印证,在21世纪的第一个十年,中国第一线作家几乎都转向了一种广泛意义上的历史写作,莫言的《檀香刑》、张炜的《你在高原》、王安忆的《天香》、贾平凹的《古炉》、刘震云的《一句顶一万句》、阎连科的《四书》等等。这些长篇小说从不同的侧面切入中国的当代史、现代史和近代史,以文学的形式进行着一种"历史重建"的努力。我把这一长篇历史写作潮流看成是中国当代写作在20世纪90年代以后的一种极有意义的实践,它一方面从历时性的角度回应着整个当代文学史中"文学"与"历史"的症候性关联,更在共时性的层面暗示了中国当下历史的断层和历史观的分化。在这些出生于50年代、在中国堪称经典的作家身上,集中体现了这种历史重建的困境和历史观的病象。我固执地以为,在当下这个历史时刻,讨论这些作家写作的美学(文学)面向已经没有太多生产性意义,这些面向在这些作家的前期写作中早已一一呈现,并得到了广泛的关注。恰好是这些作家小说写作的历史面向——具体来说是这些作家的历史观——虽然也以不同的方式在其以往的写作中若隐若现,却一直没有得到有效的清理。这十年来的长篇历史叙事提供了一个集中的机会,作家集中地呈现了其对历史的认知和想象,批评家和读者也可以由此集中地对他们的历史观念进行观察、理解和批判。

所以,本文的重点不是文本的细读和美学的鉴赏,而是将小说视作历史观念的表达而追溯其内里的结构,我将以王安忆的《天香》、贾平凹的《古炉》和阎连科的《四书》为主要讨论对象,并不惮于坚持我的偏见。

一、细节与历史的景观化

首先从《天香》谈起。正如批评家所观察到的,王安忆的《天香》是以"物"为中心的,这种由"物"及"人",由文物制度而及社会历史的写作方式被认为是"物"的通观[①],王安忆正是试图通过这种对"物"的描写来展示上海的"前史"。这里非常值得讨论的是这些"历史文物"是如何进入小说写作中的。王安忆曾经自述其文本的发生学:"基本是写到哪查到哪。写到哪一节,临时抱佛脚,赶紧去查……其中那些杂七杂八的所谓'知识',当然要查证一些,让里面的人可以说嘴,不至太离谱,因生活经验限制,其实还是匮乏。"[②]古籍学者赵昌平也对此予以了印证:"因着古籍整理的训练,我粗粗留意了一下小说的资料来源,估计所涉旧籍不下三百之数。除作为一般修养的四部要籍外,尤可瞩目的是:由宋及明多种野史杂史,人怪科农各式笔记专著,文房针绣诸多专史谱录,府县山寺种种地乘方志,至于诗话词话,书史画史,花木虫鱼,清言清供,则触处可见;而于正史,常人不会留意的专志,如地理、河渠、选举、职官,乃至食货、五行,都有涉猎。"[③]有批评家据此指出"百科全书式小说的书写传统,是发现或创造知识的可能性,而不是去依循主流知识、正统知识、正确知识、真实知识甚或知识所为人规范的脑容量疆域,而是想象以及认识那疆域之外的洪荒。这一点,王安忆并没有多少体认,她只是很素朴地遇山开道,逢河搭桥,不会就补,不懂就问,错了就改。在她心里,小说家所需要的知识,就是主流知

---

① 张新颖:《中国当代文学中沈从文传统的回响——〈活着〉〈秦腔〉〈天香〉和这个传统的不同部分的对话》,载《南方文坛》2011年第6期。
② 王安忆、钟红明:《访问〈天香〉》,载《上海文学》2011年第3期。
③ 赵昌运:《天香·史感·诗境》,载《文汇报》2011年5月3日。

识、正统知识、正确知识、真实知识。"①在这位批评家看来，正是因为王安忆这种对待知识的态度，使得作者与"天香园"中的人、物的相知尚不够深。但他没有注意到的是，这种对待知识的考古学的态度恰好是王安忆保守的历史态度的体现。这种保守的历史态度让王安忆不停地"向后看"，从《长恨歌》到《天香》，从晚明时代的上海到殖民时代的上海，并以为在"过去"存在着一个"静态的""知识观念"式的历史场所——天香园就是这个历史场所最精致的隐喻之一——只需要某种小说家和学者的"精雕细琢"就可以还原"物"的真实面目。"求真"这种看似政治正确的历史叙事方式恰巧暴露了王安忆"所学愈实，所遇愈乖"的市民主义历史观。

张新颖敏锐地意识到了这种历史观念的局限性："但一物之微，何以支撑一部长篇的体量？这就得看对物的选择，对物表、物性、物理的认识，对物的创造者和创造行为的理解和想象，对物自身的发展历史和物的历史所关联的社会、时代的气象的把握，尤有甚者，对一物之兴关乎天地造化的感知。"②王安忆是否就如张新颖评价的做到了"一物之通，生机处处"③我们暂且不管，至少王安忆在《天香》中确实努力把作为历史之"实"的"物"予以"虚化"。请看下面两处细节描写：

> 小绸取出一锭，举到与眼睛平齐，衬着纱灯的光，说：看见不？有一层蓝，叫孔雀蓝，知道怎么来的？用靛草捣汁子浸染灯芯，点火熏烟，墨就凝蓝烟而成。……再取一锭。这一锭泛朱色，是以紫草浸成的灯芯。第三锭，是岩灰色，钢亮钢亮，内有铁质，一旦落纸，千年不变。可是，这香从哪里来？柯海还是不解。小绸再絮絮地告诉：其间有珍料，麝香、冰片、真珠、犀角、鸡白、藤黄、胆矾是说得出来的，还有多少说不出名目，早已经失传的！

> 接下来，闵女儿要辟丝了。那一根线，在旁人眼里，蛛丝

---

① 张诚若：《小说家自己的命运——读王安忆〈天香〉》，载《上海文化》2011年第4期。
② 张新颖：《中国当代文学中沈从文传统的回响——〈活着〉〈秦腔〉〈天香〉和这个传统的不同部分的对话》，载《南方文坛》2011年第6期。
③ 张新颖：《一物之通，生机处处——王安忆〈天香〉的几个层次》，载《当代作家评论》2011年第4期。

一般,看都看不真切。在闵女儿眼里,却是几股合一股,拧成的绳,针尖一点,就离开了。平素娘教的是一辟二,可小心里还觉得不够细巧,再要辟一辟,辟成三或者四,织得成蝉衣。这双手,花瓣似的,擎着针,引上线,举在光里瞧一瞧,一丝亮,是花芯里的晨露。

这两处细节描写一处写"墨",一处写"丝"。这两处描写有虚有实,确实有点"虚实相生"的味道。类似的这种细节描写在《天香》中比比皆是。如果仔细读来,我们会发现这"虚实"里面都透露着一种"假"——正如安吉拉·卡特所言,"正是这份精确格外让人不安,因为我们知道这是假的"[1]。这种"假"建立在"真"的基础之上,由此,王安忆在文本发生学中的"求真"走到了它的反面。这里完全没有道德上的臧否之意,"假"在这里与其说是一种写作学上的修辞,更不如说是一种不自觉的历史意识。与保守主义的历史态度相联系,我们会发现在《天香》中有另外一种看起来很时尚的、把历史景观化的趋向。"景观化"的概念来自法国哲学家德波,用来指"一种新的调控模式,它通过创造一个使人迷惑的影像世界和使人麻木的娱乐形式来安抚人民"[2]。我在这里借用这一概念来指王安忆在处理历史时的一种技术手段和意识形态。技术手段是指,她对于"物"的细节描摹实际上具有鲜明的影像化的特征,上面引用的两处细节描写与其说服务于语言的功能,不如说是服从于摄像镜头的功能。意识形态是指,通过这种对"物"的看似"求真""审美""无利害"的描写,满足了当下社会对于历史的消费渴求。其实早在《我爱比尔》《长恨歌》等出版以后,就有批评家指责王安忆把"日常生活的机械生存准则提升到存在本体论的地位,并以一种'东方奇观'的形态出现在读者的视野之中……构成一种对深受西方都市文明濡染的现代人(包括东方的与西方的)而言十分陌生的'东方情调',以及由这种'情调'而引起的沉浸和迷醉"[3]。只不过在《天香》里,这种"情调"更隐秘地以"知识考古"和"历史景观"的方式出现。正是因为这种"景观化"更加低调和技术化,其造成的效果也更加出神入化,"将自我彻底融合到它一直着力刻画的历史中去,并且根据其刻画的内容不断重新建构历史"。

---

[1] 安吉拉·卡特:《烟火》,严韵译,南京大学出版社2012年版,第32页。
[2] 居伊·德波:《景观社会评论》,梁虹译,广西师范大学出版社2007年版,第1页。
[3] 李静:《不冒险的旅程——论王安忆的写作困境》,载《当代作家评论》2003年第1期。

将"自我"让渡出去,醉心于历史的景观化书写,并在这种景观化中切断历史与当下之间的关联,这就是王安忆保守主义历史观在《天香》中的体现。张新颖认为王安忆的《天香》是沈从文传统在当代的回响之一,但我以为王安忆这种文化上的保守主义与沈从文有本质的区别,沈从文的文化观建立在"冲突"的基础之上,他以其自身的生命实感感受到了这种冲突的剧烈性和分裂性。在沈从文表面的"风景"中,蕴含着暴虐、残酷的历史内容,这是沈从文丰富性之所在。而王安忆对于历史的追溯,总带有一种身为局外人的冷酷,这不仅让她的作品缺乏"温度和热情",更让人觉得其历史观的暧昧和非自主性。在小说中,她也不过是借赵墨工之口道出了一个再陈旧不过的历史观:"依我看,天地玄黄,无一不是周而复始,循环往复,今就是古,古就是今!"[①]

二、历史主体的"去成人化"

在《古炉》后记中,贾平凹阐述了写作《古炉》的心理动机:"我的记忆更多地回到了少年,我的少年正是上个世纪60年代的中后期,那时中国正发生着史无前例的'文化大革命'。对于'文化大革命',已经是很久的时间没人提及了,或许那四十多年,时间在消磨着一切,可影视没完没了地戏说着清代、明代、唐汉秦的故事,'文革'怎么就无人兴趣吗?或许'文革'仍是敏感的话题,不堪回首,难以把握,那里边有政治,涉及评价,过去就让过去吧?……我问我的那些侄孙:你们知道'文化大革命'吗?侄孙说:不知道。我又问:你们知道你爷的爷的名字吗?侄孙说:不知道。我说:哦,咋啥都不知道。……我想,经历过'文革'的人,不管在其中迫害过人或被人迫害过,只要人还活着,他必会有记忆。也就在那一次回故乡,我产生了把我记忆写出来的欲望。"[②]这一心理动机看起来似乎非常自然,但其中却大有可以分析之处。一方面,人到知天命之年,在时间的消逝中追忆过往,这是一个非常普遍的也是很个人化的动机,但另外一方面,贾平凹的动机里又包含有非常"公共性"的一面,他不仅仅是要讲述自己的故事,同时也想记录一个时代,并试图通过他的讲述和记录让历史得以保存下去,以抵抗后来者(侄孙们)的遗忘。从这个动机出发,我们会发现,贾平凹一开始就遭遇到了历史写作的两难困境:以个人的记忆为本位,则

---

① 王安忆:《天香》,人民文学出版社2011年版,第71页。
② 贾平凹:《古炉·后记》,载《东吴学术》2010年创刊号。

"文"胜于"史";以历史史实为本位,则"史"胜于"文"。"当代中国作家的'文革'叙事之所以鲜见精品,一个很重要的原因就是他们普遍没有把握好历史与小说之间的关系,他们想当然地以为这种关系仅仅是所谓历史小说创作中需要解决的问题,而长期以来,关于'文革'的小说通常是不被看作历史小说的,而是被视为现实题材的小说。就这样,他们笔下的'文革'叙事写得太像小说了,故事和理念淹没了历史感。我们期待着另一种写出了历史感的'文革'小说,这种'文革'小说既有'历史小说'的历史性,又有'新历史小说'(作为'新写实小说'的变体)的写实性,因此有别于传统历史小说的宏大叙事。显然,贾平凹穷四年之力写就的《古炉》正属于这种类型的'文革'叙事。"[1]认为《古炉》已经使"历史性"和"文学性"实现完美的结合,显然是一种褒奖。王德威则表达了另外的观点:"细读全书,我们发现贾平凹用了更多的气力描述村里的老老少少如何在这样的非常岁月里,依然得穿衣吃饭,好把日了过下去。他以细腻得近乎零碎的笔法为每个人家做起居注,就像是自然主义式的白描。甚至'文化大革命'的你死我活也被纳入这混沌的生活中,被诡异地'家常化'了。"[2]也就是说,贾平凹不但没有在小说中弥合"历史"与"小说"、"记录"与"文学"之间的裂隙,而且从一开始就已经偏离,这种偏离的"诡异"气氛,很大程度上来源于他在作品中塑造的那个特别的叙述主体——狗尿苔。

贾平凹对狗尿苔这个人物颇为满意:"狗尿苔,那个可怜可爱的孩子,虽然不完全依附于某一个原型的身上,但在写作的时候,常有一种幻觉,他就在我的书房,或者钻到这儿藏到那儿,或者痴呆呆地坐在桌前看我,偶尔还叫着我的名字。我定睛后,当然书房里什么人都没有,却糊涂了:狗尿苔会不会就是我呢?我喜欢着这个人物,他实在是太丑陋,太精怪,太委屈,他前无来处,后无落脚,如星外之客。当他被抱养在了古炉村,因人境逼仄,所以导致想象无涯,与动物植物交流,构成了童话一般的世界。狗尿苔和他的童话乐园,这正是古炉村山光水色的美丽中的美丽。"[3]批评家也对这个人物的功能性作用给予

---

[1] 李遇春:《作为历史修辞的"文革"叙事——〈古炉〉论》,载《小说评论》2011年第3期。
[2] 王德威:《暴力叙事与抒情风格——贾平凹的〈古炉〉及其他》,载《南方文坛》2011年第4期。
[3] 贾平凹:《古炉·后记》,载《东吴学术》2010年创刊号。

了高度评价:"贾平凹在《古炉》的历史叙事中选择了客观型的叙述姿态,他主动将自己的主观历史情绪内敛起来,尽力恪守冷静平实的创作心态,从而臻达了类似于韦伯所谓'价值无涉'的历史叙述伦理境界。"①可能出乎贾平凹和批评家的意料,正是这个"价值无涉"的人物出卖了贾平凹。作为"文革"这一重要历史事件的"观察者"和"叙述者",一个孩子的视角固然能绕开"政治评价"风险,但同时也增加了使历史幼稚化的可能。为了回避这种幼稚化,贾平凹使用了其一贯的手法,那就是利用一种神秘主义,将"幼稚化"的历史转化为不可知的历史。在这个意义上,狗尿苔恰好不是"价值无涉"的,他实际上对历史作出了判断,这一判断就是:所有的恶行都是你们做的,我只是一个没有长大的孩子,即使恶行遍地,我看到的依然是一个童话般的神秘世界。

　　如果说狗尿苔构成《古炉》的历史主体,我们可以说这是一个"去成人化"的主体,这个主体与贾平凹的关于"文革"的记忆形成绝好的互文:记忆永远只是记忆,如果只是停留在记忆的层面,则历史主体永远都不会长大成人,也就不能在"公共性"的层面完成历史反思和拒绝遗忘的功能。"去成人化"的主体同时也是一个"去罪化"的主体。对于贾平凹这一代人来说,"文革"实际上构成一个原罪式的存在,清除这种"原罪"也是写作《古炉》的目的之一:"'文革'结束了,不管怎样,也不管作什么评价,正如任何一个人类历史的巨大灾难无不是以历史的进步而补偿的一样,没有'文革'就没有中国人思想上的裂变,没有'文革',就不可能有以后的整个社会的转型的改革。而问题是,曾经的一段时期,似乎大家都是'文革'的批判者,好像谁也没了责任。是呀,责任是谁呢,寻不到能千刀万剐的责任人,只留下了一个恶的代名词:'文革'。"②但是如果清除"原罪"依靠的是孩童的记忆,对责任的追问自然也就落入虚空。实际上,贾平凹正是通过这种"去成人化"的历史主体将"历史责任"这一至关重要的历史写作的伦理给搁置起来了。"罪"成了暴力的奇观,对"罪"与"恶"的记忆呈现为一种旧式文人式的抒情笔记。我不知道贾平凹是投机取巧还是心有余而力不足,我宁愿相信是后者。无论如何,当历史写作的具体性(写实性)堕落为"日常生活"的拼凑时,即使是狗尿苔这样一个"历史的天使"也无法弥补贾

---

① 李遇春:《作为历史修辞的"文革"叙事——〈古炉〉论》,载《小说评论》2011年第3期。
② 贾平凹:《古炉·后记》,载《东吴学术》2010年创刊号。

平凹在历史认知上的简单化。

三、历史寓言的"去历史化倾向"

"去成人化"的历史主体暗示了"50后"作家根深蒂固的恐惧症,他们既不愿意将记忆掩埋起来,又不敢正视历史的具体性。如果历史要求他们作出一个认领,他们最后还是以"踢球"的方式将这个"责任"踢给别人,这个人在阎连科的小说《四书》里有一个符号化的名字——"孩子"。

"孩子"被认为是《四书》中最有创造性的人物。"孩子才是阎连科精心塑造的形象。这形象在中国当代文学中显得十分另类。用那样一种怪异的语言叙述孩子的故事、塑造孩子的形象,也是为了叙述语言能与孩子的形象吻合。"[①]发明一种"圣经式"的语言是否是为了与孩子形象吻合,这一点我们暂且存疑。但有一点是明确的,那就是这个"孩子"在小说中发挥了重要的功能。程光炜认为这种功能就是:"重建被遗忘的那个历史程序,是在把被新时期浪潮冲刷瓦解或分化的那个程序,在小说中复原。这个程序就是,'惩罚——检举——奖励',用拉打兼顾的辩证法在人们的灵魂深处植入一个有效的软件。但是,这种重建的阻力和难度是难以想象的,它甚至难以用小说的叙述加以展现。"[②]程光炜非常含蓄地指出了重建这个"历史程序"的困难,这一困难在我看来,恰好是"孩子"在这个历史程序中过于"膨胀"的后果。在整个《四书》的叙述中,"孩子"是全能者,它几乎可以控制一切人和物,"孩子"形象过于"强大"的后果是,整个作品似乎就是这个"孩子"的独角戏,其他所有人都成为舞台的布景或者道具。阎连科从贾平凹的极端走到了另外一个极端,那就是完全抽空了历史写实性的一面,而用创造"文体"的方式把历史转化为"纯粹"的形式。这正是程光炜所指出的:"显然,《四书》的故事梗概不足以让读者了解历史真相,反而是在用隐喻手段有意误导读者偏离历史事实。但从另一个角度看,这种误导意在保护作品的历史隐秘性。作家试图暗示,面对一个日常生活逻辑完全崩溃(或说是非颠倒)的年代,作家的任务并非照实摹写那里发生过的所有生活细节,而是用另一种新的内在的逻辑对其加以颠覆,在颠覆之后予以重建。"[③]但问

---

① 王彬彬:《阎连科的〈四书〉》,载《小说评论》2011年第2期。
② 程光炜:《焚书之后——读阎连科〈四书〉》,载《当代作家评论》2012年第5期。
③ 程光炜:《焚书之后——读阎连科〈四书〉》,载《当代作家评论》2012年第5期。

题的关键在于,如果新的内在逻辑本身就有问题的话,如何颠覆?又如何在颠覆之后重建?

按照阎连科的说法,我们大概可以揣测这种新的逻辑大概建基于两个方面:一个是在历史层面展开的,也就是上文程光炜指出的揭示中国当代史中被遗忘的"暴力程序";另外一个是在小说写作的层面展开的,这就是阎连科所言的"神实主义"。"神实主义,大约应该有个简单的说法,即:在创作中摒弃固有真实生活的表面逻辑关系,去探求一种'不存在'的真实,看不见的真实,被真实掩盖的真实。神实主义疏远于通行的现实主义。它与现实的联系不是生活的直接因果,而更多的是仰仗于人的灵魂、精神和创作者在现实基础上的特殊臆思。在日常生活与社会现实土壤上的想象、寓言、神话、传说、梦境、幻想、魔变、移植等,都是神实主义通往真实和现实的手法与渠道。"①而阎连科更大的雄心则在于通过后一种逻辑来拆解前一种逻辑,在"发现小说"的时候"发现历史"。但是正如张定浩所指出的,阎连科的这种逻辑背后有鲜明的目的论:"他预设了'话题性'作为选择小说题材的目的,他也预设了某种'不存在的真实'作为小说创作的目的,以此为名,他可以用'特殊臆思'来粗暴地对待任何真实的生活,因为真实的生活是不重要的,重要的是'看不见的真实',而为了达到这'看不见的真实',可以牺牲一切真实。这是多么熟悉的逻辑,这不就是'老大哥'的逻辑吗?"②指责阎连科的逻辑为"老大哥"的逻辑,这明显是有些苛责了。但是也谨慎提醒了"小说逻辑"和"历史逻辑"之间的难以调和性。在我看来,阎连科实际上是以部分牺牲"历史逻辑"来换得"小说逻辑"的成功。在这个意义上,我以为作为一部在语言、文体、人物上都有所创新的小说,《四书》是值得称道的。但是如果从重建历史程序、还原历史细部的角度来说,它依然失之于简单。

由此我们可以看到,王安忆、贾平凹和阎连科的历史写作都有一个共同的趋向,那就是试图将历史进行"文体化"或者说"风格化"。在王安忆的《天香》里,历史变成了展示景观的"小品文";在贾平凹那里,历史变成了诡异神秘的笔记体小说;而在阎连科这里,历史变成了一则寓言。相对而言,这种将历史文体化的努力在阎连科这里是最有自觉意识,也是理得最顺的。这种寓言化的

---

① 阎连科:《发现小说》,载《当代作家评论》2011年第2期。
② 张定浩:《皇帝的新衣——阎连科的〈四书〉》,载《上海文化》2012年第3期。

文体因为符号化的人物（孩子、学者、音乐等）和圣经式的语言将历史内容普遍化了：

> 大地和脚，回来了。秋天之后，旷得很，地野铺平，混荡着，人在地上渺小。一个黑点星渐着大。育新区的房子开天辟地。人就住了。事就这样成了。地托着脚，回来了。金落日。事就这样成了。光亮粗重，每一杆，八两七两；一杆一杆，林挤林密。孩子的脚，舞蹈落日。暖气硌脚，也硌前胸后背。人撞着暖气。暖气勒人。育新区的房子，老极的青砖青瓦，堆积着年月老极混沌的光，在旷野，开天辟地。人就住了。事就这样成了。光是好的，神把光暗分开。称光为昼，称暗为夜。有晚上，有早上。这样分开。暗来稍前，称为黄昏。黄昏是好的。鸡登架，羊归圈，牛卸了犁耙。人就收了他的工了。

这是一种非常"仪式化"的语言，这种"仪式化"与"孩子"的"仪式化"形象密切结合在一起，并通过一种哲学的抽象（小说中西西弗斯的故事）和道德的升华（孩子最后在十字架上自焚）来完成由历史到寓言的转换。由此"大跃进"的历史在阎连科这里变成了一个普遍的可以被类型化的"故事"。就好像那些流传久远的民间故事、圣经故事和童话故事一样，这个故事可以在任何时空中被阅读和传播。我再强调一次，对于小说来说，这是成功的，实际上，在上述三部小说中，《四书》是最具有可读性的。但是这种普遍性的背后，却潜藏着重大的"去历史化"的倾向，试想如果有一天，我们像读《伊索寓言》一样去阅读和理解中国当代史，那该是一种多么可怕的遗忘和放弃！

结语

无论如何，历史叙事将构成我们称之为"大历史"的那个"历史"的一部分，而且在很大程度上，它将成为阅读和传播最广的那一部分历史，"面对'文革'，只有小说家一如既往，从虚构摩挲历史伤痕，并且不断反思政治和伦理的意义。我们因此可以想象未来研究'文革'最重要的资源不在史料或论述，而是在叙事"[①]。这不仅仅是因为小说家的执着和痴念，更是叙事作品本身所具有

[①] 王德威：《暴力叙事与抒情风格——贾平凹的〈古炉〉及其他》，载《南方文坛》2011年第4期。

的"被普遍阅读并记忆"的优势。在这个意义上,长篇历史叙事承担了复杂的政治社会学的功能。它不仅仅是要还原历史的现场和细节(如果有所谓的现场和细节),更需要从当下生活着的情势出发,去重构历史各种细部的关系,将历史理解为一种结构而不是一种过去的事实,发现其内部逻辑与当下现实之间的隐秘关联,这就是本雅明所谓的"历史唯物主义":"历史唯物主义者不能没有'当下'的概念。这个当下不是一个过渡阶段……这个当下界定了他书写历史的现实语境。历史主义给予过去一个'永恒'的意象;而历史唯物主义则为这个过去提供了独特的体验。"[①]在最基本的层面,一部长篇历史叙事作品至少应该包括两个部分:第一是它应该有一种历史的经验陈述,这一经验由事实、材料、客观叙述甚至是个人记忆所组成;第二是它应该有一种历史观,这种历史观由叙述者的道德臧否、价值取向和审美喜好所构成,也就是说,它应该有一种不仅仅是基于个人经验的历史判断。在我的观察中,这十年来主要的长篇历史叙事都只是达到了第一层面。无论是《天香》《古炉》还是《四书》在经验陈述上都各有其特点,这种特点甚至构成了某种"风格化"的东西,但也正是这种过于鲜明的风格化的东西——具体来说就是上文详细论述过的历史的景观化、去成人化的主体叙事和历史的寓言化——阻碍或者说遮蔽了历史判断。在这个意义上,这些作家的历史写作依然没有走出"90年代"。一方面他们依然停留在对宏大叙事的表面拆解上,却没意识到他们避之不及的宏大叙事其实也是一个想象出来的意识形态,因此他们并没有认真去面对这个宏大叙事的遗产。在我看来,中国当代文学中的宏大叙事至少给写作提供了某种超越性的历史框架,而这种框架在90年代以来的作品中是严重缺失的,这使得90年代以来的历史叙事呈现为一种"历史的爬行主义"。另外一方面,他们依然执着于用所谓的民间史、地理志和乡土史去对抗所谓的正史,却没意识到经过80年代以来近二十年的持续书写,这些所谓的野史早就变成了正史,它们恰恰是需要被反思和重新"历史化"的对象。

在这个意义上,21世纪第一个十年的长篇历史写作很难说是成功的,但这些写作依然值得尊敬和讨论,因为它们至少暗示了一种重建历史的勇气和决心。它们所暴露出来的种种问题,与其说是这些作家在面对中国复杂历史状貌

---

① 本雅明:《历史哲学论纲》,见汉娜·阿伦特编《启迪——本雅明文选》,张旭东、王斑译,生活·读书·新知三联书店2008年版,第274页。

时的顾此失彼,不如说重建历史本身就是一个西绪福斯式的过程。21世纪刚刚展开,要这些与90年代意识形态保持千丝万缕关系的作家迅速就与过去"决裂",立即建构起新的历史框架和历史观,这恐怕也是一种"非历史"的要求吧。写作的问题永远不可能在内部自行解决,对于历史写作来说更是如此。如果现实的政治经济秩序依然在90年代的轨迹上运行,如果"资本——民族——国家"三位一体的圆环①无法找到缺口,真正有效的历史写作就不可能出现。因此,如何由外而内地解决写作主体、批评主体和接受主体的意识形态瓶颈,是当下历史写作面临的首要问题。

(原载《文艺研究》2013年第8期)

---

① 柄谷行人:《日本现代文学的起源》,赵京华译,生活·读书·新知三联书店2003年版,第5页。

特殊视域下特殊时代的人性叙写

——《古炉》与《铁皮鼓》叙事艺术比较

韩鲁华

我们之所以把两个处于不同时代、不同国度的作家联系在一起，是因为我们发现他们各自都是"出于一个特殊的目的在一个特定的场合给一个特定的听（读）者讲一个特定的故事"[①]。这就是中国当代作家贾平凹与德国获得诺贝尔文学奖的作家君特·格拉斯。这两位作家的创作都是很丰富的，而本文所要谈论的也仅是他们的两部作品：《古炉》与《铁皮鼓》。当然，他们在自己作品中所叙述的故事，应当说就其历史事件而言，是各不相同的。一个是发生在中国的"文化大革命"，一个是波及整个人类世界的两次世界大战。这二者之间似乎没有什么共同之处。但是，如果我们深入作品的内在蕴含机理，就会发现在文学叙事艺术方面，两者还是有着异曲同工之妙的。

为了便于说明问题，也是为了后面不再对两位作家创作作出其他方面的论述，于此，有必要对格拉斯与贾平凹的创作给予简要的介绍。

君特·格拉斯生于1927年，是德国当代最为著名的作家之一，他与伯尔和阿尔诺·施密特被誉为联邦德国最知名的三大作家。父亲是德意志人，母亲是波兰人。他在十七岁被征入伍，被迫卷入给人类带来巨大灾难的战争，被美军俘虏进入战俘营，1946年获释，同时他也就成为一个无家可归的难民。他先后做过农业工人、钾盐矿矿工、石匠艺徒，曾经进入杜塞尔多夫和西柏林的艺术学院学习雕塑与版画。由此可见，贫穷与流浪似乎成为他生活的主调。直到1958年10月，"四七社"在阿德勒饭店聚会，他朗诵了长篇小说《铁皮鼓》首章《肥大的裙子》，得到大家的一致赞赏，获得该年"四七社"奖。1959年秋格拉

[①] 詹姆斯·费伦：《作为修辞的叙事》，陈永国译，北京大学出版社2002年版，第5页。

斯出版《铁皮鼓》，该作被称为联邦德国50年代小说艺术的一个高峰，与此同时他也成为一位极富争议而又非常受人关注的作家。后来《铁皮鼓》与1961年和1963年发表的中篇小说《猫与鼠》、长篇小说《狗年月》，以"但泽三部曲"出版，被认为是德国战后文学早期重要的里程碑式的作品，"试图为自己保留一块最终失去的乡土，一块由于政治、历史原因而失去的乡土"[①]。1999年，以"其嬉戏之中蕴含悲剧色彩的寓言描摹出了人类淡忘的历史面目"[②]而获得诺贝尔文学奖。后来，他所创作的由一百个故事组成的《我的这个世纪》在德国文坛又引起新的轰动。

贾平凹1952年生于陕西的丹凤县棣花镇，在老家商州生活了十九年后，1972年作为可教子弟被推荐进入西北大学中文系学习。1975年毕业分配到陕西人民出版社做编辑。1981年调西安市文联《长安》杂志做编辑，后成为专职作家，现任陕西省作家协会主席，曾受聘西安建筑科技大学文学院院长等。自1978年短篇小说《满月儿》获得首届全国优秀短篇小说奖以来，曾获国内茅盾文学奖和国外飞马奖、费米娜奖等多项奖项。最具有代表性的是他的长篇小说《废都》《秦腔》《古炉》《带灯》，以及刚出版的《老生》等。他四十年来一直保持不间断的丰富、深厚而富有探索性、挑战性的创作，一直是被当代中国文坛关注的作家，也成为当代中国文学创作上最富有争议的作家。其对于中国古典文学艺术当代化的传承与发展，尤其是他中国化的生命体验与文学表达，使其被称为最中国化的作家。

一、特殊时代生活的异态叙述

什么是特殊时代的生活呢？在我们的理解里，它是特指在某个历史时段所发生的有别于人们正常生活的具有特殊社会历史意义的时代生活，比如战争、瘟疫、灾荒等等，总之是突发的天灾或者人为的灾祸。如果用一种简单的办法将社会生活区分为安定与动荡，就其基本的生活形态来说，安定的生活还应当是占主导地位的。这也是人们所期望的正常的生活。当然，我们也应当看到，这种特殊的生活就其时间而言，可能是几年、几十年，当然也有百余年甚至几百年的情况，它对于整个人类历史的发展而言，时间上恐怕还是要大大小于安

---

① 君特·格拉斯：《铁皮鼓》，胡其鼎译，上海译文出版社2000年版，第0页。
② 程三贤：《给诺贝尔一个理由》，中国广播电视出版社2006年版，第22页。

定时间。但是，它对于社会历史的影响，对于人类心灵的冲击与震撼，一般则要比安定时期大得多。或者说，它对于人们的历史记忆影响，则是非常深刻和深远的。这种刺痛人类心灵的记忆，也是刻骨铭心的。也许正因为如此，世界上所产生的文学巨著，叙写这一方面生活的作品，就占有相当大的比重。非常有意味的是，这些作品所叙写的特殊时代的生活，大多都是给人类以苦难或者灾难的记忆。也许我们应当换一种思路考虑问题。正是这种苦难或者灾难性的生活，留下了更多的人性审视可能性。中国有句话叫作烈火见真金。也就是说，可能在正常的生活情境下，那些日常琐碎的生活，消磨着人们的心智，也消磨着人的记忆。或者，人性中许多东西就被安稳的生活遮蔽了，只有在非常特殊的生活境遇下，人性中更多的因素才会显现出来，比如人性之善与恶，在特殊的生活境遇下，体现得就会更为充分，更为突出。

当然，这仅仅是认知问题的一种思路。

对于文学叙事艺术的认知，我们自然不是题材决定论者。哪怕是在一个极为微小的生活细节叙述中，依然可以剖析出人性的深刻性与丰富性来。但是，我们也不能否认，作家叙事对象的选取，其本身就内含着他们的艺术追求。很有意思的是，贾平凹的《古炉》与君特·格拉斯的《铁皮鼓》，所选择的叙述对象，应当说都是特殊的时代生活。鲁迅先生把中国的历史，归纳概括为做稳了奴隶与想做奴隶而不得两种时代形态[①]，老百姓则将其归结为兵荒马乱与安居乐业两种生活状态。比较起来，鲁迅的说法自然是从现代文化思想启蒙的角度，立足于中国历史的理性思考，而老百姓的说法则是缘于自己切身的体验。但不管是理性的启蒙思考，还是感性的生活体验，其间都蕴含着巨大的文学叙事的历史空间。也许正因为如此，《古炉》所叙写的"文革"与《铁皮鼓》所叙写的两次世界大战，其本身就有着巨大的文学叙事的内涵空间。

这两部作品的共同之处在于：都是叙写特定年代的生活，在叙写中，侧重于对这个时代的深入反思，这种反思又是从民族的根性上切入挖掘的；它们所描述的生活，都具有特异性、超现实性，及神秘的色彩；我们发现，它们对于时代生活的叙述，都是采取一种世俗化、日常生活化的方式，其间有着许多隐喻性的东西；都注重在这种日常化的叙述中，来展示人性。可以说，对于人性的

[①] 鲁迅：《灯下漫笔》，见《鲁迅选集》，人民文学出版社2004年版，第79页。

深刻剖析是他们共同的主题指向。

  而更为重要的，或者更能显现作家文学叙事创造性的，恐怕还是怎么叙述的问题。当然，作品的叙事，自然要对所叙述基本生活及其背景，作出合理而适当的叙述。《铁皮鼓》叙述的是两次世界大战及其前后的生活，而对于第二次世界大战的情境，作品有着非常真切的叙述，尤其是但泽邮局前那场德国法西斯与反抗者的一次激烈的战斗。而对于战争的氛围叙述，以及对战争给人们的日常生活、给人的思想情感、给人的精神心理所造成的巨大恐慌、惊悸、不安、骚动，以及战争笼罩于人们头上的阴影与压力等的叙述，应当说，还是惊心动魄，惟妙惟肖的。不过对于战争比较详细的正面描述，也仅此一处。其他许多战争叙写，更多是虚写，或者背景式的叙述。这样，它既是整体上的战争叙述，又是局部的战争细述。人们既是处于战争的生活情境之中，又是立足于自己日常生活之上。《古炉》可以说比较详细地叙述了"文化大革命"从发生到高潮的历史过程。比如串联、贴大字报、大辩论、"破四旧"，最终演化成两大派的武斗，以及武斗结束枪毙武斗的主要组织者与参与者等。可以说贾平凹对于这些历史情境的记述，还是非常真实而惊心动魄的。如果就作品整个叙事结构而言，"文革"中的这些历史事件，构成了叙事的历史时间线性的主体架构。但是，我们则非常深切地感觉到，在这个看似非常清晰的历史时间之中，却熔铸着更多民间视域的民间生活和日常生活。或者说，它所叙述的不是官方视野里的"文革"，而是老百姓眼中的"文革"。

  这就涉及这两部作品叙事的另外一个特点：它们似乎都非常致力于日常生活的叙述。《铁皮鼓》将战争生活的叙述推向了背景。这里虽然也有对于战争场景的叙述，但仅仅是一种穿插式的。《古炉》则是将"文革"生活当作日常生活去写，就如日常生活中穿插了一段插曲似的，过后人们依然恢复到鸡零狗碎的日常生活之中。也就是说，这两部作品，以日常生活消解着社会生活的宏大历史叙事的意义。《铁皮鼓》的叙事，是从外祖母在地里挖土豆开始的。这是一种沉闷而冗长的生活。《古炉》是从狗尿苔因寻找特殊气味而打碎油瓶子，被蚕婆打出门外开始的。可以说，这种开头已经为作品的叙事确定一个基调。

  我们的阅读经验告诉我们，作家的创作，总是与他们生存的地域生活紧密地连接在一起，地域生活总是成为他们进行创作的坚实基础。作家也总是在对于地域生活的叙写中，昭显出独特的艺术魅力。《铁皮鼓》对于但泽乡村以及城市生活的叙述,《古炉》对于商州山村生活的叙述,带着故乡湿润的呼吸,并把它们嚼成温馨柔和的生活之粥,散发着浓郁的乡土气息和地域文化芳香。可以说,他们都是叙写自己故乡地域生活的高手,在对地域生活的细致描述中,蕴寓着直达社会历史与人类精神心灵的内涵。格拉斯在作品第一章对于外祖母宽大多层裙子的描述,对于她在旷野中收挖土豆的叙述,尤其是对于外祖父在外祖母裙子下面完成天作之美的神奇叙写等等,令谁读之都会眼睛一亮。正是这种地域化的乡村生活,孕育出神奇的艺术之精魂。贾平凹对于商州诸多滴着原生态生活液汁的细节、场景等的叙写,可谓是犹如熠熠闪烁的明珠,烛照着整个中国的大地,构成了中国化的浑然而富有灵性的艺术建构。据此我们可以毫不夸张地说,格拉斯与贾平凹,他们都在这种地域化生活的精彩叙事中,创造出了具有各自民族艺术思维、艺术气韵、艺术个性与文化精神的叙事艺术。

对于这两次战争的文学叙述,可以说几乎各国都有名著问世。君特·格拉斯《铁皮鼓》对于两次世界大战的叙述,其特异之处就在于,以一种特异的视角展示了特殊的生活情境:一个名叫奥斯卡的侏儒眼中的战争生活。这种战争生活故事却是神奇的,甚至可以说是现实生活中不可能发生的。因为作品所叙述的这种生活,它往往溢出了现实的边界,现实世界的时间、空间和因果关系等范畴难以对它进行规约。也就是说,《铁皮鼓》所叙述的两次世界大战,并非从所谓的正史或者常态视域下展开的,而是以一种非常态的视域展开的,或者说它是叙述了一种异态视域下的战争生活。这是将现实的故事与虚构的神奇故事交织在一起进行叙述的生活,是对特定环境中现实生活的超现实性描写。比如奥斯卡三岁的自摔、无师自通的敲铁皮鼓的特异艺术天才技能,还有用声音击破玻璃的特异功能,甚至三岁身材的侏儒却有着超出正常大人三倍的智能,等等。这些叙写,虽然具有极大的超现实性,但是,它"给我们的东西经常比我们从现实中的人和事中可能得知的东西更深刻更精确"[①]。它不仅向读者呈现出了战争给人类以及人们的生活、心灵所造成的巨大伤痛,而且揭示出了人类存在的巨大荒谬性与尴尬境遇,给人以深刻的思考。

于此我们不能不说,贾平凹的《古炉》与格拉斯的《铁皮鼓》有着异曲同工之妙。对于给中国人留下深刻而苦难的历史记忆的"文化大革命",在它还在进

[①] 韦恩·布斯:《小说修辞学》,华明、胡晓苏、周宪译,北京大学出版社1987年版,第6页。

行着的时候,文学就进行了即时性的叙述①。只不过这种叙事者与所叙述的生活是一样的癫狂而已。"文革"结束之后,有关"文革"的叙事,依然是文学叙事的一个重要视域。但是,对于贾平凹而言,他似乎并不满意已有的"文革"叙事。在谈《古炉》的创作时,他曾经坦言:"当时我的想法是不想一开始就写整天批判,如果纯粹写'文化大革命'批来批去就没人看了。如果那样,一个是觉得它特别荒诞,一般读者要看了也觉得像是胡编的;再一个就会程式化了,谁看了都觉得没意思。"②也正因为如此,《古炉》所叙述的"文革",是一个名叫狗尿苔的孩子眼中的"文革"故事,是一个名为古炉的陕南小山村的"文革"。然而,就孩子眼中的"文革"叙事,在80年代就出现过,比如何立伟的《白色鸟》等。关键在于《古炉》不是采取大家所常用的将生活当作意识形态去叙述,而是把意识形态化的"文革"进行生活化的叙述。而且这种叙述将民间的历史记忆与民间文化记忆融为一体,给人们呈现出既深入"文革"内里,又超出其外的"文革"叙事形态。比如狗尿苔能够闻出特异气味,他与动植物的对话,以及蚕婆的剪纸,甚至善人的说病等,皆是如此。

二、特异的叙事人物视角

叙述是人的一种本能需求,叙事则是人类社会的一种历史建构。人从一生下来就在进行叙述,因为叙述不仅是人的一种表达与交流,更是人的一种生命存在方式。人要生存必须叙述,这是由人这种生命体所决定的。而听人叙述也是人的一种生命需求。人正是在叙述与听别人叙述中,完成自己的生命精神建构的。因此,可以说叙述是人生命存在的一种状态。也正是个体的叙述与听叙述,构成了社会的叙述,建构起人类整体叙事的历史。当然,人类的叙述发展到今天,那是非常丰富多样的。如果说在人生命的初始和人类的原始状态,叙述是直接简单的,那么对于成人和进入文明时代,尤其是人类智慧高度发达的今天的人类而言,叙述不仅仅复杂,而且更为讲究叙述的方法方式,讲究叙述的策略。套用一句老话来说,那就是不仅是叙述什么的问题,更为重要的是怎么叙述的问题。

---

① 王尧:《"文革"记事》,载《当代作家评论》2000年第4期。
② 贾平凹、韩鲁华:《一种历史生命记忆的日常生活还原虚实》,载《西安建筑科技大学学报(社会科学版)》2011年第1期。

这两部作品的叙事策略,给人留下了极为深刻的启示。最为突出的地方在于:都选择了一种特异的叙述视角。这一特殊叙事视角,首先在于叙事人物的选择——都选择了一种具有特异性的人物作为叙事者,以他们特异的目光,来观察叙述的对象。这种叙事策略,是20世纪许多作家所选择的。比如外国的,卡夫卡的《变形记》、福克纳的《喧哗与骚动》、马尔克斯的《百年孤独》、奥尔罕·帕穆克《我的名字叫红》;还有中国的,鲁迅的《狂人日记》、韩少功的《爸爸爸》、莫言的《透明的红萝卜》、阿来的《尘埃落定》等。在这里我们不得不承认,这些作品所选择的特异的叙事视角,是它们成功叙事的一个非常重要的因素。试想一下,假如福克纳的《喧哗与骚动》失去那位傻子班吉那种极具特异色彩的故事叙述,情况将如何呢?恰恰是傻子班吉的视角,将其他两种叙述变得更富有意味。

作品的叙述,从某种意义上来说,有三种叙事的视角,或者叫作三个叙事者。一个是作家视角,这是隐含于叙事之中的;一个是叙述者视角,这是超越于事件之外的观察者,又是连接作家与作品叙事的扭结点;还有一个叙事者,这就是作品中的人物视角,他以故事的参与者或者见证者,从自己的角度来观察叙事。当然在具体的作品叙事中,这三者往往不是割裂的,而是相互联系、相互融会,共同承担故事的叙述,并构成叙事视角整体。当然,它们之中会有一种视角,亦即基本的叙事视角,承担着基本的叙述。正如前文所述,《古炉》与《铁皮鼓》就是主要以人物的视角进行叙事的。

对于作家的文学创作来说,选择一种恰当的、极富寓意的、特异的视角进入作品的叙述,可以说是每一位作家都非常重视的。甚至可以说,是构成其作品特异的审美风格的不可忽视的重要因素。这两部作品,其主要的具体叙事者,都是一种非常特异的人物。有关奥斯卡与狗尿苔这两个人物形象的分析,已有许多论述,在此不再做详细的论说,只是简要地一说明,以使文章保持内容的完整性。奥斯卡既是一个侏儒,又是一位智者。《古炉》中的狗尿苔和《铁皮鼓》中的奥斯卡,存在着许多相似之处,比如他们都无法确定自己的身世——父亲是谁;都有着超常的特异功能——奥斯卡能用声音击破玻璃并具有超凡的敲铁皮鼓的艺术天才,狗尿苔可以闻见特殊气味并具有能听懂动物话语的本领;都有着一种超越现实之上的神性——奥斯卡具有撒旦般的眼光,狗尿苔可以通向神灵的心灵。

作为叙述者，奥斯卡的叙述被限定在一个极富象征意味的白色的床上。对于故事的叙述他又是从他的外祖母开始的，但是真正进入他的生命叙述，则是从他出生开始的。他似乎是极不情愿而又无可奈何地、在两个六十瓦的电灯和一只扑向灯泡的飞蛾的阴影下出世。更为离奇的是，他似乎一出生便预感到了人世黑暗，想返回母亲的子宫，但剪断脐带的手已经割断了他与母亲的生命联系。自此，他便以种种方式反抗人世。在他三岁生日时，他以自我伤残的方式，一跤摔成将身高定格于九十四公分的侏儒，拒绝加入成年人的世界。但富有意味的是，他的智力却比成年人高三倍，而且意外地获得了唱碎玻璃的超常技能和无师自通敲铁皮鼓的天才艺术才能。他以残体孩子与超常智者的双重身份承担起故事叙述的角色。作为孩子，他有着比成人更大的叙述自由度，他可以自由地出入于事件；作为智者，他则清醒得像上帝一样，来观察人世的种种行径。他以种种超常的方式，讽刺、捉弄着当事者。奥斯卡一系列看似荒诞、无聊、恶作剧式的行为，恰恰反衬着人世的荒诞、尴尬与悲痛。

《古炉》的叙事，并非始于狗尿苔出生或者出生之前，而是故事一开始他的名字已经由夜平安变成了狗尿苔，他已经成了一个身体定型的侏儒。他进入叙述就犹如河流中的一条小船划入河流，既不是河流的开始，也不是河流的结束，而是河流的某一个岸口。奥斯卡还清楚自己是如何来到这个世界的，但狗尿苔只是后来知道自己是蚕婆捡回来的，而究竟是如何来到这个世界上的，或者说是在怎样的情境下来到这个世界的，不仅他本人无法知道，其他人也无法知道。比较而言，狗尿苔其自身更具有悲剧的意味。更令人深思的是，如果说奥斯卡的行为还有着自己的选择性，狗尿苔则是一种无可奈何的生存状态，根本就不存在他想不想来到这个人类的世界，而是被抛到了这个世界。他几乎没有拒绝的权利而只有适应与顺从。为了生存，他似乎也采取了一些行动，比如在人抽烟时帮忙借火点火，甚至自己做火绳，给人跑个小腿。当然，我们可以从一种更为阔大的视界看问题，人的价值在于对于社会或别人有作用。但就狗尿苔而言似乎还不能完全作如是观，说穿了他就是在为别人服务甚至是被别人役使中，获得生存的空间。因此，他不是自主性生存，而是被动性生存。正因为如此，作为人物，狗尿苔所观察到的现实生活，并非主动参与其中的观察，而是被动地观察。比如他到公社去卖瓷器，遇到了学生游行而被裹入其中。这里的叙述，也正是透过被裹挟的狗尿苔之眼叙述出来的。

从叙事学的角度来说，一部小说里有着不同的叙述声音。也就是说，构成小说叙事的有作家、叙述者和人物等。那么，在这两部作品中，又是由谁来承担叙述的呢？毫无疑问，第一叙事者不是作家，而是有着特异功能的人物。作品的叙事，主要是通过他们的眼光观察来完成的。奥斯卡与狗尿苔，均是第一叙述视角。他们又是以怎样的一种身份来进行叙事的呢？既是局外人，又是事中人；既是见证者，又是参与者。作为局外人，他们可以冷眼旁观，以旁观者的身份，观察着故事中所发生的一切；作为事中人，他们又时时处于"身在现场"的境地，以自己的行为，参与到事件的建构之中。奥斯卡从一出生，就在观察见证着成人的生活，见证着他所生活的但泽不幸的历史，见证着世界大战不仅给但泽、给德意志民族，而且给世界留下的黑暗伤疤。它不仅是德意志民族的悲剧，亦是人类社会的一场悲剧。狗尿苔可以说见证了古炉村从四清到"文化大革命"兴起，经过串联、大辩论、"破四旧"，分为两派发展到武斗的整个过程。与此同时，他们又都是事件的参与者，是故事中的一个人物。不论奥斯卡还是狗尿苔，都参与到许多事情里面，并起到了一定的作用，承担着故事结构的责任。但是，比较起来，他们二人又存在着不同之处。奥斯卡的观察、见证，或者作为故事中的人物，对于事情的参与，带有很强的主动性。甚至在有的事情中，发挥着主动推动作用，是故事的主角。而狗尿苔虽然也参与到了故事之中，但是，他始终处于社会生活的边缘，并没有成为故事的主角。因此，他的观察是一种被动式的观察。如果说奥斯卡是去主动观察，那狗尿苔则是被动观察。就犹如奥斯卡自己要去看什么，而狗尿苔是出门遇见了什么。

另外，我们感到，奥斯卡的叙述带有极强的自叙性，即奥斯卡在给人们讲述自己的人生故事，而在自己故事的叙述中，带出了时代的故事。或者说他是以社会生活为背景，来叙述自己的故事，甚或可以说他是将自己的故事融入时代的故事之中叙述出来的。狗尿苔并非自叙，而是对于社会生活的见证式的叙述，他所叙述的主要是社会生活故事。或者说他是在见证社会生活的过程中，带出了自己的故事。因此，这是一种社会生活故事的叙述中包含了个人的故事。如果说奥斯卡是个人生活中包含着社会时代生活叙事，那么狗尿苔则是社会生活消解了个人生活叙事。非常有意思的是，这两个叙事人恰恰体现着东西方不同的文化性格特征。

接下来，我们所要追问的是，作家为何要选择这样一种特异人物作为叙事角度呢？当然如果就每位作家的创作，特别是具体的作品创作来说，显然是作家根据自己的艺术审美追求、审美体验、审美启悟、审美个性等，去选择自己认为最能够与作品所叙述的内容相适合的叙述视角。也就是说，每部作品叙述视角的选择确定，取决于作品审美内涵表达的需要。正如前文所言，《古炉》与《铁皮鼓》所叙述的均是一种特殊的社会历史生活，而这些特异生活的主导力量和参与者，似乎并未意识到这种生活的怪诞性等。而只有少数人，特别是敏锐的知识分子意识到了这一点。对于20世纪人类的生存，正如本文前面所提到的一些作家作品，均进行着深入而富有探索性的叙述。这些叙述艺术的选择，正是由20世纪人类的生存状态所决定。如果从现代人类的生存状态与境遇，尤其是现代人的精神建构上来看，我们认为，正是"现代人生存的不确定性、尴尬性、困顿性、荒诞性，乃至虚无性，等等，致使20世纪的诸多文学艺术家，做着如此的叙事艺术探索与建构，以揭示现代人生存的内在精神状态"[1]，也促使作家选择了具有特异性的人物作为叙述者。从另一方面来讲，也只有这种具有特异性的人物叙述，方能更加准确、奇异而深刻地揭示出人性以及人类的生存状态与精神建构。

三、叙事的意义指向

毫无疑问，这两部作品都有着对于曾经发生过的人类历史灾难的深刻反思。这种反思中也隐含着深刻的批判意识与人性叩问内涵。相比较而言，《铁皮鼓》的反思与批判，显得更为直截了当，更为犀利，也就更令人震撼。而《古炉》的反思与批判，显得要委婉与蕴藉一些。贾平凹这样做，并非完全出于对现实的考虑，而是与他对社会历史人生命运的思考变化相一致。更为重要的是，他们并不是纠缠于历史，而是透过历史刺穿了人性，把思考引向了更为广袤的人类历史空间。

在阅读这两部作品时，产生了与阅读其他具有世界意义的作品共同的感觉，这就是虽然所叙述的具体生活有着差异甚至巨大的反差，但是，他们在题意的揭示中，似乎不约而同地指向了人性，指向了人类的灵魂，指向了人的历史命运，指向了人的情感精神的文化建构。

---

[1] 韩鲁华、储兆文：《一个村子与一个孩子：贾平凹〈古炉〉叙事艺术论》，载《小说评论》2011年第4期。

但是，我们不得不忠实于自己的阅读，那就是不论是贾平凹还是格拉斯，他们都有一个共同的写作诉求，这就是对于本民族文化根性的挖掘，这种挖掘使人感到的不仅是疼痛，还有沉重的压抑，凝重的沉思。鲁迅先生说他的创作是揭出病痛以引起疗救者的注意。格拉斯对于德意志民族的悲剧叙写，是他作为作家的一种历史责任，这种历史责任迫使他通过手中的笔，"引导迷路的德国走上正道，引导它从田园诗中，从迷茫的情感和思想中走出来"①。两次世界大战，特别是第二次世界大战，德国法西斯给世界所造成的巨大的灾难，是德国在战争结束后必须面对的问题，必须深刻地反思，向世界人民作出交代。更为重要的是，在德国为什么会出现这样罪恶而癫狂的法西斯，这自然是与德意志民族的根性有着密切的关系。甚至可以说，正是这种民族的文化根性，成为滋生法西斯的温床。反思、剖析的目的不在于揭出伤痛，而在于从这种伤痛中走出来，步入人类发展正常的轨道，唤醒迷失、癫狂的人性，复苏人性的善良，以期建构起更为完善的人性。贾平凹在谈到《古炉》的创作时，也强调对于中国人根性的挖掘，尤其是对于"文革"这场灾难发生的根源，进行着民族文化心理上的探寻挖掘。他说："我就想写这个'文化大革命'为啥在这个地方能开展，'文化大革命'的土壤到底是啥，你要写这个土壤就得把这块土地写出来，呈现出来。正因为是这种环境，它必然产生这种东西。写出这个土壤才能挖出最根本的东西，要不然就会觉得不可思议，怎么能发生'文化大革命'这种荒唐事情？……因为我觉得'文化大革命'现在回想起来还是一个荒唐的事情。"②在这里，我们既可以读出与鲁迅先生对于国民性深刻剖析的衔接，又读到了在新的历史时代语境下，对于民族性认识的新的发展。而这种叙写绝对不是为了展示自己民族的丑陋的家底，而是为了美好的未来。贾平凹在后记中说了这么一段话，甚为耐人寻味："'文革'结束了，不管怎样，也不管作什么评价，正如任何一个人类历史的巨大灾难无不是以历史的进步而补偿的一样，没有'文革'就没有中国人思想上的裂变，没有'文革'，就不可能有以后的整个社会的转型的改革。而问题是，曾经的一段时间，似乎大家都是'文革'的批判者，好像谁都没有了责任。是呀，责任是谁呢，寻不到能千刀万剐的责任人，只留下了一个

---

① 程三贤：《给诺贝尔一个理由》，中国广播电视出版社2006年版，第32页。
② 贾平凹、韩鲁华：《一种历史生命记忆的日常生活还原虚实》，载《西安建筑科技大学学报（社会科学版）》2011年第1期。

恶的名词：'文革'。但我常常想：在中国，以后还会不会再出现类似'文革'那样的事呢？"[1]

格拉斯称自己的创作是与现实的不合作，贾平凹认为作家的职业就决定了它必然要与现实发生摩擦。在我们看来，正是在这种不合作或者摩擦中，作家不仅创造出了伟大的作品，而且深刻地揭示出了人性的丰富性和深刻性。在对人性的剖析中，这两部作品都将锋利的笔触伸向了人性之恶。或者说，他们于特异的时代生活中，展示着人性的恶。而这种恶的展示，恰恰孕育着作家对于善的呼唤。他们都在做着拯救人类灵魂的探索。有关人性邪恶的叙述，两部作品中有着许多的展示。不仅揭示了大邪大恶，更多的是对于人性中的小邪小恶的叙写。而且对于人性如何发生变异，给予了深刻的揭示。奥斯卡与狗尿苔的视角，代表了一种人类纯真的天性，代表了人类良知对于人性的善良、人类的信仰、纯真的爱情等的一种夙愿与诉求。隐含的是作者对人类历史命运、人类文明的建构，以及更为合理的人性、人情等问题的深刻反思。健全的社会历史与健全的文化人，特别是完善的人性，应当说是人类发展的一种历史诉求。"在人的内部存在着一种向一定方向成长的趋势或需要……即人是如此构造的，他坚持向着越来越完美的存在前进，而这也就意味着，他坚持向着大多数人愿意叫作美好的价值前进，向着安详、仁慈、英勇、正直、热爱、无私、善行前进。"[2]但问题在于不论是社会还是人性在历史的建构过程中，总是难免存在着缺憾。尤其是在现代社会中，"即使最完美的人也不能摆脱人的基本困境：既是被创造的，又是天使般的；既是强大的，又是软弱的；既是无限的，又是有限的；既是动物性的，又是超动物；既是成熟的，又是幼稚的；既是害怕的，又是勇敢的；既是前进的，又是倒退的；既是向往完善的，又是畏惧完善的；既是一个可怜虫，又是一名英雄"[3]。也正是现代人多重复杂的精神建构，才使得人类往往处于尴尬的困境。

不仅如此，我们从作品中还读到了人性的荒诞性。这种荒诞性，恐怕是与人类存在的20世纪的荒诞性一脉相承的。20世纪的人类历史，既是一部正义与邪恶搏杀的悲剧，也是一部深刻反思追问人本体存在意义的正剧。同时，它也是一

---

[1] 贾平凹：《古炉》，人民文学出版社2011年版，第605页。
[2] A.H.马斯洛：《存在心理学探索》，李文湉译，云南人民出版社1987年版，第139页。
[3] A.H.马斯洛：《存在心理学探索》，李文湉译，云南人民出版社1987年版，第158页。

部人类存在的荒诞剧，不是吗？20世纪所发生的包括两次世界大战在内的诸多历史事件，不都含有人类荒诞存在的意味吗？在《铁皮鼓》中，格拉斯通过一系列荒诞性的细节叙述，表现出人们在特定时代与生活情境中的荒诞行为。比如奥斯卡在纳粹举行欢庆仪式的时候，用他的鼓声打乱了整个仪式的进行节奏，使之最后成了一场无聊的狂欢。又如战后夜总会如雨后鲜蘑，在"洋葱地窖"中上演了既滑稽又荒诞的闹剧。这里没有使人癫狂的酒，也无供人宣泄的舞池，提供的是让顾客切洋葱、刺激出眼泪，让他们失声痛哭，倾倒肚里的空虚无聊事。古炉村的人们所谓的"破四旧"行径，在武斗中人们染上了浑身发痒的病，等等。这些事情中，都寓示着人们存在行为中人性的荒诞。

当然，这里面也叙写了人性的堕落。可以说，特定的生活境遇，成为人性剖析的手术台。也许，人在正常的生活之中，能够保持平静而正常的心态，能够以善良的心态去行动。但是，在一种极端的不正常的情境下，人们极易滑向堕落。奥斯卡曾经抵御着堕落，但是，在纳粹营里，他最终还是成为纳粹营前的一个小丑，臣服在丑恶现实的脚下，与纳粹党同流合污。除此之外，他在所谓的爱情诱惑下，于男欢女爱的享乐中沦落了。关于人性堕落的叙写，《古炉》似乎没有《铁皮鼓》表现得那么激烈充分，实际上它叙写得更为隐晦一些。最有意味的是霸槽这个人物。在贾平凹的作品中，多次出现霸槽这样的人物形象，以同名出现的在《秦腔》中就有一个。霸槽式的人物，其生命中就有着一种不安顺的根性，这种不安顺的根性，处于正常生活境遇下，他就可以成为干一番事业的英雄。而在"文革"这样的时代，他也就必然要滑向罪恶的境地，这实际上也是一种人性的堕落表现。总之，作品通过两次世界大战与"文化大革命"，深刻地剖示出德意志民族和中华民族的文化根性，以及这种根性在特定的历史情境下，人性堕落的表现形态。更为令人深思的是，作品对于人们于癫狂的时代氛围中所形成的盲目随从心态，以及这种盲从心理所造成的巨大的破坏能量的叙写。而且，这种盲从心理又与国家意志化的诉求，达到了一种欲望化的契合。这又是一件耐人寻味的事情。

这里还涉及另外一个问题，那就是在格拉斯与贾平凹这里有没有人性的善良与温暖呢？应当说，《铁皮鼓》与《古炉》内在都蕴含着一种暖流，都有着对于人性善良与人性光辉的呼唤。比较而言，《铁皮鼓》似乎更为突出的是一种冷峻，在冷峻的叙述中，将作家对于人性之善的审美建构隐含得更为深入。在一种日常生活的琐屑、冗俗的叙写中，透析着社会时代的精神，闪耀着人性的光华。《铁皮鼓》以正视战争之邪恶的态度，不仅揭示了战争给人带来的灾难，而且在正视罪恶或者邪恶时，更为充分地理解善，唤醒沉睡了的善。善与恶是人性的两极表现形态，从理性上似乎可以泾渭分明。但在实际的具体的人身上，则是善与恶同构并存的。每个人身上既表现出善良的一面，也有着邪恶的一面。我们觉得《铁皮鼓》对于不同人物的叙写，可以说，既写出了人本来的善，又写出了在战争这一特定生存境遇下，一些人由善而恶复杂的转化过程。或者说，作品叙写了善与恶在一个人身上交织搏杀的黏合状态。而《古炉》中则是用一种叙事的线索加以贯穿，从叙事艺术的完美性角度来说，我们可能会觉得善人说病实际是说善，与作品的整体叙事艺术建构，显得不是非常协调，甚至有些隔的感觉。但是，作家执意如此，显然是要给人一种人性的亮色。与此同时，也是在这种善的毁灭中，不仅在张扬着善，更非常有力地鞭挞了人性之恶。其实，作家更多的是叙写了普通人身上那些通过烦琐、细小的日常生活，所表现出的小善小恶。比如婆媳之间的争吵中所透露出的小善小恶，甚至像霸槽在公路边补自行车，有意将钉子、碎玻璃放在公路上等。这样的恶作剧，就透露出人性的小的邪恶。作品并未停留于此，而是进一步叙写了这种小的邪恶，一步一步走向了大的邪恶。应当说最终的武斗，对于人的残杀，正是这小邪恶在动乱的境遇下的一种累加和爆发。

（原载《西安建筑科技大学学报（社会科学版）》2015年第1期）

附录

研究总目

贾平凹、韩鲁华：《一种历史生命记忆的日常生活还原叙事——关于〈古炉〉的对话》，载《西安建筑科技大学学报（社会科学版）》2011年第1期。

贾平凹、李星：《关于一个村子的故事和人物——长篇小说〈古炉〉的问答》，载《上海文学》2011年第1期。

胡建舫：《贾平凹小说创作的真实记忆之维——以〈古炉〉为中心》，载《乌鲁木齐职业大学学报》2011年第1期。

李震、翟传鹏：《论〈古炉〉的叙事艺术》，载《小说评论》2011年第3期。

韩蕊：《〈古炉〉的视角和超越》，载《小说评论》2011年第3期。

张丽军：《〈古炉〉：一种新的"文革"叙事》，载《社会观察》2011年第3期。

李遇春：《作为历史修辞的"文革"叙事——〈古炉〉论》，载《小说评论》2011年第3期。

韩鲁华、储兆文：《一个村庄与一个孩子——贾平凹〈古炉〉叙事艺术论》，载《小说评论》2011年第4期。

杨剑龙、陈永有、王童等：《历史责任与"文革"记忆——读贾平凹的〈古炉〉》，载《周口师范学院学报》2011年第4期。

卢冶：《回忆与阐释 前世与今生——贾平凹长篇小说〈古炉〉的信仰叙事》，载《解放军艺术学院学报》2011年第4期。

杜伟、曹艳春：《〈古炉〉人物谱系简析》，载《时代文学（下半月）》2011年第4期。

陈满意：《忧患的心生出飞翔的翅膀——读贾平凹新作〈古炉〉》，载《中国职工教育》2011年第4期。

党好收：《一种新的"文革"叙事方式——〈古炉〉蕴含的生活哲义》，载《济源职业技术学院学报》2011年第4期。

张继红：《民间立场及其价值诉求——贾平凹〈古炉〉的一种解读》，载《小说评论》2011年第4期。

陈媛媛：《〈古炉〉电子书版权纷争背后的思索：数字时代出版社的生存法则》，载《出版发行研究》2011年第4期。

王德威：《暴力叙事与抒情风格——贾平凹的〈古炉〉及其他》，载《南方文坛》2011年第4期。

李星：《天使·魔鬼·"造反派"——〈古炉〉人物刍探》，载《小说评论》2011年第4期。

王贵禄：《说病："末法时代"的文化救赎——贾平凹〈古炉〉论》，载《创作与评论》2011年第5期。

金理：《历史深处的花开，余香犹在？——〈古炉〉读札》，载《当代作家评论》2011年第5期。

石杰：《伤痛与救赎——贾平凹长篇小说〈古炉〉研究》，载《渤海大学学报（哲学社会科学版）》2011年第5期。

文娟：《日常生活视域下的"文革"叙事——评贾平凹新作〈古炉〉》，载《中南大学学报（社会科学版）》2011年第5期。

陈永有：《"平平常常只是真"——论贾平凹的小说〈古炉〉，载《绍兴文理学院学报（哲学社会科学版）》2011年第6期。

孙郁：《从"未庄"到"古炉村"》，载《读书》2011年第6期。

悲悯的情怀，落地的文本——贾平凹〈古炉〉北京研讨会发言摘要》，载《延河》2011年第7期。

李子白：《读〈古炉〉杂记》，载《延河》2011年第7期。

杨庆祥、杨晓帆、陈华积：《历史书写的困境和可能——〈古炉〉三人谈》，载《文艺争鸣》2011年第7期。

王建宁：《浅谈小说〈古炉〉的文化意义》，载《长城》2011年第8期。

杜连东：《还原"存在世界"的"破碎之美"——关于贾平凹〈古炉〉的叙事》，载《文艺评论》2011年第11期。

陈劲松：《〈古炉〉：日常中的人性》，载《延河》2011年第11期。

任瑜：《〈古炉〉：民族秘史的别样书写》，载《延河》2011年第11期。

刘秀丽：《贴着人物游弋：〈古炉〉的语言艺术》，载《延河》2011年第11期。

徐琴：《〈古炉〉：历史与人性的寓言》，载《延河》2011年第11期。

周会凌：《读〈古炉〉：历史阴影下的人性写意》，载《延河》2011年第11期。

李波：《众生狂欢之下的乡村中国——对贾平凹长篇小说〈古炉〉的解读》，载《文教资料》2011年第14期。

陈树萍：《日常生活、民间信仰与革命——论贾平凹新作〈古炉〉》，载《文艺争鸣》2011年第14期。

胡忠伟：《一颗敏感而忧患的心——读贾平凹〈古炉〉》，载《晚霞》2011年第23期。

刘新征：《"文革"叙事的新突破——〈古炉〉简论》，载《小说评论》2011年第S2期。

张憭憭：《〈古炉〉中儿童视角运用上的突破》，载《文学教育》2012年第1期。

程华、李继高：《从现实王国向诗意王国的飞升——贾平凹新作〈古炉〉的思想价值》，载《商洛学院学报》2012年第1期。

丁丑芳：《苦难中的伟大与崇高——贾平凹小说〈古炉〉的精神价值》，载《北方论丛》2012年第1期。

蔡高宇、王俊秋：《"文革"中的乡村文化、日常生活和历史救赎——评贾平凹的〈古炉〉》，载《华夏文化论坛》2012年第1期。

赵冬梅：《重回或重建乡土叙事与民间世界——贾平凹〈古炉〉读后》，载《扬子江评论》2012年第1期。

黄德海：《无力的完美叙事——贾平凹的〈古炉〉》，载《上海文化》2012年第1期。

黄平：《破碎如瓷：〈古炉〉与"文化大革命"，或文学与历史》，载《东吴学术》2012年第1期。

王春林：《〈古炉〉的象征手法》，载《中国现代文学论丛》2012年第2期。

张群峰：《生活在低处，灵魂在高处——读贾平凹〈古炉〉有感》，载《延安文学》2012年第2期。

王童、杨剑龙：《"差序格局"打破后的"文革"悲剧——论贾平凹长篇小说〈古炉〉》，载《当代作家评论》2012年第2期。

孔令燕：《当经典邂逅数字——从〈古炉〉版权"一女二嫁"谈起》，载《出版广角》2012年第2期。

郭洪雷：《"盛世危言"：一代人的忧与惧——读贾平凹长篇小说〈古炉〉》，载《成都大学学报（社会科学版）》2012年第2期。

江城萧萧生：《〈古炉〉："珍品"还是"赝品"》，载《上海采风》2012年第2期。

韩亮：《疼痛的收获——论〈古炉〉与〈四书〉的创伤书写》，载《扬子江评论》2012年第2期。

吕锋：《"文革"历史的乡土叙述——浅议贾平凹长篇小说〈古炉〉》，原载《延安文学》2012年第2期。

汪雨萌：《心理历史与文学的作用——小议长篇小说〈蛙〉及〈古炉〉》，载《新文学评论》2012年第3期。

袁一月：《历史记忆的一种方式——关于贾平凹的〈古炉〉》，载《新文学评论》2012年第3期。

黄轶：《由"虐恋"意涵谈〈古炉〉叙事的内在断裂》，载《南方文坛》2012年第3期。

马晓艳：《童心的暖色——论贾平凹〈古炉〉中狗尿苔的形象塑造》，载《昌吉学院学报》2012年第4期。

范晴：《本分的幸福——读贾平凹〈古炉〉》，载《北京劳动保障职业学院学报》2012年第4期。

李星：《〈古炉〉中的"造反派"》，载《名作欣赏》2012年第4期。

杜伟：《简论〈古炉〉中的霸槽形象及其谱系》，载《重庆师范大学学报（哲学社会科学版）》2012年第5期。

张亚斌、韩瑞婷：《熊熊革命炉火中的乡土文化精神寂灭——贾平凹小说〈古炉〉中的符号象征系统》，载《河北广播电视大学学报》2012年第5期。

邓安庆、王海燕：《贾平凹〈古炉〉评介》，载《文学教育（上）》2012年第6期。

雷钟哲：《从贾平凹的〈古炉〉看方言对标准词汇的丰富》，载《标准生活》2012年第6期。

李静：《〈古炉〉的空间构形与心态结构》，载《文艺争鸣》2012年第7期。

费团结：《论〈古炉〉的"文革"叙事方式》，载《芒种》2012年第7期。

郭银玲：《长不大与不愿长大——〈古炉〉与〈铁皮鼓〉叙事人物比较》，载《河南社会科学》2012年第11期。

王雪伟：《神圣忧思——关于〈古炉〉式反思》，载《文艺争鸣》2012年第11期。

张文诺：《历史记忆与历史镜像——论〈古炉〉中的"文革"叙事》，载《中南大学学报（社会科学版）》2013年第1期。

姜彩燕：《〈古炉〉中的疾病叙事与伦理诉求》，载《西北大学学报（哲学社会科学版）》2013年第1期。

吴义勤：《〈古炉〉阅读札记》，载《当代作家评论》2013年第2期。

何莲芳：《乡村中国的革命叙事——对长篇小说〈古炉〉的另一种解读》，载《喀什师范学院学报》2013年第4期。

张超、李园园：《丑态下的反思——浅谈贾平凹的〈古炉〉》，载《祖国》2013年第4期。

马治军：《〈古炉〉：叙事创新与"文革"叙事突破》，载《齐鲁学刊》2013年第5期。

王春林：《从"块状叙事"到"条状叙事"——贾平凹长篇小说〈古炉〉叙事艺术论》，载《百家评论》2013年第5期。

王振军：《比较叙事学视域下的〈铁皮鼓〉与〈古炉〉》，载《河南师范大学学报（哲学社会科学版）》2013年第6期。

杨庆祥：《历史重建及历史叙事的困境——基于〈天香〉〈古炉〉〈四书〉的观察》，载《文艺研究》2013年第8期。

林如：《〈古炉〉之"病"——浅析贾平凹小说〈古炉〉》，载《青春岁月》2013年第9期。

储兆文、赵娜：《从现象学看〈古炉〉的人性内涵及其世界性》，载《文艺争鸣》2013年第11期。

王红霞：《爱与死本能下的政治无意识——对贾平凹小说〈古炉〉的心理学解读》，载《陕西学前师范学院学报》2014年第4期。

孙新峰：《炉膛里熔炼出来的希望之光——论〈带灯〉对〈古炉〉小说的继承和超越》，载《宝鸡文理学院学报（社会科学版）》2014年第5期。

吴夜：《启蒙表象下的伦理坚守——评贾平凹长篇小说〈古炉〉》，载《长春理工大学学报（社会科学版）》2014年第7期。

王菊香：《魔幻现实主义在中国——论贾平凹的〈古炉〉》，载《剑南文学（下半月）》2014年第11期。

李明燊：《透视历史的破碎镜像——重读〈古炉〉》，载《名作欣赏》2014年第32期。

韩鲁华：《特殊视域下特殊时代的人性叙写——〈古炉〉与〈铁皮鼓〉叙事

艺术比较》，载《西安建筑科技大学学报（社会科学版）》2015年第1期。

刘求长：《〈古炉〉：鲜活形象画面下的"文革"剖析》，载《昌吉学院学报》2015年第3期。

曹刚：《记忆栖居在荒诞的土地上——论贾平凹的长篇小说〈古炉〉》，载《安康学院学报》2015年第3期。

邓全明、李珍岚：《论〈古炉〉两个世界的功能及其写作策略》，载《雨花》2015年第11期。

关峰：《〈古炉〉和〈带灯〉的乡村书写》，载《衡阳师范学院学报》2016年第2期。

曹刚：《论新世纪以来贾平凹的乡土叙述和修辞美学——以〈秦腔〉〈古炉〉和〈老生〉为考察对象》，载《小说评论》2016年第3期。

刘利侠：《贾平凹小说中"女性崇拜"的精神意蕴——以〈秦腔〉〈古炉〉〈带灯〉为例》，载《小说评论》2016年第3期。

管兴平：《贾平凹长篇小说〈古炉〉评析》，载《长江大学学报（社科版）》2016年第6期。

舒晋瑜：《难读还是耐读？贾平凹新作〈古炉〉引争端》，载《中华读书报》2011年6月8日。

吴景明：《乡村中国的另类书写》，载《光明日报》2011年6月13日。

陈晓明：《〈古炉〉：落地的文本》，载《中华读书报》2011年7月27日。

李星：《从〈古炉〉到新作〈带灯〉，看"知天命"以后贾平凹的变化》，载《南方日报》2012年12月16日。

N